上海校园文化传承创新发展行动计划—中国风

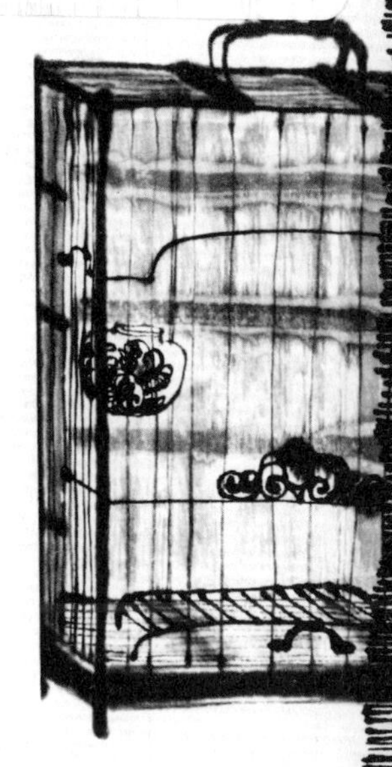

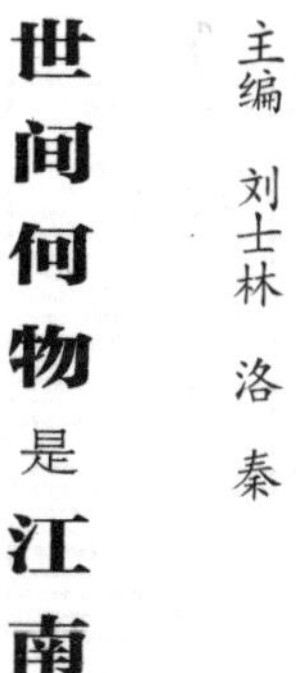

世间何物是江南

主编 刘士林 洛秦

洪亮 著

上海音乐学院出版社

主编人语

西洲在何处，两桨桥头渡。

想好好地做一点江南的书，这个愿望实在是不算短了。

每登清凉山，临紫霞湖，看梅花山的灿烂云锦，听秦淮河的市井喧阗，这种想法就会更加难以抑制……更不要说在扬州瘦西湖看船娘腰肢轻摇起满湖涟漪、在苏州的网师园听艺人朱唇轻吐“月落乌啼霜满天”，以及在杭州的断桥边遥想许多已风流云散的“三生石上旧精魂”了。这是一片特别容易招惹起闲情、逸致甚至是几分荒凉心的土地，随便一处破败不堪的庭院，也许就是旧时钟鸣鼎食的王谢之家，而山头上一座很不起眼的小小坟茔，也许深埋的就是曾惊天动地的一泓碧血……而在江南生活的所有诗性细节之中，最令人消受不起的当然要算是还乡感了。特别是在明月之夜、风雨之夕的时候，偶尔走进一个陌生的水乡小镇，它一定会勾起那种“少小离家老大回”的人生沧桑。在这种心情和景物的诱惑下，一个旅人会很容易陷入到一种美丽的幻觉中，搞不清楚此时此刻的他和刚才还在红尘中劳心苦形的那个自我，谁的存在更真实一些，谁的音容笑貌更亲切温柔一些……

然而，毕竟是青山遮不住逝水，一如江南佳丽总是难免于“一朝春残红颜老”的命运，像这样的一种诗性江南在滚滚红尘中的花果飘零，也仿佛是在前生就已签下的悲哀契约。而对于那些生逢其时的匆匆过客们，那交集的百感也不是诗人一句“欲说还休”就可以了断的。一方面是“夜深还过女墙来”的旧时明月，另一方面却是“重过阊门万事非”的江边看月之人；一方面是街头桂花的叫卖声、桂花酒酿的梆子声声声依旧，另一方面却是少年时代的长干、横塘和南浦却早已不可复闻；一方面是黄梅时节的细雨、青草池塘的蛙鼓依然如约而来，另一方面却是采莲、浣纱和晴耕雨读的人们早已“不知何处去”；一方面是在春秋时序中的莼菜、鲈鱼、荸荠和茨菰仍会历历在目，另一方面在夕阳之后却再也没有了夜唱蔡中郎的嗓音嘶哑的说书艺人，还有那良辰美景中的旧时院落，风雨黄昏中的客舟孤侣，浅斟低唱的小红与萧娘，春天郊原上的颜色与深秋庭院中的画烛，以及在江南大地上所有曾鲜活过的一切有声、有形、有色、有味的事物。如果它们的存在不能上升到永恒，那么还有什么东西更值得世人保存呢？对于这个世界上存在的万物来说，还是苏东坡的《前赤壁赋》说得好：“盖将自其变者而观之，则天地曾不能以一瞬；自其不变者而观之，则物与我皆无尽也。”而对于一切已经丧失物质躯壳的往昔事物，它们的存在和澄明当然只能依靠语言和声音来维系。用一种现代性的中国话语去建构一个有生命的古典人文江南，就是勉励我们策划“江南话语”并将之付诸实践的最高理念和实践力量。就像东山魁夷在大自然中写生时的情况一样，漫步在美丽的江南大地上，我们也总是会听到一种“快把我表现出来”的悲哀请求。而有时这种柔弱的请求会严厉得如同一道至高无上的命令，这正是我们必须放弃许多其他事务而首先做这样一件事情的根源。

记得黑格尔曾说古希腊是“整个欧洲人的精神家园”，而美丽的江南无疑可以看作中华民族灵魂的乡关。尽管正在人们注目中的这个湿润世界，已经更多地被归入历史的和怀旧的对象，但由于说话人本身是活的、正在呼吸着的生命，因而在他们的叙事中也会有一种在其他话语空间中不易见到的现代人文意义。让江南永远是她自身，让江南在话语之中穿越时光和空间，成为中华民族生活中一个永恒的精神家园，这就是“江南话语”希望达到的目标和坚持不懈的人文理想。

2003年7月7日于南京白云园

目录

楔子　寻得桃源好避秦

一

一般认为，江南文化源于吴越文化，是吴越文化的发展与演变。吴，古称句吴，其祖先生活于今苏南、皖南、浙北一带。越，古称于越，最早活动在今浙北与太湖一带。根据考古发现与历史文献，句吴和于越实际上是古越族"百越"的两个分支。他们在生活习性和文化传统等诸多方面具有共通性。《吴越春秋·夫差内传》载："吴与越，同音共律，上合星宿，下共一理。"《越绝书》也说："吴越二邦，同气共俗。"本书所写的江南，主要指今苏南、浙北、皖南地区，其中包含了吴文化、越文化和部分徽文化，而以吴越文化为核心。

吴越地处长江下游，东南濒临大海，地势低洼，洪涝不绝。恶劣的环境，使得吴越先民在与自然灾害、尤其是水患的斗争中，逐步形成了尚武好勇的性格。《汉书·地理志》载："吴、粤(越)之君皆好勇。故其民至今好用剑，轻死易发。"

由尚武向崇文的转变是在魏晋六朝，这是江南文化大发展和重要转型时期。刘士林在《江南文化的诗性阐述》中，借鉴雅斯贝尔斯的轴心期理论，称魏晋六朝时期是"江南文化轴心期"。"永嘉南渡"不仅促进了江南文化与中原文化的交融，而且还从根本上提升了江南文化的整体水平。唐人杜佑在《通典》中描述："永嘉以后，帝室东迁，衣冠避难，多所萃止。艺文儒术，斯为之盛。"

但"儒术"一词，似可斟酌。这又须从"士"的演绎说起。春秋战国时期，"士"的含义，已从武士或武士、文士兼包悄然转变成单纯的文士身份。战国时期，"士"已具备了贵族身份，但地位相对低下，介乎贵族与庶人之间。这种身份使得士阶层在中国社会体制中，一直游离于统治阶级与被统治阶级之间，上可附攀贵族阶层，下易堕入庶民阶层。

于迎春在《秦汉士史》中言："战国时期活跃的士人们，在进入秦王朝之后，发现自己一下子空落、虚悬起来：没有了出路，丧失了营生，其在社会舞台上充满活力的表现亦被迫中断。他们遭受压抑，不得游宦，缺乏像先前那样较充分的自由，既不被尊重，又没有权利，他们不曾被给予进入新政权的明确合法性和充分可能性。"

汉武帝从自身的统治考虑，大事尊儒，广招文士，习染儒学经义，使得儒学的在野地位渐次上升。但此时的儒学，与孔孟所倡导的原始教义已大为不同，以心性论为中心的儒家道统已被阴阳五行的系统所取代。

汉末至隋统一，历时四百年，成为

中国历史上最为动荡混乱的时期。仅西晋一朝，因卷入权力之争而死于非命的士人就多达数十人，其著者包括张华、陆机、陆云、潘岳、郭璞等。接踵而来的中原长期战乱，使许多士人对政治的态度，由忧患焦虑变为冷漠恬淡。《后汉·樊英传》记载了汉顺帝与樊英的一段对话：

(顺帝)谓(樊)英曰："朕能生君，能杀君；能贵君，能贱君；能富君，能贫君。君何以慢朕命？"英曰："臣受命于天。生尽其命，天也；死不得其命，亦天也。陛下焉能生臣，焉能杀臣！臣见暴君如见仇雠，立其朝犹不肯，可得而贵乎？虽在布衣之列，环堵之中，晏然自得，不易万乘之尊，又可得而贱乎？陛下焉能贵臣，焉能贱臣！臣非礼之禄，虽万钟不受；若申其志，虽箪食不厌也。陛下焉能富臣，焉能贫臣！"

余英时在《士与中国文化》中指出，"魏晋所谓'名教'，乃泛指整个人伦秩序而言，其中君臣与父子两伦更被看做全部秩序的基础"。名教实以儒家礼法之说为其核心，名教危机由汉末混乱的政治秩序导致。而老庄之学崇尚人性自然之旨，"天法道，道法自然"，重养生，重此生此世的满足，对于身处乱世的士人，有极大的吸引力，成为身心寄托之所在。名教与老庄的冲突，大致可以概括为"理"(礼)与"情"之冲突。所以有竹林名士嵇康的"非汤武而薄周孔"、"越名教而任自然"，刘伶、王戎等的"称情任性"、"任情废礼"。

费振钟在《江南士风与江苏文学》中，如此总结道：

江南文化新源，无疑来自北方士阶级文人文化的"进入"。中原战乱，迫使大批士人举族迁居江南避乱，于颠沛流离之中，他们却把东汉魏晋养成的老庄玄风，悉数从北方移入江南。这就是文化思想史上所称的"玄风南渡"。原先任诞放荡的北方，反倒变得比较质朴保守，而此时本来偏重儒学、素朴的江南，却被汹涌而至的"高门放诞之士"的思想风气所包围和浸染。

名教危机，也使佛学在中土得以传播。《世说新语》云："至过江，佛理犹盛。"肖玉华在《江南士风——中国当代散文的一种文化选择》中认为：知识阶层接受佛教，有两个显著特点，一是义解重于信仰，二是儒释调和。他还透彻地解析了"佛理犹盛"的原因：

社会动荡使得士人们饱受政治迫害和战乱流离之苦。残酷的现实无情地粉碎了儒家所描绘的理想世界，生之困顿使人们迫切地希望从宗教信仰中寻求解脱之道，抚慰痛苦的灵魂，而佛教学说中人生皆苦、世事无常的苦空观不仅能够部分地传达出当时社会的悲观情绪，而且佛教轮回报应之说告诉人们“修善则有无穷之庆”、“语福则有神明之佑”，而“行恶必有累劫之殃”、“论罪则有幽冥之司”，给处于绝望无告和无所适从境地的人们带来一丝渺茫的希望之光；其次，佛教思想的自贵其心，不依他人的精神追求与六朝江南文人逐渐觉醒的个性意识相契合；其三，佛教经典文本中超拔奇伟、不拘一格的想象力暗合了江南文人气质中的诗性浪漫气质；其四，佛教，尤其是本土化的禅宗重静观默照、直觉顿悟的思维以及明智通达、理而有情的慈悲境界也与江南文人的智性思维、“顺情遂性”的内在要求有诸多相通之处。这些是佛教思想吸引江南文人的重要因素。加之佛学与当时盛行的玄学、道家思想等相互补充，逐渐使得自身中国本土

傅抱石《竹林七贤图》

化，这也是不可忽视的原因。杜牧诗云："南朝四百八十寺，多少楼台烟雨中。"佛教为江南文人追崇并盛行于江南，自有其道理。而江南的佳山秀水也是其必不可少的生长环境。《世说新语》中记载东晋画家顾恺之从会稽（今绍兴）还，人问其山水之美，顾云："千岩竞秀，万壑争流，草木蒙笼其上，若云兴霞蔚。"王羲之也有"从山阴道上行，如在镜中游"之感叹，王子敬云："从山阴道上行，山川自相映发，使人应接不暇。若秋冬之际，尤难为怀！"受政治迫害和战乱之苦的士人藉佛教和老庄思想的诱惑，坐拥于江南山水中，这里成为他们寻求精神慰藉、抚平心灵创伤的最佳去处。

南朝·梁　佛教王国　汪澄《鸡鸣寺北极阁》

天缘凑泊。勤劳智慧的吴越先民，早已改造了穷山恶水。邓云乡在《吴越山水人物》中提到：

旧时江南的田间耕作，要比北国繁重得多。北国冬日严寒地冻，农事较为空闲，江南则一年忙到头。除水运有舟楫之利外，陆上土地珍贵，道路狭窄，昔时除耕地用水牛之外，其他轻重活都用人力。在江南乡间找不到一辆用畜力载物的大车，其他就可想见了。冬天，头戴毡帽，腰系蓝布长作裙、赤脚草鞋的老农，一双长满冻疮、老茧的手，拉住你的手，便会感到十分温暖、无限沧桑，似乎把人生和历史都抚摩在手中了。吴越妇女，从古就下田耕作，自织蓝印花布头巾、围裙，裤脚卷得高高的，一只臂挽着篮子，一只手撒着种，沿着黑褐色湿泥的田垄轻盈地前进着，其美丽的生命不是融化在吴山越水之间了吗……

刘士林在其多部关于江南的著作中，都论证了一个很精辟的观点，南渡者在很大程度上从北方政治—伦理精神的桎梏中摆脱出来，在江南诗性—审美精神的惠风中沐浴、陶醉。山温水软、明眸皓齿、美丽多情的江南，不仅接纳、安顿了这些彷徨无依、惊魂未定的苦魂，而且激发了他们的创作灵感，影响了他们的艺术风格，和北方的粗犷豪健、中原的淳朴敦厚，大异其趣。在《江南的两张面孔》中，刘士林特别强调了江南环境的日常诗情：

江南山水的美，在于她独特的艺术形式。她不像北方山水崇高险峻，因而特别容易产生那种"反美学"的政治激情与道德感。她也不像川桂山水那样险怪，如以秀著称的峨眉，以幽著称的青城，以及广西的石林、溶洞等，它们森严不可久居又容易使人作尘外想。江南山水完全是人文化和生活化的，一个最知名的去处就是"山阴道上"，那是一种"山无静树，川无停流"的生机美。

肖玉华在《江南士风——中国当代散文的一种文化选释》中又补充道：

汪曾祺在《天山行色》一文中对天山赛里木湖的感觉就极具代表性，他认为"赛里木湖是超人性的，它没有人的气息"，所以湖边"不可久留"。而江南的自然环境与江南人几乎不存在所谓对抗，江南人对自然环境有的是亲近感、认同感，而不是敬畏感。

针对有论者认为西部人的生存状态是"在路上"的提法，肖玉华说："那么毫无疑问，江南人的生存状态就是——'回家'"，并举袁中郎的例子，他最爱吴越山水，甚至不惜以生命殉之："恋躯惜命，何用游山？且而与其死床笫，孰若死于一片冷石也？"(《开先寺至黄岩寺观瀑记》)还举当下的通俗歌坛近年流行着一首林俊杰的《江南》："风到这里就是黏，黏住过客的思念；雨到这里缠成线，缠着我们流连人世间。"最后还郑重点明：

虽说整体上江南民风趋于文弱，但尚武阳刚之风并未完全泯灭，后世亦时有所见。明代方孝孺忠介耿直，拒绝为燕王朱棣起草即位诏书，以"燕贼篡位"四字换得十族被诛；弘光元年（1645）清兵破南京，明朝宰相马士英逃往浙江，王思任书信痛斥之："叛兵至则束手无策，强敌来而先期以走……吾越乃报仇雪耻之国，非藏垢纳污之地也。"现代作家鲁迅的骨头是最硬的，其毫不妥协的斗争精神也与吴越先民血脉相通，他也非常景仰王思任的骨气，多次引用这段话："'会稽乃报仇雪耻之乡'，身为越人，未忘斯义。"在民间，勇武之风益盛，张溥《五人墓碑记》中所载吴人反抗魏阉，清军入关后在扬州、嘉定等江南地区所遭遇的抵抗较北方更为顽强，"扬州十日"、"嘉定三屠"皆为佐证。我们不妨这样认为，江南文化早期的尚武的刚性之风在后世往往更多地"是以另一种转化变异的方式表现出来，许多江南文士性情上都有清狂豪迈奔放洒脱之风"。追求精神自由、个性解放，以及性格中的狷介、狂放、旷达、豪放等等，都是尚武阳刚之风的变异。

单之蔷在《江南是怎样"炼"成的》一文中，作了一个客观的鸟瞰：

中国文明的南下，江南的开发，在某种意义上还要感谢北方的游牧民族。北方游牧民族每一次大规模的南下，就是一次中原文明向江南的一次推进。在中原文明与北方游牧民族的冲突中，江南是回旋之地。

每当北方的游牧民族挥师南下，中原的汉政权无法抵挡之时，江南就是偏安之地。江南使中华文明避免了灭绝的命运。皇帝都被掳走，国家和文明还能存在，如北宋的"靖康之耻"。

这全赖江南也。江南是中华文明的"避难所"、大后方。中华文明就像候鸟，当严冬来临，就迁到江南，每当春天来临，又飞往北方。杜牧有诗"江东子弟多才俊，卷土重来未可知"，这句诗赠给中原的汉文明是很贴切的。中原的汉文明在与游牧民族的拉锯战中，正是靠退居江南，休养生息，待羽翼丰满，而又卷土重来的。历史上许多古老的文明都是在游牧民族的铁蹄下灭绝了，幸运的是中华文明五千多年来绵绵不坠是因为我们有江南。

中原文明曾经遭受过游牧民族的多次重创，引起大规模南迁的是这样的几次。一次是西晋末年（311年）的永嘉之乱。匈奴等游牧民族攻下洛阳，掳走晋怀帝，晋室政权流亡南方，建立了东晋。北方士族豪门纷纷南迁，进入长江以南，史称"衣冠南渡"。还有一次是宋代（1125—1127年）的"靖康之耻"，金兵灭亡北宋帝国，掳走宋朝徽、钦二帝，宋室被迫南迁，建都临安（杭州），史称南宋。这次中原文明的大举南迁，规模之大，超过以往各次。再有一次大规模的中原文明的南迁虽然不是游牧民族引起的，但效果是一样的，那就是发生在唐代天宝十四年(755年)的“安史之乱”。三次衣冠南渡，中国的农业中心从北向南转移，文化的中心亦随之南移，造就了江南的经济和人文基础。而每一次游牧民族的南向牧马，汉文明的衣冠南渡，都是对江南的一次开发、拓展和提升，也是对江南这个概念的锤炼。正是在这一次次的锤炼中，江南长大了，成熟了，江南的形象越来越鲜明了。……

必须承认，这些诗词对江南的描写太理想化了，其实江南未必如此，但为什么诗人对江南理想化的夸大的描写，会被人们所欣赏，所接受呢？这些描写江南的诗篇为什么会被千古传诵，誉为名篇呢？

这透漏了这样的信息。江南不是一些事实的集合体，江南对于我们还有另外的东西。“上有天堂，下有苏杭”已经直白地说出了中国人的一种愿望，即江南是理想的居住地，是值得生活在那里的地方。

卷轴画之江南水乡

其实江南的概念体现了一种终极追求:即天堂情结。人是一个要把世界对象化的动物,其他动物则否。在对象化的过程中,必然要产生"天堂情结",即构筑一个梦想的栖息地。往大里想,就是历代都有的各种"理想国"和"乌托邦",往小里想,就是"桃花源"和"香格里拉"。一个国家,谁也无法禁止国民对国土上各个地区进行比较,也就是进行地区的选美比赛,古今中外概莫能外。在这种比较中,总会有某个地区被选中,成为一国之"国花"。比如法国人的普罗旺斯,英国人的大湖地区等。中国人的"国花"就是江南。

于坚在《江南:中国人的天堂》一文中,又将东西方关于"天堂"的观念作了比较:

西方创造的现代化不是安心的,而是为了生存的,西方的心安放在教堂中。所以西方所设计的现代化世界与中国人对天堂的理解不同,西方设计的现代化不是"安心",而是契约、规范、控制、守则、标准。它是反自然的。传统中国理解的天堂是栖居,它重视的是人与天地神的关系。现代化却是一个设计出来的"建筑",或者说是"筑居",它是想当然的产物。现代化为中国带来了实用筑居,但没有带来心。心是来自故乡大地的东西,心是无法一夜之间构筑出来的,心是在漫长的传统中逐渐积累起来的。人们为什么向苏州去,因为中国的心灵世界依然存放在故乡。

现代化与心是分离的,这一点暗藏在西方设计的图纸中。在西方,人们拥有现代化的时候,也同时拥有教堂。而在中国,心不是在教堂里。心是八月十五的明月,是大年初一的梅花,是苏东坡在《赤壁赋》中所说的"惟江上之清风,与山间之明月,耳得之而为声,目遇之而成色。取之无禁,用之不竭。是造物者之无尽藏也,而吾与子之所共适"。这就是寄托中国心灵的上帝。

二

柔情侠骨,诗意禅心,正见出江南士人的真性情,透露了江南文化的深层底蕴。桐城派姚鼐在《复鲁絜非书》中对阴柔之美的阐述,不妨可以看作对江南文风的整体概括:

其得于阴与柔之美者,则其文如升初日,如清风,如云,如霞,如烟,如幽林曲涧,如沦,如漾,如珠玉之辉,如鸿鹄之鸣而入寥廓。其于人也,漻乎其如叹,邈乎其如有思,暖乎其如喜,愀乎其如悲。

宋人贺铸(字方回)的"一川烟

草，满城风絮，梅子黄时雨”更将这种阴柔之美推向了极致。

今人赵齐平还强调了这三者的递进关系：“烟草”连天，表示愁的无处不在；“风絮”颠狂，表示愁的纷烦杂乱；“梅雨”连绵，表示愁的难以穷尽。贺铸因此被人称作“贺梅子”，正如张先雅号“张三影”一样。当然，这句也得自寇准的诗：“杜鹃啼处血成花，梅子黄时雨如雾。”

说到寇准这位北宋名臣，在外贬过金陵时，写过两首《江南春》，其中一首又叫《追思柳恽汀洲之咏，尚有遗妍，因书一绝》。

杳杳烟波隔千里，白苹香散东风起。
日落汀洲一望时，柔情不断如春水。

齐梁间诗人柳恽有一篇《江南曲》：“汀洲采白苹，日暖江南春。洞庭有归客，潇湘逢故人。‘故人何不返？春花复应晚。’不道新知乐，只言行路远。”这位妻子好不容易打听到远在湖南的丈夫的消息后，却没有听到她最想得到的信息，即丈夫的归期。那位富于同情心的归客虽然确实见到了她的丈夫，同时又看见这位远方游子有了新知（新欢），可他怎么好对她直说呢？怕她受不了这沉重的打击，只好扯谎，推说她的丈夫因为路途遥远，一时回不来了。她听到后，是怎么个反应，柳恽不说了，这便是遗妍，即尚未完全发掘出来的美好的心灵。寇准让读者回忆柳恽诗中的景色之后，着重揭示出这位妻子毫未怀疑丈夫的忠诚，她只是满怀愁绪，像春水长流一样永远痛苦地盼望着。这是多么动人的形象啊！两篇合读，痴心女子负心汉的对比，就格外鲜明生动。

寇准另一篇杂言体《江南春》，用意与本诗略同：“波渺渺，柳依依。孤村芳草远，斜日杏花飞。江南春尽离肠断，苹满汀洲人未归。”

唐皮日休《桃花赋》序云：“余尝慕宋广平（宋璟）之为相，贞姿劲直，刚态毅状，疑其铁石心肠，不解婉媚吐辞。然睹其文而有《梅花赋》，清便富艳，得南朝徐、庾体，殊不类其为人也。”

南宋胡仔在《苕溪渔隐丛话》中，也指出这种有趣的现象：“忠愍（寇准卒后赐谥忠愍）诗思凄婉，盖富于情者。如《江南春》云……观此语意，犹若优柔无断者。至其端委庙堂，决澶渊之策，其气锐然，奋仁者之勇，全与此诗意不相类，盖人之难知也如此。”

“（贺）铸有小筑（别墅）在姑苏盘门外十余里，地名横塘，方回往来于其间。”（龚明之《中吴纪闻》）贺铸这首《青玉案》，开头便是“凌波不过横塘路，但目送芳尘去。”他大概是在横

江南早春

塘，遇见过这么一位"凌波仙子"，但无缘相识，只得怅然目送倩影芳踪而去，却写出了这首千古传诵的佳词。这让人联想起意大利诗人但丁。但丁九岁时初遇贝娅特丽丝，九年后，两人又在阿尔诺河畔邂逅，虽然都只是片刻，但丁毕生难忘，以诗礼赞："她淡装素裹，翩然远去，/带走了声声惊奇，/啊，她恍若上界的一位天使，/降临人间，把奇迹向我们显示。"

歌德有一句名言："永恒的女性，引导我们上升。"这些女性，往往都超越了实际生活的层面，而带着一种梦幻的、非凡世的风韵，且有了精神的诗学甚至神学的意味。她们的存在，构成了一种隐秘而持续不断的、对于文士的精神引力和写作召唤。即使这样的"永恒女性"从不存在，也有必要把"她"创造出来。因为对"她"的设计也就是对于自己生活的设计，对于一种理想命运、审美人生的设计。

"解作江南断肠词，只今惟有贺方回。"（黄庭坚诗）贺铸是宋代宗室的女婿，出身于军人世家，曾以"缚虎手，悬河口"而自诩，虽有建功立业的渴望，也有任侠矜武的行藏（《六州歌头》云：“不请长缨，系取天骄种，剑吼西风”），但因性格耿直，“喜谈世事，可否不少假借，虽贵要权倾一时，小不中意，极口诋之无遗辞”（《宋史·文苑传》），终不为世用，晚年退隐苏州，悒悒寡欢。“铁面古侠”在北宋最黑暗的徽宗一朝，只能落得个悲剧性的下场。

那位痛斥过马士英，高标“会稽仍报仇雪耻之乡”的王思任，在描写浙江青田的小洋滩时，又有何等绮丽的笔墨：

落日含半规，如胭脂初从火出。溪西一带山，俱似鹦绿鸦背青。上有猩红云五千尺，开一大洞，逗出缥天，映水如绣铺赤玛瑙。日益曶，沙滩色如柔蓝懈白，对岸沙则芦花月影，忽忽不可辨识。山俱老瓜皮色。又有七八片碎剪鹅毛霞，俱金黄锦荔，堆出两朵云，居然晶透葡萄紫也。又有夜岚数层斗起，如鱼肚白，穿入出炉银红中，金光煜煜不定。盖是际，天地山川，云霞日采，烘蒸郁衬，不知开此大染局作何制？意者妒海蜃，凌阿闪，一漏卿丽之华耶？将亦谓舟中之子，既有荡胸决眦之解，尝试假尔以文章，使观其时变乎？何所遘之奇也！夫人间之色，仅得其五，五色互相用，衍之数十而止，焉有不可思议如此其错综幻变者！曩吾称名取类，亦自人间之物而色之耳。心未曾通，目未曾睹，不得不以所睹所通者，达之于口而告之于人。然所谓仿佛图之，又安能仿佛以图其万一也？嗟呼！不观天地之富，岂知人间之贫哉！

译成白话，大意如下：夕阳在山只留下一个半圆形，颜色鲜丽得像胭脂刚从熬盘中取出。溪西面的那些背阳的山，颜色青黑就像鹦鹉的绿与乌鸦的黑相混和。山上一大片猩红的云彩，总有五千尺之幅度，中间留出一个大窟窿，透漏出一片月白色的天空，倒映在水中，就像铺开的绣品上一块红色的玛瑙。太阳渐渐沉没，沙滩上反映出嫩蓝浅白的颜色。对面沙滩上是一片白色的芦花，在月光下白茫茫看不分明。山色更加黝暗，就跟瓜老了时的皮差不多。另有七八片像剪碎的鹅毛似的云霞，真像一粒粒鲜艳的荔枝。其中有两朵居然透出紫葡萄的颜色。忽然间夜气层叠而起，就像在鱼肚似的一片白色进入刚出炉的火红的银液之中，金光灿灿，闪烁不定。原来这时候的天地山川，经过日照月射，云蒸霞蔚，但不知道开这么个大染坊有何作用？大概是妒忌海市蜃楼的奇怪莫测，是想超越阿闪佛的佛力无穷，还是有意透漏“卿云”的华丽呢？或者是想告诉我们船里的人：“既然你们具有大诗人的睿智，就不妨向你们展示一下天上的文章风采，让你们看一看大自然的变化有多大！”这真是一次难得的机遇啊！人世间的颜色只有五种，相互搭配，也不过变化出几十种罢了，哪里有丰富多彩、变幻莫测到如此之多的！刚才我称名取类的说明，不过是用人世间的名物加以刻画，那些心里不曾想到，眼前不曾看到的，不得不以想到看到的说出来，告诉别人。所谓大致刻画一下。但是它又怎么能刻画大自然的万分之一呢？啊呀！不看到大自然的富有，又怎么能知道人世间的贫乏呢！

曶(hū):昏暗。懈白:淡白色。阿闪:如来佛名。卿丽:即卿云，五彩祥云。

据唐九经《义饭小品序》载，清兵攻陷绍兴后，“先生弃家入山，仅携书一卷、棋一枰而已。……总漕土清远公受先生大恩，无以为报，业启奏于贝勒诸王，将大用先生耳。先生闻是言，愈跼蹐无以自处，复作手书遗经曰：‘我非偷生者，欲保此肢体以还我父母耳，时下尚有旧谷数斛，谷尽则逝，万无劳相逼为。’迨至九月旬初，而先生正寝之报至。”也就是说，王思任先想进山当隐士，但满清贵族慕先生名望，想予以重用。先生知道后，愈加局促不安，终于绝食而死，当了烈士。他用生命践行了“吾越乃报仇雪耻之国，非藏垢纳污之地”的誓言。

笔者自赣返沪后，曾与爱侣专诚去嘉定南翔老街拜谒了明代文士李流芳的檀园，后又购得浙江人民美术出版社的《李流芳集》，十分敬慕这位乡贤。他的《西湖卧游册跋语》二十二则，超尘出俗，似不食人间烟火者。如《断桥春望图》：

往时至湖止，从断桥一望，便魂消欲死。还谓所知(回来对好友说)，湖之潋滟熹微，大约如晨光之着树，明月之入庐。盖山水相映发，他处即有澄波巨浸，不及也。……

又如《云栖晓雾图》：

犹记出云栖时，雾初合，四望皆空。时见天末一痕两痕，皆山顶也。日出亂氳，竹树如影在水中……

真不愧画家手笔。

然据《嘉定县志》卷三十二载：

天启丙丁(1626—1627)间，吴郡建魏忠贤生祠。……祠像既成，官吏趋风往拜。知县谢三宾问于流芳，答曰：“拜是一时事，不拜是千古事。”

此岂“不食人间烟火者”乎？

断桥春望　旧日断桥在眼前，不见白蛇与许仙

三

汉乐府中，有一首题名《江南》的民歌，虽然质朴，却动人心魄：

江南可采莲，莲叶何田田。
鱼戏莲叶间。鱼戏莲叶东，
鱼戏莲叶西，鱼戏莲叶南，
鱼戏莲叶北。

采莲女通常是指女孩子。她们平日拘束得紧，如今如鸟出笼，更兼成群结伴，欢心荡漾。诗中鱼戏，实人戏也。本来“鱼戏莲叶间”一句，意思已完，却偏要东、西、南、北，一路写下来，使人如见一群鱼儿（少女）倏忽往来、轻灵活泼的样子。这样的诗，纯是天机触发，它的单纯、稚拙，是不容摹仿的。后代《采莲曲》、《江南弄》等，表现手法上，只能另辟蹊径了。今人高晓声在《鱼群闹草塘》一文中，更以富于生机、甚至有些惊世的描写，颠覆了这种古典之美。黄梅天漏，江南雨多。

水一上塘，鱼群就被吸引到草塘周围来。先是沿着塘边窜跳追逐，回游打漩，活像一群嘴馋的猴子围住了结满果子的桃树；想摘怕被捉，要走不甘心，赖在那儿等待时机。等到青草浸没入水二、三寸，便有"拚命三郎"闯上来了。如果是夜里，就会成群结队窜进草塘来。绝大部分是鲫鱼和鲦鱼。它们正处在交配产卵期，青春的活力胀得浑身又痒又躁，只求发泄；进了草塘便没命地撒野，闹得霹雳啪啦一天响，像禾场上连枷打麦穗。倘若塘田里积水已有四、五寸深，成群的大鲤鱼也会像骑了摩托车那样横冲直撞杀进来轰隆隆闹塘……

它们如此放肆，全不顾背脊露出水面，一心追逐欢乐。这是草塘最喧闹的时期，各种鱼产下的卵，一夜天把塘水都染成了金黄色，不知替大自然播下了多少亿生命的种子。

东晋王献之的两首《桃叶歌》，则与《江南》一脉相承，有古典美，有民歌味：

桃叶映红花，无风自婀娜。
春花映何限，感郎独采花。

桃叶复桃叶，渡江不用楫。
但渡无所苦，我自迎接汝。

桃叶是王献之的爱妾。王献之是大书法家王羲之的儿子，也擅长书法，后世并称"二王"。

《世说新语·言语》记下王子敬（献之）那句有名的话："从山阴道上

鱼戏莲叶

行，山川自相映发，使人应接不暇。”

第一首以桃叶的口吻来抒写桃叶对王献之热爱她的感激之情。上两句说：桃树绿叶红花互相映带，它那轻盈娇艳的体态，虽然没有春风的吹拂，也仿佛在微微晃动，显得婀娜多姿。表面上写桃树，实际是以桃花比喻桃叶妾的美丽。下两句说：春天百花盛开，在明媚的阳光下，焕发光彩的花木品种，真是数也数不清；可是郎君唯独喜爱、采撷我（桃花）。

第二首以献之口吻说出，表达对爱妾的关慰之情。后来竟引起一桩谈资。隋兵伐陈，由桃叶山下渡江，陈朝大将任蛮奴至新林以导北军，应了《桃叶歌》中“但渡无所苦，我自迎接汝”之语。

魏晋时期，儒家思想的统治大为削弱，道家的老庄思想抬头。当时不少文人要求摆脱森严的礼法束缚，崇尚自然，主张顺着人的自然感情行动。在处理男女关系上也是如此。《桃叶歌》敢于表现对社会地位低下的妾的情爱，可说正是这种时代新风气下面的产物。与《桃叶歌》同时，乐府吴声歌曲中的《碧玉歌》、《团扇歌》与之声气相通。《碧玉歌》写晋汝南王司马义的爱妾碧玉对汝南王的感激之情，《团扇歌》写晋中书令王珉和嫂婢谢芳姿间的情爱，题材内容与《桃叶歌》非常接近，反映了一个时代贵族、文人在生活、创作方面的共同风尚。

王献之一歌，遂使秦淮河与青溪交汇处的桃叶渡成为人文景观，历代吟咏不绝。

贺铸的《变竹枝》，写的是宋代桃叶渡见闻：“莫把雕檀楫，江清如可涉。但闻歌竹枝，不见迎桃叶。”朱孟震的《桃叶渡》诗，描绘出了明代桃叶渡景象：“桃叶渡前芳草迷，绿槐高柳暗东西。停舟日暮行人尽，流水一湾莺乱啼。”施闰章的《桃叶渡》诗，写的是清初的桃叶渡情思：“万事东流去，争传桃叶名。当年曾照影，终古尚含情。画舫停歌扇，悲笳动冶城。只留一片月，犹是六朝明。”

清代的纪映淮别具只眼：“清溪有桃叶，流水载佳人。名以王郎久，花犹古渡新。楫摇秦代月，枝带晋时春。莫谓供凭览，因之可结邻。”男人们说来说去，只能远远地观望，纪小姐就敢于同桃叶为邻做伴，这可是女诗人特有的优势。“十五雏鬟太有情，从郎指点渡头名。艳他桃叶修何福，博得王郎打桨迎。”汤锦《竹枝词》中的这位小姑娘，更直接以桃叶的命运作为自已的理想了。

就连曹雪芹也没有错过桃叶渡，在《红楼梦》第五十一回中，曹先生借薛宝琴的名义，作了一首《桃叶渡怀古》诗：“衰草闲花映浅池，桃枝桃叶总分离。六朝梁栋多如许，小照空悬壁上题。”这却是一个诗谜，谜底费人猜测，大观园里的众姐妹“猜了一回，皆不是的”。

后来有人猜想是门神年画，与桃符一样逢新年必换，算是与桃字挂上了钩。远在北京的曹雪芹，在十首怀古诗中就排进了桃叶渡，亦可见其知名度之高了。

仅有的一次，倒过来了，以女性为主，是名妓李香（又名香君）置酒桃叶渡，送应举失第的侯方域。

侯方域《李姬传》，自比孔尚任的《桃花扇》切实可信。兹引文中第三段：

未几，侯生下第。姬置酒桃叶渡，歌琵琶词以送之，曰：“公子才名文藻，雅不减中郎。中郎学不补行，今琵琶所传词固妄，然尝昵董卓，不可掩也。公子豪迈不羁，又失意，此去相见未可期，愿终自爱，无忘妾所歌琵琶词也！妾亦不复歌矣！”

早在第一段中，作者已经为此埋下了伏笔，说李姬“尤工琵琶词，然不轻发”。“然不轻发”一语，看似信手拈出，只有读到桃叶渡送行的记叙时，我们才能体会到以琵琶词作呼应关合的

暮色下的桃叶渡

文意之佳妙和情意之深重。琵琶词，指的是明初高则诚所作《琵琶记》。李姬临别歌《琵琶记》曲辞，且以蔡伯喈比侯方域，说："公子才名文藻，雅不减中郎。"然而"中郎学不补行"，才胜于德。《琵琶记》所述情节固然于史无稽，但蔡中郎确实有阿附董卓的劣迹，无以掩饰。李姬以"从不轻发"而今一发之后再"不复歌"相喻相誓，表达了爱人以德与生死相依的款款深情。作者笔下规箴侯生"终自爱"的李姬，显示了凛然的风骨和高洁的格调，却又如此深情绵邈、凄婉动人。这里在写情侣临别赠言时脱出常格，别具一种强毅的美学风采，摄取了发自李姬灵魂深处最为炫目的一次闪光，给读者以不可磨灭的印象。这既是《李姬传》取材和运笔的成功，也是侯方域自我反省的成功。侯方域入清之后因软弱畏祸参加了河南乡试，仅中副榜，此举于民族气节有亏，当时和后世都受人讥弹。现在无法确定《李姬传》作于何年，但侯方域敢于直陈桃叶渡李姬"愿终自爱"的临别赠言，说明在对蔡中郎媚事董卓一类的问题上自己是否"自爱"，曾经历过内心反省。包括前文在义却阮大铖一事上的自我对照，应当说作者是在一定程度的反省意识支配下写作《李姬传》的。中国的文学与文人比较缺乏自我反省意识，侯方域愿以自己为参照，暴露自己的欠缺，便觉难能可贵。

最后一段写侯生去后之事，虽属全文的尾声，但对描写李姬形象仍是不可或缺的一笔。在这以前，李姬的动人光彩主要还是闪烁在她的言论之中，而到这时，她才以侯郎去后坚拒财雄势大的开府田仰的邀聘，以行动实践了自己的诺言。田仰的三百金利诱与"有以中伤"的威逼，她都不为所动。李姬的品德和人格至此光芒四射。她最后说："吾向之所赞于侯公子者谓何？今仍利其金而赴之，是妾卖公子矣。"证实了她为人的"风调皎爽不群"。

侯生在南京应乡试落第，本是失意之人，那香君便做得桃叶渡主，为他设宴饯行。侯生在同奸党阮大铖的斗争中，摇摆不定，那香君识破诡计，让侯生醒悟，又在别宴上敦请他"自爱"，更做得桃叶渡主人了。可惜侯生禁不住清廷威逼利诱，第二次参加乡试，辜负了香君一片痴心实意。香君万念俱灰，终于割断"儿女浓情"，遁入祇陀庵里。桃叶渡的故事结束了，《桃花扇》的传奇，却经久不衰，传递着江南文化的美人芳草之思。清人张问陶在《读〈桃花扇〉传奇偶题》中言：

竟指秦淮作战场，美人扇上写兴亡。
两朝应举侯公子，忍对桃花说李香。

余怀在《板桥杂记》中，称香君“侠而慧”。的确，当时的名妓大多崇尚“侠”风，集中体现了她们追求自由的性格、不让须眉的才智，和豪爽、善良的心地。马湘兰“性喜轻侠”，薛素素“以女侠自命”。关于她们放诞、独特的奇闻艳事举不胜举，如羽素兰，“明月在天，人定街寂，令女侍为胡奴装，跨骏骑，游行至夜分。春秋佳日，扁舟自放，吴越山川，游迹殆遍”。马湘兰不忘王稚登旧日相助之恩，自南京往苏州，为之“置酒为寿，燕饮累月，歌舞达旦，为金阊数十年盛事”。又如柳如是访见钱谦益，“幅巾弓鞋，著男子服。口便给，神情洒落，有林下风”。寇湄以千金自赎，“匹马短衣，从一婢而归。归为女侠，筑园亭，结宾客，日与文人骚客相往还。酒酣耳热，或歌或哭，亦自叹美人之迟暮，嗟红豆之飘零也”。

晚明的江南文化，富于生命的光色与激情。余怀《板桥杂记》中葛嫩与孙临的故事，集中写出了那个时代生命精神的一种闪爆：

葛嫩，字蕊芳。余与桐城孙克咸交最善。克咸名临，负文武才略。倚马千言立就；能开五石弓，善左右射。短小精悍，自号“飞将军”。欲投笔磨盾，封狼居胥，又别字曰武公。然好狭邪游，纵酒高歌，其天性也。先昵珠市妓王月。月为势家夺去，抑郁不自聊，与余闲坐李十娘家。十娘盛称葛嫩才艺无双，即往访之。阑入卧室，值嫩梳头，长发委地，双腕如藕，面色微黄，眉如远山，瞳人点漆。

昆曲《桃花扇》

叫声“请坐”。克咸曰:“此温柔乡也,吾老是乡矣!”

是夕定情,一月不出,后竟纳之闲房。甲申之变,移家云间。间道入闽,授监中丞杨文骢军事。兵败被执,并缚嫩。主将欲犯之。嫩大骂,嚼舌碎,含血喷其面。将手刃之。克咸见嫩抗节死,乃大笑曰:“孙三今日登仙矣!”亦被杀。中丞父子三人同日殉难。

[葛嫩,字蕊芳。我与桐城人孙克咸的交情最厚。克咸名临,具有文武才能,不仅能立马写出上千字的文章,还能挽强弓,并且能左右射击。他短小精悍,自称“飞将军”。平素总想投笔从戎,为国效劳,立下大功,所以别号“武公”。然而却喜欢逛窑子,喝醉酒后大声唱歌,这是他的天性。他先与珠市的妓女王月亲热,王月被有权势的人夺去后,就抑郁寡欢,难以自拔。有一天跟我闲坐在十娘家里,十娘盛赞葛嫩才艺无双。克咸立即就去访葛嫩,还一直跑到她的卧室。葛嫩正好在梳头,头发长得碰到了地,两只臂膀像藕一样光洁;面色微黄,淡淡的眉毛有如远山,眼乌珠黑得发亮。葛娘说“请坐”。克咸说:“这真是‘温柔乡’呀!我将终老于此了!”这一天就宿在葛嫩那里,竟然住了一个月而寸步不离。后来葛嫩被孙纳为妾,受到专房之宠。甲申事变发生,克咸搬家到松江,还由小路进入福建,在杨文骢中丞的军队里参加抗清活动。后来兵败被俘,葛嫩也在一起。清军的头领想对葛嫩无礼,葛嫩大骂,还嚼破舌头,将血喷在他脸上。清军的头领将她杀了。克咸见葛嫩不屈而死,就大笑着说:“我孙三今天算是超脱成仙了!”也被杀。杨文骢父子三人也在同一天遇难。]

封狼居胥:汉元狩四年(前119),名将霍去病在狼居胥山上积土以行封山仪式,庆祝对匈奴作战的胜利。甲申之变,指崇祯十七年(1644)三月,李自成攻占北京,崇祯帝投缳,明亡。

杨文骢字龙友。《桃花扇》中对杨龙友多奚落丑化之处,皆因杨早期与阮大铖、马士英过从甚密,但晚节堪赞,与阮、马绝非同流。孙临、葛嫩与杨文骢父子同时殉难之事,《明史·杨文骢传》与陈田《明诗纪事》等记录俱在,陈寅恪先生认为,可以纠正孔尚任《桃花扇》中流俗之传对杨文骢其人的诬诋乖讹。

晚明名士陈继儒云:“‘天下有情人,尽解相思死。’世无真英雄,则不特不及情,亦不敢情也。”(《范牧之外传》)孙临、葛嫩的故事,恰可做一真实例证,令后人感慨、敬重。

清人田钧咏桃源诗云:“青垅人耕无税地,红灯儿读未烧书。”毕竟只是一厢情愿的幻想。倒是王安石的《桃源行》直指穴位:“重华一去宁复得,天下纷纷经几秦。”重华即虞舜。诗的意思是：尧舜以来的历史，无往而不是暴秦的历史。从避秦到抗秦，正可看出明末清初江南士风的觉醒。眼看着康熙和故国的降臣们一样频频长跪在先帝的陵前，化干戈为玉帛，也抽空了顾炎武再坚守的理由，让他明白了“国家”与“天下”的分野，在《日知录》卷十三《正始》篇中，他提出：

有亡国，有亡天下。亡国与亡天下奚辨？曰：“易姓改号谓之亡国，仁义充塞而至于率兽食人，人将相食，谓之亡天下。……保国者，其君其臣肉食者谋之；保天下者，匹夫之贱，与有责焉耳。

［有亡国，有亡天下。亡国与亡天下如何辨别？那就是：易姓改号叫做亡国；仁义的道路被阻塞，以至于达到率领禽兽来吃人，人与人之间也将你吃我我吃你，这叫做亡天下。……保国家，是为君为臣那些统治者所要考虑的；保天下，就是地位低贱的普通老百姓都负有责任。］

这是一种全新的历史观。“亡国”只涉及到皇帝一家一姓的灭亡，是改朝换代；政治腐败，道德沦丧，统治者任意鱼肉民众，人与人之间互相残杀，是为“亡天下”。

顾炎武的主张，是政府性的国家的兴衰是由拿着国家俸禄的政府官员负责，而民族性的国家则要由每一个社会成员负责。作为社会成员，必须对全社会的福祉予以关注，但这一点决不等同于对政府和国家的忠诚。

王夫之也对皇帝与民众的关系作过区别：“一姓之兴亡，私也；而生民之生死，公也。”（《读通鉴论》卷十七《梁敬帝》）然而顾炎武的主张更具有感染力，他赋予“匹夫”这一主体以强烈的时代责任与历史使命感，为后人所概括为“天下兴亡，匹夫有责”。顾炎武的卓识，达到了明末清初江南士风的最高水准。但这八个字，却成了长期以来被歪曲的概念。它的真意是：“匹夫”们的忠诚不应该奉献给一姓一氏或一个特权集团的王朝，而应当奉献给最高的利益——社会百姓的福祉。

我们已习惯了将一切苦难都叫做锤炼
但如果一种苦难　最终会把我们自己
也锤炼成苦难
这样的锤炼到底还有什么意义
（潘洗尘《秩序》）

刘琨《重赠卢谌》：“何意百炼刚，化为绕指柔。”龚自珍（定庵）《湖月》

(天风吹我):"怨去吹箫,狂来说剑,两样销魂味。"侠骨柔肠,剑气箫心,让江南文化的芳菲之美、自由之志的底蕴,得以敞亮,得以发扬。

本书所辑的山水人物,基本上以苏南、浙北、皖南为范围。人物中,也有一些原本在地域概念上并不属于江南的,如湖北公安的袁宏道,主动选择了江南文化。当代学者章培垣认为:

"公安派在明代文坛上之形成,是从袁宏道在苏州做官时开始的。"(《江盈科集》序)苏曼殊是洋人或混血粤人,但他甚至在东瀛那位当乐妓的恋人居所,也屡屡属意江南:"灯飘珠箔玉筝秋,几曲回栏水上楼。猛忆定庵哀怨句:'三生花草梦苏州。'"

所辑山水中,间有名不副实者,但前贤既一时兴起,加以品题,未被时间的急流冲走,传了下来,遂成人文景观,也适当收录。名实相副如杭州西溪,因"大跃进"时遭人为破坏,现虽重新疏浚,已不复旧观。若刻舟求剑,一味将文人笔下的西溪与现今的西溪湿地公园相比照,是会大呼上当的。常对爱侣言:"我们生活在江南,但并未生活在江南的时代。"本书所辑,盖旧时江南也、纸上江南也。万望读者诸君明鉴。

剑胆琴心,诗酒江南

世间何物是江南

一曲菱歌敌万金

江南人家多橘树，吴姬舟上织白苎。
土地卑湿饶虫蛇，连木为牌入江住。
江村亥日长为市，落帆度桥来浦里。
青莎覆城竹为屋，无井家家饮潮水。
长干午日沽春酒，高高酒旗悬江口。
娼楼两岸临水栅，夜夜《竹枝》留北客。
江南风土欢乐多，悠悠处处尽经过。

这是唐人张籍的《江南曲》。白苎(zhù)：细白的夏布。“连木为牌”指编木或竹而成大筏。“江村”二句：江南一带乡村习俗，以干支中的亥日为集市。到了这一天，人们纷纷把船帆降下来，架起跳板上岸来赶集。白居易《江州赴忠州……》：“亥市鱼盐聚，神林鼓笛鸣。”桥，这里指上岸用的跳板，浦指水滨。“青莎”句意为，这里到处覆盖着青青的莎草、高大的茂竹，城里的屋舍就是用竹子搭成。长干：古金陵里巷名，在今南京市南。这里不一定实指，而是代称。“娼楼”句：夹河两岸都是娼家的楼房，水上立着栏栅。“江南”二句，指江南风习爱寻欢作乐，我走着逛着，全都经历遍了。

“夜夜《竹枝》留北客。”杜牧、韦庄这些“北客”来此，往往对江南作出理想化的描绘，如杜牧《江南春绝句》：

千里莺啼绿映红，水村山郭酒旗风。
南朝四百八十寺，多少楼台烟雨中。

胡晓明评点：

此诗犹如一幅江南水墨图，画意很浓。花柳酒旌之“丽”，楼台烟雨之“清”，清丽之中流动着一股疏落豪宕之气——“四百八十”、“多少”，很深的山、很远的路、很悠久的庙宇。何等的规模，何等的感叹。

唐代中国，学者们称之为“佛化的中国”。儒门淡泊，收拾不住，佛教作为异文化，却在唐代同中国的山山水水融为一体了。诗人在这里，是感叹异文化的力量，大有“青山遮不住，毕竟东流去”的味道。

如韦庄《古离别》：

晴烟漠漠柳毵毵，不那离愁酒半酣。
更把玉鞭云外指，断肠春色在江南。

毵(sān)毵：形容枝条细长柔软。不那：无奈。

韦庄又有《菩萨蛮》词：

人人尽说江南好，游人只合江南老。
春水碧于天，画船听雨眠。

垆边人似月，皓腕凝霜雪。
未老莫还乡，还乡须断肠。

垆：垒土为垆，中置酒瓮。北人之看江南，自然风光旖旎，当垆卖酒的女子都像卓文君那样美丽。不再仅仅是“西塞山前白鹭飞，桃花流水鳜鱼肥”式的淡雅的“山水画”，而是一幅浓艳的“仕女画”了。在另一首《菩萨蛮》上片，韦庄还写道：

如今却忆江南乐，当时年少春衫薄。
骑马倚斜桥，满楼红袖招。

张籍原籍吴郡（今苏州），自小生长在和州（今安徽和县），靠近长江，他笔下的江南，似乎更真实，更有世俗气息。当然总的还是“欢乐多”的。

唐诗还有一则佳话。当时朱庆余应试，为水部员外郎张籍赏识，朱还

江南小景

是有点不放心，作《闺意献张水部》探问："洞房昨夜停红烛，待晓堂前拜舅姑。妆罢低声问夫婿：画眉深浅入时无？"张籍遂作《酬朱庆余》：

越女新妆出镜心，自知明艳更沉吟。
齐纨未是人间贵，一曲菱歌敌万金。

三四句是说，齐地出产的素白细绢，不算是人间名贵的东西，越女们一曲采菱的歌谣，要抵得上万两黄金呢。而朱庆余正是越州（今浙江绍兴）人。

"如今却忆江南乐。"在回忆中，江南也变得更加撩人。王安石题汴京（今河南开封）西太一宫壁诗云：

柳叶鸣蜩绿暗，荷花落日红酣。
三十六陂春水，白头想见江南。

"绿"而曰"暗"，极写"柳叶"之密、柳色之浓。"鸣蜩"就是正在鸣叫的"知了"（蝉），隐于浓绿之中，不见其形，但闻其声。"荷花"与"红酣"之间加入"落日"，不仅点明时间，而且由于"落日"的斜晖，本已娇艳的"荷花"，更显得红颜如醉。人也有点醉意了。眼下是夏天，但面前的陂水却像三十六陂春水一样明净，让人悠然神往。"三十六陂"在扬州天长县。据《西清诗话》载："元祐间，东坡奉祠西太一宫，见公旧题两绝，注目久之，曰：'此老野狐精也。'遂次其韵。"

荆公自称"江南客"，多有眷恋江南的诗句。如"衰颜一照自多感，回首江南春水生"、"初来淮北心常折，却望江南眼欲穿"。最著名的，当然是"春风又绿江南岸，明月何时照我还"了。

元代虞集曾在大都（今北京）作《风入松》词送画家柯九思回浙江老家，末句云："为报先生归也，杏花春雨江南。""杏花春雨江南"便与丘迟《与陈伯之书》中的"暮春三月，江南草长，杂花生树，群莺乱飞"一样，成为千古名句。后人更凭借此句，弄出了"骏马秋风冀北，杏花春雨江南"的佳对。虞集也于五十九岁时，谢病归老家临川崇仁（今属江西）。

萨都剌虽为北人，却迷恋江南。其《过五溪》有云："行尽江南都是诗。"五溪在皖南青阳县西二十里。他忆到杭州：

涌金门外上湖船，狂客风流忆往年。
十八女儿摇艇子，隔船笑掷买花钱。

明人单恂有《春雨》诗：

杏花红雪覆东墙，玉版初肥箸下香。
陡忆断桥清夜烛，潇潇暮雨唱吴娘。

玉版：春笋。箸下：酒名。

清人舒瞻有题画诗：

浅深春色几枝含，翠影红香半欲酣。
帘外轻阴人不起，卖花声里梦江南。

鲁迅有《好的故事》：

我仿佛记得曾坐小船经过山阴道，两岸边的乌桕，新禾，野花，鸡，狗，丛树和枯树，茅屋，塔，伽蓝，农夫和村妇，村女，晒着的衣裳，和尚，蓑笠，天，云，竹，……都倒影在澄碧的小河中，随着每一打桨，各各夹带了闪烁的日光，并水里的萍藻游鱼，一同荡漾。诸影诸物，无不解散，而且摇动，扩大，互相融和；刚一融和，却又退缩，复近于原形。边缘都参差如夏云头，镶着日光，发出水银色焰。凡是我所经过的河，都是如此。

张恨水有《湖山怀旧录》：

谈江南山水之胜者，莫如吴头楚尾，所谓江南江北青山多也。大概江北之山，多雄浑峻，意态庄严。江南之山则重峦叠嶂，风姿潇洒。大苏谓欲

江南的春水

把西湖比西子，淡妆浓抹总相宜，则不但西湖如此，江南名胜，无不如此也。

这种“江南情结”，也衍成了当今台湾乡愁诗的“甜蜜的哀愁”。余光中吟道：

春天，遂想起
江南，唐诗里的江南，九岁时
采桑叶于其中，捉蜻蜓于其中
（可以从基隆港回去的）
江南
　　小杜的江南
　　苏小小的江南
……
　　多寺的江南，多亭的
　　江南，多风筝的
　　江南啊，钟声里
　　的江南
（站在基隆港，想——想
想回也回不去的）
　　多燕子的江南

闲梦江南梅熟日

古人心目中的江南，其最突出的特征便是多雨多水。正是这一番绵绵春雨，造就了“千里莺啼绿映红”的美景，也催开了基本根植于江南土地上的奇葩——唐宋词。

江南的水乡泽国，它的烟水迷离的景色反映进词中，极为有效地形成了词境的“柔美性”；而词人们为了塑造这种柔美的意境，也有意识地摄取有关水景的镜头，以之来“柔化”、“美化”自己的意境。

唐末皇甫松身在异乡，回忆起江南故土，写下《梦江南》词：

兰烬落，屏上暗红蕉。

闲梦江南梅熟日，夜船吹笛雨潇潇。人语驿边桥。

“闲梦”三句从多梦多雨的梅熟季节入手，幻出了极有江南特色的五月之夜，给人以一种温馨热烈的感受。“人语”自然是吴侬软语了。夏承焘在《天风阁学词日记》中说：“灯下听雨，诵‘闲梦江南梅熟日，夜船吹笛雨潇潇’句，觉‘春水碧于天，画船听雨眠’，逊此远韵。苟在北地诵之，神往何如耶。”

当然，词的出现，也和中唐以后全国经济重心的南移有关。北宋柳永《望海潮》写杭州：“重湖叠巘清嘉，有三秋桂子，十里荷花”，说的是它的柔丽，“市列珠玑，户盈罗绮，竞豪奢”，说的是它的富艳。江南水乡的柔丽与江南城市的富艳，两相凑泊，构成了唐宋词的“江南情味”。北宋王观词《卜算子·送鲍浩然之浙东》云：“水是眼波横，山是眉峰聚。欲问行人去那边？眉眼盈盈处。”又体现了词的女性（或软性）文学特征。正如杨海明在《唐宋词与人生》中所言：

这里浮动着女性的衣香鬓影，散发着女性的芬芳温馨，既向人辐射出“爱”的暖流，同时又夹杂着“怨”的冷意。总之，由于女性的介入，士大夫文人的人生不再那么沉闷与单调；女性的温柔似乎唤醒了他们沉睡在心中的人性，使他们变得亢奋，变得多情，甚至连他们的口气也由原先的呆板凝重而变为细声曼语，充满柔意……

南宋词人蒋捷有一首《一剪梅·舟过吴江》：

一片春愁待酒浇，江上舟摇，楼上帘招。

秋娘渡与泰娘桥，风又飘飘，雨又潇潇。

何日归家洗客袍？银字笙调，心字香烧。

流光容易把人抛，红了樱桃，绿了芭蕉。

作者《行香子·舟宿兰湾》中有“过窈娘堤、秋娘渡、泰娘桥”之句，可见为吴江兰湾的几处景点。词笔至此，拖逗入妙，用地名表现了词的香茜色调。正是苏州一带的秀婉景致，触发了旅人的归思。

现代诗人李白凤的《小楼》，大概便是蒋捷的梦吧：

江南春晓图　宋文治作

山寺的长檐有好的磬声
江南的小楼多是临水的
水面的浮萍被晚风拂去
蓝天从水底跃出

小笛如一阵轻风
家家临水的楼窗开了
妻在点染着晚妆
眉间尽是春色

风流思白傅，我也爱江南

皇甫松另有一首《梦江南》：

楼上寝，残月下帘旌。梦见秣陵惆怅事，桃花柳絮满江城。双髻坐吹笙。

与“兰烬落”那首一样，此词也写梦，正如岑参《春梦》诗的“枕上片时春梦中，行尽江南数千里”。秣陵指南京。“桃花柳絮满江城”是梦中秣陵美景，“双髻坐吹笙”是梦中那位梳着双髻的吹笙美人。夏承焘认为此词的结句比“人语驿边桥”更加曲折幽美。今人陈家庆女士也有“冰簟银床小院清，满身花影坐吹笙”的诗句。

一般而言，词调与内容无关，有时甚至相反，《千秋岁》、《寿楼春》只宜表达幽怨凄凉的调子（如秦观《千秋岁》的“落红万点愁如海”），绝不应填作祝寿之辞。但《望江南》却是一个例外。最早白居易的《忆江南》便说：

江南好，风景旧曾谙。日出江花红胜火，春来江水绿如蓝。能不忆江南？

所谓《梦江南》、《忆江南》、《望江南》俱为一调，内容也比较一致。

李煜有两首《望江南》：

闲梦远，南国正芳春。船上管弦江面渌，满城飞絮滚轻尘。忙杀看花人。

闲梦远，南国正清秋。千里江山寒色远，芦花深处泊孤舟。笛在月明楼。

宋人《望江南》爱用双调，如吴文英写西湖的词：

三月暮，花落更情浓。人去秋千闲挂月，马停杨柳倦嘶风。堤畔画船空。

恹恹醉，长日小帘栊。宿燕夜归银烛外，流莺声在绿阴中。无处觅残红。

明代王世贞有一首著名的《望江南》：

歌起处，斜日半江红。柔绿篙添梅

子雨，淡黄衫耐藕丝风。家在五湖东。

王世贞因救助被权奸陷害的杨继盛，遭到严嵩的打击。这首词表达了他“合则留，不合则去”的心志，但写得如此婉丽。柔绿，即嫩绿，形容江水的颜色。下面一句点出了主人公的身影，只见他站在小船上，淡黄色的衣衫被藕丝般柔软的微风吹动，显得潇洒俊逸。“藕丝风”三字将无形的风写得富有质感，并造成了一种柔和透明的视觉效果。五湖指太湖。太湖的东面，正是作者的家乡太仓。

《敦煌曲子词》里有一首《望江南》：

天上月，遥望似一团银。夜久更阑风渐紧，与奴吹散月边云，照见负心人。

对“痴心女子负心汉”作了生动的描绘。清代女词人贺双卿也有《双调望江南》：

春不见，寻过野桥西。染梦淡红欺粉蝶，锁愁浓绿骗黄鹂。幽恨莫重提。

人不见，相见是还非。拜月有香空惹袖，惜花无泪可沾衣。山远夕阳低。

贺双卿字碧秋，江苏丹阳人，出生

太湖　已立平吴霸越功，片帆高飏五湖风。不知战国官荣者，谁似陶朱得始终？

农家，聪颖好学，嫁周姓村夫，姑恶夫暴，劳悴以死。此词当写她的一段隐情。“染梦”二句，写花残红褪，蝴蝶仍在花间起舞，叶茂色浓，黄莺还在树上歌唱，仿佛没有觉察到春天已从身边悄悄消逝。一“欺”一“骗”，正见虫鸟之痴情。下片写人。“人不见，相见是还非”是说，即使此时再见到那人，恐怕也因时过境迁而改变了。“焚香”二句说，焚香拜月的缕缕暗香空惹襟袖，那美好的祝愿早成泡影；有心惜花，无泪沾衣，泪流尽了，心也碎了。尾句“山远夕阳低”，以景结情，空灵蕴藉，暗喻自已的命运如远山残照。

“断肠芳草连天碧，春不归来梦不通。”这是南宋临安女词人朱淑真的诗句。她和贺双卿一样，遇人不淑，恋人生分。这两位江南女子表达的，是怎样一种春山缥缈、桃源无路的悠长梦思，怎样一种愁肠纠结、难以化解的无望情缘。我想起了“伤心碧”、“寂寞红”，想起晏几道的词：“梦入江南烟水路，行尽江南，不与离人遇。……”

白云青山无限思

《白云是怎么白的？》忆明珠这个题目，就让人匪夷所思。细读下来，却言之成理，不落凡响，文采流丽：

《楚辞》与汉魏以前的诗歌中，“浮云”一词屡见不鲜。那时候的诗人们似乎只注意到云的流动飘忽，或者如“卿云烂兮，纠缦缦兮”，更多地关怀着云的光辉绚烂，而忽略了它的纯净洁白。《楚辞》的“青云衣兮白霓裳”，指出的是白霓。霓，还不同于云。我觉得白云放在视觉的正面高处，让中国人发现了云是白的，亦即从审美的意义上发现了白云之美，这大概不能不归功于南北朝时代的那位山中宰相陶弘景。《古诗源》录诗一首，即《诏问山中何所有，赋诗以答》：

山中何所有？岭上多白云。
只可自怡悦，不堪持赠君。

这白云由此才被定了性，升了格，它是“不堪持赠君”而“只可自怡悦”的。那么，这会是怎样的一种云，又会是怎样的一种白啊，让各人按照各自所怡悦的方向去驰骋想象吧。这吸引了以后的无数诗人去进行这种努力，以致这白云成了中国古典诗歌中的一个特定意象，内涵丰富深厚，并具有无限延伸性，但大体上离不开这“只可自怡悦”的范畴。它属于山林而背离庙堂，它近山、近水、近道、近佛；它属于闲情，但也可能属于艳情。它可能由山林而归返红尘，但决不跌落黄埃。唐初诗人张若虚在他的那首光采流丽的长诗《春江花月夜》中写道：

白云一片去悠悠，青枫浦上不胜愁。
谁家今夜扁舟子，何处相思明月楼。

在这几句出现之前，诗人还歌咏着“春江潮水”、“海上明月”、“江绕芳甸”、“花林似霰”的良辰美景，忽而想到“人生代代无已”而“江月年年相似”，这真是无可奈何的大悲哀，真足以令人透底地心灰意冷。然而恰在这时一片白云悠悠地飘入诗行——注意，只能是一片白云而不是其它，才使这春江、这花、这月、这夜重新焕发出艳丽的光彩。“此时相望不相闻，愿逐月华流照君！”这无限的缠绵、殷切，回肠荡气，都是那片白云带了来的！

而这白云，被放置在春江花月夜的环境中，也变得更加纯净，更加洁白，简直鲜丽非凡！然而它仍然只能属于山林、属于春江花月夜，仍然只能“只可自怡悦，不堪持赠君！”——它绝对地不属于庙堂！

白云是怎么白的？就是这样被诗人们吟白了的。

据说崔颢的那首《黄鹤楼》，曾使得李白五体投地，道是：“眼前有景道不得，崔颢题诗在上头。”崔颢这首诗的成功，全靠着前面的四句：

昔人已乘黄鹤去，此地空余黄鹤楼。
黄鹤一去不复返，白云千载空悠悠。

前三句每句都出现一个“黄鹤”字样，如果没有第四句中的那片白云将三处黄鹤全承接了去，我真不知道这首诗向下会怎样发展，差不多是走进了牛角尖。所以，前面三句的成功，又全靠着它的第四句：“白云千载空悠悠！”但这跟张若虚的那句：“白云一片去悠悠”，多么相似，多么相近啊。我甚至这样推想，没有张若虚的“白云一片”，也就没有崔颢的“白云千载”。甚至不妨进而说：没有张若虚的《春江花月夜》，就没有崔颢的《黄鹤楼》。这两首诗，虽然前者是长篇乐府，后者是七律，但在章法上都以白云这意象为关捩，重开了诗歌的境界气象。……

《青山是怎么青的？》更妙，兹录全文。

刚写过一篇短文《白云是怎么白的？》说白云之白，是被历代诗人将它吟咏白了。同样理由，青山之青，最初也未必是藉助于画家的画笔，而由于诗人的吟咏，才让人们注意到了这世上还有着永不枯萎的如黛如翠的山色。在中国传统文化的审美领域里，诗人一直充当着导向者与判断者的角色。

但青山一语，中国诗歌史上却出现得很迟，诗人常用的是云山、空山、春山、玉山等等，却疏忽了还该添上个青山。《古诗源》中似只一见，是谢朓的诗："不对芳春酒，还望青山郭。"这青山，在谢朓的这首诗中，应是个专用的地名。直到唐代孟浩然、王维、李白、杜甫等人出，"青山"字样才大量地出现在诗歌作品中。也许是由于李将军青绿山水金碧楼台的绘画的影响，使得诗人们意识到色彩对于诗歌境界会带来一种特殊的视觉效果，因而才自觉地致力于诗画的沟通？如王维的这类诗句：

刘墉水墨淡彩画《春江花月夜》

——言入黄花川，每逐青溪水。
——荆溪白石出，天寒红叶稀。
——桃红复含宿雨，柳绿更带朝烟。

这诗境，简直像是用画笔绘成的，于是"诗中有画，画中有诗"，也就成为中国诗歌美学的一个重要特征。但是，我们不要忘了，如果没有梁陈和初唐绮丽雕镂的诗风，又怎能产生李将军青绿山水金碧楼台的绘画？归根结底仍然是诗歌的审美发现，才使得青山成为中国诗歌的一个主要审美意象的。

盛唐以来诗中咏及青山的名句纷陈群出。还是王维，且看他的《春日与裴迪过新昌里访吕逸人不遇》——

桃源一向绝风尘，柳市南头访隐沦。
到门不敢题凡鸟，看竹何须问主人。
城上青山如屋里，东家流水入西邻。
闭门著书多岁月，种松皆老作龙鳞。

这首诗写得蕴藉典雅，是七律中的珍品，但如果没有"城上青山如屋里"一句，无论改换成别的什么，都会降低这首诗的品位。在这里，我敢说：失却青山不是诗，但，这青山却不可当作一般辞藻驱使。王维懂得这一点，给予了着意的处理。首先将远在天边的青山，拉到近在眼前的城头上，由城头而联想到主人居家的四壁，这青山也就像坐落在主人的宅屋里，与主人朝夕相对了。如此这般的经营布置，青山之青青遂成为具有无限魅力的色相——“秀色可餐”，就是由此而生的一种感觉吧！

王维的这句诗或许其来有自。与他同时代而较年长的孟浩然，有《过故人庄》云：

故人具鸡黍，邀我至田家。
绿树村边合，青山郭外斜。
开轩面场圃，把酒话桑麻。
待到重阳日，还来就菊花。

这首诗每个字都无懈可击，然而用字字珠玑形容它是不妥切的。它没有珠光宝气，像生活本身一样朴素，又像生活本身一样优美。评论家往往欣赏它的末两句：“待到重阳日，还来就菊花。”特别欣赏那个“就”字。我这里却要指出“青山郭外斜”的“斜”字。它与“绿树村边合”的“合”字，照应得十分巧妙，构成一抱一张的动

傅二石作品《青山绿水》

向，显得生动活泼。但我以为这“斜”字，还主要是为青山而设。风会斜，雨会斜，飞燕斜，柳枝斜……你想到青山会是斜的吗？然而，它斜了。一斜，便从村郭的一旁，插出一道翠玉屏风，由于让你掉换了一下视觉，这青山便那么可亲可爱、清新悦目了。孟浩然的诗，论者多指出它的“淡”，说是“淡到看不见诗”。但，诗没有消失，还是被人们看出来了。为什么？因为他并非一“淡”了事，孟诗淡中有细，他似乎不雕不琢，其实在某些场合、部位，他恰恰精雕细琢，雕琢得具体而微。这是雕琢的高手才能令人忘其雕琢而只取其精细，如上述“青山”句之“斜”字即是。还有如另一首诗：“挂席东南望，青山水国遥。”这个“遥”字，把青山推出多远啊！但还望得见，这时若用“云山”之类的字眼，便显得模糊，青山虽遥而在眼，便制约着水国之浩茫并未超出视线之外。仔细推敲，这“遥”字还不单属于“水国”，最终还是落在“青山”上。孟诗之精细处不一而足。另如：“天边树若荠，江畔洲如月。”“荷风送香气，竹露滴清响。”“风鸣两岸叶，月照一孤舟。”“野旷天低树，江清月近人。”等等，皆是。

现在说回“青山郭外斜”。这句诗对于上述王维的诗和另一首李白的诗可能都起到过参照作用。孟浩然将“青山”推向“郭外”一旁，而王维的“城上青山如屋里”，则是将青山从正面拉过来，让它坐上墙头，遂成为一个奇句。中国古典诗歌遣词、造句、命意，都讲究来历、出处，这往往造成陈陈相因，但对于某些具有卓识的诗人，却不过是借彼之源头而兴自己之波澜，借彼之土壤以成自己之崔巍。唐代诗人特别善于借鉴，因而形成承前启后各有千秋的局面。这是就诗品而言。但若具体到每一个佳句、警句是怎样来的，是怎样参照别人成果的，诗人自己不明白说出，很难弄得清来龙去脉。这也好，他们自己不说，也可容得我自由推想了。

青山横北郭，白水绕东城。
此地一为别，孤篷万里征。

这是李白《送友人》五律的前四句。“青山横北郭，白水绕东城”，跟孟浩然的“绿树村边合，青山郭外斜”，我觉得总有些相通的东西。但在李白眼中似乎并不在意“青山”、“白水”，他可能很欣赏孟浩然诗中一“斜”一“合”亦即一抱一张的两种不同动势。在他这首诗中则借青山之“横”，划下一条横向的直线，又借白水之“绕”，划下一个弧形的半圆。

李白不过是借青山、白水，让人欣赏他画出的两种不同的线条而已。王维的名句：“大漠孤烟直，长河落日圆”，也是线条的欣赏。前一句是一横、一竖；后一句是两条平行的直线，中央嵌着一个圆。也许李白是师法王维的？也许王维是师法孟浩然的？还是互不关照，各自的独创呢？

唐代诗人可能普遍关注到了“青山”之“青”的。如，王昌龄：“青山一道同云雨”，李德裕：“青山似欲留人住”，戴叔伦：“隔水青山似故乡”。至于杜甫：“江碧鸟逾白，山青花欲燃”，以及钱起：“曲终人不见，江上数峰青”，则十分强烈地显示着诗人对于色彩——对于山色之青青的觉醒了。

但我觉得不该看不到李白那枝彩笔的选择。李白诗中反复出现的物象是酒、明月、青山；在色彩上他可能特别欣赏白、青，还应当包括与“青”同义或近义的“碧”和“绿”。这里且说他咏及青山的名句：

——天边看绿水，海上见青山。

——江夏黄鹤楼，青山汉阳县。

——两岸青山相对出，孤帆一片日边来。

——问余何事栖碧山，笑而不答心自闲。

谪仙李白如此起劲地渲染着青山，人们能不群起而效之吗？李白自号青莲居士，在他诗歌中的“金芙蓉”、“玉芙蓉”都指山，所以“青山”即“青莲”也！具有象征意味的是，李白的墓地也在当涂那个叫做青山的地方。青山在当涂县东南二十多里处，南齐诗人谢　在宣城当太守时，曾筑别业于青山之南。李白对谢朓备极崇仰。在《宣州谢朓楼饯别校书叔云》这首杰出的诗篇中说：“蓬莱文章建安骨，中间小谢又清发。俱怀逸兴壮思飞，欲上青天揽明月。”李白曾多次去青山遨游吟咏，凭吊谢朓故宅陈迹。本来他的墓在与青山隔河相望的龙山，以后，人们知他生前：“悦谢家青山”，便改葬到青山来了。这样，历代诗人凭吊李白的诗，便往往提及青山，有的作为专用名词，而更多的是泛指，如：

——青山明月夜，千古一诗人。（杜荀鹤）

——不见山东李十二，青山青色只青青。（米芾）

——白骨定随风月没，青山常共姓名存。（高翥）

——久伤白发生明镜，每见青山忆谢公。（姚鼐）

李白“一生好入名山游”，他将众多的吟咏献给了到处的青山。最终，即他死后，“青山常共姓名存”，还继续召唤着人们为青山添着青色。人们只想到李白是酒星、月魄,怎没想到他还是青山之魂呢?

然而李白吟咏青山最好的诗句,却是那首看不见"青"字的《独坐敬亭山》:

众鸟高飞尽,孤云独去闲。
相看两不厌,只有敬亭山。

重要的是,"相看两不厌"的关系并非发生在人与人之间而是发生在人与山之间。我不厌山,从我的眼中也看出山不厌我;反言之,则是山不厌我,从山的眼中也看出我不厌山。这简直是情投意合、心心相印了。在中国的古典诗歌中常说到物我两忘的境界,但这并非我忘了与我相对的物,同时与我相对的物也忘了我。这里的意思是由于忘记了自身,所以也就忘了自身而外的一切,其实仍是一忘,而非两忘。李白的诗,则明确无误地道出了我知道山不厌我,山也知道我不厌山,这是一种物我两知之境。我不知道在李白之前,有谁曾经在诗歌中表现过这种意识。当然"两知"仍是一知,但这是将有知的"我"打入无知的对方,强对方之无知为有知。所以,李白的这首小诗,其个人意识之高扬是无与伦比的。

李白将他与敬亭山之间的关系,表现得如亘古知己一般密切,然而敬亭山色呢?他未作任何渲染。好像是故意将空白留给了后人。果然,几百年后,辛弃疾出,他告诉我们:这山是青色的,且看他这首《贺新郎》的上半阕——

甚矣吾衰矣;
怅平生交游零落,
只今余几!
白发空垂三千丈,
一笑人间万事。
问何物能令公喜?
我见青山多妩媚,
料青山见我应如是
情与貌,略相似!

在诗人之"我"看来,青色,妩媚,这山之情貌与我相似;而在山的眼中,我的情貌也跟它相似,妩媚得像一片青玉,耸立天际!青山之青,到这时才青得无以复加了!

潇潇暮雨唱吴娘

郁达夫专写过一篇《雨》的文字。

我生长江南,按理是应该不喜欢雨的;但春日暝蒙,花枝枯竭的时候,得几点微雨,又是一件多么可爱的事情！……夏天的雨，可以杀暑，可以润禾，它的价值的大，更可以不必再说。而秋雨的霏微凄冷，又是别一种境地，昔人所谓“雨到深秋易作霖，萧萧难会此时心”的诗句，就在说秋雨的耐人寻味。至于秋女士的“秋雨秋风愁煞人”的一声长叹，乃别有怀抱者的托辞，人自愁耳，何关雨事。三冬的寒雨，爱的人恐怕不多。但“江关雁声来渺渺，灯昏宫漏听沉沉”的妙处，若非身历其境者决领悟不到。

又在《江南的冬景》中，再次稍带了雨：

江南的地质丰腴而润泽，所以含得住热气，养得住植物；因而长江一带，芦花可以到冬至而不败，红叶亦有时候会保持得三个月以上的生命。像钱塘江两岸的乌桕树，则红叶落后，还有雪白的桕子着在枝头，一点一丛，用照相机照将出来，可以乱梅花之真。草色顶多成了赭色，根边总带点绿意，非但野火烧不尽，就是寒风也吹不倒的。

……

江南河港交流，且又地滨大海，湖沼特多，故空气里时含水分；到得冬天，不时也会下着微雨，而这微雨寒村里的冬霖景象，又是一种说不出的悠闲境界。……人到了这一个境界，自然会得胸襟洒脱起来，终至于得失俱亡、死生不问了。

俞平伯也描写“江南的寒雨”：

它的好处，一言蔽之，是能彻心彻骨的洗涤您。不但使你感着冷，且使它的冷从你骨髓里透泄出来。所剩下几微的烦冤热痛都一丝一缕地蒸腾尽了。惟有一味是清，二味是冷，与你同在。你感着悲哀了。原来我们的悲哀，名说而已，大半夹杂了许多烦恼。只有经过江南兼旬的寒雨洗濯后的心身，方才能体验得一种发浅碧色，纯净如水晶的悲哀。这是在北方睡热炕，喝白干，吃爆羊肉的人所难得了解的，他们将哂为南蛮子的癖气。

俞平伯甚至对比道：

秋风来时，苍凉悲劲中，终含蓄着一种入骨的袅娜。你侧着耳，听落叶的嘶叫确是这般的微婉而凄抑，就领会到西风渡江后的情致了。一样的摇落，在北方是干脆，在我们那里是缠绵呢。

虽然“不厌百回读似的细听江南

的雨”，但也是有保留的：

江南入夏的雨，每叫人起腻。所谓“梅子黄时雨”，若被所谓解人也者领略了去，或者又是诱惑之一。但我们这些住家人，却十中有九是讨厌它的。冬日的寒雨，趣味也是特殊的，如上所说。惟当春秋佳日，微妙的尖风携着清莹的酥雨，洒洒刺刺的悠然来时，不论名花野草、紫蝶黄蜂同被着轻松松的沐浴，以后或得微云一罨，或得迟日一烘，细缊出一种酣醉的杂薰；这种眩媚真是仪态万方，名言不尽的。想来想去，“照眼欲流”，倒是一种恰当的写法。

江南片段

这是友人赵丽宏一组散文的题目。其中《江南的水》写道：

江南到处是水，池塘沟渠，溪涧流泉，江河湖泊……登高四望，如明镜般闪烁的，是水，如玉带般蜿蜒的，是水，如珍珠般滚动的，是水。多雨时节，江南就在雨的帘幕笼罩之下。绵

江南的雨巷，紫丁香的梦

长的雨丝把天和地连成一体，把江南织成一个水的世界……

江南是流动的水，是翡翠一样清碧的流水，是茶晶一般透明的流水，是云烟一样飘逸的水。

这样的水，可以栽莲养荷蓄蛙鼓，可以濯足泛舟消春愁。这样的水，可以泡龙井茶，可以沏碧螺春，也可以酿酒，酿清冽甘甜的米酒，酿芬芳醇厚的加饭、花雕、女儿红……

西湖的水，有时候总感觉是太静了一点，太安分了一点。这时，便会想起九溪十八涧那些清澈活泼的流水。在江南，有多少这样的活水，谁能计算呢？从江南的山野和田园里走来的人，几乎人人都能向你描绘出几处你从未听说过的清泉和溪流。不过，如果把江南的水都想成西湖这样的静水，或都是九溪十八涧这样的细弱之水，那也是错。江南的水，也有雄浑壮阔的气象。我在无锡太湖边住过不少日子，太湖的万顷波涛，涛声阵阵犹如浑厚的鼓号，让闻者顿生豪气，心中的慵困和萎顿被荡涤得干干净净。如果这样的水还嫌气势不够，那好，还有更壮观的。到农历八月十八日，到海宁看“钱塘湖”去。那汹涌而来的大潮排山倒海，惊天动地，咆哮的浪涛崩云裂石，可以让胆怯者魂飞魄散，也可以让豪爽者心旷神怡。这潮水，不仅在江南，就是在中国，在世界，也是罕见的奇观。看过这样的潮水，有谁还会说江南的水都是柔弱之流呢。

水，是江南的血脉，没有这些晶莹灵动、雄浑博大的水，也就没有了江南。

《关于桥》中写道：

和水连在一起的，是桥。江南是水的世界，自然也是桥的世界，如果没有桥，江南就成了一片被流水分割成碎片的土地。是桥把这些被分隔开的土地连成一个整体。在江南，有不少城镇被人们称为“桥乡”，因为，在这些城镇，目之所及，到处是桥。桥，凝结着江南人的智慧。

在江南的乡间，从前有很多木桥。这些木桥，大多结构简单，桩柱，桥梁，都是未经雕凿的原木，桥面或者是木板，或者是拳头粗的枝条。然而就是这些简单的桥，江南的人们可以把它们造得千姿百态，没有一座重复。记得小时候去乡下，见过一座小巧的木桥，长不过四五米，桥栏杆是用一些圆木棍搭成的，这些圆木棍似乎是很随意地排列着，却拼出了精美的图案。桥头有一个木头的凉亭，凉亭的廊柱和围栏被过桥人的手抚摸得油光闪亮，亭子的屋檐下，镶嵌着一条条雕花板，那上面雕刻的花纹我至今还记得，梅兰竹菊，还有在花丛里扑蝶的小孩。我喜欢走这座桥，走在桥上，桥面在脚下微微晃荡，仿佛能感觉到流水的波动。

在算不上风景名胜之地的乡间，人们会想到修建这样既实用又有审美价值的木桥，实在很难得。要知道，那时，农民非常穷，在贫穷的状态中依然能保持这样的雅兴，依然不忘记追求艺术和美，这大概是值得骄傲的事情。如果没有进取之心，没有对生活的憧憬和希望，决不可能这样。这样的木桥，大概很难保存到现在了，岁月的风雨会毁了它们。

江南的桥，更多的是石桥。它们才是长寿的。我喜欢看那些古老的石桥，它们给人的印象，是刚劲有力。江南的石桥，把粗犷和精巧，奇妙地结合在一起。造桥的石头往往都没有经过磨砺，还保持着它们从山中被开采出来时的模样，质朴而粗犷。由它们组合成的石桥却是千姿百态。有时候，简洁的几根石条，便

水是江南的血脉和灵魂

搭成了一座简易的桥；有时候，石块和石条组合成造型繁复的拱桥，桥身高高拱起，桥下是可以行船的圆形桥洞……

二十多年前，我曾在江苏宜兴的蜀山镇客居多时，镇上有一座很大的石拱桥。高高的桥面上行人熙熙攘攘、小贩在桥上摆摊卖水果蔬菜日用百货，桥下船只来来往往，桥上的行人和桥下的船工高声应和互相打着招呼……这景象，很像是《清明上河图》中的那座大桥。走在这样的桥上，挤在杂色的人群中，我会突然觉得自己成了《清明上河图》中的人物。……

《江南的花》中写道：

江南是一个大花园。从春天的桃李海棠，夏日的莲荷蕙兰，到秋天的桂花菊花，江南的花数落不尽，描绘不完，用多少文字也写不全它们的形态、色彩和芬芳。不过，在我的记忆中，江南最美妙的花并不是这

江南荷塘　接天莲叶无穷碧，映日荷花别样红，是江南阔大而秀美的独特景致

些可以入画入诗的、带着不少文气和雅味的名花奇葩。很多年前，我客居在太湖畔的一个小村庄，春天降临大地时，我常常一个人踯躅在田野中，茫无目标地走向远方。我记得河岸和小路两边的那些野花，它们犹如散落在青草中的珍珠，闪烁着晶莹的亮光。这都是一些很小的花，大的不过指甲那么一点，小的就像绿豆米粒。它们的色彩也很普通，没有大红大紫的彩色，不是几点雪白，就是几簇淡黄，再不，就是几星细微的雪青。

这些野花，我几乎都叫不出它们的名字，也记不清它们的形状，但它们一路清新着我的视线，愉悦着我的心情，使我被一阵又一阵莫名的清香包围着。这样的景象，使我想起古人的诗句："一路野花开似雪，但闻香气不知名。"写这两句诗的是清代诗人吴嵩梁，我想，当年，他一定也有过和我一样的经历，独自一人在江南的田野里踏青，流连忘返，惊异于路边无名野花的烂漫和清新。

在我的记忆中，给人美感最多的江南之花，是两种最普通最常见的花：油菜花和芦花。

油菜花在春天开花。那是一些骨朵极小的金黄色小花，花瓣犹如婴儿的指甲般大小，如果一朵两朵地看，它们是花世界中毫不起眼的小可怜。然而没有人会记得它们一朵两朵的形状，在世人的眼里，它们是一个气势浩然的盛大家族，这些小花，不开则已，若开，便是轰轰烈烈的一大片，就像从地下冒出的金色湖泊，波澜起伏，辉映天地。在我的印象里，在自然界中，没有哪一片色彩比盛开的油菜花更辉煌，更耀眼。如果是在阴郁的时刻，面对着一大片盛开的菜花，就像面对着耀眼夺目的阳光，你的心情会豁然开朗。油菜花的香气也很特别，这是一种浓烈的清香，像是刚开坛的酒，说这香气醉人，一点也不夸张。油菜花，用它们旺盛的气势和明亮的色泽向人们展示着灿烂的生命之光。

芦花在很多人心目中不算什么花。当秋风呼啸，黄叶飘零，江南的大地开始弥漫萧瑟之气时，芦花悄悄地开了。它们曾经是河岸或者湖畔的野草，没有人播种栽培，它们却长得葳蕤旺盛，铺展成生机勃勃的青纱帐，没有人会把它们和娇嫩的花连在一起。然而就在花儿们无可奈何纷纷凋谢时，它们却迎着凛厉的风昂然怒放。那银色的花朵仿佛是一片飘动的积雪，纯洁，高雅，洋溢着朝气，没有一点媚骨和俗态。在我的故乡崇明岛，芦苇是最常见的植物。

沿江的滩涂上，高大的江芦蓬蓬勃勃，一望无际。深秋时，芦花盛开，展现在人们眼前的是一片银色的海洋，它们和浩浩荡荡的长江波澜交相辉映，连成一个浩森壮阔的整体。走在江边，听着深沉的江涛，被雪浪般的芦花簇拥着，神清气爽，心中的烦乱一扫而尽。前年秋天，我回故乡去。在江岸上散步时，我采了一大把芦花。听说我要把它们插在花瓶里，有人笑道：这样的东西，只配扎扫帚，怎么能插花瓶呢？我还是把家乡的芦花插到了花瓶里。我觉得它们胜过那些色彩艳丽却柔嫩短命的花，它们不会凋谢，也不会枯萎，用纯洁的银色，带给我清新的乡野之气，也向我描绘着生命的活力。凝视着它们，我的眼前会流过汹涌的江水，会涌起雪一般月光一般的遍地芦花，遥远的青春岁月，就悄悄地又回到了眼前……

好久不写诗了，却忍不住为这些芦花写出一首诗来：

芦花荡里的深秋江南

凝视着永恒的流水
也曾有翠绿的春心荡漾
却总是匆匆又白了头
白了头，描绘一派秋光

银色的表情并不衰老
风中摇曳着深情的向往
所有的期冀都在天空飘扬
却不是无根的游荡

刀来吧，火来吧
哪怕一夜间消失了我的形象
却无法灭绝我地下的埋藏
只要水还在流风还在吹
地下的心就会发芽长叶
春雨里又会是一地葱茏的绿意
秋风里又会是漫天洁净的银霜。

赵君的文与诗，都充满生命的兴发感动，甚至从《我的座椅》中，都会衍化成一派生机流荡：

木质凹凸，纹路沉静
椅背无声按摩我的脊背
面前是一台电脑
荧屏正闪烁现代光影
电流裹挟着声色犬马
文字在变幻跳跃飞行
……
关上电脑，转过身来
抚摸椅背上的木纹
突然感觉凉风扑面
坐椅仿佛变成树桩
椅背上嫩芽萌动
青枝蔓延，碧叶丛生
普普通通的木质坐椅
瞬间就长成一棵大树
将我笼罩于葳蕤绿荫
……
被键盘麻木的手指上
一圈，一圈，又一圈
扩展着大树古老年轮
我的身体在这扩展中缩小
心，却被新生绿荫羽化
羽化成自由的夜莺
拍拍翅膀，亮开歌喉
飞向幽远清新的山林
……

江南的船

庞培在散文《乌篷船》里想象道：

作为物的乌篷船的性格和气质里冬天的成分，比之夏日的雷雨、暮春的光景，秋冬两季的霜冻和薄雪，似乎更能映衬她的娉婷娇娆，以及清秀明丽——她的平民品质的简朴节俭——她的娇弱的翘起的船头那近乎无助的美。她是中国式河道的青春写照。她在水上的形状酷似江南地区一些乡村女人在身段、容貌、气质上的反映——她们之间如此融洽——简直令我要下出武断的结论:最先发明它的一定是女人!是纵横阡陌的水乡里渔民们的妻子。

金曾豪提到了《淌淌船》:“如果是空船,船头就昂起,一种欲飞状,一种迫不及待的情绪。等不及人划桨,船先动了。就觉得这是个活物。”

采菱可以用菱桶,而使淌淌船更得心应手。作这种活的大多是少女。喜欢穿红色的短袖衫,好让一河一湾的翠色来衬托。淌淌船成了快乐的鸭子,在菱头里逶迤、追逐。捉住一朵菱头,提起来,一嘟噜红菱便灿然出水。若有斜阳晚霞映照,红玛瑙似的更好看。淋漓的水仿佛也成胭脂色了。数一数,十几只,就喝彩:“嗬!嗬!”那一头也有人在喝彩:“噢!噢!”就有一只、两只红蜻蜓飞起来,在水面上盘旋。

作采菱这种活,裤腿当然是挽起的,或者穿短裤。菱角是水水的艳红,凉凉的坚硬。腿是白皙的,菱的许多许多尖棱棱的线条反衬出柔和与温暖。

沙家浜的乌篷船

高晓声在《静静的蒲沟》里，写得更为生动：

青蒲叶条狭长，厚实光洁，且青得发绿，使人看了心里凉爽。春夏之交开花，一枝独出，长圆如小棍状，颜色深黄，甚或浅红，昂然在蒲丛中摇曳，东一枝，西一枝，极显艳丽，真能招惹蜂蝶。蒲花晒干了点燃，功能驱蚊，可替代蚊香，花开时常有青年妇女划了元宝底小船进蒲沟采撷。那种船极活泛，最会摇晃，不容易站得稳。于是婀婀娜娜，让妇女们耍尽腰腿功夫。不懂风流，也占风流。加上水声、笑声、歌声、语声，时高时低，时有时无，就把人看呆了，听痴了。

老百姓自然更注重实用性。俞明在《船与水》中写道：

苏州城里人枕河而居并不是为后来的骚人墨客妆点笔墨，而是受到生活巨手的推动。不用说河道两旁各行各业靠水吃水，就是纯粹的居民，有船的河流也带给他们许多生的条件和生之欢悦。推开临河的窗户，水涨时分，来往舟楫上的船主人可以够得到窗槛边。四、五月间，紫酱红的杨梅、白沙沙的枇杷、粉粉红的水蜜桃，六、七月间，碧绿的西瓜香瓜，八、九月间嫩嫩朵朵的莲蓬，洁白的鲜藕，翘角的红菱，十月霜降，新米登场，老来青、飞来凤、肚子鲜、香粳稻、鸭血糯，更有各色细粮，诸如芡实、薏仁，有哪一样不在河道经过？持家主妇探首窗外，立时可以成交，伸手出去，一手付钱，一手接货，货物新鲜自不必说，既有挑拣余地，又免去了中间盘剥。

邓云乡在《西子湖上桨声柔》中，谈到一种“西湖艇子：“这种船是木船，有一丈长，中舱最宽处，大约五尺来宽，面对面置座位，如对面摆两只双人沙发，可以坐六位……船尾处，有一个横放的板座，那是摇船的舟子的座位。坐在这个座位上，一抬手，正好扶住橹的柄，便可以俯仰着身子，优哉游哉地摇了。”

过去人画西湖时，这样的船的侧影，几乎成为西湖的特征了，只要几笔就可以把西子的风韵勾勒出来：左角用淡墨画半树柳线，再加水渲染一下；右角画一抹山，一个插向晴空的保俶塔尖；再把二者用一根线连起来，中间画个小桥洞；然后再在下面画三五只小船，就是一湖春痕了……这小小的西湖船，淡淡的西子春，悠悠的家山梦啊！

胡晓明的《不系舟》，感荡心灵，有风姿，有高致：

不系园不是一处园林的名字，而是明末西湖畔一只美丽的游舫。

庄子说："饱食而遨游，泛若不系之舟。"一叶小舟，万顷波光，摇碎满湖明月，飞入藕香深处。

然而不系园又真像是一座园林。王修微《寄题不系园》诗有句云："湖上选名园，何如湖上船。""春随千嶂晓，梦借一溪烟。"画舫临波之间，林峦绿映，涧远桥幽，波光涵淡，目恍恍其如摇，意绵绵而不断，何尝又不是一处园林游观之美。

"不系园"这个名字，是明末名士陈眉公所取。这只画舫的主人是汪然明。汪氏在西湖边制作了好几艘游舫，有叫随喜庵的；更小一点的叫团瓢、观叶、雨丝风片，都是些美丽得容易教人做梦的名字，令人有"古荡无波，酒清茗洁，傍树依云，栩栩然也"之想。

然而汪然明的游舫，并不是随便什么人都能借得到的。他曾订有一纸《不系园约款》，规定须是"名流、高僧、知己、美人"，才有借舫的资格。

河东君柳如是，肯定不能算是大美人的。流传下来的诗文中，没有一句提到她的五官长相如何。顾云美《河东君传》中描写她的样子，也只有一句"结束俏利"，便已交代过去。可以远观而不可近视，凌波仙子神光离

夜色下秦淮河的画舫

合的神韵，不容俗人想象一二。钱牧斋诗"文君放诞想风流"；陈寅老诗"画眉时候月初三"、"阿云格调更无伦"，已经是很高的评价了。

"美人"又是河东君柳如是的号。它像一把钥匙，陈寅老由此考证出陈子龙、程孟阳、谢象三、钱牧斋等人与她的诗词因缘，解开了很多有关她的身世与情感因缘的谜团。

汪然明是柳如是的知己，柳如是自然也是汪然明的知己。柳如是《尺牍》第十八通云："嗟乎！知己之遇，古人所难。自愧渺末，何以当此？"可以为证。

"名流"是社会上知名度高、有影响力的人。柳如是嫁牧斋之前，便与松江几社文学集团诸名士诗人相往来，喜穿男子服装，又知识渊博，好在众人面前发表议论，与诸名士往来书札，皆自称"弟"，正是以名士自居。而嫁与牧斋之后，谈笑应酬，又成为名士聚会"文化沙龙"的女主人。当时有不少著书的人，往往挟自己的著作来拜访文坛大佬钱牧斋，愿得到他一言半语的品题。有时牧斋老人懒得见客，便让柳夫人应酬。有时需回拜客人，竟也让轿子抬了柳夫人，代表钱牧斋回访客人。牧斋常对人说："此吾高弟，亦良记室也。"也常常称她为柳儒士。

"美人"、"名流"、"知己"的条件，柳如是都具备了。至于"高僧"，陈寅恪先生论道："河东君固不可谓之为'高僧'，但就其平日所为，超世俗、轻生死，两端论之，亦未尝不可以天竺维摩诘之月上，震旦庞居士之灵照目之。盖与'高僧'亦相去无几矣。"陈先生又说，关于汪然明《不系园约款》中的四类人品，"河东君一人之身，实全足以当之而无愧。汪氏平生朋好至众，恐以一人而全具此四类之资格者，必不多有……然明诸游舫，若舍河东君而不借，便将谁借耶？"于是，柳如是《尺牍》第二通云：

"早来佳丽若此，又读先生大章，觉五夜风雨凄然者，正不关风物也。羁红恨碧，使人益不胜情耳。少顷，当成诗一首呈教。明日欲借尊舫，一向西泠两峰。馀俱心感。"

这首小笺写得真好。她的意思，表达得十分含蓄。我联想到的，首先是欧阳修的词，"人生自是有情痴，此恨不关风与月。"还有一种联想：柳如是一早挐舟出游，几时回返？依她的性情，微月林端徘徊时？佛灯古寺依稀时？

我多年前读张宗子《西湖七月半》，不能懂得为什么"杭人游湖，巳（上午九时至十一时）出酉（下午五时至七时）归，避月如仇"。杭人何以如此俗？张宗子又何以如此清雅自赏？后来读了陈寅恪先生关于西湖游舫的考证，才明白了张宗子如此写的苦心。明亡以后，汪然明写给周靖公的尺牍云：

“人多以湖游怯见月诮虎林人。其实不然。三十年前虎林王谢子弟多好夜游看花，选妓征歌，集于六桥。一树桃花一角灯，风来生动，如烛龙欲飞。较秦淮五日灯船，尤为旷丽。沧桑后，且变为饮马之池。昼游者尚多猬缩，欲不早归不得矣。”

清兵入关，大批军队驻防杭州，昔日荷香灯船之盛地，变而为膻腥戎马之区。张宗子的雅俗之叹，骨子里是文化的盛衰之感。西湖的繁华必定是一代比一代强，然而像柳如是那样的文化灵秀之气，确是西湖千年不再的相遇。已亥年冬，我在西湖刘庄，有七言绝句一首，抄录以作本文的结语：

琅琅遗章梦旧游，两峰清气想风流。
无边残柳枯兰意，又是湖边几度秋？

梦泊江南何处桥

吴冠中写过一篇《水乡四镇》，笔墨最多的是绍兴柯桥：

我前后三次到柯桥，熟悉的风情仿佛是故乡，只是当地没有一个熟人。小镇小得可爱，因为它紧凑，活跃，生活浓缩了。两道河流相交成十字形，小镇就围绕着十字形河道展开，河道上由三座石桥连接相通。三座石桥的位置布置成品字形，构成了市中心。桥的大小和体形各不相同，站在任何一座桥上又可看到沿河排列开去的大大小小或方或圆的一座座多样石桥，是水乡，又是桥乡。街就随着河道转，木楼骑街，夏日，行人躲开了烈日；雨天，不湿衣服，因之寸寸尺尺之地也挤满了摊摊贩贩。从河浜骑街楼的木柱子之间望出去，像通过画框去选景，看那对岸蜿蜒曲折的街巷，那白墙上一排排高高低低的乌黑门窗，被忽疏忽密的楼柱分割得更加多样，层次复杂，人群就在这复杂多样的街巷里川流不息。高处，楼上窗户里又伸出横横斜斜的竹竿，垂挂下色彩缤纷的衣裳。那座最高的石桥之顶，仿佛是全镇的钟楼，这里永远呈现着熙熙攘攘的热闹景象。有人并不是为了过桥，就爱闲坐在桥栏上看那四方河道里往来的各式各样的船只，……看那河中纵横互斥的水纹变化，瞬息万变，马远画的《水图》那是过于规律化和简单化了！如果将水纹复杂的曲线、弧线和三座桥的不同拱形线联系起来看，连寄生在大石桥隙缝间的浓密植物的藤藤垂线也联系起来看，这已经就是上下左右均用线包围的形式所构成的一幅别致画面了。

绕到后街去，通过桥，还有桥，路面宽起来，河面也跟着宽起来，行人却少起来，气氛一变，从浓郁转入淡雅了。忽然转入一个河浜，高高的粉墙，静静的河水，紧依着石级泊着一只乌篷船，水面如镜，白墙、黑瓦、疏疏的垂柳、乌篷船的俏小身段……统统清晰地重复在倒影里，现实世界与倒影世界结成了一幅完整的画面。

清晨，薄雾朦胧中菜市早已展开，人挤人，篮碰篮，深蓝色的人群是主调，多半是农民，他们送来鲜活的鱼虾，不时发出高音和低音的鹅鸭，高高的甘蔗、碧绿的蔬菜、通红的柿子……有些我童年爱吃但不知正式名称的许多杂鱼也在此碰见了。

……

柯桥，永远使人怀念鲁迅笔底的情调。乌镇是茅盾的故乡，是《春蚕》

布面油画　苏州的桥　毛以岗作

的诞生地。

在乌镇，吴冠中写道：

离开大河，沿着支流小河便都是老街。那条西街约有三华里吧，因其窄，又微微曲折着前进，似乎前面总有更神秘的景象在吸引着我，有时通过一个骑街的圆拱门，像又别有洞天了！

……到接近西高桥时，前面便是田野小道，街就该结束了，但饭店、杂货店倒又活跃起来。小河一直紧贴着小街流去，两岸的芦苇浓郁而修长，仿佛竹林，阔叶垂垂，随风起舞，而密密层层的芦花更似挥舞着的大刀，在太空中比武，这使画家们很易联想到梵高画面中的庄稼与杂草，像抵枪似的直刺天空。一座座石拱桥骑跨在小河上，两岸的桥座往往被掩没在芦苇丛中，只露出强有力的一条桥洞的大弧线，与芦苇飘忽的枝叶群线构成和谐的对比。乌镇，也像芦镇。西街尽头最大的西高桥，处于水道的丁字路口，群众首先会告诉你，电影《杜十娘》里的哪几个镜头就是在这里拍摄的。小街靠河一面的房屋地基有限，临河的门窗与台阶互相拥挤，参差错落，包涵着许多不规则的几何形构成体，似乎可以形成类似结构主义的画面，老百姓不懂什么结构主义，但当画面上点缀了闲游的白鸭及屋顶交错的电视天线时，他们就完全接受、欣赏了。

……

乡镇，特色就在半乡半镇，介乎乡与镇之间，镇与乡之间难划明确的界线。镇的尽头，已是船坞、独木桥、菜畦，极目四顾，处处都是丛丛新柳掩映着的江南村落，过了一村又一村，而且远处的村落似乎总比近处更吸引人，引得我们永远向往远处，……

在这众多的桥中，上海朱家角有一座木结构桥，叫惠民桥，建有木板棚，上盖砖瓦，故也称廊桥。登桥可欣赏两岸整齐的石驳和粉墙黛瓦的明清建筑。这里大概也发生过东方式的“廊桥遗梦”吧？

郭外人家落照闲

江南乡镇人家密集，俯瞰往往是参差错落黑压压的大片屋顶。陈从周在《谈谈色彩》中说：

江南的粉墙黛瓦就是适应软风柔波垂柳的小桥流水，而用北方宫殿建筑的红墙黄瓦也就与环境格格不相入了。江南民居、园林的那种雅洁的外观予人以明快的感觉，该是大家所留恋的吧！如今许多江南中小城市都用上了红砖，我有次在常熟城市规划会议上，大呼“火烧常熟城”，引得大家发笑，这炎热的江南夏天，居民怎受得了？可是建筑材料部门就是不肯烧青砖，那又有什么办法呢？

身居成都的洁尘也说：

整个江南，以苏州为代表，于我是一大幅黑白图片；江南是我的老家，这些黑白图片于我也就多了一些亲昵和几分鲜艳。青砖，玄瓦，白墙，绿藤，色彩的基调就是如此，有着气吐如兰的娴静与沉着。骑楼，花窗，隔扇，砖雕，小桥人家枕水而居，耳边的是欸乃的橹声和绕梁数匝的弹词。

梅娘在《人家尽枕河》中回忆：

今年初夏再访苏州，主人安排我住在一幢临水的老房子中。破晓，被欸乃的桨声唤醒，推窗远眺，河面水气氤氲，淡紫的朝雾，薄纱似的垂挂在尖俏的檐角下边。刚刚欢跳而来的一缕朝晖，金匹练似的由此岸

粉墙黛瓦的江南民居

到彼岸，熠闪在幢幢房屋之间。河水映着朝霞，反映淡紫、青碧、橘黄等多种色彩。这斑斓的色块被划过来的船只撞碎，便一鳞一鳞地闪开，消逝在石砌的岸壁之上。岸壁便是家屋的墙，几乎一律是用一种淡黄夹杂着赭石云纹的石块筑成，石块湿漉漉的，一些隐秘的小凹凹里，还滋生着绿绿的苔藓。

黄裳在《江村》一文中提起：

镇内有一条河。河床两侧是用整齐、坚固的条石叠起的，河身两岸是路，路侧就是连绵不断的高大、整洁的宅第，垣墙基脚也都用同样的条石打底。这些房子虽然都已有了百年以上的年纪，可是依旧坚固、壮观、大方。

王佐良《浙江的感兴》谈到了屋内：

这里主要的色泽是黑和白，黑的瓦顶，白的粉墙，冲洗得发白的石级路，连木柱子也是黑的，谨严、素净，然而空间是庞大的，人有足够的地方可以移动，物件也是厚实可靠的，像那间大大的厨房里的那口大大的腌菜缸，在朴质的生活里有温厚的人情。

深壑曲涧幅千里

陈从周比较南北园林：

“春雨江南，秋风蓟北。”这短短两句分明道出了江南与北国景色的不同。当然喽，谈园林南北的不同，不可能离开自然的差异。我曾经说过，从人类开始有居室，北方是属于窝的系统，原始于穴居，发展到后来的民居，是单面开窗为主，而园林建筑物亦少空透。南方是巢居，其原始建筑为棚，故多敞口，园林建筑物亦然。……北方园林我们从《洛阳名园记》中所见的唐宋园林，用土穴、大树，景物雄健，而少叠石小泉之景。明清以后，以北京为中心的园林，受南方园林影响，有了很大变化。但是自然条件却有所制约，当然也有所创新。首先对水的利用，北方艰于有水，有水方成名园，故北京西郊造园得天独厚。而市园，除引城外水外，则聚水为池，赖人力为之了。水如此，石南方用太湖石，是石灰岩，多湿润，故“水随山转，山因水活”，多姿态，有秀韵。北方用土太湖、云片石，厚重有余，委宛不足，自然之态，终逊南中。且每年花木落叶，时间较长，因此多用长绿树为主，大量松柏遂为园林主要植物。其浓绿色衬在蓝天白云之下，与黄瓦红柱、牡丹、海棠起极鲜明的对比，绚烂夺目，华丽炫人。而在江南的气候条件下，粉墙黛瓦，竹影兰香，小阁临流，曲廊分院，咫尺之地，容我周旋，所谓“小中见大”，淡雅宜人，多不尽之意。落叶树的栽植，又使人们有四季的感觉。草木华滋，是它得天独厚处。北方非无小园、小景，南方亦存大园、大景。亦正如北宗山水多金碧重彩，南宗多水墨浅绛的情形相同，因为园林所表现的诗情画意，正与诗画相同，诗画言境界，园林同样言境界。北方皇家园林（官僚地主园林，风格亦近似），我名之为宫廷园林，其富贵气固存，而庸俗之处亦在所不免。南方的清雅平淡，多书卷气，自然亦有寒酸简陋的地方。……

我喜欢用昆曲来比南方园林，用京剧来比北方园林（是指同治、光绪后所造园），京剧受昆曲影响很大，多少也可以说从昆曲中演变出来，但是有些差异，使人的感觉也有些不同。然而最著名的京剧演员，没有一个不

江南园林　山水自然的缩影，风雅脱俗的意境

在昆曲上下过功夫。而北方的著名园林，亦应有南匠参加。文化不断交流，又产生了新的事物。在造园中又有南北园林的介体——扬州园林，它既不同于江南园林，又有别于北方园林，而园的风格则两者兼有之。

车前子则谈了园林种植：

据说江南的古典私家园林是不种桃树的，也不种李树，认定桃李轻薄，就用海棠替代桃树，梨树替代李树，海棠春坞，梨花院落，海棠梨花就不轻薄吗，在我看来，轻薄正是春花的好处，春花就是要轻薄，秋花就是要持重，这才合乎天性，所以桃李如果轻薄，海棠梨花也轻薄，因为春气就是轻薄的，几春花皆轻薄，要少年都行春，只有少年行春了，方能老气横秋，我看到少年老成的，我就不舒服，看到老少年我却并不讨厌，一个人老了，苦难在他身上没有留下多少痕迹，这是神的履历啊，……

在《园品》一书中，车前子继续发挥：

园林是中年人的，甚至是老年人的。年少气盛，不懂玩味。为什么明清之际园林兴盛，道理就在这里。明清文化是中老年文化，朝气淡了，暮气浓了，但味道却似乎更足。暮气也是美。

园林主人转身隐退，掇山理水。既是用假山假水对真山真水的减法，也是用平淡人生对绚烂经历的减法。

进入长留天地间之前的那些游廊和小院，忽收忽放，忽明忽暗，如周作人的文风，要细看才能看出他的匠心。周作人在文章中是推崇简单味和涩味的。在我觉得，简单味就是放，就是明；涩味就是收和暗。文章一味地放而不收或者明而不暗，终究不是文章之道。反之亦是。

趣是天趣非人力，味乃韵味得匠心。园林的美在于有趣味。常言小趣味，一个贬词。但我看趣味不怕小，趣味甚至还的确要小，大了就无趣味，是气象了。园林不讲气象。

游园只能一个人玩，所谓独游。今天陪了两个外地朋友，一如充军。行色匆匆，印象模糊。

在书的后记中，车前子越说越玄。艺圃的值班人是位老革命，他常常在夜里听见池塘边女人的哭声，据说太平天国时候，有一百四五十名苏州女人在这里自溺。

江南文化中，就是飘动着鬼影。

这鬼既是灵感，也是创造力。现在这个鬼越来越淡，江南也就开始衰弱。而北方的神却多了起来，装神弄鬼。黄河流域是装神的地方，长江流域是弄鬼的所在。现在鬼都在园林里，说明江南的环境、气氛恶化，只有园林还有一点过去的记忆。

园林是鬼的家园。

古典美的女人在园林里出现仿佛鬼魂，摩登美的女人在园林里出现好似卡通。

园林的灵魂在于静，也在于暗。这简直是中国艺术的灵魂。

一切艺术的境界，不是隔，也不是不隔，是隔而不隔。拿唐诗作例子，李贺难免隔，白居易难免不隔，隔而不隔的是李商隐。如果有机会在园林里读李商隐的无题，才是人生的华丽。

我是喜欢华丽的，哪怕华而不实我也是喜欢的；华而不实从植物学的角度看，往往更具备观赏性。人生缺乏观赏性，等于林中没月色。

清声丽音驻云飞

谈完南北园林，陈从周意犹未尽，又写了《园林美与昆曲美》：

我国园林，从明、清后发展到了成熟的阶段，尤其自明中叶后，昆曲盛行于江南，园与曲起了不可分割的关系。不但曲名与园林有关，而曲境与园林更互相依存，有时几乎曲境就是园境，而园境又同曲境。文学艺术的意境与园林是一致的，所谓不同形式表现而已。清代的戏曲家李渔又是个园林家。过去士大夫造园必须先建造花厅，而花厅又多以临水为多，或者再添水阁。花厅、水阁都是兼作顾曲之所，如苏州怡园藕香榭、网师园濯缨水阁等，水殿风来，余音绕梁，隔院笙歌，侧耳倾听，此情此景，确令人向往，勾起我的回忆。……昆曲的所谓“水磨调”，是那么的经过推敲，身段是那么细腻，咬字是那么准确，文辞是那么美丽，音节是那么抑扬，宜于小型的会唱与演出，因此园林中的厅榭、水阁，都是最好的表演场所，它不必如草台戏的那样用高腔，重以婉约含蓄移人，亦正如园林结构一样，“少而精”，“以少胜多”，耐人寻味。《牡丹亭·游园》唱词的“观之不足由他遣”。“观之不足”，就是中国园林精神所在，要含蓄不尽。

陈先生还兴致勃勃地列举了昆剧《牡丹亭·游园》的唱词：“袅晴丝，吹来闲庭院，摇漾春如线”、“朝飞暮卷，云霞翠轩”、“雨丝风片，烟波画船”，还有《玉簪记·琴挑》的“粉墙花影自重重，帘卷残荷水殿风”。“虽在溽暑，人们于绿云摇曳的荷花厅前，兴来一曲清歌，真有人间天上之感。”

更将兰花来比昆剧：

兰香是世上最高雅的香，隐而不显，往往于无意中闻到，而从香中引出你绵邈的遐思，其神秘处就在这里。……现在人们将昆剧比做兰花，喻其高雅，这一来，仿佛昆剧是曲高和寡了，和兰花一样，爱好者仅数人了。其实兰花称兰草，江南山间随处都有，正如过去昆剧是一种极普通的剧种，深入民间、宫廷，兰花，群众喜爱它，人们将女孩子取名叫兰芳、兰香、秀兰等等，并没有什么了不得，不过人们欣赏水平高，爱此雅致的花与剧种而已。戏剧界有句老话，叫“昆底”，就是戏要演得好，必须有昆剧底子。当年梅兰芳、程砚秋、姜妙香

《牡丹亭》 缠绵秾丽牡丹亭，一往情深杜丽娘

等先辈都是演昆剧的能手，俞振飞老先生更不用说了。……

我们传统的住宅，在江南家家有个小天井，天井的日照半阴半阳，在适宜的湿度，盆栽兰花能安此境。早春有春兰，长夏有夏兰，入秋有秋兰，幽静的庭院，妥帖安排了几盆兰花，清香乍闻，沁人心脾，因为庭院往往是周以墙屋，宜香之不四溢，持久而弥漫。江南人爱兰花，在庭院拍曲，那是最高尚的文娱生活啊！我就是偶然在苏州这样一种境界里，从兰花爱上了昆剧。

2001年5月18日，昆曲被联合国教科文组织列入“人类口头和非物质遗产代表作目录”。

扬州千古属诗人

一

南朝梁代的何逊，写过一首《咏早梅》的诗，其中佳句为“衔霜当路发，映雪拟寒开”。这首诗还有一个题目:《扬州法曹梅花盛开》。法曹是汉晋时主管邮递事务的官署。就为这个题目，引发了一桩公案。

杜甫因这首诗，写下了“东阁官梅动诗兴，还如何逊在扬州”。后来有些研究者，便错把诗中的“扬州”当作今天的扬州。其实，诗中的“扬州”，治所在今天的南京。宋人张邦基说得明白:“然东晋、宋、齐、梁、陈皆以建业为扬州，则逊之所在扬州，乃建业耳，非今之广陵也。”(《墨庄漫录》)

今天的扬州，在南朝称广陵郡、江都郡，南兖州，不称扬州。《隋书·地理志》说:“江都，梁置南兖。……开皇九年，改为扬州。”可见广陵或江都直到隋代始称扬州。

南朝乐府民歌《那呵滩》唱道:“闻欢下扬州，相送江津弯。愿得篙橹断，交郎到头还。”南朝的京城建业在当时是最大的城市，非常繁华。《隋书·食货志》说它“淮水(指秦淮河)北有大市百余，小市十余所”。西部地区的商人纷纷到建业去做生意。《那呵滩》则表现了女子送别欢郎去经商时的悲伤与无奈。六朝《殷芸小说》中的“腰缠十万贯，骑鹤下扬州”，指的也是建业。古人说福禄寿俱全。“腰缠十万贯”是福，“骑鹤”是寿，“下扬州”就是到建业去做官，自然指禄了。

广陵虽也是南朝的大城市，但与当时的建业、江陵、襄阳等还是不能相比的。

隋唐时代，广陵始为南北交通要

冲，“盖自汴河开通，江都为转运枢纽，终唐之世，金陵衰而江都盛”（朱偰《金陵古迹图考》），较之六朝，又是另一番光景了，有“扬一益二”之誉。益指益州，今天的成都。

二

开通汴河的，正是隋炀帝杨广。

晚唐诗人皮日休在《汴河怀古》中评道：

尽道隋亡为此河，至今千里赖通波。
若无水殿龙舟事，共禹论功不较多。

皮日休在《汴河铭》中也感叹：“隋之疏淇、汴，凿太行，在隋之民不胜其害也，在唐之民不胜其利也。”诗的三四句意为：如果没有穷奢极欲游幸江都之举，隋炀帝的水利之功当不下于大禹。

水殿龙舟，见于《资治通鉴·隋纪》：“（大业元年）八月，上（炀帝）行幸江都，御龙舟。龙舟四重，高四十五尺，长二百丈。上重有正殿、内殿、东西朝堂，中二重有百二十房，皆饰以金

烟花三月下扬州　两岸花柳全依水，一路楼台直到山

玉，下重内侍处之。别有浮景九艘，三重，皆水殿也。”

由此我想起另一首七绝：

红桥飞跨水当中，一字栏杆九曲红。
日午画船桥下过，衣香人影太匆匆。

这是清人王士祯（号渔洋山人）的《冶春绝句》。红桥，在扬州瘦西湖东南。最先是明人架的一座木桥，因为桥的栏杆是红色，故名。至清代中叶，木桥改建为单拱石桥，如虹卧于波，又称虹桥。

也许是对红桥情有独钟，渔洋又有《浣溪沙·红桥怀古》二首：

北郭清溪一带流，红桥风物眼中秋。绿杨城郭是扬州。
西望雷塘何处是？香魂零落使人愁。淡烟芳草旧迷楼。

白鸟朱荷引画桡，垂杨影里见红桥。欲寻往事已魂销。
遥指平山山外路，断鸿无数水迢迢。新愁分付广陵潮。

传诵至今的“绿杨城郭是扬州”便出于此词。

但我似乎更倾心“衣香人影太匆匆”的诗句。渔洋以超常的灵感，将稍纵即逝的朦胧感觉，捕捉于笔端，定格在一幅印象派大师也难以描绘的图画里。

鲍照的《芜城赋》，早为扬州定下了“东都妙姬，南国佳人，蕙心纨质，玉貌绛唇，莫不埋魂幽石，委骨穷尘”的伤感之美的基调。

这种浮生若梦、及时行乐的思想，在咏唱扬州的诗文中表现得最为强烈。

“故人西辞黄鹤楼，烟花三月下扬州。”（李白）

“夜市千灯照碧云，高楼红袖客纷纷。如今不似时平日，犹自笙歌彻晓闻。”（这是王建笔下“安史之乱”之后的扬州）

“天下三分明月夜，二分无赖是扬州。”（徐凝）

“遥荡春风乱帆影，片云无数是扬州。”（皎然）

“画舫乘春破晓烟，满城丝管拂榆钱。千家养女先教曲，十里栽花算种田。”（郑板桥）

“白雪满头花满眼，一年两度到扬州。”（赵翼）

黄裳在《三访扬州》中写道：

诗人文士歌咏的篇章把这里形容成一个有如海市蜃楼的所在。这中间最令人吃惊的是唐代诗人张祜的诗句:“人生只合扬州死,禅智山光好墓田。”这就是说,扬州不只是可以纵情享乐的都会,就是死也要死在这里。感情之强烈,真是无以复加。

“衣香人影太匆匆”正是这种心态的最好诠释。隋炀帝竭天下财力,开凿运河,三幸江都,看琼花,盖迷楼,最后死在这里,固然荒唐之极,而扬州的魅力却由此得到集中的展示。按照郁达夫的说法:“小杜的‘青山隐隐水迢迢’,与‘十年一觉扬州梦’,还不过是略带感伤的诗句而已,至如‘君王忍把平陈业,只换雷塘数亩田’,‘人生只合扬州死,禅智山光好墓田’,那简直是说扬州可以使你的国亡,可以使你的身死,而也决无后悔的样子了,这还了得!”

“平陈业”指杨坚灭掉南朝陈国。雷塘位于扬州城北十里,炀帝陵墓在此。民间流传炀帝下葬后,天公作怒,夜降暴雨,霹雳不断,多次将隋炀帝的尸骨震出棺外,土地也被雷击成一个个深坑,雷塘由此得名。

我甚至臆测,李公佐的《南柯太守传》之所以把故事发生的地点定在

扬州运河夜景

扬州，大概也是受了以隋炀帝为滥觞的扬州风流艳史的影响。黄裳在《三访扬州》中，对隋炀帝分析道：

他真的是用了极大的努力，在最短的时间内，把隋朝弄亡了的。他使用的手段是游玩、侵略和无限制地役使民力，不愧为历史上罕见的大灾星。他在这样肆无忌惮地做着时，心境是空虚的，栗栗的。他的一个有名的故事就发生在无法收拾时局，逃到扬州，愈加变本加厉地过着荒淫无度生活的时候。有一次，他在照镜子，抚摸着自己的头颅对立在身后的萧皇后说："好头颅，不知道给谁来开刀！"这分明已经陷入神经失常的状态了。他对这种奇怪的思想解释是："贵贱苦乐，人生无常，杀头也算不了什么！"……比起要求死在扬州、葬在扬州的上等墓地的诗人来，气魄不是大得远了？

三

徐凝原诗为《忆扬州》：

萧娘脸薄难胜泪，桃叶眉长易觉愁。
天下三分明月夜，二分无赖是扬州。

南朝以来，诗词中男所恋女子常称萧娘，女所恋男子常称萧郎。桃叶，晋王献之妾。这里代指作者怀念的佳人。一二句意思叠见，都是形容她的多情善感，泪眼、愁眉似是重复而不觉其烦，有反复留恋、无限萦怀之意。天下二句，谓天下三分之二的良辰美景为扬州所占。无赖，王念孙在《广雅疏证》卷六中引汉代《方言》解释为"小儿多诈而狯"，这里引申为恼人情思。杜甫有"韦曲花无赖，家家恼杀人"，李商隐有"花须柳眼各无赖，紫蝶黄蜂俱有情"。两诗的"无赖"，一反其原义，都极写春色之美，撩人情思，转为亲昵之辞了。

张泌《寄人》诗："别梦依稀到谢家，小廊回合曲栏斜。多情只有春庭月，犹为离人照落花。"与徐诗相比，一说春月多情，一说明月无赖，语虽异而意相同。思念与月色，昔日与今日，浑然一片，此中情味，也已浸入骨髓了。

《忆扬州》影响很大，清康熙初年，维扬名妓陈素素曾自号"二分明月女子"，并创作诗集《二分明月集》。道光年间，书画家钱泳为员氏园林题写了"二分明月楼"的匾额（今广陵路91号宅内）。

"二分明月扬州梦，一树垂杨四百桥。"（曹寅诗）这种"二分明月情结"，终于让扬州人把新城的东南门命名为"徐凝门"。

张祜原诗为《纵游淮南》：

十里长街市井连，月明桥上看神仙。

人生只合扬州死，禅智山光好墓田。

月明桥，在禅智寺前，今不存。神仙：神女，指妓女。神智山光，两寺名。禅智寺即上方寺，一名竹西寺。在扬州城西北五里的蜀冈上，当年是隋炀帝的行宫，后施舍为寺，和大明寺遥遥相对，清初尚存，后毁。杜牧有《题扬州禅智寺》五律，结句为："谁知竹西路，歌吹是扬州。"山光寺，即果胜寺，在湾头镇前，临古运河，原为炀帝北宫，因卜筮不吉，舍宫为寺。

罗隐原诗为《炀帝陵》：

入郭登桥出郭船，红楼日日柳年年。
君王忍把平陈业，只换雷塘数亩田。

入郭二句，指炀帝在江都日日寻欢作乐，年复一年。红楼，当指迷楼。据唐代韩偓《迷楼记》：（炀帝）诏有司，供具材木，凡役夫数万，经岁而成。楼阁高下，轩窗掩映，幽房曲室，玉栏朱楯，互相连属，回环四合，曲屋自通，千门万户，上下金碧……人误入者，虽终日不能出。帝幸之，大喜，顾左右曰："使真仙游其中，亦当自迷也，可目之曰迷楼。"君王二句，言如何忍心将平定陈朝统一全国的千秋大业，只换取雷塘数亩之地。当年炀帝正是作为行军元帅，灭掉陈国的。

关于这首诗，王国维在《人间词话》中评述：

"君王忍把平陈业，只换雷塘数亩田。"政治家之言也；"长陵亦是闲丘垄，异日谁知与仲多。"诗人之言也。政治家之眼，域于一人之事；诗人之眼，则通古今而观之。

"长陵"二句，指晚唐诗人唐彦谦的《仲山》诗：

千载遗踪寄薜萝，沛中乡里旧山河。
长陵亦是闲丘垄，异日谁知与仲多。

仲山在陕西泾阳县西北，相传为刘邦之兄刘仲居处。沛中，今江苏沛县，为汉高祖家乡。长陵在陕西咸阳东北，为汉高祖葬地。《汉书·高祖纪》："上奉玉卮为太上皇寿。曰：'始大人常以臣无赖，不能治产业，不如仲力。今某之业所就，孰与仲多！'殿上群臣皆称万岁，大笑为乐。"

《仲山》诗认为，不管刘邦与刘仲生前如何（一贵为天子，一只会置些产业），人生短暂，转眼间同归丘垄，从后人看来，汉高祖还与刘仲争什么多少！王国维指出这首诗概括了人类命运的共性，是"诗人之眼"；而罗隐诗太具体，太落实，只反映了炀帝一人的悲剧，是“政治家之眼”。当然“政治家”只是借喻。罗隐原名罗横，屡试不第，才更名罗隐的。许文雨在《〈人间词话〉讲疏》中赞叹：“凭吊一人，而古今无数人，无不同此感慨，此之谓诗人造情之伟大！”

杜牧《寄扬州韩绰判官》便传达出“诗人造情之伟大”：

青山隐隐水迢迢，秋尽江南草未凋。
二十四桥明月夜，玉人何处教吹箫？

二十四桥和未凋的草一样，还依然存在，但江南秋尽，那桥上吹箫的玉人，却不知何处去了？这在明月之夜更显凄凉。诗里的江南既是地理概念，也是文化概念。她的文化强势体现为：把长江以北的淮扬地区都算作了江南的一部分。

韩绰为淮南节度使判官，是杜牧在扬州时的同僚。玉人指韩绰。晋裴楷、卫玠仪表俊雅，有玉人之称。天宝时包何《同诸公寻李方直不遇》中有“闻说到扬州，吹箫忆旧游”，吹箫当是扬州故实。

关于“二十四桥”的争论，由来已久。有说是一座桥，如清代李斗《扬州画舫录》：“二十四桥即吴家砖桥，

二十四桥明月夜

一名红药桥，在熙春台后。”有说是二十四座桥，如宋人沈括在《梦溪补笔谈》中所言。刘士林则因了沈括对杜甫《古柏行》的“霜皮溜雨四十围，黛色参天二千尺”发过“无乃太细长乎”的讥讽，而对沈括的过于拘执不以为然。

“二十四桥”在杜牧诗中，是否专指一桥呢？《一统志》载：“扬州二十四桥，在府城，隋置，并以城门坊市为名。”《唐阙史》有云：“扬州胜地也，每重城向夕，倡楼之上，常有绛纱灯万数，辉耀罗列空中。九里三十步街中，珠翠填咽，邈若仙境。”二十四桥既以城门坊市为名，当然是罗布在这九里三十步街中，而决不会是专指一桥了。况且杜牧本来就好虚数，如“南朝四百八十寺，多少楼台烟雨中”，这“四百八十寺”与“二十四桥”一样，只是形容数量众多罢了。

明人张岱在《陶庵梦忆》中，索性以《二十四桥风月》为题，写了扬州钞关一带的夜景。刘士林在《人文江南关键词》中判断，杜牧笔下的二十四桥，与南京的秦淮河一样，是风月场的代词，“二十四桥不仅是桥，更是和扬州的明月、吹箫的佳人以及像杜牧一样潇洒的诗人一起呼吸、吟咏的生命体。”

胡晓明则从数字本身做文章：

二十四，也是中国语文中很美的数字。二十四孝，是曾参、董永等二十四个史上有名的大孝子；二十四史，是中国从汉朝到明朝最基本的史书；二十四番花信，是天地间四季常新的花期。花常开，史长存，人长在。二十四桥，正是中国江南最动人的桥。

到了南宋姜夔的《扬州慢》词中，伤感的情绪更浓了：“二十四桥仍在，波心荡、冷月无声。念桥边红药，年年知为谁生？”

茅以升在《二十四桥》文中，如是解析：

所谓“仍在”“桥边”，似乎应当是指一座桥，否则如是很多桥，难道每座桥边，都有红药吗？但是，紧接这几句词的上面，还有相关的几句：“杜郎俊赏，算而今，重到须惊。纵豆蔻词工，青楼梦好，难赋深情。”可见，“二十四桥”这句和“豆蔻”“青楼”两句的上面，有一个“纵”字，这个“纵”字就应当贯串到“二十四桥”这句，这才使姜夔从慨叹“玉人何处”而不由得“念”到桥边红药；玉人不在，红药何用？无怪杜牧的“明月”也就变成“冷月”了。

“豆蔻”“青楼”二诗是指杜牧的《赠别》与《遣怀》：

娉娉袅袅十三余，豆蔻梢头二月初。
春风十里扬州路，卷上珠帘总不如。

落魄江湖载酒行，楚腰纤细掌中轻。
十年一觉扬州梦，赢得青楼薄幸名。

这里的“春风十里扬州路”即指唐时横贯扬州城的“九里三十步街”，十里取其约数。“扬州梦”则容易让人与同为唐人的李公佐所作传奇《南柯太守传》相联。传中明说淳于棼住在广陵郡东十里，宅南有大槐。淳于棼着实在“大槐安国”风光了一遭，醒时夕阳未落，残杯未收。

唐诗中写扬州的，还有一首当得起“诗人造情之伟大”的，即郑谷的《淮上与友人别》：

扬子江头杨柳春，杨花愁杀渡江人。
数声风笛离亭晚，君向潇湘我向秦。

长江在扬州到镇江的一段，称扬子江。风笛指风中的笛声。离亭即送别的驿亭。秦指长安一带。

此诗看来是旅途相逢，旋又分别，题中的“与友人别”是从我说的，因此，“愁杀人”应该是我的感觉。但从友人方面说，又何尝不是如此。所以“愁杀”者，实彼此有同感也。景情交融，君我同感，真不辨何者为景，何者为情，亦君我难分了。

类似的句式，顾况有“君向长安余适越，独登秦望望秦川”，李商隐有“不堪岁暮相逢地，我欲西征君又东”，但都不及郑诗有特色。一二句中的“扬子江头”、“杨柳青”、“杨花”等同音字，“江”字的有意重复，构成了一种既轻爽流利，又回环往复、富于情韵美的风调，使人读来既感到情的深永，又不显得过于沉重。末句“君”“我”对举，“向”字重叠，也增添了咏叹的情味。前人对此诗也极多佳评。

贺贻孙《诗筏》云：“诗有极寻常语，作发句无味，倒用作结方妙者，如郑谷《淮上别友人》云云，盖题中正意只‘君向潇湘我向秦’七字而已，若开头便说，则浅直无味，此却倒用作结，悠然情深，觉尚有数十句在后未竟者。唐人倒句之妙，往往如此。”

俞陛云《诗境浅说续编》云：“送别诗，惟‘西出阳关’久推绝唱。此诗情文并美，可称嗣响。凡长亭送客，已情所难堪，客中送客，倍觉销魂也。”

四

平山堂在扬州城西北五里蜀冈，为庆历八年（1048）欧阳修任扬州太守时所建。堂前有栏槛，天色晴明时，遥望隔江诸山，历历在目，拱揖槛前，因名平山堂。欧阳修曾作《朝中措》

词，其上片云：

平山阑槛倚晴空，山色有无中。手种堂前垂柳，别来几度春风。

朱自清因此评道："平山堂在蜀冈上。登堂可见江南诸山淡淡的轮廓；'山色有无中'一句话，我看是恰到好处，并不算错。这里游人较少，闲坐在堂上，可以永日，沿途光景，也以闲寂胜。"

叶灵凤甚至说："竹床跣足虚堂上，卧看江南雨后山。平山堂确是有这样的一种好处。"

陈从周则从扬州名胜布局考虑："瘦西湖四周无高山，仅其西北有平山堂和观音山，亦非峻拔凌云，惟略具山势而已，因此过去皆沿湖筑园。……建筑物类皆一二层，在平面的处理上是曲折多变，如此不但增加了空间感，而且又与低平水面互相呼应，更突出了白塔、五亭桥，遥远地又以平山堂、观音山作'借景'。"

平山堂　高视两三州，何论二分月色；旷观八百载，难忘六一风流

再谈到平山堂："此堂远眺，正与隔江山平，故称平山堂。平山二字，一言将此处景物道破。"

冯其庸赞道：

我记得在平山堂厅后有一横匾，题曰："远山来与此堂平"。每次去平山堂，总要找到此匾饱看一回。我觉得此匾题得实在妙极了，尤其是那个"来"字，简直写活了。不是堂与山去平，而是"远山"来与"此堂"平，字面上写的是山与堂平，读者的实际感觉上却是堂比山高，堂是主，山是宾，堂是端然不动，山是远处趋来。请看这简单的七个字，寓意多么丰富，感情色彩多么浓烈！

羊春秋则钦仰堂主、六一居士欧阳修。其《平山堂》云：

江南林壑与堂平，壁上龙蛇百态生。
六一宗风谁得似，中天明月大江横。

二句本苏轼《西江月》词意："三过平山堂下，平生弹指声中。十年不见老仙翁，壁上龙蛇飞动。"

平山堂还有一则轶事。"扬州八怪"之一的金农，赴平山堂宴。席间以古人诗句飞红为令，依次至主人。主人苦思不得，众客将按令论罚，主人不得已，仓卒成句："柳絮飞来片片红。"众哗然，此时金农对众客说，这是元人咏平山堂的诗，并吟诵全诗：

廿四桥边廿四风，凭栏犹忆旧江东。
夕阳返照桃花渡，柳絮飞来片片红。

廿四风：指二十四番花信风。风应花期而来，故谓之"信"。《荆楚岁时记》："始梅花，终楝花，凡二十四番花信风。"桃花渡：一作桃花坞，瘦西湖长堤上的一处园林。现听鹂馆即桃花坞旧址。

其实，这是金农杜撰以解主人之围的。（见牛应之《雨窗消意录》）

五

瘦西湖位于扬州西北，原名炮山河，亦名保障河、保障湖，又名长春湖。为唐罗城、宋大城的护城河。沿河两岸，经历代擘划经营，逐步形成湖上园林。特别是清康熙、乾隆下江南巡游，扬州官员与盐商为助皇帝游兴，不惜重金，聘招名家沿湖筑园，并多次疏浚湖道。十里波光，幽香明媚。清代钱塘人汪沆第一次题以"瘦西湖"：

垂杨不断接残芜，雁齿红桥俨画图。
也是销金一锅子，故应唤作瘦西湖。

红桥位于瘦西湖东南。"《府志》

云：'在北门外，一名虹桥。朱栏跨岸，绿杨盈堤，酒帘掩映，为郡城胜游地。'"（李斗《扬州画舫录》）雁齿，比喻红桥台阶的排列。白居易诗："虹梁雁齿随年换。"销金一锅子，南宋周密在《武林旧事》中称杭州西湖"日糜金钱，靡有纪极"，故有"销金锅儿"之号。

清人费轩《梦香词》赞：

扬州好，第一是红桥。杨柳绿齐三尺雨，樱桃红破一声箫。处处系兰桡。

清人陈文述有《红桥秋泛》：

面面垂杨面面风，画桥西北画楼东。
夕阳只在栏干外，一半芙蓉水上红。

近人易君左在《闲话扬州》中言：

平山堂出扬州北郭约五里，清溪成河，水平如砥；夹岸垂杨，一带修篁者，瘦西湖也！行此地，始知瘦字之妙；维扬妍丽尽于此，犹西子之纤腰。

甚至说："'天下三分明月夜，二分无赖在扬州！'还有一分恐怕专在扬州的瘦西湖？"

当然，这也不是易君左的独创，因为清人方濬颐《广陵杂咏》中有一首便是：

五亭烟水送归桡，谁拥冰轮上碧霄。
今夜方知二分月，清光一半在虹桥。

诗里提到的"五亭"，指五亭桥，原名莲花桥，建于清乾隆年间。当时乾隆二下江南，扬州的盐商特地在去平山堂的必经之地莲花梗上，建造了这座"上置五亭，下列四翼，洞正侧凡有十五"的亭桥。据说月圆之夜，每洞各衔一月，十五个圆月倒悬水中，争相辉映。泛舟穿插桥洞，别具情趣。五亭桥一侧的莲性寺内，耸立着一座类似北京北海的白塔。桥、塔互为映衬，是我国园林桥梁建筑中的杰构。

朱自清在《扬州的夏日》中，讲到五亭桥的妙处："五亭桥如名字所示，是五个亭子的桥。桥是拱形，中一亭最高，两边四亭，参差相称；最宜远看，或看影子，也好。"

吴调公有《扬州瘦西湖五亭桥》：

窈窕湖山萃此亭，亭亭铁马入青溟。
好得千古沧桑韵，寄与清波冷月听。

"清波冷月"句，化用白石词意："二十四桥仍在，波心荡、冷月无声。"

朱自清自称"我是扬州人"，但湖南人易君左，似乎比朱自清更有激情："古人有一句诗：'水晶帘下看梳头！'可以代表扬州的风景。"

惟其是“水晶帘下看梳头”，所以不是“卷帘梳洗望黄河”的气概。一个“瘦”字，可以把全风景的形态刻画净尽！然所以能形成瘦西湖之瘦，固然是湖面不宽，弯弯曲曲，袅袅婷婷，娇滴滴羞答答的美人风味，然而一种风景之形成是有一种陪衬的，瘦西湖成立的最大原因是由于一带长堤临风摇曳的青青杨柳！

对扬州颇多失望的郁达夫，在《扬州旧梦寄语堂》中，也对瘦西湖赞美了几句：

瘦西湖的好处，全在水树的交映，与游程的曲折；秋柳影下，有红蓼青萍，散浮在水面，扁舟擦过，还听得见水草的鸣声，似在暗泣。而几个弯儿一绕，水面阔了，猛然间闯入眼来的，就是那一座有着五个整齐金碧的亭子排立着的白石平桥，比金鳌玉蝀，虽则短些，可是东方建筑的古典趣味，却完全荟萃在这一座桥，这五个亭上。

红学家冯其庸仿佛作了一个小结，认为“烟水野渡的气息”才是“瘦西湖的本色”：“她不同于杭州的西湖，西湖多少有点人工味和富贵气；也不同于南京的玄武湖，玄武湖似乎略少姿态。”

园林专家陈从周在《烟花过了上扬州》一文中也说：

瘦西湖确是美，空灵淡远，宜人情性。我从第一次游瘦西湖，直到如今，

五亭桥　清波涵月影，空洞过云桡，夜听玉人箫

景随情异，我的感触是有所不同的。瘦西湖的白塔，五亭桥，原是仿北京北海的，不过具体而微。但它没有北海的豪华。那种皇家的金粉，已渐渐适应不了近来的我。“城曲深藏此布衣”，在今日来讲，我只能在瘦西湖信步、荡漾，似乎较得体吧。“赢得二分明月夜，扬州千古属诗人。”瘦西湖有灵，亦将有此同感乎？

六

琼花是扬州的市花。

琼花一词在唐诗中曾经出现，但只是作为一种美喻，如李白“西门秦氏女，秀色如琼花”，如吴融“曾笑陈家歌玉树，却随后土看琼花”，以“琼”对“玉”。

作为专称，至北宋才出现。郡守王禹偁写过两首琼花诗，其小序云：“扬州后土观有花一株，洁白可爱，其树大花繁，不知实何木也，俗谓之琼花。”

琼花

后土观为汉代后土祠旧址，在今文昌中路东段北侧。晚唐罗隐有《后土庙》诗，只写到后土夫人“一带好云侵鬓绿，两层危岫拂眉青”，并无提及琼花。《扬州览胜录》载：此花“相传天下无双”，“欧阳修守郡时，筑无双亭以覆之，由是扬州以琼花名天下，因称琼花观。”

叶灵凤在《烟花三月下扬州》文中说：“隋炀帝开凿运河到扬州来看琼花的故事，流传已久。可是据明人的考据，琼花到宋代才著名，因此，隋炀帝是否曾到扬州看过琼花，大有疑问。宋人笔记《齐东野语》说：

> 扬州后土祠琼花，天下无二本，绝类聚八仙，色微黄而有香，仁宋庆历

中，尝分植禁苑，明年辄枯，遂复载还祠中，敷荣如故。淳熙中寿王亦移植南内，逾年，憔悴无花，仍送还之。其后宦者陈源，命园丁取孙枝移接聚八仙根上，遂活。然其香色则大减矣。今后土之花已薪，而人间所有者，特当时接木，仿佛似之耳。

据此，后土祠的真本琼花，在宋朝就已经绝了迹，后人所见，全是由聚八仙接种而成，所以，一般人都将琼花与聚八仙合而为一。郑兴裔有《琼花辨》，言之甚详。不过，缺乏实物作证，即使是聚八仙，也已经很少见。”

聚八仙与琼花同宗，花开时，一朵大的花蕊周围镶嵌着八朵小花，好似八仙聚会。南宋赵以夫《扬州慢》词序云：琼花与聚八仙大率相类，所不同者有三。琼花大而瓣厚，其色微黄；聚八仙花小瓣薄，其色微青，其一也。琼花叶柔而莹泽，聚八仙粗而有芒，其二也。琼花蕊与花平，不结子而香；聚八仙蕊低，结子而不香，其三也。

欧阳修有《无双亭答刘发运》：

琼花芍药世无伦，偶不题诗便怨人。
曾向无双亭上醉，自知不负广陵春。

诗中将芍药与琼花并列。如果说琼花尚有存疑之处，那么芍药则是实实在在的了。宋时扬州芍药甲于天下。苏轼称“扬州芍药为天下之冠”（《仇池笔记·万花会》），并在题画诗《赵昌芍药》中说：“扬州近日红千叶，自是风流时世妆。”他的门生晁补之有《望海潮·扬州芍药会作》，开首便是：“人间花老，天涯春去，扬州别是风光。红药万株，佳名千种，天然浩态狂香。”“浩态”写数量之多、场面之大，“狂香”写香气之烈、传播之远。此句出韩愈《芍药》诗“浩态狂香昔未逢”。宋人王观还写了《扬州芍药谱》的专著；其中提出39种芍药，说：“今洛阳之牡丹，维扬之芍药，受天地之气以生。”又把扬州芍药与洛阳牡丹并举。

陆游的祖父陆佃《埤雅》云：“世谓牡丹为花王，芍药为花相。”已将芍药同位极人臣的宰相联系了起来。这固然是因为芍药五色绚烂，易引起人们对富贵气象的联想，大概还与沈括在《梦溪补笔谈》中“四相簪花”的故事有关。

北宋庆历年间，韩琦在扬州任上。有一天，衙署后园中一株芍药在一枝主茎上同时开出四朵花来，花色上下均为大红，惟中间杂以黄色花蕊。当时扬州芍药没有这一品，后来才称它为“金缠腰”或“金带围”。韩琦极为珍视此花，准备设一宴会，邀请三位贵客，与己共应一干四花的瑞兆。

这时，大理寺评事通判王珪、大理评事签判王安石正好在扬州，除了他们二位外还差一人，便勉强以一人充数。翌日，那人忽患腹泻，不能赴宴，韩琦只好打听有无朝官经过扬州。此时恰好大理寺丞陈升之路过扬州，就请他与会。酒宴中，韩琦剪下四朵盛开的“金带围”，与王珪、王安石、陈升之三人各簪一枝，彼此祝贺，尽欢而散。难以置信的是，此后三十年间，簪花的韩琦、王珪、王安石、陈升之四人，竟都先后做了北宋的宰相！

王观曾任江都知县，对扬州风物熟悉，他的《扬州芍药谱》，当不属道听途说之书。他那首名词《卜算子》（水是眼波横）写尽了江南的妩媚。

同为名词，姜夔的自度曲《扬州慢》收尾道：“二十四桥仍在，波心荡、冷月无声。念桥边红药，年年知为谁生！”虽然“二十四桥”有些虚渺，但“桥边红药”花开花谢了八百多年。李斗《扬州画舫录》里记载：“筱园本小园，在廿四桥旁，康熙间土人种芍药处也。”二十四桥边的筱园，方圆四十亩，其中种芍药的即占十余亩，时称“芍田”。郑板桥咏扬州风俗为“千家有女先教曲，十里栽花算种田”，并非夸大之辞。是谁慨叹，“扬州帘卷春风里，曾惜名花第一娇”？

扬州芍药

七

盐课是封建政权仅次于田赋的一项财政收入。“自古煮海之利，重于东南，而两淮为最。”

所谓两淮，是以淮河为界，在淮河以南者谓之淮南，在淮河以北者谓之淮北。当然，此处的两淮并非指淮河全流域的南部与北部，而是专指淮河入海处的海盐产区。两淮盐业的管理中心在扬州，两淮盐商的聚居之地也在扬州。因此，两淮盐商通常又称为扬州盐商。

两淮盐业，始于西汉吴王刘濞“煮海水为盐”，但当时，两淮地位并不重要。“自唐注重东南，东南尤重江淮”(嘉庆《两淮盐法志》卷一)。唐代开始，两淮的盐产量增多，降及两宋，淮盐产量大增，盐税的征收由发运使统管。到了明清时期，两淮盐业达于极盛。两淮盐场的地位，也为全国各盐场之冠。所谓“府海之饶，两淮为最”。盐赋收入已成为明清两朝的经济支柱。

乾隆时，“盐课居赋税之半，两淮盐课又居天下之半”(《两淮盐法志》)。也就是说，扬州每年上交国家的税收，仅盐税一项就占全国财政收入的1/4。两淮盐业有如此重要的地位，王朝的统治者不能不对这里特别关注。清政府在这里设了盐运御史和盐运使司，牢牢控制盐的产销和盐税的征收。康、乾祖孙也先后数次南巡。帝王的驾临，促进了扬州城市的发展，尤其是蜀冈–瘦西湖景区的形成。

乾隆南巡，诸多盐商“以重资广延名士为之创稿”(金安清《水窗春呓·维扬胜地》)，对瘦西湖加以整体规划，沿湖筑园，由北门经瘦西湖到蜀冈，沿途有二十四景，“两堤花柳全依水，一路楼台直到山”。

《扬州揽胜录》记载：“清康熙乾隆两朝，翠华南巡，商民争造园林，以望幸临，于是昔之虚莽，化为亭台，既足为湖山增色，而其时物力之殷阜，民生之逸乐，视隋唐间，又远过之。”盐业是一个高利润的行业。这一商品基本是由国家控制，实行专卖制度(官专卖或商专卖)。

乾隆时有人说“天下第一等贸易为盐商”，“故谚云：‘一品官，二品商。’商者，谓盐商也，谓利可坐获，无不致富，非若他途交易，有盈有缩也。”(欧阳昱《见闻琐录》卷三)朱轼也说：“凡商贾贸易，贱买贵卖，无过盐斤。”(《皇朝经世文编》卷五十)宋应星《野议·盐政议》中提到：“商之有资本者，大抵属秦、晋与徽郡三方之人。万历时扬州盐商三千万两资本，一年可获利九百万两银子，利润率高达30%。顾炎武《天下郡国利病书》卷十六引别人的话说："心计之民为之贩盐，只获利五，而无劳"，其他商人只获利三。如此高额利润的获取，其重要原因是盐的产地价与销售价之间的价格差。黄钧宰《金壶浪墨》记："场价斤止七文……而转运至汉口以上，需价五六十不等。愈远愈贵，盐色愈杂，霜雪之质，化为缁尘。乡曲贫民，有积日累旬坚忍淡食者矣。"

扬州盐商既通过贵卖来榨取利润，同时又通过贱收从制盐灶户身上夺取好处。清初，制盐灶户多贫苦之家，缺少资金。为了制盐，他们先向盐商借贷，到盐制成，盐商收购时，"买盐给价，则权衡子母，加倍扣除，又勒短价"（朱轼《请定盐法疏》,《皇朝经世文编》卷五十）。

北宋柳永担任过浙江定海晓峰盐场的监督官，由此写出了《煮海歌》。潮涨潮落，盐分积淀泥中，盐民匍匐刮泥，堆成"岛屿"，让它风吹日晒。"风干日曝盐味加，始灌潮波溜成卤。"即淋卤。然后"采樵深入无穷山；豹踪虎迹不敢避，朝阳出去夕阳还"。船载肩扛，运柴回来，熬卤成盐。"投入巨灶炎炎热；晨烧暮烁堆积高，才得波涛变为雪。……周而复始无休息，官租未了私租逼；驱妻逐子课工程，虽作人形俱菜色。"我们由此看到了柳永除"偎红依翠，风流事，平生畅"以外，还有关心民瘼、为民请命的一面。

我们还会想到清代诗人吴嘉纪的《绝句》：

> 白头灶户低草房，六月煎盐烈火旁。
> 走出门前炎日里，偷闲一刻是乘凉。

"投机得来的财务，自然是要在这种形式中去寻求开心的用场。于是享乐变成淫荡，金钱、污秽和鲜血就同归一流"（《马克思恩格斯全集》第七卷）。康熙《扬州府志》卷三十一载有这样一首诗：

> 盐商妇，多金帛，不事田同与蚕绩。南北东西不失家，风水为乡船作宅。本是扬州小家女，嫁得江西大商客。绿裳溜去金钗多，玉腕肥来银钏窄。前呼苍头后叱婢，问尔因而得如此。婿作盐商十五年，不属州县属天子。每年盐利入官时，不少官家多入私。官家利薄私家厚，盐铁尚书远不知。何况江头鱼米贱，红脍黄橙香稻饭。饱食浓妆倚舵楼，两片红腮花欲绽。
>
> 盐商妇，何幸嫁盐商，终朝美饮食，终岁好衣裳……

"扬州盐务，竞尚奢丽，一婚嫁丧葬，堂室饮食，衣服舆马，动辄费数十万”（李斗《扬州画舫录》卷六）。“衣服屋宇，穷极华靡，饮食器具，备求工巧，俳优伎乐，恒舞酣歌，宴会嬉游，殆无虚日，金钱珠贝，视为泥沙。甚至悍仆家奴，服食起居，同于仕宦”（《清朝文献通考》卷二十八）。

韦明铧在《二十四桥明月夜·关于扬州盐商》中这样评判：

他们精明强干，但又庸俗猥琐。他们挥金如土，但又锱铢必较。他们礼贤下士，但又目空一切。他们趋炎附势，但又诗酒风流……然而所有这些都掩盖不住他们的本质，这就是：他们是一个具有寄生性、依附性和消费性的商人群体。这一本质决定了他们不可能把财富用于扩大再生产，从他们身上根本看不到同一时期西方资产阶级身上的那种锐意精进的蓬勃朝气。

扬州白塔　传说中富甲天下的扬州盐商为迎接乾隆皇帝，一夜间造起白塔

一个颇具讽刺意味的对比是，清乾隆年间，也即公元十八世纪中叶，正当东方最富有的扬州盐商集团以大把白银用来建造瘦西湖上豪华的五亭桥时，西方的发明家瓦特正在改良蒸汽机，并因此而引发了整个西方世界的产业革命。产业革命使西方资产阶级作为一支新兴和独立的政治力量登上了历史舞台，此

时扬州盐商却仍在靠兴建园林与蓄养戏班向南巡的清朝皇帝胁肩谄笑。

嘉道之后，盐业衰败，盐商大势渐去。晚清之际，扬州盐业行销的历史终告结束。光绪年间，铁路开通，昔日的交通要冲成了闭塞之地。扬州的地位一落千丈，商业、手工业等俱呈江河日下之势。大诗人龚自珍在遇到旧友秦敦夫时，不禁吟出：

蜀冈一老抱哀弦，阅尽词场意惘然。
绝似琵琶天宝后，江南重遇李龟年。

他还有一首《过扬州》，也含"归绚烂于平淡"之意：

春灯如雪浸兰舟，不载江南半点愁。
谁信寻春此狂客，一茶一偈过扬州。

反倒是他的好友魏源，于道光十五年（1835）买园于扬州，并有《扬州画舫曲》：

湖外青山山外湖，人言此地旧蓬壶。
不知红桥白塔景，可似《清明上河图》？

毕竟是旧日蓬莱仙境，日人森槐南，又吟出了"扬州风物最相思"的诗句。

近读澳大利亚教授安东篱的《说扬州》（中华书局2007年版），她也反复强调："在中国文学当中，扬州被建筑为一个梦幻之地"，"它的名字通常与苏州相提并论，二者都因为美女、园林以及其他文化产品而出名"，并预言："文学中的扬州继续在整个汉语文献世界自由流传。"

我忽然想起前面提到的发生在平山堂上的那一则轶事。一般人看了，大概只会一笑了之，或佩服金农的急智与辩才。台湾当代女作家张晓风，却生了极大的感动，怀旧的感动，在《给我一个解释》中，留下如此美好的文字：

解围的才子出面了，他为那人在前面凑加了一句，"夕阳返照桃花渡"，那柳絮便立刻有道理了。我每想及这样的诗境，便不觉为其中的美瞠目结舌。三月天，桃花渡红霞烈山，一时天地皆朱，不知情的柳絮一头栽进去，当然活该要跟万物红成一气。这样动人的句子，叫人不禁要俯身自视，怕自己也正站在夹岸桃花和落日夕照之间，怕自己的衣襟也不免沾上一片酒红。

西风残照过金陵

最有名的，便是唐代刘禹锡的两首绝句：

山围故国周遭在，潮打空城寂寞回。
淮水东边旧时月，夜深还过女墙来。

“寂寞回”，情味特佳。潮响城逾静，似乎潮水也在感叹六代繁华的逝去，而发出“空空”的哀音。领略过、享受过明月的人们如今安在？而明月圆了又缺，缺了又圆，亘古不变，徘徊于城堞之上。秦淮河是不夜的，如今却有了最凄清的夜。

朱雀桥边野草花，乌衣巷口夕阳斜。
旧时王谢堂前燕，飞入寻常百姓家。

才写“朱雀桥”，便接以“野草花”，既状其荒芜，又为“百姓”作衬也；及写“乌衣巷”，又接以“夕阳斜”，既象征门第之衰落，又为“燕飞”作衬也。平平数语，道尽沧海桑田、华屋山丘。

今人不像古人那样伤感，更是抱着观赏的态度。朱自清在《南京》一文中说：

逛南京像逛古董铺子，到处都有些时代侵蚀的遗痕。你可以摩挲，可以凭吊，可以悠然遐想；想到六朝的兴废，王谢的风流，秦淮的艳迹。这些

南京乌衣巷

也许只是老调子，不过经过自家一番体贴，便不同了。所以我劝你上鸡鸣寺去，最好选一个微雨天或月夜。在朦胧里，才酝酿着那一缕幽幽的古味。你坐在一排明窗的豁蒙楼上，吃一碗茶，看面前苍然蜿蜒着的台城。台城外明净荒寒的玄武湖就像大涤子（指明末清初的扬州画家石涛——引者）的画。豁蒙楼一排窗子安排得最有心思，让你看的一点不多，一点不少。

关于玄武湖，作者写道：

七八年前，湖里几乎长满了苇子，一味地荒寒，虽有好月光，也不大能照到水上；船又窄，又小，又漏，教人逛着愁着。这几年大不同了，一出城，看见湖，就有烟水苍茫之意；船也大多了，有藤椅子可以躺着。水中岸上都光光的，亏得湖里有五个洲子点缀着，不然便一览无余了。这里的水是白的，又有波澜，俨然长江大河的气势，

南京玄武湖童子拜观音石

与西湖的静绿不同，最宜于看月，一片空蒙，无边无界。若在微醺之后，迎着小风，似睡非睡地躺在藤椅上，听着船底汩汩的波响与不知何方来的箫声，真会教你忘却身在哪里。五个洲子似乎都局促无可看，但长堤宛转相通，却值得走走。湖上的樱桃最出名。据说樱桃熟时，游人在树下现买，现摘，现吃，谈着笑着，多热闹的。

叶灵凤也写过《樱桃的乡情》，说到家乡玄武湖以产樱桃著名，“玄武湖上有许多小洲，洲上的居民以种植樱桃为业”。“樱桃并不是什么特别好吃的果物，但它的形与色很可爱，小而圆润，成熟的作朱红色，未熟透的作蜡黄色，我国古代诗人形容它盛在白瓷大盘里的情形，像敲碎了的珊瑚，……”

由铁如意敲碎了的珊瑚枝，我突然想起黄裳游玄武湖时的一个发现。

回舟经过一处桥洞。停舟洞下。一时有五六只小船全部挤在一起，真是了不得。走不动了。风来，极凉爽。舟身动荡，用手去扶了洞壁，乃忽然发现，这都是用有字的砖砌了起来的。上面大抵是一些年号与官衔之类。看那规制，大约是明朝的遗砖。南京的风雅即在此等处，不论是太平门外贫民的房子、鸡鸣寺的山路，这里的桥洞，全都是用了古砖。而这种气派也的确大得很。这些有四五百年历史的砖，在美国，也许早就进了博物馆，而我们却拿来铺地。

千秋乐府唱南朝

莫愁湖风景明净，气象开朗，确有北方女子风调。相传南齐时，有洛阳少女莫愁远嫁江南卢家，住在湖滨，因得此名。

清人王闿运于同治十年（1871）曾为莫愁湖撰写长联：

莫轻他北地燕支，看画艇初来，江南儿女无颜色；

尽消受六朝金粉，只青山依旧，春来桃李又芳菲。

不料长联了竟激起了当地人士的公愤，认为这是对“江南儿女”的侮辱，不许悬挂。后经人调解，诗人把“无颜色”改为“生颜色”；“青山依旧”改为“青山无恙”，“又芳菲”改为“斗芳菲”，才算了事。

黄裳在《白下书简》里说：

这一改，我看倒是改得反而不通了。为什么来了一个漂亮的洛阳姑娘，反而使江南儿女“生颜色”了呢？“依旧”倒还没有什么，“无恙”就大不一样了。可见除了“青山”，其余的一切，都已被湘勇搞光。这简直是越改越“反动”。

不过，黄裳毕竟是学者，随即发掘了这桩公案的深层原因：

攻下了太平天国的天京以后，曾国藩弟兄手下的湘勇着实在南京大大的屠杀、抢掠了一通，还有一个必不可免的节目是把大批江南的女孩子带回了家乡。这自然并非都是怎样美满的结合。王壬秋（王闿运字壬秋——引者）对此采取怎样的态度，也是迷离惝恍的。不过，“尽消受六朝金粉”这些字样，在劫后余生的江南人士看来，自然是刺着了痛处，难怪要大怒。由此看来，这对联也应该算做一百零九年前的一件“伤痕文学”的标本。

清人李德音有《莫愁湖绝句》：

苍天特欲破愁城，一抹平湖独著名。
若是卢家无少妇，夕阳芳草不关情。

黄思永集李松云句，也为佳联：

一种湖光比西子；千秋乐府唱南朝。

金陵四十八景之首——莫愁湖

在《金陵游记》，黄裳也曾提到莫愁湖：

在这里喝茶，女侍拿上来了瓜子。开了窗子，湖风飒然，远处清凉山在日光下面一片红色，上面覆了一小片青翠，倒还是个休息的好地方。

何绍基有一首题莫愁湖的诗，"烟水荒寒不可收，昔年曾作冶城游。湖山自有佳时节，儿女宽心且莫愁。"诗人的情感，总是相通的。无论楼阁如何破败，湖水怎样荒寒，在这儿小坐，总还可以有片刻的闲静。古时候少女的喜欢取名莫愁，未必真正是整日在娇憨地做天真态，然而别人看来却好像永远是不知愁的，如王昌龄笔下的"闺中少妇"，这大约也是一个永恒的悲剧吧！

"春牛首，秋栖霞"

这是南京的谚语，盖言春景惟推牛首，秋色首尚栖霞，游必以时也。1981年，黄裳来游：

新近经过修整的栖霞寺，远远望去，正像一位身披大红袈裟的老衲稳稳地端坐在禅榻之上，座后紧紧围着一座重重叠叠、回环曲折的翠绿屏风。沉稳极了。人世的音响无论如何也无法惊醒他的好梦。从后山的万绿丛中，偶然可以发现一两株缀着黄叶的枝条，正如才入中年的人额头初见的白发。我们来得早了一些，到了十月半，这里将是遍山的丹枫红叶，那又该是怎样一番光景呢？

他自然也想到李香君：

等我们离开栖霞，已经是傍晚时分，回头遥望，满山苍翠，确是好个所在。难怪孔尚任在《桃花扇》中把李香君的归宿安排在这里，还特地请有名的画家蓝田叔领她到此。朋友介绍，李香君当年栖真的道院据传就在山顶。我想这可真是有意思，真的有那许多好心人制造并相信了这样的"佳话"。为使名山胜地免去寂寞，并为他们喜爱并同情的人物寻找一个理想的归宿，人们创造了多少"神话"啊。

对金陵胜迹，黄裳情有独钟，如数家珍，虽然他并未居家于此。

这次到明孝陵是从中山陵下走过去的。刚刚过了辛亥革命七十周年的纪念日，中山陵畔真是人山人海，这就更衬出了孝陵路上的清幽寂静。山路两侧布满了蓊郁青葱的林木，一路上几乎没有遇到过什么游人，除了偶然飘来的鸟语，也一点都听不到喧嚣的市声。浓烈的草木香真是中人欲醉，这样缓缓地在钟山路上的徜徉，不能不想起当年王荆公大抵也曾在这里散步过。荆公集中有不少金陵诗，其中有不少断句写的好像就是眼前的景物。“木末北山云冉冉，草根南涧水泠泠。”“木落冈峦因自献，水归洲渚得横陈。”诗人感觉的敏锐、思路的灵活，在在都使人惊异。一个头脑里曾经充满着剧烈、复杂的社会矛盾、政治斗争的大政治家，最后只能观察、研究、记录大自然哪怕是极微细的变化，并天才地予以表现。这是怎样大的寂寞啊。

……

刘禹锡在“乌衣巷”一诗中，在二处地方具体写出“朱雀桥”、“乌衣巷”和“王谢堂前”；韦庄在“台城”诗中写的是“六朝”、“台城”和“(长)江”。此外就都是自然的景物，野花、夕阳、燕子和雨、鸟、柳树、长堤。这一切都是没有“生命”的东西，但在诗人的安排运用下，它们释放出的则是难以想象的力，撼动着读者的心。……像台城、朱雀桥、乌衣巷这样的地方，这些孕蓄了巨大能量的古旧的地理名称，在南京几乎到处都是。即使有些已经泯灭了遗迹，但名称都还在。没有一个游人可能游遍所有的胜迹，怕也没有一位学者在地方风土志中能著录下全部的遗址。同时，每个不同时代的游人都有自己的选择。譬如，“新亭”是有名的地方，东晋时人们常在这里游宴，“风景不殊，举目有山河之异”和“当共戮力中原，克复神州，何至作楚囚相对泣耶？”的对话也是极著名的，表现的也并非全是消极的感情，但今天有谁会辛苦地去寻找“新亭”遗址呢？听说雨花台上方孝孺的墓已经没有了，但今天去祭扫烈士陵园的人，却很少有记得或想起这位“靖难”之役的“名臣”的了。这都是很自然而并不奇怪的。不久以前又到南京住了几天，下榻在五台山，朋友介绍这里就是随园的遗址。不过袁枚的墓已经没有了。这地方很静，四周长满了繁茂的树木，空气也是极清新的。夜里坐在旅寓内默想，三十多年前的旧印象和眼前的风景几乎完全凑不到一起。

……

在过去叫花林村现在是十月村路边的稻田里，隔了田埂相对的是萧景墓址残存的一只华表和一座石兽。这是真正的六朝遗物，使人惊心动魄的古代雕刻巨制。尤为难得的是依旧保存得大致完好。我们只走近去看了华表，那座石辟邪则只能遥望。也许只有遥望才能充分领略那神态之美。这只辟邪不是静止地站在那里，右前足做势向前跨出，是守护着陵墓，随时准备出击的姿态。大张开的嘴里吐出一直垂到颌下的长舌。从田埂上侧望，辟邪身边的双翼平贴肩下，它无意飞腾，但却有高翔搏击的能力。一千三百多年前的无名匠师，选用高达三米的巨大石材，充分发挥艺术想象，雕成如此伟丽的作品，是不能不使人惊叹的。

萧景是武帝萧衍的堂弟，他是萧梁一代开国的勋旧，一直担负着江北军事指挥的重任。

早一年（1980）深秋，黄裳也曾来过，但总看不到“遍山丹枫红叶”的景观。

过了雨花台，穿过铁心桥，经过新开但未完工的新秦淮，车子一直向南驶去。没有好久，就看到了著名的牛首山。远远望去，好像也并不见得有怎样的出奇，然而它却是很有名的。“遥望两峰争高，如牛角然。佛书所谓‘江表牛头’也。”（《金陵览古》）原来这还是一处佛教的圣地。晋元帝过江，在金陵起造宫殿，没有阙，王导就指着这山凑趣道，“此天阙也”。从此这山就也叫“天阙”。无论是怎样的谈话，只要出自“名人”之口，总是会变为典据的。

车子驶得近了，看那牛头上的双角时，好像只剩下了一只。据说另一只不知在什么时候已被毁掉了，那详情也弄不清楚。

……

车子又开了大约一刻钟光景，终于看到了祖堂山。近三十年前曾经到这里来过一次，是为了参观新发现的南唐二陵，至今还留着极清晰的好印象。那次来游正好是春天。“春牛首，秋栖霞”，也确是经验之谈。这次是深秋，虽然依旧满山苍翠，到底不及春天的蓊郁。从山脚向上望去，幽栖寺就像安稳地深深地坐在一只巨大的翠绿沙发里，背后环绕着重重叠叠的山的屏风。寺院显得小小的，静极了，安谧极了，也匀称极了。

……

绕过寺后，上山，真正奇妙的景色出现了。眼前是一片绿色的海。整整半面山，像筒裙似的，围着厚厚一片参天的竹林。这都是直径半尺左右的楠竹，疏秀、挺拔，微风过处，有一阵阵悉索的声响，小路就在竹林中间蜿蜒地穿过，落叶满地，一片还没有褪尽残绿的暗赭，踏上去可以感觉出厚实、棉软中间的弹性。我们尽量放慢了脚步，惟恐走尽了这片可爱的竹林。

竹林尽处，已经是祖堂山的右侧了。这时我们才有可能回过头去遥望牛首山，照余宾硕的描写，“秀宇层明，松岭森郁，绮绾绣错，缥缈玲珑”，大致是不错的。但我想，三百年前，此处应该有远较今日更为茂密的林木，那就是也许我们会觉得他的描摹有些过于夸饰的原因。那幽栖寺，遥遥望去，也依旧是美丽的，这使我感到了很大的安慰。

在山路一侧，看到仅存的一堵断垣，更确切地说，只是一座小小的山门。但山门上面却留下了"古拜经台"四字旧额，此外，连碎瓦都没有一块了，但我却觉得这地方很好，也许这就是杜牧所见的"南朝四百八十寺"之一吧？

对"春牛首"，黄裳涉笔不多，但他在《明太祖与徐达》中的一段话，让我记忆极深：

不但是人，连自然界的静物（从前这也是被人情化了的）也要加以管束。"高帝既都金陵，观山川形胜，势皆内辅，惟牛首山外向，乃特定其罪，杖之百下，发令太平府编置。今牛首税丝，独隶太平收纳。"脾气发到山的身上，还要打板子，看了真不禁使人发笑。然而我想，在他自己看来，这正是庄严而正经不过的事。世界上的专制暴君所作之事，每每类此。他们自己也都是不自知其愚蠢的。

在我印象中，黄裳对南京的感情有多深，对朱元璋的仇恨就有多烈。

栖霞山的如火红枫

正如本地百姓，对这位朱皇帝的议论，也是大不敬的。

明太祖在中国的皇帝中，有着极特别也极典型的一种性格。又由于他的影响，下及子孙，所以“明朝的皇帝十九凶恶”。他的儿子燕王朱棣也是一个出色的魔王。明朝开国以后，屡兴文字狱党狱，恐怖政治，使一时的人心震吓至极。相传明初的大臣，上朝之前，先要与妻子诀别，因为他们不知道是否还可以平安的回来。

……

小时候不曾读过书，做了皇帝以后，为事势所迫，不得不与一些文人在一起，却实在看不起这一批人，想时时加以凌辱。明太祖知道文人的重要，要统治天下不能不用。所以也极力想拉拢读书人，有一些聪明人都借端离开，不肯应召。一些傻子投奔了来，用过之后，变为“药渣”，就都给杀掉了。

黄裳最后谈了一点感想：

虽然明太祖喜欢杀人，喜欢作怪事，然而作风却不脱濠濮间英雄本色。杀人明目张胆的杀，并不像后代的使异己者暗暗地死去，“杀人如草不闻声”。如果用一句“史官”的话来形容，这正是“开国皇帝”的气概。因为他还相信自己的控制的力量。等到后来觉得杀得有些手颤了，由公开转为秘密，锦衣卫与东西厂慢慢出现，等这些机关发展到极盛的时候，明朝也就亡掉了。

桨影秦淮灯梦远

明人林章有诗：“不知今夜秦淮水，流到扬州第几桥？”于是扬州出现了一个“小秦淮”。

近人徐谦芳《扬州风土纪略》云：

平山一带，四时游人络绎不绝，而夏时为盛。每至夕阳西下，人多乘小舫徜徉其间，衣香鬓影，舞扇歌衫，掩映斜阳，宛如画境。秦淮风景，无以过之，故又有“小秦淮”之目。

“秦淮风景”，最早给我的印象，是杜牧的《泊秦淮》：

烟笼寒水月笼沙，夜泊秦淮近酒家。
商女不知亡国恨，隔江犹唱后庭花。

《玉树后庭花》是南朝最后一个皇帝，“全无心肝”的陈叔宝所作的乐曲。其实“不知亡国恨”者，非指“商女”，而是那些点歌、听歌的麻木灵魂。虽然金陵山川形胜，“虎踞龙蟠”，但一个个朝代兴得快也亡得快，国祚极短。由于这些悲恨相续的史实包含很深的历史教训，所以金陵怀古，几乎成了咏史诗中的一个专题，特别在国运衰微之际。李商隐便有：

“三百年间同晓梦，钟山何处有龙盘？”（《咏史》）

于是想到了与《泊秦淮》同为绝唱的韦庄的《台城》：

江雨霏霏江草齐，六朝如梦鸟空啼。
无情最是台城柳，依旧烟笼十里堤。

两首诗都有“烟笼”一词，大概便是六朝金粉气吧。

俞平伯与朱自清的同题散文《桨声灯影里的秦淮河》，也笼罩着这种气息：

又早是夕阳西下，河上妆成一抹胭脂的薄媚。是被青溪的姊妹们所熏染的吗？还是匀得她们脸上的残脂呢？寂寂的河水，随双桨打它，终是没言语。密匝匝的绮恨逐老去的年华，已都如蜜饧似的融在流波的心窝里，连呜咽也将嫌它多事，更哪里论到哀嘶。……欲的胎动无可疑的。正如水见波痕轻婉已极，与未波时究不相类。微醉的我们，洪醉的他们，深浅虽不同，却同为一醉。

朱自清也写到“那晃荡着蔷薇色的历史的秦淮河”，“水是碧阴阴的；看起来厚而不腻，或者是六朝金粉所凝么？”

舱前的顶下，一律悬着灯彩；灯的多少，明暗，彩苏的精粗，艳晦，是不一的，但好歹总还你一个灯彩。这灯彩实在是最能勾人的东西。夜幕垂垂地下来时，大小船上都点起灯火。从两重玻璃里映出那辐射着的黄黄的散光，反晕出一片朦胧的烟霭；透过这烟霭，在黯黯的水波里，又逗起缕缕的明漪。在这薄霭和微漪里，听着那悠然的间歇的桨声，谁能不被引入他的美梦去呢？只愁梦太多了，这些大小船儿如何载得起呀？我们这时模模糊糊的谈着明末的秦淮河的艳迹，如《桃花扇》和《板桥杂记》里所载的。我们真神往了。我们仿佛亲见那时华灯映水，画舫凌波的光景了。于是我们的船便成了历史的重载了。我们终于恍然秦淮河的船所以雅丽过于他处，而又有奇异的吸引力的，实在是许多历史的影象使然了。

据说这两篇散文都受了明代“竟陵派”作家钟惺《秦淮灯船赋序》的影响，现引述如下：

小舫可四五十只，周以雕槛，覆以翠幕。每舫载二十许人，人习鼓吹，皆少年场中人也。悬羊角灯于两旁，略如舫中人数，流苏缀之。用绳联舟，令其衔尾，有若一舫。火举伎作，如烛龙焉。已散之，又如凫雁蹒跚波间，望之皆出于火，直得一赋耳。

［小船大约四五十只，四周装饰雕花的栏杆，上面覆盖绿色的帷幕。每条船乘载二十多人，每个人都善于吹奏乐器，都是少年游乐场中的人。在船的两旁悬挂着羊角灯，大略与船上绳子把船联结起来，让它们首尾衔接，就像是一条船，点起灯火奏起乐曲，灯烛蜿蜒如一条长龙。已而散去，又好比野鸭大雁出没于水波之间，望去都从灯火中出现，值得为此作一篇赋。］

张岱的《秦淮河房》则写到岸上：

秦淮河河房，便寓，便交际，便淫冶，房值甚贵而寓之者无虚日。画船箫鼓，去去来来，周折其间。河房之外，家有露台，朱栏绮疏，竹帘纱幔。夏日浴罢，露台杂坐，两岸水楼中，茉莉风起动儿女香甚。女客团扇轻纨，

桨声灯影里的秦淮河

缓鬟倾髻，软媚着人。年年端午，京城士女填溢，竞看灯船。……

[秦淮河边的房子，有一半伸出到河面上，称为河房，便于居住，便于交际，便于猎艳寻欢。房价昂贵，但天天有来租住的人。装饰华丽的游船载着吹箫击鼓的乐队，来来往往，在河房之间盘旋。河房之外，家家有露台，围着朱红栏杆、罗绮窗户，挂着竹帘纱幔。夏天月夜洗完澡，男女混杂坐在露台上，两岸临水的楼阁中，小女子们佩戴茉莉花芬芳四溢，汇成一股股香风在空中飘拂。女客们手执团扇轻纱，双鬟蓬松发髻倾斜，慵倦柔媚地靠在别人身上。每年端午节，南京城的男男女女挤满了秦淮河，争相观灯船。……]

朱自清提到的《桃花扇》，孔尚任著，塑造了李香君这位有民族风节的秦淮名妓，并有诗云："白骨青灰长艾萧，桃花扇底送南朝。"

二百多年前，响应武昌起义的烈士周实，在读过《桃花扇》剧本后，还慨然题词：

千古勾栏仅见之，楼头慷慨却奁时。
中原万里无生气，侠骨刚肠剩女儿。

这正是对杜牧"商女不知亡国恨"的回应。

即便不出李香君，"商女"也是不该苛责的。明人谢肇淛在《秦淮青楼》一文中说：

金陵秦淮一带，夹岸楼阁，中流箫鼓，日夜不绝。盖其繁华佳丽，自六朝以来已然矣。杜牧诗云："商女不知亡国恨，隔江犹唱后庭花。"夫国之兴亡，岂关于游人歌妓哉？六朝以盘乐（耽乐）亡，东汉以节义，宋人以理学，亦率归于亡耳！

"莫怪秦淮水呜咽，六朝流尽又南朝。"当然，正因为有了李香君，气象才迥然不同。胡晓明在《文化江南札记》中说："舞低杨柳楼中月，歌尽桃花扇底风。小晏的这两句词，分明是一个词谶。自北宋至明末的笙歌曼舞，终于消歇，终于化而为香君的鲜血溅扇。"南朝兴亡，遂系之于桃花扇底"，为青楼歌伎文化，划上一个浓烈的感叹号。"

朱自清提到的《板桥杂记》，作者为明末清初人余怀，字淡心。该书也是写"楼馆劫灰，美人尘土"的"盛衰感慨"的。张恨水在《湖山怀旧录》中也提到："吾人读《桃花扇》、《板桥杂记》诸书，见其写金陵三月莺花、六朝金粉，极尽秀丽繁华之能事，辄不觉熏人欲醉，悠然神往。"

"浓香绝艳知多少，不及兴亡扇底传。"我想，这也许正是秦淮河乃至秦淮文化的魅力所在吧。

曾栽杨柳江南岸

前面提到黄裳的《白下书简》。唐武德九年(626),改金陵为白下。

"白门"一词产生得更早,六朝时,都城建康(今南京)的正南门宣阳门称白门,故为南京代称。如明僧读彻的《金陵怀古》:"六代萧条黄叶寺,五更风雨白门钟。"至于"白门柳",南朝乐府《杨叛儿》云:

暂出白门前,杨柳可藏乌。
欢作沉水香,侬作博山炉。

写一女子因景生情,设想对方("欢")是沉水香,而自己("侬")则是与其相伴的博山炉。

按照寻常思路,应将对方比炉、自己比香,让炉来温暖她,维护她,此处相反,表现了不顾一切的、大胆而热烈的爱情。白门指不施油漆的门,点明女子的身份。她偶然走出家门,发现春意渐浓、杨柳渐密,不觉生出即使乌鸦停在柳中也不会被发现的联想;这又表现了女性的羞涩。

张恨水曾著有《白门之杨柳》:

南京的杨柳,既大且多,而姿势又各穷其态,在南京曾经住过一个时期的主儿,必能相信我不是夸张。在南京城里,或者还看不到杨柳的众生相,你如果走过南京的四郊,就会觉得扬子江边的杨柳,大群配着江水芦洲,有一种浩荡的雄风;秦淮水上的杨柳两行,配着长堤板桥,有一种绵渺的幽思。而水郭渔村,不成行伍的杨柳,或聚或散,或多或少,远看像一堆翠峰,近看像无数绿幛,鸡鸣犬吠,炊烟夕照,都在这里起落,随时随地是诗意。山地是不适于杨柳的,而南京的山多数是丘陵,又总是带着池沼溪涧,在这里平桥流水之间,长上几株大小杨柳,风景非常的柔媚。这样,就是江南山水了。……在南京度过夏天的人,都游过玄武湖。一出玄武门,就会感到走入了一个清凉世界。而这份清凉,不是面前的湖水和远峙的山峰给予的。正是你一出城门,就踏上一道古柳长堤,柳树顶尽管撑上天,它下垂的柳枝,却是拖靠了地,拂在水面,拂在行人身上。永远透不进日光的绿浪子,四处吹来着水面清风,这里面就不知有夏。

叶灵凤也写过一篇《江南柳》:

西湖的风景,若是没有了柳树,那减色的程度简直令人难以想象。西泠桥畔的柳色,柳下的苏小小墓,岸边垂柳下的一只无人小船，船上沾了许多柳叶。这都是西湖景物迷人的神髓。若是换了另一种树木，情调不同，就全然是另一回事了。

杭州西湖的柳色好，但是我觉得扬州瘦西湖的柳色更好。这大约与那一个“瘦”字有关。柳树不适宜于金碧辉煌的宫廷景色，也不适宜于过分热闹的环境，它是特别同空旷萧疏的景物调和的。更有，柳的美丽是古典的，近于文艺的，这一切恰适合扬州的自然环境和历史背景，因此瘦西湖的柳色，看来就比春日游人倾城倾巷的西湖更为宜人了。

还有，从前南京台城的柳色，也是十分动人的。今日玄武湖公园的堤柳，长丝拂面，仍足以不负“白门杨柳好藏鸦”的盛名。

今人刘斯奋著有长篇历史小说《白门柳》，则是写秦淮名妓柳如是的。我耳边更回荡着白居易《忆江柳》的怅然：

曾栽杨柳江南岸，一别江南两度春。

春风又绿江南岸

遥忆青青江岸上，不知攀折是何人?

鸡鸣寺

忆明珠《鸡鸣寺——赠刘祖慈》，既感叹世风，又幽婉有致。都说南京多才子，但这种美文是越来越少了。

古，是一种情致，是经过悠久的时光淘洗凝聚所致的一种审美境界。碑宜古，帖宜古，陶瓷宜古，城郭宜古，寺观庙宇尤宜古。寺观古而富有野趣，尤难得。鸡鸣寺地处南京的繁华市区，那里似乎还能保持着“山深不闻钟”的幽深。周遭林木盛茂，人们走到近前，抬头始得发现坐落在半山腰的高耸的山门。从侧面或从远处，只能见万绿丛中微露着的红墙一角。通向山顶寺院有一段砖石路面，距离并不怎么远，坡陡而多曲折，砖石缝隙生满青苔。两边古木槎枒，新枝怒发，勾连纠结，为山路笼罩下一重重沉沉绿荫。更有一阵阵野花的幽香，一声声林禽的啼唤……游人到此都会不自觉地放慢脚步。现在的这条山路，给我完全是另一种感觉。也许绿荫不减，然而红尘难隔。路边摆开摊子，有算命的、打卦的、看相的，似乎很受欢迎，生意看好。更有些专程前来烧香拜佛的善男信女，祈求逢凶化吉，交个好运。也许这又是我的偏见：不但寺观宜古不宜新，而且香火宜淡不宜盛，善男信女宜少不宜多。寺观新，说明香火盛；香火盛，说明善男信女多；善男信女多，说明凡心哄动，物欲横流，人世益发多事。而慈航一苇，怎渡得那许多苦厄众生啊!

这里且说三十年前的我，不，是我在三十年前，每游鸡鸣寺，不去别处，总是径直走向豁蒙楼寻个座位，喊壶茶来，慢慢地品啜。那时游客寥寥，偶尔可闻隔座低语声、嗑瓜子声、翻书声。一二老尼姑从容不迫地照顾客人用茶用点，多是静坐守候，偶尔也可闻她们喃喃诵经声。板壁上高悬观世音画像，香炉中升起袅袅烟篆，异香盈室。这环境，简直像是名士的书斋了。

豁蒙楼借助地势，壁立直起，居高临下，可供远眺。我喜欢坐东北角临窗处，这里取景最佳。东望台城，北望玄武湖。台城荒芜，玄武湖秀媚，两相比邻，互为观照，顾盼之间，每生异想。若在清明前后，坐此楼头，隔蒙蒙春雨，看玄武湖的柳陌桃林嫩绿浅红，如渲如染，蕴藉而凄艳欲绝。这又令人不能不为之有点黯然神伤了。

哪座山是美的山?
行重行行江南岸。
雨里桃花春沉醉，

枕上双樱思悄然。

这算是一首小诗吗？半文不白，非散非律，若拿出去发表，大概无一个刊物会给它方寸之地。三十年前，有次我在豁蒙楼边吃茶，边想出了这几句。前面说过，我看中鸡鸣寺因它是个既有古意又富野趣的地方，但，它的豁蒙楼又是有着窗口的。而那时，我还年轻，怎能望不见芳洲上的那片春景呢！前几天接到祖慈寄赠短诗一首，也是写鸡鸣寺的，而且可以断定也是写他在豁蒙楼的感受，因为豁蒙楼至今还向游客供应茶和素食。诗中有句道：

临窗一壶苦茶
三冲之后
便淡如知己

又道：

下午四时
正是啖一碗素面的年纪

这却又使我想起了三十年前在豁蒙楼所写的那首小诗，很想奉答几句：

啖素面的年纪
亦人生之大景观
好不容易才被西方吹瘦
且欣赏自己的凋残

樱花丛中的南京鸡鸣寺

然而似乎话已说完，再也续不成篇了。人生经得几番春风秋雨！现在是秋天，是我生命季节的深秋！好吧，再到鸡鸣寺一游，具体时间依祖慈诗中所示："下午四时"。但这次我可不打算到豁蒙楼去吃苦茶、啖素面。我想去寻胭脂井，看看那里的落叶，已经埋得多深了！

王介甫

王安石字介甫，晚号半山。第二次罢相后，卜居金陵。

他的住处，位于江宁东门至钟山路程恰好一半的地方，距城距山各七里，故取名半山园。

在那里修几间屋，种一些花木，并凿渠取水，将洼地浚为池塘。"所居之地，四无人家，其宅但庇风雨，又不设垣墙，望之若逆旅之舍"（《东轩笔录》）。半山园不远处，有一个土堆，相传为东晋谢安（字安石）故宅的遗址，叫谢公墩。王安石常去那里，摩挲石上苍苔，时作感慨。并有诗云：

我名公字偶相同，我屋公墩在眼中。
公去我来墩属我，不应墩姓尚随公。

黄裳在《白下书简》中说：

王介甫喜欢春天，这是很有意思的，很能说明诗人的精神境界。即使在退休的日子里，过着貌似闲适的生活，还保持着可贵的生机。他还写过"割我钟山一半青"的诗句，王介甫不只要向谢安"争墩"，还要求钟山"割青"，都表现了诗人有趣的心理活动。

清人陈子清没有这般淡然，在《西湖》诗中颇有微词：

余杭春酒手亲携，杨柳芙蓉夕照低。
寄语争墩王介甫，苏公堤并白公堤。

有人向他吐了九百多年唾沫，有人向他抛了九百多年桂冠。于是我的眼前，便出现了这样一座近乎荒诞的塑像：他头戴光环，绣袍上却沾满了污水。我想把他的光环调得不那么刺目，把他的污水尽可能擦去，它们不适合患有洁癖的王安石……尽管他可能不需要我这么做，回我一句美国诗人惠特曼的话："我行我素，如此而已。"

也许，阿拉伯诗人阿明·雷哈尼的《玫瑰》诗句，更能表达我心目中的王安石变法："透过多少刺，为向往你的芬芳，你的一朵花，要给我多少创伤！"

一

清人王士祯《香祖笔记》中断言："王介甫狠戾之性，见于其诗文"，"无一天性语"。

是耶？非耶？

皇祐四年（1052）春，他的长兄安仁归葬江宁（今南京），而父亲王益的墓亦在江宁牛首山。王益生前"倜傥有大志，在外当事，辄可否矫矫不可挠"（曾巩语），是比较体恤下情、敢于抑制豪强的能吏。这种性格，不可能不影响到安石。牛首山也令人联想到他以后主持新政时，一位名叫萧注的官员，上殿奏对时的形容："安石牛耳虎头，视物如射，意行直前，敢当天下大事。"

这次他回江宁扫墓，写下沉痛的《壬辰寒食》："客思似杨柳，春风千万条。更倾寒食泪，欲涨冶城潮。巾发雪争出，镜颜朱早凋。未知轩冕乐，但欲老渔樵。"接着又写了一首悼兄七绝："百年难尽此身悲，眼入春风只涕洟。花发鸟啼皆有思，忍寻《常棣》鹡鸰诗。"

《诗经·小雅》有《常棣》篇，中有"脊令在原，兄弟急难"、"凡今之人，莫

王安石塑像

如兄弟”之句。以上二诗，何等怆怀！

这种死别，已不是第一次了。在鄞县，他有一女，一岁便夭折，任满西归时，他写下《别鄞女》：“行年三十已衰翁，满眼忧伤只自攻。今夜扁舟来诀汝，死生从此各西东。”难道这不是至真至纯的“天性语”吗？

嘉祐四年（1059）冬，他奉命使辽，写了《示长安君》。是给大妹王文淑的，她是工部侍郎张奎之妻，封长安县君。这已成为七律名篇：“少年离别意非轻，老去相逢亦怆情。草草杯盘供笑语，昏昏灯火话平生。自怜湖海三年隔，又作尘沙万里行。欲问后期何日是，寄书应见雁南征。”

其中颔联最为人传诵。“草草”可见酒菜的简单，“昏昏”则“造成一种神秘感，在这昏暗的灯光下促膝谈心，似乎与整个世界都隔离了，难道还不可以放心地倾吐心中的秘密？王安石在为这位妹妹写的《墓表》里曾称赞她‘衣不求华，食不厌蔬’，这‘草草杯盘’和‘昏昏灯火’不正是长安君这种俭朴精神的写照吗？”（今人陈文华语）诗句又弥漫着一种人伦的温馨。

深婉不迫、凌寒自倔的王荆公体

晚年罢相后，他在金陵送别六弟，一直送到江边，眼前东风草绿，细雨凄迷，他想起当日在此送长女（吴氏女子）渡江，不禁悲从中来："荒烟凉雨助人悲，泪染衣襟不自知。除却东风沙际绿，一如看汝过江时。"

他的长女也极孝顺、极灵慧，后有诗寄他："西风不入小窗纱，秋气应怜我忆家。极目江南千里恨，依前和泪看黄花。"他又以诗相慰："梦想平生在一丘，暮年方得此优游。江湖相忘真鱼乐，怪汝长谣特地愁。"末句为：你却吟成这首特别忧愁的诗篇，真令我感到奇怪。

相依相伴的吴氏（封吴国夫人）终于走了，他老泪纵横，写下《一日归行》："贱贫奔走食与衣，百日奔走一日归。平生欢意苦不尽，正欲老人相因依。空房萧瑟施繐帷，青灯半夜哭声稀。音容想象今何处？地下相逢果是非？"

魏泰在《临汉隐居诗话》中言："近世妇人多能诗，往往有臻古人者，王荆公家最众。……荆公妻吴国夫人，亦能文。尝有小词《约诸亲游西池》句云：'待得明年重把酒，携手。那知无雨又无风。'皆脱洒可喜也。""那知无雨又无风"，令人想起苏东坡在《定风波》中的名句："回首向来萧瑟处，归去，也无风雨也无晴。"

他的爱子王雱，也有可观的绝句："一双燕子语帘前，病客无聊尽日眠。开遍杏花人不到，满庭春雨绿如烟"、"霏微细雨不成泥，料峭轻寒透夹衣。处处园林皆有主，欲寻何地看春归。"

他的家族，是亲情兼诗情的家族。

二

他写过《忆江南》，不是词，而是诗："城南城北万株花，池面冰消水见沙。回首江南春更好，梦为蝴蝶亦还家。"

嘉祐三年（1058）十月，他曾由鄱阳回临川一次，次年春天才离开。《乌塘》诗曰："乌塘渺渺渌平堤，堤上行人各有携。试问春风何处好？辛夷如雪柘冈西。"乌塘在他母家金溪县。《名胜志》载："乌石冈，在抚州府金溪县西南四十里。又西二十里曰柘冈，多辛夷树。"

绿水平堤，辛夷如雪，故乡的景致多么令人留恋。

嘉祐四年（1059）冬，他奉命送辽使北还，嘉祐五年（1060）春到达河北。他写下《春风》诗：

"一马春风北首燕，却疑身得旧山川。阳浮树外沧江水，尘涨原头野火烟。日借嫩黄初着柳，雨催新绿稍归田。回头不见辛夷发，始觉看花是去年。"

燕地的景色好似江南，只因看不见辛夷花，才想起这里不是家乡，不是江南，而是沦于敌手的"旧山川"。于是他又写下悲凉的《入塞》："荒云凉雨水悠悠，鞍马东西鼓吹休。尚有燕人数行泪，回头却望塞南流。”

即便没有沦于敌手，大宋的疆域内又是如何呢？

“坐感岁时歌慷慨，起看天地色凄凉。”（《葛溪驿》）

“柔桑禾尽绿阴稀，芦箔蚕成密茧肥。聊向村家问风俗：如何勤苦尚凶饥？”（《郊行》）

“金屏翠幔与秋宜，得此年年醉不知。只向贫家促机杼，几家能有一絇丝？”（《促织》）

“赋敛中原困，干戈四海愁。”这便是他笔下的大宋国情！

对亲人、对家乡、对故国的深情，才是王安石站到变法最前列的动因！

三

治平四年（1067）神宗登位。九月，他被召为翰林学士，熙宁元年（1068）入京。入京前，他写下充满豪情的《松间》：“偶向松间觅旧题，野人休诵《北山移》。丈夫出处非无意，猿鹤从来不自知！”这年他四十八岁。

在鄞县任内，他就“起堤堰，决陂塘，为水陆之利。贷谷与民，立息以偿，俾新陈相易；兴学校，严保伍，邑人便之”（《邵氏闻见录》）。

他不是沽名钓誉的空想家、空论家。有鄞县人替他立的祠堂为证。

皇祐三年（1051），宰相文彦博上书推荐他，言其“恬然自守，未易多得”，朝廷召他赴京面试，他却写《乞免就试状》，仍任舒州（今安徽潜山）通判。理由是：“臣祖母年老，先臣未葬，弟妹当嫁，家贫口众，难住京师。”真正原因是，虽然北宋史馆或秘书省号称储才之地，易于攀升，他却想“得因吏事之力，少施其所学”（《上执政书》），干一些有利于国计民生的实事，而不愿谋求“清要”的“馆职”。

皇祐五年（1053），欧阳修为他延誉，并荐为谏官。他以祖母年老辞。

至和元年（1054），朝廷许其免试，特授集贤校理。他辞不就。

治平二年（1065），英宗数召他赴阙，他皆以疾辞。

尽管他在嘉祐四年（1059），便向仁宗上了一封长达万言的《言事书》，陈说“天下之财力日以困穷，而风俗日以衰坏”的原因，是“患在不知法度”，要求“改易更革天下之事”，但未能引起仁宗及执政大臣的注意。

他在等待时机。

这一天终于来到了。

君臣遇合，这是多少志士仁人所梦寐以求的，如今，千载难逢地落在了他的身上！青年时代“不畏浮云遮望眼，自缘身在最高层”的诗句必然浮上心头！

《夜直》诗云：

金炉香烬漏声残，剪剪轻风阵阵寒。
春色恼人眠不得，月移花影上栏干。

“春色恼人眠不得”呵，无数往事、感慨事、紧要事一齐涌上心头。末句灵动：移动的月光照在摇曳的花枝上，又将斑驳的花影投映在雕镂精致的朱栏，光和影的律动，真是画图难足。

《元日》诗云：

爆竹声中一岁除，春风送暖入屠苏。
千门万户曈曈日，总把新桃换旧符。

想象着新法推行，将结出累累果实，多么欢欣！

《商鞅》诗云：

自古驱民在信诚，一言为重百金轻。
今人未可非商鞅，商鞅能令政必行！

自比商鞅，不想到五马分尸吗？

《次韵和甫咏雪》：

奔走风云四面来，坐看山陇玉崔嵬。

不畏浮云遮望眼，自缘身在最高层——天柱山飞来峰

平治险秽非无德，润泽焦枯是有才。
势合便疑包地尽，功成终欲放春回。
寒乡不念丰年瑞，只忆青天万里开。

近人夏敬观说："诗意以喻新法之行，众议但求其近害，而不知其有远功，所谓'非常之原，黎民惧之'也。"

他的同乡晏殊，曾有《咏上竿伎》，题于中书省南厅壁间，诗云："百尺竿头袅袅身，足腾跟倒骇旁人。汉阴有叟君知否？抱瓮区区亦未贫。"据叶梦得《石林诗话》载，文彦博"尝一日过中书，与荆公行至题下，特留，诵诗久之，亦不能无意也。"文彦博诵诗，是为了非难新法，安石却于他日又题一诗于后："……桔槔俯仰妨何事？抱瓮区区老此身。"利用桔槔一上一下地取水，又有什么不好？难道非得抱着瓦罐劳劳碌碌地度过一生？

针锋相对，这便是他——拗相公！

四

然而，四海非一邑之小，执政非长吏之任，一县（鄞县）之情，并不能代表错综复杂的国情！

由于体制，由于旧臣的强力阻挠，由于下层官吏的腐败——庸吏怠法、悍吏乱法、贪吏败法……由于变法派的内讧，更由于神宗本人的动摇，安石的诗中出现了哀音，如《君难托》：

槿花朝开暮还坠，妾身与花宁独异。
忆昔相逢俱少年，两情未许谁最先。
感君绸缪逐君去，成君家计良辛苦。
人事反覆那能知，谗言入耳须臾离。
嫁时罗衣羞更着，如今始悟君难托！
君难托，妾亦不忘旧时约。

"成君家计良辛苦"换来的只是人事反覆、谗言入耳。末句为：尽管你出尔反尔，可我还是忠于从前的盟誓。如果说这一首是对君王而言，那么《即事》（一）似是对变法派内部而言：

我起影亦起，我留影逡巡。
我意不在影，影长随我身。
交游义相好，骨肉情相亲。
如何有乖睽，不得同苦辛？

这首诗大约作于他第一次罢相期间？

熙宁八年（1075）二月，他再拜相，已不复当年的豪情。如《再题南涧楼》：

北山云漠漠，南涧水悠悠。
此去非吾愿，临分更上楼。

又如《杂咏》：

白头重到太宁宫，玉佩琼琚在眼中。

歌舞可怜人暗换，花开花落几春风。

二次罢相后，新法多违他的初衷，逐渐变质。这种心情，表现于《越人以幕养花，游其下》一诗中：

内有残红已可悲，更忧回首只空枝。
莫嗟身世浑无事，睡过春风作恶时。

一二句已预感到新法可能全面失败，三四句对花（也是对己）说：不要认为自己一生平安无事，那是因为在帷幕下度过了春风作恶的时期。“春风”在这首诗里的作为，不是催花，而是摧花了。

五

钟山定林寺，有专供安石居住的一间房室。安石也常在那里读书、著述、接客。大书家米芾即在这里结识安石，并为其室书写“昭文斋”匾额。大画家李公麟为王安石画的一幅“神采如生”的像，也悬挂斋中。有客来，“寺僧开户。客忽见像皆惊愕，生气逼人”。

起初安石还有一个“判江宁府”官衔，但他一直未去视事。第二年（熙宁十年），他连这个官衔也辞掉了。他先是乘马出游，马是神宗赠的。后来马死了，才换乘小驴。驴是自己买的，牵卒是自己雇的。有人劝他：老年人出游最好乘肩舆（轿子）。安石不肯，且说：“古之王公，至不道，未有以人代畜者。”每次出游，都随随便便，没有也不可能讲排场。

春风恶，雨打残红

《邵氏闻见近录》载：王荆公（按：元丰三年册

封)“居钟山下,出即乘驴。……一卒牵之而行”,“若牵卒在前听牵卒,若牵卒在后即听驰矣”,“欲止则止,或坐松石之下,或田野耕凿之家,或入寺随行。未尝无书,或乘而诵之,或憩而诵之。乃以囊盛饼数十枚,相公食罢,即遗牵卒。牵卒之余,则饲驴矣。或田野间人持饭饮献者,亦为食之”。

我也十分欣赏朱弁的《曲洧旧闻》中的一段记述:“东坡自黄徙汝,过金陵,荆公野服(便服)乘驴谒于舟次,东坡不冠而迎揖曰:‘轼今日敢以野服见大丞相。’荆公笑曰:‘礼岂为我辈设哉!’”王安石居相时,苏轼从不干谒;下台后却不计前嫌,专程拜见。这本身便显示了与世态炎凉相对立的高风亮节。

但以第二次罢相为界,他的诗风确实大变,从“遒峭雄直之气”转入“深婉不迫之趣”。其实,这并不是一种孤立的现象。由于党争日烈、诗祸频仍,诗人大多失却了奋厉当世、致君尧舜的激情,普遍将豪放外发之气(即欧阳修倡导的“气格”)内敛为含蓄深沉之致(即黄庭坚提出的“韵胜”,后由陈善概括为“气韵”)。正如叶梦得在《石林诗话》中所言,安石“少以意气自许”、“不复更为涵蓄”,如“天下苍生待霖雨,不知龙向此中蟠”、“浓绿万枝红一点,动人春色不须多”,而“晚年诗律尤精严,造句用字,间不容发。然意与言会,言随意遣,浑然天成……”“间不容发”,也说明他“法度甚严”(《艇斋诗话》)。安石自己也解过“诗”字:“诗,从言从寺,寺者法度之所在也”(李之仪《杂题跋》)。今人陈超在《生命诗学论稿》中说:“诗,从构字方式上告诉我们,它是对一种神圣言语方式的祈祷和沉思。”似乎更能解读王安石的潜在意识。

“能玩山川消积愤,静忘岁月赖群书。”一贴解药。他以此实现了对悲剧的超越。

以他的高怀伟抱、远见卓识,加之广博学问、深厚阅历,以及异乎常人的观察与领悟、一丝不苟的修改与推敲,从权力的“最高层”下来,把对政治的执着精神应用于诗艺,日趋精工,登上诗的“最高层”,是水到渠成的事。

当然,还有他一如既往、九死未悔的深情。

伤花怒放。

《题扇》云:

玉斧修成宝月团,月中仍有女乘鸾。
青冥风露非人世,鬓乱钗横特地寒。

《题齐安壁》云:

日净山如染,风喧草欲薰。

梅残数点雪，麦涨一川云。

《出郊》云：

川原一片绿交加，深树冥冥不见花。
风日有情无处着，初回光景到桑麻。

三四句突发奇想，说风日虽然有情，但没有花可以让安依偎、着落，正好可去抚慰桑麻。不说无花是季节已过，却说“风日无处着”，真是妙笔。

《金陵即日》云：

水际柴门一半开，小桥分路入青苔。
背人照影无穷柳，隔屋吹香并是梅。

所写之柳，为叶已尽舒之柳；梅，为正在盛开之梅，显示已到浓春。柳则背人照影，梅则隔屋吹香，似是有意与观赏者保持着距离，赋予它们以现实生活中羞怯的少女形象。

《悟真院》云：

野水纵横漱屋除，午窗残梦鸟相呼。
春风日日吹香草，山北山南路欲无。

三四句写诗人的视线由悟真院移到了整个钟山，但见山南山北，遍地都被芳草遮满，连路也几乎辨认不出来了。

深山日净，绿树成荫

《午枕》云：

午枕花前簟欲流，日催红影上帘钩。
窥人鸟唤悠扬梦，隔水山供宛转愁。

《书湖阴先生壁》(其二)正可参读："桑条索漠柳花繁，风敛余香暗度垣。黄鸟数声残午梦，尚疑身在半山园。"

《江上》云：

江上秋阴一半开，晚云含雨却低回。
青山缭绕疑无路，忽见千帆隐约来。

无边的江天被秋季的阴云遮蔽，仅露出半边晴空。向晚带雨的云层，又低垂盘旋，徐徐流动。画面追求一种半明半暗、神光离合的境界。三四句由天空回到地上，由写云转而写山，全诗的意境豁然开朗。周晖《清波杂志》载强彦文有"远山初见疑无路，曲径徐行渐有村"。

秦观《秋日》有"菰蒲深处疑无路，忽有人家笑语声"。这些诗句与王安石的"青山缭绕疑无路，忽见千帆隐约来"一起，启发陆游写出了"山重水复疑无路，柳暗花明又一村"。

六

王安石从二次罢相到哲宗元祐元年(1086)因病去世，在金陵郊外住了十年。这期间，他和隐居在钟山的湖阴先生杨德逢常有往来，有关的诗在十首以上。在《示德逢》中云："先生贫敝古人风，缅想柴桑在眼中。"柴桑是陶渊明隐居的地方，可见荆公的追慕。但两人的经历、胸襟、气格终有不同。《庚溪诗话》云："王荆公介甫辞相位，退居金陵，日游钟山，脱去世故，平生不以势利为务，当时少有及之者。然其诗曰：'……我亦暮年专一壑，每逢车马便惊猜。'既以丘壑存心，则外物去来，任之可也，何惊猜之有？是知此老胸中尚芥蒂也，如陶渊明则不然，曰：'结庐在人境，而无车马喧。问君何能尔，心远地自偏。'……"

正如黄裳在《白下书简》中言：

不过王介甫是不会安于投闲置散的生活的。在他的诗中，愤激、悲凉的调子也时时可以听到，而且往往更为激越和撼人心弦。如同样也是写春暮景色的《萧然》一诗："萧萧三月闭柴荆，绿叶阴阴忽满城。自是老来游兴少，春风何处不堪行。"可能是在大病之后，舍宅作"报宁寺"，移寓秦淮时所作。诗人的心境更加寂寞，但并不颓唐。他说"何处不堪行"，正是因为"俱不得行"的原故。……当听到皇帝给他加封了"舒国公"的称号时，他作了三首绝句，他说："国人欲识公归处，杨柳萧萧自下门。”这是一声悲凉的叹息。

元丰八年（1085），神宗病逝，旧派秉政，尽废新法。他闻讯“时时以手抚床而叹”（陆友《研北杂志》），在一封家书中，更凄然说：“予老病笃，皮肉皆消。为国忧者，新法变更尽矣。”

“细数落花因坐久，缓寻芳草得归迟。”他何尝甘心于这种生活！

但“拗相公”毕竟是倔强的：“春风取花去，酬我与清阴”、“晴日暖风生麦气，绿阴幽草胜花时”，还有咏菊诗：“千花万卉凋零后，始见闲人把一枝。”

最著名的便是《北陂杏花》：

一陂春水绕花身，花影妖娆各占春。
纵被春风吹作雪，绝胜南陌碾成尘。

宋人许颉在《彦周诗话》中说：“荆公爱看水中影，此也性所好。如‘秋水写明河，迢迢藕花底’。又《桃花》诗云：‘晴沟春涨绿周遭，俯视红影移鱼船’。皆观其影也。”也许岸上的景物总有几分太清晰，太现实，是散文的，不太谐合荆公晚年的心境。水中之影自有一种清莹缥缈的美感，是诗的，似乎为“悠扬梦”的另一形态。如“俯窥娇娆杏，未觉身胜影”、“殷勤将白发，下马照青溪”。还有一首《岁晚》诗：“月映林塘淡，风含笑语凉。俯窥怜绿静，小立伫幽香。携幼寻新的，扶衰坐野航。延缘久未已，岁晚惜流光。”这里的“俯窥”，并非仅仅看水（那就用不着“窥”了），而是入迷地欣赏着“水中”：月影、树影、花影等。而“绿”字，又使人联想到他名句“春风又绿江南岸”，不过不在岸上，却在水中。“的”鲜明意，这里指菊花始开的新色，年老体衰，所坐又非画船游舫，既无箫管之喧，又无友朋之乐。是什么唤起老人如此游兴呢？正是这“岁晚惜流光”的深情（使人联想起李义山的“天意怜幽草，人间重晚晴”）。

日本学者滨田正秀在《文艺学概念》中说：“我们周围的现实有不少并不真，为很多偶然的东西以及假象和片断所歪曲。文学是一种使现实更接近真实的努力，……真实不是别的，乃是生命的真实。”

德国哲学家诺瓦利斯说：“诗才是真正绝对的实在。”

最近的例子则是1996年诺贝尔文学奖获得者、波兰诗人希姆博斯卡的《奇迹》，她写到一株桤木倒映水中，“甚至朝下长出许多花冠/但是不能抵达底部/尽管河水很浅”。诗评家崔卫平女士阐释道：“当我们被这样一幅奇妙的景象吸引时，我们的眼光也就毋须沿着某个方向往上走，再去寻找那株现实中的桤木和它周遭嘈杂的环境，换句话说，诗人仿佛悄悄伸出一只看不见的手，把现实世界里的事物原型轻轻挡住，让我们看到它留存于另一空间和光线之中的那个投影，从这个投影身上我们重又读出了世界的丰富、神秘、汹涌和万变。”(《远方和阿里巴巴山洞》)“未觉身胜影”呵。

日本学者吉川幸次郎在《宋诗概说》里，说安石“主要性格是洁癖，表现在从政态度上，表现在文学活动中，也表现在日常生活里”。可谓他异代他国的知音。

这种洁癖，从诗祖屈原而来的洁癖，不仅在“爱看水中影”上，也在他晚年爱作寻梦人上。

如《悟真院》，把实境也写成梦境了。《午枕》里的“悠扬梦”，一定是值得追求的情事，“宛转愁”又表现了现实与梦境的巨大反差。《即事》诗云：“径暖草如积，山晴花更繁。纵横一川水，高下数家村。静憩鸡鸣午，荒寻犬吠昏。归来向人说，疑是武陵源。”

其实，他早年便写过《桃源行》：“……闻道长安吹战尘，春风回首一沾巾。重华(虞舜)一去宁复得，天下纷纷经几秦？”

他的变法，大约就是追攀虞舜的

清莹娇艳的水中花影

太平盛世、建立人间桃源的一种努力？

但也可能是凌空蹈虚的乌托邦险境。

德国诗哲荷尔德林云："人要是想把国家变成天堂的话，每每总把它变成了地狱！"

法国诗学家加斯东·巴什拉说：在倒影中，"水变成了天。冥想使水成为最遥远的家乡，天堂之乡。"

仿佛呼应我在文章开头所引的《玫瑰》诗句，近读筱敏的《遥想法兰西》，不知怎么，她对罗伯斯庇尔的精辟描述，总让我联想起王安石："当受难者西西弗斯一夜之间手握权杖的时候，他便以复仇者不可遏止的激情，把成群的石头望山上驱赶，他以他的权杖和急切的热诚，把石群驯服为羊群。为着同一个最高目的，圣徒西西弗斯变成了暴君。"

这当然是一种理想的变质、历史的错位、道德的误区。

我应该补充一句：把这种"爱看水中影"、爱作寻梦人的洁癖移用于诗文，则可望留下不朽的佳构杰作。

柳 敬 亭

一

流落人间柳敬亭，消除豪气鬓星星。
江南多少前朝事，说与人间不忍听。

这是明末清初诗人毛奇龄的《赠柳生》。鬓星星：鬓发斑白。谢灵运《游南亭》："星星白发垂。"

老杜咏李龟年云："正是江南好风景，落花时节又逢君。"李是宫廷乐师，柳为民间艺人，一前一后，正可映照青史。相较之下，柳似乎更多传奇性。

太白吟敬亭山云："相看而不厌，只有敬亭山。"柳名敬亭，与诗仙一气潜通，岂非缘乎？

柳敬亭本姓曹，名逢春。黄宗羲《柳敬亭传》："柳敬亭者扬之泰州人，本姓曹，年十五，犷悍无赖，犯法当死，变姓柳。"吴梅村《柳敬亭传》也说他少时"名在捕中"。而余怀《板桥杂记》更说他"避仇流落江湖"，因为仇家的压力，使他不得不长年流亡在外。可见他的出场，便不同凡响。沈龙翔《柳敬亭传》言，逃亡途中，"醉卧敬亭山下，垂杨拂其身，遂慨然曰：'吾今姓柳矣。即号敬亭可乎？'于是名逢春，号敬亭焉"。诸传中都提到莫后光的名字。他是云间（今上海松江）一位儒者，擅长说书。李辰山《南吴旧话录》载："莫后光三伏时每寓萧寺，说《西游》、《水浒》，听者尝数百人。虽炎蒸烁石，而人人忘倦，绝无挥汗者。"

莫后光认为柳敬亭"孺子可教",遂严加指导。周容《敬亭传》记莫后光言:

口技虽小道,在坐忘。忘己事,忘己貌,忘座有贵要,忘身在今日,忘己何姓名,于是我即成古,笑啼皆一。

纪清远作品:李太白独坐敬亭山

二

柳敬亭学成后,遂闯荡江湖。到过扬州、杭州、苏州,又到了南京。以下材料,部分参考今人陈汝衡的《说书艺人柳敬亭》一书(上海文艺出版社1979年版)。

自从明初朱棣(成祖)迁都到北京以后,南京仍旧作为留都,和北京一样设置着六部九卿许多官署,依然是南方的政治和文化中心。南京又是明清二代乡试(省试)的所在地,士子们在考上秀才以后,就需赴南京进行省试,以冀获取举人的学位。江南乡试是全国最闻名的,原因是江南为全国文化中心,应试的人最多,人才最盛。秦淮河在试场旁边,沿河是妓馆集中场所,中间文德桥和武定桥横跨河上,盈盈一水相隔,歌管之声相闻。这班士子们以及官僚、地主、富商、清客纷纷到这一带来追欢取乐,夜夜笙歌,金迷纸醉。

秦淮河就这样的吸引着各地艺人纷纷到南京来献艺。分析原因:一、在繁华消费的大都市里,艺人们容易赚钱;二、大都市里百戏竞陈,艺人众多,在这里献艺可以交结朋友,获得观摩切磋的机会,使艺术容易进步;三、达官显宦、名流学者都集中在这里,如能获得他们的游扬,口角春风。《吴传》写柳敬亭"所至与其豪长者相结,人人昵就生”。张岱《柳敬亭说书》曾记：“柳麻子貌奇丑，然其口角波俏，眼目流丽，衣服恬静，……”又描写道：

余听其说景阳岗武松打虎白文，与本传大异。其描写刻画，微入毫发，然又找截干净，并不唠叨哓夬，声如巨钟。说至筋节处，叱咤叫喊，汹汹崩屋。武松到店沽酒，店内无人，蓦地一吼，店中空缸空甓皆瓮瓮有声。闲中着色，细微至此。

周容《敬亭传》记：

剑戟刀槊，钲鼓起伏，髑髅模糊，跳掷绕座，四壁阴风旋不已。予发肃然指，几欲下拜，不见敬亭。

冒辟疆《小秦淮曲》之一云：

游侠髯麻柳敬亭，诙谐笑骂不曾停。
重逢快说隋家事，又费河亭一日听。

李良年（武曾）《秋锦山房集》三，有《口占赠柳敬亭》七绝一诗云：“燕市酒人今散尽，白头重与话春风。灯前历历开元事，只在棋声扇影中（叟以一棋一扇按节作口技）。”

《桃花扇》第一出《听稗》指柳敬亭曾和阮大铖绝交。这事在若有若无之间，但如仔细分析当时社会情况，以及各个人物性情，似乎孔尚任在剧中所述未必全属子虚。《吴传》有“阮司马大铖，生旧识也”一句话，但二人如何认识，吴伟业并未交待。我们按照常理判断，柳敬亭既然在南京城里受到士大夫阶级捧场，峥嵘露头角，而阮大铖又是喜好结纳名流，以声伎自娱的人。他罗致杰出的说书艺人如柳敬亭，和唱曲家苏昆生在他的石巢园里，这事完全可能。

阮大铖原是东厂太监魏忠贤的党羽，安徽怀宁人，字圆海，天启年间曾官给事中。魏忠贤失败后名列“逆案”。因农民军进逼皖省，他就退隐在南京，筑了一座精致的石巢园，在里面饮酒赋诗，训练女乐。他原是剧作家，深通音律，著有《石巢园四种》，即《燕子笺》、《春灯谜》、《牟尼合》、《双金榜》。表面上不问政治，却正是以退为进，他要广结贤豪，树立自己的势力，东山再起。

黄裳说：“阮大铖的一生，确有许多奇特行径，为自古以来所少见，难怪他享有那么高的‘声誉’。他投在魏忠贤门下时，‘内甚亲而外若远之’。这就是鲁迅先生所指出的‘二丑’的伎俩；至于‘每投刺，辄厚赂阍人毁焉’。这一手，就绝非平常的‘二丑’所能梦见。后来魏阉事败抄家，就抓不住阮胡子的把柄，使他可以赖账。这‘经验’，三百年后有些写‘效忠信’的朋友不曾学到手，实在是极可惜的。”

魏忠贤倒台后，他又起草了两通奏疏，交给杨维垣看准时机上奏。一封“专劾崔魏”，作的是正面文章；另一封则“以东林、崔魏并提而论，谓七年之中，乱政者前为东林，后乃崔魏也”。这种手法，又岂是平常的“风派”所能梦见！这一招其实是很厉害的，对某些人至今还有参考价值。他抓住再相的周延儒，逼他先起用马士英，为自己出山铺平道路；后来又伙同马士英，拥立福王，竟公开声言“孤忠被陷，皆由东林”，简直就是用戏台上变脸的方法搞政治，只能使南明小朝廷上的东林人物瞠目结舌，措手不及，一下子就被全部打倒了。他终于当上了“兵部尚书”，“锦衣素蟒，临师江上，如梨园家数”，这是当时人的评论，已经明白地指出这是在作戏了。他制造了“妖僧大悲”一案，把所有清流大臣姓名写成名册，纳入大悲袖中，准备当堂搜出，一网打尽。这种手法，我们似乎也并不陌生。在这张名单里，罗列了“十八罗汉、五十三参”……就连早已向阮靠拢献媚的钱谦益也没有放过。正在这时，钱谦益的宠妾柳如是也到了南京，打扮成像出塞的昭君，招摇过市，钱要她陪大铖吃酒，吃到后来还要她“移席近阮”，真可算不惜牺牲了，但大铖还是放不过他。“狱词诡秘，朝士皆自危。”他的这些作法，连亲近的朋友都看不过了，问他何苦要

阮大铖在南京修建的石巢园

如此，阮大铖回答得好："古人不云乎，日暮途远，吾故倒行而逆施之。"他对知心朋友是坦率的，和盘托出了一个绝望了的赌棍孤注一掷的心情。

人们熟读了《桃花扇》，以为阮大铖只不过是会编演曲本，请东林名士们看戏；又送进宫去请福王欣赏，并出了丑。那是过于小看了他了。（《白下书简·石巢园》）

陈汝衡在书中说：阮大铖还希望用金钱女色的无耻手腕，把复社中人拉拢过来。特别是侯方域，他的父亲侯恂在崇祯朝做过兵部侍郎，带过重兵。阮大铖知道当时侯方域在妓女李香君家留恋，就想通过他的朋友王将军去和侯方域天天饮食征逐，等到彼此关系拉近，就可以通过王将军说出自己的心事，劝服侯方域不要和他作梗。阮大铖甚至盼望只要侯方域这一复社中坚人物和他亲善，就能把整个复社和他的关系扭转过来，想不到这一阴谋却被聪明伶俐的李香君识破，从而劝说侯方域提高警惕，不再和阮大铖一班人交往。

到了崇祯十一年戊寅（1638），复社中人眼看阮大铖联络各地的阉党，挟持朝政，实在忍无可忍，就对他开火了。他们制就了一篇宣布罪状的文告，想把他逐出南京，为这个自古就享盛名的石头城涤荡瑕秽。这篇文告称《留都防乱公揭》，是由复社重要社友吴应箕起草，由东林党顾宪成的孙子顾杲领衔，同时具名的竟达一百四十人之多。揭云：

……乃自逆案既定之后，（阮大铖）愈肆凶恶，增设爪牙，而又每骄语人曰：吾将翻案矣，吾将起用矣。……乃逃往南京，其恶愈甚，其焰愈张，歌儿舞女，充溢后庭，广厦高轩，照耀街衢。日与南北在案诸逆，交通不绝，恐喝多端；而留都文武大吏半为摇惑，即有贤者亦噤不敢发声。又假借意气，多散金钱，以至四方有才无识之士，贪其馈赠，倚其荐扬，不出门下者盖寡矣。……杲等读圣贤之书，附讨贼之义，志动义慨，言与愤俱，但知为国除奸，不惜以身贾祸。……谨以公揭布闻，伏维戮力同心是幸。

柳敬亭和苏昆生正在阮大铖家里作客，看到了《留都防乱公揭》，才知道他的丑恶历史，悔恨不应该做他的帮闲，他们就"不待曲终，拂衣散尽"，"宁可埋之浮尘，不愿投诸匪类"。

三

柳敬亭和明末强藩左良玉的一段遇合，这在柳敬亭一生当中应该是最兴奋的一个阶段；而谈柳敬亭掌故的人对这一阶段也最津津乐道，原因是柳敬亭已经从一个纯艺人的身份，进入到军幕中成为风云人物了。

左良玉，字昆山，明末辽东人，军校出身，积功至辽东都司。当时满族崛起东北，明廷连年用兵。一天，良玉挟着弓矢射猎，看见路旁有橐驼走过，就驰马劫取过来。原来是运往前线用的锦州军装，这可犯了法，应当斩首了。所幸有同犯丘磊自愿独当其任，良玉虽然免死，却失了官，就到昌平去见侯方域的父亲侯恂。这时侯恂以兵部侍郎身份在那边督军，他看见左良玉长身赪面，善左右射，是个极为骁勇的将才，就收录下来。不久满族兵攻围大凌河，情势万分危急，明廷下诏昌平军赴援。总兵尤世威和侯恂商量，认为在这吃紧的关头非得有大勇的人，才能担当这一解围的责任。尤世威因要保护皇陵，不能离开，就推荐左良玉，并且要破格地提用他。

侯恂当夜就命尤世威前往，左良玉听说总兵官到来，吓得伏匿床下，以为丘磊的事被揭发了，一定是来捕他的。尤世威把他拖出来，左良玉惊喜交集，等尤世威把侯恂的手谕给他看，左良玉就不住地向尤世威叩首。这时际侯恂也亲自到了，大家商量好明天怎样对付军中将帅。明天清晨，全部官兵都集合

侯恂府正宅退思堂　门前对联“谢客闲庭权且隐退；审时度势立意高思”是主人的心境写照。

了，侯恂发出让左良玉担任大凌河战役统师的号令，左良玉用头触辕门，宣誓定要立功。果然就在松山杏山一带大大挫败满族兵，叙功第一，就实授了总兵官。这时他不过二十二岁，由谪官到总兵为时才一年余。不久，他镇压李自成、张献忠起义军，在南阳箭射张献忠伤额，献忠几被生擒。他绩功为“诸道平贼元帅”。文官见他势大，遇事就常掣他的肘。他的骄横的脾性，也不把上级文官统帅放在眼里。他知道农民军一朝荡平，自己就有“狡兔死，走狗烹”的下场，因此每当地和文官龃龉，就不听调遣，或者阴纵农民军，“养寇以自重”。其中最突出的一件事，就是明廷知道侯恂是良玉的恩人，打算以侯恂督师，可以在军事上收获一些便利。良玉听见这消息，倒是很高兴的。不料侯恂拜命不久，有人中伤他，崇祯帝不但撤掉侯恂的职，反把他下狱问罪。

崇祯十五年（1642），他在樊城被李自成战败，引舟师南下武昌，提出军饥的口号，移兵九江，声言向南京就食，沿途劫掠，扰攘不堪。留都文武大臣惊惶之极，幸而兵部尚书熊明遇请侯恂转圜，移书阻止，北掌院李邦华路过湖口，也从全局出发责良玉，并发九江库银十五万，补六月粮，良玉才肯退兵，留都才算解严。崇祯十七年（1644）正月，为抚绥和奖励起见，朝廷封他为宁南伯。

左良玉“奉诏守楚，驻皖城待发”（《吴传》）。当时守皖的将军杜宏域和柳敬亭本属相识，一天，左、杜二人在酒席间闲谈，左良玉表示要网罗人才，他希望能够争取到一个“异客”，就是具备特别才干的人。杜宏域当下提起柳敬亭名字，使对方存留这个人的印象。不久，他们两人对于用兵的意见不合，争执不下，杜宏域心想得柳敬亭去和左良玉当面接谈一下，否则双方意见是无法融洽的，矛盾是无从解决的。这样，柳敬亭被正式邀请到武昌来。左良玉前次酒席间已经听到过柳敬亭的大名，在他得知柳已前来安庆，便想考验他一下。第一步要试试他的胆量：如果他见了我左良玉便吓得害怕，那不过是个庸才而已。值此用兵之际，帐下是不需要这种庸才的。因此他就命令在宴会的军幕中密排着执长刀的士兵。柳敬亭一到，被引入席，眼看四面亮晃晃的钢刀执在雄赳赳的军士手里，座客们真是吓得矮了半截，胆战心惊，不知道究为何事。可是柳敬亭毫不害怕，他在说书时体验得深了。项羽的鸿门宴啊，关云长的单刀赴会啊，他过去不是说得天花乱坠吗？有什么可怕！柳敬亭当下在席间开怀畅饮，时时向左良玉索酒，一味的滑稽调笑，不但眼中看不见四旁手执长刀的士兵，就连左良玉这个杀人不眨眼的大军阀，也不放在眼里。真是旁若无人。左良玉不觉暗暗称奇，认为杜宏域推荐的人确实不差，他对柳敬亭说："我帐下少不了你这一个人，真是相见恨晚。"柳敬亭说，"岂敢岂敢，在下但得为军侯效力，真是三生有幸！"这是著名的"长刀遮客"故事，文士们熟悉柳敬亭生平的，都知道这件不平凡的事。龚鼎孳《沁园春赠说书柳叟》前阕有云："片语回春，千金逃赏，遮客长刀玩弄来。堪怜处，有恩门一涕，青史难埋。"即指柳敬亭和左良玉初会面时，有胆量经得起左良玉的考验。到了崇祯十六年(1643)八月良玉入武昌，正式成立军政府，柳敬亭便做了他的得力幕客。

柳敬亭像

柳敬亭是个不知书、不亲文墨的人，固然不能亲自拟稿，但他能为左良玉擘划，而且擘划得很周详，所说的顶中肯，击中要害，既委婉，又有力量，左良玉对于这种简单明了的文字，倒与自己的意见不谋而合。这样就由柳敬亭口授大意，再由司笔札的儒生抄录下来。略加润饰，便由左良玉判行用印了。

四

明崇祯十七年(1644)三月，李自成攻克北京，崇祯皇帝朱由检投缳而死。负着镇守山海关重责的吴三桂，却"冲冠一怒为红颜"，勾搭上关外的清兵，引他们入关。李自成知道清兵是个劲敌，就领着重兵亲自前往迎战，在一片石地方，李自成被明、清联军击败了，只得放弃北京西走。清兵进关以后，就由清朝开国的摄政王多尔衮拥着刚刚五岁的皇帝福临(清世祖)入京，汉人官僚们纷纷投降清朝。

当华北沦陷，清军铁骑还不及南侵，明朝凤阳总督马士英就联合了实力派军人高杰、刘泽清、黄得功、刘良佐四镇，把福王朱由崧拥立在南京，做傀儡皇帝，并援引阮大铖做了兵部尚书。这一来，阮大铖志得意满了。以前他蛰伏在石巢园里受过复社诸人的恶气，为了报复，他要摆布他们，就兴起大狱。陈贞慧第一个被捕下狱，吴应箕、侯方域逃亡在外，仅以身免。抱着满腔忠义有恢复明室大志的原南京兵部尚书史可法，因为遭受阮大铖疑忌，就被派到扬州，以阁都名义督师淮扬。正人既去，马、阮在朝益发毫无顾忌，他们引进了许多小人，卖官鬻爵，混乱不堪。当时民谣说："职方贱如狗，都督满街走。"朱由崧自己又是个纵情声色的人，马、阮辈不断地送进优童艳女，又藉着选淑女的名义，逼迫民间少女选入后宫。至于南明政府的外交政策，只是痴心妄想清兵不要南下，能够以小朝廷偏安江南。他们派遣左懋第前往北京，加封吴三桂为蓟国公，打算通过吴三桂能和清朝妥协。

对于左良玉呢？南明政府知道他拥兵上游，声势浩大，不敢不拉拢他，给他晋爵封侯，荫他子为锦衣卫正千户。左良玉当时拥兵八十万，号称百万，接到崇祯帝的死讯，就命三军缟素发丧。他虽然受了南朝政府晋爵的荣宠，事实上他和南明政府也有矛盾；他的恩公侯恂是东林党人，左良玉和东林党直接间接有着亲密的关系。马、阮辈见东林之士都借重左良玉，最是放心不下，害怕有朝一日东林党会拉拢左良玉和南明政权作对。可是左良玉表示心怀坦白，委托柳敬亭到南京走一趟，和马、阮辈接洽。南明统治者对于左良玉是既疑且畏的，听说他遣了人来，不敢怠慢，招待时礼貌相当周到，请柳敬亭南面上坐，称呼他为"柳将军"。柳敬亭就把左良玉意见向马、阮辈陈说一番，希望彼此捐弃猜疑，做到相互信任，一切以国事为重。

实际上南明统治集团如果真的和左良玉合作，共御清军，江北方面又有大忠大勇的史可法在督师，国事是仍有可为的。但马、阮辈总觉得左良玉偏袒东林复社中人物，处处和政府作对，无法和他融洽合作。在这当中有一位关键人物名唤黄澍的，值得提一下。他官任湖广巡按御史，为人很刚正，很倔强。左良玉遣他入朝，令他便中进些忠告。黄澍仗着左良玉的权势地位，就毫无顾忌地在朝堂上和马士英口角起来，对于他的奸贪不法情形，声泪俱下地大加训斥。不但如此，黄澍还用笏击打马士英说："我和你一齐死。"马士英向朱由崧告状，昏庸的朱由崧不但辨不出贤奸，实在也无法调解，就半晌不开口，最后只得命两人齐退。黄澍参劾马士英"十可斩"，接连上了十次奏本。朱由崧也是不了了之。

马、阮辈得势以后，对东林党复社中人大施报复，魏忠贤时代的东厂特务组织，这时际为着便于侦查和逮捕人士，也恢复起来了。黄澍革职为民。东林复社诸贤眼看在东南一带难以存留，就纷纷西上，到左良玉军中求得安身之所。这样，宁南侯的武昌藩府，便做了他们政治避难的好地方。黄澍逃到武昌，就把南明中枢情形，说与左良玉听，把他气得要死。侯方域也到来了，他是侯恂的儿子，左良玉更是另眼相待。

南明统治阶级知道左良玉一定会和他们作对到底，就不得不先为防略，在南京西部坂矶地方筑起城来，加派重兵。柳敬亭听到这个消息，不觉顿起足来，对左良玉说："朝廷有什么理由需要这种西防呢？无疑的是奸人们在防我们啊。坂矶筑城驻兵，是他们猜疑我们的具体的表现，恐怕从此要多事了。"左良玉听了很是悚然。

黄澍、侯方域逃到左军中避难，南明政府无力把他们逮捕归案，就觉得左良玉无时不在和政府对抗。左良玉呢？天天有黄澍及东林党人士在身边控诉，劝他早日清除君侧，消灭马、阮，另行成立政府。当时情势已如箭在弦上，有些控制不住了。最后南京又有伪太子案发生，这才成了内战的导火线。据说这个太子是崇祯帝的嫡子，名唤慈烺，辗转来到南京的。朱由崧害怕真太子一出面，他的皇位就有问题。而太子经过审讯后，忽传说是驸马王昺的侄儿王之仁所冒充，下在监狱里问罪；或说太子确是假的，乃是北方清政府的阴谋诡计，派来扰乱南方人心的。可是南京城里老百姓却一致地认为马、阮陷害太子，绝"先皇"之后，因此民愤极大。

消息传来，左良玉和将士们都觉得忍无可忍。军事行动便马上展开，武昌军政府经过一场纷扰之后，终于制定了立即水陆东下的决策。当时将士们义愤填膺，对于前赴南都声讨马、阮有一致的认识，有破釜沉舟的决心。左良玉并发出一篇很长的讨马、阮的檄文，有这样的话："……泣告先帝，揭此心肝。愿斩贼臣之首，以复九京；还收阮奴之党，以报四望。"

左良玉以为这次出师，是符合南部人民愿望的一种正义行动，可以摧枯拉朽，马到成功。

而且淮扬一带敌（指清朝）我形势紧张，马、阮辈未必就敢撤江北之师，真的去打内战。想不到马、阮辈却不是这样打算。知道清兵南下，还可以投降，至少可以不死，左军一来，东林重新得势，他们一定要遭杀害。所以他们在左军越过九江之际，顾不得一切，把防守江北的黄得功、刘良佐统率的军队调到江南来，全力抵御左军。倪在田《续明纪事本末》

卷五《左军之叛》，记马士英丧心病狂的态度说：

马士英日征江北军入援，促宏光帝手书召史可法。可法方连章告淮北急，且言上游之志，清君侧耳，未敢为君父难，北兵至则社稷可虞。又遗士英书乞助，并不听。宏光帝亦谓左良玉非果反，士英指群臣：此皆死党，我君臣可死于清，必不可死良玉之手。因大呼斩议守北者，宏光帝不敢言。于是勤王兵四集，淮南无或蔽，多铎乘之，遂瓦解。

当时由豫王多铎率领的大队清兵，已经从徐州南下，形势异常紧张；而江防之万不可撤，牵一发足以动大局，就连昏庸的朱由崧也看得清楚。可是禁不起马士英嚣张跋扈，硬干到底。

原驻在淮安的刘泽清部队，奉命调防，以堵截左军，淮南北空虚，清军很顺利地由安徽盱眙东进，把史可法驻守的扬州包围起来。

再说左良玉统领着舟师，浩浩荡荡地从武昌出发，舳舻相接，绵亘二百

左良玉随军图

余里，军容是相当盛的。可是左军平素训练差，军纪极坏。破了九江，左良玉看见城中火光烛天，知道自己军队在焚烧劫掠，他原患着重病，年已衰老，经不起这场大的扰乱，又愤恨无法约束自己的军队，不禁呕血数升，一病不起了。临死前，他与将帅们约了三事：守卫疆土，为国效忠，是上策；紧守一方，待时而动，是中策；解散军队，各自流亡，是下策。嘱在他死后，就由他儿子副帅左梦庚继续东进。想不到由马士英派去堵截的黄得功军队，在一场反击战中把左军打得溃败，南明的勤王兵四合，左军不久便解体了，左梦庚也投降清军。

死守着扬州的史可法，在城破之后，不屈而亡。清军在扬州进行了惨绝人寰的血腥屠杀和掠夺财富。清军渡过长江以后，即攻破镇江，就不费力地四面包围了南京。朱由崧及马、阮辈纷纷逃亡，南京的老百姓就把马、阮的府邸焚毁，从监狱里放出伪太子来，形成了极大混乱。清朝军队在降将赵之龙的引导下开进南京，留下来的官僚和文人钱谦益、王铎等纷纷迎降。朱由崧在太平被俘，送往南京，和伪太子一同在北京被杀。马士英投降后被清军杀于延平。只有阮大铖一心想做清廷的闽浙总督，随着军队向福建进军，一路上媚事清兵将帅，表现得

扬州史可法纪念馆内的史可法塑像

丑恶不堪，终于跌死在福建仙霞岭。

至于如何“丑恶不堪”，陈汝衡没有细说。黄裳在《石巢园》中倒有描述：

阮大铖逃到金华，又和马士英会合在一起，但这时他们之间已有了间隙，大铖自己早已和清军“通款”，作了间谍，因为他有冯铨这条内线，他们原是魏阉手下的同门。阮大铖还抓紧学习，“能书满字，凡江上军机举动，一一报闻。”（《石匮书》）难怪一旦迎降，就受到重用。当时“大兵所过，野无青草，诸帅无所得食。大铖出私财，预饬厨传，所至罗列肥鲜，邀诸帅遍饮之。诸帅讶其具也，则应曰，‘吾之用兵不测，亦如此矣。’驻帐则执版唱歌以侑酒。日历诸帐，人人交欢以为常。”（《南疆逸史》）

阮大铖随同诸内院驻在衢州，准备进兵福建。一天，忽然面肿，诸内院担心他有病，不胜鞍马之劳，劝他留下来休养，等打下建宁再来接他。阮大铖听了大惊，说：“我何病！我年虽六十，能骑生马，挽强弓，铁铮铮汉子也。我仇人多，此必有东林复社诸奸徒，潜在此间，我愿诸公勿听。”

大军进抵仙霞岭关下，大众都“按辔缓行”，只有大铖牵了马徒步而前，说：“我精力百倍于后生。”随即鼓勇先登。好久以后，内院们才走到仙霞岭的最高处——五通岭，遥遥望见大铖坐在一块石头上，“呼之不应，以鞭掣其辫，亦不动。视之，已死矣。”

这说明阮大铖早已剃了发，还留了小辫子。

五

柳敬亭在左良玉幕中，自然还要替他说书。钱曾（遵王）笺注钱谦益诗《左宁南画像歌为柳敬亭作》，曾说：

宁南既老而被病，惟块然一榻，柳生敬亭者善谈笑，军中呼为柳麻子。摇头掉舌，诙谐杂出。每夕张灯高坐，谈说隋唐间遗事，宁南亲信之，出入卧内，未尝顷刻离也。

钱谦益《画像歌》中写左良玉听到柳敬亭说古，“宁南闻之须猥张”，“誓剜心肝奉天子，拼洒毫毛布战场”。陈汝衡认为：“他之不曾背叛明朝，投降清朝，我想柳敬亭说书是起了作用的。”

除这画像外，另有一幅《军中说剑图》，画中左良玉、柳敬亭相对而坐。到了清代中叶，还有人为这幅说剑图题诗，阮元《淮海英灵集》丁集卷一，收冒丹书（字青若，江苏如皋人）作《题左宁南军中说剑图赠柳敬亭》诗云：“玉帐登台夜论兵，将军出塞气纵横；可怜多少衔恩客，写向丹青只柳生。”

左军崩溃以后，柳敬亭丧失了不少衣服财物，他多年的积蓄统归乌有。他和以前一样的穷，为着谋生糊口，只得再上街头，重理旧业。可是他一想到当年在武昌军幕和左军崩溃情形，就止不住辛酸落泪，他是感慨万分的。陈维崧《湖海楼集》赠柳敬亭的两首诗，其一云：

忆昔孤军鄂渚秋，武昌城外战云愁。
如今衰白谁相问，独对西风哭故侯。

后来柳敬亭又到过苏州等地，七十九岁那年，北上燕京。曹尔堪（顾庵）有《贺新凉·赠柳敬亭》：

八十庞眉叟，见从来，衣冠优孟，功名刍狗。炯炯双眸惊拍案，似听涛飞石走。叹此老，知名已久。大将黄州开广宴，倒银瓶击节频呼柳。排战舰，下樊口。长江浪急风清后。束轻装，归舟一叶，帆移星斗。画角牙旗频入梦，犹在辕门使酒。诸巨帅皆为吾友。白发瘦驴燕市月，少年人能识苍颜否？歌未阕，起为寿。

在他八十岁时，龚鼎孳的宠妾顾媚死在北京，他回到安徽合肥为她安葬，在庐州这地方为她开吊设祭。当时柳敬亭和著名诗人徐州人阎尔梅都来庐州参礼。

余怀《板桥杂记》写他：“年已八十余矣，间遇余侨寓宜睡轩中，犹说秦叔宝见姑娘也。”

这是柳敬亭最后说书的记录。

柳敬亭的卒年虽不可考，他死后的埋骨之所却有线索可寻。原因是在他暮年，曾由著名文人钱谦益为他发起募葬。在这事之先，他的儿子死在旅舍里，凄凉一棺，柳敬亭无力为儿子返葬。苏州的三山居士是个慷慨好施的人，不但卜地葬柳敬亭的儿子，并且代柳敬亭预先筹措一块葬地。钱谦益因而发出文字号召，希望大家共襄义举：

柳生敬亭，今之优孟也。长身疏鬚，谈笑风生，臿齿牙，树颐颊，奋袂以登王侯卿相之座，往往于刀山血路、骨撑肉薄之时，一言导窾，片语解颐，为人排难解纷，生死肉骨。今老且耄矣，犹然掉三寸舌糊口四方，负薪之子溘死逆旅，旅榇萧然，不能返葬。伤哉贫也！优孟之后，更无优孟；敬亭之后，宁有敬亭？此吾所以深为天下士大夫愧。三山居士，吴门之异人也，独引为己责，谋卜地以葬其子，并为敬亭营兆域焉。敬亭曰：此非三山只手所能办也。

……一生数椽而死一抔，终不令敬亭乌鹊无依，而乌鸢得食也。某不愿开口向人，惟明公以一言先之。（《为柳敬亭募葬疏》）

如果没有其他特别原因，钱的这篇文字说明了柳敬亭死后是埋葬在苏州一带的。三山居士，其人待考。

六

在前人为柳敬亭作详传的当中，首先要提起的是诗人吴伟业（梅村）。他是江苏太仓人，崇祯进士，曾做过编修及南京国子监司业等官。南明建国以后，被授为少詹事，因看不顺眼马、阮集团的行为，请假归里。清初举地方才学优长之士，吴伟业经由降清官僚的推荐，由清廷授为秘书侍讲，纂修太祖、太宗两朝圣训，后又迁国子监祭酒。这些是他入清以后做的官职。他知道自己糊糊涂涂地为异族政权工作，经过一个时期，追忆起来，内心是有隐痛的；因此晚岁作诗，就有“我是淮王旧鸡犬，不曾仙去落人间”之句，说出他投降后不胜追悔的心情。在他临死前，填了《贺新凉》词。下半阕说：“故人慷慨多奇节，为当年，沉吟不断，草间偷活。艾灸眉头瓜喷鼻，此事终当决绝。早患苦，重来千叠。脱屣妻孥非易事，便一钱不值何须说。人世事，几圆缺。”这简单是对自己过去行为痛心疾首。他不愿子孙为他树立带有清朝官衔的墓碣，只愿在墓碑上简单地题着“诗人吴梅村之墓”寥寥几个字。

《梅村诗余》里有一首《沁园春》词，对柳敬亭的人格特别推崇，认为他不因环境变迁而消沉志气，所谓“只有敬亭，依然此柳，雨打风吹絮满头”，似乎只有柳够得上这样资格。

吴伟业又作柳敬亭赞，概括了柳的生平为人。赞说：

丑而婉者其貌，佞而忠者其德。初即之也如惊，骤去之也如失。人以为此柳可爱，而吾笑为麻中之直。斯真天下之辩士，而诸侯之上客也欤！

现居纽约的张宗子，却对吴伟业评价甚高。在《板桥惊艳》一文中说他“无论为人还是政治大节，在同辈中都算是干净老实的。吴伟业的《圆圆曲》，气韵风度直追白居易，在清诗中可以说是绝无仅有的一例。……陈圆圆的女性魅力，陈圆圆的离奇遭际，竟能刺激一个诗人作如此发挥，不仅超越了他的个人才能，甚至超越了八百多年的时代局限。”

前面多次提到的钱谦益，字牧斋，江苏常熟人。一个反满的爱国志士江阴人黄毓祺，据说曾经留宿在他家中，他因此被控有“通逆”嫌疑。钱谦益就这样锒铛入狱，至南京诉辩，幸有他的爱妾柳如是为他多方打点，贿赂当局，结果无罪释归。他生前领袖东南文坛，诗文传诵一时，狱解以后，却把对清廷不满和自己忏悔情绪，用隐微深曲的笔墨表达在他的《初学集》、《有学集》里，藉此表示他眷恋前明与降清初

吴伟业肖像　梅村一卷足风流，往复搜寻未肯休。秋水精神香雪句，西昆幽思杜陵愁。裁成蜀锦应惭丽，细比春蚕好更抽。寒夜短檠相对处，几多诗兴为君收。——康熙帝亲制御诗《题〈吴梅村集〉》

非本衷。清廷因此对上述两书厉行禁毁，即他人著作冠有钱谦益作过序的，也一并销毁。清乾隆帝题钱谦益《初学集》诗说：“平生谈节义，两姓事君王。进退都无据，文章那有光”云云。虽然出于异族封建帝王之口，却也把钱谦益的人品及内心矛盾说得很明白。

钱谦益和柳敬亭的友谊是深切的，也可以说是脱略形迹的，他们两人有时相互讥嘲。《黄传》说，钱谦益嘲讽柳敬亭识字无多，专写书调文；可是柳敬亭对待钱谦益就不仅仅是口头上打趣，他的滑稽的谈吐，实在包含着政治意义。

羊城杨公道编《钱牧斋轶事》，有《柳敬亭之玩世》一则云：柳敬亭掉三寸舌，遨游公卿间，抵掌谈笑，诙谐取容，其滑稽之雄乎？明亡以后，梅村、牧斋等交重其人，而柳则时加嘲谑，牧斋等不以为忤焉。一日柳为梅村讲三国故事，描写阿瞒状态，惟妙惟肖，牧斋戏之曰：“君真一世奸雄。”柳遽答曰：“否，我不过两朝百姓耳。”梅村、牧斋并为之色变，而柳又以他辞乱之，则吴、钱复谈笑如初矣。颠倒操纵，使吴、钱不能自主，柳亦奇士矣哉！至柳之卒，牧斋为之作疏募葬地，而梅村则为之作传，其遇柳亦可谓厚矣。

柳敬亭为着纪念左良玉，曾请人画了左像，钱谦益作《左宁南画像歌为柳敬亭作》，希望柳敬亭能将左良玉的一生编作小说传奇，说给广大民众听，诗中因有“欲报恩门仗牙齿”的话。

七

以诗名卓著清初，号称江左三大家之一的龚鼎孳，更是柳敬亭的好友。他字孝升，号芝麓，安徽合肥人，明崇祯进士，授兵科给事中。李自成攻克北京，龚鼎孳迎降，任职大顺朝的直指使，巡视北城，相当于明朝的北城御史。清兵入关后，他又投降异族政权，历任要职，由顺治朝一直到康熙朝，中间几降多次。福临（世祖）颇赏识他的文学才能。他多年来在刑部做官，康熙三年曾任刑部尚书，为人旷达，肯帮忙，但生活豪奢，视金钱如泥沙，寒酸之士，颇有受他资助的。清人以异族入主中原，镇压汉人不遗余力。龚鼎孳往往利用职权，对前明遗老设法回护；因此颇受满清大员的忌妒，指他“于满汉案件，意为轻重”（《贰臣传》）。他虽然好几次降职，但清朝主子还宠着他，因此他得以礼部尚书终老，死后并博得清谥“端敏”二字。

张宗子在《板桥惊艳》中，对龚则非常鄙视：

大概是受了刘斯奋小说的影响，或是多年读文学史的感觉，我一直觉得这位与钱谦益、吴伟业合称江左三大家的龚孝升非常“猥琐”。他是崇祯进士，明朝的兵科给事中，李自成打下北京，他居然肯受伪职。入清，脸也不红地接着做官，一直做到礼部尚书，说起来连钱谦益还不如。钱还知道内疚，龚则似乎对先降盗寇，再事异族心安理得。最无耻的是，龚鼎孳把未能成仁的原因推到顾眉身上，“每谓人曰，‘我愿欲死，奈小妾不肯何！’”事见《明季北略》，小妾即顾眉。

而对顾眉，则不吝赞词：

顾眉为人侠义，一次读到朱彝尊的词：“风急也，潇潇雨；风定也，潇潇雨”，大为叹赏，“倾奁以千金赠之”。清初志士阎尔梅因复明事遭难，顾眉藏他于侧室，救他脱了大祸。顾眉去世，“吊者车数百乘，备极哀荣”，不全是看她老公的地位和面子。

对李自成，张宗子当然也无好话：

陈圆圆故事的演义，在个人的阅读范围，也碰到过几种，其中最不堪的，却是《鹿鼎记》。

《鹿鼎记》中，陈圆圆深居平西

王府，心中惦念的情郎，却是所谓“大难不死，落发为僧”的李自成。要知道，明末名妓的文学艺术修养，断乎不是如今的所谓“美女作家”所能望其项背的，论色论艺，也非等闲的歌星明星可比。见过无数贵介公子、风流名士的陈圆圆，能和大字不识、杀人如麻的李闯王擦出“爱情的火花”，那可真是活见鬼了呢。

鲁迅评《红楼梦》有一句名言：贾府的焦大，是不会爱上林妹妹的。为什么？阶级地位社会地位不同。其实这句话大错特错，要反过来说才对：林妹妹决不会爱上焦大，焦大却可以“爱”上林妹妹，而且只要可能，他会不择手段一定要把林妹妹“搞”到手。癞蛤蟆可以吃上天鹅肉，因为时代总会给焦大们一些机会：造反之后，起义成功——哪怕是暂时成功——之后，所有的人世变迁，运动，“文革”……

庄妍靓雅、美艳无双的横波夫人

《鹿鼎记》让陈圆圆爱上李自成——不是迫于权势的顺从，是发自内心的爱——荒唐一如让林妹

妹自愿爱上焦大。清高的林妹妹躺上焦大的床，当然不是绝对不可能：要么是焦大发了失心疯，绑架了她。

扯远了。回到柳敬亭。因为龚鼎孳不时的爱护，自己对他很是感激。某次龚鼎孳北上，舟行荒道中，柳敬亭和他儿子在岸上彻夜巡视，以确保龚舟的安全。

沈龙翔《柳敬亭传》也记：“……逢春归故乡，复趋泰兴故主家，则老主夫妇双柩停破屋中，逢春再拜痛哭。询少主衣食不堪，逢春慨然曰：主人无患，逢春尚能办之，待我三月后。于是复入扬州，书赫号数十百条，遍贴新旧城中，云：柳麻子又来说书。扬俗浮薄，喜游谈，好新闻，而其故老又夙昔脍炙柳麻子名，后生恨不一见，及是倾国届期而至。未及一月，已得三百余金，遂持归为两柩发丧，买屋产以奉少主。呜呼，此古豪杰之所为，岂易得之流俗辈哉？”

八

和柳敬亭交往的文人学士，不一定都是降清官僚一流，其中人品高洁，具有民族气节的人也是有的。如杜濬和阎尔梅就是这类受人尊敬的人物。杜濬，字于皇，晚号茶村老人，湖北黄冈人。以明经贡入太学，明以后流寓在南京，一直不肯做清朝的官。某年客扬州时，正月七日（人日）大雪漫天，王士祯（渔洋山人）特地造访。他和王士祯整天的谈诗，不煮饭，只是茶话而已。龚鼎孳和杜是好朋友，虽然两人在政治上站在不同的立场，龚是常常周济他的。有时候，龚召集同人为文酒之会，提出诗题，令大家即席做诗，做得好的有奖金。杜濬的诗特别好，就获得奖金。他无力嫁女，龚鼎孳在京时托人致送三十金为合卺费，不知何故，送款的人未曾送到。柳敬亭在南京碰见了龚鼎孳，就声情慷慨地为杜濬关说。龚明了情况以后大为感动，嘱一位姓薛的把这事办好，杜濬的女儿就能完婚了。（以上见夏荃《梓里旧闻》卷七，《海陵丛刻》本）杜濬自著诗集名《变雅堂集》，第九卷收有《今年贫口号二十四首》，其中有云：

> 中秋无食户双扃，叩户为谁柳敬亭。
> 亟送酒钱仍送酒，真教明夜也休醒。（第二十二首）

诗后有注说：“中秋日一粥，闭门睡矣。忽闻呼门声，乃柳叟敬亭走力送酒并青蚨一千，想从格外，感而有纪。”

第二十三首也有注说：“中秋明

日，几上再见敬亭来札，封函下方有八字云：‘来人受赏，我就天诛。’始悟昨者平头逃去之故，不觉与客大笑。又成一绝。”看出柳敬亭热心帮助杜濬。他自己是穷艺人，知道穷人的苦处，因而节省自己的生活费，接济像他一样的穷苦文人；于送酒送钱之外，还附一短札，一定叫杜濬不要给来人脚力钱。因为旧时对于亲友方面派来送东西的人，需要给他一点力钱，这原是一种社会惯例，但这也增加了受施人的负担。柳敬亭发誓不许杜濬破费一钱，真是体贴入微。

对柳敬亭说书艺术特别表扬，并以诗文描摹他表演情况，供给我们有用资料的，要数阎尔梅及张岱两人。阎尔梅，号古古，江苏徐州人。生有异相，耳朵既大且长，比面孔还白，因此他自号白耷山人，或大耳山人。他是明崇祯举人，明亡后奔走国事，过着亡命的生活。有人劝他出来应清廷的会试，许以会元的荣宠，他一概拒绝。

诗有奇气、声调沉雄的白耷山人阎尔梅

阎尔梅有长篇古体：

发言近俚入人情，吐音悲壮转舌轻。唇带血香目瞪棱，精华射注九光灯。狮吼深崖蛟舞潭，江北一声彻江南。忽如田间父老筹桑麻，村社鸡豚酒帘斜。忽如三峡湍回十二峰，峰岚明灭乱流中。忽如六月雨骤四滂沱，倾檐破地能旋涡。忽如他乡嫠归哭松坟，忽如儿女号饥索饽餶，忽如秋霄天狗叫长空，忽如华阴土拭

太阿锋，忽如嫖姚伐鼓贺兰山，忽如王嫱琵琶弄萧关。忽如重瞳临阵叱楼烦，弓不敢张马倒翻。忽如越石吹笳向北斗，胡儿垂涕连营走。忽如西江老禅逗消息，一喝百丈聋三日。……（《阎古古集》第二卷）

张岱的《柳敬亭说书》已成经典。前面提到的苏昆山，他和柳敬亭一同做过阮大铖的清客（据《桃花扇》），当时石巢园里笙歌沸天，宾客满座，苏昆生的唱曲，柳敬亭的说书，一定会常邀座客的赞赏的。曾几何时，他们在知道阮大铖底细以后，就毅然决然地离开石巢园。他原名周如松，是河南固始人，自幼精通音律，唱起曲来不但有一副顶好的歌喉，对于度曲一门，钻研特深，已经达到精湛的境界。

当柳敬亭在武昌左良玉军幕时，苏昆生也在那边，一个说书，一个度曲，都是幕府里的重客。

后来左良玉因进行清君侧运动，引师东下，死在九江舟中，号称百万的大军，一时崩溃。接着清军南下，国破家亡，苏昆生眼看这番情景，心里惨痛极了，就愤而遁世，入安徽池州九华山做和尚。经过一个时期的看经念佛生活以后，觉得这样下去，与世无补，就往杭州依附汪汝谦（然明）。汪是安徽歙县人，移居杭州，是个深通金石音律多才多艺的文士，经常召集名流为湖山诗酒之会。苏昆生和他意气相投，自然宾主相得，汪也很欣赏苏的音乐才能。

可是好景不长，汪汝谦去世了，苏昆生骤然失去凭依，只得前往东南文物最盛的苏州，谋取出路。苏州地方会唱歌的人虽然很多，其实不过夸耀新声，以柔曼之音唱得好听而已，真正懂得度曲的奥妙，对音乐有深湛研究的人，倒是很少。某次虎丘广场有盛大的集会，他在旁听人歌唱，就笑说："某郎某字不合律，唱得错了。"人家听见他指摘缺点，心里很不舒服，就请他唱一下，想不到他一出口，果然与众不同，这使旁听的人拜服得五体投地。

诗人吴伟业时在家乡太仓，苏昆生特地前往拜谒。他知道诗人已经为柳敬亭写了一篇长传，就想援例请求，也替他写几句，希望通过诗人的腕底，能和柳敬亭并传。结果吴伟业把苏、柳二人写在一起，做了一篇七言古诗《楚两生行》。因为苏昆生是河南固始（古蔡州）人，柳敬亭是扬州（实指泰州，本扬州属邑）人，这两个地方都属古代楚国疆域，他们两人又都在左良玉武昌军幕中做过宾客，所以诗题特别标出"楚"字，就是这个道理。此外吴伟业诗集中又有《口占赠苏昆生》七言绝句四首：

楼船诸将碧油幢，一片降旗出九江。

独有龟年卧吹笛，暗潮打枕泣篷窗。（其一）

西兴哀曲夜深闻，绝似南朝汪水云。

回首岳侯坟下路，乱山何处葬将军。（其三）

把苏昆生比拟为唐朝善吹笛的李龟年、宋末善鼓琴的汪元量（水云），无非亡国哀音，乱离之曲，诗人是不胜感慨的。除吴伟业外，清初文人尤侗（西堂老人）也有赠苏昆生的诗二首：

三十年前大将牙，张灯舞剑拨筝琶。

相逢萧寺惊憔悴，红豆江南正落花。

九江漂泊九华归，楚尾吴头旧梦非。

莫向樽前歌水调，山川满目泪沾衣。

《桃花扇》在剧终时，指柳敬亭隐于渔，苏昆生隐于樵，这些话是不足凭信的。

明末大儒黄宗羲指柳“每发一声，使人闻之或如刀剑铁骑，飒然浮空；或如风号雨泣，鸟悲兽骇。亡国之恨顿生，檀板之声无色”。《黄传》提出“亡国之恨”，足以说明柳说书时的政治影响。

柳敬亭一生，不啻一部南明痛史。对于歌哭呼号于其时的多数人物，我们似应更多地抱有一分平恕之心、理解之情。

沙白的南京

登金陵饭店三十七楼

长风万里送秋雁
对此可以酣高楼。

——李白

一

拔地而起
三十七层高楼是一座独秀峰
独秀金陵
璇宫在半天云里打旋
清凉山矮了下去
遮不断万里长江腰身一闪
在一个旋转的世界里
看世界旋转

二

只是薄薄一层玻璃
隔开了哪怕是雨丝风片
一个悬在半空中的看客
无限风光作壁上观
隔不开的是那一缕思绪
千刀万刀何曾片刻斩断尘缘

三十七层的南京金陵饭店旧照

三

一条墨色的飘带
秦淮河被牵到眼前
连同污泥中埋着的六朝史
与李香君的那把桃花扇
弃我去者一如抽刀断水
反搅起千尺波澜

四

六朝松躲在大楼后
拄两根水泥拐棍
说它见到过张丽华的云鬟
石头城微露一角
我知道城下有一张鬼脸
正用扭曲的嘴巴讲三国孙权

五

玄武湖、白鹭洲、明故宫、西花园
你们就一齐来吧
一齐聚汇到眼前
共同评说所有的南朝

为什么都如萤火一闪
只有李后主词章里的哀愁
和他给妇女造就的灾难
像缠脚布一样绵绵不断
绵绵不断，直至千年

六

三寸金莲
即使能步步生莲花
对于天堂大道
却裹足不前
错过短亭，错过长亭
错过一个又一个驿站
缠了放，放了缠，费了那么多年
那么多年迈不开大步把失落的追还

七

总该立足现代吧
你这八十年代的宁馨儿
车流人浪
结成的新街口的圆圈
只是正在结痂的伤口
风雨天有隐痛直透心尖
古金陵一如唐山
蓝光一闪就是十年
用一场大地震摇醒一个梦
这代价谁曾计算

八

紫金山天文台的望远镜

紫金山天文台

可曾窥到最初的发端
缘于太阳黑子的一次躁动
还是地层深处各种张力的渐变突变
是什么样的
偶然的必然，必然的偶然

九

六代豪华春去也，春去后
不是夏天，不是秋天
百年寒冬，八年寒冬，十年寒冬
莲花不开，风荷不圆
莫愁湖硕大的泪珠儿凝作冰凌
挂在莫愁女腮边

十

今天——一块跳板
架在昨天与明天之间
黎明
曙色展开巨大的白折扇
离昨夜太近
距明天太远

鬼脸城

南京石头城外壁因多年潮水冲扫，一处形似鬼脸。

刚觌面
就给我一个鬼脸
石头城真玄

寂寞了吴宫管弦
凝咽了齐梁歌吟

历经风雨沧桑的石头城

城头刀剑碰撞的火星
一一飞落夜空的银河
寂然无声
一面面变幻的王旌
陨落如西沉的落日
鲜血比余霞更红

两千年　几多帝王的威武
埋入地下　白骨
也有一张扭曲的嘴巴
像你
两千年　几多如花宫女
凋残败落　躲在你身后
冲我
扮一个鬼脸
两千年　六代豪华
金陵大棋枰上一切的
妙手　缓手　劫争　翻盘
胜棋　败棋　残棋　臭棋
就只留下
这样一张鬼脸

静静立在它面前
听石头开口说话

莫愁湖

把愁眉留在园外
把泪眼留在柳外
把忧思留在天外……

看湖波的笑窝
看红莲的笑靥
看圆圆荷叶上圆圆的水珠儿
笑逐颜开望天边云聚云散

清代吴宏作《燕子矶、莫愁湖二景》

不要去管隔岸
石头城上多少次王旗变幻
清凉山叨叨不完
　　宋齐梁陈、沧海桑田
只听从莫愁女
　　一声轻轻的叮咛

胜棋楼上那局棋
至今没有下完
只有朱元璋那枚棋子
　　落定而成高高的明孝陵

听潮的鸟

——燕子矶即兴

从王谢堂前飞出的这一只燕子
耐不住寂寞
落脚江边来听江潮

轰哗，轰哗
无尽的自语，无尽的长叹
总是这江声把宋齐梁陈
淘洗成一场繁华的春梦
总是这江声把张丽华的朱颜
淘洗成山下飘零的江花
总是这江声把蔽日旌旗连营鼓角
淘洗成漫山遍野挥之不去的蝉鸣……

李后主追着陈后主
洪秀全追着朱元璋
一场追逐赛扬起的尘土
也像一阵历史的沙尘暴
让石头城的石头惊魂难安
扰得紫金山那条盘着的龙
老也飞不上天去

不老的只是这只落脚江畔的燕子
把乌衣巷忘得干干净净
把春去秋来忘得干干净净

一只听涛的鸟
也像林阴深处
那个听鸟的人

隔江喜看六朝山

明史专家谢国桢在游扬州平山堂时，曾提到一副对联的下联："隔江喜看六朝山。"并说："我们在平山堂凭眺移时，江南金焦诸山，如浮水面，历历在望，……"这里提到了金山、焦山，加上北固山，便是京口（镇江）三山了。

秦始皇统一六国后，东巡至此，认为谷阳是吴国的发祥地，有"王气"，就派三千名身着赭衣的囚徒凿断京岘山，开水渠破此"王气"，改谷阳为丹徒。丹徒者，赭衣徒之谓也。

正是这一负气之举造就了镇江运河的雏形:“曲阿”。从此,滚滚长江之水得以沿二百多里长的人工河折向东南,与吴王夫差所开的河渠相连,经溧阳、宜兴等地,成为江南运河的前身。

东汉建安十三年(208),吴主孙权迁都到今镇江北固山下,史称京城,俗称京口(“口”指北固山下的江口),又号铁瓮城。所以清人项鸿祚《满江红·渡扬子江》开头便是:“铁瓮城开,何处是、紫髯天下?流不尽,英雄遗恨,寒涛激射。”“紫髯”指孙权,人称“紫髯将军”。

东晋渡江后,侨置徐州于京口,故称南徐。晋于此多镇重兵,以拒前秦。南朝宋武帝刘裕,于东晋末年,曾两次以此为基地率兵北伐,消灭了鲜卑贵族所建的南燕、后燕、后秦等政权,并一度收复了洛阳、长安等地。清人蒋春霖的《木兰花慢》因此感叹:“看莽莽南徐,苍苍北固,如此江川!”

隋开皇十五年(595),改南徐为润州。当时江涨钓沙洲,人称润脯,故名。大业初废,唐复置润州、丹徒县。建中初(780),置镇海军节度使,辖境达今苏南、浙江一带。宋开宝八年(975)改镇海军为镇江军。宋徽宗政和三年(1113)升为镇江府。据丹徒县志载,即位前统领过镇江军的宋徽宗认为该地地理位置优越,形势雄险,为镇守之地,又当长江、运河交汇处,故名之为镇江。这一点,他倒是不幸而言中。偏安江南的南宋便以镇江为江防要塞。

千年漕运留给江苏深厚的沉淀

宋人汪藻在《京口月观记》中,曾说他与镇江长官刘岑一起登高环望，东面叫海门，那是范蠡浮海远逝的地方；西面叫瓜步，那是北魏太武帝佛狸所曾到过的地方；京口以北的广陵，那是谢安筑坎以利航运的地方；而处于长江的中流，则是祖逖当年率师北伐、击桨立誓的地方。怀想当时的那些慷慨自任的英雄们，他们愤激于中原未能收复、敌寇未能擒获，那股吞吐山河的忠义之气，即使宇宙之大、九州之广，也未免显得狭隘，虽然出自胸中的贮积，但也是凭借江山而抒发出来。他由此议论：

京口以江山名天下，其来尚矣。而为国屏蔽，尤重于晋宋齐梁之间。观其千峰所环，中横巨浸，风涛日夜，驾百川而东之，其形胜之雄，实足以控制南北，岂值为骚人羁客区区登览之胜哉！

这大概便是本文开头提到的“六朝山”联语的深意吧。

隋炀帝拓宽江南运河，镇江的千年漕运由此而兴，跻身于当时东南名都大邑之列。《隋书·地理志》云：“京口东通吴会，南接江、湖，西连都邑……亦一都之会也。……川泽沃衍，有海陆之饶，珍异所聚，故商贾并凑。”南宋《嘉定镇江志》也说：“京口当南北要冲，……国赋所贡，军需所供……与夫蛮商蜀贾，刑湖闽广，江淮之舟凑江津、入漕渠而径至行在，所甚便利也。”直到康熙《江南通志》还说：“京口为舟车络绎之冲，四方商贾群萃而错处，转移百物，以通有无。”这里提到的“转移百物”，是指镇江成了江南漕运和货运的转运巨埠。从唐代起，这里相继发展了冶铁、造船、丝绸、酿造业等。

二

最早听说北固山这个地名，是从王湾的《次北固山下》：

客路青山外，行舟绿水前。
潮平两岸阔，风正一帆悬。
海日生残夜，江春入旧年。
乡书何处达？归雁洛阳边。

这首被清人王夫之誉为“以小景传大景之神”的五律，已经成为盛唐气象的发端。

后来查了资料，才知道公元209年，三国吴主孙权出于军事上的需要，开始在北固山的前峰，建筑了一座城堡，叫做京城。城池虽小，却十分坚固，号称铁瓮城。古代谓山上高平之地为“京”，“口”指北固山下的江口，京口之名便被人叫响了，唐时为润州，宋代才改名镇江的。

《三国演义》里写到甘露寺刘备招亲一节，寺即在北固山后峰。但三国时代，山上尚无寺庙，甘露寺是唐代李德裕所建；况且，刘备来京口前一年，孙权已经“进妹固好”，是送亲而非招亲。当然，北固山前峰即是铁瓮城所在，孙、刘二人登上后峰眺览和商谈大事，倒也是可能的。

北固山三面临江，李德裕题北固山临江楼的诗有“多景悬窗牖”一句，后来改建此楼时，便依诗句更名为多景楼。苏东坡在此曾留下《采桑子》一词：

多情多感仍多病，多景楼中。樽酒相逢，乐事回头一笑空。

停杯且听琵琶语，细捻轻拢。醉脸春融，斜照江天一抹红。

结尾两句写“姿色尤好”的侑酒官妓醉后的脸庞，荡漾着暖融融的春意。她的身后，夕阳在天边映照出一抹艳丽的晚霞。这是人景合写。分开说，前句人，后句景；叠合看，人即景，景即人。

想当年，金戈铁马，气吞万里如虎

但靖康之变，宋室南渡，镇江却成了抗金前线，词也多慷慨悲凉之音，如辛弃疾的《永遇乐·京口北固亭怀古》。另一首《南乡子》上片也写到：“何处望神州？满眼风光北固楼。千古兴亡多少事，悠悠。不尽长江滚滚流。”今人有诗赞曰：“倚楼谁唱南乡子？唤起鱼龙出浪听。”

苏东坡对镇江有特殊的感情，每次路过，必登金山。熙宁三年（1070），他因批评新法，引起当道不满，深感仕途险恶，便主动请求外任。

第二年，通判杭州，十一月初三，途经镇江，被山僧留宿金山寺，并写下《游金山寺》七古，有一段生动的描写：“……羁愁畏晚寻归楫，山僧苦留看落日。微风万顷靴文细，断霞半空鱼尾赤。是时江月初生魄，二更月落天深黑。江心似有炬火明，飞焰照山栖乌惊。……”森然之气，正反映了内心的苦闷。

金山原名氐父山，唐代开山得金，故名。从苏诗“寻归楫”看，它原是在江中的，后因水流变迁，清同治年间与南岸相连。金山的建筑傍山而造，绚丽精巧，幢幢相衔，层接而上，故民间有“金山寺里山，焦山山里寺，北固甘露寺冠山”之说。因为金山寺庙把山体严严实实地包裹起来，而焦山寺庙楼阁深藏于山林之中；北固山主峰临江而立，甘露寺高踞峰巅，形成了“寺冠山”的特色。

金山观音阁内，存有“金山四宝”。周鼎，相传是周宣王时的铜器；东坡玉带；明代文徵明所绘金山图。还有铜鼓，又名诸葛鼓，相传是诸葛亮发明的，行军时可作炊具，作战时可擂鼓。

东坡玉带怎么会留在这里呢？原来这是他与自己的方外之友佛印和尚打赌的结果。有一次他来金山，刚走进佛印屋中，佛印就弄起了机锋：“此间无坐处。”东坡借禅语回答：“暂借佛印四大为座。”两人约以东坡玉带为赌。佛印再问：“既然四大皆空，五蕴非有，居士向哪里坐？”东坡一时无言以对，只得解下玉带相赠，佛印则取出衲裙一幅回报。东坡留诗云：“病骨难堪玉带围，钝根仍落箭锋机。欲教乞食歌姬院，故与云山旧衲衣。”透露了他在政治上的失意。玉带为方丈镇山之宝，缀玉二十块，清初焚毁四块。乾隆到金山寺命玉工补齐，并刻上自己的诗，附庸风雅。

宋建中靖国元年（1101），东坡自海南遇赦北归，回到常州。适值表弟程德孺在金山，他便前去会面。此时他已六十六岁，接近生命的尽头，在金山见到一幅李公麟为自己画像的石刻，百感交集，题石刻云：“心似已灰之木，身如不系之舟。问汝平生功业，黄州惠州儋州。”

一生中最遭难、最无用世机会的三处贬所，成为他的“功业”所在。是自挽，而以谐语道出？是实情，而显倔强之性？各人自有不同的理解。

又据《铁围山丛谈》载：歌手袁绹曾回忆说：“东坡昔与客游金山，适中秋夕，天宇四垂，一碧无际，加江流澒涌，俄月色如昼。遂共登金山山顶之妙高台，命绹歌其《水调歌头》曰：‘明月几时有？把酒问青天。’歌罢，坡为之舞，而顾问曰：‘此便是神仙矣！’”虽然是旁人回忆，我宁可相信，这是东坡在金山最为传神的写照。他那任天而动、飘逸如仙的舞姿，定格金山，瞬间便是永恒。

流传最广的便是白娘子水漫金山的故事。人们来此，无不一睹白龙洞、法海洞等处，以偿夙愿。《金山志》记："蟒洞，右峰之侧，幽峻奇险，入深四五丈许。昔出白蛇噬人，适裴头陀驱伏获金，重建精蓝。"这是唐代中叶的事。

法海之名，不见于《金山志》，却见于唐代李华的《润州鹤林寺径山大师碑铭》。他是唐天宝年间的名僧，不仅精研内典，而且"赅通外学"。鹤林寺与金山寺同在润州，加之"法海"这一僧号是正规性的，而"头陀"不过是苦行僧，行脚乞食，不是主持一寺的方丈，因此在传说中，人们才选用法海替代了裴头陀。

北宋的苏东坡在妙高台赏月，南宋的梁红玉在妙高台击鼓。名将韩世忠用兵八千，把十万金兵围困在金山附近。出身军妓，识韩世忠于行伍之中的梁红玉，在金山上擂鼓助阵，一直追击金兵至黄天荡。真可谓"红妆翠袖，青史丹心"了。这一段故事，恐怕比白娘子水漫金山更惊心动魄。

有关妙高台，还有两首七绝，一为明人王阳明：

镇江金山寺

金山一点大如拳，打破维扬水底天。
醉倚妙高台上月，玉箫吹彻洞龙眠。

一为清人查慎行：

片帆重过润州城，曙色东来海气晴。
千点桃花一江水，妙高台下作清明。

“振衣妙高台，濯缨中泠泉。”（明·杨一清）《金山志》载：“中泠水在山之西石排山下，当波流最险处。”茶圣陆羽和后唐名士刘伯刍，都品中泠泉为“天下第一泉”。长江水从西而东，到金山水面，受石排山、鹘山的阻挡，分成南、中、北三泠，泠者，水曲也。此泉居中，故名。正如东坡《游金山寺》诗中所说：“中泠南畔石盘陀，古来出没随涛波。”由于泉水隐没在滔滔江水中，泉眼难找。必须选择风平浪静之时，由熟练船工，驾舟驶至江心，找准泉眼，然后用绳索系着特制的铜壶慢慢垂下，到一定深度，认为是泉眼了，借绳索揭开壶盖，汲满泉水，慢慢上盖，吊出江面。泉水甘冽淳厚，“盈杯不溢”。金山上岸，中泠泉也随之登陆。一度泉眼迷失，清同治八年（1869）重新发现泉眼，遂砌石为池，加以保护。光绪年间，镇江知府王仁堪在池周建石栏，池旁筑庭榭，开地四十亩，种植垂柳、荷花。池南石壁上刻王仁堪书“天下第一泉”五字。今人周瘦鹃有佳联：“予初无心皆可乐；人非有品不能闲。”

中泠泉景区还有1991年复建的芙蓉楼，为两层仿唐木建筑。楼以诗传，即唐代王昌龄的《芙蓉楼送辛渐》：

寒雨连江夜入吴，平明送客楚山孤。
洛阳亲友如相问，一片冰心在玉壶。

京口三山中，惟有焦山屹立江心，也是目前万里长江中仅有的一座四面环水的游览岛屿。山势雄秀，不愧为中流砥柱。

焦山原名樵山。东汉末年，处士焦光避乱镇江，隐居在此。汉献帝三诏不起。后来他住的岩洞便名三诏洞，樵山也改称焦山了。焦光学问高深，并精医术，经常在山上采药为当地渔民治病，应该也属于王昌龄诗中的“一片冰心在玉壶”式的人物。

舍舟登岸，山脚便为定慧寺（原名焦山寺）山门，迎壁是“海不扬波”四个大字，突出了焦山犹如镇海之石的喻意。定慧寺左边的焦山碑林，现藏历代碑刻四百多块，仅次于西安碑林，为江南第一。“碑中之王”的《瘗鹤铭》，是我国保存价值极高的“二铭”之一，即南有镇江《瘗鹤铭》，北有洛阳《石门铭》。《瘗鹤铭》是摩崖石刻，刻在焦山崖石上，后陷落江中，宋淳熙年间捞出，后又堕江。清康熙时才由闲居镇江的苏州知府陈鹏年募工从江中捞起五块原石，仅存八十六字（其中五字不全），字体丰筋多力，章法奇逸飞动，宋黄庭坚认为“大字无过《瘗鹤铭》”，故此碑也称“大字之祖”。但未署书者之名，只知是梁代作品。

金山与焦山一向并称，明代王思任曾品评说：“金以巧胜，焦以拙胜。金为贵公子，焦似淡道人。金宜游，焦宜隐。金宜月，焦宜雨。金宜小李将军，焦则大米。金宜神，焦宜佛。金乃夏日之日，而焦则冬日之日也。”“小李将军”指善画金碧山水的唐代画家李思训之子李昭道，被评为“变父之势，妙又过之”。“大米”指爱写淡墨云烟的北宋画家米芾，他与儿子米友仁（“小米”）共创了“米点山水”。

元人萨都剌咏过焦山的赞善庵（即焦山寺的赞善阁）：

夕阳欲下行人少，落叶萧萧路不分。
修竹万竿秋影乱，山风吹作满山云。

将竹影写成“秋影”，又将“秋影”化作“满山云”，可谓奇句。全诗又有一种秋的禅静。

郑板桥也有焦山汲江楼佳联：

汲来江水烹新茗；买尽青山当画屏。

张恨水写下自己独特的感受：

焦山之景，不以山胜，而以水胜。不以观水胜，而以听潮胜。凭栏注视，波浪翻涌，直奔眼底，如身在舟中。但小坐山阁，下不见长江，则波浪冲击山石，雷鸣鼓碎声。山上松涛起落，龙吟虎啸声。山谷回响，断山残雨声。是真是假，亦有亦无，又令人如坠大海，不能久坐。忽然清磬一声，自树林中又传来，始知身在山上。

二

扬州多水少山，或者说，只有水，没有山。游扬州，宜水宜舟。前人诗戏云：“青山也嫌扬州俗，多少峰峦不过江。”镇江则多山，而且动不动就是“天下第一江山”（梁武帝对北固山的称谓）。

奇怪的是，扬州虽在江北，却绝似江南，柔橹轻篙，垂柳依依。按照易君左的说法，“因人性的关系造成了景物的柔和，因景物的柔和陶醉了民族的性格。扬州人的长处与其他江南人有不同的地方，就在‘柔而能和，萎而不靡’！”（《闲话扬州》）其实，“秋尽江南草未凋”，古人早把扬州算作江南了。

镇江虽在江南，却喜欢称雄。除

“天下第一江山”外，还有“天下第一泉”（陆羽所评金山中泠泉）、“天下第一楼”（米芾所书多景楼）。写镇江的诗，也多豪气，如北宋曾公亮《宿甘露僧舍》：

枕中云气千峰近，床底松声万壑哀。
要看银山拍天浪，开窗放入大江来。

程千帆评：

此诗后半写从窗中揽景。这，作家们也有不同的写法。谢朓《郡内高斋闲坐答吕法曹》云：“窗中列远岫。”杜甫《绝句》云：“窗含西岭千秋雪。”写窗中所见之山。此诗云：“开窗放入大江来。”苏轼《南堂》云：“挂起西窗浪接天。”写窗中所见之水。虽动静不同，但都是通过一窗，内外通流，小中见大，使读者由窗中的小空间进入窗外的大空间，了望的角度随时不同，眼中所见也就跟着发生变化，这样，景物就无限地增多，读者所能享受的美也就无限地丰富了。至于曾诗独写人要看江，所以开窗，将它放入，与谢、杜、苏只是将窗中之景作为一个偶然入目的客观存在，其意趣又自有深浅，这是无须多加解说的。

又如清人王图炳的《渡江》：

云自孤飞月自明，蒲帆十幅剪江行。
君听浊浪金焦外，淘尽英雄是此声。

扬州人则爱称“瘦”称“小”：瘦西湖、小金山、小秦淮、小苎萝村……镇江与扬州，似乎出现了江南、江北的错位。

但也不尽然。北宋释仲殊便有清丽可诵的《润州》绝句：

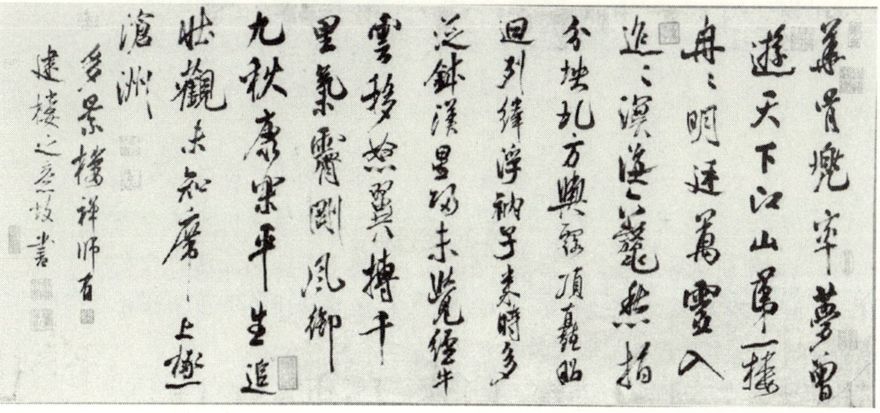

多景楼诗帖

北固楼前一笛风，断云飞出建康宫。
江南二月多芳草，春在濛濛细雨中。

建康宫为六朝的宫殿。

特别是镇江南郊风景区，有“城市山林”的美称，群峰环绕，谷深林密，景色幽绝。梁代昭明太子萧统，曾广邀天下贤才，包括《文心雕龙》的作者刘勰，在招隐寺增华阁编纂了中国文学史上第一部诗文选集《昭明文选》。北宋米芾父子，在这里开创了山水画新技法“米氏云山”，重在写意，多以水墨点染，不求工细，以得自然之趣；苏东坡在鹤林寺留下了“苏公竹院”……

唐人李涉有《题鹤林寺僧舍》：

终日昏昏醉梦间，忽闻春尽强登山。
因过竹院逢僧话，又得浮生半日闲。

清人陈维崧在《念奴娇·游京口竹林寺》中也感慨：“长江之上，看枝峰蔓壑，尽饶霸气。狮子寄奴生长处，一片雄山莽水。……只有铁瓮城南，群山羸秀，画出吴天翠。绝似小乔初嫁与，顾曲周郎佳婿。……”词中“寄奴”指南朝宋武帝刘裕，小字寄奴。辛弃疾词《永遇乐·京口北固亭怀古》上片也提到：“千古江山，英雄无觅，孙仲谋处。舞榭歌台，风流总被雨打风吹去。斜阳草树，寻常巷陌，人道寄奴曾住。想当年，金戈铁马，气吞万里如虎。”

园林专家陈从周评说镇江：

扬州无山，要借景镇江，因此二地相依为命。而镇江本身呢，三山五泉，南郊诸壑，孕育了宋代米家山水，流风余韵，远及海外，为中国艺术放出光彩。故镇江之山，世界之宝也。看莽莽南徐，苍苍北固，如此山川，大有“三山镇京口，此地镇长江”之概。

上世纪八十年代初，笔者曾游南郊，那种绿树白云、空谷足音的野趣，至今难忘。当时还留下了三首小诗。

增华阁

远离宫廷无休的歌舞
歌舞背后无休的纷争
如今这一片松风竹韵
依稀飘来朗吟的书声

你不知自己昏聩的父王
如何被侯景饿死在台城
你不知陈朝荒淫的后主
怎样让隋兵吊出了枯井

早逝的三十一岁的生命
美丽，纯净，而又永恒

竹林寺

密林深藏的古刹
砖地上小草织乱了图样
我在长廊听着雨丝
脚步叩出些虚空的回响

明代僧人留一方废池
坡仙和米芾遗踪茫茫
柏树守着大殿的静
像几员披满苔甲的老将

沾雨的竹梢扫过了墙
摇着古寺浪漫的春光

“米 家 山”

雨开新霁，路息埃尘
一排好山放亮了双眼
多皴的山石撩几缕乱云
笔画疏爽又流动变幻

这是著名的“米家山”吗
他久居此地师法自然
辗过千年历史的车轮
我竟能复睹无损的奇观？

米芾的画本久已失传
米芾的云山把丹青召唤

昭明太子读书台和增华阁

三

与镇江众多“第一”一样，西津古渡又被称作“天下第一渡”。这倒不是古代某位名人评定，而是在公元2001年，获得联合国教科文组织的历史文化遗产的认证书。

西津古渡街位于市区西部云台山北麓，由六朝西津古渡和小码头街（又名宋元古街）组成，全长约千米。古时这里是长江上的重要渡口，又名金陵津渡，与对岸扬州的扬子津渡、瓜洲古渡遥遥相对。当年的待渡亭和石驳砌码头至今犹存。穿过券门，便看见街心矗立的元代石塔，高约四米半，属喇嘛塔式，是江南惟一的过街塔。

清代以来，由于江滩淤涨，江面逐渐北移，渡口移到了玉山脚下现在的超度寺内，命名为大码头，原先的码头则叫小码头，成为一条热闹的商业街。金山和陆地相连后，小码头街也成为人们骑驴上金山的必经之路。

英籍华裔作家韩素音参观后赞叹：“漫步在这条古朴典雅的古街道上，仿佛是在一座天然历史博物馆内散步，这里才是旅游的真正金矿。”

这里的“金矿”，还应该包括诗文传说。

写过“人生只合扬州死”的张祜，也给镇江留下了《题金陵渡》的绝唱：

金陵津渡小山楼，一宿行人自可愁。

潮落夜江斜月里，两三星火是瓜洲。

全诗写作者所住的金陵津渡（即西津渡口）小山楼

依山傍水、风景俊秀的西津古渡

（驿楼名）窗口所见。唐诗中“金陵”，多指镇江，如李绅一首诗题，便是《却到金陵登北固亭》。张祜诗中，行人有羁愁乡思，但当夜深人静，潮水已落，江面恢复平静，在斜月半照下，原先模糊一片的对岸，几点星火才清晰可见。那大概是明天渡江要到的瓜洲渡吧。对于刚刚恢复心境平静的行人，瓜洲似乎特别显得神秘、新奇。日常生活的诗意感受，往往是通过人们习而不察的细节实现的，且带有某种偶然性。

陈鹏举评：

这首诗景致很美，是中唐诗人心的景致。中唐是一个王朝渐渐淡出的时候，张枯应该感觉很真切。这首诗里，“小山楼”、“瓜洲”，伶仃孤单的地点。“一宿行人”、“两三星火”，伶仃孤单的形影。还有个“斜”字，在张祜的诗里出现很多，就像唐代女子“斜红”的妆点，可能是张祜心里的世象和感受，都不周正。景致零零落落，心像罗网，去留的都是萧条和衰飒。这首和张继的《枫桥夜泊》，前人说原在一个“愁”字，而无意中成就了一个好景致。

钱仲联、徐永端评：

“一宿行人自可愁”，用一“可”字，毫不费力。“可”当作“合”解，而比“合”字轻松。

“潮落夜江斜月里”，用一“斜”字，好极，既有景，又点明了时间——将晓未晓的落潮之际；与上句“一宿”呼应，这不清楚地告诉我们行人那一宿羁愁旅意不曾成寐的情形吗？……试看“两三星火”，用笔何其潇洒空灵，动人情处不须多，“两三”足矣。“一寸二寸之鱼，三竿两竿之竹”，宜乎以少胜多，点染有致，然而也是实景，……若把“星火”换上《枫桥夜泊》诗的“渔火”好不好呢？不好。因为“江枫渔火”是近景，看得清，“两三星火”是远景，看不分明，只见星星点点，如何知是渔火？是灯光？唯其如此，却更惹人想象。《枫桥夜泊》用的是重笔，此首纯用轻笔，两者也有不同。

与这首诗呼应的是宋代秦观的《金山晚眺》：

西津渡口月初弦，水气昏昏上接天。
清渚白沙茫不辨，只应灯火是渔船。

整首诗浸渍在昏茫的“水气”里，景物笼罩着一层缥缈的雾纱。看着看着，便有一种莫名的惆怅，从心底升起。

我忽然想起一位当代诗人的诗：

一朵渔火是不能飞翔的

它太小，只有轻轻吹一口气的力量
但它把夜色吹白了
很白很白，哪怕是一小块……

秦观还有一首《赠金山牛石上人》：

万里长江万里天，疏钟半夜落渔船。
老来羡却禅关客，一枕江声抱月眠。

江水的起落与月亮有关，乡愁（秦观老家高邮离此不远）的起落也与月亮有关吧。王安石变法中，秦观属于苏轼门下的旧党，备受打击，产生这种情绪也是挺自然的。沈括是新党，却也命途不济。但他选择了更为积极的方式。笔者曾在《梦溪园》一诗中写过：

屡遭贬谪终成了布衣
百尺的朱门对他紧闭
绝望常是希望的开始
命运打开另一扇天地

这座茂木美荫的小园
处处洋溢绿色的生机
他杜门谢客著述不倦
像那条日夜潺潺的小溪

小溪的名字起得真好
梦中才能够神游八极
他从石井里汲着灵泉
水花溅上夜空的星系

探多少人文物理的奥妙
破多少天象地理的谜底
“十一世纪的科学坐标”
辉耀着中古的长夜如漆

“星系”指2027号水行星以“沈括”命名。“十一世纪”句是英国科学史家李约瑟博士对沈括所著《梦溪笔谈》的评语。这也是能把夜色吹白的“一朵渔火”。

沈括的《夜登金山》要明朗一些：

楼台两岸水相连，江北江南镜里天。
芦管玉箫齐送夜，一声飞断月如烟。

梦溪园已于1985年在原址重建。

由《昭明文选》、《文心雕龙》、《梦溪笔谈》，我想起镇江丰厚的历史文化遗产：刘裕之侄刘义庆编撰的《世说新语》；南朝祖冲之在镇江任州从事时编制的《大明历》，为纪念他在天文学上的成就，月球上的一座环形山和紫金山天文台1964年发现的一颗小行星即以祖冲之命名。他与沈括，是镇江的双子星座，在天上作倾慕的谈心。还有明代计成的《园冶》，是世界上最早的造园学专著……写过“山雨欲来风满楼”的晚唐诗人许浑，在丁卯桥编定了他的《丁卯集》。人评“许浑千首湿”（与“杜甫一生愁”相对)，是说他许多诗都写到了水，这大概便是江南蓊郁的云雨所蕴吧。

陆游曾称许浑为“杰才”，《读许浑集》云：

> 裴相功名冠四朝，许浑身世落渔樵。
> 若论风月江山主，丁卯桥应胜午桥。

午桥在洛阳城南，裴度曾建别墅于此，号绿野堂，与白居易、刘禹锡等唱和。

北固山下有宋代词人柳永墓，鹤林寺前有米芾墓，京岘山麓有一代名将宗泽墓，墓门联云：“大宋濒危撑一柱；英雄垂死尚三呼。”写《老残游记》的刘鹗、著《马氏文通》的马建忠正是丹徒人。来到古运河畔建于明末的僧伽塔，你会想起龚自珍。道光十九年(1839)他辞官南归，在途中写了315首《己亥杂诗》。“过镇江，见赛玉皇及风神、雷神者，祷词万数。道士乞撰青词。”他随即写下：

> 九州生气恃风雷，万马齐喑究可哀。
> 我劝天公重抖擞，不拘一格降人才。

青词是供道士在斋醮仪式上献给天神的奏章，用朱笔写在青藤纸上，所以称青词，又名绿章。与青词“不问苍生问鬼神”不同，此诗是借鬼神说苍生。他深感中国社会危机，清廷仍然倒行逆施，窒息生机，扼杀人才，使本已难以救药的衰世，向更深的深渊滑落。当然，这咯血的呼唤，最终未能挽狂澜于既倒，扶大厦之将倾。两年后，他暴死于镇江云阳书院。

四

有一位洋人，而且是美妇人，在中国前后生活了三十多年，对中国也是抱着既爱又恨(恨铁不成钢)的态度。1938年，她创作的《大地》三部曲荣获诺贝尔文学奖。但在以阶级斗争为纲的年代，我国文艺界乃至各类辞典，都断言《大地》是歪曲中国人民形象的反动作品，艺术上也毫无所取。直到改革开放后，镇江才成立“赛珍珠研究会”，她在市西北登云山上的故居也被修缮一新。

赛珍珠(1892—1973)本名珀尔·西登斯特里克·布克，赛珍珠是她模仿清末名妓赛金花为自己起的中文名字。她生于美国弗吉尼亚州，从小随当传教士的父母来到中国，在镇江长大，后又在镇江一所教会学校教书，并在安徽宿县工作了五年。1929年北伐军进入南京，她离开中国。1931年她反映中国农村生活的长篇小说在美国出版。1933年她将《水浒传》译成英文，改名为《四海之内皆兄弟》。

1938年诺贝尔文学奖授奖词这样说到:“她与中国人民一起饱经沧桑,经历了好年景和饥馑的年景,经历了血腥混乱的革命以及狂热且不切实际的改革。……她用一个男人作她作品中的主人公,他的生活方式与他的先人在数不清的世纪里所过的生活并无二致,而且他有着同样素朴的灵魂。他的美德来自一个唯一的根源:与土地的密切关系,正是土地生产出庄稼来回报人的劳动。”授奖词在结尾时说:

她的值得注意的作品为通向人类同情和对人类理想进行研究铺平了道路,那种人类同情穿越了广阔分隔的种族边界,那种研究又是人物刻画的一种伟大而又充满生机的艺术。

在赛珍珠讲演之前,斯德哥尔摩天文台台长伯蒂尔·林德布拉德讲了如下感言:

赛珍珠太太,你在你的具有最高艺术性的文学作品中,提高了西方世界对人类的一个伟大而又重要的部分的理解和了解,也就是对中国人民的理解和了解。……由于技术发明的发展,地球上各国人民被吸引得互相更为接近,地球的表面收缩了,从而使得东方和西方不再为几乎不可逾越的距离空间所分离,而另一方面,在一定程度上下述又是这个现象所自然带来的后果,亦即民族性格和民族野心的不同又发生冲突,从而形成危险的中止。有鉴于此,地球上的各国人民越过距离和边界的藩篱,作为个人来互相理解,也就最为重要。

赛珍珠像与《大地》书影

赛珍珠在获奖演说中表达了她对中国抗日战争的道义支援:“我现在对中国的敬仰胜过以往任何时候,因为我看见她空前团结，与威胁着她的自由的敌人进行着斗争。……我知道她是不可征服的。”

接着讲到：

是中国小说而不是美国小说决定了我本人的创作方向。我有关故事的最早的知识，有关怎样讲故事和写故事的最早的知识，是在中国获得的。就我而言，如果今天不承认这一点那就是忘恩负义。

晚年的赛珍珠住在美国宾夕法尼亚州的一个农场，她回忆说：“透过窗户望着青山农场和农场后隐在晨雾中的山峰，对中国的怀念油然而生。”她渴望重访中国，极左的中国没有给她机会。在大洋彼岸，她也许一次次梦回江南。当她眺望着山峰时，是否会想起“金岛”（她对金山寺的称呼）？想起和中国小伙伴们忘情的欢叫……我们再也不能做当年斯德哥尔摩天文台长所说的“形成危险的中止”那种蠢事了！

五

镇江一直流传着“香醋摆不坏，肴肉不当菜，面锅里面煮锅盖”的民谚，这就是所谓的“镇江三怪”。

镇江香醋以优质糯米为原料，经酿酒、制醅、淋醋三大过程近四十道工序精制而成，色、香、酸、醇俱全，味鲜不涩，因为采用了优良的醋酸菌种发酵而成，所以久存不坏，反而味愈醇厚，是誉满中外的调味佳品。

第二怪是指店主在腌猪蹄时误将硝当作盐卤，不料煮出的蹄肉分外鲜美。现代作家叶灵凤专门写过《谈镇江的肴》一文：

外地人也许不大相信，镇江著名的“肴”，在当地并非当作菜肴，而是当作点心，当作小吃来卖的。因此，卖“肴”的地方，并不是酒楼饭店，而是喝茶吃点心的茶楼。

当然，酒楼也会有肴供应，作为冷盘之一，但是最好的肴，只有在茶楼面馆里才可能吃得到，在酒楼里是吃不到的，并且只有上午有。过了中午，多数大茶馆都收市，以便堂倌休息，应付第二天黎明就要开市的早市。

年轻时候在镇江念书，家里就住在有名的大茶楼“朝阳楼”附近。放假回家的时候，早上有机会上朝阳楼去吃茶，实在是一件大乐事。所谓“吃茶”，不只是吃点心，主要的就是吃“肴”吃面。最有名的面是白汤的，浇头是鸡火。

点心包括汤包、菜包、烧卖和大肉包，烧饼有蟹壳黄和酥油烧饼，此外，还有千层油糕。但是最精彩的节目是来一碗白汤的鸡火面，再来几块“肴”。

“肴”是论件吃的，吃一件算一件。

镇江三怪

料所用的猪腿，前腿比后腿更好，经过用硝腌制的手续，煮熟就成了美味的“肴”。

“肴”是连皮吃的，因此猪肉本身一定要细嫩，据说从前镇江每天有人到四乡去收购猪腿，送交市中的茶楼供作制“肴”的原料。甚至还有人到瓜洲、扬州去搜购。可见“肴”的每天销量之大。可惜我从不曾认真的向善于制“肴”的老师傅请教过，为什么镇江当地所卖的“肴”，吃起来会那么又香又嫩。

镇江的“肴”，吃时是要用镇江特产的黑色滴醋，伴以姜丝，蘸着来吃，滋味就显得格外鲜美。

老茶客要“肴”的时候，总要向堂倌叮嘱一句：“多来几件眼镜儿！”这是腿肉的肉眼部分，即广东人所说的“老鼠肉”，切成件后恰好是两个圆圈，看来像是眼镜，因此称为“眼镜儿”，这是蹄肴中之最上品，一碟之中只有一两件。

“肴”是冷吃的，而且不是咄嗟立就的，但是吃“肴”又贵新鲜，因此，茶馆总是在隔晚或是夜里将“肴”煮好，留在第二天早上应市，货品准备是有限度的，往往早市一过，肴就已经卖完，要明日清早了。

据老于此道的人见告，“肴”的原

在另一篇文章中他又提到：“镇江肴肉则像白切肉和咸肉那样，是绝对不用酱油的。镇江人在口头上称这东西为‘肴’，下面从不用‘肉’字，写起来则称‘京江蹄肴’，是将鲜肉先用‘硝’腌过，然后再用老汁煮成的。这东西是切件冷吃，从来没有人吃热的。在镇江茶馆里，一早就有‘肴’供应，所以它实在是点心不是菜。”

第三怪更是镇江独有。传说乾隆微服私访，在镇江一家面店吃饭。老板娘慌乱之中，将锅盖也丢在锅里煮了，不料却下出了软硬适中的面条，深得皇帝赞许。现在煮面条时，将一只小锅盖摆在汤面上，防止汤溢出来，又透气，煮出面条不粘不烂，面汤清爽，味道独特。锅盖面分干体和水体两种，前者性韧爽口，后者汤鲜料美。

刀鱼、鲥鱼、鮰鱼被称为“长江三鲜”，主要产区都在镇江一带。刀鱼和鲥鱼都是洄游性鱼类，每年三四月，刀鱼从大海来淡水产卵，鲥鱼略迟，约在五六月间。叶灵凤亦曾写过《镇江的鲥鱼》：

近日报上已有鲥鱼上市的广告。江南鲥鱼，首推产于镇江江面者，近读番禺屈氏的《粤东诗话》，也盛称焦山鲥鱼之美。

“丙子初夏客金陵，同社欲择地为鲥鱼之会。予曰：‘渔洋诗云：“鲥鱼出水浪花圆，北固楼头四月天。”何等雅致，何不雅集焦山枕山阁乎！’众称妙。时渔者放舟象、焦两山间，得数尾，即烹而食之，鲜腴冠平生所尝。群贤称快。此一事也。翁山诗称鲥鱼以甘竹滩所产樱桃颊者为最佳，此又一事也。学海堂诗课，尝以鲥鱼命题，刘彤卷领联，传诵一时，吾粤人视之，以为‘白日风尘驰驿骑，炎天冰雪护江船’一联，不能专美矣，此又一事也。言鲥鱼故实者，或亦乐道之。”

所谓刘彤鲥鱼诗最受人传诵的一联，据同书所载，为“新滩甘竹水，凉雨苦瓜时”。甘竹滩在顺德，即屈翁山在《广东新语》中所称产樱桃颊鲥鱼的地点。鲥鱼在广东又名三鯠。广东食谱以苦瓜煮三鯠为一名馔，所以刘诗有“凉雨苦瓜时”之句。至于“炎天冰雪护江船”，则是在满清时代、长江鲥鱼初上市时，列为贡品，由地方官将渔船最初网得的鲥鱼呈封疆大吏，再由大吏以快马驰驿入贡京师，由皇帝荐诸太庙，然后臣下和老百姓才敢随便购食。鲥鱼贵新鲜，在初夏天气要用藏在地窖里的天然冰块来覆盖，所以有“炎天冰雪护江船”之句。

镇江还有汉白玉插屏、金山灯彩、丹阳封缸酒、百花酒、小磨麻油、酱菜等特产，有金山寺除夕撞钟、茅山道教庙会、句容宝华山（“律宗第一名山”）玉兰赏花节、焦山桂花节、“瘗鹤铭”书法艺术节等定期活动。

当地民俗：

除夕菜肴。有炒安豆头（豌豆苗），寓来年平安；炒通心菜（水芹），寓一帆风顺，路路畅通。

元宵灯节。正月十一日或十五日为上灯日，十八日或二十日为落灯日，正月十五为灯节。有“上灯圆子落灯面”之说。节前有亲朋好友送灯之举,有娘家给新嫁女送灯之俗。所制花灯有荷花灯、鲢鱼灯、兔子灯、龙灯、狮子灯、马灯、西瓜灯等。在上灯至落灯期间,梦溪广场、大市口及街头巷尾,流光溢彩,尤以金山公园的灯会炫奇斗巧,最为壮观,大有“金山变灯山”之势。

圌山(音chuí垂)山清明。每年4月6日在镇江丹徒圌山举行。圌山土音“徐”山,耸立在镇江大港附近,主峰上的报恩塔,被誉为“万里长江第一塔”。每年清明节后第一天,乡民云集,踏青进香,相沿成习,人数最多时达二十万。

另外,镇江也有许多食鱼风俗。如除夕红烧鱼不动筷子,取年年有鱼(余)之意。婚事食青鱼,取青梅竹马之意。喜庆食鲫鱼,取吉祥如意。居丧忌鲢鱼,避“年年有丧”之讳。

镇江佛寺较多,素菜享有盛名,以“一枝春”与焦山“浮玉斋”为著。名菜有桂花白果、溜鹅皮、香椽豆腐、溜桂鱼等。溜鹅皮是用面筋油炸而成,金黄润泽,状如鹅皮,食之香脆酸甜。溜桂鱼用山药泥包以腐衣,烹调得外形与桂鱼相似,有金鳞褐斑,皮香“肉嫩”。

金牌清蒸鲥鱼

又据日本古今书院出版的《入宋觉心》一书记载,早在宋代,中国镇江府金山寺制作的面酱,工艺就十分讲究,味道也特别好吃,被称为“天下第一”。日本名僧觉心,于宋淳祐九年(1249)专诚来到金山寺,不仅学习佛法,还熟练掌握了用精选的白丝糕(发酵的面粉)、黑咸豆、糠豆粥(加工过的糠皮)三种原料制作面酱的技术。在制作面酱过程中,还能提取酱油。时至今日,“金山牌酱油”仍是日本两大名牌酱油之一,与“金山寺酱”同在市场上畅销。

六

从地图上看,镇江处于长江三角洲的龙颈,也可以说是咽喉地带。随着长三角经济圈的加快发展，镇江的区位优势将更加彰显。润扬长江大桥的建成，连接起镇江与扬州、江南与江北。

笔时少时曾读杜牧的《杜秋娘诗》。诗序云："杜秋，金陵女也。"诗的第一句又说："京江水清滑，生女白如脂。"所以一直不清楚杜秋娘究竟是何方人氏。后来看到上海古籍出版社1978年新版的《樊川诗集注》（清人冯集梧注），才知道"……唐人谓京口亦曰金陵。杜牧有金陵女秋娘诗，白居易有赐金陵将士敕书，皆京口事也"。

杜秋十五岁为镇海节度使李锜侍妾，李锜酷爱《金缕曲》，常令杜秋在酒宴上演唱。《金缕曲》是中唐一首流行歌曲，作者不详，其词云：

劝君莫惜金缕衣，劝君须惜少年时。
有花堪折直须折，莫待无花空折枝。

后李锜叛灭，杜秋籍没入宫，又受到宪宗宠幸。穆宗时放归故邑。后常用作歌妓舞女的代称。

笔者游镇江时，年少气盛，写过一首名叫《剑魂》的小诗：

"京江水清滑，生女白如脂。"
多情的杜牧吐一曲长吟：
那位擅唱《金缕衣》的女子
受尽王侯轮番的蹂躏……

我寻探水漫金山的传闻，
聆听黄天荡传来的鼓音，
想起甘露寺里的孙夫人
在洞房摆开了兵器森森。

镇江拒绝杜秋娘的命运，
大江把芳魂淬成了剑魂。

关于镇江的城市性格，八百多年前，爱国词人陈亮早在《念奴娇·登多景楼》中概括："一水横陈，连冈三面，做出争雄势。""做出争雄势"，敢为天下先，是对镇江精神的写照。

清人孔尚任（《桃花扇》的作者），无意中用了相对运动原理，写成《北固山看大江》，那飞动的气势，正可借来表达我们对镇江的期待：

孤城铁瓮四山围，绝顶高秋坐落晖。
眼见长江趋大海，青天却似向西飞。

浩荡烟波阅古今

太湖古名震泽、笠泽、具区、五湖，面积三万六千顷，周围五百余里，跨苏浙二省，北临无锡，南濒湖州，西接宜兴、长兴，东近苏州、吴县、吴江，是除鄱阳湖、洞庭湖之外的中国第三大淡水湖。虽排位第三，而景色之优美、古迹之富集、周围名城之繁华，又当为五湖之冠（另二湖为洪泽湖、巢湖）。

太湖经浏河、吴淞江、黄浦江等水道入海。水量因时而异，冬季水量虽浅，犹深于运河，故湖水恒注于运河。夏季西南诸水，多由运河而归于湖，故湖水益深。北宋罗处约的《舟泊太湖》，写出了气势：

三万六千顷，湖浸海内田。
逢山方得地，见月始知天。
南国吞将尽，东溟势欲连。
何当洒为雨，何处不丰年。

其中“逢山”句，生动地描写了山为水淹、杳不能辨、驶近方见的特色。“南国”一联，真不让孟浩然的“气蒸云梦泽，波撼岳阳城”。“湖浸海内田”，滨湖之地，土壤肥沃，沟渠交错，农桑水利，甲于东南。尾联则表达了作者希望湖水蒸腾化雨，泽被天下的良好心愿。

太湖之美，美在秀丽之中，兼有雄壮之气。赫森在《旅行杂志》（1935年

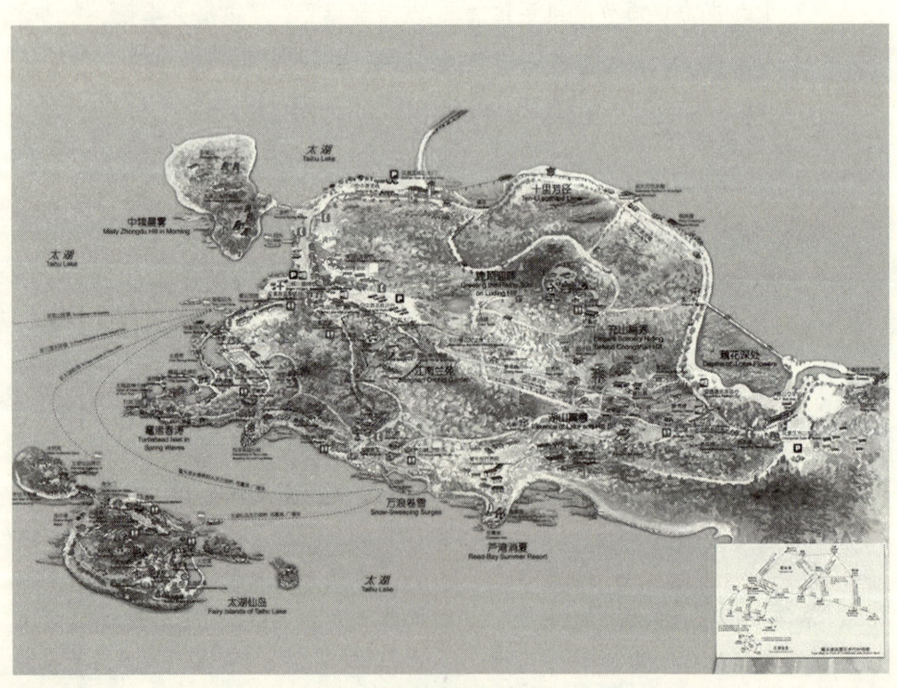

太湖地图

2月出版)上著文说:

我往常曾游过西子湖和富春江。觉得西子湖之妙,在她的轻妆淡抹,好似有名的画家,只疏疏朗朗的几笔,已是媚姿毕呈,诗意撩人。讲到富春江,则以雄伟见称。富阳桐庐七里泷几段,一段比一段妙,一段比一段险,船行其间,也仿佛有"巴蜀三峡"的风味。现在到了太湖,觉得其间气派,同以上的两处,迥然不同,秀丽中透着刚劲,雄伟中带着媚气。

秋游太湖,不仅风光可人,且能大饱口福。唐代白居易就在《宿湖中》一诗中写到:

水天向晚碧沉沉,树影霞光重叠深。
浸月冷波千顷练,苞霜新橘万株金。
幸无案牍何妨醉,纵有笙歌不废吟。
十只画船何处宿?洞庭山脚太湖心。

诗中提到的洞庭山,为东西两山。西洞庭山是湖中最大的岛屿,周遭八十余里,主峰缥缈峰为太湖七十二峰之最,奇云往来,变幻莫测。宋人苏舜钦描写西山:"每秋高霜余,丹苞朱实,与长松茂树相参差,间于岩壑间,望之若图绘金翠之可爱。"(《苏州洞庭山水月禅院记》)清人潘朱曾比较说:"洞庭、鄱阳湖水大矣,中无奇山。""君山、大小孤山虽在水中,而荒瘠无居人。"只有洞庭西山山水辏集,居民稠密,花果茂盛,为"人寰之绝境"。

东洞庭山由于泥沙冲积,现已成为半岛,为全国十大名茶之一碧螺春的故乡,所产"洞庭红"蜜橘、白沙枇杷、乌紫杨梅等,久享盛名。我曾登上东山宾馆后山的山顶,眺望"太湖夕照",澄波千顷,浮光耀金,风帆点点,渔歌唱晚。想到今人钱定一的七绝:"隐隐风帆淡欲无,烟涛浩渺接三吴。夕阳平射金千缕,送尽秋波是此湖。"真想躺在那一片草坪上,什么也不想,直到永远……暮色渐拢,只好怏怏下山。王丁月夜的太湖,因故未能亲睹,只得吟诵范仲淹的《太湖》诗:"有浪即山高,无风还练静。秋宵谁与期,月华三万顷。"我还十分神往清人洪亮吉的《初九乘月自东山放舟至西山消夏湾,宿荷花间》诗:"荷花碍月舟不前,花气熏客宵难眠。三更一棹破花出,客梦尚结花香边。东山荷花十里长,千枝万枝送客忙,花朵露滴波心凉。西山荷花一湾好,千枝万枝迎客早,曙色上波花愈娇。"真想借唐人吴融的诗句,对洪亮吉大呼:"我欲振袂从公游,分我南溪半风月。"

消夏湾与西山明月湾一样,相传为吴王夫差避暑玩月之处。蓦然,清人朱彭的《消夏湾》诗，又兜上心头："湖面凉风漾绿苹，吴王消夏舣舟倾。谁知于越深宫里，偏有炎天握火人。""握火"典出《吴越春秋》中勾践卧薪尝胆一节，"夏还握火"。

于是想到无锡鼋头渚，想到蠡园。《锡山景物略》载："更有一巨石，直瞰湖中，如鼋头状，因呼为鼋头渚。"郭沫若诗云："太湖佳绝处，毕竟在鼋头。"登渚而望，三万六千顷烟波，奔来眼底；湖中远峰，螺髻隐隐，一派山外有山、湖中有湖的天然画图。陡壁上刻有"云横"和"包孕吴越"六个大字。"包孕吴越"是对太湖最好的概括。

所谓"湖中有湖"，指的便是太湖伸入无锡的内湖五里湖，又名蠡湖。相传范蠡定下美人计，送西施入吴宫，荒其国政，以助勾践伐吴。吴灭，越称东南大国。范蠡以勾践多疑，可共患难，不可共安乐，便功成身退，带西施西出姑苏，由外太湖来到五里湖，流连忘返。后人为了纪念，便将五里湖改名蠡湖。湖水稍深于太湖，轻风淡霭，一片如梦的水波。范蠡自号鸱夷子皮，很怪。颜师古注《汉书·货殖传》："自号鸱夷者，言若盛酒之鸱夷，多所

太湖夕照　潮平天水阔，鹭点伴霞飞。落日渔舟侧，披金唱晚归

容受，而不卷怀，与时张弛也。鸱夷，皮之所为，故曰子皮。”如此说来，范蠡是看得很透的，登庙堂、处市贾，进退自如。曾言：“居家则致千金，居官则至卿相，此布衣之极也。久受尊名，不祥。”足为后人垂鉴。

再说一段历史。西山石公山为石灰岩青石山，只因成分是碳酸钙，因此产生了中国古代园林史上具有重要地位的太湖石。明人王鏊《石记》云：“石出西洞庭山，因波涛激啮而为，嵌空浸濯而为光莹，……好事者数之以充花囿庭院之玩，此所谓太湖石也。”上品有绉（凹凸多姿）、漏（不积雨水）、透（剔透玲珑）、瘦（纤秀挺拔）四大特点，尤以水生者为贵，水痕重，弹窝多。《石记》中提到的“好事者”，最大的该是宋徽宗了。为了将太湖石用来妆点汴京（今河南开封）的皇家园林，他不仅下令大规模采石，还特设运输专线，名为“花石纲”，由苏州人朱勔督办其事，骚动天下，民怨沸腾。只要一石一木被他们看中，便立即贴上黄封，表示已为“御前之物”。稍不顺意，即以对皇上“大不恭”的罪名，“枷项送狱”，诬为盗贼，横加惩治。“及发行，必彻屋抉墙以出”。工匠或爬上陡峭的悬崖凿山采石，或潜入江湖深水捞取湖石，跌死淹死者不计其数。一次，朱勔在西洞庭山的鼋山发现一块巨大的太湖石，长约四丈，重达万斤，遍体玲珑剔透。获取之后，特造一条巨船，强迫几千民工沿途护送。路过的地方，有的凿开城墙水门，有的拆除桥梁民房，历经数月，才抵达京城，放置在艮岳之中。有一年冬天，运河水浅，笨重的花石船难以运送，改道海上，结果遇上大风大浪，许多船只沉没，役夫民丁，淹死无数，多成水底冤魂。《水浒传》里的青面兽杨志，曾从太湖搬运“花石纲”，途中风打船翻，沉没在黄河里，绝非杜撰，当为艺术的真实。

“花石纲”前后折腾了二十年，使北宋国力空虚，激起民变，导致金兵攻陷汴京，徽宗、钦宗被掳北上。刘子翚《汴京纪事》诗云：“内苑珍林蔚绛霄，围城不复禁刍荛。舳舻岁岁衔清汴，才足都人几炬烧。”

内苑指艮岳，又称万岁山，是宋徽宗的御花园。绛霄楼又是其中最壮丽的建筑。刍荛指打柴。由于京城被围，官家自身难保，不能再禁止百姓进入艮岳，将奇珍异木当木柴烧。三句则直斥朱勔年年向艮岳运送“花石纲”。

至今我们所能看到的江南五大名石，均产自鼋山一带，即：上海豫园的玉玲珑，苏州十中的瑞云峰和留园冠云峰，杭州湖滨公园的绉云峰和南京瞻园的仙人峰。

历史的风烟消散，太湖仍向我展开荡涤尘襟的水天一碧。近人范烟桥的一联诗语，也浮上心头："山分浓淡天然画，浪有高低自在心。"

但太湖终于"自在"不起来，又遭"文革"中的"围湖造田"。诗人沙白叹道：

重见正是清秋，
太湖和秋天一样清瘦。
想来十年离乱，
你也有太多的烦忧。

沙白又写过《碧螺春茶》：

莺飞草长
整个江南的春色
荡漾在白瓷盏里

我乃想起三万顷太湖
微风吹动轻绡，铺向天际
七十二峰
七十二个碧绿的螺髻
亿万年，影子
染滔滔湖波作青青草色

微露一髻，让你
去遐想云髻雾鬟
隐身云雾后面的
唤作江南的少女
支支采茶歌
唱得容颜永远不会老去

香雾从鼻端升起

鼋渚春意浓，犊山换新装

茶香在身周缭绕
斗室里有莺声乱啭

江南的春色
很酽
一杯便能醉倒

小小白瓷盏
也是一汪太湖?

对笔者而言,太湖让人特别牵记,留下过深深的印痕。高中二年级暑假,从上海到无锡探望姑姑、姑夫、表妹。第一次泛游艇,第一次在蠡园看五里湖如梦的水波,还有逛惠山泥人街,在在都感到人生的新鲜与美好,触发了最初的诗兴。后来追忆,写成好几首诗。其中一首《太湖蝶》,用作了我诗集的书名。

湖含虚碧,峰浮彩翠,
游艇轻快地划破烟水。
一路花气,满目新醅,
乘客中谁不为之沉醉?

我蓦然看见一群蝴蝶
正在浩荡的湖面奋飞,
频频扇动玉色的薄翅,
向着遥远的水涯天陲。

每阵令人惬意的清风
都使蝴蝶们纷纷后退,

洞庭碧螺春

有的无力地随风飘摇，
有的急遽地往下直坠……

它们原可在花木丛中
展露舞姿的千娇百媚，
它们原可在安全岛上
尝尽爱情的温柔滋味……

船到三山时我才发现
这里的环境格外幽美。
仿佛找到了蓬莱仙境，
一大群蝴蝶隆重聚会。

回顾来路的风波险阻，
悼念溺毙的兄弟姐妹。
有的休憩后又要起飞，
双翅还载着几许疲惫……

我似乎悟到其中奥秘，
联想起神话里的精卫；
她明知大海难以填平，
却衔着木石日夜来回。

也许受一种信念支配，
要在奋斗中才有安慰，
才能平息内心的风暴，
才能感到生命的充沛。

愿我常有缤纷的蝶梦，
让一腔热血永不衰颓；
灵魂谛听扑翅的声音：
不断探求，至死无悔！

底事回头恋故山

1934年，芮麟著有《无锡导游》一书，考据翔实，文采斐然，绝非当下许多导游手册可比。

他介绍惠山：

……山有九峰，下有九坞，曰白石坞、桃花坞、詹钩坞、王家坞、宋坞、马鞍坞、望公坞、仙人坞、火鸦坞。峰峦起伏，神势夭矫，周围约四十余里，高约百余丈。登山之道，由二泉亭后，历级而上，经文昌阁、三官殿，转折而西，直达山巅。其上殿宇，有头茅峰、二茅峰、三官殿、三茅峰等，皆羽流所居。登头茅峰，即见太湖，湖中诸山，若洞庭、夫椒，缥缈隐约，如蓬莱三神山。帆樯点点，舟小如叶，载沉载浮，出没如鸥，天际波光，万顷一碧。

东顾则平畴绿野，林烟苍蔼，渺无涯际。其第五峰巅宋坞之上，俗呼曰拔船湾，巨石盘错，有镜光石、凉棚石、天公足迹石、狮子石等，惟岁久字湮，不复能识别矣。诸石交互成台形，足供小憩，每当春秋佳日，缘山为市，卖饧天气，沽酒人来，高踞其巅，一杯在手，临风唱“大江东去”，大有“振衣千仞岗，濯足万里流”之概焉。游人历全山者，多自石门下。

石门在第七峰下，望公坞上。……

同年，他还写有《又向惠泉山下去》一文。

惠泉山，以泉名，但惠山的胜处，却在登山可以望远近诸山、远近诸湖和远近的一切！所以游惠山者，必须登惠山，方能见惠山的雄奇，见到惠山的秀美。

每逢休假，只要风和日丽，城里是再也守不住的，纵使一个人，也要到寄畅园去独坐半天。

四月十六日早上，便和一屯决定了游全惠山的计划。十时，便驱车出发。

到五里街，那“一枝杨柳隔枝桃，红绿相映五里遥”的五里街，即觉不断的岚翠向面前扑来。微风中，枝头晓雾未散，朝露犹滴。锡山、龙山、龙光塔和无数的花影树影，尽在水里，栩栩欲浮上岸来。

到惠山公园走了一转，出来，经龙头下，直趋寄畅园。我觉得惠山名胜

寄畅园

中，最清幽的便是寄畅园和隔红尘；贯华阁和北茅蓬也还不俗。可惜隔红尘屡经驻兵，已破败不堪，那样好的去处不修葺起来，实在是我锡人之耻！

入门，见知鱼槛已有人在，便在池南岸的茅亭内休息。

寄畅园在从前是盛极一时的，后虽毁于兵燹，但因它的地位占得太好，整个的惠山，看来竟像在它园里的，明山秀水，仍掩不了它妍丽的风度！

杏花，李花，桃花，正盛开着，摇曳于波光峦影间。

惠山顶上的人，像蚂蚁般在蠕蠕地动，初看，还以为是树影呢。问茶役，方知今天原是上巳日，怪不得游人这样多！年来我比从前更爱山林了，也比从前更不宜于城市了，但生活的重担压着我，还得局促城市，为生活而苦斗。自己想想，也觉可怜！感伤之余，偶得一绝：

还随薄俗共浮沉，辜负天真一片心。
朝爱白云宵爱月，此生只合住山林。

饭后，参观园西的梁溪书画展览会。借住园内的画家陈负苍正在伏案作画呢，我觉得他比我幸福得多了！

一时出门，买了许多甘蔗和荸荠，即缓步向石门下走去。仰望山巅，只见挤满了黑压压的人影，在慢慢向西

惠山古镇阳春巷南长街

挤去。

全惠山是不容易游的，我在公商读书时，曾与介湄、凤城、导源、乐文游过一次，那次是由二泉亭上山，经头茅峰、二茅峰、三茅峰，到第七十二摇车湾下山的，来回步行，最后还登锡山。那时的足力才健呢！

普通登山，都在二泉亭，我们今天却别出心裁，由石门上去，到二泉亭下来。

将到石门下，迎面来了一群时代姑娘，见面时，中间的两个，同声地叫着"芮先生"，使我莫名其妙，真的，在哪里教过她们，我已丝毫记不起了！

转入石门下，耳边便常绕泉声。夹道的树荫，也是最足引人流连的。

到望公坞，游人已如潮水般拥下来，都跑得满头大汗。沿路出售惠山花草的摊头很多。望公坞上，路窄涧深，石级蜿蜒，以其盘旋曲折，俗呼曰"七十二摇车湾"，许多人在数着究竟有多少。道旁有雷尊殿、真武殿、张仙殿、紫微殿、离垢庵、九阳宫等。

石门悬崖峭壁，险绝尘表，瑰丽之状，可以入画。白云洞边，仕女如云，据说那里的签书最灵，人们都在挤着求签呢。诵范衡伯"白云洞口少游人，老树荒庵祀洞宾。一瓣心香莲座拜，灵签私自问终身"诗，不禁为之莞尔。我想吕祖有知，这样的此往彼来，也将不胜其烦了！

到三茅峰已经下午四时了。

南望三万六千顷的太湖，竟小得如一个大水荡，七十二峰，尽收眼底。水天合处，隐约可见湖州的一角。北望白汤圩如一条水沟，运河如一道白带，通惠路如一撮黑线。

谁说惠山没有什么可看呢？是自己不会看，不懂看而已！游惠山原不在惠山的本身，而在惠山四周的景色啊！游山水原不在山水的躯壳，而在山水的情趣啊！

于三茅峰伫立久之，得一绝：

长河如带蠡如湫，眼底诸峰拍浪浮。
望断云山烟水外，青螺一点是湖州。

吃了一枝甘蔗，即缓步向东面二茅峰走去。当我把伏在山麓下好像一个土阜的锡山指给一屯看时，他笑着说："不是你指给我看，我竟始终没有注意到呢！"连锡山都不注意到，此间挺立之高，气象之大，也就可以想见了！

于二茅峰下，我们睡了半小时，静看白云冉冉地过去。这时游人很少了，难得遇见一两个。

我们便到头茅峰，向二泉亭下去。

五时半，方到漪澜堂，静坐休息，看池里悠游自得的金鱼，品名闻遐迩的天下第二泉。那泉，确是“质重似渗稀藕粉，味香如嗅淡兰花”，喝到嘴里，觉得厚厚的。

子规声里到鼋头

1934年5月6日，正逢立夏。芮麟和上海友人，到此送春，归后写《子规声里到鼋头》。

每次游鼋头渚，总是先到鼋头，再折赴东北，游广福寺、太湖别墅的；今天却先游西北，发现了一个新的最经济的行程。

迤逦北行，登万绿丛中的小函谷。依栏望小箕山、小蓬莱，如在几前。帆樯千点，更历历可数。

北进，是一条最幽深、最曲折，最宜于诗人啸傲、情侣密谈的松径。那松径直达广福寺后。

傍太湖别墅东北行，径趋布置极新奇、而还少为游人所知道的郑园。那里，我要是到鼋头渚，是没有一次不到的。

看了那种风致，看了那种色调，可一快乐得手舞足蹈地说：“想不到这样的荒山里，还有一个这样幽美的去处！”

由郑园东行约里许，有一个若圃，

苏州艺圃

依山筑园，莳花植果，局面和鼋头渚、小箕山等处完全不同，世间知者绝鲜，我也于去春才发现的。从郑园前面滨湖登若圃南高台，不到半里，惜无大路，须攀援而上。我征得了可一同意，便走那条捷径。

这时太阳已在中天了，风是温暖的，人也是温暖的，我们于湖光山色间，一步步觅曲径上山。

游山，我不喜人步亦步，最爱独辟蹊径。我觉得独辟蹊径的风趣是与众不同的，所看见的往往是别人所没有看见过的；所听到的，也往往是别人所没有听到过的。

天地的奥秘，我喜欢自己去发现。

想不到在这送春时节，在这立夏佳节，会和可一同游鼋头渚！更想不到会由湖滨走山僻小路，攀登巉绝险绝的南高台！

山下田里的农夫已经归去了，看表，知已十一时半，即再往上跑。十二时登若圃南高台。

若圃尚在兴建中。南北二高台，地位均极好。布置也还玲珑清雅。由此东行，便是五里湖了。有名的蠡园、石塘、雪浪山和正在建筑中的渔庄，都在五里湖边。

军帐山是无锡惠山以下最高、最大、最雄奇的一座山，恰与这里隔湖相对。山顶禅宇，望去隐约可辨。我的家，便在军帐山的南面太湖边。去春曾由此步行返家，发现了若圃。

这里东可望漆塘、宝界、五里湖诸胜；北可望独山、梅园、万顷堂诸胜；南则太湖汪洋万顷，湖中诸峰，星罗棋布，一一都奔赴几席，景象实较他处为雄阔！

徘徊久之，即循山顶大路返充山。经太湖别墅、广福寺、飞云阁、澄澜堂，而到波涛澎湃、气象万千的鼋头渚。这样，全山都给我们走遍了。

这时丽日当空，湖上射出万道金光，与天上的云影相映照。真是，波光划日千层碎，岚翠含烟一带疏。当风披襟，飘飘欲仙。

走到湖水边，枕石小卧。看飞云，听涛声，几疑身已随鼋浮去，再不知天南地北，人间何世了！读胡介昌“天留胜景供狂生，满眼湖山不记名。七二峰从云外立，两三船向浪中行。具区浩渺包吴越，变态离奇弄雨晴。最喜一鼋浮未去，夜深时听打鱼声”诗，益觉不忍遽去。

而“狂生”二字，宛如为我写照了。

郑园：位鼋头渚太湖别墅之东，于山湾中，为郑明山所筑，石峰之奇，曲径之幽，昔为湖滨诸园之冠。若圃：位郑园之后山，昔为陈仲言所辟，为花果园林。

万树梅花月正圆

梅园，为实业家荣氏兄弟所建。郁达夫曾言："梅园之胜，在它的位置，在它的与太湖接而又离，离而又接的妙处。"无锡人徐国桢则就梅本身发了一通议论："梅花之不是家花，正如仙鹤之不是家禽。鹤不能离云，离云就觉得呆。梅不能离山离水离石，离山离水离石之梅，就觉得贫。所谓贫，不是指花多为富少为贫而说，而是说无山无石为助，有如牡丹无绿叶相助而损其华贵庄严之相，使得梅花失所陪衬，损及了花品的高雅之姿。梅园占据了一座龙山，昔日龙山是龙山，现在龙山是梅园。梅园的好，好在辟山构筑，以梅饰山，以山饰梅，虽是一群家梅，给家梅保存了一些野态，使梅花稍减去些虎落平阳的悲哀，使赏梅人稍增来些神远意淡的气韵。"

作为本地"赏梅人"，徐国桢谈了自己独特的感受：

梅花开得最好的时候，走得将近园境，望围墙上梅起之势如涌，颇像是天上堕下的朵朵白云，也像是朵朵白云将冉冉升上天去。意境之佳，不可言喻。一待走进园门，置身林下，反而无从去找这种清灵之趣。

梅园　冬雪红梅，铁骨生香

他还描写了晨雾中的梅：

站在梅花树畔，只见雾气之白和梅瓣之白，像是正在溶和，就要由溶和而化合。无极的白气，包围了梅花，梅花变得那么懒，懒得那么娇，娇到了快要无迹象可寻的境界。绝世佳人，清晓起身，宿梦未尽，朦胧如醉，似将无力倩人扶，晨妆不理，无半点脂粉之染，有万点脂粉视而失色的粉光艳韵自然流露。世上没有这样一个佳人，此时雾里梅花所作的情韵，却使这样一个佳人，也要望而起自顾形秽的感觉。因为梅花已成了仙花，脱尽尘俗之羁了。

同为无锡人的盖绍周，则写了月光下的梅花：

我们从万梅花中发现一个奇迹，一轮亮晶晶圆溜溜的月亮出来了。人在梅花中月光下三重的皎洁，这月光好像要化作千万朵梅花来分梅花的香，这梅花也好像要化作千万轮明月来分月光的色。这人更好像要化作千万朵梅花与千万轮明月来分他的香与色。

并作诗曰：

梅花影里觅明月，明月乃在梅花侧。明月光中觅梅花，梅花乃葬天之涯。

在月光下，天地成了一片无边无际的香雪海了。

五湖春胜馆娃春

南社社员徐云石曾说：

无锡的园林，都是平地起楼台的，大概偏于欧化的多，要说曲折有味，自然不如苏州，然而空旷高远，气象万千，却在苏州各园的上头。蠡园入门就好，它的名称就叫湖滨小筑。前面有一段长廊，环着湖筑起，恰对了山峦青翠、一片波光。这种境界，的确胜过西子湖数倍。

同为南社社员，陈柱尊则比较说：

盖梅园依山为园，可以振衣遐眺，蠡园则临湖为囿，宜于濯足远游，且楼阁玲珑，与波光水气相映，身居其中，如处琼楼玉宇，此亦胜境也。

今人王稼句对蠡园也有美好的回忆：

那是一个早春的雨天，和朋友在一处僻静的院落里吃茶谈画，听古琴，听檐外的雨声。午后，天色暗淡如晦，又撑着伞去蠡园，园中空寂无人，大概因为湖光的映照，这里的天地比起城里清朗明亮得多，空气也格外湿润。坐在廊间，面对烟波浩渺的五里湖，一边吃茶，一边看雨，湖上是水雾茫茫的一片，那柳叶上的雨珠晶晶莹莹，似乎绿得更透明了。故老相传，春秋时范蠡用越沼吴，功成身退，便从这湖上游息而去，故后人也称它为蠡湖。范蠡是从刀光剑影里过来的，他的隐退也是无奈的选择，一叶扁舟，漂泊五湖，据说西施是随他一起去的，那么，在他的余生里，大概也就不会太寂寞，也不会有太多的失落了。

我想起今人易亭的一首七绝：

以屈求伸一代英，三千铁甲破吴城。
蠡园烟雨湖心月，难与君王共太平！

春秋无义战。大诗人李白分别写下过《越中览古》和《苏台览古》：

越王勾践破吴归，义士还家尽锦衣。
宫女如花满春殿，只今惟有鹧鸪飞。

旧苑荒池杨柳新，菱歌清唱不胜春。
只今惟有西江月，曾照吴王宫里人。

也许范蠡携西施一叶扁舟漂泊五湖，正是生命的重估、人性的复归？

涤瓯徐试惠山泉

茶圣陆羽遍尝天下水，定水品二十等，第一江州庐山康王谷洞帘水，第二惠山泉，第三蕲州兰溪石下水，第四峡州扇子硖下石窟泄水（又名虾蟆口水），第五苏州虎丘石泉，第六庐山招贤寺石桥潭水，第七扬州扬子江南泠水，第八洪州西山瀑布水，第九唐州桐柏县淮源水，第十庐山顶龙池水，十一丹阳观音寺井水，十二扬州大明寺井水，十三汉江金州上流中泠水，十四归州玉溪洞香溪水，十五商州武关西洛水，十六苏州吴淞江水，十七天台西南峰瀑布水，十八柳州圆泉水，十九严州桐庐江严陵滩水，二十雪水。

这中间除武关西洛水外，其余都在江南。雪水则包括江南。

张又新《煎茶水记》载刘伯刍言，“水之宜茶者七”，列镇江金山中泠泉为第一，惠泉第二，虎丘第三，丹阳观音井第四，扬州大明寺井水第五，松江第六，淮水第七。

据两人所评，惠山泉均列第二，可一般喝过中泠泉水者，大都认为不及惠泉，至于被陆羽评为第一的康王谷水，远处深山，绝非普通人所能尝到。笔者曾居南昌（洪州），十数次上庐山，都因交通不便，未能去山南康王谷这个被传为桃花源原型的地方。

惠泉之得名，始自唐代。李绅（就是那个写"锄禾日当午"的诗人）拜相领镇，到处都要人从家乡汲了泉水带去。再经陆羽品题，更是名传天下。宰相李德裕，酷好惠泉，恐水味变质，特置"水递"传送。皮日休作诗刺之：

丞相常思煮茗时，郡侯催发只嫌迟。
吴关去国三千里，莫笑杨妃爱荔枝。

水能用作输出，运达千里之外，在古代除了惠山泉，恐怕不会有第二处。《锡山景物略》载：

近则一方，远则数千里，舟车络绎，水陆并运，但见瓶盎坛罂，交错于道，汲取无虚日，日无虚晷，负挑之夫，无寒暑，无阴晴，无昼夜，足不及停，目不暇瞬，然都取汲上池，无汲取中池者。

上池与中池，相距不过尺余，但水味悬殊。华淑在《二泉纪略》中总结说：

泉有三异，两池共亭，圆池甘美，绝异方池，一异也；一镜澄澈，旱潦自如，二异也；涧泉清寒，多至伐性，此则甘芳温润，三异也。更有三癖，沸须瓦缶炭火，次铜锡器，若入锅炽薪，便不堪啜，一癖；酒乡茗碗，为功斯大，以炊饮作糜，反逊井泉，二癖也；木器止用暂汲，经时则味败，入盆盎而不变，三癖也。

洪国禄《咏惠泉》诗序云："余曾酌金山中泠泉，不及惠山十倍，惠泉实

惠山泉——天下第二泉

为天下第一，无逾者。”

北宋王禹偁则注意到“二泉夜景”：

甃石封苔百尺深，试茶尝味少知音。
惟余半夜泉中月，留照先生一片心。

这里的“先生”，自然指陆羽了。清光绪年间，民间艺人华彦钧（瞎子阿炳）终于用他的二胡独奏曲《二泉映月》，成为惠泉不朽的“知音”。

荷叶连云绿到天

小箕山有锦园。钱歌川《无锡纪行》说：“快到湖滨的时候，有一道长堤，看如西湖的苏堤一样，桃柳相间，堤的两边，遍种荷花，田田地已布满了水面。初夏的晚风，从垂柳丝中飘送过来，涤尽了我心头的俗尘，……”

芮麟《藕花香里望鼋头》所记更详：

今日风浪过大，荷叶都被风吹得翻转来，有的甚至卷成一圆筒！荷茎则被浪打得东倾西侧，零乱不堪。我有一联是：“枝枝浪击浑难直，叶叶风翻不得平”，的是记实之作。

我在车上时，见两岸荷池中，已开的荷花寥寥无几，以为此地荷花较晚，尚未盛开；及俯池细看，方知一部确已开过，因为风浪太大，早已凋谢，西池的南岸边，有一处荷叶特别碧，荷茎特别高，显现出特别英雄的样子，想是那块地特别肥沃的关系。在同一荷池中，有不同的遭遇，得不同的结果，盛的极盛，衰的极衰，思之抚然！

小箕山命名锦园，实不知其用意所在。我觉得小箕山的妙处在荷在水，所以命名必须就荷就水二点上着想，一题锦园，便觉绝好风景，意味索然。

隔湖望鼋头渚倒影，水中历历如绘，轻波动处，栩栩焉几欲浮近身来。……傍晚荷塘，景象又与午后迥别，万绿千红间，满笼着稀迷迷的薄雾，白茫茫的轻烟。而晚风过处，落红四散如雨。因得一联云：“风起乱飞千瓣雨，日斜轻袅一塘烟。”

那天作者诗兴大发，得“荷叶连云绿到天”句，又有七绝：

荷塘夕照影层层，水阁香来冷不胜。
怪底锦园无俗客，此花风骨竟如冰！

湖光帆影去悠悠，近水清凉夏若秋。
难得浮生闲半日，藕花香里望鼋头。

范烟桥《湖山壮兮洞天奇》中也写道：

于梅园下车，坐小汽车至小箕山，荣氏所营之锦园在焉。垂柳夹道，如行苏堤白堤间，小有建置，而波光盈几，峦气挹襟，洵如白乐天所谓“好事者见，可以永日”也。

小箕山与鼋头渚、独山成鼎足之势，鼋头渚点缀特多，远望如仙山楼阁。……鼋背李花正盛，团雪搓玉，明艳炫目。鼋头水恬不波，可以濯足，嶙峋之石，若露头角。遥望广福寺栋宇参差，如宋人院画，而碧树红棂，间以杂花，色调错互，春光真如绣矣。

锦园现为小箕山宾馆。

军　帐　山

芮麟在1934年5月，有《军帐山游记》。雪浪山位于石塘桥南，军帐山又其西南。南唐曾屯兵其上。

出梁鸿溪，入五里湖，景色更壮丽、更秀美。一泓清波，如碧绿的地毯，四面青山，如翡翠的围屏，模糊云天，如雪白的帘幕，一切都是静静的。我们却安稳地睡在这大自然的摇篮里，听水声、雨声和鸟语声。我觉得远近诸山，真像为了增加五里湖的妩媚和娇艳而特地安排的，今日的五里湖，也竟如为了我们而特地装扮得这样妩媚娇艳的。

五里湖的秀美和清丽，实在是值得称道的，现在已有高子水居、蠡园、渔庄诸名胜，将来环湖公路、宝界长桥告成，如再加点缀，益以天然的明山秀水，不知更将迷惑多少人，醉倒多少人！

军帐山于每年上巳日，四乡都要来进香。进香的船，均泊烧香浜，所以自烧香浜到军帐山，是有着一条很宽阔的大道的。

我们于青山绿水间，过大帝殿，越赤石岭，经军帐坞，而到了清幽独绝的成性寺。

成性寺创于宋淳熙间，内有龙湫，故又名龙寺。

龙寺的幽深、曲折和清秀，极似杭州的韬光。韬光可以观海，龙寺可以望湖。而龙寺的“清”、“幽”、“静”，则远非红尘十丈、仕女如云的韬光所可企及。

龙寺位于双峰夹峙中，林菁茂密，云树阴翳。远远望去，只见一片浓绿色，不知寺在哪里；及离寺数十步，方见黄墙一角，透露于枝叶掩映间。到此已无鸡犬声、人语声，紧绕耳边的，只有涧水潺潺声，好鸟关关声，风吹树木萧萧声，觉得身子已入另一个清静净寂的世界了！

过照墙，山门静掩着，寺前是一片绿阴。那静静的、沉沉的一片绿阴，成了一片静静的、沉沉的、绿的海。我们都浴在静静的、沉沉的、绿的海里，日光都望不见了。洪涛十分兴奋地说：“山门，是要这样静掩着才好啊！若是开着，便索然无味了。”徘徊再徘徊，久久不忍去，此时只有涧声伴着我们了！口占一绝：

耳边只剩水潺潺，一寺深藏万壑间。
满地绿阴人不见，迟迟未忍叩禅关。

涧中产龙竹，干细叶大，径圆节直，是很名贵的。好多人下涧采了几根，留作此行纪念。

庭中枇杷树已经很大了，地上横卧着的一段老树，还是横卧着，我们曾于月下坐在上面演过新剧的，睹物思人，不禁黯然！

最清雅的朝北三间小楼，蛛网尘封，好像许久未经收拾过的，与道力在时的整洁相较，竟判若两地了！

斋堂里，前年同春子来，还挂着道力遗像，这次连遗像都不见了！一僧粗眉赤眼，呆手拙脚，向人琐琐谈山中事，也谈不出什么来，真令人有“上方清静僧偏俗”之感！

自龙寺至山顶的石径，系近年新辟。过水母殿，未数转，即见一片湖光，满眼呈前，胸襟顿觉一宽！

这里，比韬光壮阔雄伟得多了！

韬光仅能隐约望见江海的一角，这里却可历历指认湖山的全景。异日可能，必于此处构一茅亭，颜曰望湖，以与

杭州韬光寺一角

韬光的观海亭相应。这时回顾龙寺,已隐入万万千千的浓枝密叶中,只露出几条屋脊,给太阳晒了,闪闪发光。

下午二时,方造山巅,入真武庙,到湖山胜览堂休息品茗。

上山时看见的太湖,实际还是东南的半角,到此方把整个的太湖,尽收眼底了。

湖里帆樯点点,往来不绝,峰峦起伏,如忽高忽低的波浪一样。登此望太湖,望湖中诸山,其气象的雄奇、波澜的壮阔,远出惠山三茅峰之上。

这是我今天才发现的!

去春放鸣于登军帐后,盛道军帐之胜,非惠山所能望其项背,我总以为他是一种偏见,今天看了龙寺的幽深、清秀,太湖的雄伟、壮阔,和满山郁郁葱葱、苍翠欲滴的树木,方知他的话实在是并无丝毫的夸张,可以完全置信的!游无锡而不登军帐的人,未免太可惜,太冤枉了!

在这里,南望吴塘、白旄,北望羊祁、大浮。小箕山的楼台、鼋头渚的灯塔,也隐约可辨。

东望雪浪、路耿诸山,都匍匐脚下,若听驱使者然。而南方泉、许舍镇两大市集,看去竟如一堆黑压压的瓦砾。只有三万六千顷的太湖,仍不减其壮丽和雄伟!七十二峰,被怒浪冲击着,似欲浮到湖边来了。

阳光照在湖里,反射出千万道的金光来,炫眼欲迷。天上一块块的乌云,映在湖里,使湖上印着一块块的黑影。船过处,水面便划出一条条的长痕。白日堂堂,轻风拂拂,金波粼粼,交织成一幅天然的大画图。我便在那幅天然的大画图里,陶醉着,讴歌着,真的"且偷半日作人仙"了!

独　山

又名中独山。五里湖水,自二门西达太湖,独山呈中流砥柱。现为太湖工人疗养院。1934年,芮麟来游。

无锡湖滨多山。

独山在梅园西南,一名犊山。居五里湖、太湖之交,矗立湖中,北对管社山,为浦岭门;南对充山,为独山门。上有小蓬莱山馆,以交通不便,游人绝少。我于去秋和道中、邦建等无意中到过一次,觉得环境幽静,风物清丽,别饶佳趣。癸酉八月十一日,特与可君作第二次之游。

四时到万顷堂,古木参天,松荫夹道,丝毫不觉得热,大有"云树森森夏亦寒”的样子。从前凡到鼋头渚，必经万顷堂，所以过去十余年间，万顷堂曾盛极一时。近以小箕山开辟锦园，游人均到小箕山，万顷堂便顿时“门前冷落车马稀”，现出极端凄凉的况味。这也是命运使然吧？思之慨然！

渡船拢岸，我们即登舟向独山前进。一片茫茫，水天如画；而小箕山、鼋头渚、万顷堂、中独山楼台的倒影，都荡漾于天水空濛间。十分钟便到了中独山。蝉声如雨，好像欢迎我们似的。我有《独山渡中》一绝：

瀰湖隐隐尽楼台，逼眼山光拨不开。
烟水一篙轻似叶，乱蝉声里到蓬莱。

入小蓬莱山馆，喜无游人。

湖中三山起伏，若笔架；两面的小山，几与水面平。马迹山横列眼前，做了我们的屏障。风帆点点，不绝地自来自去。小箕山好像浮在水面的一样，远远望去，只有崇台洁阁矗立着，柳堤荷塘，尽收眼底。前月我和恨厂师游小箕山，见中独山屹立湖中，小蓬莱山馆一览无余，别无蕴藉曲折、使人回味留恋的去处，觉出钱开辟园林的人，未免太缺少审美眼光，太不会选择园林地点。哪知今日到此，独对三万六千顷，怒浪直扑山脚，其雄伟壮阔的气概，远非梅园远望太湖一切渺渺茫茫的景象可比；也非小箕山地低山小，湖波紧趋膝下，不能高瞻远瞩的景象可比；更非鼋头渚游人如织，使人坐不定、立不安的境地可比。中独山是一个具备着“静”、“幽”、“清”三种条件的绝好山岭，小蓬莱山馆是一个具备着“静”、“幽”、“清”三种条件的绝好园林，不是具备着“静”、“幽”、“清”的性格的人是不配住的。而回顾小箕山，则匍匐湖边，更觉一览无余，方知“易地则皆然”，不特为人然，即看山水亦然，此后再不敢轻易下断语，以免“以管窥天”之讥了。山上建筑，去秋均已完全参观过，所以今天我们只是坐着谈，坐着看，我觉得在中独山看小箕山的楼台、杨柳、芦苇的倒影，是最富有静趣的。得《立小蓬莱山馆望小箕山》一绝：

湖天一碧绝尘寰，片片风帆自往还。
等是园林新入画，小蓬莱对小箕山。

湖边天水连处，风帆渐渐逝去，而白云在青山缺的地方，因为后面衬着湖水，格外透出亮光来。仔细看去，真有说不出、猜不着的趣味。

五时，天上浓云四合，湖光也变成黯淡的颜色。雷声响了数过，刮起大风来，雪芳急急把各处的帘子去卷了起来，因为那种大风是最容易刮坏帘子的。满山树叶被大风刮得萧萧作响，枯叶更向天空乱飞，正是“山雨欲来风满楼”的光景。渐渐地，太阳的南边白漫漫起来，那片白漫漫的天幕，渐渐地再向北面移，顷刻间雨脚便到我们身边了。我们便避入室内去。我觉得湖山烟雨是最悲壮的，也是变化最迅疾、最难描写的。我从前在中学读书时，曾与导源、光烈等冒了雨雪游华藏寺，归后用了十分的力，写成《云天雨痕》一篇，但对于湖山烟雨的情景，实未能仿佛万一，可见人力总输于自然了！不久雨过，四周的空气好像轻了一些，身子也像轻了些的。树叶花卉，都似增加了一股生气，特别苍翠可爱，雨珠不绝地从枝头叶底滴下来。成《中独山小蓬莱山馆遇雨》一律：

书剑廿年两不成，偷闲再度到蓬瀛。
帆从急水断边没，云向乱峰缺处明。
万顷风来波欲立，一天雨过气何清。
胸中无限伤心事，独对湖山诉不平！

看了中独山的雨景，看了大风浪时的太湖，知道此地的妙处，并不单这“静”、“幽”、“清”，还在雄伟悲壮。此地非但合宜于情侣们偎依着低低地互诉衷曲，并且合宜于爱国英雄们的慷慨悲歌！

走出娘娘庙，顺着石级走到半山亭，在石磴上坐了许久，谈了许久。直

《湖山烟雨图》 黄宾虹作 藏于浙江省博物馆

到山下农家冒着一缕缕的炊烟，方重返小蓬莱山馆。

五时半，和雪芳告辞下山，到渡头，渡船已守候好久，即放棹向万顷堂去。是时夕阳已坐水上，天上有金光万道，云彩万叠，水中也有金光万道，云彩万叠，随着金波的荡漾，血红的夕阳、撩人眼光的金线、千变万化的云彩，都上下跳动，栩栩欲活起来。顷刻间夕阳不见了，云彩和金光也渐渐淡下去，慢慢地消散了。而小箕山边的菱歌，仍隐隐随风送来，令人不忍遽去。远处天和水已不能分别，只觉白茫茫一片。

离万顷堂，已暮色苍然，人力车早已一辆都没有了。我们便安步当车，向梅园缓缓走去。杨园成了菱塘，来时有二三人在塘内采菱，此时不见；只剩一湖烟水一塘菱，逐渐让夜之舞衣披上去。我很奇怪杨氏后裔，很多有钱足够修理杨园的，为何这样任其荒废着？

在中独山时，我曾好几次向可君表示愿意终老此间的话，不料二三小时后，身子又在管社山下，重认归途了，心中感到莫名的惆怅。而天气一忽黑一忽，我俩借着星光、萤火，慢慢地走。

可君刻刻叫我再走得慢些，以便在这样天地俱寂的静境里多留一刻，我们的心上要说的话，也可多谈一刻。我有《独山晚归》一绝：

惊心依旧踏红尘，难向蓬莱老此身。

山水尽揽万顷堂

入晚湖山如入定，一天萤火两归人。

到梅园，搭最后一班汽车返城，到崇安寺已八时二十分，在山门口小饭馆吃了一次畅快的晚餐。

作者写到“山门”。在另一篇游记中，提到“绿阴满地的无锡古崇安寺”。如今崇安寺已成喧闹的大商场。

马　迹　山

马迹山简称马山，又名夫椒。芮麟有《马迹山游记》。

马迹山在武进东南太湖中，周围六十多里，和我乡的军帐山隔湖遥遥相对。

少时到吴塘门，看见马山矗立于烟波缥缈间，未尝不心向往之，但不知就是马迹山。稍长，读《马迹山记》，知有马迹山，却不知就是平日心向往之的马山。及长，知道马山就是马迹山，和我乡相去仅三十里，但人事卒卒，竟未获一偿登临之愿。去秋来常服务，满拟可以成行了，但几度虚约，还是没有能够前往。

真的，游山是要有“缘”的！没有缘，再是筹谋得周密，到底还是去不成。

二十四年一月十七日，为了出席马迹山普及民众教育实验区设计委员会，竟于百忙中，能偷闲一游二十年来心向往之的马迹山。我的心头，该是怎样的快慰！

太湖七十二峰，其东为山五十八，东西洞庭最大；西北为山十四，马迹山最大。马迹山岩壑的幽深，林木的葱郁，泉流的清冽，为滨湖诸峰之冠，惜以交通不便，世人前往游览者不多，因之于现代风景线中，马迹山之名亦不彰！

旅馆系新建，位官长三峰之西北麓，名塔山。相传地形如凤，故亦名凤岭，为妙湛庵原址。

湖光山色，天然入画。

坐了一刻出来。忽然山前山后，成了一片银海。我的身子，也浸在无边银海里。抬头望，一轮亮晶晶、滴溜溜、冷冰冰的明月，已经挂在官长山顶了。

这时，四野是静悄悄的，静得连自己的鼻息声也听得出。只有北湖的一片波涛声与山上的一片松涛声，遥遥相应和。

全山的树木，都在银光里，全山的村落，都在银光里，全山的一切，都在银光里。我幽幽地看着银装的山岭和树木，玉装的村落和一切。

古有“天下三分明月，二分在扬州”之说，的确，在扬州望月，不，在扬州瘦西湖望月，是最好没有的。但是我想今夜马山的明月，也未必会输与扬州吧？

天地间，光有种种美：日光是直的美，是硬的美，是动的美；月光是曲的美，是软的美，是静的美。日光是父性的，月光是母性的。这母性的月光，自古至今，不知陶醉了多少人，不知孕育了多少人！日光虽伟大，却不如月光一般，能打入人心深处，攻入人心曲处，沉入人心底处。

世界上没有一个胸怀寥廓的人是不爱月光的！

月光开创了文学的一角，月光象征了人生的一面。

我立在月光下，万虑尽涤，万念俱灭，只觉得，心儿空空洞洞，身子飘飘忽忽，不着痕，不觉迹。

天地没有了我，我也没有了一切。

悄然久之，方依依入内。

八时，稚圭、光远等都来了。大家进了一餐欢畅的晚膳，红烧的羊肉，其风味之美，是生平所没有尝过的。

饭后，闲谈了许多事，九时，我们方别了大家，踏着月色回实验区。

在灯下，我们计划着实验区的事业，商讨着明后日的游程，谈论着山上

无锡马山的水光山色

的民情风俗。门是直开着，月光，雪亮的月光，从门里直射进来，映在地上。那地，便成了一方银板。窗子里的月光，恰巧泻在我们身上，像豆一般的灯光，简直是多余的了。月光引诱着我，终于，我禁不住她的引诱，又独自走到了场上。在这里，浪声是听不到了，耳边只是不断的风声，像在树上，像在山上，也像在天上，霍霍地吼着，呼呼地号着，飕飕地啸着，再没有第二种声音。

山在月光下，水在月光下，树在月光下，天地间的一切，都在月光下。

山，敷上了一层银粉；水，洒上了一层银粉；树，涂上了一层银粉，山水树木，都换上了一副洁白、光明的服装，呈现了一副洁白、光明的面目。

月光，净化了天地，净化了一切。

今天才十三，月色已是这样好；明后天的月色，更不知将好到怎样呀？

设计委员会预定在十九日下午开。十八日的一整天和十九日的上半天，便是可以由我自己支配的游览时间。会后却须渡湖转赴潘家桥了。游程昨夜已经决定，十八日游西半山，十九日上午游东半山。

离校，赴西村，谒古云居。茂林参天，落叶满地，令人不自觉地想起“家在江南黄叶村”的诗句来。庵虽荒凉，却于万山丛中，万木丛中，点缀禅房数楹，到处别饶诗趣。我为古云居摄了一影。门前有洗心池和葛仙井，《志》称葛洪在此炼丹，故庵俗名神仙庵。此地景物疏朗，太湖隐约可见。湖中诸山，一如美人的眉黛，望之娇媚入骨。倘得小住此间读书养性，真的神仙不殊了。

今天西风已紧，天气之冷，还是和昨天一样。我为时间所限制，游兴所激动，宁可忍受锋利如刀的冷风，作环游整个西山的壮举。

古云居除了富有诗情画意外，还非常避风。我们在寒风里跑了许久，骤至庵前，身子恍入大烘炉里，陡的暖和起来。

庵里房屋还宽敞，我最爱西边的三间。这样的好去处，而任其破落，不加修葺，我真为湖山一哭！

西南行，经牛塘而到战鼓墩，世传系吴王督战处，以足践之，跫然有声。

堤外就是太湖。立在战鼓墩上，三万六千顷的烟波，已尽收眼底。七十二峰，星罗棋布。矗立烟波缥缈间，若隐若现。这里风浪之大，天气之冷，使人不耐久立。

西行翻过好多山湾，方到吴王避暑宫的废址。宫已为平地，连颓垣坏壁都已无丝毫存留。功名事业同归黄土，只山色湖光依旧当年，思之不胜感慨。

据振之说，马山家家一天到晚生炉煮茶，所以每年茶叶的消耗数极可观。山民都很好客，就是不认识的人前去，也殷勤的招待，敬茶留饭。民风淳厚，盗贼绝迹。其社会机构和人民生活，有如我们理想中的桃花源。一般的经济力，也极平均，山上有“富不满万，穷不讨饭”之语。其家给户足、安居乐业的情形，就此二语，可见一斑。

到桃花湾，南去数百步就是太湖，房屋已建筑在湖滩上。天光云影，山光水色，可以说已经融合于日常生活，变成了日常生活。并且生活在家里，也听得到渔歌樵唱，看得到风帆沙鸟。

为口渴，到钱君的亲戚王荪宜先生家喝茶。屋子里塞着一屋子的人，在秤鱼。墙角风炉，果在蓬蓬冒烟。我们今天真的做了重来问讯的渔郎了，思之不觉一笑！

小坐，要想走时，主人荪宜先生再也不放我们开步的了。原来我们一到，他们便已备饭。结果，我们还是在他家进了午膳。

一饭之事虽小，但那种真情热肠，该使我是多么感动啊！人间难得者真情，人们难见者热肠，不图我于此行而兼得之！宁非缘也？因将《桃花湾》

太湖佳绝处，毕竟在鼋头——鼋头长春桥

诗，录赠以留纪念！

一家门前，老树可数抱，长干参天，巨根匝地，郁郁葱葱，不可方物。诵易君左“老树横枝三丈远，伸开铁臂护江山”之句，不觉雄心勃然！

下午二时，别了荪宜先生赴西青觜。觜系由大储山入湖，蜿蜒五里，俗名龙头。其地形一如我邑的鼋头渚，但气象的雄伟则远过之。

那里因三面是湖，风浪之大，得未曾有，而风景之佳，也是得未曾有！

马迹山处处是山，也处处是湖。湖光山色，交织成了一幅天然的大画图。而望湖、观涛、看云、听松、玩月，无论春夏秋冬，实以此为最宜，也以此为最胜。

离西青觜，因沿马迹石路走风太冷，仍折返牛塘赴雁门。钱君便别去。在途，想起了山间的民情风俗，戏作一绝：

简朴依然成古风，守望相助有无通。
出山缄住金人口，莫向人前夸大同。

四时，至雁门，憩钮养性先生家。林木蓊翳，流泉琤淙，背山面湖，境绝清幽。公校有雁门小学，私设有夫椒小学，均已放寒假，未进去。

往日读《桃花源记》，总以为是陶彭泽脑海里的乌托邦，决非人间真的所有。但此次一到马迹山，觉得一人一家，一村一落，一山一水，一鸡一犬，都似在桃花源中，我自己也似在桃花源中一样。这绝不是我个人的幻觉，确实因客观的事实，太和桃花源相像了！

自雁门登山赴耿湾。我们在石塌山顶，坐下小憩。那时已月上东山了，途中成诗一绝：

处处湖光面面山，雁门踏遍复耿湾。
天边云影峰头月，尽在行人指顾间。

那时夕阳已在湖上，湖上一片红光，耀得半城通红。风帆片片，在红光里轻快地来，轻快地去。渐渐的，天色沉了下来，红光也淡了下来。

下山，至盘龙湾。今天走了一天，不意于万山环抱中，还有这样一个清幽独绝的去处！

盘龙旧称伴奴，亦称伴龙，相传西子曾居此。一涧西流，石气在户，全山当以此处最幽峭。

吴王既尝避暑于内间，则绝代美人的西施，曾留芳踪于这样的幽深峭丽的去处，自是意想中事。抚今追昔，竟为之流连低回，不忍遽去！那里的风景，就让诗来形容罢！

名湾端合号盘龙，一壑风摇万壑松。
山里藏山山叠叠，涧中夹涧涧重重。
林深矮屋惟余脊，水阔遥帆半挂峰。

欲记来时岩下路，回头已是白云封。

恋恋久之，以暮色四合，时间已五点有半，只得忍着心，慢慢循山路走去，六时到耿湾。

耿湾山水的佳丽，和雁门一模一样，而深幽则过之。今晨于水平小学，看到唐六如（即唐伯虎——引者）所绘《耿湾图》，对苍茫湖山、空濛云天，身子似欲飘飘仙去，现在亲身莅此，觉得唐图虽飘逸洒脱，落落有致，但按诸实际的耿湾，其妙处尚未尽百一也。可见文字画图，总是赶不上大自然的！

在里社前，看了隋柏和柏泉，即往访秦维平先生，适外出，由其尊人汝昌老先生招待小坐。

一时，白发飘萧的老者集有三四人，环而立之壮年村人则更多。于是振之又打开了他的话匣子，我则静静地听他们的对话。

振之在山任水平小学校校长已十余年。自六七人之初小，经十多年的努力，已办成三教室之完全小学，成为全山唯一的最高学府。所以山上居民，几没有一人不认识曹先生；而今天沿途所遇村人，言谈举止之间，对曹先生的敬仰，也可完全看出。我人无论做什么事，对于曹先生这种锲而不舍的精神是应得取法的！

看了那三四个白发飘萧的老者，使我体会得"人瑞"二字的涵义，使我羡慕山间悠游的岁月！

神仙原是没有的，但位在此间，谁不是神仙？许多人不愿自己做神仙，而于自身之外去求神仙，真是不思之甚，不思之甚！我的"湾里人民无岁月，山中鸡犬亦神仙"句，洵非诬也！

七时欲行，走到场上，维平先生却回来了，因为要出席嶂青民众学校的休业式，小谈即匆匆别去。

十时，离嶂青，决夜游祥符寺。

我为行程所限，如今日不到祥符寺，则明日上午须游东半山，下午须出席会议，傍晚还须渡湖赶到潘家桥，此次便没有机会前往了。所以身体虽已很疲倦，仍是拖着酸痛的脚，向祥符寺缓缓走去。同游的有五六人。

这时月色分外皎洁了，大地全像银铺成的、玉筑成的，没有一丝黑影，没有一点斑痕。我从未见世上有洁白、清静、柔和、幽美的东西，如月夜的大地一样的。

啊！可爱的月夜，可爱的月夜的大地！

我是最喜欢月光的，觉得清淡、洁白、柔和的月光，正和我们清淡、洁白、柔和的心地和胸襟一般。但是，安得天下人的心地，尽如月光；天下人的胸襟，尽如月光呢？

我觉得，月光是能清洗人们心地

的，是能清洗人们胸襟的。人们在月光下，一切烦虑俗念，能一廓而清之。但是，安得使天下人都受月光的洗礼，而一清他们的心地和胸襟呢？

思之，重思之，我又茫然了！在茫然的心怀下，作了一首诗：

湖山到处寄诗情，灯下朗吟月下行。
一事生平堪自信，此心长与月同明。

此行是我年来游山最可纪念的。其所以最可纪念，便是为的有月。

人人可游马迹山，但不见得人人会游月夜的马迹山，就是月夜游马迹山，也不见得那夜的月恰是这般的皎洁、光明、幽静和柔美！

同样是月，可有种种不同的看法，而得种种不同的感觉：在城市看是一种感觉，在乡村看是一种感觉，在山林看是一种感觉，在湖上江上海上看又是一种感觉，而最妙处，则莫如在山中水中看！因为山和水，都能衬出月光的皎洁、光明、幽静和柔美，并于柔美、幽静、光明和皎洁之外，更能生出另一种灵妙的感觉来。

经一村落，在墙旁横架老藤二株，弯曲如环桥，大家指给我看，那就是有名的藤桥。

神骏寺在秦履峰下，居重湖叠嶂间，幽回独绝。唐贞观建，名小灵山；宋大中祥符中，改祥符禅院，宣和四年升寺；清康熙赐御书神骏寺，易祥符旧名。现寺内存有乾隆、康熙御书各一，水月禅心额一，缘端砚一。

寺本已很破败，现改由中庸和尚住持，作为天宁寺下院。不久当有重兴的希望。

《月夜访友图》 明 戴进

山寺里静得出人意外，外面虽有风声，但一到山谷里，连风声都没有了。在月光下的山谷，好像睡熟了的，在月光下的大地，也如睡熟了的；醒着的，只有我们五六人。我背着“何夜无月，何处无竹柏，但少闲人如吾两人耳”，大家听了笑了起来。

寺门紧闭着，寺前月光满地，树影满地，别无声息。我们静静地立在场上看月，看月下的一切。

寺旁一小园，有门开着。我们跑进去，园里也是月光满地，树影满地，别无声息。

这时已有十一时了，我们为不愿惊醒和尚们的好梦，所以始终只在门外徘徊，没有敲门进去。去夏游军帐山成性寺，我做的“满地绿阴人不见，迟迟未忍叩禅关”的诗，虽一则在午后，一则在月夜，但其情景心理则完全相同。

有人或者要以我此行未入神骏寺为美中不足，但我以为惟其如此，才真得游山的三昧，才留得无穷的余味！我生平游山，只细细领略山的情趣，绝少注意山上的寺院，甚至有许多寺院，或正恰好到处，忽戛然而止，余音袅袅，绕梁三日不止，倘一入寺门，便将兴尽而返了，还谈得到什么情趣？

在月下徘徊久之，方于乱峰层嶂间，踏着月色，一路兴高采烈，缓缓归去。

因为天一晚，跑得太疲倦，夜里睡得很甜美。

十九日上午，预定是游马迹山东半山。

十时下山，至栖云庵。破殿三间，矗立于荒烟梦草间。庵前老树数株，枝干屈曲，高插云霄，颇有古趣。我为之摄了一影。

庵建于宋宝庆元年，东去不半里，就是太湖，西北二面为胜子岭；南对官长山，湖光山色，天然入画。我乡的军帐山也似近在眉睫了。

马迹山各处地名之清雅，为他处所不经见！如古竹、柴泉、嶂青、雁门、内闾、耿湾、檀溪等，均可入画。而古云居、西青觜、栖云庵等，尤饶诗意。如此湖山，如此名称，可谓相得益彰！

十一时回檀溪，憩私塾中，品隐君泉。振民和杨先生谈着停止私塾、改办代用小学的事。

檀溪三面背山，朝东面湖，以向阳故，全山所产杨梅，以檀溪的最鲜美。天然环境也很好。

因此风景亦绝胜，我有一律记其事：

淡淡云天软软风，树头稀处认归篷。
朝烘烟水千层碧，夕照霜林一片红。
茅屋分占山上下，菜畦遍布涧西东。

村童六七纵横坐，品罢名泉日未中。

我们因为下半天还要开会，大墅、小墅、东钮、西钮等处，固不及去，即檀溪也不敢久留。

别了杨先生和引导我们游驼公石的村童等，匆匆觅途而归。

为了不愿重走胜子岭，决登官长山越狮子龛，经聚马湾返水平。

官长山有三峰，在马迹山诸山中为最高，惟以“官长”名山，稍感不配！我曾有一绝嘲之，末二句云：“总是宦途滋味好，名山也以长官名。”嫌俗，不存。

山上荒草蒙茸，绝无路径。我们攀藤援葛而上，到官长三峰，四面山岭都已匍匐膝下了。此山诚不愧山中之官长啊！

更上，跻官山二峰。整个的马山，整个的太湖，已尽收眼底。此地挺立之高，气象之壮，自非他山所可想见！

云山叠叠，帆樯点点，衬托着三万六千顷的烟波。

山头孤零零地立在天空中，身子也孤零零地立在天空中。俯仰天地，不禁感从中来，成一绝：

三万六千顷的烟波

独撑傲骨入青云，天地茫茫我与君。
老死林泉贫亦得，休将宦梦误书生。

头颅掷处血斑斑

东林书院在无锡老城东门内，南临七箭河，西邻苏家弄，创建于北宋政和元年（1111），是杨时长期讲学的地方。杨时世居将乐（今福建南平市将乐）城北龟山之下，学者又称其龟山先生。

杨时曾拜大儒程颢、程颐为师。南归时，程颢送之曰："吾道南矣。"杨时实为理学由北向南传播的桥梁。杨时和常州学者邹浩与曾任北宋宰相的无锡李纲（祖籍也为福建）友善，五十九岁初寓常州，至七十六岁返里，前后在常州、无锡讲学达十八年之久。

南宋时，邑人建杨时祠堂。元至正十年（1350），僧人秋月潭在其地建东林庵。明万历三十二年（1604），顾宪成、高攀龙等在杨时讲学旧址恢复东林书院。院内古木萧森，庭草幽芳，前临绿水一弯，为理想的读书之地。

顾、高二人，均刚正敢言，指斥时弊，弹劾奸党。也都因犯颜直谏而贬官，回乡后并未消极隐居，而是通过"清议"的方式，干预时政。顾宪成曾说："居水边林下，志不在世道，君子无取焉。"并撰写了那副著名的对联：

风声、雨声、读书声，声声入耳；
家事、国事、天下事，事事关心。

《明史·顾宪成传》载："故其讲习之余，往往讽议朝政，裁量人物。朝士慕其风者，多遥相应和。由是东林名大著，而忌者亦多。"

顾宪成病逝后，高攀龙继续东林事业，以东林为纽带，广结天下同仁，由此招来了以魏忠贤为首的阉党的疯狂报复。天启五年（1625），下东林党人杨涟、左光斗、魏大中于狱，数千群众号哭送行。

当时，年轻的史可法从外地潜入京师，微服去狱中探望他的老师左光斗。左已被折磨得不成人形，"双目被剜，四肢皆折"。听到史可法的声音，他勃然大怒：现在是什么时候，你不以国事为重，轻生前来看我，我还有什么希望！不如现在就扑死你！说罢，举起手上镣铐扑向学生，史可法只得流泪悄然而去。

当缇骑前往浙江嘉善逮捕魏大中，高攀龙闻讯立即前往吴江平望镇，在官道旁迎候，为在押的魏大中洗尘饯行。魏大中谈笑自若，毫无惧色。高攀龙雇了小船尾随其后，行了几十里水路，一直到无锡北郊十里外的皋桥。

天启六年（1626），逮捕周顺昌、高攀龙等。苏州市民为保护周顺昌，奋起反击缇骑，遭到镇压。颜佩韦等五人慷慨就义（详见本书《虎丘山麓白公堤》一篇）。高攀龙提前一天从南门自己居所去东林书院拜谒杨时神像。回来写就《遗表》、《别友柬》二纸，整肃衣冠，从容投水曲巷住宅后园池水中自沉，终年六十五岁。

高攀龙之侄后建祠池上，名曰“高子止水”。1960年5月，邓拓写下《访高子止水》一诗：

为抗权奸志不移，东林一代好男儿。
攀龙风节扬千古，字字痛心绝命辞。

除了黄宗羲“冷风热血，洗涤乾坤”的评价外，邓拓的《过东林书院》，是最有激情的：

东林讲学继龟山，事事关心天地间。
莫谓书生空议论，头颅掷处血斑斑。

三四句竟成为邓拓在“文革”中的重要罪证，他也走上了与高攀龙一样的绝路。今人张榕咏邓拓：“燕山劫后花如血，想见头颅掷去时。”

1961年，邓拓在《燕子矶新貌》中言：“旧时血泪都抛尽，燕子归来报早春。”未免太天真了。他毕竟是书生。

南京燕子矶正有一副对联：

松声、竹声、钟磬声，声声自在；
山色、水色、烟霞色，色色皆空。

大概是针对顾宪成那副联来的吧？东林书院现已重修。“三家村”当时

太湖春涨　“太湖春涨”是无锡八景之一，常为文人雅士咏唱。明末东林党首领高攀龙常来此踏浪吟哦，留有“鼋头渚边濯足”的遗迹

惟一的幸存者廖沫沙，又为书院重书了：

风声、雨声、读书声，声声入耳；
家事、国事、天下事，事事关心。

明月满船诗梦冷

倪瓒字元镇，号云林，江苏无锡人，为“元四大家”之一。有趣的是，四大家都出生在太湖流域，黄公望是江苏常熟人，王蒙为浙江吴兴人，吴镇为浙江嘉兴人。

倪瓒的绘画，主要继承南唐董源的传统。董源为江南钟陵（今江西进贤）人，在南唐任职为北苑，因此人又称董北苑。他取法江南真山真水，创造出淡墨轻岚、一片湿润气氛的江南画派。北宋米芾在《画史》中评董源画：“峰峦出没，云霞显晦，不装巧趣，皆得天真，峦色苍郁，枝干挺劲，咸有生意；溪桥渔浦，洲渚掩映，一片江南景也。”

米芾推崇董源的画法，领会了镇江南郊的景色，创造了米派云山。倪瓒也由米画启发，专画太湖风景，自成一派。他总结出一种构图新形式，往往近景是平坡，上面有杂树数枝，茅亭或茅屋一两座，中景是一片空白，远景低矮的土坡或低平的山头，上面又是一大片空白。远远望去，画面上的空白就是浩渺的湖水、明朗的天空，而远山淡淡处，就显得水天一色，境界极为旷远。现留传下来的有《渔庄秋霁图》、《松林亭子图》、《虞山林壑图》等。

明末清初的遗民诗人徐枋，进一步点出：“画至元季，专主气韵，未免墨过于笔，此大痴、仲圭犹然。独云林画虽以天真幽淡为宗，然意匠殚精，笔墨兼到，不多取意于烟云缥缈之间。吾故谓云林不可及处，不独在超然淡远，而反在神力精到，此又三百年来画苑之所未窥也。”（《题仿倪云林画》）

倪瓒爱洁成癖，有似宋代米芾。盥沐一次，常易水数十次，倘若付钱给外人，他都将钱放置远处，让索钱者自己去取，从不亲手交付。更有甚者，是“洗桐”。传说凤凰非梧不栖，因此他在房宅周围种有不少梧桐。每天清晨叫书僮从井里挑清水洗树，他则站在一旁监督。直到书僮把每棵树洗得干干净净，才放心地离开。

他用的厕所也很特别，在坐坑的木格下面塞以鹅毛，排泄物下去了无声息，鹅毛一旦飞起来，就知道已被使用过，童子立刻把它们移去，另换新的。家里佣人从井里挑来的水，他只饮用前面一桶，人问他为什么，他说怕后面一桶水被放屁熏脏，只配用来洗脚。

乍一看，这些举动都不近人情。但倪瓒生于“兵戈满地”的元末，民族压迫与种族歧视弄得他“载伤迫隘，中心怔营”。也许这种干净得无可救药的怪癖，正是他保持自身尊严、消极抵抗的一种办法。后来他索性散尽家财，“扁舟箬笠往来震泽三泖间”，在太湖周边的宜兴、常州、吴江、湖州、嘉兴、松江居无定所地漂泊。

我还常常想起他的一首绝句：

秋风兰蕙化为茅，南国凄凉气已消。
只有所南心不改，泪泉和墨写《离骚》。

南宋遗民诗人郑思肖（号所南），宋亡后隐居苏州，坐卧不北向。他画的墨兰，根裸露在外，无土，有人问之，答曰：土地已无，根栽何处？更奇的是，他从不与来自北方元朝本土的人接谈，就是在朋友家里，一听到可疑的北人语言，便掩耳离座，疾走回家。这些，可在倪云林“洁癖”上看到影响。

“芷兰变而不芳兮，荃蕙化而为茅。”《离骚》中的忧愤，与倪瓒眼前的社会现实有着惊人的相似。幽芳袭人的兰蕙，在异族统治的高压下失节变成了茅草。

以太湖为背景的《渔庄秋霁图》，几株枯树，半抹斜坡，空空荡荡的湖面上，点缀着几峰远岫，散发出孤寂冷落、地老天荒般的气息……清人吴雯有题云林《秋山图》：

经营惨淡意如何？渺渺秋山远远波。
岂但秾华谢桃李，空林黄叶亦无多。

云林也吐露过自己的心声：

愁不能醒已白头，沧江波上狎轻鸥。
鸥情与老初无染，一叶轻驱总是愁。

在抑郁的煎熬中，一任时光将青丝染成白发。寂寞难耐，只能与江鸥

倪瓒　幽涧寒松图

为盟，但自由的江鸥似乎不能领会诗人的愁情，只好轻舟一叶，漂泊于茫茫水天之间。

在他简淡萧疏的画中，凡可能涉及人物活动的地方，一概不点染人物，林间水边的亭阁空无一人，岸边湖上也没有小船（因为小船上必有渔夫与游客）。有如《巢林笔谈》中记："倪云林厌世浊不画人物。"有人问为什么，他答："现在还有人吗？"正如他那首《折桂令》下片写道：

侯门深，何须刺谒？白云闲，自可怡悦。到如今，世事难说，天地间，不见一个英雄，不见一个豪杰。

张士诚占领苏州，几次征召，均被云林拒绝。张士诚的弟弟张士信进占无锡，打算用钱买倪瓒的画，得到的回答是："倪瓒不能为王者画师。"张士信由此衔恨，一日巡湖，恰遇倪瓒，即下令鞭打数十下。整个受刑过程中，云林一声不吭。事后有人问："君初窘辱，而一语不发，何也？"云林悠悠答："一说便俗。"看来还是很硬气的。大概他认为，张士诚、张士信之流，不是英雄豪杰吧？

朱明开国后，年事已高的倪瓒，"黄冠野服，混迹编氓"。在他心目中，朱元璋也不是什么英雄豪杰。

我想起罗曼·罗兰在《贝多芬传》序文中的话："我称为英雄的，并非以思想或强力称雄的人；而只是靠心灵而伟大的人。"

虎丘山麓白公堤

虎丘古名海涌山。苏州地区在近十万年来，曾二度沦为沧海。晚近的一次发生在距今六千年前后，苏州西部的灵岩、天平诸山，还是太湖海湾中的岛山，而只有三十余米高的虎丘山，仅是沉浮于万顷碧波中的一座礁石，忽隐忽现。又过了二三千年，由于河流携带的大量泥沙对海湾的充填，海湾逐渐变浅、淤塞，海水也被排挤，向东退去。吴国先人目睹虎丘山仿佛从海中涌起，故称之为海涌山。

海涌山易名虎丘山，在春秋时代。传说吴王阖闾死后，其子夫差将他埋于海涌山。古书载："阖闾之葬，发五郡人作冢，铜椁三重，水银灌体，金银为坑，以扁诸、渔肠剑各三千为殉。葬经三日，金精上扬，化为白虎，蹲其上，因号虎丘。"

虎丘最为神秘、最有魅力的古迹是剑池。崖壁上刻有宋代米芾"风壑云泉"四字。据说秦始皇和孙权都在这里凿石寻找阖闾殉葬的宝剑和珍宝，均无收获，而凿处就形成了这个深池。

我常常奇怪，就这么一个不大的水池，却给人如临深渊之感。记得当年还写过一首诗，开头两节为："一池古水，/风吹不皱，/黯绿沉沉，/积淀着/神秘的传闻。//两旁陡壁，/斜挂藤萝，/遍布苔纹，/散发出/逼人的阴森。"

明代诗人高启有一首七律，也是写阖闾墓的，以小号篆书，刻在"剑池"二字旁边：

水银为海接黄泉，一穴曾劳万卒穿。
谩设深机防盗贼，难令朽骨化神仙。
空山虎去秋风后，废榭乌啼夜月边。
地下应知无敌国，何须深葬剑三千？

1995年，有关方面决定疏浚剑池。池水戽干，发现池壁平整如削，池底平坦如砥，并在池底北端清理出一个呈三角形的神秘洞穴。洞长十米左右，尽头是四块青石砌成的"山"字形石壁。考古学家认为这石壁其实是墓门。然而发掘之议未被批准，因为墓上正好压着云岩寺塔，当时塔身倾斜，岌岌可危，已经不起任何震动。于是洞口又封起，千古之谜还是未能破译。

云岩寺塔就是虎丘塔，落成于北宋初年，至今已有一千多年的历史，比意大利的比萨斜塔还年长三百多岁。虽然只有四十七米高，却显得气势不凡。它的塔基，建在阖闾墓的封土堆上，比较松软，据说元明时期就开始逐渐向东倾斜了。为了保护这座千古名塔，建筑专家采用铁箍喷浆、盖板置换、围桩灌浆等方法，对它进行了大规模维修，较好地解决了塔身的开裂和地基的松软问题。

虎丘塔与杭州的雷峰塔属同一建筑类型。旧雷峰塔倒坍以后，虎丘塔便更为珍贵了，已成为古城苏州的首选标志。

张恨水认为：

……此山之所以奇，在平畴十里，

吴中第一名胜——虎丘

突拥巨阜。山脉何自，乃不可寻。初在外观之，古塔临风，丛楼隔树，孤山独峙，一览可尽，及入其中，则高低错落，自具丘壑，回环曲折，足为半日之游。

仁者乐山，知者乐水。但也不妨兼乐。出虎丘，便是七里山塘。清代以前，这里是中国最繁华的河街，迤逦曲折，有七里之长。《苏州府志》记："维时舟随橹转，树合溪回，鬓影衣香，薄罗明月，笑语歌呼，帘帷高卷，此身宛坐天上。"

山塘街又名白公堤。杭州西湖的白堤（白沙堤），与白居易无关。苏州白公堤却真由白居易兴筑。山塘街半塘以西，原是一片湖沼。宝历元年（825），白居易从洛阳来苏州任刺史，年已五十四岁。他募工在这里开塘筑堤，疏浚河道，直达虎丘山前。又遍种桃李莲荷。唐代因避太祖名讳，改虎丘为武丘。白居易在《武丘寺路》一诗中写道：

自开山寺路，水陆往来频。
银勒牵骄马，花船载丽人。
芰荷生欲遍，桃李种仍新。
好住湖堤上，长留一道春。

当白居易因病辞归时，苏州父老"一时临水拜，十里随舟行"，情景十分感人。

白公堤筑成后，半塘以东，商铺林立，有"七里山塘灯船夜"之称；过了半塘，又是一番景色，山明水媚，如入画中。周瘦鹃曾言："你要是以轻红一舸，容与其间，一路摇呀摇的过去，那情调是够美的。"

"七里山塘春水软，一声柔橹一消魂。"我那次游完虎丘，折入山塘街，却偏偏是为了拜谒五人墓的，因为明代张溥写过《五人墓碑记》。这是一个十分悲壮的故事。

明熹宗时，宦官魏忠贤当道。苏州住有一位曾在吏部当官、告老还乡的周顺昌。另一位触犯魏忠贤的官员被捕路过苏州，周顺昌置酒相迎，欢叙三天，又将自己的女儿许嫁其孙。此事被魏忠贤知悉，大为恼怒，就指使其心腹、当时的苏州织造太监李实罗织罪名，派缇骑（"东厂"特务）来逮捕周顺昌。李实"素贪横，妄增定额，恣诛求"，早已激起苏州市民的公愤。宣读诏书时，巡抚都御史毛一鹭、巡按徐吉皆在场。聚观市民达数千人，众口一词为周顺昌喊冤。诸生王节等人上前诘责毛一鹭，言众怒难犯，不如暂缓宣诏。旗牌官不耐，将刑具掷地，威胁市民，大声呼喝，说这是魏公（魏忠贤）的命令，谁敢违抗？周顺昌穿了囚衣出来，听罢诏书，即被逮捕。民众悲不能抑，有个叫颜佩韦的，替周公鸣冤，愿以身代。另有杨念如、沈扬二人，也上前仗义执言。又有一人名马杰，破口大骂魏忠贤，声如洪钟。旗牌官老羞成怒，拔剑向前，扬言要割去马杰的舌头。民众顿时哗噪起来，缇骑先用武器扑击沈扬。周顺昌的仆人周文元怒不可遏，攘臂夺剑，却被击伤头额。市民忍无可忍，各自折断门栏门限，反击缇骑，特务们有的升树上屋，有的躲进厕所，有两人被打死。

事后，毛一鹭一天连上三个奏章，诬告民变。魏忠贤下令捕人。毛一鹭将颜佩韦等十三人逮捕下狱，并处颜、马、沈、杨、周五人极刑。临刑，数万市民含泪相诀别。五人面无惧色，对魏忠贤骂不绝口。《五人墓碑记》言：“五人生于编伍间，素不闻诗书之训，激昂大义，蹈死不顾。”

十一个月后，明熹宗去世，魏忠贤失势，被崇祯皇帝罢职逮捕，畏罪自杀。苏州市民倡议公葬五位义士，把毛一鹭献媚邀宠给魏忠贤的“普惠生祠”一夜拆除，在废基上建立了五人墓。

历来关于五人墓的题咏很多，如

山塘街　山塘街一头连接苏州的繁华商业区阊门，一头连着花农聚集的虎丘镇和虎丘山，所以自唐代以来一直是商品集散之地和南北商人聚集之处。清乾隆年间，画家徐扬创作的《盛世滋生图》中的山塘街，展现出“居货山积，行云流水，列肆招牌，灿若云锦”的繁华市井景象

“由来殉义客，何必读书人”（孔传铎）、“匹夫能就义，嗟尔附炎人！”（张进）、“屠沽能碧千年血，松桧犹飞六月霜”（朱奕恂）。赵翼《山塘绝句》中有：“山塘满路皆脂粉，可少秋风侠骨香？”正是这两者，点出了文化江南的双睛。

郑逸梅有《春暮游虎丘》：

流水悠悠七里春，白公堤草衬朱轮。
斜风细雨山塘路，冷落桃花吊美人。

上方一塔俯清秋

去胥门十里，而得石湖。上方踞湖上，其观大于虎丘，岂非以太湖故耶？至于峰峦攒簇，层波叠翠，则虎丘亦自佳。徙倚孤亭，令人转忆千顷云耳。大约上方比诸山为高，而虎丘独卑。高者四顾皆伏，无复波澜；卑者远翠稠叠，为屏为障，千山万壑，与平原旷野相发挥，所以入目尤易。夫两山去城皆近，而游人趋舍若此，岂非标孤者难信，入俗者易谐哉？余尝谓上方山胜，虎丘以他山胜。虎丘如冶女艳妆，掩映帘箔；上方如披褐道士，丰神特秀。两者孰优劣哉？亦各从所好也矣。

［离开胥门十里路，就到石湖。上方山蹲在湖边上，它的视野比虎丘要大，岂不是由于太湖的缘故吗？至于山峰簇聚，碧波层叠，那么虎丘也自有它的好处。上孤亭站立观览，使人反而想到虎丘的千顷云。大概上方山比其余的山高，而虎丘则较低下。站在高的山上眺望，四面群山都像低伏在下面，不再有什么波澜起伏之感；站在低的山上观看，苍翠丛叠的远山，像是树立着的一座座屏风，千山万壑，与平原旷野相映成趣，所以更易引人瞩目。虎丘、上方两座山离城都近，可是游人的好恶竟有这样不同，难道不是因为超俗的难以取信，随俗的容易和协吗？我曾经说过，上方的好处在于山本身，虎丘却靠了别的山。虎丘像妆饰艳丽的妖娇女子，靠着帘子的掩映；上方像披着道袍的道士，丰采神情特别爽朗。两者谁优谁劣？也只能根据各人的爱好就是。］

袁宏道虽然只作客观对比，但上方山卓尔不群、丰神秀逸之美已不言而喻了。当然，他说的丰神特秀，多半也是得力于石湖之故。

石湖本为太湖的内湾，吴越时，越人挖溪进兵，凿山脚之石以通苏州，故名石湖。石湖附近的“越来溪”，便是越军的水道。

上方山又名楞伽山，山顶有隋代大业四年（608）太守李显所建的上方塔，七级浮图，塔影玲珑，风光秀丽。山下为石湖，周二十余里，潮汐不通，波澜不惊，如练如镜。湖与田圃相属，水港纷错；湖面峰峦起伏，群山相依；南有“越来溪”与太湖相连，北有行春桥、越城桥。行春桥最早为十八孔，后改九孔。越城桥则为单孔拱桥，供舟船通航。两桥相接，如长虹卧波，是湖上一大景观。八月十八日游石湖，看行春桥下串月，为明清苏州风俗。所谓“串月”，是指月亮初升时，月光正对着行春桥九连环洞，每洞一月，其影如串。它与北京的“卢沟赏月”、杭州的“三潭印月”、洞庭西山的“石公秋月”被誉为“四大赏月胜地”。当然，看的角度，要在上方山塔东侧“望湖亭”上，此时，湖面上会隐约显现塔的倒影，有月光随波流泻到行春桥各个环洞。

越城桥东有宋代大诗人范成大的石湖别墅。石湖的名气，多半得之于此，正如陶渊明的“栗里”、王维的“辋川”一样。范成大在这里写的《四时田园杂兴》，按郑振铎的描写，“满纸上是云气水意，是江南的润湿之感，是平易近人的熟悉的湖田农作和养蚕、织丝的活计”。

范成大笔下的石湖中秋，则纯是

苏州石湖　行春桥畔画桡停，十里秋光红蓼汀。夜半潮生看串月，几人醉倚望河亭

清趣：

……自越来溪下石湖，纵舟所如，忘路远近，约略在洞庭、垂虹之间。天容水镜，光烂一色，四维上下，与月无际。风露温美，如春始和，醉梦飘然，不知夜如何其。

［……从越来溪下到石湖，放舟所往，忘记了路程的远近，大约是在洞庭山、垂虹桥的中间。这时，天空一碧如洗，水面平静如镜。水天一色，东南、西南、东北、西北，四隅上下，与月光融洽无际，风清露湿，温馨隽美，有如阳春始来，如醉如梦，不知道是夜里什么时辰了。］

范成大又有《立秋后二日泛舟越来溪》：

西风初入小溪帆，旋织波纹绉浅蓝。
行入闹荷无水面，红莲沉醉白莲酣。

我特别欣赏姜夔的《次石湖书扇韵》：

桥西一曲水通村，岸阁浮萍绿有痕。
家住石湖人不到，藕花多处别开门。

可以想像，姜夔当年造访石湖，是坐船来的。凭什么来认得“水通村”呢？“岸阁浮萍绿有痕”，湖水和溪流相接的岸边滞留着绿色的痕迹，便是村中平静的池塘里漂流出来的浮萍。这正像武陵渔人从水上漂浮的桃花而发现了桃花源一样。范成大被御史挟私憾所攻，落职退隐石湖，所以这里的“人不到”，是指那些趋炎附势的小人。藕花即荷花。宋人自周敦颐写《爱莲说》起，便推重荷花“出淤泥而不染，濯清涟而不妖”的君子风范。姜夔信手拈来，便衬出主人的高风亮节。

多年之后，我也向石湖献上了一瓣心香：

细雨丝丝，映着晦暝的天色
石湖为我的双眸豁一片坦平
野水在天边泛起淡淡的白光
远树如荠，隐隐透几团暗青

我爱那布在湖边的道道渔罾
爱那泅游的鹅群戏着乌篷
湿云呵，仿佛还为他孕含诗意
微风呵，一似他那清朗的吟诵

出使金国，宁丢性命，不辱使命
横蛮的敌人也对他肃然起敬
归隐田园，欲求安静，不得安静
悯农的诗篇画出官府的狰狞

云磨雨洗，石湖像一方明镜
行春桥的条阶，正敛息聆听

诗人呵，欢迎你拄杖重游
让千年白发拂响料峭春风

年年送客横塘路

去胥门九里，有村曰横塘，山夷水旷，溪桥映带村落间，颇不乏致。予每过此，觉城市渐远，湖山可亲，意思豁然，风日亦为清朗。

这是明人李流芳一篇游记的开头。我之知道横塘，则源于北宋贺铸的《青玉案》(凌波不过横塘路)。

于是，横塘就成为江南水乡的经典风景，也成为江南才子永恒的忧郁。直到清代，赵允怀还吟道："唱遍贺家青玉案，一天飞絮过横塘。"

因了此词，横塘旧时还有一座"梅子桥"。民国范君博有诗："路转横塘七里西，几家临水听鸡啼。人来古渡停船问，梅子桥头迹已迷。"

据我所知，风流才子唐伯虎，先葬苏州城内桃花坞，后移至祖垅横塘王家村。"文革"中墓毁，1985年重修。

吴梅村的《圆圆曲》，分明写到："前身合是采莲人，门前一片横塘水。"也许是聚集了江南水乡的灵妙之气，明代末年，横塘竟氤氲化育出那位"一代红妆照汗青"的女子！

多年前，路过横塘，少不更事，留下一首小诗：

一川烟草，满城风絮，
梅子黄时的绵绵细雨，
贺铸一连借三样景物
倾吐胸中浓烈的愁绪。

哀曲唱酸了横塘的雨，
能在这般氛围中久居，
让它锈蚀生命的活力，
给我的心头长些苔绿？

渴望来一场狂风暴雨，
敲出灵魂亢奋的歌曲。

贺铸词给我带来的"黄梅心理"，直到读了南宋范成大的《横塘》诗，才得以缓解：

南浦春来绿一川，石桥朱塔两依然。
年年送客横塘路，细雨垂杨系画船。

细雨、垂杨、画船、白桥、绿水、朱塔，大自然的风景如此明丽，在其间的人世离别，也因此成为让人珍惜的人生风景的一部分。

范成大还有一首诗，也清朗可喜："一川新涨熨秋光，挂起篷窗受晚凉。杨柳无穷蝉不断，好风将梦过横塘。"

南浦典出屈原《九歌》“送美人兮南浦”和江淹《别赋》“送君南浦，伤如之何”，泛指和朋友分手的河边。我常常想，范成大笔下的横塘，那么美好的横塘，为什么不能是泛指呢？

后来读了黄裳的《游邓尉》，他表达了我的想法：“多少代的年轻人在这个横塘上发生过多少次美丽的恋情，不一定是这条小河才叫横塘，只要有河水，有垂柳的地方都是的，不是吗？”

横塘镇上还有一座古驿亭，驿亭不大，却诱发我的遐想：

蹄声的急雨骤然而止
汗雨又打湿亭内的砖石
另一名差役取文上马
接力赛一样不敢延迟

皇城中妃子正等着尝新
公文便成了鲜红的荔枝
马上的人不停地挥鞭
身后有一条无形的鞭子

青山如驰，岁月如驰
马鞭幻作今日的柳丝
蹄声也融进霏霏春雨
江南是一首清丽的诗

只有汗水渍黄的颓垣
讲着那段踉跄的历史

大运河苏州段横塘

驿站西侧便是彩云桥。苏州有两座彩云桥，另一座在山塘半塘寺前。范成大《重九泛石湖记》写道："淳熙己亥（1179）重九，与客自阊门泛舟，径横塘。宿雾一白，垂垂欲雨。至彩云桥，氛翳豁然，晴日满空，风景闲美，无不与人意。"彩云桥坐落在彩云港，不知是先有桥还是先有港？但都是"无不与人意"、云兴霞蔚的名字。

坐听寒山晚寺钟

寒山寺在苏州阊门外，原名妙利普明禅院，建于南北朝时的梁代。到了唐朝，高僧寒山、拾得居此，才改名为寒山寺。

寒山原名寒山子，隐居浙江天台唐兴县寒岩（翠屏山），常以桦皮为冠，与天台山国清寺僧拾得友善。拾得为孤儿，被国清寺僧丰干收养，故名拾得。唐玄宗时，丰干云游至长安，恰巧闾丘胤要去做台州太守，问他台州有什么贤达，丰干说："寒山文殊，拾得善贤，状如贫子，又似疯狂。到任须谒，在国清寺执炊洗器者，即此二人。"闾丘一至台州，便去拜访，二人连呼"丰干饶舌"，从后山逃出去，自浙江到苏州，落脚于寒山寺。

但寒山寺的名气，主要得力于唐代张继那首《枫桥夜泊》：

月落乌啼霜满天，江枫渔火对愁眠。
姑苏城外寒山寺，夜半钟声到客船。

起句写晨景，结句则变成半夜，张继无意间用了意识流手法，打乱了时间顺序，以声态的夜半钟声收束全诗，言尽意远，就像余音袅袅的钟声。

首句"霜满天"的描写，并不符合自然景观的实际（霜华在地而不在天），却完全切合诗人的感受：深夜侵肌砭骨的寒意，从四面八方围向诗人夜泊的小舟，使他感到身外的茫茫夜气中正弥漫着满天霜华。整个一句，月落写所见，乌啼写所闻，霜满天写所感。在朦胧夜色中，江边的树只能看到一个模糊的轮廓，之所以径称"江枫"，也许是因枫桥这个地名引起的一种推想，或者是选用"江枫"这个意象给读者以秋色秋意和离情羁思的暗示。"湛湛江水兮上有枫，目极千里兮伤春心"，"青枫浦上不胜愁"，这些前人的诗句可以说明"江枫"这个词语中所沉积的感情内容和它给予人的联想。"江枫"与"渔火"一静一动，一暗一明，一江边，一江上，景物的搭配组合颇见用心。"愁眠"，当指怀着旅愁躺在船上的旅人。"对愁眠"的"对"字包含了"伴"的意蕴，不过不像"伴"字外露。这里确有孤孑的旅人面对霜夜江枫渔火时萦绕的缕缕轻愁，但同时又隐含着对旅途幽美风物的新鲜感受。我们从那个仿佛很客观的“对”字当中，似乎可以感觉到舟中的旅人和舟外的景物之间一种无言的交融和契合。

诗的前幅布景密度很大，十四个字写了六种景象，后幅却特别疏朗，两句诗只写了一件事：卧闻山寺夜钟。这是因为，诗人在枫桥夜泊中所得到的最鲜明深刻、最具诗意美的印象，就是这寒山寺的夜半钟声。它荡漾着历史的回声，渗透着宗教的情思。夜半钟的风习，虽早在《南史》中即有记载，但把它写进诗里，成为诗歌意境的点眼，却是张继的创造。在张继同时或以后，虽也有不少诗人描写过夜半钟，却再也没有达到过张继的水平。

“北城月落乌啼夜，更是孤舟肠断时。”（明·张文潜）“唐以后，这已成为中国诗人漂泊羁旅途中最销魂的风景。尤可注意的是，佛家也用此诗代指警醒人心的钟声：‘月落乌啼，三千界唤醒尘梦’（元谢应芳《化城庵铸铜钟疏》），这表明有情世界即一大漂泊，何处才是止泊？”（胡晓明语）

虽然无以为继，但有几首诗，尚可一提。

七年不到寒山寺，客枕依然半夜钟。
风月未须轻感慨，巴山此去尚千重。

这是陆游在将赴四川戎幕的《宿枫桥》。

寒山寺大钟楼

枫叶芦花暗渔船，银筝断绝十三弦。
西风只在寒山寺，长送钟声扰客船。

这是元人顾瑛的《泊阊门》。

日暮东塘正落潮，孤篷泊处雨潇潇。
疏钟野火寒山寺，记过吴枫第几桥。

这是清人王士祯笔下的枫桥。

“画桥三百映江城，诗里枫桥独有名。”（高启）其实，枫桥只是一座江南常见的单孔石拱桥，清人王端履《重论文斋笔录》批评说：“江南临水多植乌桕，秋叶饱霜，鲜红可爱，诗人类指为枫。不知枫生山中，性最恶湿，不能种之江畔也。”又据《大清一统志》引宋人周遵道《豹隐记谈》：枫桥“旧作封桥，后因张继诗相承作枫桥”。一首诗的艺术魅力，由此可见。

明嘉靖年间，重铸巨钟，但传明末流入日本。康有为因此有诗：

钟声已渡海云东，冷尽寒山古寺枫。

勿使丰干又饶舌，他人再到不空空。

清初《百城烟水》却说：“钟遇倭变，销为炮。”原来在嘉靖三十二年（1553）左右，苏州官府为抵御倭寇的侵扰，将钟声铸为炮声了。说到底还是与日本有关。

清光绪三十年（1904），江苏巡抚陈夔龙于重修寒山寺时仿照旧钟式样新铸一口大钟，并复建钟楼，二层六角式。边上有撞钟的木杵，推动木杵，钟声铿然。

寺内另有一口日本友人送来的支那铜钟，悬挂在大雄宝殿右侧。此钟

寒山寺的撞钟

一式共铸两口，一口悬在日本馆山寺。

每年除夕之夜，寒山寺听钟为苏州一大盛事，万人云集，听主持撞钟一百零八响。最后一响，恰好新年。佛经上说，人在一年中有一百零八种烦恼，“闻钟声，烦恼清，智慧长，菩提生”。全城居民在悠远的钟声中，辞旧迎新，祈祷平安。

俞樾在《新修寒山寺记》中言：

寒山寺以懿孙（张继字懿孙——引者）一诗，其名独脍炙于中国，抑且传诵于东瀛。余寓吴久，凡日本文墨之士，咸适庐来见，见则往往言及寒山寺。且言其国三尺之童，无不能诵是诗者。

施蛰存也有一段风趣的文字：

题目是《枫桥夜泊》，可是诗里没有提起枫桥。虽然用了一个“枫”字，却与桥无关。结句提到离枫桥很远的寒山寺，从此使寒山寺名垂千古，……我总觉得这首诗虽好，却不切题，咏枫桥而突出了寒山寺，不免要为枫桥叫屈。幸而找到了另外一首诗，可以为枫桥吐气。“长洲苑外草萧萧，却算游程岁月遥。惟有别时今不忘，暮烟疏雨过枫桥。”这是张祜《枫桥》诗，但也见于杜牧诗集中，题作《怀吴中冯秀才》。从诗意看，应当是寄怀吴中朋友之作。上二句说自己旅游苏州，已经是多年以前的事了。下二句说：至今惟有一件事还没有忘记，那就是和你分别的时候，在暮烟疏雨中走过枫桥下船，从此一别，我们就没有再见过面。

枫桥在吴江上，这里是送客迎宾的驿馆。“暮烟疏雨过枫桥”是诗人离别苏州时的一个极深的印象，故久久不忘。

施先生最后感叹：

唐宋诗人常喜欢用地名，如“两三星火是瓜洲”（张祜）、“天下三分明月夜，二分无赖是扬州”（徐凝）、“春风十里扬州路”（杜牧）、“细雨骑驴入剑门”（陆游），一经渲染，就使这个地方一时的景色成为永远的特征，使后世游人到此，感到有特殊的诗意。

虎山桥外水如烟

光福一名邓尉，与玄墓、铜坑诸山相连属。山中梅最盛，花时香雪三十里。其下为虎山桥，两峡一溪，画峦四匝。有湖在其中，名西崦湖，阔十余里。乱流而渡，至青芝山足，林壑尤美。山前长堤一带，几与湖埒，堤上桃柳相间，每三月时，红绿灿烂，如万丈锦。落花染成湖水作胭脂浪。画船箫鼓，往来湖上。堤中妖童丽人，歌板相属，不减虎林西湖。

[光福，又名邓尉，与玄墓山、铜坑山相连。山中以梅花著称，花开时，几十里一片雪白，香气荡漾。山下是虎山桥，还有峡谷和小溪，围绕在四周的是如画的山峦。中间有一池湖水，名叫西崦湖，方圆十余里。横渡湖面，来到青芝山脚下，看那尤为美丽的丛林与山谷。山前长堤如带，几乎与湖一样长。堤上桃花柳叶相互映衬，每到三月，红绿错杂，灿烂如锦缎万丈。落花把湖水染成胭脂一样的波浪。游船往来于湖上，乐声在湖面飘荡；堤上也有歌儿美人，和着节奏歌唱，这景象与杭州西湖相比，也毫不逊色。]

这是明人袁宏道游记中的一节。邓尉山在苏州城西南六十里，相传东汉时太尉邓禹隐居于此，故名。因山下便是光福镇，也叫光福山。《光福志》载："光福镇古虎溪地，相传吴王养虎处，萧梁时建光福寺于龟峰，遂以寺名镇，迄今因之。"邓尉山僻处万山之中，是斜向太湖伸出的一个半岛。据说东汉时，这里的居民就开始植梅。《光福志》云："邓尉山里，植梅为业者，十中有七。"清康熙三十五年（1696），巡抚宋荦至此，题"香雪海"三字，镌于崖壁。镇西山坞中，有司徒庙。庙以"清奇古怪"四棵古柏闻名。清者直耸云天，茂如翠盖；奇者雷击为二，朽而不枯；古者枝干盘旋，刚健苍劲；怪者卧地三曲，游龙走蛟。

画家吴冠中曾描写说：

这四棵汉柏确是汉代遗民，身躯硕大，姿态突兀，使人感到性格倔强，是大夫，是将军，是神话中的天神……它们阅世二千年，依然壮实而苍翠，中外来宾闻名赶到这小庙里来瞻仰风采的络绎不绝。……其实四棵巨柏都很怪，干枝交错穿插，彼此也已难分难解，其中有的是被雷击毙后又从伏地枯死的枝干上长出了的新躯体。是枝亦是根，是根又成枝，曲折往回，龙盘虎踞。高枝往下垂挂，低枝向上攀附，上上下下相握相抱，扭得紧，穿插得巧妙。移步换形，你移一步，它形象又大变，……造型艺术中经常离不开伏卧的形，人们总喜欢卧松，就是这个道理。从整体看，清、奇、古、怪这四棵群柏之所以特别动人，关键在于那棵被称之为"怪"的卧柏，它那巨龙似的伏卧的身躯与其他三棵构成强烈的对比，而它们虬曲多变的干枝则又构成呼应与和谐的效果，使这一强烈的对比隐藏而含蓄起来，久看不厌。

镇西南又有窑上村，三面环山，一面临湖，向以春花、夏荷、秋桂、冬梅著称。村民以花果林木、刺绣、盆景为业。山村里粉墙黛瓦，错落有致，人誉为“桃外桃源”。明人王稚登《湖上梅花歌》，便是写这一带风情的：

山烟山雨白云氲，梅蕊梅花湿不分。
浑似高楼吹笛罢，半随流水半为云。（其二）

虎山桥外水如烟，雨暗湖昏不系船。
此地人家无玉历，梅花开日是新年。（其三）

今人黄裳在《游邓尉》中写道：

灵岩山上的庙和塔，天平山上的那些“笏”（天平山壁上有许多像朝笏一样的岩石，有“万笏朝天”的名称），很容易使人联想到盆景。苏州人做得一手出色的盆景，灵感大抵就是从这种地方来的。可是现在车过灵岩，才发现太湖边上是另外一种风光，虽然比不上西南山水的雄奇，可是到底已经不再属于盆景的范畴了。

真好像又温习了所谓常熟派画人的笔墨。从前总奇怪，为什么画里常常只写一树一石，一角危楼，一个孤立的山峰。看了光福道上的山水，我想是可以多少对这个问题有些理解的。车子一转弯，就会在你眼前送来一棵怪树，那古拙的形态，插在山角上，不能不引起你的注意，……江南山水，就往往有这种平凡中间显现的雄奇，这和西南山水那种必须用层峦叠嶂的大幅表现正是两种不同的格局。

胡晓明的《邓尉山》，更着眼于花事本身：

如果姑苏是一位美人，太湖就是她飘逸的纱巾，西南诸峰的连绵叠翠，就是她浓密的青丝云鬟，而那隐蔽于

司徒庙“清奇古怪”四棵古柏

群峰之后，斜斜插向太湖的半岛——邓尉山，正是姑苏美人发中的一支玉簪——幽眇、玲珑，将烟波迷离的太湖与姑苏美人恰到好处地绾结在一起了。……也许是得了太湖的烟水芳泽，又得了吴门的迤逦气韵，邓尉的梅花才这样的好。“香雪海”三个字，永远成为姑苏春事的点睛之处。

“山家十八熟”

郑逸梅曾有一文：《谈山家十八熟》。

我苏光福多山，……山多产物，居民利赖，故谚有“山家十八熟”之语。予尝叩之其地人士，何谓山家十八熟？始知一为香雪海之梅，植梅之圃凡数十里，及绿叶成阴子满枝，采撷之，以供诸糖果铺蜜饯梅脯之用，价值甚巨也。二为石壁之桃，春日望之如锦步幛，结实累累，售诸邻邑。三为窑上枇杷，窑上（即上文所提及之“世外桃源”——引者），村名，为西碛山之北麓，旧有内窑外窑，枇杷名闻遐迩。有小丘曰熨斗柄，唐六如（唐寅的号——引者）曾绘熨斗炳图，题有句云：“四月清和雨乍晴，杨梅满树火珠明。”熨斗柄杨梅，则山家之四熟也。五为藕，六为菱。六如题光福图，本有“东崦荷花西崦菱”之句，盖即此。七为七十二峰阁前之笋，掺掺如美人玉指，啖之清香悦脾。附近更多桂，桂黄白皆有，仲秋时节，满树繁茂，撼之纷纷下坠，罗而致之，可制桂花糖，此八熟也。玄墓之谷口，以樱桃著称，释德元诗所谓“谷口樱桃

《黄茅渚小景图》 明 唐寅 黄茅石壁位于光福西碛山西麓的黄石牌，“黄石牌”开阔上千米，一面是以黄石为主的悬崖峭壁，一面是浩瀚的太湖。曾经饮誉吴中的“熨斗柄”就在此，因其斗入太湖百余丈，形如旧式熨斗柄而得名。明代著名书画家唐伯虎曾筑庐于此，并在此绘画作诗：黄茅渚头熨斗柄，唐子好奇曾屡游。太湖绝胜能有几？还许我辈闲人收

缀小红”者是也，此为九熟。十为桑，十一为茶，悉产于马驾山中，汪琬有记云：“山中人率树梅艺茶条桑为业，梅五之，茶三之，桑视茶而又减其一。”又野草随地可摘，以煮羹汤，异常鲜隽，售诸都市，亦小小利薮也，此其十二。十三为杏，十四为枣，十五为柿，则错落于铜井、邓尉之间。杏大如儿拳，枣初采色白，俗称白蒲枣，柿灿然而甘美，苏人称之为金钵盂。十六为菘（白菜——引者），有春菘晚菘两种，可鲜煮，可腌食，山氓担之呼卖，日获数千文。十七为玉蜀黍，玉蜀黍曾经进御，故苏人称为御麦，食之易令人饱，贫家以之充饥。十八为石斛，五月生苗，茎似小竹节，节间茁叶，七月开花，十月结实，其根细长，色黄，以生于石上者佳，食之补脏益胃，药笼中物也。

我想，十八熟也许只是形容其多，不一定确指此十八样。但郑先生出于桑梓之情，不惮其烦，一一考证出来，实在令人感动，也让我等俗子，于饱餐湖光山色之余，口角生津。

一路梅花至崦西

上文提到西崦湖。民国十一年（1922）冬，蒋维乔有《光福游记》：

出寺（指光福寺——引者），再向西北行里许，至三官堂。堂北有水阁，面临西崦，极湖山之胜。所谓崦，乃太湖之水，汇流山间，淹没而成者也。东西二崦，一水可通，中惟隔以石梁耳。堂后复有一亭，登之，更豁然开朗，西崦全部，宛在栏下。

崦之三面皆山，其南则邓尉、西碛、铜井诸山，绵延不断，直至太湖口而止。……东崦面积，略与西崦等，不过农家筑围成田，致水道日狭，不及西崦之广矣。是时夕阳西下，晚霞映入崦中，上下皆红，荡漾如濯锦……

虎山因传吴王阖闾曾在此圈地养虎而得名。清人汪琬有诗：

新柳条垂着水齐，画桥行傍虎山堤。
卷帘渐觉香风入，一路梅花至崦西。

赵文哲也有《探梅绝句》：“东崦连西崦，扁舟十里遥。冷香吹不断，知近虎山桥。”

此外，在虎山桥上赏月，湖山寥廓，风露浩然，也是一种殊景。我常常想，无论虎丘还是虎山桥，这些带凶猛之气的地名，在苏州这个山明水秀的温柔乡之熏风吹抚下，都变得那么驯顺妩媚。真是佛法无边，降龙伏虎了。

明末清初遗民诗人徐枋曾有《邓尉十景记》。内中写道："邓尉诸山，铜井最胜，以其有石有泉也。"

铜井山又名铜坑山，与西碛山并峙。山旁有马驾山，俗称吾家山，山不甚高，上有平石，踞坐眺览，梅花万树如霰雪，为光福幽绝之地。康熙二十八年（1689）二月，玄烨驾临赏梅并留诗。康熙三十五年（1696），宋荦便是在这里题写"香雪海"三字的。据他的幕僚邵长蘅记："登吾家山，山高仅廿仞，其上少花，多巨石藓驳，下视则千顷一白，目滉漾银海中，幽丽殆不可名状，月夜登此，不知奇更何似。公欲题以'香雪海'，予曰：'极佳，可以汉隶镌崖石上也。'"现今的题字并非汉隶，而是正书。

西碛山北麓有巨石，长百余丈，伸入湖中，俗称熨斗柄。唐寅曾画过一轴《黄茅小景图卷》，顾云彬在《过云楼书画记》里说："此写熨斗柄景也，为太湖最奇险处。黄芦苦竹，飒然欲鸣，一人巾服徙倚绝壁下。《六砚斋笔记》云：'此卷独写老树寿藤、烟壁沙浪于荒江之滨，是以有无映带，浓淡相发，控搏吐吞，有濯足万里之概，所以为奇。客于首署一标云：天下唐卷第一。诚第一也。'"轴后有唐寅自题七古："震泽东南称巨浸，吴郡繁华天下胜。衣食玉帛百万户，樵山汲水投其剩。我生何幸厕其间，短笠扁舟水共山。黄茅石壁一百丈，熨斗湖水三十湾。北风烈烈身欲坠，十里梅

崦西　江南几度梅花开

花雪如磨。地炉通红瓶酒热，日日蒲团对僧坐。四月清和雨乍晴，杨梅满树火珠明。岸巾高屐携小妓，低唱并州第四声。……”

细草春风古墓田

玄墓山在光福镇西五里，邓尉山西南，两山相联，方志或称作一山。相传晋宋时青州刺史郁泰玄葬于此山，故以得名。《光福志》引《苏州冢墓志》，“言泰玄性仁恕，燕数千衔土，……”其他皆不详。所以明人陈瑚《吊玄墓》云：“细草春风古墓田，衔泥曾记燕千千。行人不为看花至，更有何人说泰玄？”

山有南宋所建圣恩寺，康熙间，寺院香火鼎盛，玄烨南巡至此，赐御书“松风水月”并大量帑金。乾隆六次驻跸该寺，御题“众香国里”。寺后有湖石两峰，俗称真假山，天然嵌空，高广十余丈。叶绍袁《甲行日注》记：“（宋）朱勔欲进花石纲，而石根连太湖，直接洞庭，故不能动也。”王士祯《玄墓竹枝词》咏道：“绿黛遥浮玉镜间，峰峦千叠水湾环。居人却厌真山好，玄墓南头看假山。”

寺中收藏甚富，有明太祖朱元璋所赐《居山图》等。还有清人长卷《一蒲团外万梅花》，画名出自清道光年间圣恩住持觉阿的诗句。周瘦鹃在抗战胜利后还见过此画，只剩一半了。周先生写绝句赠给寺僧：

> 劫余重到还玄阁，举目湖山百种宽。
> 欲寄身心何处寄，万梅花里一蒲团。

每年正月初九，为玉皇大帝诞辰，圣恩寺庙会香火特盛，玄墓看梅，已成为苏州一个节令习俗。《清嘉录》记：“暖风入林，玄墓梅花吐蕊，迤逦至香雪海。红英绿萼，相间万重。郡人舣舟虎山桥畔，襆被遨游，夜以继日。”

画家文徵明更是妙笔生花：

> 吴玄墓山在郡西南，临太湖之上，西崦、铜坑映带左右。玉梅万枝，与竹松杂植，冬春之交，花香树色，郁然秀茂。而断崖残雪，上下辉焕，波光渺弥，一目万顷，洞庭诸山，宛在几格，真人区绝境也。

《红楼梦》第四十一回《栊翠庵茶品梅花雪，怡红院劫遇母蝗虫》写到，贾母等人来到栊翠庵，要妙玉以茶招待。妙玉便用旧年蠲（juān 积存）的雨水，泡了一盅老君眉给贾母。随后妙玉拉宝钗、黛玉进了耳房，宝玉也悄悄跟了来，妙玉又用另外的水给他们泡茶。宝玉细细吃了，果觉轻纯无比，赞赏不绝。黛玉便问："这也是旧年的雨水？"妙玉冷笑道：

你这么个人，竟是大俗人，连水也尝不出来。这是五年前我在玄墓蟠香寺里住着，收的梅花上的雪，共得了那一鬼脸青的花瓮一瓮，总舍不得吃，埋在地下，今年夏天才开了。我只吃过一回，这是第二回了。你怎么尝不出来？隔年蠲的雨水那有这样轻浮？如何吃得。

香云艳雨只悲风

灵岩山之所以有名，是因为艳名重天下的西施。山上有关西施的遗迹不少，相传现在的灵岩寺大殿，就是当年的馆娃宫旧址。在馆娃宫西山顶，吴王还造了一座御花园，现称山顶花园。园内有吴王井，"浣纱往事惯临流"的西施，梳洗后常在这里对井照影。园内还有玩花池与玩月池。吴王井之后园假山上，为西施梳妆台旧址。一堵二丈多高的石墙，石块上凿有冰梅花纹，为当年馆娃馆西宫墙。从山顶花园再向西，攀上全山最高处，有一个刻着"琴台"二字的台基，相传是西施操琴之处。自琴台下，左折而东，直到灵岩塔西边，有一条七十多米长的响屧(xiè)廊遗址。吴王为了取悦西施，造了这条别致的长廊，把地下挖空，放一排陶瓮，面上铺一层薄地板，西施与宫女穿木拖鞋走在廊上，就会有节奏地发出"跫跫"的声响。

清人蒋士铨由此感叹：

不重雄封重艳情，遗迹犹自慕倾城。
怜伊几緉平生屐，踏碎山河是此声。

《说文》："緉，履两枚也。"即一双。《晋书·阮孚传》："未知一生能著几緉(liǎng)屐。"意谓人生短暂，胜游无多。屐，登山穿的有齿木鞋。

从半山石乌龟旁南望，可见山脚下有一条溪水，笔直伸向太湖。据说当时从灵岩至香山没有直通的水路，要从现在的木渎、胥口绕道而行。这样，宫女们便不能及时把香花香草运到吴宫，供西施熏香。吴王叫人取来弓箭，对准香山射出一箭，命令侍从按箭的方向，开出一条河道，名曰箭泾河。此后，宫女便从这条人工河泛舟去香山，吴王也常与西施乘了画船，一路笙歌到香山游玩，故又名采香泾。

清人庞鸣吟道："台畔卧薪台上

舞，可知同是不眠人。”沈德潜评此诗：“吴宫之女采香，越王夫人采葛，犹此意也。”

唐人皮日休《馆娃宫怀古》，则同时讥刺越王：

绮阁飘香下太湖，乱兵侵晓上姑苏。
越王大有堪羞处，只把西施赚得吴。

唐人陆龟蒙的见识，显然高人一筹：

香径长洲尽棘丛，奢云艳雨只悲风。
吴王事事堪亡国，未必西施胜六宫。

长洲，即长洲苑，在苏州西南，传为吴王游猎之地。诗人认为，夫差所为，事事足以亡国，并不只是因为有了胜过六宫的西施。

明人袁宏道在《灵岩》一文中，认为情欲出自天性，好色之心人皆有之，不要说亲近绝色佳人，就是目睹美人遗迹，追思美人风韵，也会令人魂销：

登琴台，见太湖诸山，如百千螺髻，出没银涛中，亦区内绝景。山上旧有响屧廊，盈谷皆松，而廊下松最盛，每冲飙至，声若飞涛。余笑谓僧曰：“此美人环佩钗钏声，若受具戒乎？宜避去。”僧瞪目不知所谓。石上有西施履迹，余命小奚以袖拂之，奚皆徘徊色动。

吴王与西施　姑苏台笙歌畅游

[登上琴台，远望太湖诸山，像千百个螺形发髻，在银色波涛中时隐时现，也是这一地区绝妙的景致。山中原来有响屧廊，满峡谷都是松树，廊下的松树最为茂盛，每当狂风吹来，发出的声音如迅急的波涛。我笑着对山僧说："这是美人环佩钗钏的声音呵，你们不是受戒了吗？应该远远回避。"和尚瞪大眼睛，不知道说什么好。石岩上有西施踩下的脚印，我让僮仆用袖子把它擦干净，僮仆们在脚印前留连忘返，脸色也变得激动起来。]

文章最后感慨：

嗟乎，山河绵邈，粉黛若新。椒华沉彩，竟虚待月之帘；夸骨埋香，谁作双鸾之雾？既已化为灰尘、白杨、青草矣。百世之后，幽人逸士犹伤心寂寞之香趺，断肠虚无之画屧，矧夫看花长洲之苑，拥翠白玉之床者，其情景当何如哉？夫齐国有不嫁之姊妹，仲父云"无害霸"；蜀宫无倾国之美人，刘禅竟为俘虏。亡国之罪，岂独在色？向使库有湛卢之藏，潮无鸱夷之恨，越虽进百西施何益哉！

[哎，山河已经久远，美人还像新容。华丽的宫殿已经褪色，只剩下清凉的月光照在寂寞的帘幕上；香艳的美人已被埋进深棺，又有谁对着镜子梳理鸾凤状的发髻呢？这些都已化为尘土、白杨和青草了。百世以后，远离尘俗的隐逸之士依然为美人的香艳足印而伤心，为虚无的彩绘木拖鞋而断肠，何况那些看花长洲之苑、拥翠白玉之床的人呢？那时的情景又会是怎样的呢？齐国有不愿出嫁的姐妹，管仲说不妨碍成就霸业；西蜀宫中没有倾国倾城的美人，刘禅最终还是成了俘虏。亡国的罪过，难道只是好色？假使吴国兵库里藏有湛卢宝剑，又没有伍子胥遭冤杀的憾恨，越国即使进献一百个西施，又有什么用呢？]

灵岩也有别的佳处。何满子谈及："倒是山西南麓的韩世忠墓留下点印象。当明虽已残破，但墓碑前巨大的赑屃（bì xì，传说中一种类龟的动物，旧时大石碑的石座多雕此物）却完好无损，镌刻得也相当精致，比起墓主的同僚西湖岳王坟上的旧物来，后者无一件可与之争胜。这才是货真价实的南宋遗物，比灵岩寺里的所谓吴宫旧物来一点也不掺假。连灵岩寺本身也已是本世纪的建筑，没有多少古意来。"

梅花雪满白云泉

钟敬文在《重游苏州》中，谈到去天平山的行程：

所走的水路是运河的故道。一路多枫树、短桥，对之令人感到一种清隽的散文诗的风味。

天平山在灵岩山与支硎山之间，在苏州西南诸峰中是最高峻的一座。因山上常有白云缭绕，又名白云山。

天平风景以石、泉、枫取胜，号为"天平三绝"。按照钟敬文的感受："山石的嶙峋、奇突，草木的阴森、茂密，野风拂拂地荡着祠宇幽古，又好像在何处画里见过的。这一切能使我不欢悦么？"

天平山又称范坟山，这是因为宋仁宗曾把这座山赐给范仲淹。范氏古墓群后，群石林立，便是"万笏朝天"了。

天平山白云泉因被陆羽品为"吴中第一泉"而著称，泠泠不竭，洁净甘冽。白居易曾有诗：

天平山上白云泉，
云自无心水自闲。
何必奔冲下山去，
更添波浪向人间？

这大概是他晚年之作吧？似乎淡忘了断臂翁的悲凉、杜陵叟的辛酸、上阳白发人的幽怨……

俞平伯日记载："天平山麓以枫树胜，尚有百年老物。秋来常有佳丽，惜今非其时。又以石胜，俗名万笏朝天。"

山麓枫有两百六十余株，大多是数百年前的古物。其中大的枫树，有十余丈高，两人合抱

天平山白云泉

之粗。相传这片枫林，是明代万历年间范仲淹第十七世孙范允临从福建迁来。这种枫树叫“九叶红”，叶呈三角形，与江南一般枫树不同，入秋叶子并不一下子转红，而是先由青变黄，由黄变橙，再由橙变红，由红变紫，号五色枫或五彩枫。有的还出现浅绛、金黄、橘黄、橙红等色彩。同一片枫叶在色素转变过程中，也非一律，往往部分变红了，部分还是黄色、橙色或青色。放眼望去，斑斓如霞。十月观枫，已成为苏州一景，与北京香山、南京栖霞山、长沙岳麓山并为奇观。

除枫树外，范坟前面的松树也有特色，高大挺拔，苍翠如盖，松林里有不少鹰巢。

范允临号长白，张岱《陶庵梦忆》中有专访他的《范长白》：“范长白园在天平山下，万石都（聚）焉。龙性难驯，石皆笏起。旁为范文正公（范仲淹）墓。”自然把石与范仲淹联系起来了。与白居易的《白云泉》诗不同，这里的高义园、忧乐坊，分明在提示着“先忧后乐”的价值取向，就像嶙峋的山石、燃烧的红枫。

明末的张岱，在这里也隐然以气节自许。离天平山不远的上沙，有涧山草堂，主人徐枋。南都（南京）被清兵攻陷，其父赴水以殉，徐枋号泣，欲从父同死，父劝曰：“吾不可以不死，若（你）长为农夫以没世可也。”徐枋出城隐居，以卖画为生，四十年不入城市。家贫绝粮，也只接受弘储救济，谓之世外清净食。

弘储为僧人，住持灵岩寺。卓尔堪《明遗民诗》记：“弘储开法灵岩，志士诗人，多与交游，常具供给不倦。”说明除了徐枋外，弘储还帮助过不少遗民。顺治八年（1651），鲁王在舟山抗清失败，浙东义士被连累而死者甚众，弘储也卷了进去，诸义士争救之，久而得脱，好事如故。有人劝他，他回答：“道人家得力，正于不如意中求之，使忧患得其宜，汤火亦乐国也。”全祖望赞他为“浮屠山中之遗民”，“以收拾残山剩水之局，不亦奇哉！”

明初的杨基，心态自然与遗民不同，他有一首《天平山中》，风致嫣然：

细雨茸茸湿楝花，南风树树熟枇杷。
徐行不记山深浅，一路莺啼送到家。

全诗妙在“徐行”二字，只有徐行，方可品味山中佳趣。“莺”在诗中扮演着热情故友的角色。

清人李果的《天平山看枫叶记》，则是恢复了心态的表述：

泛舟从木渎下沙河可四里，小溪萦纡。至水尽处登岸，穿田塍行。茅舍鸡犬，遥带村落。纵目鸡笼诸山，枫

林远近，红叶杂松际。四山皆松栝杉榆，此地独多枫树，冒霜则叶尽赤。今天气微暖，霜未着树，红叶参差，颜色明丽可爱也。

周瘦鹃总评道：

天平不失为苏州一座最好的大山，可是粗粗领略，往往不易见到它的好处：如"万笏朝天"一带的石笋，可就是绝无而仅有，而"一线天"以上，全是层层叠叠的奇峰怪石，自中白云以达上白云，一路饱看山色，消受不尽。加上深秋十月，经了红艳的枫叶一番渲染，天平山真如天开图画一般，……

天　池

从贺九岭而进，别是一洞天。峭壁削成，车不得方轨，飞楼跨之，舆骑从楼下度。逾岭而西，平畴广野，与青峦紫萝相映发。时方春仲，晚梅未尽谢，花片沾衣，香雾霏霏，弥漫十余里，一望皓白，若残雪在枝。奇石艳卉，间一点缀，清篁翠柏，参差而出。种种夺目，无暇记忆。归来思之，十不得一，独梦境恍惚，余芬犹在枕席间耳。土人以茶为业，隙地皆种茶。室庐不甚大，行旅亦少。鸡犬隐隐，若在云中。因诵苏子瞻"空山无人，水流花开"之偈，宛然如画。四顾参曹，无一人可语者。余因下舆，令两小奚掖而行，问若佳否？皆云："疲甚，那得佳！"行数里始至山足，道旁青松，若老龙鳞，长林参天，苍岩蔽日，幽异不可名状。才至山腰，屏山献青，画峦滴翠，两年尘土面目，为之洗尽。

［从贺九岭而入，别有一片天地在其中。两侧峭壁如削，峡道之上两车不能并排前行；亭台楼阁凌空跨于峭壁间，车骑在楼下穿行。过了贺九岭往西走，是一片广袤的平原，与青山紫藤相互映衬。时值仲春，梅花还未谢尽，片片梅花洒落衣间，香气如雾一般弥漫十余里。远望过去，一片皓白，如残雪挂满枝头。奇石之间，间或点缀着鲜花绿草。青篁翠柏参差而生，相互映衬。种种美景无不夺人眼目，令人来不及记忆。回家后再去回想，却难再清楚记得一处，只有在恍惚梦境中回味余馨，醒来之后，阵阵芬芳似乎还在枕席之间。当地人以种茶为业，到处都种着茶树。他们住的房子不大，旅游的人也不多，鸡犬隐约可闻，身处其间如在云中一般。不禁诵出苏子瞻"空山无人，水流花开"的偈诵，这情景宛如一幅画。可是，看看随行人中无人与我兴致相投。于是，我下了车，让两个小

仆搀着我走，我问他们景色如何，结果大家都说："太累了，也不觉景色多好。"就这样，走了好几里路才到了山脚下，道路两旁的青松，像老龙身上的鳞片，树干高耸入云，树阴浓密得要遮住了太阳，走在下面，幽深奇异的感觉不可名状。待爬到半山腰，眼着青山如屏，山峦如画，翠色欲滴。两年来满带尘俗污浊的容颜，似乎都被这景色洗得一干二净。]

天池：山名，位于苏州城西。倒也怪不得左右僚属"无一人可语者"，也怪不得小仆"疲甚，那得佳"的真话。皆因中郎"两年尘土面目，为之洗尽"。明万历二十三年（1595）春，袁宏道接任江苏吴县知县，但很快就对做官深感厌倦。这在他给好友丘长孺的信中可以看出。此信约作于当年初夏。

闻长孺病甚，念念。若长孺死，东南风雅尽矣，能无念耶？弟作令，备极丑态，不可名状。

大约遇上官则奴，候过客则妓，治钱谷则仓老人，谕百姓则保山婆。一日之间，百暖百寒，乍阴乍阳，人间恶趣，

苏州天池山风景

令一身尝尽矣。苦哉！毒哉！家弟秋间欲过吴，亦只好冷坐衙斋，看诗读书，不得如往时携侯子登虎丘山故事也。

近日游兴发不？茂苑主人虽无钱可赠客子，然尚有酒可醉，茶可饮，太湖一勺水可游，洞庭一块石可登，不大落寞也。如何？

［听说长孺你病重，让我很是挂念。要是你死了，东南方的风雅之气也就消失了，这能不让人挂念吗？我从作县令开始，简单是丑态毕露，难以形容。大概在当官的面前就像奴才一样谦卑恭顺，侍候过客就像妓女一样送往迎来，收交一县的赋税钱粮就像看管仓库的老人，告谕百姓政事就像保山婆那样还要做出担保。一时间，人情冷暖，阴阳更迭，人间那些令人恶心的滋味，都一一尝尽了。苦啊！惨啊！秋天的时候家弟到吴县来，也只能呆在衙门里，看诗读书，不能像以前那样与侯子结伴登虎丘山了。长孺最近可否游兴大发呢？茂苑主人我虽然没钱送给我的客人，但还有酒可饮，有茶可品，还有太湖这勺水可游，洞庭山这块石可登，不会觉得寂寞的。你意下如何呢？］

仓老人：看守库房的老人。保山婆：旧时为人作证或作媒的妇人。侯子：即猴子，陶望龄的外号。茂苑主人：苏州别称茂苑，吴县县治位于城西，故作者以茂苑主人自称。

作者将对友人笃深的情谊写得直率真挚，又不乏幽默感。开头本是问候病情，却直言无讳地说："若长孺死，东南风雅尽矣。"病人本来最忌讳听到"死"字，而作者个性不羁，和丘长孺又是好友，知道他不会见怪。且从后文来看，再没有对其病的系念之言，还邀请他出游，说明并未到病甚至死的地步，只是作者的一种假设，其中寓含着对友人才华的赞许，是一种友好的调侃，显得关切而饶有风趣。

那么，袁宏道是否一介书生，谙于吏道呢？事实正相反。当时吴县是明朝政府的重要赋税来源地之一，加上人口众多、成员复杂等因素，县政号称"繁剧"。中郎到任之后，在弈酒为欢和优游山水的文人情趣外，更显示出了他干练的行政才能。中郎主要实行了三点措施：通过革去格外赋税数万，减轻了百姓的沉重负担；革除冗员，整肃衙门；为政明敏朗切，断案及时迅速。当时吴门谓之"升米公事"。中郎以此三大举措，短短数月就把吴县治理得井井有条，他的惠民勤政赢得了宰相申时行"二百年来无此令"的称誉。虽然此时中郎政绩卓然、声誉鹊起，但是这与他所向往的画船箫鼓、酒坛诗社、青灯伴读的理想生活相去甚远，因而心中极其苦闷，他在致沈广乘书中说："人生作吏甚苦，而作令为尤苦，若我吴令则其苦万万倍，直牛马不若。"同时在处理一桩有关天池山的诉讼时，与苏州府主官意见相左，心中闷闷不乐。又收到家书得知抚育他成长的庶祖母詹氏病危，便更加归心似箭。

中郎连续两次上《乞归稿》，五次上《乞改稿》，最终在万历二十五年(1597)春获准解官而去。在等待朝廷新的任命以前，中郎利用这段时间遍游吴越名胜，创作了大量文学作品。

卖花声里梦江南

曹聚仁在《吴侬软语说苏州》中，引用了"上有天堂，下有苏杭，杭州西湖，苏州山塘"的民谚，又发了一通议论：

苏州女人，娴静清秀，丰度很好。历史上著名的美人，如陈圆圆、董小宛、李香君以及清末的曹梦兰(赛金花)，都是仪态万方，使人心敬的。

徐坤在《江南美妇人》中描写苏州：

她一开口就是迷死人的吴侬软语，一迈腿就是旗袍开叉处的春光乍泄！每一落步，都线条跌宕起伏，每一语出，都音韵甜糯绵甘，……

洁尘笔下的苏州：

它是秋天的、素净的、隐忍的、不动声色的，它是丹凤眼，是修长苗条的腰身，是雪白的毫无瑕疵的好皮肤，是兰花指，是软缎旗袍，是绣花鞋，是一帘幽梦，是浮生三叹，是明朝的黄昏，是民国的下午，是白蔷薇，是所有植物性的静谧……

后来又读到胡学常的《美丽的慵懒》，说在大学时期，有一阵子"持续的慵懒"，回想起来，大概是对那种"狂飙突进"式的诗歌运动的本能性反抗。对古典诗词的深入理解，也从此开始：

比如，"日晚倦梳头"。夕阳西下，天快要黑了。一定是要选择天黑的时候，这是一种氛围，一种叙述的调子。只要天黑下来，爱情的展开就有了一种迷死人的情感基调。而且，爱情里全部的愁怨完全凭藉了天黑，所谓"暝色上高楼，有人楼上愁"，说的就是这个意思。这自然是古典诗词的一种美丽。接下来，主人公出现了，她从古典时代的茫茫暝色中旖旎而出，她是一个少女，或者是一个少妇。暝色叫她生起无尽的愁怨，这愁怨落满了闺房里的每一寸空间，她却道不明它究竟从哪里来，又会需多久才肯姗姗而去。这甚至是本体意义上的愁怨，就像鲁迅的“无物之阵”，年轻女人根本无力言传它，……

最近看到了张怀帆的《古典女子》：

我喜爱她越裹越紧的
孤单
颈下的一小片白皙
我喜爱她略带忧伤的
眼睛
小巧的鼻翼
含着小小幽怨的樱唇

我喜爱她独上高楼挥
之不去的淡愁
帐下轻声的咳嗽
期盼云中锦书的一缕
腮红

我喜爱她无助而软弱
的手
安静垂泪的红烛
守着窗儿的可怜

我喜爱她
小小的寂寞和小心翼翼藏牢的贞洁

我喜爱她颈下关住衣领的
白色纽扣，喜爱她低头时泛起的
红色的羞

诗文均不是专写苏州女子的，但我总会联系上去，这大概因为苏州是中国最古典的城市，多高墙，多小楼，

江南女子　温婉多情的江南女子传递着江南的柔

多深巷……正如陆文夫所记：

我也曾住过另一种小巷，两边都是高高的围墙，这围墙高得要仰面张望，任何红杏都无法出墙，只有那长春藤可以爬出墙来，像流苏似的挂在墙头上。这是一种张生无法越过的粉墙，而且那沉重的大门终日紧闭，透不出一点个中的消息，还有两块下马石像怪兽似的伏在门边，虎视眈眈，阴冷威严，注视着大门对面的一道影壁。那影壁有砖雕镶边，当中却是空白一片。这种巷子里行人稀少，偶尔有卖花人拖着长声叫喊："阿要白兰花？"

袁殊将这些小巷称为"诗巷"："而在这些并不雄伟高大的门墙之内，也许有数进深度的画栋雕梁，也许有幽篁小院，在散置的太湖石之间隙里，种植着玉簪，或盆兰，或梅桩。短墙之阴，长着老年的大叶的芭蕉，楠木大柱的厅堂，铺着破碎的大方地砖，而寂寞冷落，阒然无人的踪影，好像是没有人住似的。"

有人形容姑苏小巷：像唐诗一样凝练含蓄，像宋词一样委婉细腻，像话本一样丰富生动，还说卖花声是深巷最甜糯的声音。清人黄仲则早已有诗："怜他齿颊生香处，不在枝头在担头。"龚定庵也有"三生花草梦苏州"的妙句。苏州以花为名的就有百花巷、丁香巷、腊梅里、蔷薇弄、水仙弄等。

小巷深处　静谧深巷中的吴侬软语

陈从周专门写了《说“影”》：

我爱疏影、浅影，最怕黑影。小城春色，深巷斜影，那半截粉墙，点缀着几叶爬山虎，或是从墙内挂下来的几朵小花，披着一些碎影，独行其间，那恬静的境界，是百尺大道上梦想不到的。我曾徘徊在纽约、香港大楼下，享受过黑影的沉郁、冷酷、沉闷，触动了我乍起的乡愁。如今我们新村也高楼林立了，那一片片的黑影，拒绝了我信步的雅兴，神秘而富有诗意的影，如今渐渐地趋向不讨人欢喜了。

夜凉如水，孤灯茕茕，随笔写了这些“影”话，“影”是美的不可缺少的组成部分，是虚的美，可是我们往往是注意得不够，相反电光、霓虹灯，用人为造成了许多近乎庸俗的景观，使人感到刺激太过，不能不引以为戒，……

洁尘的感叹是有代表性的：

我对别人说，“好日子都让前边的人过完了。”在苏州，这种任性的叹息似乎更有说服力。

袁殊还试译了日人西条八十（电影《人证》中《草帽歌》的词作者）所做的《苏州夜曲》：

抱在你胸前，听到了
梦的船歌，鸟语。
水国苏州，是为惜花谢春时
春柳的啜泣。

流水漂浮着落花，
即使未知明天去处；
今宵映着了两人的姿影，
莫消逝啊，到地久天长。

戴上鬓边，还是吻它一吻呢！
是你手折的，这桃花？
且莫含泪啊！在朦胧月下，
钟声来自寒山寺。

彻夜笙歌踏月来

虎丘去城可七八里，其山无高岩邃壑，独以近城故，箫鼓楼船，无日无之。凡月之夜，花之晨，雪之夕，游人往来，纷错如织，而中秋为尤胜。每至是日，倾城阖户，连臂而至。衣冠士女，下迨蔀屋，莫不靓妆丽服，重茵累席，置酒交衢间。从千人石上至山门，栉比如鳞，檀板丘积，樽罍云泻，远而望之，如雁落平沙，霞铺江上，雷辊电霍，无得而状。

布席之初，唱者千百，声若聚蚊，不可辨识。分曹部署，竞以歌喉相斗，雅俗既陈，妍媸自别。未几而摇首顿足者，得数十人而已。已而明月浮空，石光如练，一切瓦釜，寂然停声。属而和者，才三四辈。一箫，一寸管，一人缓板而歌。竹肉相发，清声亮彻，听者魂销。比至夜深，月影横斜，荇藻凌乱，则箫板亦不复用；一夫登场，四座屏息，音若细发，响彻云际。每度一字，几尽一刻。飞鸟为之徘徊，壮士听而下泪矣。

剑泉深不可测，飞岩如削。千顷云得天池诸山作案，峦壑竞秀，最可觞客。但过午则日光射人，不堪久坐耳。文昌阁亦佳，晚树尤可观。面北为平远堂旧址，空旷无际，仅虞山一点在望。堂废已久，余与江进之谋所以复之，欲祠韦苏州、白乐天诸公于其中，而病寻作。余既乞归，恐进之兴亦阑矣。山川兴废，信有时哉？

吏吴两载，登虎丘者六。最后与江进之、方子公同登，迟月生公石上。歌者闻令来，皆避匿去。余因谓进之曰："甚矣，乌纱之横，皂隶之俗哉！他日去官，有不听曲此石上者，如月。"今余幸得解官称"吴客"矣。虎丘之月，不知尚识余言否耶？

［虎丘山离苏州城大约七八里，它没有高峻的山崖和深邃的峡谷，只因为离城市较近，所以箫鼓楼船没有一天没有。凡是有月亮的夜里，花开的早晨，下雪的夜晚，游人来来往往，纷繁错杂像织布穿梭一样，尤其是中秋节更是热闹。每逢这一天，城里空空荡荡，家家关门闭户，人人臂挽臂地来到这里。官吏乡绅，男女青年，以至席棚小屋的贫苦人家，都没有不涂脂搽粉，穿着华丽的衣服，席子坐垫互相挨接，在纵横的大路间设起了酒席。从千人石到寺院的大门，游人像梳齿鱼鳞一样排列着，乐器拍板可以堆积成山，酒杯多得像云，远远望去，好像无数大雁落在平旷的沙洲上，又像五彩缤纷的云霞铺在江面上，即使用雷鸣电闪，也描摹不了那种情状。游人宴集刚开始时，演唱的人有成千上百，声音像蚊子成阵，嗡嗡地无法分清，后分批对唱时，就拿歌喉相互竞争比赛。高雅的与粗俗的都一起出场，好与坏自然分明。不要经过很长时间，能够博得观赏者击节称赞的，不过几十个人罢了。一会儿明月当空，照得山岩洁白如绢。一切粗俗的音乐停止了，继续唱和的，只剩下了三四个人。在一支箫、一管笛的伴奏下，一个人缓缓地敲着拍板歌唱着，乐声与歌声相伴相配，声音清彻嘹亮，使听的人都陶醉了。等到夜深时分，花木下月影纵横，好像水中凌乱的藻荇，演唱者不再使用竹箫和拍板了。这时候，只见有一个人上场了，四下座客都屏住呼吸来听，声音细得像头发丝。但一直响到半空中。

他每唱一个字，差不多要花掉一刻钟的时间，这时鸟儿为他的歌声会停止飞翔，武士听了也会流下眼泪。剑池深得难以测量，石壁凌空，好像用刀削成。

千顷云有天池等山作为案桌，山峦与沟壑竞相献美，所以是待客饮酒的最好地方。但是过了中午，阳光炙人，就不可以久坐。文昌阁也是好地方，傍晚的树景尤其美观。从这里向北看，就是平远堂的旧址，空旷无边，只有虞山一点可以眺望得到。平远堂早已破败，我同江进之商量准备修复它，想把韦苏州、白乐天诸公供奉在里面。可惜不久我得了病。如今我已经离开官场告退下来，恐怕进之的兴趣也没有了吧。山川景物的昌盛与荒废，看来真的都有机缘啊。我在吴县做官两年，上虎丘山共有六次。最后一次是与江进之、方子公一同到那里，在生公石上等待月儿上升。那些唱歌的人听说县官来了，都纷纷躲避起来。我因而对江进之说："多么厉害啊，官吏的强横，差役的庸俗！以后我离官场，发誓一定要在这块石头上听众人唱歌，请月亮作个见证吧。"如今，我高兴能够摆脱官场成为吴县的一个客人，只是虎丘山的月亮不知道还记不记得我曾经说过的那一番话？］

蔀（pōu）屋：贫穷人家的住屋。千人石：是一块大磐石，广数亩，平

苏州评弹　在吴侬软语中感受多情江南

坦如砥。传说生公在此说法时，列坐千人，故名。雷辊（gǔn）：雷声滚滚。辊，原指车轮滚动的样子。电霍：电光闪烁。瓦釜（fǔ）：原指瓦器和炊器，古时西北地区也用作乐器。竹肉：箫管声和歌唱声。千顷云：亭阁名。天池：山名。方子公：方文僎，字子公。袁宏道的门客。迟（zhí）：等待。如月：这里指向月发誓，请月为证。

袁宏道此文，记述了中秋夜苏州人游虎丘的盛况：红男绿女，人流如涌，明月浮空，竞以歌喉相斗，情景如绘。最精彩的是有关唱歌的场面。从开始“唱者千百”，“声若聚蚊”，到最后“一夫登场”，“壮士听而下泪”，次序分明，层层深入，情景交融，时光的流逝与音乐的变化同步，由雅俗杂陈转向妙音绝响，由声若聚蚊转向四座屏息。有画面处，就有诗意，往往含蓄隽永，有一唱三叹之妙。在这幅虎丘月夜赏音图中，透露出作者对雅洁之美的追求，同时也把读者引入到一个若有所失，但更有所得、充满了艺术美的境界里。

在这里，城市与山林，高雅与妖冶，清幽与喧杂，香风与臭汗，文人雅士的风度与世俗生活情趣交织在一道，如同一幅《清明上河图》，这是当时江南名胜特有的情调。袁宏道对此是抱着一种观赏的态度，而不是以雅人的身份和心态去排斥世俗的生活气息，这也反映出在晚明这个雅文化与俗文化相兼相容的特定时期文人的心态。

小立斜阳看后山

游虎丘，沈复《浮生六记》中说他只取后山之千顷云一处，次为剑池而已。“余则半藉人工，且为脂粉所污，已失山林本相。”这当然是性情所致。与沈复有同好者不乏其人。俞平伯日记：

> 三时冒雨游虎丘剑池，在高处致爽阁茗坐。山川如画，田塍错绣，湿云含雨，佳境也。

谢国桢也记在山后冷香阁上，“暮云烟树，闾巷万家，都可以隐约的看见”。

张恨水讲得更详：

> ……拥翠山庄，沿山之半，建筑楼阁，南望天平、上方诸山，如青幛翠屏，遥遥环峙，西望麦地桑田，一碧无际，名曰拥翠，得其实也。阖闾墓渺不可得，真娘墓亦土垠崩溃，杂生荆棘，当予游时，颇感不快。近得友人书，墓已仿苏小小坟，建亭植树，且拥翠山庄一带，亦遍树桃李数百株，虎丘满山锦绣，已不如数年前之荒落矣。

清某君咏虎丘诗曰：苍苔翠壁无

人迹，小立斜阳爱后山。此非经过人真不能道。盖虎丘奇，在于土垠之中自生奇石。前山剑池，削壁中开，下临幽泉，人以为奇。其实斧凿之痕，斑斑可辨。而后山则石崖陡立，无阶可下，蔓藤塞泉，自有幽趣。且惟至后山，能现虎丘真形，而信此山非人工所造也。

古人曾说：虎丘“幽岩曲沼，树木山石之秀在前山；遐披远眺，空蒙浩渺之趣在后山”。后山之山门名三天门，过三天门有中和桥，这一带为“小武当”，有许多湖石堆砌的假山。再上去，有玉兰山房等。玉兰山房曾种古玉兰花，相传是北宋在江南采办“花石纲”的朱勔从福建移植来的。乾隆皇帝游江南，适值早春时节，玉兰含苞未放。地方官为了献媚，用柴火在树根烘暖，将玉兰花催发，虽然龙心大悦，但这棵宋代名花经火一烤便枯死了。现在的玉兰全是补植的。近年来，虎丘后山又植了近二十亩的毛竹、香樟、水杉、桂树等。不管怎么说，剑池仍是虎丘的点睛之笔。进入“别有洞天”圆洞门，顿觉“池暗生寒气”、“空山剑气深”，气象为之一变。陡峭的石崖布满苔藓，锁住一池碧水。池形狭长，当阳光照射水面，会有剑光闪闪的感觉。即便盛夏也凉气逼人。抬头仰望，拱形的石桥飞悬半空，藤萝像许多飘带倒挂下来。周瘦鹃更有别人享受不到的清福：“而我最爱剑池的一角，幽茜独绝。当此清秋时节，倘于月夜徘徊其间，顿觉心腑皆清，疑非人境。”明人李流芳说得更绝：“虎丘宜月、宜雪、宜雨、宜春晓、宜夏、宜秋爽、宜落木、宜夕阳，无所不宜，而独不宜于游人杂沓之时。”

水轩花榭两争妍

诗人于坚如是礼赞：

整个苏州城，都迷茫着园林的气氛，伟大的园林是少数，但它有一个普遍的基础，苏州城里那些寻常百姓家里，也藏着大大小小的园林，哪怕就是一盆假山，一丛修竹。那些伟大的园林是在苏州的文化气氛和日常生活习俗里生长出来的，而不是为附庸风雅进行移植的结果。

现在旅游团队成天在几个景点对那些茂林修竹奇石假山指指点点，任何一个缝都要说出点意思文化来，倒使苏州园林看起来更像与日常生活无关的所谓“园林艺术”展览了。

苏州，这是最后的园林。它是中国式的古典时间的产物，园林是缓慢的。中国今天没有园林，这个崇拜“三年一大变”，“一日等于二十年”以及麦当劳快餐的时代，是玩不起这个时间的。一个园林要当得起园林这个称号，就像贵族一样，要三百年。一座奇石或者一只水缸的位置，在百年间调整多次，直到园子主人的一生从看山是山、看水是水到看山不是山、看水不是水再到看山是山、看水是水，直到顺眼，浑然天成是常有的事情。

俗话说，“上有天堂，下有苏杭”。德国诗人荷尔德林说“人充满劳绩，但诗意的栖居在大地上”。中国园林其实就是中国人具体的天堂世界。园林是人事的结果，但它的最高境界确是浑然天成，镜花水月，不留痕迹。在中国，园林是一种居住样式，中国文化是信任自然的，崇尚自然的，中国世界的天堂是在大地和人间。这与西方不同。例如那些文明开始时代的话，西方说“上帝说，要有光，就有了光”。并不满足于自然，不满足于“被抛性”（被抛到这个而不是那个的命运），而是“要有”，应该还有。因此有一个比大地和人还伟大的上帝被虚构出来，人成为上帝的代表，在“要有”的无休无止的欲望中改造世界。中国是另一回事情，例如：“卿云烂兮，纠缦缦兮。日月光华，旦复旦兮。”意思是，就这样了，赞美吧。大地就是天堂，首先是对自然的信，对自然的崇拜，然后是从自然觉悟到文明，道法自然，中国文明是对自然不断领悟的结果，其最高境界之一就是园林。园林是人“道法自然”的结果，而不是造物的结果。人何以为人，人如何栖居于大地，其“道”是来自大地，而不是“主义”。园林是“大地假我以文章”的结果，是“道法自然”的体现。园林并不是“风景区”，而是家。希腊神庙，一般都建立于高山之巅，突出的是雄伟、壮丽、高贵、敬畏、牺牲这些意义，这种神殿的基本风格，也影响到普通人家的栖居方式。我在美国旅行，经常看见普通人家一户户独立于风景如画之地，门前一排希腊圆柱。给我的感觉，这是些小号的阿波罗神庙，栖居的目的首先是为神而不是人的。这种传统完全渗透于普遍的建筑，就是日常建筑都暗藏着理性和逻辑，与大地的关系是分裂的，在它之上的。所以二十世纪来个海德格尔，重新追问存在。

对于我来说，苏州园林是一个可以安心的地方。它是中国古代思想和生活经验、工艺传统、经济能力的完美结合，“上有天堂，下有苏杭”，不是随便说的，它说的就是昔日中国世界的生活理想。在我看来，苏州园林，完全是像希腊神殿那样完美地体现着中国思想的圣殿，中国思想的伟大就在于，它的形而上不只是抽象的教条、主义，而是“知行合一”，可以在形而下的具体场所体现出来的生活世界。园林就是中国“天人合一”的思想的最高体现之一，它既暗示了中国哲学最深奥的部分，可以修身养性，同时它又是一个令人可以“过日子”的地方。可以修身养性，所谓“安心”，是中国建筑与西方建筑最根本的区别。再说深点，修身养性也就是过日子。西方建筑也许更讲实用，心是无所谓的，令人提心吊胆的摩天大楼在美国那么流行，足见在栖居方式上，修身养性、安心这些“空灵”，对实用主义的西方来说，完全是匪夷所思。苏州园林体现的却是所谓“诗意的栖居”，“诗意”不只是小桥流水、茂林修竹、奇石假山、画栋雕梁……也不只是所谓借景的艺术，而是体现着存在的根本意义，是关系到要人活在一个什么样的世界上——这个必须要搞清楚的中国认识。高速公路、水泥楼房、玻璃钢筋塑料汽油固然不错，可以加速我们的生活速度，但在加速改造之后的这一切的尽头是什么，是新的失眠记录还是苏州园林？是伊甸园还是万物死亡的荒野？是“明月松间照，清泉石上流”，还是沙尘暴和污水池？现代人被现代化的过程所迷惑，但人生的意义在于安心。没有心的人我就不说了，

苏州园林　青砖黛瓦白墙中的江南古朴而诗性的生活

那些从中国文化继承了心和存在感的人们，你们的心要安在何处？……中国铺天盖地的“马赛克帝国”已经使“苏州园林”成为我们最后的文化遗址之一，一座黑暗中冉冉升起的圣殿。哦，看哪。中国人，你们曾经有那样美轮美奂的建筑，你们本来是指望在那样的地方安你们的心的。

车前子在《江南天堂——园林与苏州》一文中说：

粉墙黛瓦，是苏州的基本色调。我把粉黛叫成“苏州色”。我走过一些地方，也见过一些粉墙；比较起来，还是苏州的粉墙最幻，这种幻，除了“年代的长短位置的阴阳”等等因素外，我想还有一个因素不能忘记，这就是黛瓦。黛瓦在粉墙头上不露声色地一压，粉墙的白就白得如此从容、谦虚、内敛、谨慎。而粉黛，又可以说是苏州园林的基本色调。

……

如果把拙政园认作娴静、留园认作幽静，沧浪亭就是寂静；如果把拙政园认作春容、留园认作夏姿，沧浪亭就是秋思。苏州园林中，结构最为精巧的，当推留园；气息最为高古的则非沧浪亭莫属。北宋时的沧浪亭一带，地势高阔，草木郁茂，三面环水，仿佛大隐隐于市，……中国文化发展到宋代，秋天的况味渐深渐浓。顺便说一下沧浪亭的两个特色：一是苏州园林都围墙森森，而沧浪亭以水环园，可谓独一无二；二是沧浪亭的山水之间是条复廊，唐代的皎然和尚曾说“诗有六至”——至险而不僻；至奇而不差；至丽而自然；至苦而无迹；至近而意远；至放而不迂——沧浪亭里的这条复廊可谓有过之而无不及。狮子林是个石园，在审美上接近冬天硬朗的风声。

沧浪有水路堪通

曹聚仁在《吴侬软语说苏州》中品评：

苏州的园林，以幽美胜，曲折幽深，亭台楼阁，掩映于苍松翠柏、竹林台障、小阜清流之间，一幅自然图画，林木花卉，衬得整个院落骨肉停匀；这些建筑大师，胸中自有丘壑。

陈从周谈到：“人们一提起苏州园林，总感到它封闭在高墙之内，窈然深锁，开畅不足。”不过沧浪亭是特例：

这座园子的外貌，非属封闭式。因

葑溪之水，自南园潆洄曲折，过结草庵（该庵今存白皮松，巨大为苏州之冠），涟漪一碧，与园周匝，从钓鱼台至藕花水榭一带，古台芳榭，高树长廊，未入园而隔水迎人，游者已为之神驰遐想了。……若无一水萦带，则园中一丘一壑，平淡原无足道，不能与他园争胜。

又谈到："园林苍古，在于树老石拙，惟此园最为突出；……而漏窗一端，品类为苏州诸园冠。"

当然，沧浪亭之所以有名，不全在它的野趣，更在于它的宋代主人苏舜钦。苏舜钦是范仲淹主持的"庆历新政"的骁将，被政敌陷害，废为庶人，流寓苏州，修筑了这座亭园。

别院深深夏簟清，石榴开遍透帘明。
树阴满地日当午，梦觉流莺时一声。

夜雨连明春水生，娇云浓暖弄微晴。
帘虚日薄花竹静，时有乳鸠相对鸣。

天晴日霁，鸟悦花芬。江南的秀媚抚慰了汴京的狠戾。他在大自然的怀抱中，复苏了生命，也把水乡的灵气（我相信还有她的人情）注入了诗文。更换环境的抉择是对的，它带给苏舜钦一个相对静谧的晚年。如果还留在红尘十丈、世态炎凉的京城，他的人与诗，

沧浪亭　清雅幽旷

怕早已窒息了，枯萎了。自然生态的失衡与人类精神的破损，往往是相关的。

好友欧阳修赠诗有“清风明月本无价，可惜只卖四万钱”，苏舜钦早年《过苏州》七律有“绿杨白鹭俱自得，近水远山皆有情”。如今沧浪亭柱联便是清人梁章钜的集句：“清风明月本无价；近水远山皆有情。”这其实也是苏州的写真。沧浪之水清兮，可以濯我心！

苏舜钦的两首绝句中，都提到了“帘”。诗中榴花红得火爆，但隔帘望去，也只是略显清明。陈从周曾专门写过一篇《说“帘”》的文章：

帘在建筑中起“隔”的作用，且是隔中有透，实中有虚，静中有动，因此帘后美人，帘底纤月，帘掩佳人，帘卷西风，隔帘双燕，掀帘出台，没有一件不教人遐思，引人入画。……单就湘帘、竹帘来说，通风好，隔景好，帘影好，遮阳好，留香好，隔音妙，而且分外雅洁……几乎好说有帘如无帘，可说是有景与无景，静止的环境，产生了动态，而动态又因声、光、影、风、香……等等起了千变万化的幻境，叹为妙用啊！

车前子由亭谈起宋人（自然包括苏舜钦、欧阳修）风度：

尽管现在的沧浪亭是重修的，但还是保持住了些些宋朝的意味。这种以水为围墙为漏窗的别开生面，不要说在苏州独此一家，就是在中国也是别无分号的。宋朝文人的心态是从容不迫的，他可以光着膀子在柳荫下睡个午觉，并不怕人看见。词在宋朝的发达，就与这一份从容有关。词作为文学体裁可谓由来已久，但只在宋朝发达，因为宋朝文人不怕被人看见，看见他的柔软、敏感、细腻，甚至是纤弱。……魏晋文人是中国文化中最有人性深度的文人，宋朝的文人不深，但真从容。

青山赖君入园来

周瘦鹃说过：

假山最好的范本，要算是苏州环秀山庄那一座，出清代嘉道年间名家戈裕良手，好在是他懂得了“假山真做”的诀窍，拙朴浑厚，简直是做得像真山一样。

山石所占面积不大，外观是一堆顽石，但悬崖中空，作尺幅千里之势。其下深壑曲洞，宛似三峡，盘旋上下，如入万山丛中。陈从周评：

……叠山之法毕备。造园者不见

此山，正如学诗者未见李、杜，诚占我国园林史上重要之一页。

他说到“造园者”，我不禁想起作家陈村的感慨：

这园林本是为一家一户造的，是给人住着而不是给人当通道的。住得久了，人就成为园林的一部分，和古籍变作一种东西。它不是现代概念的游乐场，无法满足那些热衷于一次性消费的欲求。迪斯尼去一次就够了，这儿却孤芳自赏，顾影自怜，与史同在。迪斯尼是高速的动作，大大的惊恐。这儿只有满腹的心事，小小的欣喜，迟缓的池水般的暗流。

苏州啊苏州，几千几百年就这样流过去了。

我们再也不会修造这样的宅第了。我们那么急切地想把历史扔到身后。我们用不可抑制的躁动将所有地方都变作一个模样。所有的地方都只是通道。我们只有停下来按一下快门的一点点时间。我们急急地赶路，生怕被同伴落在后头。来去匆匆，我们始终是一个旅游者。

车前子妙评：

环秀山庄的假山是山重水复，狮子林的假山是山穷水尽。

环秀山庄的假山是杜甫，狮子林的假山是杜荀鹤。

大好园林说网师

自从美国纽约大都会艺术博物馆依照网师园的“殿春簃”，建造了一座“明轩”后，网师园名扬海外。1997年，网师园与拙政园、留园、环秀山庄同被联合国教科文组织批准列入“世界文化遗产名录”。2000年，沧浪亭、狮子林、艺圃、耦园、退思园也被补入。

园始建于南宋，原为退隐侍郎史正志花圃故址，号“渔隐”。清乾隆元年(1736)，光禄寺少卿宋宗元建造园林，借“渔隐”故实，自比渔人，自号网师，因以名园，同时也与近处的“王思巷”谐音。

殿春簃为内园(簃即楼阁边小屋)，取宋人邵雍芍药诗“一声啼鴂书楼东，魏紫姚黄扫地空，多谢化工怜寂寞，尚留芍药殿春风”意。啼鴂(jué)，古书上指杜鹃。魏紫姚黄，牡丹花的两种极品。魏紫为五代魏仁溥家培育的千叶肉红花，姚黄出于宋代民间姚氏家，为千叶黄花。这里借指众花。殿：在最后，殿后、殿军。

陈从周曾谈到园中园：

中国园林往往在大园中包小园，如颐和园的谐趣园，北海的静心斋，苏州拙政园的枇杷园，留园的揖峰轩等，它们不但给了园林以开朗与收敛的不同境界，同时又巧妙地把大小不同、曲直各异的建筑物与山石树木，安排得十分恰当。至于大湖中包小湖的办法，要推西湖的三潭印月了。这些小园小湖多数是园中精华所在的地方，无论在建筑的处理上，山石的堆叠上，盆景的配置上，都是细笔工描，耐人寻味。正如欣赏齐白石的画一样，那粗笔幅中的工笔虫，是齐翁用力最劲的地方。在游园的时候，对于这些小境界，不要等闲行过，宜于略事盘桓。

清人钱大昕有评网师园：

地只数亩，而有纡回不尽之致；居虽近廛，而有云水相忘之乐。

陈村回味说：

园中的天是不规则的，常常被树枝被层檐剪缺。在这园子里，月到风来，人最好的姿势是静坐，最好的功课是读

趣味网师园

书，时间凝固了，心是清静沉郁的。

于坚也坦承，他在苏州最喜欢的是网师园：

那园林就像已经达到最高境界的散文。理趣、禅意、抽象的石头、书法、匾额，具体的荷花、修竹、暗香、屋宇、亭台水榭，看起来似乎都已经是造化之功，浑然一体，本来就在那里。我的心慢慢安静下来，像无家可归的旅游者那样想入非非，我的家在这里面就好了。

对于陈从周提到的“细笔工描”、“小境界”，作为苏州人的车前子，自是如数家珍，娓娓道来。他谈到小山丛桂轩前面小院的花坛：“花坛分东南、中、西南三个部分，若即若离，暗中照顾。”

西南面的花坛稍逊姿色，原因是两块湖石尽管体量不同，但身高几乎相等，也就缺乏变化，尤其是在两块湖石之间，不偏不倚地种着一株直不溜秋的桂树，显出了蠢相。只是问题还不大，甚至可以说是有意卖了个破绽，好像一幅画里的败笔，如果是有意为之，就是关公的拖刀计，反而提起满纸水墨的精神。凡大艺术家都会卖破绽，完美是最不美的。为什么说甚至可以说是有意卖了个破绽，因为在小山丛桂轩的西面，还有另一个独立的湖石花坛，它的轻灵不能不说与西南面的花坛有关。西南面的花坛越显出蠢相，它也就越轻灵。

这一个独立的湖石花坛，既传递了西南面花坛的余音，又响应了小山丛桂轩北面黄石假山的突起，舒卷平侧，如一朵卧云在幽深的山谷之中，……琴室前的峭壁山颇有元人笔意，可惜盆栽石榴坏了风水。这盆栽石榴却是盆好石榴。院子里的铺地与沧浪亭面水轩前面的铺地是一样的，但铺在这里，就觉得粗糙。另外，琴室的踏垛太平实，面积也见大，再加上所用的石材与峭壁山的石材不同，一副尴尬的样子，十分刺眼。这属于细节问题。而细节恰恰是园林精神的体现。细节是园林这一幅画上的笔墨，只有笔精墨妙，园林才称得上耐看。古与今的区别无非就在这里。古人的细节真是精妙到家了。

对于坚语焉不详的最喜欢网师园的理由，车前子不吝笔墨，大肆渲染：

绣球花正谢，像打碎的饭碗。今晚到哪里吃饭？才吃午饭，就想着晚饭，不是饥饿，是无聊。站在濯缨水阁北望，看松读画轩前面的黄石花坛堆掇得有欠自然，自然就生硬了。人工的最高境界是让人看不出人工，“虽为人作，宛自天开”，而自然的美又要美得像是出自人工，比如黄山的峰峰石石仿佛画出来似的。好玩就好玩在这里，没道理就没道理在这里。好玩就是没道理，正因为没道理，所以好玩。

难得月到风来亭无人，在亭中看云冈，风云际会。云冈也就是南面的那一座黄石假山，形制虽小，却浑朴。苏州园林里的假山不是黄石假山就是湖石假山，黄石假山像北宗山水铿锵重拙，妙在神气；湖石假山像南宗山水玲珑轻灵，妙在神韵。黄石假山的线条是以横线为主要线条，湖石假山的线条是以竖线为主要线条，横要横得错落斑驳，竖要竖得穿插参差，大不容易。一般说来，明朝人爱掇黄石假山，清朝人喜置湖石假山，很少有把黄石湖石杂堆成一堵假山的，除非是后来的修补，如留园的假山。云冈的驳岸与引静桥的衔接也极自然，尤其在春夏两季，藤草蔓蔓，一路蔓延过去。

喝茶之际想着月到风来亭，这名字甚好。月到不一定风来，风来不一定月到，又有月到又有风来，人生几何？其实清风明月都是中国人内心的东西。

想象水面上月色销银，波动瘦冷。而现在阳光烂漫，露华馆院子里的太湖石有种融化感，太湖石的前世是春夜的积雪？我是极喜欢的。一喜欢喜欢到宋朝，太湖石阴柔，是婉约词；黄石阳刚，为豪放派。所以能把太湖石这阴柔的材料弄出些豪放的意味，就像杨梅蘸盐，滋味深长。而环秀山庄的滋味无非也就在这里。

我在小山丛桂轩里四望，像鸟在笼子间梦见了山水。如果能在小山丛桂轩喝一上午的茶，它的滋养等于饱读明清小品。但我现在已经不喜欢明清小品了，耐读的还是魏晋文章。

我后来看到这位老太太和老先生坐在美人靠上吃烙饼，老太太把烙饼的中间部分给老先生吃，说那里软。我为这件事心动，觉得这位老太太真美，不觉多看几眼。我想念起我的妻子，我想她也会把烙饼的中间部分给我吃的。人间的爱情美就美在这些琐事上。

文人之所以为文人，无非胸中还勃勃然一股不平之气。而过去的苏州园林主人大抵是文人，苏州园林是真正意义上的文人园林道理也就在这里。唐宋以来的文人爱陶渊明，闲适是陶渊明的皮相，不平才是陶渊明的精神，只是唐宋以来的文人爱陶渊明的皮相胜过爱陶渊明的精神，这也是没办法的事。

睡莲开了，睡莲中我只爱白色的睡莲，因为正巧它们是白色的，我就数了数，一共八朵。鱼在莲叶下，莲叶被拱得一上一下的，像人在被窝里动。

2004年4月29日下午，阴。车前子又写：

朋友约喝茶，一群人在露华馆内。露华馆后面的院子开着紫红芍药，我从没去过那里。凡事要留一点。而露华馆后面的院子外，隔一堵墙，就是潭西渔隐——苏州园林中气息最为宁静的一处。

天气沉沉，园林中有了暧昧的色调。苏州园林的色调就是应该暧昧。我总在强调这一点。它几乎成了记忆。皇家园林的色调总是亮亮，所谓正大光明。皇家园林是《人民日报》社论，而私人园林则是副刊小品文，一个要气象，一个要性情。

喝完茶，他们先走，我就转转。我攀上了云冈，觉得它的好处不在曲折而是高低（宛如沧浪亭的步碕游廊）——这一座黄石假山的堆掇是观景需要。磴道不曲折，但高高低低的，使视线波动，园景也随之错落；否则看松读画轩、竹外一枝轩与射鸭廊一带就太平整。在濯缨水阁北望，那里就太平整。在小山丛桂轩东面北望，那里也是如此。于是黄石假山既是对水面的破——以高破低，也是对建筑物的破——以仄破平。它与拙政园远香堂前的黄石假山的不同之处是同为障景，拙政园远香堂前的黄石假山是障外，网师园的云冈是障内。以假山作为障景也就可以分成两类，一类是外障景，一类是内障景。内障景的处理既是障，又是借，更是生——生景。当然障景借景也就是为了生景。园林的众妙之门是“生”，游客在其中也是“生”，生情——触景生情。反过来又是你有多深的情园林就有多美的景。

我下到驳岸上。看松读画轩西面的石桥如果能再低调一点的话，就好了。站在引静桥西望，才觉得月到风来亭里的那一面镜子的微妙。角度太重要了，没有角度，也就不见园林。

三千莲媛总低头

明监察御史王献臣始建。王为人疏朗峻洁，“有古直臣风”，却不见容于朝，屡遭东厂构陷，不得不在强仕之年回乡觅地，取晋人潘岳《闲情赋》中的“灌园鬻蔬……此亦拙者之为政也”句意，因以名园。

与园主同病相怜、声气相求的还有文徵明，他的《王氏拙政园记》，手绘的三十一幅园景，使我们多角度地窥见早期拙政园的旷瀹明瑟。

还有文徵明手植的一株紫藤，虬

龙般存活到今天，夭矫蟠曲，古媚已极，绿荫敷满一庭。壁间不知何人所题："蒙茸一架自成林"。

拙政园的特点是多水，此处原是一片积水弥漫的洼地，初建时，利用洼地积水，浚沼成池，环以林木，建成了以水为主的风景。

中园是拙政园的精华所在。由远香堂向北，境界大开，一片水面山岛。岛东有"待霜亭"，轻巧若飞，取唐人韦应物诗意：

怜君卧病思新橘，试摘犹酸亦未黄。
书后欲题三百颗，洞庭须待满林霜。

此诗当作于韦应物任苏州刺史期间。洞庭指太湖中的洞庭山。友人病中思橘，但我摘取初尝，色绿味酸。我真想像王羲之那样，在你的来信后面批上赠送三百颗，可惜只有等霜降以后再寄了。琐琐写来，真诚如话。清人管世铭言此诗"潇洒独绝"。宋人苏东坡的"日啖荔枝三百颗，不辞长作岭南人"便由此而来。

岛中心的"雪香云蔚亭"饶有野趣，陈从周有联："风静林还静；天宽水亦宽。"岛西南的"荷风四面亭"，令人想起"柳占三春色，荷香四座风"。中园西北的"见山楼"如颊上三毛，点活全园。郑板桥有联："来云归砚盒；栽梦入花心。"

西部的主建筑是十八曼陀罗花馆

拙政园

和三十六鸳鸯馆。曼陀罗花即山茶花之别名，清人吴梅村有《咏拙政园山茶花》诗。

怡园公子顾公任上世纪二十年代曾评：

（中区）一切造园建筑物……都是平宽闲敞，非常富于安定感；绝无崇楼杰阁，可说这是与广漠的池水相调和的……（西区的）浮翠阁力求奇拔，鸳鸯厅力求壮美，但与周围环境是不相称的……故拙政园（指中区）的建筑物，足以表示光风霁月的襟怀，视补园（指西区）如富儿作态，弥觉可憎耳。

陈从周一方面表彰了中区：

拙政园美在空灵，予人开朗之感，开朗中又具曲笔，所谓“园中有园”。故枇杷园、海棠春坞等小园幽静宜人，而于花墙窗棂中招大园之景入于内，互呈其美者，苏州诸园以此为第一。

一方面又从鸳鸯馆东的“宜两亭”说开去。白居易《欲与元八卜邻先有是赠》：“明月好同三径夜，绿杨宜作两家春。”亭名由此而来。

……在西部补园，望隔院楼台，隐现花墙之上，欲去无从，登假山巅的宜两亭看，真是美景如画，尽展眼帘，既可俯瞰补园，又可借中部园景，这才领略到“宜两”二字命名所在。

张恨水也提到拙政园：

……虽小于留园，而池馆依花，山斋绕竹，皆精美绝伦。有玲珑馆者，满院怪石，不植花木，浅苔瘦蔓，繁华尽洗。

另一位园艺专家周瘦鹃却写了《观莲拙政园》：

年年农历六月二十四日，旧时相传为莲花生日，又称观莲节，我那小园子里的池莲缸莲都开好了，可我看了还觉得不过瘾，总要赶到拙政园去观赏莲花，……拙政园的水面，占全园面积的五分之三，池水沦涟，正可作为莲花之家，何况中部的堂啊，亭啊，轩啊，都是配合着莲花而命名的，因此拙政园实在是一个观莲的好去处。例如远香堂、荷风四面亭、倚玉轩，还有那船舫形的小轩“香洲”，以至西部的留听阁，都是与莲花有连带关系而可以给你坐在那里观赏的。

这里讲到西区的“留听阁”，是据李义山“留得残荷听雨声”诗句命名的。“远香堂”则得之于宋人周敦颐《爱莲说》中的“香远益清，亭亭净植”。周先生特别写到：

远香堂面对着一座挺大的黄石假山，山下一泓池水，有锦鳞往来游泳，堂外三面通廊，堂后有宽广的平台，台下就是一大片莲塘，种着天竺种千叶莲花，这是两年以前（指1963年——引者）好容易从昆山正仪镇引种过来的。原来正仪镇有个顾园，是元代名士顾阿瑛“玉山佳处”的遗址，在东亭子旁，有一个莲池，池中全是千叶莲花，据说还是顾阿瑛手植的，到现在已有六百多年，珍种犹存，年年开花不绝。拙政园莲塘中自从把原种藕秧种下以后，当年就开了花，真是色香双绝，不同凡卉；第二年花花叶叶，更为繁盛，翠盖红裳，几乎把整个莲塘都遮满了。并蒂莲到处都是，并且一花中有四五芯，七八芯，以至十三个芯的，花瓣多至一千四百余瓣。只为负担太重了，花头往往低垂着，使人不易窥见花芯。因此，苏州培养碗莲的专家卢彬士老先生所作长歌中，曾以“看花不易窥全面，三千莲媛总低头”之句，表示遗憾，……

周先生还谈到过附近的花事：

在苏州市葑门外二里左右，有荷花荡，东南与黄天荡相接。……花以

江南雨景　诗性安宁中的江南孤高性情

白色的居多，挺生水上，仿佛是无数洛浦神女，素服淡妆，结队踏波而来。多数的白荷中间，偶然隔几朵红荷，红裳翠盖，也是婀娜多姿。

俗传农历六月二十四日是荷花生日，从前每逢这一天，黄天荡、荷花荡这一带，画船箫鼓，士女如云，……兰桨桂楫，在连衍好几里的荷花、荷叶丛中荡来荡去；加着管弦丝竹，吹吹唱唱，倒像真的是为荷花祝寿来的。

车前子另辟蹊径，写杜鹃、海棠：

这些日子的拙政园，正在办“杜鹃花节”，是不是刚才下雨的缘故，游人并不多，但红花绿叶太精力旺盛，气息上也就像人民公园。尽管现在的私人园林都是人民的。

我到了海棠春坞，才觉得方像一些私人园林的样子。这里有时间：岁月中有若干静好。两株海棠，一株已经绿叶成荫——那些绿叶仿佛又柔又淡的阴影，在树枝间家长里短。另一株海棠还开着花，虽然有人走茶凉之感，但在雨后的晴晖里，也算得上是绘声绘色的了。这一株还开着花的海棠，使老气横秋的海棠春坞漾起点少年的微笑。少年常常是不会微笑的，所以也就难得。一块太湖石傍着粉墙而立，姿色平平，由于竹与天竺各站一边，就像是姿色平平的女子因为有教养，或许比美女更惹人爱怜。海棠春坞的铺地也是海棠纹的，走在上面的人多了，它仄仄不平，反而生出些流动的美，只是这铺地的海棠纹大了点，与海棠春坞的格局终究不称。

站在海棠春坞的闲庭之中，看游廊，廊檐的影子是浅灰色的，也许是春风月份的关系，这影子竟然滋润，仿佛水印在游廊的漏窗底下。漏窗之间，是“明四家”之一的文徵明的《拙政园图记》的刻石。这几块刻石还算是好的，基本保留了文徵明笔触的细腻，尽管更拘谨一些。文徵明不是有才情的艺术家，但内心平和，学习又勤奋，我还是很佩服的。尤其佩服他的长寿。我一直奇怪的是他在书法上为什么取法黄庭坚，这两个人的性情实在南辕北辙。取法是一种风气。同为“明四家”之一的沈周，学习的也是黄庭坚的字。大概书法到了元朝，被写软了，时至沈周文徵明，就试着硬一硬。

在枇杷园外面，我看见一个堂，一个亭。堂是远香堂，是拙政园中部的主体建筑。亭的名字我不知道，它立在土坡上，我也懒得爬上去了。但看得见亭中的一块粉绿色大匾和匾上的四个大字：“晚翠晓丹”。“丹”大概指的是牡丹，所谓“晓丹”，含有苏州“谷雨三朝看牡丹”的风俗吧。亭下果然有牡丹，且已有开的，七八朵红牡丹和三四朵白牡丹。白牡丹是富贵人家的衰落，银粉中飞出冷蝴蝶，还是华丽。

现在是春天，江南阴冷阴冷的，在心理上说是早春也行，说是暮冬也行。远香堂外的池塘里，别说荷花，就是荷钱也没有。荷叶刚出水面，小圆如铜钱，故名荷钱。荷钱是夏天私铸的，用来买卖风韵。荷花是极有风韵的，首先在于花朵的丰肥，大朵大朵，大朵大朵的乳房，大朵大朵的臀。据说写《查特莱夫人的情人》的劳伦斯就是极爱荷花的。据说佛也爱荷花。

远香堂现在加了栅栏，我辈入内不得，只得站在堂外观望，望见圆桌上摆放着一盆名“大白洲”的杜鹃花。干干净净，这杜鹃花白得有仙气，如果李白往花下饮酒，李白也会俗了。忽然觉得这栅栏的好处。风吹进堂内，风是“大白洲”的弟子，升堂入室，偷得斑斑驳驳，于是桌上、凳上和磨砖上，皆是落花。这落花比之于雪光，雪光太明；比之于月色，月色太暗，它是不明不暗，只知道干净。一个女工移开栅栏走进远香堂，她拿了扫帚和簸箕，我见了，忙喊不要扫不要扫。女工笑眯眯地说，我也知道这落花好看，但不扫，是要扣工资的。我说送几朵落花给我吧。女工就弯下腰去，拣了六七朵，递了过来。我细看一阵落花，它白得这般凝练和内敛，也不脆弱。有人说脱俗，我顿时对那人儿刮目相看。

倚玉轩在文徵明的《拙政园图记》里就有雪泥鸿爪，也就是雪泥鸿爪，因为现在的倚玉轩与文徵明《拙政园图记》里的倚玉轩已经是两回事了——豆蔻年华长成了徐娘半老，天真没有了，有的是富态。而倚玉轩不远处的桥廊还是可观，短短一截，不急促，反而因为短——短得从容。像唐伯虎的亲家王宠的书法，尽管王宠只活了四十岁，字却蕴藉。当然细看了，是能看出些夭折之气。所以王宠的字我不敢临摹。我近来临摹“宋四家”蔡襄的法帖，蔡襄的字在“宋四家”中最没有特点，我临摹他，是因为其中花团锦簇，富贵。我穷困了半辈子，偶尔做做富贵的梦，怎样？对面是香洲，也就是旱舫，去旱舫转了一圈，下来，过一石板桥，见岸上的铺地，是具象化的，砖石铺出了仙鹤与莲。俗不可耐。仙鹤与莲放在一起不知道是什么意思，民间画工有把白鹭和莲穿插的，谐音为一句吉言，叫“一路（鹭）连（莲）科”。

旱舫里光线幽暗，如有人并坐谈情说爱，倒是很好的。恋爱的阶段要暗，婚姻的时期要亮，这是生活秘诀，也是老生常谈。

2004年6月9日游园，车前子终于知道了那亭叫绣绮亭，并顺便提到：

“晚翠晓丹”，有人说“晚翠”是指远山暮色，“晓丹”是指满园朝霞。或许更准确。但我还是喜欢我的说法。我的说法还可以作些引申，“晚翠晓丹”隐喻一个人生平得意，少年之际风流能如牡丹花，老了能像枇杷树一样青春常驻。老似红玉有晚翠，少如花魁凝晓丹。

在绣绮亭中看梧竹幽居亭，绿油油的，像是在橄榄核上雕出的山高月小水落石出。越看越舒服。待霜亭也被掩映得扑朔迷离，不那么刺眼了。花墙后的海棠春坞更是宁静。

绣绮亭边有棵百年枫杨树，大概是被雷劈去一半，下面只剩点树皮，树枝都从树皮上长出——含婀娜于刚健之中。

远香堂前的黄石假山，它山石的体量皆小，好像立着的铺地。我以为这里面有匠心。坐在远香堂回廊的栏杆上，看完黄石假山，再看远香堂前的铺地，它们似乎是连成一片的：铺地是黄石假山的余脉，一泻千里。如果先看远香堂前的铺地，再看黄石假山，有种峰峦渐起的动感。所以远香堂前的铺地选的是虎皮石一类的黄色石头，为的就是这个呼应。可惜现在靠近水边的一大块铺地由于整修都换上了青石，真是大大的败笔。

坐在远香堂回廊的栏杆上，隔着落地长窗，回头看雪香云蔚亭，宛如读画——当然是古人的画。我觉得远香堂的建筑本身并不怎么样，但置于这个位置却是恰到好处，绕着它走一圈，透过窗户看风景，处处框景，时时叠影，尤其是叠影如行山阴道中。

上次看到的果然不是榆钱，是枫杨树的花朵。我以为我有钱了，还是没钱。但我能够闲着。

但留风月伴烟萝

入留园，自漏窗北望，就隐约见山石池台，行数步至涵碧山房，这是临水的荷花厅。左倚明瑟楼，旁修游廊，登山则达闻木樨香轩，坐此可周视中部园景，楼阁参差，掩映于古木奇石之间，曲廊花墙，倒影历历，浅画成图，若在池东举首远眺，则西园枫林尽收眼底。秋时绚红，艳可醉人。

这是陈从周《留园小记》片段。

留园原为明太仆寺少卿徐泰时的私家花园，东园即现今留园，西园后来舍作佛寺，即今戒幢律寺，俗呼西园寺。

园中有“高三丈，阔可二十丈”的石屏，“玲珑峭削，如一幅横披山水画，了无断续痕迹”，更有“妍巧甲于江南”的太湖石——瑞云峰，据说“每夜有光烛空”。瑞云峰后入主织造府西园（今苏州第十中学）。现有冠云、岫云、瑞云三峰（瑞云峰系袭用旧名）。冠云峰为宋代花石纲遗物，高三丈，清秀奇特，玲珑剔透，不愧一个“冠”字。站在下面仰望，真有凌云之势。

张恨水回忆说：

江南人士，谈苏州者，无不知有留园。园为江苏巨室盛宣怀之别墅，在偏门外大约二里许。园中亭台曲折，花木参差，极奇巧之能事。园中最胜处，中为一巨池，石桥三折其上，南端为水榭，杂植桃杏杨柳之属。偏西为紫藤一巨架，与一小亭，相互倒映水中。其余二面为太湖石，间植梧桐木樨。山下左设小斋，后植竹，宜读书。右为虚堂，无门。春草绿入其中，可小饮望月。略举一斑，其他可知。园之成传费四十万金，以予计之，诚当不至此耳。

予曾读书苏州学校，为盛氏之住宅，与留园盖一墙之隔。其理化讲堂，

留园

即留园之一角，划入校中者也。教室上为西式红楼，下为精室。小苑三面粉墙，一处掩以雕栏，两处护以垂柳。

廊外首植淮橘四株，其次为塞梨碧桃，交互则生，其三为垂丝槐五六本，更杂以紫薇，最末则葡萄一架，梅花围于四周。雕栏下有古井一，夭桃两树覆于上，夭桃之上，则为翠行一排，盖隔墙之竹林也。相传此处为杏荪寝室，故其外之花木，罗列至于四季。予住校时，即卜居于此。花晨月夕，小立闲吟，俱感清趣。湖海十年，豪气全消，而一念及此，犹悠然神往。数年前乘沪车经过苏州，每见桑林之上，红楼一阁，恍然如东坡老遇春梦婆也。

《侯鲭录》载："东坡老人在昌化，尝负大瓢行歌田亩间，所歌者，盖《哨遍》也。馌（yè，为耕者送食）妇年七十，云：'内翰昔日富贵，一场春梦！'坡然之。里人呼此媪为'春梦婆'。"时东坡谪居海南。

但张恨水又比园主幸运，他在另一篇文章中称：

盛宣怀在苏州营留园，名驰江南。而盛犹以为未足，有思补楼之设。楼上绘画二十四轴，预计留园将如图以扩充之。然无缘如吾人，犹得居园中半年，盛则未一日居也，果如计补成，又何用哉？窃叹人心之不易足，而又叹园林之享，亦须有几分清福也。

车前子论及留园：

在苏州园林里，漏窗的功能被发挥到极致的应该说是留园的漏窗。这几扇漏窗的风格细致、硬朗，漏窗外的世界就显得朦胧而又妩媚。可以看一天。更可以看四季。

从漏窗观看园景，节奏是密，"声喧乱石中，色静深松里"；在绿荫轩里观看园景，节奏是疏，"我心素已闲，清川澹如此"。

上面的诗句引自王维的《青溪》，我觉得我游完留园后，感觉竟然是《青溪》的意境，不妨抄在下面：

"言入黄花川，每逐青溪水。随山将万转，趣途无百里。声喧乱石中，色静深松里。漾漾泛菱荇，澄澄映葭苇。我心素已闲，清川澹如此。请留盘石上，垂钓将已矣。"

留园的园风近似王维的诗风，散淡中见富贵，或者说富贵中见散淡。

坐在绿荫轩，东看水里的经幢，宗教的意义淡了，倒成了很好的点缀。经幢的材料一般都用石头，不像塔的用料那么丰富。经幢有单纯的美。北望黄石假山。留园的假山已经多次修过，许多地方是用太湖石修补黄石，也许是往事如梦，脱尽火气，并不觉得刺眼。

明瑟楼两层，楼梯安排在楼外，太湖石装饰出峰回路转的样子。太湖石寻级而上，像是翻卷的巧云。这种楼梯大概就是术语所说的云梯。上有董其昌写的“饱云”两字。董其昌是位艺术家，也就不稳定，一会儿写出绝妙的字，一会儿又很糟糕。这才是大美，它不是机械能够控制。我常常为一个人没写出过好玩意感到惋惜，也常常为一个人没写出过坏东西感到惋惜。不好不坏，司空见惯。艺术偏偏是不见惯。

留园的春夏秋冬属于明显的：涵碧山房是符号化了的春，清风池馆是符号化了的夏，闻木樨香轩是符号化了的秋，可亭是符号化了的冬。一年四季观赏园子，都有物可凭。这里面也就有个藏与露的问题。涵碧山房是前藏后露，但前藏并不是藏得死死，南面以楼为墙，而墙面上开出砖框，用来宣泄——宣泄出楼内的椽子立柱，增加些人间烟火，也就是心中春色。清风池馆是既露还藏，露就是为了藏——藏住清凉，又能挡住邪风。闻木樨香轩是前露后藏，它引桂花香前来又切断桂花香的后路。木樨香就是桂花香。可亭却是全露，赏雪就是踏雪，不露哪来雪呢？

与陈从周一样，车前子也谈到了红枫：

园林的轩外，大抵植树，名“绿荫”本没什么稀罕，但据记载，绿荫轩外原先种的是一棵四季皆红的红枫，就有意味了。看朱成碧，遗貌写神，差不多是对中国文化最经济的解说。

涵碧山房的平台上人也太多了，我就跳出红尘去活泼泼地，也就是留园的西园。西园颇空旷，空旷却无山林之气，这空旷也就只能说是空洞了。

我没有从出口处出门，我又回到进口处，为了能再一次在漏窗下梦游。

宝带桥边柳似金

桥在运河和澹台湖之间的玳玳河上，陆路连接苏嘉古道，水路连接运河和松江。据《苏州府志》引陈循《记略》载，唐刺史王仲舒在此填土筑堤，既为挽舟之路，又供传驿驰驱。由于土堤时被河水冲决，故于元和元年（806）改建为石拱长桥，王仲舒捐玉带斥资，故名宝带桥。

至明正统七年（1442）再度重建，

即为如今的样式。桥总长一千三百尺，有五十三孔，孔孔连缀，中间三孔较高大，便于舟楫通行，是中国现存桥孔最多、桥墩最薄的石拱桥。

英人马戛尔尼《乾隆英使觐见记》，记1793年十一月由镇江往杭州的运河道上所见：

已而又过三小湖，乃互相毗连者，其旁有一长桥，圜洞之多几及一百，奇观也。

与其同行的摆劳氏，在《中国旅行记》中也说：

此种世间不可多见的长桥，惜于夜间过之，当时吾船鼓帆而行，初未有一人注意此桥，后有一瑞士仆人偶至舱面，见此不可思议之建筑物，即凝神数其圜洞之数，后以数之再三，不能数清，始入舱呼曰：诸君速出观彼奇桥。及吾等闻声出视，则桥已过其大半，夜色迷茫不可细辨矣。

周瘦鹃曾有民歌风情的绝句：

茜裙白袷双携好，促坐喁喁笑语温。
宝带桥头春似海，闹红一舸过葑门。

宝带桥边柳似金，兰桡欸乃出桥阴。
卧波五十三环洞，那及侬家宛转心。

卧波五十三环洞，烟雨迷离数不清。
恰似郎心难捉摸，情深情浅未分明。

说“宝带桥头春似海”，并非虚语。

宝带桥　江南气魄

春色明媚时节，从桥头纵目，两边清波荡漾，远处上方山葱绿一脉，田野里菜花金黄，桃红柳绿，附近更有横跨运河、拱洞可扬帆通过的吴门桥。吴门桥与盘门、瑞光塔构成了"盘门三景"。

吴门又是苏州的别称。南宋方岳有《清明日舟次吴门》：

篷窗恰受夕阳明，杨柳梨花半月程。
老去不知寒食近，一篙烟水载春行。

小红低唱我吹箫

长桥，在吴江县东门外，旧名垂虹桥。桥东西千余尺，横跨松江，前临太湖，乃吴绝景也。(《明一统志·苏州府》)

首先想到的，便是米芾的《垂虹亭》：

断云一叶洞庭帆，玉破鲈鱼金破柑。
好作新诗寄桑苎，垂虹秋色满东南。

顾子京评：首句"一叶"不同于"一片"，它与"帆"都具有飘浮的动感，因而全句虽不用动词，却都能将动态隐含于名词与量词之中。次句两个"破"字分别与"玉"、"金"搭配，既表现出玉破而成鲈鱼、金破而成柑橘的瑰奇境界，又形成"句中对"，造成音节的和谐与明快。程杰指出此句源于苏舜钦的"笠泽鲈肥人脍玉，洞庭柑熟人分金"(《望太湖》)。

再就是姜夔的《过垂虹》：

自作新词韵最娇，小红低唱我吹箫。
曲尽过尽松陵路，回首烟波十四桥。

松陵：吴江县原为松陵镇，后改县。宋光宗绍熙二年(1191)，姜夔从合肥到苏州石湖拜访范成大，又应邀往范村赏梅，并作自度曲《暗香》、《疏影》。范成大赏爱之，就把善歌的家妓小红赠与他为妾。除夕之夜，他们告别主人，冒着漫天大雪回湖州家中。姜夔平生爱雪，又极爱夜间行舟，苍茫一棹，上下澄澈，此时又有小红相伴，空虚的心灵有了慰藉，诗兴大发，一连写了十几首诗，其中最有名的便是这首《过垂虹》。过去人们说"红袖添香夜读书"为人生乐事，而被誉为"人羡之如登仙"的"小红低唱我吹箫"，更是世间第一等韵话了。

胡晓明评：

尤可注意的是，诗人在此并未把歌女置于一玩赏位子，而是以箫声相和。中国文化中有"红粉知己"之称谓，真是极好。这不但是对女子的尊重，更有对女性灵心慧质的赞美，有对男女间情感平等交流的肯定。

……那一路行来，竟是忘却时间、忘却距离、忘却尘劳疲困，原本，生命中若长有这样好的清词丽句，有这样好的轻歌曼箫，有这样好的女子一路相伴，一切都是可以安慰、可以化解、可以云淡风清的。

同时所写的《除夜自石湖归苕溪》也提到了垂虹桥（石桥）：

细草穿沙雪半销，吴宫烟冷水迢迢。
梅花竹里无人见，一夜吹香过石桥。

苕溪经湖州流入太湖，此处代指湖州。石湖附近的姑苏台，到南宋早已不复存在，这里“吴宫”是虚指，使全诗具有沧桑感，与诗题的“除夜”相呼应。诗人的船，行驶于不断流淌的历史长河，处在“除旧迎新”的时间坐标上，饱吸一夜梅香，最先领略春意。一首小诗就这样获得了极大的张力。

胡晓明评：“一夜吹香”言梅花之繁茂，梅香之浓郁，以动写静，风神摇曳。闻香而不见花，最得梅花之神。他还激赏《除夜自石湖归苕溪》之七：

笠泽茫茫雁影微，玉峰重叠护云衣。
长桥寂寞春寒夜，只有诗人一舸归。

诗里的“长桥”，也指垂虹桥。他特别喜欢三四句，“何等的逸气”。

牟宗三说过，什么是逸气？一种

吹箫女子　箫声中的佳人才情

无黏滞无牵挂，通透、融化、洒然之气。

想象那个吴江的冬末，一叶小舟，静行于无边的夜色里，周围是云气、水气与雁影。

江南的冬天景色，姜夔这十首绝句，写得冰清玉洁。随处有幽韵，有冷香。譬如，“梅花竹里无人见，一夜吹香过石桥”；“分明旧泊江南岸，舟尾春风飐客灯”。我最奇怪的是，冬天，雪未消，冰未融，水茫茫，树荒荒，形单影只，又是除夕在路上，为什么诗人写来，绝无凄凉落魄意味？

有两个因素是必要的，一是诗人所行之水路，是古代的吴宫，是诗与画中，以荒寒为美的经典地点。所以，当诗人说“吴宫烟冷水迢迢”时，他已经沉浸在古典主义抒情化的情境中了。

二是诗人以陆龟蒙自比。晚唐诗人陆龟蒙，自号江湖散人，隐居在这苏州一带，常携书、茶灶、钓具，乘舟浪迹于吴淞江畔，眼前一草一木，总是陆氏走过、见过。“三生定是陆天随”，姜夔从前辈诗人那里，找到了“诗人”的身份。

记得，一九九八年，我独自一人，去登香港的太平山，我万万没有想到，因为有了上山的缆车，根本就无人步行上山了！一路上居然是阒无一人，偌大的一个空谷，自己听得见自己的足音！我的心里慌慌的，当时又希望能够遇到一个人，又居然有一点害怕碰到人！匆匆走了一个小时的山路，才到达了山顶，一点都没有闲情来自我陶醉。

香港太平山的后山里，一没有文化的香花旧草，二没有诗人的流风遗韵，而且有点不安全。

今天想起来，“长桥寂寞春寒夜，只有诗人一舸归”，是有条件的，并不是所有的人都能享受的。

现代的垂虹桥是1915年重建的。但苏州毕竟还留下许多古桥。陈从周曾这样概括江南的桥：

在水道纵横、平畴无际的苏南浙北地带，桥每每五步一登、十步一跨，触目皆是。在绿满江南的乡村中，一桥如带，水光山色，片帆轻橹，相映成趣。……每当舟临其境，必有市桥相迎，人经桥下，常于有意无意之中，望见古塔钟楼，与夹岸水阁人家，次第照眼了。数篙之后，又忽开朗，渐入柳暗花明的境界。

醉倒黄公旧酒垆

甪（音lù）直镇古称松江甫里，距城东南五十里，北枕吴淞江，南抱澄湖。至今保存着古刹名塑、唐墓宋桥、明清宅院等遗迹。小桥流水，乡风市声，古意盎然。

过甪直桥，广场上有石雕独角兽，称甪端，为传说中的祥瑞之物，也是甪直镇的标帜。

由甪端广场向东，过香花桥，即为保圣寺。寺创于梁天监二年（503），至北宋最盛时有五千多间屋宇，每逢佛事，在寺内旗杆上高挂红灯，于是四乡信徒蜂拥而至，晨钟暮鼓，香烟缭绕。佛寺前的街道上，百戏杂呈，商贩云集，摩肩接踵，好似庙会集市。

寺内塑壁尚存九尊罗汉像，虽经千年，手断肢残，但神情毕肖，栩栩如生。1926年，郭沫若参观后说："这些塑像尽管受宗教的题材束缚，而现实感却以无限的迫力向人逼来，使人不得不感觉着一种崇高的美。"

这些罗汉像，相传为唐代雕塑家杨惠之所塑。杨惠之，唐天宝年间人，世籍苏州。他和吴道子同时师法南梁苏州大画家张僧繇。因吴道子绘画名噪一时，杨惠之不甘居人之下，遂别开蹊径，改学雕塑，终于自成一家。当时有"道子画，惠之塑，夺得僧繇神笔路"之誉。

《吴郡甫里志》载：

（保圣寺）大雄殿，供释迦牟尼像，旁列罗汉一十八尊，为圣手（唐）杨惠之所摹，神光闪耀，形貌如生，真得塑中三昧者，江南北诸郡莫能及。

有人根据塑像清癯者居多，不似盛唐丰满的特征，认为出自北宋艺人

杨惠之所塑罗汉像

之手。但无论如何，这些都是不可多得的艺术瑰宝。民国七年（1918），北大教授顾颉刚游甪直，偶见塑像，惊为绝技，赞赏不已。十一年（1922）重游甪直，见塑像倒坍依旧，便拍了几张照片，携归北大，告诉蔡元培。蔡函致甪直乡绅沈柏寒，请设法保存。当时因经费关系，并无结果。顾颉刚在报刊上大力宣传，经金家凤、高梦旦、任永叔等一再向苏省当局请求，复得蔡元培、吴稚晖、叶恭绰等至甪直参观后，才保存了这批具有历史价值的国粹。

日本东京美术学校教授大村西崖闻讯，专诚到中国甪直，饱看了五天的罗汉像，摄得二十八幅照片，归国后，写成《吴郡奇迹·塑壁残影》一书，留下不少珍贵的记录：

东西两壁，顾氏（指顾颉刚——引者）所谓之罗汉像散置其间。壁端山岩、树石、云水之配景，殊足令余惊喜！

多年臆测之塑壁，今日始获亲睹，诚幸事也……顾氏等，则只知有像，而不知有壁，良以塑壁之真价值，于今日之美术界中，尚未为人所认识故耳。今余于无意中得之，又安能不对之流连而不忍去乎？

令大村格外高兴的是，在这里看到了宋代以后已失传的塑壁。其惊喜之情，溢于言表。他重点考察了大殿建筑与罗汉塑壁，详细描述了当时看到的情景：

塑壁起于殿前与金柱相并之檐柱，由东南两壁，折入后壁，经隅角至第二之檐柱而终。东西各横四十二尺，高十二三尺，下部高约一尺五寸。前后造四尺许石坛，侧面虽有浮雕，以瘗于浅土而不易见。坛上壁面，塑有山石、云树、洞窟、海水等；其间上下各处，配置罗汉像。惜乎后壁大部分与全壁之下方，剥落殆尽，土块山积……观其作法，柱间砖壁添附若干小柱心木支材，则纵横斜直，任意伸出。下部构以高低、大小种种不同之木架，或承以叠砖，而附以捏泥。崇卑之土坡，突兀之山岩，卷舒之云气，由是而起。或植天然树木，配以根株，或缠龙身于梁上。手术之纯熟，可谓已届炉火纯青之候……

当地绅士，本拟将保圣寺中残毁庙屋，全部拆除，圈入甫里小学作校地，恰得叶恭绰等函嘱，斯议遂罢。民国十八年（1929），教育部聘叶恭绰、蔡元培、张仲仁等十八人任委员，组织保存委员会，一面由发起人募集经费改建，于民国二十一年（1932）竣工。没有粉饰一新，而是尽量维持唐宋古貌。这些“原真性”的修复，不像当今那些对古迹金碧辉煌的修饰，把历史遗痕全给抹掉了。

邓云乡在《吴越山水人物》中也提起：

据传昆山慧聚寺天王像也是杨惠之所塑，宋代徐林曾著文告诫后人，不要妄加修饰，但后来却被俗工乱修，破坏了原作神态。叶恭绰、梁思成先生他们修保圣寺古物馆，就秉此真知灼见，把房舍修建得十分坚固，而对塑像本身，却一点也未乱动，保存了原有的艺术真趣。

甪直有“五步一桥”之谚。一平方公里的区域内，河网长五公里多，有桥梁四十余座，其中宋建一座、明建十一座、清建二十三座，是吴中水乡的古桥博览馆。其中南美桥（俗称和丰桥）为宋代所建，每块桥石上均有精美浮雕，图案典雅。保圣寺西原有白莲寺，今已不存，为一片草地。草地西为晚唐诗人陆龟蒙祠，祠宇已圮，遗迹有陆龟蒙衣冠冢和清风亭、斗鸭池。池畔古银杏三株，挺拔参天，春来树冠蓊郁如翠盖，秋去风叶翩跹如黄蝶，成为一道苍古的风景。

白莲寺让人想起陆龟蒙的《白莲》诗：

素花多蒙别艳欺，此花真合在瑶池。
无情有恨何人觉？月晓风清欲堕时。

大有“众人皆浊我独清”的身世之叹。

还有一首《和袭美春夕酒醒》：

几年无事傍江湖，醉倒黄公旧酒垆。
觉后不知明月上，满身花影倩人扶。

袭美是皮日休的字。黄公旧酒垆为晋竹林七贤饮酒处。《世说新语·伤逝》：“王浚冲为尚书令，著公服，乘轺车，经黄公酒垆下过。顾谓后车客：‘吾昔与嵇叔夜、阮嗣宗共酣饮于此垆。……’”江南（甚或甪直）春夜之美，全在三四句。程千帆、沈祖棻评：“日间聚饮，夜间始醒。若非花影满身，岂知醉之久？若非倩人扶，岂知醉之甚？”

诗人都有酒缘。陆龟蒙在《怀宛陵旧游》中就写过：

陵阳佳地昔年游，谢朓青山李白楼。
惟有日斜溪上思，酒旗风影落春流。

陵阳：山名，在今安徽宣城北。宛陵为汉时古县，隋代改为宣城。一介布衣，既愧对前贤，又感时伤世。回想当年旧游，只有那西斜的落日、流逝的春水、晚风中飘摇的酒旗、流水中破碎的倒影，惹引无限的感慨。

但我始终记得陆龟蒙的《新沙》：

渤澥声中涨小堤，官家知后海鸥知。
蓬莱有路教人到，亦应年年税紫芝。

渤澥即渤海。全诗充满辛辣的讽刺。对于渤海边上新淤积而成的沙荒地，天天在海上飞翔的海鸥的眼睛，却敌不过“官家”的眼睛。蓬莱仙境有紫色的灵芝，服了可以长生。仅仅由于烟涛微茫，仙凡路隔，如果可以得到，官家也会年年去征收那里的紫芝税的。

沙白有《吴淞江上赠陆龟蒙》：

你的船呢
泊在何处芦花浅水湾

向茶香处寻你
向荷香处寻你
向渔歌处寻你
向吟声处寻你
烟水茫茫一片

青青的箬笠
长长的钓竿
钓缥缈峰的倒影
钓明月湾的明月
钓圣姑山头，圣姑庙里
凌波微步的江南的洛神
赠她玉石的手镯
载归梦里，不用油壁车
用堆着茶灶、堆着诗稿
溢出茶香，溢出吟声的篷船

吴淞江上
向莲蓬人打探
好泊我的船
于你的舷边

笔者的《题陆龟蒙》另有侧重：

虽然你自号烟波一舸的“江湖散人”
谁敢断言你心情闲适、超然忘世？

你唱过眼泪不洒离别之间的丈夫
你唱过蝮蛇螫手毅然断腕的壮士

你讽刺贪得无厌、无孔不入的官吏
蓬莱有路，也会年年去征收灵芝

而今池沼没有了白莲，没有了斗鸭
小草在土坟堆上摇着幽幽的青丝

而今故里没有了寺院，没有了塑像
一个揪心的传说讲述巨大的损失

“一塌糊涂的泥塘里的光彩和锋芒”
鲁迅先生的慧眼识得你遗文的价值

导游的老人热心地为我打开后门
满目吴淞江水，荡着淡淡的风姿

如云的鸭阵游过映着蓝天的水面
你定会赞许它们离开你小小的鸭池

“巨大的损失”指明代文徵明在访陆龟蒙故祠的诗中自注：“祠有唐时遗像，为狂人所仆，满腹土皆翁手稿，后像虽设，而稿不可得矣。”

多谢石家鲃肺汤

苏州四郊的古镇中，木渎的历史最为悠久。据《吴越春秋》载，文种向勾践提出亡吴“九术”，其中之一便是“遣之巧工良材，使之起宫室，以尽其财”。伍子胥曾劝阻吴王：“王勿受也，昔者桀起灵台，纣起鹿台，阴阳不和，寒暑不时，五谷不熟，天与其灾，民虚国变，遂取灭亡。大王受之，必为越王所戮。”骄奢淫逸的吴王夫差，哪里听得进去，反而找了一个借口，把伍子胥杀害了。

为了建造馆娃宫和姑苏台，运来的木材连沟塞渎，那地方就命名为木渎了。北宋时，由于游湖入山者必经木渎，木渎也发展成为一个人烟稠密、市廛鳞列、百业兴旺的小镇，商旅如织，水运繁忙。

山塘街为木渎老街，旧有许多古榆，从鹭飞桥至灵岩山麓，绿荫数里，有“山塘榆荫”之称。山塘河又称香水溪，因西施在此洗妆而得名，从光福而来，至斜桥汇入胥江，一清一浊，一

木渎古镇　相传吴王为西施所建　姑苏第一古镇

缓一急，有“斜桥分水”之景。

羡园在山塘街永安桥畔，本为沈德潜私宅，后归钱氏。光绪间归严国馨，俗呼严家花园。登楼凭窗，远瞩天平，近望灵岩，极游目骋怀之致。

镇上还有一家叙顺楼，创建于清乾隆间。因主人姓石，俗称“石家饭店”。有松鼠桂鱼、清溜虾仁等十大名菜，称为“石菜”。其中以鲃肺汤最为出名。它以鲃鱼肝为主料，伴以蘑菇、鸡汁、南腿、菜心，肝色金黄，菜心碧绿，汤味鲜美。民国十八年（1929），于右任放舟太湖赏桂花，夜泊木渎，小饮于此，留题曰：

老桂花开天下香，看花走遍太湖旁。
归舟木渎犹堪记，多谢石家鲃肺汤。

鲃肺汤与常熟的王四酒家的“白斩鸡”、海澄楼的“叫化鸡”，同为江南名肴。木渎还有麻饼，用枣泥及松子、胡桃肉馅制作而成，先后以费萃泰、乾生元两家为佳。游人在吃了石家菜之后，再买几筒枣泥麻饼带回去馈赠亲友，不也乐乎？

至于“姑苏十二娘风情街”，则是新开发的景点。当然，古镇流传有“姑苏十二娘”的说法，即绣娘、织娘、船娘、茶娘、扇娘、蚕娘、灯娘、琴娘、花娘、歌娘、画娘、蚌娘。在街上走走，可以领略形形色色的吴地风情。

梦堕南湖十里烟

吴冠中放言：“如果说黄山集中国山水景色之大成，则周庄可算集水乡风光之典型。”

他经常去周庄。有一年的秋天，他在周庄徜徉了一星期左右，每天都在小巷、小桥、小街逛来逛去，却一直找不到灵感。

一天，他从街边转进一条弄堂，走到弄底时，他突然感到一阵颤动，眼前是一堵老旧的泥砖墙。寻常中安静得有点寂寞的气氛，使这座墙显得更加意味深长。吴冠中立即从附近居民家借了小板凳，铺开画夹，坐在弄堂里，全神贯注地画了起来。

这幅画就叫《老墙》，画面上的老墙，色彩斑驳，线条攲斜，墙的隙缝间有稀疏的杂草，而一丛硕大的仙人掌，越过墙头，带来绿色的动感。画面上还隐隐可以见到两只飞舞的燕子，以及瓦房与绿树。

陈逸飞曾借一条船驶进没有公路与外界相连的周庄，画下了《故乡的回忆》，景点是双桥。

那位拎着滴水洗菜篮的村姑背影，使水乡充满了日常生活的诗意感动。因为这幅画，“养在深闺人未识”

的周庄，名扬四海。

画题用了“故乡”二字，故乡在陈逸飞心目中，大概便是江南的代称吧？据说晋代张翰见秋风起而生莼鲈之思，回归的正是周庄南湖。今南湖园还特地建立了思鲈堂。

写过“为什么流浪”的女作家三毛，也与周庄一见如故。虽然她见到的，已是开发后的周庄。

1989年4月13日，一个细雨霏霏的日子，在《苏州日报》一位记者朋友陪同下，三毛来到了周庄。据刘新平的《周庄》一书载：

三毛随记者走上了一座刚落成的周庄大桥。记者告诉她说，这儿原来有个百年老渡，当大桥落成，渡口也就随之消失了。

“如果能赶上那最后一渡，多有意思！”三毛不无遗憾地说。

从大桥步行进入周庄时，两岸的油菜花因为春雨的滋润，更显清新娇媚。三毛跪向路边金灿灿的菜花田，痴痴地看着眼前的一切。雨丝不断地飘落，在碧绿的菜叶上凝聚起一颗颗晶莹的水珠，又一颗颗滑落，融进沃土。三毛摘下一片菜叶，放进嘴里，嚼着：“管它打没打过药！在台湾几乎见不到油菜花了。”

还是在上海时，《文学报》一个编辑对她说：“你可以去周庄玩玩，那里至今还保存着明、清一条街和许多古

陈逸飞《故乡的回忆》 周庄双桥

老的石拱桥，民风淳朴。”

“呀，你怎么知道我要去周庄，你可不要跟别人说，都去就糟糕了。”三毛有点孩子气地恳求。

三天以后，三毛就悄悄地来到了周庄。

三毛和记者漫步在古镇的长街曲巷，他们走过一座又一座的古朴石拱桥，走过一条又一条的石板街，鳞次栉比的古屋、桥楼、骑楼、过街楼、水墙门……从他们眼前次第闪过。迷人的景致，一点点勾起三毛深藏在心间的那份浓浓的乡愁：“看了这一切，连心也跳得特别快，很难控制自己内心的激动，半生的乡愁，一旦回归这片土地，感触真是不能自已。”

在周庄兜了几个圈子之后，两个人都有些饥肠辘辘了。于是，他们走进一家小饭店，围着八仙桌吃饭。看到一盆盆新鲜的鱼虾，三毛孩子似的喊了起来：“哇，又可以大吃一顿了！”

一边叫着，一边拿出相机，站上凳子，拍了一幅水乡菜肴图：“只有回到家乡，才能享受到这样诱人的河鲜。”三毛说。当吃到一条清蒸鲑鱼时，三毛又说：“这个鱼跟荷西潜海捉到的石斑鱼差不多。”

饭后，记者又把三毛带到了双桥。雨中的双桥，更是别有一番风情。三毛站在双桥顶上，痴痴地望着桥畔那一片迷人的风光。

已是黄昏时分，三毛要离开周庄了。蒙蒙的细雨仍在下着。三毛走到车上，抬起沾满泥浆的鞋子，对记者说：“这才像三毛，有旅游感！”

一位记者说：“不下雨该有多好，此刻夕阳映照，油菜花一定好看！”

“你又讲油菜花了！”三毛说着，泪水夺眶而出。“这次回来，冲击太大，自从踏上大陆那一刻，我的心灵就在经受人生第三次震荡。第一次是十九岁到巴黎见到埃菲尔铁塔，第二次是荷西的死。这次回到魂牵梦绕的故土，我常常会不由自主地流泪……我是个四十多岁的人了。这些年来，一直努力使自己不再像孩子一样冲动，可是，一回来，怎么也克制不住了，我是怀着赤子之心来的呀！看来这第三次心灵震荡，也许要来大陆六次，才能得到平静……”三毛一口气说了很多。

那次的周庄之行，三毛还给周庄留下了这样一段话：“贵地景色人情风采，世界一流，请一定爱护家园，保持特有风格与品味。”

双桥，俗称钥匙桥，由一座石拱桥——世德桥和一座石梁桥——永安桥组成。清澈的银子浜和南北市河在镇区东北交汇成十字，河上的石桥联袂而筑，显得十分别致。因为桥面一横一竖，桥洞一方一圆，样子很像是古时候人们使用的钥匙，当地人便称之为“钥匙桥”。

“钥匙桥”啊，你打开了一扇阿里巴巴的山洞之门，不，水乡之门。

双桥之外，中市街东的富安桥也引人注目。桥初建于元至正间，明清间几次重修，横跨南北市河，东西有级，桥之四角有楼，飞檐朱阑，黛瓦粉墙，临波拔起，遥遥相对。有桥楼的古桥，今已十分罕见。

沈厅在富安桥东堍，原名敬业堂，清末改松茂堂，为沈万三后裔沈本仁建于乾隆七年(1742)，共七进五门楼，有大小屋宇百余间。

《周庄镇志》记载：“沈本仁早岁喜欢邪游，所交者皆匪类。及父殁，人有言‘不出三年，必倾家者’。本仁闻之，仍置酒，召诸匪类饮，各赠以钱，而告之曰：‘我今当为支持门户计，不能与诸君游也！’由是，闭门谢客经营农业，于所居大业堂侧拓创敬业堂宅，广厦百余椽，良田千亩，遂成一镇巨室。”看来沈本仁是属于那种浪子回头金不换的人物。

沈万三更是一个传奇。《金瓶梅》第三十三回中，潘金莲说了这样一句谚语：“南京沈万三，北京枯树弯，人的名儿，树的影儿。”传说沈万三的发富是因为他从一位渔翁那儿得到了乌鸦石(或马蹄金)。这当然是童话。在学术界，专家们分析沈万三发财致富的原因，大致有“垦殖说”、“分财说”、“通番说”三种说法。历史学家吴晗说过，“苏州沈万三一豪之所以发财，是由于作海外贸易。”一般的说法是，沈万三利用白蚬江(东江)西接京杭大运河、东北接浏河的便利，把江浙一带的丝绸、陶瓷、粮食和手工业品等运往海外，开始了他大胆地“竞以求富为务”的对外贸易活动，使自己迅速成为“资巨万万，口产遍于天下”的江南第一豪富。沈万三就是以贸易赚下的一部分钱，购置田产，另一部分钱作经商的资本。所以说，沈万三是以垦殖为根本，以分财为经商的资本，大胆“通番”，而一跃成为巨富的。故周庄“以村落而辟为镇，实为沈万三父子之功”。

沈万三富可敌国，富得连朱元璋都生出妒嫉之心。《明史·太祖孝慈高皇后传》记载：“吴兴富民沈秀(即沈万三——引者)者，助筑都城三分之一，又请犒军，帝怒曰：‘匹夫犒天子军，乱民也，宜诛。’后谏曰：‘妾闻法者，诛不法也，非以诛不祥，民富敌国，民自不祥。不祥之民，天将灾之，陛下何诛焉！’乃释秀，戍云南。”

沈万三支持过苏州张士诚的大周政权，张士诚曾为沈万三树碑立传。

关于沈万三的遗迹，有镇北银子浜，流水一泓，下有泉源，大旱不涸，

沈万三故居

相传其下便是沈万三的水冢，河上粼粼波光，似无数碎银在闪烁。

据光绪《嘉兴府志》："张士诚据吴，太祖屡攻之不下，其民为之守。故张氏灭，独加三吴赋税。"把原因归之于朱元璋对江浙人的报复心理。事实不那么简单。朱元璋善于把报复手段和政治上的深谋远虑巧妙结合，对江浙地区的全面整饬，始终服从于一个明确的目标，即削弱这一地区的力量，铲除对王朝统治可能构成威胁的基础。作为一个对历史进程发生过影响的人物，朱元璋的历史视界过于狭隘。这些严厉的整饬措施带有一种传统的、以农业社会为基础的道德理想，包含着对于工商业发展而产生的社会变动的恐惧和仇视；在实行过程中，其野蛮性和随意性也显而易见。早在明朝建国的前一年，朱元璋对归顺的张士诚旧将们说："吾所用诸将多濠泗、汝颖、寿春、定远诸州之人，勤苦俭约，不知奢侈，非比浙江富庶，耽于逸乐，……今既归于我，当革去旧习。"(《明实录·太祖实录》卷二一)当说一不二的法令具体体现这种个人对地域的道德观感时，就产生了灾祸性结果。

在攻下苏州数月之后，新朝下令大批苏州富民迁徙至临濠(今安徽凤阳)。他们离开世代居住的家园，抛弃苦心经营的基业，远去荒瘠的异乡。他们甚至被禁止回乡扫祭祖墓，违者受到严惩。昆山文人顾瑛在赴濠梁之前，极度愤懑地写了《登虎丘有感》诗：

柳条折尽尚东风,杼轴人家户户空。

只有虎丘山色好,不堪又在客愁中。

谢肇淛在《五杂俎》中言:“三吴赋税之重,甲于天下,一县可敌江北一大郡,破家亡身者往往有之。”

明太祖打击豪门,不见得像有的研究者所说,给一般农民带来好处。大量籍没的豪右之田被转为“官田”,其税赋比“民田”高出十数倍。

农民为沉重的压榨所逼,纷纷逃离。高启《江上见逃民家》:“清时无虐政,何事竟抛家?

邻叟收饥犬,途人折好花。林空烟不起,门掩日将斜。四海今安在?归来早种麻。”

江浙地区的工商业在明初受到严重挫折,朱元璋“加意重农抑末”,并下令“片板不许下海”,在东南沿海囤积军队,修筑城防,实即封锁海上交通,禁止贸易。江浙沿海地区的工商业虽然在元末数十年里发展较快,但它孕生于一个缺乏工商意识的母体社会之中,政治基础极其脆弱,商人阶层未形成独立的政治力量,也缺乏同封建势力作必要斗争的自觉意识。这种历史的惰性被体现得如此极端而顽固,结果推迟了中国社会进入近代的步伐。海禁的实行阻塞了中国同世界交流的通道,给社会发展和民族文化带来严重的后果。话题太沉重了。诗人汗漫有一首《构成江南小镇的若干元素》,不一定写周庄,却深得周庄神髓:

首先,要有流水纵横
桨,捣乱液态的树木、石桥、天空
潺潺,绵绵,安慰阿炳等等盲目的琴师
当然也会产生流言——
关于江南以外的尘世,以及
小镇内部雕花屏风一样繁复幽曲的恩怨

还要有若干文人隐居
结社,雅集,在茶楼内
窥探京城里的动静,吟诵吴越秘史
顺便遭遇若干鲜艳女人和水粉般的事情
四散而去,一路好风
吹醒体内汹涌的酒意和暗疾

也要有明清富商遗留下的宅邸园林
成为景点。导游如同早年诡秘管家的化身
把游人作为来宾引领至每个细节——
绣楼,一扇花窗半开半合
仿佛依然有闺女在窗内偷窥、暗恋
视某个过客为英俊长工

更要有一块蓝印花布飘成巨大夜空

白花朵般密集的星子飘动——
江南万千染坊溅起的灿烂星子
使小镇上空蜜蜂汹涌、露水甜蜜
街道，天井，古旧青砖密集如鳞
充满了游入河水、成为青鱼的冲动……

江南，小镇，这些部分的元素、水滴
——“江”，用三滴水
就统治了一条南方大河周围的命运和景象！
这一汉字的创造者，或许就是小镇人氏
他的幽灵屡屡与异乡访问者擦肩而过
并与我交换了体内的流域和灯火

我爱同里桥畔住

在苏州城南五十里，地属吴江。素有“银吴江，金同里”之称。镇上的退思园，已列入世界文化遗产名录。

退思园主人任兰生，行伍出身，有战功，屡据肥职。光绪十年（1884），因镇压捻军不力、营私肥己等多项罪名被弹劾，在命悬一线的关头，以一句“进思尽忠，退思补过”（《左传》）的话获慈禧从轻发落，罢职还乡。惊魂甫定，便在同里画家袁龙策划下，以白银十万两建造私园，名曰退思园。光绪十三年（1887），任兰生奉檄往皖北赈济灾民，翌年卒于颍州。

园东为核心景区，退思草堂隔水与“闹红一舸”、“菰雨生凉”等一组景物相对，格局与留园冠云峰一带相似，所不同者，一是此地水面较大，二是有旱舫“闹红一舸”突入水中，为全园最美的建筑。陈从周评：“……任氏退思园于江南园林中独辟蹊径，具贴水园之特例。山、亭、馆、廊、轩、榭等皆紧贴水面，园如出水上。”

车前子详解：

坐在水香榭看闹红一舸，这是座石舫，结构严谨而又松动，如高手手中的鸟，抓得太紧，鸟死了；抓得不紧，鸟飞了。它欲飞不飞，富有动感。拙政园里的香洲是大家闺秀，闹红一舸是小家碧玉。小家碧玉有小家碧玉的好，不故作深沉，甚至还有点风骚。真觉得闹红一舸的名字取得好（姜白石有词曰：“闹红一舸，记来时、曾与鸳鸯为侣”），它不但能闹红——想来园林主人曾在一舸周围种了荷花，本身就是花枝招展的。轻薄不一定就不好，罗衫就要轻薄。闹红一舸就是退思园里的罗衫。

对陈从周“贴水园”的提法，车前子不太同意：

网师园的水面像是碗中之水，退思园的水面像是盆中之水，故退思园的水面显得波大。常常说退思园是贴水园，我看真正的贴水园是网师园，而退思园是浮水园。

水面在菰蒲生凉处收拢，竟有了"烟波江上使人愁"的感慨。这也是今天下雨的好处：天气丰富了园林的内涵。

任兰生之所以被赦，与左宗棠、彭玉麟等中兴名臣的说情也大有关系。离京归家前，彭玉麟以一联相赠："种竹养鱼安乐法；读书织布吉祥声。"任将此联悬挂园内，"文革"时被毁，现为复制品，在"菰雨生凉"轩内。轩内还有一副佳联："竹梧秋雨碧；荷芰晚波明。"轩内另有任兰生之子任传薪从德国携回的巨镜，既添凉意，又纳入一园景色。

且说车前子继续在园内闲步。

后来我又坐在水香榭里，朝南望去，通脱玲珑，我以为那里是退思园的精华所在。

雨往大处下着，有太湖石要从水中生出，大笑一声，掉头而去。我辈岂能常在温柔乡里打发意气！没有英雄的时代终究是寂寞的，那就去寻找诗人。没有诗人的

同里退思园

时代终究是荒凉的，那就去寻找狂人。没有狂人的时代终究是可怜的，那就去寻找鸟人。不管怎样，鸟人还算梦见过翅膀。

任传薪却不是“鸟人”。

由于接受了新思想，作为退思园第二代主人，任传薪以园为校舍，成立丽则女校，让在江南荷塘边采莲弄舟的女子入学，延请钱穆、钱基博、袁桐荪、范烟桥等名师，开吴江女子教育之先河。1916年5月9日，袁世凯接受日本“二十一条”，丽则女校师生愤怒声讨，并立“五月九日国耻纪念碑”，碑文由钱基博撰写，吴芝瑛书写。吴芝瑛为奇女子，安徽桐城人，曾赞助秋瑾留学日本。秋瑾就义后，又为其埋骨西泠。此次吴不仅书碑，还写《上袁氏万言书》：“公朝去，而吾民早安；公夕去，而吾民晚息。公不去，而吾民永无宁日。”

镇上三元街有陈去病故居。陈去病与柳亚子一起发起“南社”，还被孙中山任命为参议院秘书长。鲁迅看日俄战争纪录片，见中国人目睹同胞被砍头而神情漠然，遂弃医从文。陈去病受的刺激更直接。大阪博览会上，台湾馆里竟陈列着福建产品。已占台湾，又觊觎福建，陈去病愤而交涉，撤下了产品。他在南浔认识秋瑾，后随吴芝瑛同葬女侠。陈去病有一首《癸卯除夕别上海，甲辰元旦宿青浦，越日过淀湖归于家》，痛心指斥当时的风气，比之杜牧的《泊秦淮》，有过之而无不及：

澒洞鲸波起海东，辽天金鼓战西风。
如何举国猖狂甚，夜夜樗蒲蜡炬红！

诗题中“癸卯除夕”指光绪二十九年除夕，即公元1904年2月15日，“甲辰元旦”指光绪三十年元日，即公元1904年2月16日。澒(hòng)洞：弥漫无边。鲸波：大波。樗(chū)蒲：古代一种掷骰子的游戏，此处指赌博。列强鲸吞，危在旦夕，举国上下，赌博如狂。至今读来，仍有晨钟暮鼓的警世作用。

百姓的日常生活仍如桥下流水。太平桥、吉利桥、长庆桥三桥相距咫尺，呈品字形跨于三河交汇处。每逢婚嫁喜庆，里人有“走三桥”的习俗，于鼓乐鞭炮声中绕行三桥，以祈福祉。罗星洲在同里湖中，占地约五亩。诗人陈旭旦回忆：“一沤螺岛，几亩荷花，环以桃柳之属。楼台亭阁，似南湖烟雨楼，盖具体而微；入门处近景，又绝类杭州之漪园，惟后无南屏山耳！余少时，每当夏日，城中及邻近诸镇，多有挈舟而来，开筵赏花者。吴门之画舫往往停泊其间，肴点均佳，名为船菜；复有歌妓随舟而来，丝竹之声荡漾烟水间。”“罗洲听雨”已成同里一景。

《吴郡志》载：“天下鲈鱼皆两腮，

惟松江之鲈四腮。”同里北枕吴淞江（即松江），即为四腮鲈鱼产地。同里芡实，人称“软温之粒，银瓯浮玉，碧浪沉珠，微度清香，雅有甜味，固天堂间绝妙食品也”。另有麦芽塌饼和闵饼。据同里人范烟桥回忆，软糯香甜的闵饼，使嗜好甜食的苏曼殊胃口大开，一次能吃下二十枚。

美人一去碧云冷

一

黄裳在《虞山春》中写道：

正像一个刁钻古怪的美丽女人，永远不肯爽快地正面向人一样，虞山的胜处，就正是爬过了那平淡无奇的岗峦之后才能窥见。剑门、拂水，一下子都在眼前了。的确是突出的清秀，是一种几乎有些清冷的秀丽。那些峭壁，那些只有一线可通的、在峭壁上绽开的“剑门”。更奇妙的是展开在这一片峭壁脚下的一片锦绣般的田野。尚湖，在这山巅高处是看得更清楚了。

在前文中，黄裳已提到：“啊！在吴梅村的诗句里曾经出现过的，春暖尚湖花的尚湖。湖水的确是美，完全不曾辜负诗人送给她的华丽的词藻。”

陆文夫《老苏州》中说：“项羽起兵也是在苏州召募了八千江东子弟。连那个在《霸王别姬》中舞剑自刎的虞姬，也是一位女将。虞姬是常熟人，常熟称虞，所以便叫虞姬。”这真是很美丽的想象，大概也不会太离谱。美女名湖，可谓相互映发了。

钱牧斋、柳如是的故事，就发生在虞山西麓的拂水山庄。胡晓明有《虞山行》一文。

崇祯十三年的除夕，河东君柳如是乘舟从水路进城，径直住入常熟城钱牧斋家中新建的我闻室，这一大胆举措，终于结束了她自己飘泊十年，无依无靠的萍水生涯。

钱还精心安排了城外别墅拂水山庄之游。

虞山绝顶，极佳胜处，一桥临空。脚底下万丈崖谷，远处有尚湖，因相传姜太公在此隐居垂钓而得名。山顶小巴车站边，一座大庙宇正在修建之中。门额一匾，沙孟海题书“藏海寺”三个擘窠大字。陈寅恪先生所说的拂水山庄旧址，正在眼前。《柳如是别传》引邓之诚《骨董琐记》：“其拂水山庄，今为海藏寺。距剑门不远，有古柏一，银杏二，尚存。”其中“海藏寺”为“藏海寺”之讹。

我自然不会刻意去寻找那古柏银杏。我分明懂得，那拂水山庄，那秋水阁的梅花林子，以及红豆庄、芙蓉庄、绛云楼、我闻室，都如逝水云烟，只能留之梦寐、存乎遐想而已。想起查慎行《拂水山庄》的两句诗："名园来到已神伤，指点云山入渺茫。"这里的"神伤"，这里的"渺茫"，几乎不可以翻译成为白话文。有些感觉，尤其是诗歌的经验，是非常难以传达的。……

男女同学，欢喜地在望海墩、拂水岩摄影留念。我的目光穿越他们的姿态表情，留在他们身后的背景中。那是一大幅郁郁葱葱的岩屏叠嶂，绵密华滋、泼眼翠欲流、古意深长。这是江南山水特有的山体植被。可奇怪的是，在传统中国山水画中，我几乎找不到准确表达这种植被的作品，而日本的东山魁夷的巨幅青绿山水屏风，恰能表达这一种空苍积翠、山意溟蒙的意境。

这一大幅山色，正是尚湖之畔、河东君柳如是墓背靠的青山屏嶂。

大巴士沿着宽敞的虞山公路行驶，通往尚湖风景区。一路上，我们看了翁

虞山剑阁

同龢的墓园。墓群规模甚大，墓道石阶整洁，陵园中古木参天、蝉声高爽。这位两朝帝王师、中国近代史的改革维新元老，看来身后风光依旧，应不寂寞。

离翁墓大约几分钟的车程，想不到竟是黄大痴的墓。墓道甚长，两旁林木幽秀，大痴一生画了中国最好的山水画，《富春山居图》留给后人说不清的谜团疑案，说不完的笔墨精彩，可他自己却安安静静躺在这波光浩淼的尚湖边，聆松声泉语，看云起云落。眼前这大痴墓，显然比翁墓朴素、简静得多了。

大巴士继续往前行驶。要不是路边田野中一方白色石碑突然掠目而过，我们就差点错失了柳如是墓。与翁同龢的豪华气派、黄大痴的简静疏逸相比较，她的墓不要说简单，直可以说荒陋满眼，连墓道也无，就在路边一排小树背后，隆然一土冢即是。

黄裳在《虞山春》中写他在报国禅寺躲雨：

喝着寺里淡淡的本山茶，听着有一搭没一搭的“神话”，忽然想起有些过去的文人写下的虞山游记，不禁有些好笑了。就连生活在清初的尤侗，在一篇虞山游记里，不但十分夸大地描写了这儿的风景，而且还说这座寺院就是当年钱牧斋的拂水山庄。记得后来有什么考证家根据记载纠正了尤侗的谬说，其实用不到考证，只凭常识也可以断定这种说法之无稽。

钱牧斋虽然“风雅”，总也不肯把别墅造在这里。他还不是不食人间烟火的“超人”，柳如是怕也不肯在这里久住的。不但饮食使用等供应不便，也实在没有什么好玩，活动地区太狭小了。如果整天坐在剑门下面去望尚湖，也必然无趣得很，而且不要很久，就会弄得头昏眼花，弄不好还会落得一个怔忡之疾。

还有一个很好的证据，是不久以前友人摄赠一卷《月堤烟柳图》。这是柳如是的作品，前面有钱牧斋的题跋。他描写的还不过是拂水山庄的八景之一，画面里有长堤、小桥、桃柳、楼阁，柳荫之下还停泊着一只小船，这无论如何不可能是山顶的格局。看起来，所谓“拂水山庄”多半还是在虞山之麓，虽然不能确指，像那公园左边一带，就很有可能。只有书呆子才会相信什么“入山惟恐不深”的鬼话，……

与钱柳夫妇隔岸对诗的是孙原湘、席佩兰夫妇。未名湖一带的“来青桥”、“浮碧桥”、“拾诗桥”等景名都来自席佩兰诗境。湖山堂楹联“轻云多贴树；远水欲浮山”、“山于春后碧；水为雨来青”等皆出于席佩兰诗句。

袁枚评席诗"不拾古人牙慧，而能天机清妙，音节淙琤"。作为袁枚的"首席女弟子"，席也当得此评。

席伉俪情深，夫妻同为诗人。倪鸿《桐荫清话》载孙原湘《示内》句云："赖有闺房如学舍，一编横放两人看。"可见夫妻闺房读书之乐。佩兰因是女性，其对夫婿的感情更显细腻、真挚、丰富。此情一旦赋之于诗，即一片性灵：

水沉添取博山温，一院梨花深闭门。
燕子不来风正静，小楼人语月黄昏。

诗描绘的是一个静谧的春夜，一个无人打扰的两人世界。在室内香炉沉香温馨的氛围中，于窗外无言明月的守护下，"小楼"上伉俪正窃窃私语，是夫妻夜读？是山盟海誓？写情而不言情，发人遐思。

又如《夏夜示外》：

夜深衣薄露华凝，屡欲催眠恐未应。
恰有天风解人意，窗前吹灭读书灯。

将"天风"拟人化，替她"吹灭读书灯"，迫使夫婿早点就寝。这种想落天外之句，平添了诗的情趣。

佩兰曾有二子。袁枚记云："安儿，年五岁，能诵唐诗。爷出对云：'水如碧玉山如黛。'应声曰：'云想衣裳花想容。'亦奇儿也。"（《随园诗话补遗》卷六）安儿为长子，还有幼子禄儿。但双子患病为庸医所误，竟然在两天内相继夭亡。一为六岁，一为三岁。这对慈母来说，不啻天崩地裂，其《断肠辞》云：

弟后兄先更可哀，一双珠颗落泉台。
娇啼望汝扶持好，十日前才断乳来。

一杯良酝奠灵床，滴向泉台哭断肠。
谁是酒浆谁是泪，教儿酸苦自家尝。

其一既哭安儿，又哭禄儿。佩兰于二子相继夭亡之时，其悲痛当是雪上加霜，但却强忍哀伤，嘱托安儿在阴间照顾好刚断乳的弟弟，语虽平淡，但哀痛已无以复加。

钱牧斋八十岁那年，拂水山庄中红豆庄那株几十年不结红豆的老树突然结出了一颗红豆，让钱喜出望外，遂召集文友作"红豆雅集"。数百年之后，正是一颗红豆成了陈寅恪写作八十万字的《柳如是别传》的契机。

辛巳（1701年）暮春，清人尤侗游虞山，曾记：

十七日，游钱氏红豆庄。庄外有绿柳长堤，桃花古岸，墓门石马，麦陇泥犁。庄内有草堂竹树，曲水斜桥，春鸟乱啼，落红满地。

常熟破山兴福寺

唐伯虎早就写过：

安得舟随湖水转，为君九面写虞山。

二

城东有兴福寺遗址，又名破山寺，为南齐时建，至唐代已成古迹。诗人常建有《题破山寺后禅院》：

清晨入古寺，初日照高林。
曲径通幽处，禅房花木深。
山光悦鸟性，潭影空人心。
万籁此俱寂，但余钟磬声。

佛家称僧徒聚集处为丛林，“高林”兼有称颂禅院之意，让人想见初日照临下礼赞的状况。

“曲径”两句，不但景色幽美，而且兴象深微，蕴含禅理，启示人们：如同经过通幽曲径，才可步向花木掩蔽的禅房一样，要领略佛理妙道的胜境，也先得走过一段曲折的道路。本来，这两句已很奇警，但作者却能在五六句别开生面，再造佳境。以变幻的山光、悦耳的鸟音、清澈的潭影，展现一个更为清幽而且空灵的境界。尽管第七句“万籁此俱寂”较为直露，但结句却用钟磬之声反衬，让人在这荡漾于山寺内外的悠扬乐声中，更感到禅院的静。俞陛云评后六句“愈转愈静”:“由幽径至禅房深处,惟有鸟声潭影耳。鸟多山栖,而写鸟性用一‘悦’字;水令人远,而写人心用一‘空’字,名句遂千古。末句‘惟闻钟磬’,所谓静中之动,弥见其静也。”

全诗不用枯燥的佛家说教语,而是寓情理于景,引人去体味,语言又明净澄澈,通篇佛境光明也。

寺院屡经兴废。“文革”中尽毁,独存方塔。方塔为南宋建筑,现已辟为方塔公园。寺也于上世纪八十年代重建。

写《孽海花》的曾朴是常熟人,有一座曾园作证。曾园是荷世界。《群芳谱·荷花》曰:“花生池泽中,最秀。凡物先华而后实,独此华实齐生,百节疏通,万窍玲珑,亭亭物表,出污泥而不染,花中之君子也。”所以园中有“君子长生室”。“清风明月阁”附近,有过一座红楼。这座欧式小洋房是曾朴从上海回常熟后所建。在“红楼”中,曾朴翻译雨果、左拉、莫里哀、福楼拜,做着他自由民主的“红楼别梦”。也在这里,他辞别这个纷纷攘攘的世界。

曾朴自然游过兴福寺。自常建写过“潭影空人心”后,山潭便被称作“空心潭”。“眼前有景道不得”,曾朴转而去写潭中的绿毛龟,居然又添得一首佳诗:

桃涧溪毛背作茸,硕青无兆卜穷通。
长安春梦黄粱里,冷眼防他绿发翁。

后禅院的西园山根处,有君子泉。山泉涓涓,积成小潭,只脸盆大,不张扬。据说此泉久旱不涸,久雨不溢,不以己悲,不以物喜,恂恂然有君子雅量,是以得名。

君子泉在廉饮堂后。这个自成格局的小院子别名“自澈”,与翁同龢有关。翁因维新变法被慈禧“开缺回籍”之后,退隐瓶隐庐,深居简出,偶与兴福寺、三峰寺僧人交往,以排遣悲己忧国的郁闷。他爱廉饮堂的清静朴素,每到兴福寺必来盘桓;曾在此应邀作《主持性善碑记》,又撰联云:“老马时垂耳;灵犀自澈天”,自况心境。

翁的绝笔诗为:“六十年中事,凄凉到盖棺。不将两行泪,轻为汝曹弹。”

1984年,小院重修,住持妙生从翁联中取“自澈”两字额于院门,以示怀念。

还有一则趣事。翁被罢黜回乡,心绪落寞,每日午睡醒来缄默不肯道一字,一直要到操习一番书法之后心绪方能好些。老先生每在此时撕一角纸写上“臭豆腐干×块”,有时还写上年月日。僮儿得了这角纸便去县南街东太平巷口太白酒家门口小摊上去取臭豆腐干,银钱到月总付。僮儿在归途须一阵急走,不让食物冷掉。臭豆腐干一“落气”,味道淡薄,就大为逊色了。

翁曾为两代帝师，又是当时书法大家，便有人向那小摊主收买翁先生手迹。翁先生得知，不再动笔，只以手指示僮儿豆腐干块数。尽管如此，那小摊主已发了一注小财了。

翁先生讲“自澈”，蜡梅又是常熟的市花，多见于寻常百姓家。笔者由此想起禅寺西园一亭上的联语：

清风饱餐还有味；明月再嚼更无渣。

家近江南罨画溪

宜兴古称阳羡。唐人许浑有《紫藤》诗：

绿蔓秾阴紫袖低，客来留坐小堂西。
醉中掩瑟无人会，家近江南罨画溪。

罨（yǎn）画溪在宜兴市南三十六里，源出悬脚岭，东流入太湖。溪两岸多朱藤花。罨画：画家谓杂彩之画。《丹青总录》引吴莱《倭画扇歌》：“锦屏罨画散红青。”

难怪东坡《菩萨蛮》有云：“买田阳羡吾将老，从来只为溪山好。来往一虚舟，聊从造物游。”

清人顾嗣立诗曰：“爱他罨画溪头绿，半属颐山半独山。”群山皆在河西，惟独山（又名蜀山）在河东。蜀山南麓有东坡书院。

与东坡同时的陈述古，《过罨画溪》却云：

五云深处问新亭，月里乘舟半夜行。
不见藤花相掩映，乡人犹指画溪名。

没有了藤花掩映的溪，依然美丽。南宋周必大形容：“山色如画，溪水绀绿。”陆游寄人诗云：

兴尽当年句曲秋，却归罨画弄扁舟。
有时信脚来沙际，拾得残云补破裘。

又有：“罨画溪头云万叠，不知何处是君家？”

清人史承豫，可谓东坡的隔代知音，在《游蜀山记》中说：

山在邑东南三十里，近太湖之滨。一峰孤立，高不十寻，无层峦叠嶂之观；又，山下居民多以陶为业，窑烟四起，眯眼触鼻。殊非山水佳处。不识东坡先生何以流连于此，且思结宇终老，岂陵谷变迁，风景代殊，今之蜀山非复昔日之旧欤？或曰：“蜀山者，本名独山。先生过此，嘉其风土颇类蜀中，为易今名。”考尔时先生值迁谪之余，崎岖奔走，车无停轨。人情莫不重

恋其乡，偶见一丘一壑仿佛近似，遂欲托迹以寄桑梓之思，未可知也。

［蜀山位于宜兴县东南三十里，靠近太湖边。它独峰孤立，高不过八十尺，没有层峦叠嶂的美观。另外，山下的居民大多以制陶为业，烧窑的烟火四处弥漫，令人眯着眼捂着鼻，实在不是什么山水佳美之处。不知道苏东坡先生为了什么会在这里流连忘返，并且想在此盖房子养老。难道是陵谷变迁，风景巨变，今天的蜀山不再是昨天的旧貌了吗？有人说：“蜀山，原本叫独山。东坡先生路过欣赏这里的风光与蜀中极为相像，便为它改了现在这个名字。”推想那时先生正当贬谪之际，在崎岖不平的道路上匆忙奔走，车子没有停止的时候，人之常情没有不深深眷恋故乡的，偶然看见一山一水，与故土相仿，便想在此寄托思念故乡之情，这就不可知道了。］

元丰七年（1084）东坡在邵民瞻家，亲植“紫锦重瓣垂丝”蜀海棠一棵，距今已近千年，每逢清明时节，海棠盛开，姹紫嫣红。1981年，建海棠园，园内还有东坡手书邵氏“天远堂”巨匾。苏州书画家沙曼翁书写楹联：

海棠树下，看金枝玉叶，遥从巴蜀而来；天远堂前，听铁板铜琶，高唱大江东去。

另有林散之书写的“海棠无恙”条幅。

民国赵君豪《京杭国道游观记》载：

五月十六日，余既至宜兴之汤渡，以时促未能

海棠花溪中诗碑背后的苏轼海棠诗

一游张公洞，引为大憾。此际天又微有雨意，深虑车经太湖，或无所睹；乃登程而后，天忽晴朗，山翠如沐，霁色扑人，余怀欢慰，当可知矣！自汤渡前进，未及半小时，已至父子岭下。路转峰回，太湖已涌现于眼前。眼力所及，一望无际，青峰片片，若隐若现，气势之雄伟，景象之空阔，视鼋头渚所望之太湖，又复大异。父子岭既具山峦之秀，更面对太湖，山容水色，各极其妙。余侪于此下车，徘徊瞻眺，远挹波光，近觇山色，顾而乐之。其时晴空万里，熏风拂衣，时有片帆，出没云际，茫茫天水，极目无穷，太湖风景之旷远，非数言所可尽也。湖畔复有良田，一望弥绿，于以知太湖灌溉江浙两省，为利之溥，不可胜言。余车所经，左湖右山，嘉木苍翠，风物之类，如入画图。驰行未及廿分钟，太湖已渺不可见。……自父子岭前进，更未半小时，即经行夹浦而抵长兴。长兴属浙境……

民国范烟桥《湖山壮兮洞天奇》也记：

宜兴有两薮泽，东曰东氿，西曰西氿，水清而柔，山叠若嶂，有若西湖。西氿之边，有雪堂、钓台诸迹，虽未得登临游眺，然从舟中遥望，疏柳摇绿，夕阳衬红，山倦欲暝，云懒不峰，光景之美，亦心目为爽矣。

最后提到：

宜兴城低如墙，风俗朴厚，绝无盛装炫服招摇过市者。初闻人言，张渚鸭浇面绝隽，庖人以春鸭肉老为辞。后闻人言，宜兴亦有之，竟未一沾唇，亦此行憾事。惟笋嫩如菾，殊为佳味，求之武林，亦所难获，况苏州乎？

归　庄

归庄是明代文学家归有光的曾孙，身处明清易代之际，其诗颇有磊落不平之概，悲歌慷慨之情，时人将他与同邑友人顾炎武并称为“归奇顾怪”。其《落花诗》云：

江南春老叹红稀，树底残英高下飞。
燕蹴莺衔何太急，溷多茵少竟安归？
阑干晓露芳条冷，池馆斜阳绿荫肥。
静掩蓬门独惆怅，从他江草自菲菲。

他在自序中说：“我生不辰，遭值多故，客非荆土，常动华实蔽野之思；身在江南，仍有大树飘零之感。以至风木痛绝，华萼悲深，阶下芝兰，亦无遗种。一片初飞，有时溅泪；千林如扫，无限伤怀！”

顺治二年（1645），清军南下，一路遭遇抵抗，一路疯狂杀戮。

屠扬州。抵抗了七日，屠城十日。

屠嘉定。抵抗了五十二日，屠城三次。

屠江阴。抵抗了八十日，屠城三日。

屠昆山。抵抗了二十一日，屠城一日。

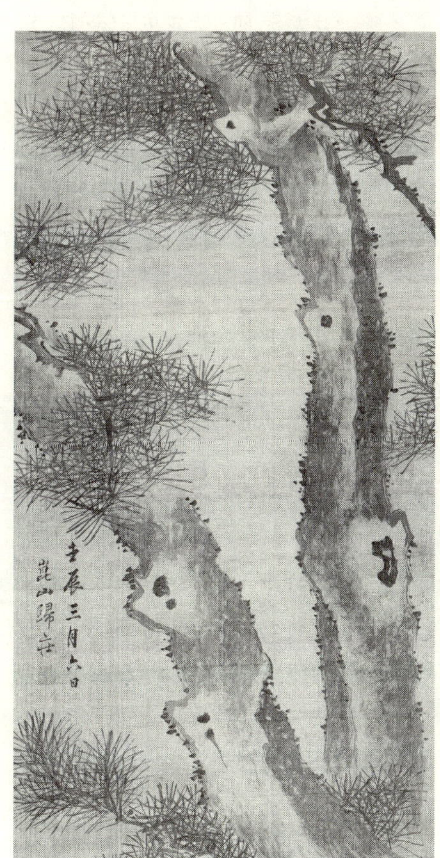

归庄《苍松》

昆山之役，全城一天死难者就达四万。“昆山顶上僧寮中，匿妇女千人，小儿一声，搜戮殆尽。血流奔泻，如涧水暴下。”归庄一家就有五人死难，四人失踪。

参与抗清失败后，归庄僧服逃亡。后结庐先人墓旁，佯狂玩世。这就是写《落花诗》并序的背景。

庞坚评：首联便直切诗题，描绘了江南春天即将过去，群英凋残飞落的一片凄凉景象，与杜甫《曲江二首》之一开头两句“一片花飞减却春，风飘万点正愁人”机杼略同。诗中春老红稀的境况实是抗清运动趋向衰落，抗清志士或死或散的隐喻，透过一个“叹”字，我们便已看出诗人内心的悲苦之情。应当注意的是：“春老”非春尽，“红稀”非红灭，“高下飞”犹言上下飞，也不是直接坠落，这表现诗人似乎尚未对抗清事业完全绝望。

颔联二句，诗人道：燕子蹬踢花枝，莺儿叼啄花朵，摧残好花是多么急切，而粪坑般秽浊之地是那么多，锦茵般雅致之地是那么少，让那些芳洁的落花坠向何处？“燕蹴莺衔”语出杜甫《陪诸公上白帝城头宴越公堂作》“燕蹴飞花落舞筵”与常衮《咏玫瑰》“莺衔入夕阳”，但一反原诗的柔婉轻快，予人一种恻怆沉重之感。“溷多茵少”则用《梁书·范缜传》典故。范缜曾说：“人之生譬如一树花，同发一枝，俱开一蒂，随风而堕，自有拂帘幌，坠于茵席上；自有关篱墙，落于粪溷之侧。”此处化“坠茵落溷”为“溷多茵少”，意义自有改变，不是对人生的一般感叹，而是对现实的直接谴责。

颈联语势渐转。“阑干”句以落寞栏杆畔的“冷”芳枝比喻全节守志者，“池馆”句以华贵园墅中的“肥”绿叶比喻屈节降志者，一正一反，对比鲜明，言辞虽不涉褒贬，但字里行间，爱憎自见。“晓露”既以“露”清而洁暗示仁人志士的坚贞，又以“晓”隐寓恢复神州仍有一线希望。“斜阳”则既讽刺仕清降清者，又诅咒清朝异族统治“日薄西山，气息奄奄”。

最后，诗人表现出他“苏世独立，横而不流”的坚定意志和“众芳芜秽，美人迟暮”的悲凉感情。“静掩”句上应“阑干”句，一个“静”字、一个“独”字，分明刻画出诗人“义不帝秦”的高尚人格。“江草菲菲”喻不讲气节的小人，则与上文“绿荫肥”绾合，见出其对“兰摧玉折，萧艾为荣”的极端鄙夷。全诗以叹群芳凋零起，以慨江草菲菲结，语语紧扣主题，诚如吴伟业评语所云：“流丽深雅，得寄托之旨，备体物之致。”

在《看牡丹诗自序》中，归庄形容自己嗜花如狂：

或舆或杖，僻远之地无不至；有初至不得入者，辄再三往，必得观而后已。山中名花，大抵皆寓目，多生平所未见者。昼则坐卧花前，夜则沉醉花下，如是数日。兴尽则挂帆渡湖，至虎丘观花市而归；复遍历昆山城内外有花之所。浃辰之间，看花五十余家，殆所至不遗余力，惟日不足者，其可谓狂且癖矣。

归庄的散文比诗好，康熙五年（1666）二月所作的《观梅日记》，值得大段引录：

邓尉山梅花，吴中之盛观也。崇祯间尝来游。乱后二十年中凡三至：甲午非梅花时，辛丑遇霖雨，甲辰以同游者遄（chuán）归，皆未尽致。今年发兴重游，与友人约皆不果，乃典衣为赀，作独游计。

［邓尉山的梅花，是苏州的一大胜景。崇祯年间我曾来游玩过。乱后二十年来过三趟：甲午（1654）那年不是梅花开放的时节，辛丑（1661）那年遇到连绵大雨，甲辰（1664）那年因为游伴迅速离开，都没有尽兴。今年（1666）下决心再来游玩，由于友人

都未约到，就只好典当衣服凑足盘缠，作独游的打算。]

以二月十二日，自昆山发舟，晡时至虎丘，遍观花市。舟小，寓梅花楼，盖旧观也。夜独酌，薄醉，步虎丘石台。时月方中，有微云翳之。欲待夜深云净，遣童子取氍毹（qú shū），寓僧以早闭门请，遂不能久留，吟二绝句而入卧。诗曰：

邓尉山梅是胜游，东风百里送扁舟。
更爱虎丘花市好，月明先醉梅花楼。

月午清华落剑池，谁家乐部恣群嬉？
名山不用喧箫鼓，独上高崖自咏诗。

余近来七言绝多口占，无意求工，殆康节先生所谓自在吟也。

[二月十二日那天，我从昆山坐船，下午到虎丘，把花市看了个遍。游船小，夜里住宿在梅花楼上，它原是个道观。晚餐自斟自酌，稍微有点醉，登上虎丘千人石。明月当空，可惜被微

苏州邓尉山梅花

云遮住。想等到夜深无云的时候再观赏，叫书童去取毛毯，但是楼主人说楼门关得早，请我早点回去，所以没法久留。临睡前做了两首绝句（略）。我近来做诗多随口吟成，意不在求工整，大概是（邵）康节先生所说的"自在吟"，取其适性任情罢了。]

……

十四日，急欲入舟进山，以宿酲（chéng），卧不能起。起则复小饮。别昭法而入舟，二僧及光福王公案（同采）同载。遇逆风，至上崦水波恶，一叶舟不敢前，依岸小泊。舟中酒竭，望山村酒帘，遣童子沽一瓶。二僧不饮，取所携枸杞子，各啖少许充饥。游山况味如此，殊自笑耳。遥望山麓梅花林，斜阳照之，皑皑如积雪。已而风势小减，舟始得前。至光福，将渡下崦，下崦水更阔，风浪尤甚，思李太白《横江词》"郎今欲渡缘何事，如此风波不可行"，遂止。投公案小饮。同访顾二音，留夜酌。以舟中遇厉风，体殊不适，饮兴不及昨夜之二三也。夜宿黄有三家，二僧同焉。

[十四那天，急于要坐船到山里去，却因为喝醉酒隔了一夜还未清醒，所以躺着起不了身。起来后，又喝了点酒。告别昭法上船，与两个和尚和光福的王公案同船。遇到逆风，船到上崦，波浪可怕，船小不敢前进，就靠岸作短时间的停留。船里酒喝完了，望见村庄上的酒招，就派书童去打一瓶来。两个和尚不喝酒，只拿出身边的枸杞子各吃一点充饥。游山的滋味像这个样子，想想也觉得可笑。远望山脚边林中的梅花，夕阳照着，白皑皑的好像积雪一般。过了好一会儿风势小了点，才开始解缆前进。到了光福，正要向下崦驶去，下崦水面更宽，风浪格外大，想起李白的《横江词》"郎今欲渡缘何事，如此风波不可行"，就停泊下来。跑到公案那里稍稍喝了点酒。一同去拜访了顾二音，留我们喝酒到深夜。因为在船里受了点风寒，身体很有点不舒服，所以酒兴也不到昨天的十分之二三。夜里就宿在黄有三家里，两个和尚也住在那里。]

十五日，有三出纸扇求书画，时酒未到唇，笔兴不发，勉应一二。饭而入舟，至士墟，访葛瑞五。瑞五自昆山挈家来居，与其夫人同学道，偕隐之乐，心甚羡之。瑞五偶出，门坚闭。复于其间壁访李秋孙。李，南翔人，居山中，时不在家；以其为通家也，呼其子出，以行李寄之，遂寓焉。余因同二僧、公案出步寻花，至朝玄阁、董墓，皆胜地也。以体倦先归卧。夜，瑞五归，相邀，同笻在过之。其居面骑龙山，四望皆梅花，在香雪丛中。余辛丑年看梅花，有“门前白到青峰麓”之句，即其地也。庭中垒石为丘，前临小池，梅三五株，红白绿萼相间。酌罢坐月下，芳气袭人不止，花影零乱，如水中藻荇交横也。后庭有白梅一株，花甚繁，云其实至十月始熟，盖是异种。同筇在宿李氏，自是大抵食于葛宿于李云。

［十五那天，黄有三拿出纸扇来要我写字绘画，当时未曾喝酒，动笔缺少兴趣，勉强应付了一下。饭后上船，到士墟，拜访葛瑞五。瑞五从昆山搬家到这里居住，跟他的夫人一起学习佛法，享受共同隐居的快乐，我很羡慕。恰值瑞五外出，门紧紧关着。又到他隔壁拜访李秋孙，秋孙是南翔人，住在山里面，当时也不在家；因为与他有“通家之好”，所以叫他的儿子出来，把行李寄放在他那里，夜里就宿在他家里。我就同两个和尚、公案出去寻找梅花，到朝玄阁、董墓，都是赏梅的好地方。因为身体感到疲倦，就先回来睡觉。夜里，瑞五回家，前来邀请，我就同筇在一起过去。他的家面对骑龙山，四周望出去都是梅花，在一片洁白清香的花丛中。我辛丑年来看梅花，写过“门前白到青峰麓”的句子，说的就是这个地方。庭院中堆石为假山，前面靠一个小池塘，梅树三五株，红的白的梅花羼和在一起。喝酒后坐在月下，香气阵阵袭来，又是花影零乱，好像水里面浮着蕴草似的。后面庭院里还有一株白梅，花开得很多，据说果实到十月里才能成熟，大概是一种特别的品种。夜里就宿在李秋孙家，从此之后，大致是吃在葛家宿在李家了。］

……

十八日，五更即起，趺坐佛灯之下，尽长香一枝而天明。书枕上诗于壁，遂策杖登山纵眺。昨晚烟岚四塞，止见梅花，湖山之色犹在仿佛间。兹晓气颇清，极目百里，虽东旭之光为弹山所障，而四山雾气已豁。左望太湖，波涛万顷，渔舟数点，如在空际。前则潭山，迤西为蟠螭，而西碛在右，皆玄墓之支也。而诸山之南，为东洞庭山，又西为包山，皆浸湖中。余旧游之地，能指其处，计其里。其余若螺，若黛，若髻，若笠者，不可胜数；不知其名，但知其在七十二峰之中耳。因思潭山之麓有七十二峰阁，下瞰震泽，遥指群峰。阁上有李文正公篆额。余二十年前来游，爆竹一声，万山皆响。及辛丑、甲辰两度至，则阁已坏，几不可登，匾额亦已失之；今更不知若何矣。眺览良久，还至石楼早饭，遂同无声游茶山。茶山之景，梅花则胜马驾山，远望湖山，则亚于石楼。盖马驾梅花，惟左右前三面，茶山则花四面环匝。太湖及群峰虽在望，而山稍低，不能如石楼尤爽豁耳。徘徊久之，惜不携一樽以助游兴，遂复游铜井。铜井绝高，振衣山巅，四面湖山皆在目，而村坞梅花，参差逗露于青松翠竹之间，亦胜观也。庵僧进茶，啜之而出。无声别去。

余独步下铜井，一路看梅而归寓，知瑞五携酒同诸君候余于茶山而不相值。余倦甚，索酒，饮二壶而卧。梦醒，天尚早，同秋孙之子出，步至天寿寺，小憩而还。夜，诸君归，共饮，与主人谈，偶不合，相争久之。已而饮，大醉，于庭花下待月，啜茶而归寝。

是日所历之处，昔年皆有诗，惟石楼今始游焉，作一绝句：

翠微平石像高楼，烟雨湖山望里收。
千个篔簹一丈室，梅花风信飒如秋。

［十八日，五更天就起床，盘脚坐在佛灯下面，烧完一炷香就天亮了。把枕上做的一首诗写在墙壁上，就拄着拐杖下山去了望。昨晚上由于烟雾四面遮蔽，只看见梅花和湖光山色在有无之间。今天早晨则清清爽爽，百里之外也望得到。虽然东边的太阳被弹山遮住，而四面的山岚已经豁然明朗。左边望太湖，波涛万顷，几只渔船，像悬在空

梅花山色

中。前面是潭山，向西延伸的是蟠螭，西渍在右边，都是玄墓的支脉。在这些山的南面，是东洞庭山，再西是包山，都浸在湖水中，这些地方都是我从前游玩过的，能够指出它的所在，还知道距此有几里路。其他的山有像田螺的，有像青黑色的眉毛的，像发髻的，像斗笠的，数都数不清；虽然叫不出名字，却知道它们都是七十二峰中的一座。因此想到在潭山脚下有一个“七十二峰阁”，俯视太湖，远对群峰，阁上有李文正公所写的匾额。我在二十年前来游玩过，爆竹一声，万山应答。到了辛丑、甲辰两度来游，阁已经损坏，几乎不能登临，匾额也早已不见；现在就更不知道会是怎样的情况了。

眺望好久，回到石楼吃早饭，然后就同无声去游茶山。茶山的景色，梅花要超过马驾山，远看太湖及七十二峰，却不及石楼看得清晰。因为马驾的梅花，只有左右前三面有，茶山则四面都为花环绕。太湖及七十二峰虽然望得到，因山比较低，不能像石楼那么豁然开朗，我徘徊了好一会，可惜没带一壶酒来助助游兴。接着去游玩铜井。铜井地势很高，爬上山顶，整整衣服，四周湖山一目了然。山坞中的梅花高高低低，出现在青松翠竹中间，也是难得一见的美景。庙里的和尚献上茶来，我们喝了茶就离开。无声别我而去。

我独个儿走下铜井，一路看梅花回到寓所，得知瑞五拿了酒跟各位朋友在茶山等我不到就走了。我很疲乏，要了两壶酒喝，就躺下了。等我睡醒，天色还早，跟秋孙的儿子出去散步，在天寿寺稍作休憩就回来。夜里见各位朋友回来，就在一起喝酒，与主人闲聊，偶尔有的意见不合的，争论很久。继续喝酒，醉了，就在庭前的花树下等待月亮升起来，一边喝着茶，然后回到住处睡觉。

今天所到之处，从前都写过诗，只有石楼是第一次到，就写了一首绝句作为纪念（略）。]

篔簹（yún dāng）：大竹名。

十九日，同诸君早饭出游，以无殊山中路熟，邀之为导。上朱华岭，回望山麓梅花，其胜不减马驾山。过岭至惊鱼涧，涧水潺潺有声，入山来初见也。道旁一古梅，苔藓斑驳，殆百余年物，而花甚繁，婆娑其下者久之。路出花林中，早梅之将残者，以杖微叩之，落英缤纷，惹人襟袖。复前，则梅杏相半，杏素后于梅，春寒积雨，梅信迟，遂同时发花，红白间杂如绣。遂至熨斗柄。熨斗柄者，巨石临太湖，以其形似而名。攲（qí）坐石上，波涛冲激，欲溅衣裾。

西望湖水，浩无津涯，与天为一。

又前为夹石泉，亦临湖，路甚险。同游者掬泉饮之，云甚甘。余则扶杖遥观，垂涎而已。又前，至小赤壁，眺远之胜，略同斗柄，而路尤崎岖，惟坐卧平石，欲濯足湖流而不能也。无殊年六十余，而登高涉险，捷疾如飞。余仅逾艾耳，而衰倦如此。平日慕向子平、谢康乐之高致，欲游五岳名山，自度此愿，不复能遂矣。是日，主人初欲携酒，以为半道有僧可作主，及叩僧房，则阒（qù）其无人。归路饥劬，遂不能穷日之力，归寓早卧。

［十九日，同各位朋友早餐后外出游览，因为无殊熟悉山里面的道路，就请他做向导。爬上朱华岭，回头看看山脚下的梅花，其丽色不比马驾山差。翻过岭到惊鱼涧，涧水潺潺，入山后头一回见到。路边有一棵古老的梅树，苔藓斑驳，大概是百多年前的古木，但花开得很旺，在树下逗留很久。路穿过花丛，早开的梅花即将凋谢，用手杖轻轻一敲，花就纷纷飘落，沾上了衣袖。再向前走，梅树与杏树各半，杏花素来比梅花迟开，今年因为春寒多雨，梅花开得较晚，就与杏花同时开放，红花白花杂在一起，像锦绣一般。到了熨斗柄。这地方，本是一块靠近太湖的巨石，因为形似熨斗柄，就有了这个名称。坐

邓尉山

在岩石上，岩石受波浪的冲激，水滴几乎溅到了衣服。向西眺望太湖，水面浩渺，与天合而为一。再前面是夹石泉，也靠近太湖，路很险。同游的人都用手捧泉水喝，说滋味甘美。我却扶着拐杖远远地看着他们，只有垂涎而已。再往前走，到了小赤壁，也适宜望眺，与斗柄差不多，不过路更难走，只好在平石上坐着或躺着，想要在湖水中洗洗脚是不可能的。无殊虽然年过花甲，但登高涉险，敏捷快速。我刚过五十，却衰弱成这样。平时仰慕向子平、谢灵运的高情逸致，想遨游天下的名山大川，如今自己知道要实现这个愿望，已经不大可能。这天早上，主人本想带些酒来，后来以为沿途会有和尚作东，哪知敲敲佛寺的门，里面却悄然无声。在回来的路上，又是饥饿又是疲劳，简直难以支持到最后。回到住处，就只想早点睡觉。]

艾，五十岁。向子平，即向平。白居易诗："最喜两家婚嫁毕，一时抽得向平身。"向平，东汉人，光武建武中，子女婚嫁已毕，遂不问家事，出游名山大川，不知所终。谢康乐，即谢灵运，袭封康乐公。穷日，尽一日。

……

二十一日，同有三至士墟，拉无殊、瑞五、笻在同游。复登茶山，遂上蟠螭，至石壁，经七十二峰阁，至潭东。蟠螭者，在诸山之极西，梅杏千株，白云紫霞，一时蒸蔚。石壁数仞，巑岏硉矶，前俯太湖，长松万株，风至涛作，声与水波相乱。倚绝壁，坐长林，瞰大泽，亦山游之快致也。忆辛丑来游，含光法师为沽酒，饮于佛院之外，余是以有"松下壶觞避法筵"之句，惜今无是也！古香上人求余书，余即录此句。然石壁时方迎新塑佛像至，道场未散，亦不望其破例也。茶而出。过七十二峰阁，见木工方支倾补败，庶几他日犹可复登。潭东梅杏杂糅，山头遥望，则如云霞，至近观之，玉骨冰肌，固是仙姝神女，灼灼红妆，亦一时之国色也。潭东有顾氏园，故封君笋洲先生之别业，其孙至今居之。林花甚繁密，遥望庭中，山茶、玉兰尤佳。主人他出，令其阍(hūn)人启门，入观久之而出。还至和丰庵，瑞五已先令人具酒相待。是日步行且二十里，既饥且倦，得之如甘露醴泉也。归寓卧久之，而同笻在、有三饮于瑞五，将以明日出山矣。

[二十一日，同有三到士墟，拉无殊、瑞五、笻在一起出游。再次来到茶山，爬上蟠螭，到了石壁，经过七十二峰阁，来到潭东。蟠螭是在这几座山的最西面，梅花杏花千把株，如白云紫霞，开放得十分美丽。石壁有几丈高，高耸突兀，前临太湖，高大的松树上万株，风过松林，松涛声与波涛声相混杂。靠着陡峭的崖壁，坐在高高的松树

下，俯视着太湖，也算得上是游山的一大快事了。回忆辛丑那年到这里来，含光法师为我买了酒在寺院外面痛饮，我因此就写了“松下壶觞避法筵”的诗句，可惜今天再没有这样的好事了！古香上人求我的字，我就书写了这一句。石壁当时正在为迎接新塑的佛像忙碌，法事未完，我也不希望他为我破例。喝了茶就出来了。经过七十二峰阁，看见木匠正在修缮，支起倒坍的，补上破坏的，大概过几日就可以登临。潭东梅花杏花相混杂，站在山头远远望去，就像云彩霞光，到近处一看，所谓冰肌玉骨，真的像仙姝神女，光彩焕发，也称得上是国色天香。潭东有一个顾家的茶园，本是已故封君笋洲先生的别墅，他的孙子至今还住着。花木很茂盛，远望庭院，山茶和玉兰尤其美丽。主人外出，我叫守门人打开园门，进去观赏了好久才离开。回来时到和丰庵，瑞五已经先叫人准备了酒肴等着。这一天走了差不多有二十里路，感到又是饥饿又是疲倦，所以喝酒就像甘美的雨露与泉水一样。回到住处躺好久之后，再同筇在、有三在瑞五家饮酒，打算明天离开洞庭山了。]

巑岏(cuán wán)：峻峭的山峰。硉矹(lù wù)：高耸突出。封君：因子孙显贵而受朝廷册封。

……

二十二日，过瑞五早饭，随别之，并别李秋孙之子，同筇在出士墟，至光福。一路皆花，大抵梅稍残而杏方盛，间有玉兰几株初放。登小虎丘、石浪亭，盖昔年顾封君实始辟而营之，今属之叶氏。其地多桃李，花时当是圣观，兼有眺远之胜，惜屋宇小颓圮耳。遂过有三，稍为作书画。夜宿其斋中。

圣观：极其美观。

二十三日，拟出光福，即泛湖游洞庭，有三亦有此兴，无殊适至，将挈同游，筇在欲至灵岩。四人遂同载。更取前草书所换之酒，殊不佳。先至白沙，再过昭法，其园梅虽有残色，犹堪赏也。有三携肴，予出酒共酌，遂宿其家。

[二十三日，打算一离开光福，就坐船游太湖，有三也有这样的兴趣。无殊刚巧也来到，就带着他同游，筇在想到灵岩山去，四个人就同坐一条船。我拿出以前用草书换来的酒，滋味却不怎么好。先到白沙，再拜访昭法，他园里的梅花虽然有点凋谢，但还可以一看。有三出菜肴，我出酒，大家共饮，夜里就宿在昭法家里。]

二十四日，别昭法而入舟，至木渎，将易湖船，以稍迟，船不可得，又风雨作，舟小不能渡湖。以行李寄灵

雨中灵岩山　风雨挡去前行路，转而登上灵岩山

岩下院，而登灵岩山。主灵岩者，继起储禅师，余方外友也，时入楚，诸上人争留余。因登佛阁，观古井、琴台，遥望采香径，欲寻响屧廊遗迹，无殊指西南松林曰："此古址也。"入至方丈，庭梅二三十株，虽枝干未老，而花特繁，玉牒绿萼，红白相错如锦，山头惟有青松白石，所见花，独此耳。因思罗昭谏梅花诗有云："吴王醉处十余里，照野拂衣今正繁。"夫西子遗迹，多在灵岩，吴王醉处，当指此地也。岂唐时梅花独灵岩为盛耶？抑概指吴中诸山耶？夜宿禅院，枕上作诗一首：

骤雨狂风阻我行，灵岩云木半途迎。
泛湖船换登山屐，西子缘多范蠡情。
香径界开浓雾色，琴台收得片霞明。
远公飞锡湘潭去，几树梅花伴磬声。

洞庭之行，既阻风雨，遂无复游兴，拟以明日游天平、华山而归矣。

［二十四日，告别昭法登上小舟，到木渎后，准备换乘大船，因为迟了一步，船已开走。又因为刮风下雨，船小没法渡湖。将行李寄存在灵岩下院，上了灵岩山。主持灵岩寺的继起储禅师，是我的方外之交，当时正云游湖南，别的和尚争相挽留我。我登上佛阁观看古井、琴台，远眺采香径，想要找寻响屧廊遗址，无殊指着西南的一片松树说："这里就是旧址。"进了方丈，院子里的梅树二三十株，虽然枝干不老，花却开得很

茂盛，白的花片，绿的花萼，交织成一片锦绣。山顶上只有青松白石，说到花，除了梅花没有别的。我因此想到罗隐的梅花诗云："吴王醉处十余里，照野拂衣今正繁。"所说的西子遗迹，大多在灵岩，所谓吴王沉醉处，大概也就是指这些地方。难道唐代梅花只有灵岩为最盛吗？还是指整个吴中而言？夜里就在寺里住宿，枕上作诗一首云（略）。

太湖之行，因为受风雨阻拦，就失掉了游玩的兴趣，打算明天游览天平、华山后就回去了。]

玉牒：玉片。远公：晋释惠远，居庐山东林寺，世称远公。这里借指储禅师。天平、华山：皆山名。从岩灵寺后山下，即至天平、华山。

……

二十六日，首座昙应自城中归，复相留，余不可，复酌杨梅酒一大碗而下山。无殊为导，有三随之，从敕山、范坟而至天平。敕山为国初词人杨孟载所居，奇石森列。范坟则文正公之先茔也。长松古枫，殆数百年物。天平山石，怪奇伟特，卓立于山腰者，不可以数计，以其状类笏，俗名"万笏朝天"。其上有白云泉、白云洞、莲华洞、石屋，皆奇胜，石屋尤幽绝，皆有僧居之。所过辄啜茶，殊觉两腋风生。然玉川七碗，终不如太白一斗耳。忆己卯岁曾来游，其时文正公之后裔范学宪因山为园，池馆亭台之胜，甲于吴中。每三春时，冶男游女，画舫鳞集于河干，篮舆鱼贯于陌上，举步游目，应接不暇。至今已二十有八年，不惟园林有蔓草荒烟之感，予旧游之处，亦不能尽记忆。无殊一一为指点，恍惚若梦。嗟夫！人生能得几二十八年乎？秉烛液游，及时为乐，古人之言，不为过也。停屐小憩，成诗一首：

天平屹峙五湖濆（fén），宛转桥边细路分。

奇石森罗真似笏，酒泉飞涌果如云。

已无歌舞娱高馆，惟见樵苏上古坟。

忙岁来游都不记，闲听老友话前闻。

遂由隆池至华山。自三门以下，青松夹道，奇石错列，华山主人檗（bò）庵老禅师，故黄门熊鱼山也，与余旧相识，然远公竟不能破例为渊明沽酒，饱伊蒲供，遂策仗登绝顶名莲华峰者。华山固吴中第一名山，盖地僻于虎丘，石奇于天平，登眺之胜，不减邓尉诸山，又有支道林之遗迹焉。莲华峰尤陡绝。天池亦小山之有名者，从峰顶视之，如在下地。坐卧久之，于吴中之山，有观止之叹。又自笑昆山至此仅百余里，今日乃始游焉，顾驰思于远方名胜，不亦空谈乎？从莲子峰下山。莲子峰者，故处士朱白民居此，所谓西空老人者也。善画竹，能诗文，余少时犹及识之，长须飘然，有林下风致。

宿于禅院，枕上作登华山诗：

华山地僻势峥嵘，千仞芙蓉似削成。
扪得新蹊攀石便，凭将短杖入云轻。
烟中远近浮图矗，湖上参差翠嶂横。
胜境精蓝今有主，不令支遁独垂名。

［二十六日，首座昙应从城里回来，又想留我，我没答应；喝了一大碗杨梅烧酒下山。无殊领路，有三跟着，从敕山、范坟到了天平。敕山是国初词人杨孟载的住处，怪石矗立如林。

范坟是范仲淹祖先的墓。长松古枫，大概也是几百年的东西。天平山上的石头，奇奇怪怪，屹立在山腰上，数都数不清，因为形状像笏，俗称“万笏朝天”。山上有白云泉、白云洞、莲花洞、石屋，都以奇特出名，石屋尤其幽雅，都有和尚住着。所到之处都喝了茶，茶味隽永，真是“两腋风生”。玉川子所说的七碗，到底及不来李太白的“一斗”。记得己卯那年我到这里游玩，当时文正公的后代范学宪顺着山势开辟出花园，筑有池馆亭阁，其佳绝处在苏州要算第一。每到春天，红男绿女，游船集中在河边，轿子穿梭在路上，举目四望，应接不暇，到如今已经有二十八年了，不仅园林有荒烟蔓草之概，当年我究竟到过哪些地方，现在也

天平山奇石

已经记不起来。无殊一处处指给我看，好像是在做梦一样。啊呀！人的一生能有几个二十八年呢？秉烛夜游，及时行乐，这是古人的话，说得不算过分。停下来稍作休憩，还做了一首诗（略）。

就由隆池到华山，从三门以下，道路两边都是松树，还有奇怪的石头。华山主人檗庵老禅师，原是宫廷中的熊鱼山呀，与我是旧相识，但他不能像远公那样破例为陶渊明供酒；我在吃了他一餐素斋后就扶着拐杖登上了最高峰莲花峰。华山确是吴中第一座名山，因为偏僻超过虎丘，怪石超过天平，登高远眺，不比邓尉那些山差，再加上支道林的遗迹。莲花峰尤其险峻。

天池也是座有点名气的小山，从峰顶俯视，就像在平地一样。我在那里坐了很久，吴中的山，再没有比这里好的。我不觉好笑，昆山到这里不过百余里路，到今日才能一游，而对向往已久的地方的名胜古迹，岂不是空话一句吗？从莲子峰走下山来。莲子峰本来有个处士叫朱白民的住着，也就是所说的西空老人。擅长画竹，能写诗作文，我年轻时还见到过他，飘着长须，完全是个隐士的模样。我夜里就宿在寺里，还做了一首《登华山》诗（略）。]

首座：寺院最高职位，在寺主之上，即上座。玉川七碗：即"卢仝七碗茶"。卢仝诗："一碗喉吻润。两碗破孤闷。三碗搜枯肠，惟有文学五千卷。四碗发轻汗，平生不平事，尽向毛孔散。五碗肌骨轻。六碗通仙灵。七碗吃不得也，微觉两腋习习清风生。"太白一斗：杜甫诗云"李白一斗诗百篇"。樵苏：打柴割草。华山：在苏州西。晋太康中生千叶石莲花，故名。支道林：即支遁，家世事佛，隐居余杭山。

二十七日，早，饭。别檗庵而出，一路见奇石，皆镌大字，而朱涂之，盖来时足倦，急欲休息，不暇细观，今始见之。予尝谓山川洞壑之奇，譬见西施，不必识姓名然后知美。今取天成奇石，而加以镌刻，施以丹雘（huò），是黥劓西子也，岂非洞壑之不幸乎？所镌字如菩萨面、夜叉头之类，又极不雅。檗庵素号贤者，不谓有此俗状也。下华山，道遇王周臣，以展墓入山。周臣少余数岁，以双瞽，今入山，湖山之奇，花卉之艳，已不能复见；如余之年衰于周臣，而犹幸两目炯炯者，安可不游山不看花乎？复从降池至法螺庵，径深曲，几盘旋而后入，庵之所由名也。庭梅数株，花未尽残。至化城庵，庵有绝壁深涧名千尺雪，故处士赵凡夫所凿也。僧家以石壅涧，泉流甚细，黄有三为抉去石，遂成奔流，其声淙淙。前至寒山，则处士之居也，今改为报恩寺，佛阁犹其遗构，体制甚古。

遂登支硎山，山有观音殿，每至二月，士女进香者杂沓。是日连阴初霁，游女如云。有三挈入酒肆，同无殊小饮。复至上沙，叩昭法之门，则薛伯清携酒先在，因共饮。复婆娑残梅之下。伯清长余且十年，而兴犹豪，攀梅而上，踞坐高柯，余则藉花茵而卧。相与藏钩，伯清连败。童子擎杯仰树，伯清以手下接，如猿猱状，一饮尽之，辄投杯草中，皆抚掌大笑。向暮，别之出，主人固留，伯清及吴生助之，相与追至，余与无殊、有三疾走得脱，同宿于采香庵。夜作记游诗三绝句。

《寒山》云：

寒山吴地一名区，泉石亭台近代无。
今日山僧喧梵呗，路人犹说赵凡夫。

《千尺雪》云：

高崖削壁有余清，涧水松风细细鸣。
挑石决流飞瀑泻，松声更不敌泉声。

《支硎山》云：

览胜支硎问酒垆，香车队队过名姝。
惜无画史仇英手，为写春山仕女图。

是日途中见桃李，亦将放矣。

［二十七日，早起，用饭。告别檗庵禅师出来，一路上只看见奇怪的石头，上面都刻着大字。来的时候因为双脚无力，只想休息，没有细细观看，现在才发现这些情况。我曾经说过，山川洞壑的奇特，好比见到西施，不必问她姓名就知道她美。如今把天然的美石，加以镌刻，涂上红色的颜料，等于让西施受到墨刑或割鼻的刑罚，难道不是洞壑的不幸吗？所刻的字有如菩萨面、夜叉头，又很不雅观。檗庵一向以贤德出名，想不到有这样的俗态。走下华山，路上遇到王周成，他是为扫墓来到山里的。周成比我小几岁，因为双目失明，如今来到山里，湖山的优美，花卉的艳丽，已经观赏不到；我虽然年纪比他大，幸亏眼目明亮，哪里可以不游山不看花呢？再从降池到法螺庵，路又长又弯，经过多次盘旋才能到达，所谓法螺的庵名就是这样来的。院子里有几株梅树，花还未完全凋谢。到了化城庵，庵里有石壁深溪叫千尺雪的，原是处士赵凡夫所凿，和尚拿石块堵塞溪流，所以水流细小，黄有三把石块搬掉，溪水就奔腾而下，发出淙淙的响声。前面到了寒山，就是赵凡夫居住的地方，现在改为报恩寺，佛殿还是他那时候建筑的，规模相当古朴。上了支硎山，山上有观音殿，每年到了二月里，男女烧香的纷至沓来。这一天连续阴雨后刚刚放晴，香客很多。有三拉我进了酒店，与无殊一起喝酒。又到上沙，敲昭法家的门，哪知薛伯清带着酒先在那里，于

是大家又不免痛饮一番。还在梅树下盘桓。伯清比我大十岁，但还游兴十足，爬上梅树，骑坐在桠枝上，我却着地躺在落花上，互相玩起藏钩的把戏，伯清一连输了好几回。书童向树上举杯，伯清伸下手来接着，状如猴子，将酒一口喝干，将酒杯丢在草丛中，大家都拍手大笑。

傍晚，我们告别昭法，昭法再三挽留，伯清和吴生也从旁帮腔，还追赶我们，好在我与无殊、有三走得快，才得脱身。夜里一起宿在采香庵里，还做了纪游诗绝句三首:《寒山》(略),《千尺雪》(略),《支硎山》(略)。这一天，路上看见桃树、李树，也都快要开花了。]

黥劓(qíng yì):古代两种酷刑。黥，即“墨刑”，以刀刺人面额后用墨涅之。劓:割去鼻子。仇英:明代画家，江苏太仓人，与沈周、文徵明、唐寅并称吴门四家。

二十八日，遣人于灵岩下院取行

仰望天池

李；雇船将至虎丘，与无殊、有三别。有三欲余复入光福山观桃李，余谓虎丘大玉兰不可不观，君乃当同我往耳。有三视无殊为前却，以无殊兴尽思返，遂止。有三韵士，同游数日，临歧执手，殊为黯然。出所书《登楼赋》，极得意笔，赠之而别。临入舟时，访包朗威，朗威送至舟次。午间，至虎丘，复寓梅花楼，独酌微酣，亟叩三官殿观玉兰。僧初闭门，强之始得入，真奇观也。取蒲团卧于树下，吟成一律：

名花托古树，百载荫禅房。
天半摇仙佩，空中倚晓妆。
润难濡坠露，光且趁斜阳。
最惜将残瓣，随风落下方。

取秃管败楮，书以示僧而出。

至寓，复得一绝：

春山旬日恣遨游，梅杏残来更放舟。
虎阜玉兰如乱雪，醉眠古树醒登楼。

并前诗皆题于壁下。出观花市，向之水仙、兰、梅，累累数十百盆者，今皆易为海棠、人面桃及蕙，物候之变如此！时虽未即归，然游事止此矣。

［二十八日，派人到灵岩下院搬行李；雇船到虎丘去，与无殊、有三告别。有三想要我再游光复山看桃花、李花，我说虎丘大玉兰不可不看，你还是同我一起去罢。有三说他看无殊的意思而定，无殊想要回去没有再游的兴趣，所以就到此为止。有三为人高雅，同游几天，到要握手告别的时候，就很有点依依不舍的感觉。我拿出所书写的王粲《登楼赋》，是我的得意之笔，就送给他作为纪念。在上船之前，我还看望了包朗威，朗威送我到船埠头。中午边，船到虎丘，仍住在梅花楼里，自斟自酌，有点醉了。急忙跑去看三官殿的玉兰花，和尚起初加以拒绝，我不住敲门，才得进去。真是难得一见的美景啊！拿蒲团作为坐垫斜靠在树下，做了一首五律（略）。用秃笔败纸写了，给和尚看过后离开。回到梅花楼，又做成一首绝句（略）。与前一首诗一起都写在墙壁上。出去逛花市，前次见到的是水仙、兰、梅，总共有几百盆，如今都换成海棠、人面桃以及蕙了，气候的变化真大呀！我虽然还未到家，但旅游的事到此为止了。］

是游也，花则因梅而及杏、樱桃、山茶、玉兰、桃、李；山则自虎丘、邓尉、玄墓以及天平、华山，其余小山，不可胜记。所主同游，往往皆骚客酒人，道流名僧，无一俗士，亦穷愁中一快事也。所微不足者，酒有限又不甚佳，诗有唱而无和，为未尽游观之兴；然亦可谓不负湖山花木矣。丙午二月廿九日，书于虎丘之梅花楼。

[这次出游，说是看梅花，却连带看了杏、樱桃、山茶、玉兰、桃和李花；至于看山，从虎丘、邓尉、玄墓以及天平、华山，其余小山，记不胜记。作东的和同游的，差不多都是高雅之士和酒客，还有方外名流，没有一个是俗人，所以也是穷愁中的一件快乐的事。如果有不足之处，那就是酒有限又不很好，诗有唱而无人和，也就不够尽兴罢了。然而也可以说是没有辜负湖山花木了。丙午二月廿九日，写于虎丘的梅花楼。]

说到底，归庄之“狂且癖”，缘于一个“愁”字。陈寅恪诗：“纵回杨爱千金笑，终剩归庄万古愁。”杨爱即柳如是。美人如花，花亦如美人矣。

何香凝老人1929年有《题画梅》诗：

先开早具冲天志，后放犹存傲雪心。
独向天涯寻画本，不知人世几升沉。

江南红豆最相思

水是眼波横，山是眉峰聚。欲问行人去那边？眉眼盈盈处。

才始送春归，又送君归去。若到江南赶上春，千万和春住。

这是宋人王观的《卜算子·送鲍浩然之浙东》。严迪昌评：

浙东是山水窟，那里山秀水丽，旖旎醉人。然而王观从鲍浩然此去浙东的具体情事着想，认为彼处不只是山水佳丽地，更其令人销魂的乃是个香艳窝，那儿正有位思远怀春的佳人在盼念鲍氏的归去。于是山水之窟与丽人心境被奇妙地融合一气：“水是眼波横，山是眉峰聚。”词人不是说山如眉峰，水若眼波，这已成套话了，而是说“水是眼波横”云云，两个物“我”化合的“是”字把想象中的佳丽的神情跃然写活，一“横”一“聚”，及尽思情无已、心态幽怨之状。这样，“眉眼盈盈处”一句的回答“行人去那边”之问，就显得妥帖而新奇，既是绮思丽想任你驰骋，而又颇见含蓄。王观以自己的遐想和对友人前景的揣度，把读者带进了一个香甜如梦的境地。

如果说上片是将山水和佳人化合为一，那么下片则进一步把春光潋滟的景观与情爱缠绵的情态揉合起来。王观对鲍氏说，我刚送春归去，现今又送你南行，“若到江南赶上春”的话，你“千万和春住”，不要再轻易与心上人分离了！“住”，此间意为留下、留住。温馨的爱犹若春意，醉

多情江南山水

人心魂的春光殆同欢乐的情爱，在词人笔下已是难加分解。这是王观的奇巧之才的一次创造性表现，所以不能按时序常理去推敲，否则会认为不通，不合理的。试想，王观在大江之北送人，春既已在此之前归去，江南的春光岂不较江北归去更早？所以，词中第二次出现的“春”原已不是大自然节令的指认，而是一个特定的意象，是自然之美与情思之美的相化合的美境表现。这应该就是中国古典诗词艺术手段中极耐寻味的一种意象写情法。

以浅出深，以少写多，清丽其貌，香艳在骨，是王观“冠柳”——学柳永词而变易其神韵的独异之处。在北宋同类作品中，这阕《卜算子》是自有面貌的佳品。

元明之际邵亨贞有《浣溪沙》：

西子湖头三月天，半篙新涨柳如烟。十年不上断桥船。

百媚燕姬红锦瑟，五花宛马紫丝鞭。年年春色暗相牵。

词的特异处在于下片，“百媚燕姬”、“五花宛马”。宛马产于西域，此处代指来自西北的骏马。十年之后，词人再游西湖，满目是元蒙人及其生活风俗，从而揭示出社会的巨大变化。

明人唐寅有《一剪梅》：

雨打梨花深闭门。忘了青春，误了青春。赏心乐事共谁论？花下销魂，月下销魂。

愁聚眉峰尽日颦。千点啼痕，万点啼痕。晚看天色暮看云。行也思君，坐也思君。

这是一首闺怨词，最妙的是下片"晚看天色暮看云"。她从早到晚都特别关心天气，为的是好让丈夫顺利归来。这当然只是幻想而已，但对于怨深如海的女主人来说，也未始不是一种慰藉。

计南阳有《花非花》：

同心花，合欢树。四更风，五更雨。

画眉山上鹧鸪啼，画眉山下郎行去。

同心花，江总《新宠美人》诗："愿并迎春比翼燕，常作照日同心花。"合欢树其叶似槐，至晚则合，故又称合昏，民间称为夜合花。古代习俗常以合欢赠人，据说可以消怨合好。"四更风"和"五更雨"对举，象征风雨无凭，情爱不固，把一二句的欢乐气氛一扫而空。画眉山：今浙江平阳的南雁荡山有画眉尖峰，其峰状如毛笔，农历每月初三、初四日，新月初起，适当峰尖，故名。当然，词中的画眉山只是象征。《汉书·张敞传》："敞为京兆，……又为妇画眉，长安中传张京兆眉怃。"后来，张敞画眉的故事便成了形容夫妻恩爱的典故。"山上鹧鸪蹄"、"山下郎行去"则表明了男女双方对爱情的不同态度。

吴兖有《渔歌子》：

千顷蒹葭一钓翁，家居南浦小桥东。

桃花水，鲤鱼风，短笛横吹细雨中。

桃花水即桃花汛。杜甫《南征》："春岸桃花水，云帆枫树林。"鲤鱼风：九月风。李贺《江楼曲》："鲤鱼风起芙蓉老。"此词用二者代表全年。

施绍莘为松江华亭人，屡试不第，营精舍于佘山（今上海青浦东南），筑别业于泖湖（今松江西），泛舟携琴，与名士隐流往来三泖、西湖、太湖间。其《浣溪沙》云：

半是花声半雨声，夜分淅沥打窗棂。薄衾单枕一人听。

密约不明浑梦境，佳期多半待来生。凄凉情况是孤灯。

与情人密约，但所约具体时间不明，全身心倾听熟悉的脚步声，就连落花的声音也能听到。当然这是夸张，同时也是一种暗示，即落花意味着红颜的凋零。

张倩倩是吴江文士沈自征（字君庸）之妻，夫妇时相唱和。她的表姐沈宛君、表姐夫叶绍袁以及他们的三个女儿纨纨、小纨和小鸾、二表姐沈曼君都是诗人，可以算得上诗人家族了。张有《蝶恋花·寒夜怀君庸》：

漠漠轻阴笼竹院。细雨无情，泪湿霜华面。试问寸肠何样断？残红碎绿西风片。

万转相思才夜半。又听楼头，叫过伤心雁。不恨天涯人去远。三生缘薄吹箫伴。

她的愁肠好似西风中的残花落叶，已经折腾得不成样子了。但还在宽慰自己，只恨三生缘薄，命中注定了不能与他共享秦穆公之女弄玉和她的情人萧史一起乘鸾飞升、吹箫而去的幸福。

方以智偏偏就有《忆秦娥》：

花如雪，东风夜扫苏堤月。苏堤月，香销南国，几回圆缺。

钱塘江上潮声歇，江边杨柳谁攀折。谁攀折，西陵渡口，古今离别。

西陵在萧山县西二十里，又称西兴。作者是一位气节之士，“香销南国”，也许不仅仅指花事，伤心人别有怀抱。

张苍水抗清失败后，散军退居悬岙岛（在今浙江象山南），有《长相思·秋》：

秋山青，秋水明，午梦惊秋醒未醒，乾坤一草亭。

《蝶恋花·寒夜怀君庸》 雨中有着淡淡幽怨的江南女子

故国盟，故国情，夜阑斜月透窗棂，孤鸿三两声。

以乾坤之大，写草亭之小，表明复兴故国的力量已很微弱。

吴绮曾为湖州知府，人称“三风太守”，即多风力（魄力）、尚风节、饶风雅。他有《清平乐·太湖》：

乱山青接，粘住吴和越。万顷琉璃秋映澈，做作苹风柳月。

烟波谁是吾徒？西风吹出鲈鱼。斜日荡桨艇子，醉教桃叶相扶。

“烟波”二句，用张志和、张季鹰归隐事典。

明末清初孙枝蔚有《采桑子·题焦山僧房》：

老僧头白焦山顶，不管兴亡。安稳禅床。卧对江南古战场。

客来坐久浑无语，饭熟茶香。归路茫茫。水打空船月照廊。

宋琬因事系狱，三年得白。获释后，流离吴越。有《一剪梅·思家作》：

飘泊东南剧可怜。朝采菱船，暮打渔船。愁中看遍好山川。莺脰湖边，罨画溪边。

问余何日赋归田。说道今年，又是明年。故园消息久茫然。春燕来前，秋雁来前。

莺脰湖在江苏吴江西南，形似莺脰得名。脰：脖、颈。罨画溪即江苏宜兴荆溪别称。

宋徵舆有《忆秦娥·杨花》：

黄金陌，茫茫十里春云白。春云白，迷离满眼，江南江北。

来时无奈珠帘隔，去时着尽东风力。东风力，留他如梦，送他如客。

盖以杨花寓身世之慨，是明末遗老的悲音。

陈维嵋为陈维崧弟，江苏宜兴人，有《浣溪沙》：

绿剪堤边杨柳丝，红堆门外小桃枝。一春人在谢家池。

事去已荒前日梦，情多犹忆少年时。江南红豆最相思。

谢家池隐指谢安在金陵的故址。宋郭祥正诗：“谢家池上无多景，只有黄鹂一两声。”此词上片写故地重游，物是人非。下片忆旧情，寄相思，缠绵中略带伤感。

朱彝尊有《桂殿秋》：

思往事，渡江干，青蛾低映越山看。
共眠一舸听秋雨，小簟轻衾各自寒。

叶嘉莹、舒娟评：

这首小词应该跟朱氏与其妻妹冯寿常的爱情本事有着密切的关系……朱氏入赘后曾与冯氏全家数度乘舟出游，而于途中登岸参拜佛寺时，两人曾被游人误认为夫妻，故其词有“众里分明并侬拜”，及“尽说比肩人”与“赢得渡头人说，秋娘合配冬郎”等句，这些情景必然都曾给朱氏留下了不少美丽动心的回忆……朱氏移居梅里时，亦曾与冯女同舟共载。盖以江南水乡，其来往出入必多以舟船为重要交通工具，而朱氏与冯女之间，则平日因为有礼防之拘束，自然极少有能够公然相对共处之机会，但在乘舟外出时，则全家势必同处于一个篷舱之内，如此则朱氏与冯女遂得有较长的时间可以公然地相对共处，而两人之间的爱意滋长，也必与此种同舟相对之机会有着密切的关系。如其《鹊桥仙》“寒威不到小篷窗，渐坐近、越罗裙衩”及《渔家傲》“一面船窗相并倚，看渌水，当时已露千金意”等词句，皆可为证。《桂殿秋》正是朱氏若干年后再回忆起当年自己与那个美丽的女子同舟共渡之往事所写的一首词……因其所写的是属于一种传统礼教所不容许的、不可公诸于世的隐秘恋情，因而在其内在之欲求与外在之局限的冲突矛盾中，有一种不得不自我强加敛抑的姿态，这使得他的爱情词写得很含蓄朦胧，容易给人以言外之联想。而且因为对这一爱情的珍惜与对冯女的尊重，使他的词写得比一般爱情词更珍贵、更庄严，有一种尊严和高贵的品质。何况这首词所表现的，除去一种尊严高贵之品质以外，似乎还蕴含有一种丰富的言外之潜能……朱氏此词开端三句所写的“思往事，渡江干，青蛾低映越山看”，是说回忆起当年两人同舟共渡时，那个美丽的女子风姿绰约，她的黛眉在青山的映衬下显得更为秀美。而朱氏这首词之所以得到那么多人的赏爱，足以引人产生感发之联想者，实在乃是因为此词有结尾的“共眠一舸听秋雨，小簟轻衾各自寒”两句。此二句若就其狭义者而言之，则其所写者自然乃是朱氏与冯女同舟共载之情事，写两人曾经共在一条船上，两个人都因相思不能成眠，可是却连诉说衷情的机会都没有。前句的“共眠一舸”四字，写所处的地点之相近，同时也暗示了在如此接近的“一舸”中，其主观的想要接近的内在愿望之强烈。而后句的“小簟轻衾各自寒”七字，则写外在的现实环境之约束所造成的难以逾越的隔绝之痛苦。而且前句之“听秋雨”三字所暗示的无眠的苦况，则又正是对开端“共眠”二字的强烈的反讽。是其所写者虽为现实之情事，但在其叙写中所暗含的反讽的张力，以及其在主观内在之愿望与客观外在之约束中所造成的强烈的对比，遂使其所写的个别事件，化生出了一种足以喻示整个人世之“天教心愿与身违”之共相的潜在的能力。何况这两句词中所使用的一些语汇，也都在语言学之联想轴中，具含有一种足以引生读者丰富联想的作用。即如“舸”字所提示的“船”的形象，在中国文化传统中，就有一种喻象的语言代码作用。船的形象一般习惯给我们的联想就是一段生命的历程，一片生活的天地。所以我们俗语形容生活的苦难，就说“逆水行舟”，形容同心合力就说“同舟共济”，以舟船来喻示人生的种种处境。即使仅就词人作品中所写的舟船形象而言，如苏轼《临江仙》结尾之“小舟从此逝，江海寄馀生”，便是以“小舟”之远逝，表现一种想要飘然远引的襟怀；而辛弃疾《沁园春》之“秋江上，看惊弦雁避，骇浪船回”，则是以“骇浪”中不能前进的船来表示一种对外在环境之迫害的忧惧。而朱词在“共眠一舸”之下所写的“听秋雨”的意象，就中国诗歌之传统而言，原来也有一种喻象的作用。秋雨中你有什么样的感觉？而听雨给了我们多少感受和联想？蒋捷《虞美人》词，曾有“少年听雨歌楼上”、“中年

风姿绰约

听雨客舟中”、“老年听雨僧庐下”的叙写，就是以“听雨”的形象，来喻示人生各种不同环境之经历和心情，而苏轼《定风波》之“莫听穿林打叶声”，则是以对“雨声”之无惧来表示他的潇洒，可见以“听雨”一词来喻示自己的感受与心境，含蕴是极其丰富的。下句“小簟轻衾各自寒”，同样甚有感发之潜能。盖以“簟”为所卧之席，“衾”为所覆之被，下“簟”上“衾”正喻示了一个人生活在人世中最基本的处境，也是最基本的所有。而且“小簟”“轻衾”，“小”字之拘限，“轻”字之凉薄，二者相结合，遂使人感到了一种最为无助与无奈的境界，更继之以“各自寒”三字，则是在此种无助与无奈之中，对于外在凄寒之一种独力的忍受和承担。所以朱彝尊这两句词写得很妙。他写的是一个爱情事件，可是他这两句词给了我们极为丰富的人生体验和联想。如果把这首词的范围扩大，那就是在我们的国家、或是我们的世界，我们是在一个屋檐下的，在一个天空下的，可以说都是“共眠一舸”，但我们每个人有每个人所经历的风雨，我能够为你做些什么？你又能为我做些什么？古人说：“善恶生死，父子不能有所相助。”一个人又能替另一个人分担些什么呢？只能是各自忍受承担自己的苦难和寒冷。所以此词的“共眠一舸”两句，就作者之本意言之，虽或者只不过是对于旧情往事的一种现实的追忆而已，然而却因其在叙写中，于无意间所使用的语法结构和词汇，使他所写的文本产生了一种足以引人感发之联想的喻示的潜能。这正是朱氏此词无意间所达致的一种妙处。

朱彝尊又有《卖花声·雨花台》：

衰柳白门湾，潮打城还。小长干接大长干。歌板酒旗零落尽，剩有鱼竿。

秋草六朝寒，花雨空坛。更无人处一凭栏。燕子斜阳来又去，如此江山。

李白《金陵酒肆留别》有“白门柳花满店香”之句，朱词着一“衰”字，透出一种萧瑟的氛围。“潮打城还”既是眼前景，又化用刘禹锡《石头城》“潮打空城寂寞回”句意，显然也是亡国景象。“歌板”两句，言昔日繁华荡然无存，正如同代蒋超《金陵旧院》所云：“荒院一种瓢儿菜，独占秦淮旧日春。”下片点题。雨花台本因南朝梁武帝时云光法师在此讲经，上天为之感动而降花如雨的传说而得名，朱词着一“空”字，且用“六朝秋草”之荒寒作烘托，就注入了历史兴废之感、黍

江南农家生活的静谧祥和

离麦秀之悲。末三句既暗用李煜《浪淘沙》“独自莫凭阑，无限江山”之意，又化用刘禹锡《乌衣巷》“旧时王谢堂前燕，飞入寻常百姓家”句意。谭献称此词“声可裂竹”。

曹雪芹祖父曹寅在江宁织造任职多年，可贵的是他对织女的辛酸有所揭露，其《浣溪沙》云：

曲曲蚕池数里香，玉梭纤手度流黄。天孙无暇管凄凉。

一自昭阳新纳锦，边衣常碎九秋霜。夕阳冷落出高墙。

作者自注：“蚕池，明时官人纳锦之所，今有故基云机庙。”古乐府《相逢行》：“大妇织罗绮，中妇织流黄。”《词林海错》：“流黄，谓绢也。”天孙：织女星之别称。昭阳：汉宫名，此泛指后妃居处。“边衣”句谓边疆士兵九月霜降时还穿着破衣裳。高墙指蚕池之墙高，防逾越。

杜甫诗“彤廷所分帛，本自寒女出。鞭挞其夫家，聚敛贡城阙”、寇准妾倩桃诗“一曲清歌一束绫，美人犹自意嫌轻。不知织女萤窗下，几度抛梭织得成”，均可作为这首词的注脚。

值得注意的是，此词“昭阳新纳锦”的对应，不仅有织女，还有边兵。

厉鹗有《眼儿媚》：

一寸横波惹春留，何止最宜秋。妆残粉薄，矜严消尽，只有温柔。

当时底事匆匆去？悔不载扁舟。分明记得，吹花小径，听雨高楼。

横波。李白《长相思》：“昔时横波目，今作流泪泉。”矜严：矜持庄重。底事：何事。这是一首追怀旧情之作。生活中，失去的东西尤为可贵。古诗词中常以“秋水”喻美人眼睛，这里反用之，说她的眼睛像春天一般明媚，何止像秋水。下片写“悔”，悔之至深，则思之更切，往日并肩在花径中漫步，在高楼上听雨的情景一一浮现。

江昉有《清平乐·家冷红上舍归杭》：

怕听檐铁，雨打黄花节。
况是青樽重话别，酒到愁肠先结。
明朝分手秋潭，霜清月皎波寒。
摇醒芦边归梦，一帆风送江南。

家冷红是作者友人。上舍指国子监学生。檐铁即风铃。秋日送别，倍见缠绵。

黄景仁《苏幕遮》则是见春思乡：

雪初晴，帘正卷。未试春灯，先把春衣浣。第一番风须放软。怯怯春魂，万一惊他转。

饮厌厌，歌缓缓。猛地思量，春近家乡远。细粟柳芽枝上满。待尔抽长，把我离愁绾。

末二句希望柳芽赶快抽长，把自己的离情别绪系住，以解相思情结。

陈澧《百字令》词前有小序：“夏日过七里泷，飞雨忽来，凉沁肌骨。推篷看山，新黛如沐，岚影入水，扁舟如行绿颇黎中。临流洗笔，赋成此阕。倘与樊榭老仙倚笛歌之，当令众山皆响也。”

词云：

江流千里，是山痕寸寸，染成浓碧。两岸画眉声不断，催送蒲帆风急。叠石皴烟，明波蘸树，小李将军笔。飞来山雨，满船凉翠吹入。

便欲舣棹芦花，渔翁借我、一领闲蓑笠。不为鲈香兼酒美，只爱岚光呼吸。野水投竿，高台啸月，何代无狂客？晚来新霁，一星云外犹湿。

颇黎：玻璃。樊榭老仙：清代诗人厉鹗，号樊榭，曾夜过七里泷，作《百字令》，自称：“歌此词，几令众山皆响。”

皴：中国古代画法之一，为画山石的笔法，即画出山石的纹理或阴阳面。小李将军笔：邓椿《画继》："李思训画着色山水，用金碧晖映，为一家法。其子昭道变父之势，妙又过之，故时号曰大李将军、小李将军。"此指七里泷风光如李昭道画幅般精美。舣棹：停船，泊舟。鲈香酒美：用晋张翰典事。张翰因秋风起，因思念故乡莼羹鲈脍，并云："使我有身后名，不如即时一杯酒。"于是弃官归隐。高台：即严子陵钓台。狂客：《唐才子传》："(贺知章)晚年尤加纵诞，无复礼度，自号'四明狂客'。"这里泛指从严子陵、贺知章，到写《西台恸哭记》的谢翱羽等人。一星：指严子陵，与汉光武帝同榻卧，以足加帝腹，次日太史奏："客星犯御座甚急。"桐江岸有客星山。

李白诗"两岸猿声啼不住，轻舟已过万重山"，这里更以画眉欢快的叫声代替凄凉的猿啼。蒲草编的船帆为江南特色。

龚自珍善写梦。其《浪淘沙》云：

好梦最难留，吹过仙洲。寻思依样到心头。去也无踪寻也惯，一桁红楼。

三峡　两岸猿声啼不住，轻舟已过万重山

中有话绸缪，灯火帘钩。是仙是幻是温柔。独自凄凉还自遣，自制离愁。

一桁（héng）：犹一座。桁是梁上的横木。这座红楼虽然一去无踪影，但寻找起来又是常见惯遇之处。显然，作者已不是第一次梦入红楼。他和楼中佳人，已相交甚久了。过片三句，言作者在灯火灿灿、帘钩低垂的红楼，与梦中情人私语窃窃，说不尽的缠绵温柔。她像是飘逸的仙子、虚浮的幻影，可又实实在在给了他一夜温柔，让他领略了销魂滋味。最后两句又回到了梦醒。有论者认为，此词“皆实事也，其事深秘，有不可言者”。其实，我们自己也可能会有这样的遭逢。

另一首《湘月》，写于作者早年。词前有小序：“壬申夏，泛舟西湖，述怀有赋，时予别杭州盖十年矣。”

天风吹我，堕湖山一角，果然清丽。曾是东华生小客，回首苍茫天际。屠狗功名，雕龙文卷，岂是平生意？乡亲苏小，定应笑我非计。

才见一抹斜阳，半堤香草，顿惹清愁起。罗袜音尘何处觅，渺渺予怀孤寄。怨去吹箫，狂来说剑，两样销魂味。两般春梦，橹声荡入云水。

壬申为嘉庆十七年（1812），首三句气魄宏大，姿态超迈。说他是天上谪仙，身在人间，神游天表。只不过西湖风光的清丽让他满意，他才不想返回天界。虽然他只是北京城（东华门代指北京）中的一个弱冠少年，但因他是谪仙，所以像樊哙（本是杀狗的屠夫）那样建功创业，或像文人那样立言传世，都不是他的平生之志。换言之，他来到人间是为了大济苍生，重整乾坤。但这番抱负，常人是不会理解的。就连乡亲苏小小，也会当作者打错了算盘。过片才转到游湖。“罗袜音尘”用曹植“罗袜生尘”典。直到晚年，他仍有“少年击剑更吹箫，剑气箫心一例消”的诗句。

蒋敦复有《满江红·北固山题多景楼壁》：

第一江山，吊千古、英雄陈迹。凭阑处、秣陵秋远，广陵涛碧。杯酒尚关天下事，笑谈早定风云策。想当年、高会此孙刘，都人杰。

瓜步垒，京口驿。天堑险，分南北。倚危楼一角，下临绝壁。木叶横飞风雨至，剑花起舞鱼龙出。听大江东去唱坡仙，铜琶裂。

第一江山：相传梁武帝驾幸北固山，见此处风光雄伟，写下“天下第一江山”，刻于山门。秣陵：南京旧称。广陵：今江苏扬州市。枚乘《七发》：“将以八月之望，与诸侯远方交游兄弟，并往观涛乎广陵之曲江。”孙刘：指三国孙权、刘备。瓜步：《太平寰宇记》：“瓜步在江宁府六合县东南二十里，南临大江。”京口：北固山所在地镇江，古称京口。天堑险，《南史·孔范传》载：范奏曰：“长江天堑，古来限隔，虏军岂能飞度。”天堑：天然的堑坑。危楼：高楼。“听大江”二句，《吹箭续录》载：东坡在玉堂日，有幕士善歌，因问：“吾词比柳（永）词何如？”对曰：“柳郎中词，只好十七八女孩儿执红牙拍板，唱‘杨柳岸、晓风残月’，学士词须关西大汉抱铜琵琶，执铁绰板，唱‘大江东去’。”

王鹏运有《点绛唇·饯春》：

抛尽榆钱，依然难买春光驻。饯春无语，肠断春归路。

春去能来，人去能来否？长亭暮，乱山无数，只有鹃声苦。

词写伤春、伤别，但重在下片。韩愈《晚春》诗：“杨花榆荚无才思，惟解漫天作雪飞。”在宋人孔平仲笔下，榆钱才与春光发生了联系。他的《榆钱》诗云：“凭谁细与东君说，买住春光费几钱？”王词却谓：即使把漫天的榆钱全部抛尽，依然无法买驻春天，真是千金有价春无价。

春去难留

冯煦有闺怨词《南乡子》，语淡而味浓：

一叶碧云轻，建业城西雨又晴。换了罗衣无气力，盈盈，独倚阑干听晚莺。

何处是归程？脉脉斜阳满旧汀。双桨不来闲梦远，谁迎？自恋苹花过一生。

郑文焯《浣溪沙》词前有小序："从石楼、石壁，往来邓尉山中。"

一半梅黄杂雨晴，虚岚浮翠带湖明。闲云高鸟共身轻。

山果打头休论价，野花盈手不知名。烟峦直是画中行。

首句用宋人"熟梅时节半阴晴"句意点化。"野花盈手"指信手采撷野花。

我想起今人三色堇《不可不忆的江南》：

你是植物吗？
我嗅到梅子上有江南的味道
在五月
我的唇亦会被一点一点落上浅红

当夜色深沉
树上的果子准确地嵌在词语中
雾在另一种光里越烧越旺
此时
那支船桨正被湖水涤荡得跳动起来

没人知道，一艘江南的小船
会在我的视野里急急穿越
这不可不忆的江南啊
桥上有人悠扬而缓慢地挥着衣袖
船上有一盏灯低低地亮着

想起许俊荣的《江浙》：

除了江南
还有什么　是水做的骨肉

除了梅雨
还有什么　是命定的相思

除了女子
还有什么般配这山这水这天堂

锦帆应是到天涯

一

杭州历史上曾两度为都（吴越、南宋），它以西湖而名，以运河而兴。

远古时代，西湖是个小小的海湾，南北各由吴山和宝石山所在两个半岛所环抱，只在东部留下了一个不到三公里的湾口。海湾以西即今西湖群山，称为武林山。从武林山发源的大小溪流，统称武林水，往东流入湾内，这个海湾便叫武林湾。

武林湾以东，是一片面向长江的浅海。大量泥沙从长江口堆积浅海，钱塘江口的涌潮，也加快着堆积的速度，终于堵塞了湾口。武林水所夹带的泥沙，使武林湾逐渐变浅。久而久之，武林湾终于演变成一个滨海潟湖，和海洋隔绝。随着武林水的不断灌注，湖水的含盐量日渐降低，最后成为一个淡水湖。苏东坡在杭州任地方官时曾说："杭之为州，本江海故地。"住在杭州的宋末元初词人周密，当年到城南吴山青衣泉游玩，看见山腰石壁上有水波细痕，感叹道："今之城市，皆当深在水底数十丈矣。"（《阅古泉记》）

多少世纪过去了，到了距今四五千年的新石器时代，今杭州城西北一带已有原始人类活动。从今天西湖北首的老和山麓，经古荡、勾庄、水田畈，到西北延伸，直至余杭的良渚、瓶窑、安溪等处，都发现了玉器、石器、陶器的残片，还有斧、犁等石器农具，大量水稻、芝麻的种子，甚至还有长约两米的木桨，说明那时已有独木舟使用。考古学上称这一历史时期为

钱塘江

“良渚文化”时期。

大禹治水时，全国分为九州，杭州属于古扬州之地。古扬州泛指长江以南“江水波扬”的广大水乡。夏代到春秋期间，杭州属越国。

古越国境内湖泊棋布，江河纵横，越人“水行而山处，以船为车，以楫为马，往若飘风，去则难从”（《越绝书》）。

春秋时，史书记载有“百尺渎”。“百尺渎”入钱塘江处称“百尺浦”，又称“越王浦”，在今萧山河庄侧。“百尺渎”北连吴国都城姑苏（今苏州），到达今天的扬州，为吴国阖闾、夫差所开凿，是江南运河的前身。

战国时，越国为楚所灭，杭州又纳入楚国的版图。

杭州的前身是钱塘。秦始皇统一中国后，在吴、越故地设置了会稽郡，其辖境相当于今江苏省长江以南，浙江省仙霞岭、牛头山、天台山以北，还有安徽省的水阳江流域以东及新安江、率水流域。会稽郡下设二十六个县，地处武林山麓的钱塘是其中一个县。

公元前210年，秦始皇巡视东南，登上会稽山（在今浙江绍兴），并树碑颂扬自己的功绩，史称“会稽刻石”。东巡路线大体是从国都咸阳出发，出武关，沿丹水、汉水至云梦，浮江东下，直至牛渚。命囚徒“凿丹徒曲阿（今丹阳）”，开凿运河，经溧阳、宜兴等地，东入太湖。“至钱塘，临浙江，水波恶，乃西百二十里，从狭中渡”（《史记·秦始皇本纪》）。他因水波凶猛，只好沿浙江北岸上溯而行，到了富阳一带渡江，过诸暨，再至会稽祭大禹，刻石而返。

这也是“钱塘”之名第一次见于史书。后来，唐代陆羽在《武林山记》中说：在宝石山下还有一块缆过秦始皇航船的巨石，被人们称为“缆船石”（引自陶宗仪《辍耕录》卷二十三《大佛头》）。宋朝时，有个叫思净的和尚，将这块巨石雕成一座半身佛像，又修了庙宇，即葛岭的大石佛院。钱塘江北岸的秦望山，相传是秦始皇登临眺望的地方。

东汉顺帝时，由于南方经济发展与钱塘江航运的兴起，开始以钱塘江为界把会稽一分为二，江以北增设吴郡（治所在今苏州），江以南仍为会稽郡，钱唐县从此划归吴郡。

秦汉时期的钱唐县址究竟在何处呢？清人倪璠在《神州古史考》中认为，故县址大致范围南至五云山麓的江边徐村、范村（梵村），西北至粟山石人岭和西溪，东至宝石山麓的大佛头附近。这一带环绕着灵隐、天竺等南北诸峰（汉时统称为武林山），数千户人家散居其间，是个山中小县。

六朝以建业（康）为都（今南京），开凿了茅山山麓的坡冈渎和上容渎，西连秦淮河，东连古运河，以达吴、会漕运。东晋吴兴太守殷康又开凿了荻塘，引余不溪、苕溪之水，自乌程(今湖州)东“合流而东过旧馆，至南浔镇，入江南界。又东经震泽、平望二镇，与嘉兴之运河合”(《大清统一志·湖州府·山川》)，直接沟通了运河与湖州地区的水上交通。

南朝萧梁政权将钱唐县升为临江郡。到陈代，改临江郡为钱唐郡，下辖钱唐、富阳、于潜、新城四县。

二

杭州之名始于隋代。

开皇九年(589)，隋文帝杨坚灭陈，结束了魏晋以来长期分裂的局面。隋朝废钱唐郡，建置杭州，杭州之名从此出现于史书。

开皇十一年(591)，隋大臣杨素调民伕依州治柳浦以西的凤凰山，建起州城，周围达“三十六里余”，现在的杭州市就是在这个基础上发展起来的。

大业元年(605)，隋炀帝杨广开凿了通济渠，与淮水沟通，又经淮水加宽邗沟(春秋时期，吴王夫差已开凿了连结长江和淮河的邗沟)。为了掠夺江南财富，还在原有运河的基础上，疏浚、拓宽了江南运河，从京口(今江苏镇江)经苏州、嘉兴，绕太湖以东直达杭州。江南运河长达八百里，宽十余丈，夹岸遍栽杨柳，可通大船，沿岸还设置驿馆，专供皇帝巡幸时憩息。只是隋炀帝未及实现南巡杭州的愿望。但正如万里长城绕不开秦始皇一样，大运河也避不开杨广。

隋炀帝下扬州和乾隆下江南一样，正史略谈，播于人口，已成为野史谈论不尽的话题，据《开河记》载：“龙舟既成，泛江沿淮而下，至大梁(河南开封)，又别加修饰，砌以七宝金玉之类。于是吴越取民间女十五六岁者五百人，谓之殿脚女。至于龙舟御楫，即每船用彩缆十条，每条用殿脚女十人、嫩羊十口，令殿脚女与嫩羊相间而牵之。……时舳舻相继，连接千里，连绵不绝。锦帆过处，香闻百里。”真是千古难得一见的奇观，但仔细想来又不由得让人毛骨悚然，不敢相信人间竟有此等丧尽天良之事！

大业六年(610)，以杭州为南端终点的大运河竣工通航，运河全长四千多里，以洛阳为中心，北起涿郡(今北京)，沟通了海河、黄河、淮河、长江和钱塘江五大水系，为沿岸城市的发展与繁荣奠定了基础。《隋书·地理志》记载当时的杭州“川泽沃衍，有海陆之饶，珍异所聚，故商贾并辏”。

因为通济渠以汴水为主干，唐人诗文往往称运河为“汴河”。皮日休有《汴河怀古》：“尽道隋亡为此河，至今千里赖通波。若无水殿龙舟事，共禹论功不较多?”“水殿”指龙舟犹如水上宫殿。晚唐李敬方在《汴河直进船》中却说:“汴河通淮利最多,生人(生民,避唐太宗讳,故改)为害亦相和。东南四十三州地,取尽膏脂是此河。”宋人卢襄的《西征记》(《说郛》卷二十四引)偏向于皮日休:“遂念隋大业间所以浚辟使达于江者,不过事游幸耳。……今则每岁漕上给于京师者数千百艘,舳舻相衔,朝暮不绝,盖有害于一时,而利于千百载之下哉!”

唐初,杭州人口已超过十万,江干一带土地狭窄,势必要向州城西北发展。但这里土地斥卤,井渠皆咸。唐代宗时,李泌任刺史,就发动居民开凿了相国井等六口大井。这种井与今天的井不同,它采用“开阴窦”的办法,即在地下挖渠道,再安水管,引湖水入方池。正如苏东坡所言:“自李泌始引湖水作六井,然后民足于水,井邑日富。”(《宋史·河渠志·东南诸水》)唐代李华所写的《杭州刺史厅壁记》形容说“骈樯二十里,开肆三万室”,描述了运河和钱塘江上的交通之盛,市内的商铺之多,俨然大都会的气派了。如今,杭州闹市区浣纱路、井亭桥西侧原相国井故址,还留井立碑,供人凭吊。

隋炀帝龙舟南下

大诗人白居易主政杭州后,写有《西湖晚归回望孤山寺赠诸客》一诗,才第一个提到“西湖”这个称呼。此时,州城已移至钱塘(唐代避讳,改“钱唐”为“钱塘”)门内,湖的位置处于城西,“西湖”变得名副其实,很快便被人们认可了。此前,西湖有“武林水”、“钱塘湖”、“金牛湖”、“明圣湖”等多种称呼。白居易可以说是“西湖”这一名称专利的拥有者。

“惟留一湖水,与汝救凶年。”(白居易《别州民》)白居易于长庆二年(822),在钱塘门外石函桥附近,即今少年宫一带，修筑了一条湖堤，比原来的湖岸增高了一些，借此提高西湖水位，扩大蓄水量。从此，西湖就从一个天然的淡水湖，转变为一个人工湖泊，而枯涩的六井经过疏治，又重新充盈。

白居易不仅是西湖名称的发明者，而且可说是西湖美景的主要发现者，第一个写下了大量诗词，集中向世人展示西湖不可抗拒的魅力。如："绕郭荷花三十里，拂城松树一千株。""……乱花渐欲迷人眼，浅草才能没马蹄。最爱湖东行不足，绿杨阴里白沙堤。"如此等等，今天读来美不胜收的好诗，其实是得自西湖之赐。

作为一代文豪，白居易并不像某些文人一样，只爱一鹤一梅、一山一石，自命高雅。他的卓见在于不避尘俗，敏锐地感受到因城市经济发达、市民趣味高涨而显现的世俗风情之美，并以浓酣的笔墨描绘这世俗化的画面："红袖织绫夸柿蒂，青旗沽酒趁梨花。"(《杭州春望》)"红袖"指红绫女子，绫是起暗花的单层织物，"柿蒂"指绫的花纹。蒂原指瓜果和枝茎相接的部分。作者自注："杭州出柿蒂者尤佳也。"在封建社会，纺织业的发展往往是经济发达的重要标志，白居易拈出新式花纹的绫罗，不可不谓别具慧眼，高人一等。后人写杭州"市列珠玑，户盈罗绮"、"纨绮风来扑面香"，当由此而来。青旗指酒旗，原注："其俗，酿酒趁梨花熟，号'梨花春'。"此句写梨花开时饮梨花酒，一语双关，花光酒气，春色鬓影，游人焉得不醉！

岁月流逝，沧桑变易。白居易所筑的"白堤"，后来变成市区的一部分，再也难觅踪迹了。为了纪念白居易，人们又把今天从断桥至西泠桥的这条"白沙堤"改名为"白公堤"，简称"白堤"。

三

唐天祐四年(907)，朱温废帝，自立国号为梁，统治了黄河流域，史称"后梁"。此后，北方军阀混战，五十多年间先后出现过后唐、后晋、后汉、后周几个短暂的王朝，而在南方及山西等地，也相继成立了七个割据小国，钱镠建立的吴越国，便是其中之一。

钱镠(852—932)，杭州临安县人，盐贩出身，后以军功高升为杭州都指挥使，并进一步扩大地盘，被北方统治者册封为吴越国主。

从马背上打来的江山不能在马背上治理，钱镠的角色转换是成功的，他坚持保境安民的基本国策，修理海塘，发展经济，网罗人才，使吴越国成为当时中国最富庶的地区。

杭州成为国都后，钱镠在凤凰山下修建子城。更早一些，他已修筑了周围“凡七十里”的罗城。罗城西起今闸口以北的秦望山，到今江干一带，又沿西湖到宝石山，其东北至今艮山门，与运河相连。因城区形似腰鼓，又称“腰鼓城”。

当时西湖葑草充塞，曾有方士劝钱镠把西湖填平，在上面建造王府，可有一千年天下。钱镠回答说：“百姓借湖水以灌田，无水即无民，岂有千年而天下无真主者乎？”并派一千士兵作“撩湖兵”，专司疏浚西湖事宜。

今天西湖大量的佛教艺术遗产，多是吴越国时代遗留下来的，除了扩建东晋已有的灵隐寺外，还新建寺院三百多个，又建造了四塔：西关外的雷峰塔、月轮山的六和塔、闸口的白塔河宝石山的保俶塔，为湖山增添了无限风光。后人因此把杭州称为“江南佛国”。

北宋欧阳修在《有美堂记》中言：“独钱塘自五代时尊中国(指中原朝廷)，效臣顺，及其亡之也，顿首请命，不烦干戈，今其民幸富足安乐。”

以前，杭州僻处浙西边隅，北比不上苏州，南又在绍兴之下。自从定为吴越国都后，地位骤升。王明清在《玉照新志》中评说：“杭州在唐，繁雄不及姑苏、会稽二郡，因钱氏建国始盛。”欧阳修进一步提到吴越国时的杭州“邑屋华丽，盖十万余家，环以湖山，左右映带；而闽商海贾，风帆浪泊，

罗城“腰鼓城”

出入于江涛浩渺、烟云杳霭之间，可谓盛矣”（《有美堂记》）。

四

钱镠曾言“岂有千年而天下无真主者乎”，可谓一语成谶。至宋太祖太平兴国二年（977），钱镠的后代钱俶纳土降宋，吴越国只有七十一年的气数。

北宋的杭州，可以用柳永那首著名的《望海潮》词来形容：

东南形胜，三吴都会，钱塘自古繁华。烟柳画桥，风帘翠幕，参差十万人家。云树绕堤沙，怒涛卷霜雪，天堑无涯。市列珠玑，户盈罗绮、竞豪奢。重湖叠巘清嘉，有三秋桂子，十里荷花。羌管弄晴，菱歌泛夜，嬉嬉钓叟莲娃。千骑拥高牙，乘醉听箫鼓，吟赏烟霞。异日图将好景，归去凤池夸。

此词是献给两浙转运使孙何的。所谓“三吴”，是吴兴、吴郡、会稽的合称，包括今苏州、吴兴、杭州、绍兴一带。所谓“重湖”，则是指西湖的里外湖。“叠巘”：重叠错出的山峰。“高牙”：军中大旗，这里代指大官（孙何）出行的仪仗。“凤池”：凤凰池，当时中书省（宰相办公机关）所在地。

“造物知吾久念归，似怜衰病不相违。风来震泽帆初饱，雨入松江水渐

西子湖

肥。”北宋熙宁五年(1072),大运河为杭州送来了一代文宗苏轼。

苏轼当时因为反对新法而遭到外放,是政治上的失意者(白居易也是目睹朝政倾轧,难以忍受“笑面哭心”的生活,才离京来杭)。正是杭州的山水,抚慰了苏轼受伤的心灵。“黑云翻墨未遮山,白雨跳珠乱入船。卷地风来忽吹散,望湖楼下水如天。”这首七绝,绝妙地显示了苏轼的心路历程。在怨愤不满喷发以后,又经常保持平静、乐观的心绪。“我本无家更安往?故乡无此好湖山。”这种正视现实,珍惜现在且把所到之处权当故乡的达观思想,首先便是在秀丽的杭州山水间萌生的。最脍炙人口的当然是七绝:“水光潋滟晴方好,山色空濛雨亦奇。欲把西湖比西子,淡妆浓抹总相宜。”无论西施在溪头浣纱,或在宫中歌舞,无论淡妆还是浓妆,都无法掩盖她的天生丽质。于是,西湖又多了一个名称:西子湖。这首绝唱也是诗人的夫子自道:无论是轻装简从,还是峨冠博带,无论处于逆境,还是顺境,诗人都一样随遇而安,不改本色。这是真正的宋诗,将理趣寓于生动优美的形象之中,让人们多方面去品味。我们甚至可以想象,西子湖像大家闺秀,即便有些不遂心,也不过眉黛轻颦而已。而这种轻颦却别有一番风韵。

苏轼不仅给杭州带来了诗情画意,而且还以实政造福于民。

盐桥运河可能是隋代开凿的,为京杭大运河的最南端。唐宋间划进城内,成为内河。苏轼通判杭州时,看到“运河干浅,使客出入艰苦万状,谷米薪刍亦缘此暴贵”,于是主持了茅台、盐山二河的开浚,“各十余里,皆有水八尺以上,见今公私舟船通利”(乾隆《杭州府志》)。

苏轼还协助太守陈襄修复李泌开凿的六井。次年适逢大旱,“自江淮至浙,古井皆竭,民至以罂缶(酒器)贮水相饷如酒醴”,而钱塘居民未受其害。

元祐四年(1089),苏轼出知杭州,这是他第二次来杭,可谓“江山故国,所至如归”了。“还来一醉西湖雨,不见跳珠十五年。”对于西湖竟如此思恋。

西湖当时的葑田“如云翳空,倏忽遍满”,湖面湮废已达十之六七。按照当时的淤积速度,不出二十年,西湖将全部湮塞,六井也将废置。苏轼上疏,乞开西湖,认为:“杭州之有西湖,如人之有眉目。……使杭州而无西湖,如人去其眉目,岂复为人乎?”

这次疏浚,聪明的太守把挖掘出来的巨量淤泥在湖中堆筑成一条长堤,长五里,堤上又修建了六座石桥以疏通湖水。全堤遍植桃花、杨柳,六桥烟柳为全湖平添了无限娇媚。后人把这条长堤称为苏堤，与白堤相对互衬，“苏堤春晓”也成为湖中胜境。

此外，苏轼又重修了六井，新开了二井，用瓦管代替竹管，使“西湖甘水，殆遍一城”。

五

王安石变法失败后，北宋王朝日趋腐败。靖康二年（1127）金兵攻入汴京（今开封），掳走徽、钦二帝。北撤途中，纵兵四掠，“杀人如割麻，臭闻数百里。淮、泗之间，亦荡然矣”（《建炎以来系年要录》）。

其时徽帝第九子、康王赵构正在河北招兵买马，从而逃避了当俘虏的命运。几经辗转，三次驻跸临安（即杭州），终于在绍兴八年（1138）定临安为南宋的行都。所谓行都，行在之都也，以示不忘汴京。这是杭州第二次成为国都，持续达一百五十年之久。

南宋朝廷把大内建在凤凰山。王城北起凤山门，西到万松岭，东至候潮门，南及江干。

皇城内有一条长达一万三千五百尺的御街（今中山路旧址），由数万块巨幅石板铺成，宽敞通达。还有南北流向的河道。前面提到的盐桥运河，长达十四五里，是杭城最长的人工河。宋时因河道中有一桥是盐船靠岸的码头，人们便把此桥称作盐桥，把这条河称为盐桥运河，沿呼至今。宋人称为大河。

市河位于盐桥运河之西，又名小河。市河与盐桥运河在清河坊南沟通，向北直接与江南运河及整个太湖的河湖网相连，向南可达江干的钱塘江。市河北段又通过众安桥与浣纱河相通。浣纱河直通西湖，引西湖作为这些河渠的水源。

杭州的东郊，由于海塘的完成，已经垦殖成一片菜园，供应城市的四时蔬菜；粮食靠富庶的太湖平原解决；城市所需的巨量薪炭，则通过钱塘江从森林资源丰富的婺、衢、严各州运来，形成了“西门水、东门菜、北门米、南门柴”的城市格局。

从镇江到杭州八百里长的江南运河成为南宋政权的生命线，樯桅如林，舟行如梭，不分昼夜。武林门外，即今大关桥、江涨桥一带，成为运河的码头区，人来人往，熙熙攘攘。

随着城市基本供应的解决，服务城市其他需要的手工业也十分发达。造船、陶瓷、纺织、印刷、酿酒、食品等都建立了大规模的作坊，这就吸引了大批商贾往来，舟车贩运，从而促进了城市的商业繁荣。除御街、荐桥街、后市街等商业区外，还有许多专业性集市，如生药市、象牙市、金银市、珍珠市、丝锦市、生帛市、肉市、米市等。还有专业性商行，如麻布行、海鲜行、纸扇行、鱼行、木行、竹行、果行等。吴自牧在《梦粱录》中记载:"杭城大街,买卖昼夜不绝,夜交三四鼓,游人渐稀,五鼓钟鸣,卖早市者又开店矣。"

今棚桥附近时临安最大的书市,店铺毗连,经史子集齐备。棚北有陈氏父子(陈思、陈起)开的两家大书铺。他们刻印了唐宋以来的名人诗词文集和笔记小说一百多种,雕版工致,纸墨精细,有些宋刻本至今还有一股清香味儿。当时最大的民间游艺场北瓦子也在这一带,内设勾栏十三座,日夜演出杂剧、讲经、说书、杂技、影戏、傀儡等戏艺,是市民集中的娱乐场所。

唐以前,市内店铺的营业时间大都在上午,过午则散,至夕而罢,不少地方实行"日中为市"的旧制。唐后期以来,宵禁渐次松弛,夜市开始出现。到南宋定都,皇室、贵族、豪门富商经常于夜间到酒楼茶肆寻欢作乐。加上瓦子、勾栏等百戏汇聚,戏散以后,观众多需充饥,故夜市十分热闹。御街两边的夜市集中在清河坊、三桥址、官巷口、众安桥、观桥等处,"与日间无异"。

当时著名的茶肆有八仙、清乐、

杭州运河

珠子、泮家、连二、连三等二十余家，随季节变换品种。如有的茶肆"冬月添卖七宝擂茶、馓子、葱茶，或卖盐豉汤；暑天添卖雪泡梅花酒，或缩脾饮暑药之属"（《梦粱录·茶肆》）。又据周密《武林旧事·凉水》载，当时的夏令冷饮品，有甘豆汤、椰子酒、豆儿水、鹿梨浆、卤梅水、姜蜜儿、木瓜汁、沉香木、荔枝膏儿、金橘团等。

著名的酒楼有和乐楼、和丰楼、中和楼、春风楼、太和楼、西楼、太平楼、丰乐楼、西溪楼、熙春楼等。无论公私酒楼，均备乐队，为顾客奏乐助兴。店伙精通业务，百来样菜名背得滚瓜烂熟，一经顾客点定，传喝如流，并且很快烹制端上，不劳顾客久等。

余杭门外北新桥北的新开运河，又称城外运河，是孝宗淳熙十四年（1187）开凿的，长达三十六里，西流至奉口。据《淳祐临安志》载，淳祐七年（1247）大旱，新开运河干涸，米船不通，城内米价骤增。临安知府组织民工分两段疏浚，从北新桥至狗葬（今勾庄）为一段，开阔三丈，深四尺；从狗葬至奉口，开阔一丈。新开运河遂成为江南运河的重要支线。

大诗人陆游在《入蜀记》中写道："朝廷所以能驻跸钱塘，以有此渠（指江南运河——引者）尔！"另一位大诗人范成大在《吴郡志》里使用了"天上天堂，地下苏杭"的赞语，成为民谚"上有天堂，下有苏杭"的滥觞。

至南宋中期，杭州人口已增至一百多万。《梦粱录》描绘说，从西湖东望，但见"居民屋宇高森，接栋连檐，寸尺无空，巷陌壅塞"，西子湖畔更是"一色楼台三十里，不知何处觅孤山"。

六

"暖风熏得游人醉，直把杭州作汴州。"南宋终于无可挽回地覆亡了。由于元兵在攻城略地时所遭遇的抵抗，忽必烈下令"堕天下城郭"，杭州也拆除了城墙，西湖湮塞，城市萧条。

元代政治中心虽然北移，但"元都于燕，去江南极远，而百司庶府之繁，卫士编民之众，无不仰给于江南"（危素《元海运志》）。至元十八年（1281）开始，朝廷在隋代运河的基础上，又开凿了济州、会通、通惠等人工河，接通了北至大都（今北京）、南及杭州的大运河，全长三千多里。

元代南北交通主要靠海运，正如明人丘浚所言："河漕视陆运之费，省计三四；海运视陆运之费，省计七八。"（《大学衍义补》）河运虽不及海运划算，但海上"风水险恶"，常有"人船俱溺者"，而"漕船泛河则失少，泛海则损多"（《元史·河渠志》），所以运河上的运输也极为可观，千百条漕船往往由江南直接驶达积水潭（今北京什刹海）。

元天历二年（1329），元文宗遣使至运河沿岸主要城市祭祀妈祖庙，其中《祭杭州庙文》提到："杭为大藩，财赋所聚。国计之重，倚于东南。今兹两运，咸利攸往。长江怠浪，万樯云集。"

其实，忽必烈在位期间，杭州已渐渐恢复生机。一位碧眼金发的意大利人，曾在他的《马可·波罗游记》中，新奇地打量杭州，向全世界介绍神秘的东方："这座城市方圆约有一百英里，它的街道和运河都十分宽阔，还有许多广场和集市。……一年四季，市场上总有各种各样的香料和果子。特别是梨，硕大出奇，约重十磅，肉呈白色，和糨糊一样，浓味芳香。还有桃子，分黄白二种，味道十分可口。这里不产葡萄，不过，其他地方有葡萄干贩来，味道甘美。……当你看到运来的鱼，数量如此多，可能会不信它们都能卖出去，但在几小时之内，就已销售一空。因为居民的人数实在太多，而那些习惯美食、餐餐鱼肉并食的人也是不可胜数的。"

他也写到了西湖："湖中还有大量的供浏览的游船或画舫，……这样在水上的乐趣，的确胜过陆地上任何游乐。因为，一方面，整个湖面宽广明秀，站在离岸不远的船上，不仅可以观赏全城的宏伟壮丽，还可以看到各处的宫殿、庙宇、寺观、花园以及长在水边的参天大树。另一方面，游人又可以欣赏到各种画舫，它们载着行乐的爱侣，往来不绝，风光旖旎。"这位洋人还观察到了一种特殊的现象："妓女的人数，简直令人不敢启齿。不仅靠近方形市场的地方为她们的麇集之所，而且在城市各处都有她们的寄住之地。她们的住宅布置得十分华丽，她们打扮得花枝招展，香气袭人，并有许多女仆随侍左右。这些妇女善于献媚拉客，并能施出种种手段去迎合各类嫖客的心理。游客只要一亲芳泽，就会陷入迷魂阵中，任她摆布，害得失魂落魄，流连忘返。他们沉湎于花柳繁华之地，一回到家中，总说自己游历了京师（借用南宋的称谓，指杭州——引者），并希望有机会重上天堂。"

在作者笔下，杭州人仿佛生活在历史的回忆中："京师本地的居民性情宁和。由于从前的君王都不好战，风气所致，于是就养成了他们的怡静闲适的民风。……他们不愿意看见任何士兵，即使是大汗的卫兵也不例外。因为，一看见他们，居民就会想起死去的君主和亡国之恨。"

七

明代朱棣定都北京后，依然改变不了“南粮北调”的状况，官员认为，“漕为国家命脉攸关，三月不至则君相忧，六月不至则都市人啼，一岁不至国有不可言者”，可谓“倚漕为命矣”（《明史·河漕志》）。永乐九年（1411），重修山东境内的会通河。永乐十三年（1415），罢海运和陆运，专营河运。

《仁和县志》记载：“杭民多半商贾耳。”比较真实地反映了明清时期杭州城市人口的结构。浙江“杭州其都会也，……虽秦、晋、燕、周大贾，不远数千里而求罗绮者，必走浙之东也”（张瀚《松窗梦语》）。广州及东南沿海各省的货物，也多由商贾运到杭州，又从杭州装船沿大运河载至北京。

当时，东南和南方沿海地区，商品经济比较发达，已经产生了资本主义萌芽。一方面，出现了大量“恒产绝少”、“计工受值”的工资劳动者，另一方面，也有家产“殷富”、“千金”、“数千金”乃至“百万金”的“新业主”。但皇宫和官府无孔不入的控制与攫夺，又将这种萌芽扼杀于摇篮之中。正如清人屈大均所言：“……贾与官亦复无别，无官不贾，且又无贾不官。民畏官，亦复畏贾；畏官者，以其官而贾也；畏贾者，以其贾而官。”（《广东新语》）

拱宸桥位于杭城北部、运河南端，始建于明代，重建于清初。运河水就是从这座桥流入市内。“宸”字为北斗，象征帝王，“拱”自然有恭迎的意思。相传桥的得名，与康熙、乾隆南巡有关。康熙到杭州五次，乾隆到杭州六次。从运河穿过市区流入涌金门的城河，就是康熙第一次来杭时，为便利御舟由运河直达西湖而开辟的。

李商隐《隋宫》诗有“锦帆应是到天涯”之句，意为如果不是李渊起兵灭隋，隋炀帝恐怕要乘龙舟游遍天涯海角了。炀帝终未能南游杭州。现在，康熙、乾隆不仅游了，而且一游再游，大游特游，客观上促进了运河的建设与繁荣。

“西湖十景”之称，始于南宋，当时画院的马远等，曾画过“西湖十景图”。康熙来杭，给予“御题”，作御制诗，建御碑亭。十景经钦定，就更有名了，即“苏堤春晓”、“柳浪闻莺”、“花港观鱼”、“双峰插云”、“三潭印月”、“曲院风荷”、“平湖秋月”、“南屏晚钟”、“雷峰夕照”、“断桥残雪”。其中“雷峰夕照”，他改“夕”为“西”，“南屏晚钟”，他改“晚”为“晓”，皆因“夕”、“晚”不吉利也。但人们还是沿用了旧名。

康熙爷想过过炀帝的老瘾，巡游西湖时，“陆地则地尽铺红毡，精致一如禁宫；水游则驾龙舟，装潢动以万金。地方官竭意供奉，征之于民。龙舟之缆，均以五色锦丝为之。选杭垣小家碧玉，以任背纤之役”。

乾隆来杭时，由于康熙已题过“西湖十景”，于是尽量多走一些地方。如在比较偏僻的龙井，乾隆题了“过溪亭”、“涤心沼”、“一片云”、“风篁岭”、“方圆庵”、“龙泓涧”、“神运石”、“翠峰阁”等“龙井八景”。还攀上风篁岭，亲题“湖山第一佳”五个大字，至今还清晰可辨。

作为对“西湖十景”的补充或延伸，乾隆还题了“钱塘十八景”：“吴山大观”、“湖心平眺”、“湖山春社”、“浙江秋涛”、“梅林归鹤”、“玉泉观鱼”、“玉带晴虹”、“宝石凤亭”、“天竺香市”、“云栖梵径”、“蕉石鸣琴”、“冷泉猿啸”、“凤岭松涛”、“灵石樵歌”、“葛岭朝暾”、“九里云松”、“韬光观海”、“西溪探梅”。

当然，乾隆也做了一些调运赈米、修筑海塘之事。也曾罗致大批文人，编纂了规模巨大的《四库全书》，并将西湖孤山行宫的玉兰堂改建为文澜阁，藏放《四库全书》。

雨中西湖

八

1895年,《中日马关条约》签订,杭州辟为商埠,日本在拱宸桥设立了租界,运河被烙上耻辱的印记。

突然想起“雨巷诗人”戴望舒。他于1905年生于杭州大塔儿巷,据说《雨巷》的灵感便产生于此。南宋陆游旅居临安孩儿巷时,也写下过“小楼一夜听春雨,深巷明朝卖杏花”的名句,绘出了杏花春雨的江南美景。杭州的雨啊,总是这般缠绵多情。养育了近两千年中国古典诗词之静美的,也主要是这种雨的气质。

1936年,由于不愿在日寇铁蹄下苟活,戴望舒挈妇将孺前往香港,开始了流亡生涯。1942年,又被占领香港的日军逮捕入狱一年多。正如陆游是“上马击狂胡,下马草军书”的壮士一样,戴望舒也是手无寸铁、以心为盾的志士,他留下了感人至深的《狱中题壁》:

如果我死在这里,
朋友啊,不要悲伤,
我会永远地生存
在你们的心上。

你们之中的一个死了,
在日本占领地的牢里,
他怀着的深深仇恨,
你们应该永远地记忆。

当你们回来,从泥土
掘起他伤损的肢体,
用你们胜利的欢呼
把他的灵魂高高扬起。

然后把他的白骨放在山峰,
曝着太阳,沐着飘风:
在那暗黑潮湿的土牢,
这曾是他唯一的美梦。

大江东去,运河南下。新中国成立后,特别是改革开放以来,杭州重新焕发了无限生机,江南运河也成为大运河上最为繁忙的黄金水道。当然,由于现代交通的高速发展,运河的功能比起古代来说逊色多了。

但正如刘士林所说,“功能运河”消退意味着“文化运河”的出场。据新华网浙江频道2002年11月22日报道,杭州市规划局已经编制完成《京杭运河杭州段整治与保护开发战略规划》,并提上了市委、市政府的议事日程。这个规划的最大特点,就是以运河沟通钱塘江的三堡船闸为起点,到余杭塘栖运河杭州段的最北段,建立十个各具特色的运河新景观:“江河流霞”,“艮新秋韵”、“武林新姿”、“夹城春红”、“江桥忆昔”、“三河环月”、“拱宸怀古"、"东塘野渡"、"古桥双曲"、"水北渔歌"。

即如"艮新秋韵"而言，艮山门是杭城古代的东北门，"艮山"意为城北的小山，汴京有"艮岳"，南宋取名"艮山"，寓意不忘故国。宋元以来，这一带纺织作场遍布，机杼之声，比户相闻，为驰名中外的"杭纺"主产地。

又如"武林新姿"。建于隋代的武林门为杭城北大门，有一千三百多年历史，自古为运河南端的码头，樯帆聚泊，百货登市，以"北关夜市"闻名。看过电视剧《天下粮仓》的人，应该对富义仓并不陌生。现在已成为硕果仅存的一处仓库，只留下几排普通的砖木老屋和楼下青石叠砌的码头水埠。

再如"拱宸怀古"，拱宸桥西面的街区之所以能保存旧观，完全是当时的拱墅区拿不出足够的资金进行改造。这里提出了一个严峻的课题，整旧如新对古建筑而言也是一种破坏。有识之士已呼吁，妥善解决经济发展与遗产保护之间的矛盾，千万不能让传承了几千年的运河历史文化气脉在我们这一代人的手中毁断。

愿运河不老，锦帆无恙！

戴望舒《雨巷》

湿云如梦画西湖

每次到杭州，我都爱从断桥出发，沿白堤经孤山、西泠走到苏堤，过六桥（跨虹、东浦、压堤、望山、锁澜、映波），一直到花港观鱼的苏东坡纪念馆。窃以为，这是游西湖的最佳选择。只有步行，才能接触到她的灵魂。

“六桥烟柳”在元代就被列入“钱塘八景”之首。明人袁宏道形容说：“六桥杨柳一络，牵风引浪，萧疏可爱。晴雨烟月，风景互异……”今人周瘦鹃在《新西湖》一文中也评道：“从第一桥到第五桥这一段，实在是苏堤最美的所在。碧水青山绿杨柳，一一奔凑眼底，美不可言。”

袁宏道提到的“晴雨烟月，风景互异”，又令人想起苏东坡的七绝：“水光潋滟晴方好，山色空濛雨亦奇。欲把西湖比西子，浓妆淡抹总相宜。”这首七绝，既是西湖绝唱，又是苏东坡的人生绝唱，只要有这种人生态度，晴日、雨天、淡妆、浓抹、山林、庙堂、酒肉、粗粮……总是相宜的。

台湾作家张晓风由此感叹：苏堤“是无中生有的一块新地（浚湖而得的最高贵华艳的废土），所以不作经济利益的打算，只用来种桃花和杨柳……六桥，大概已是中国人梦境的总依归了”。

她也拈出自己最喜欢的元人刘致的散曲：

贵何如？贱何如？六桥都是经行处。

并发挥道：“对呀，在春暖花开的时候，难道不成因为他是×主席或×部长，就可以用八只眼睛来看水光潋滟吗？不，在面对桃红柳绿的时刻，我们只能虔诚地用两腿走过风景，用两眼膜拜，用一颗心来贮存，如此而已。”

这位台湾才女用慧心妙悟给“浓妆淡抹总相宜”又添了一层诠释。

袁宏道虽说“风景互异”，却偏爱晴湖。你看他笔下：“山色如娥，花光如颊，温风如酒，波纹如绫。才一举头，已不觉目酣神醉。”“湖上由断桥至苏堤一带，绿烟红雾，弥漫二十余里。歌吹为风，粉汗为雨，罗纨之盛，多于堤畔之草，艳冶极矣。”

夏承焘《西湖杂诗》云：

一道裙腰绿未浓，小桃先放柳边红。
苏堤好在孤山看，忘却孤山亦画中。

侯孝琼评：“坡公有西湖、西子之比。此诗经以苏堤为裙腰，则淡柳为眉，红桃似靥，尽在想象之中。结末点出视点——孤山，于此遥望苏堤，摄人心魄，竟不知已置身画境矣！语丽思深，令人涉想无尽。”

苏东坡倒真有晴雨皆宜的胸襟。他重返杭州时，曾兴奋地写下：“还来一醉西湖雨，不见跳珠十五年。”皆因他第一次来杭，有过“黑云翻墨未遮山，白雨跳珠乱入船”的诗句。

比起古人的空灵，今人对雨湖的描写，具体而又细微。如丰子恺在《湖畔夜饮》中，就有这样一番比较：

窗外有些微雨，月色朦胧。西湖不像昨夜的开颜发艳，却有另一种轻颦浅笑，温润静穆的姿态。

由雨湖还会联想到杭州的两条“雨巷”。一条是位于市中心的孩儿巷，南宋陆游旅居过，写下“小楼一夜听春雨，深巷明朝卖杏花”（《临安春雨初霁》）的名句。

胡晓明为这两句诗写下《千年前的卖花声》：

好的诗句总是让人千年也想它，闻到它的香味，带着昨夜的露水，像对一枝梦中的花。

春天里我也住在杭州的南山路，早晨去吃早点，穿过荷花池头巷子，那家的豆腐脑和小馄饨热气冒着，隔壁是勾山巷，经过清代才女陈端生的家，看见干干净净的台阶和白色的墙，也想起了小巷子深处，想起那一千年前的卖花声。

诗人写西湖边的春天，而整个西湖都成了一枝花，如梦一般。

雨中西湖

另一条即是现代诗人戴望舒在大塔儿巷的故居。他的《雨巷》，便是借这里的氤氲雨气写成。

金克木有《寄所思·夜雨——为纪念诗人戴望舒逝世三十周年作》:

夜雨。
点点滴滴，点点滴滴，点点滴滴，
稀疏又稠密。
记忆。
模糊的未来，鲜明的往昔。
向北，向南，向东，向西，上天，下地。
悠长的一瞬，无穷无尽的呼吸。
喧嚣的沙漠。严肃的游戏。
西湖，孤山，灵隐，太白楼，学士台，
惆怅的欢欣，无音的诗句。
迷濛细雨中的星和月;
紫丁香，白丁香，轻轻的怨气;
窗前，烛下，书和影;
年轻的老人的叹息。
沉重而轻松，零乱而有规律。
悠长，悠长，悠长的夜雨。
短促的雨滴。
安息。

著书惟剩颂红妆

上文胡晓明提到:“清代才女陈端生”。

1961年，吴宓专诚从重庆到广州看望陈寅恪，把晤甚欢。先生赠诗，颔联云:“留命任教加白眼，著书惟剩颂红妆。”并自注:“近八年草论再生缘及钱柳因缘释证等文凡数十万言。”1958年，先生因厚古薄今，横遭批判，不再授课了。加上早已双目失明，自嘲“留命”矣。注中提到他撰写了两部著作:《论〈再生缘〉》与《柳如是别传》(原名《钱柳因缘释证》)。这两部著作的主人公都是“红妆”。

《再生缘》是清代杰出的女作家陈端生(1751—1796)的长篇弹词。

陈端生生于杭州，自幼在深闺受到诗书熏陶，加之天性灵慧异常，颖悟过人，七岁即能吟诗，十二三岁就熟读“四书”、“五经”、《史记》、《通鉴》等，写得一手好文。祖父对她十分宠爱，常向人夸耀说，端生若是男子，定能中一个状元。

端生十六岁时，奇才丽色已像花朵一般绽放。背着祖父，偷偷地阅读野史、传奇、戏曲、弹词，把《西厢记》、《牡丹亭》背得烂熟。十八岁那年使开始了长篇巨著《再生缘》的创作。

祖父虽鼓励女子成才，毕竟有所局限。他主张以诗教女，目的也无非是日后可以“治家相夫课子”。他深鄙弹词等俚俗作品，把“盲子弹词”同诗比做“一猪一龙”，却万万没有料到，自己心爱的长孙女暗中背叛家教，写起他所鄙视的弹词，并最终以此而扬名后世。

二十岁时，端生已以惊人的速度，写完《再生缘》十六卷，约六十万字左右。这一年秋天，母亲病逝，对她不啻是一个沉重的打击，以致心灰辍笔。这一辍笔，便中止了十二年。这个长长的停顿，当然不全是因为母亲病故的影响，还有更为沉重的打击。

接着是祖父去世，她又悲恸了一阵。二十三岁时，她服从命运的安排，出嫁了。

丈夫出身会稽名门，倒也风流倜傥，温柔体贴。婚后过了几年花前月下、炉畔枕边的悠闲生活。成为两个孩子的母亲以后，繁杂的家务压身，她无暇旁顾，只能勉力去做一位贤妻良母。

然而，这样的安乐是短暂的。三十岁时，她忍着别离的痛苦送别了赴顺天应乡试的丈夫。不久消息传来，顺天乡试发生科场作弊案，丈夫也被牵涉进去，获罪入狱（陈寅恪考证为诬枉）。为了营救丈夫，她变卖田产，耗尽家资。但这次科场案因震动朝野，皇上亲下御旨，严惩穷究，广肆株连。丈夫发配伊犁，给种地兵丁为奴。从此她成为一个谪戍罪犯的妻子，亲友畏避，受尽冷落。

她深知自己独守空闺的处境，稍一不慎，便会招致流言蜚语。于是闭门不出，屏谢膏沐，每天过着孤寂、单调、刻板的生活，以织素为生，除教一儿一女识字读书外，便是拜佛。

当她幼时的女友，湖州戴府的佩荃来访后，她才知道《再生缘》前十六卷已不胫而走，流布民间，闺阁之中争相抄写，浙江一带早已传遍。只可惜神龙无尾，人皆惋叹。

这对她是个莫大的慰藉，于是起了续写的念头，在繁重的家务之余，深

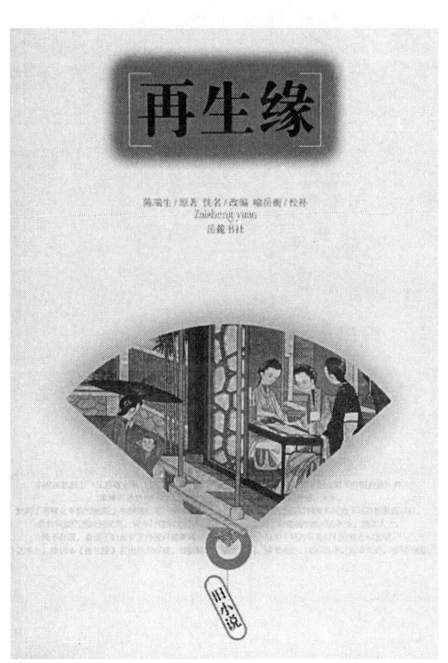

陈端生《再生缘》

夜伏案举笔。

“悠悠二十年来事，尽在明堂一梦回。”这是续写的第十七卷中的两句，也是端生历尽沧桑、大梦初醒的自白。

端生是西湖的女儿，她那惊人的明艳、绝代的才华，得之于西湖的灵山秀水。但此刻心境，已与写前十六卷时大为不同。愁人眼中，尽是惨绿残红、怨山恨水。

十七卷开首，便石破天惊：“搔首呼天欲问天，问天天道可能还？”写到丈夫“利锁名缰却挂牵”之后自己的心境，用了一大段文字：“一曲惊弦弦顿绝，半轮破镜镜难圆。失群孤雁斜阳外，羁旅愁人绝塞边，从此心伤魂杳渺，年来断肠意忧煎。未酬夫子情难已，强忍悲痛志自坚。日坐愁城凝血泪，神飞万里阻风烟。”

乾隆五十五年（1790），端生之女病死，年方十五。

嘉庆元年（1796），颁诏大赦。丈夫遇赦归。未至家而端生卒，时年四十五岁。

在我国古代，一般人所能取得的最高政治地位为宰相，最高社会荣誉为状元，此两项通常要经由科举之途，而应试的权利仅为男性所专。弹词中孟丽君女扮男装，可以中状元，做宰相，治国安邦，确是长巾帼志气，为女子鸣不平的英杰。但她一旦暴露为女子，皇帝要纳她为贵妃，进宫以供淫乐；父母要让她做孝女，堂前以尽孝道；门生要娶她当夫人，入房以奉巾栉。

雄飞既久，岂能雌伏？于是她同封建社会的三纲五常、三从四德，发生了全面的冲突。

当皇甫长华设下圈套，酒后脱靴，成宗拿到凭据，威胁利诱时，她要继续保持功名利禄，必将受到难堪的侮辱。为了维护自身的尊严、独立的人格，她又甘愿放弃荣华富贵，严词拒绝皇帝的欲念。作品写到她被逼吐血，“喷出朱唇似潮涌”，却弦断音绝，戛然而止！

通读十七卷《再生缘》，再观陈端生的坎坷身世，不难看出，孟丽君身上有端生的影子。作者正是通过她心仪的主角来表达自己伸张女权的叛逆精神。诚如陈寅恪所言：“……《再生缘》实弹词体中空前之作，而陈端生亦当时无数女性中思想最超越之人也。”“……故孟丽君之性格，即端生平日理想之所寄托，遂于不自觉中极力描绘，遂成为己身之对镜写真也。”“……端生心中对于吾国当日奉为金科玉律之君父夫三纲，皆欲藉此等描写以摧破之也。端生此等自由及自尊即独立之思想，在当日及其后百余年间，俱足惊世骇俗，自为一般人所非议。”“亦即杜少陵所谓‘世人皆欲杀’者。”

林之女士在《西湖细节》一书中，专门介绍了陈端生创作《再生缘》的“勾山樵舍”。

张艺谋的电影《英雄》里有一场棋亭对决的戏，两大高手在一段飘逸的古琴曲里大展身手，片中那个仙风道骨的老琴师令人印象深刻，他就是浙派古琴大师徐匡华。徐匡华住在杭州古清波门旁一条小巷勾山里，于是勾山也成了浙派古琴的传承之地。

“勾山里，一条不足百米的小巷，巷口有一座黑瓦高墙的中式小院——勾山里22号，里面原先住着几户人家都是电力局或水利厅的职工，2007年秋天我去的时候已经搬迁，拆得满地瓦砾。勾山里22号现在是它的后门，前门的门牌是河坊街556号，大门前满是青竹花草，旁边有一棵香泡树，十月的阳光下，树上结满了青涩的香泡。门前是个丁字形路口，对面就是西湖十景之一的‘柳浪闻莺’，红绿灯前总是排满了等候的汽车，就在这样的闹市，居然有这样丰硕的景象。院子外墙上大大地刻着三个字：

暮春时节的西子湖

‘再生缘’……”

陈寅恪撰写的《柳如是别传》，更是八十余万字的皇皇巨著，1954年由先生的助手黄萱开始属草，历时十年。先生在目盲体衰中撰述，继而又伤腿，即失明膑足，然以“扶病披寻强不休”的毅力，最终完稿，不像陈端生只完成十七卷，由另一位钱塘女诗人梁德绳续成二十卷。后三卷弄成了大团圆结局，有悖原作意图。这是两位作者的生平际遇（当然也包括才情）不同所致。

柳如是有《西湖八绝句》。其一云：

垂杨小苑绣帘东，莺阁残枝蝶乘风。
最是西陵寒食路，桃花得气美人中。

胡晓明激赏末句，说：“请想一下，在暮春时节的西子湖畔，桃花已经快要凋残了，这时，忽然走过来一位风流放诞、神光奕奕的女子，一下子将那奄奄欲死的桃花，全都照回过神来，全都救活转来了！中国的古老文化，常常说，人在大自然中可以采气，得气，但是却从来没有说过，大自然也居然可以在人身上采气、得气。那么，说这句话的人，该是何等自负！

柔情侠骨，最能代表西湖的文化底蕴。

梦断圆荷泻露声

陈端生的故居勾山里位于柳浪闻莺公园大门对面，可乘车至清波门站下车。附近有“红泥”餐馆，专营杭菜。

惭愧得很，过去我只知道杭菜有东坡肉和宋五嫂鱼羹，还有寺院为香客准备的净素菜。后来才了解，正宗的杭菜分“湖上帮”、“城里帮”。“湖”派重视原料的鲜、活、嫩，以鱼、虾、时令蔬菜为主，讲究刀工，口味清鲜，突出本味，有西湖醋鱼、清炖甲鱼、春笋步鱼、生炒鳝片、火丁蚕豆、莼菜汤、满台跳（醉虾）等。“城”派用料以肉类、蔬菜为主，菜肴粗中有细，注重“鲜咸合一”、“经济实惠”，有鱼头豆腐、咸肉春笋、豆豉鱼、三虾豆腐、荷叶粉蒸肉等。

也许是根深蒂固的平民意识作怪，我印象最深的，竟是杭州的桂花糖藕，别处尝不到这样的藕片。有一次还买了几盒西湖藕粉，带给上海年迈的母亲。用开水冲泡后，晶莹稠糯，清醇可口。看见母亲脸上的皱纹舒展开来，我真比自己吃了山珍海味还惬意。

夏天的杭州，烈日暴晒，加上三面环山，挡住了风，所以整个便如蒸笼一般。杭人还给了八月的这种天气一个很美的名称:“桂花蒸”。

久住此地的词学家夏承焘有《画荷》诗,自慰道:

七月杭州欲废诗,湖船如坐甑中炊。
能令宙合生凉意,白藕花头风一丝。

“宙合”:宇宙,六合。荷花通常为粉红色,白荷较为名贵。

南宋杨万里则有《晓出净慈寺送林子方》:

毕竟西湖六月中,风光不与四时同。
接天莲叶无穷碧,映日荷花别样红。

胡晓明评:“毕竟”二字,起语便觉突兀,然极见诗人之喜悦:本来就知道西湖六月景色绝佳,但直到此番亲见,才晓得是这样意想不到的好!……绿是清碧,红是娇红,有均衡映照之绮丽,而“接天”、“无穷”,又是何其高旷寥阔,得硬朗疏豪之风骨。

他还有一首《清晓湖上》:

六月西湖锦绣乡,千层翠盖万红妆。
都将月露清凉气,并作侵晨一喷香。

西湖荷花　令人心醉的“绿海”

据说，西湖荷花以拂晓时分最为奇美，因为荷花是天微明时开放，待天色大亮，荷瓣又行复合。加上荷梗荷叶吮吸了一宵凉气，此时喷薄而出；浓烈的香气令人心醉，未晞的露珠又在晨曦微照下晶莹剔透……

写荷叶，首推姜夔《湖上寓居杂吟》（其九）：

苑墙曲曲柳冥冥，人静山空见一灯。
荷叶似云香不断，小船摇曳入西陵。

一灯。田汝成《西湖游览志余》："宋时，西湖四圣观前，每至昏后，有一灯浮水中，其色青红，自施食亭南至西泠桥复回，风雨中光愈盛，月明则稍淡。雷电之时，则与电争光闪烁。此湖光也。"全诗因此也蒙上了神秘的色彩。

我还注意到，"荷叶似云香不断"，不写花香，偏爱叶香，独得清冷之气。宋人刘挚《湖上口号》也云："绿荷深不见湖光，万柄清风动晚凉。莫恨细葩犹未烂（熟），叶香元是胜花香。"日人斋藤绿雨说："风雅乃清冷之物。"可谓见道之言。

姜夔还有一首《念奴娇》词，词序就像一首优美的散文诗：

余客武陵，湖北宪治在焉。古城野水，乔木参天。余与二三友，日荡舟其间，薄荷花而饮，意象幽闲，不类人境。秋水且涸，荷叶出地寻丈，因列坐其下，上不见日，清风徐来，绿云自动。间于疏处，窥见游人画船，亦一乐也。朅来吴兴，数得相羊荷花中。又夜泛西湖，光景奇绝。故以此句写之。

武陵即今湖南常德。宪治，提点刑狱的官署。宋代荆南、湖北路提点刑署在武陵。薄，泊近。朅，发语辞。吴兴，今浙江湖州。相羊即徜徉，自由自在地游玩。西湖，指杭州西湖。

邓云乡《里西湖赏荷》，如列条屏：

在葛岭脚下的里西湖畔，坐在湖边，往东望是一线白堤，浮动在水光中；两边的桥势随波而起，那半圆的桥洞，透过亮光，像一面镜子闪烁着。画家说，远树如荠。透过堤上如荠的树影，可以望见外西湖的浩瀚波光，再远处是屹立的吴山、南屏，稍近的是柳浪闻莺，还有湖滨的一派市楼……往西望去，则是翼然而起的放鹤亭，孤山上的层层丛树，娟秀的西泠桥……

看新荷是五月初，荷钱初出水的时候。这时里西湖畔、葛岭上下，一片新绿；湖中新荷叶也刚刚浮出水面，还看不见荷梗，只见一片片的翠叶，漂浮在水面上；清风徐来，水波粼粼，水波动而叶不动。新荷叶碧绿滚圆，人们自然会想起古诗“莲叶何田田”的句子，这写的正是新荷。新荷圆圆的，但又遮不满水面，所以在荷叶间可以看见游鱼，因而有“鱼戏莲叶东，鱼戏莲叶西……”的天籁体诗句，这“田田”两字，用得再妙也没有了。新荷的绿、树木的绿、水光的绿，不同的绿色，相映成一片绿的世界。这时你如站在湖边赏新荷，人也就被映照成绿衣人了……但偶一回头，啊！竟会在葛岭下人家的短墙垣上，看到耀眼的嫩红蔷薇的繁花！或火一般红的石榴花。

看盛荷是农历六七月间，这正是茁壮的荷叶亭亭玉立，像森林般地遮住整个湖面的季节。按照吴越风俗，农历六月二十四日是“荷花生日”。佛教书《内观日疏》记云：“六月二十四日为观莲节”，《吴郡志》也道：“荷花荡在葑门之外，每年六月二十四日，游人最盛，画舫云集。”这些记载均可见当年吴越一带的观荷盛况。里西湖这时的荷花之盛，如坐在湖边，那是看不见的，因为荷叶长势猛，荷叶高出湖岸好多，望去只是密密麻麻的荷梗。要看那“无穷碧、映日红”的奇景，必须在高一些的地方。记得当年蝶来饭店的二楼大阳台，是里西湖看荷花最好的地方。那是以著名电影明星胡蝶、徐来命名的饭店，地址在里西湖北面，背山面湖，正好饱吹湖面的南风。坐在它那大阳台的藤椅上，午夜梦回，满耳蝉噪，拂面荷风，里西湖一湖翠蓝，一览无余；红花白花，任你饱看；如果遇上一阵雷雨，雨打万柄荷叶有声有色，无须多说，更足够你想象的了。

看残荷是在秋深，里西湖道上，一面是葛岭早染的丹枫，一面是湖中披离的残荷。你踏着街树的落叶，迎着飒飒的秋风，徘徊在冷静的湖畔……这样的梦，你做过几回呢？

沙白有短诗《残荷》，副题标明“写在曲院风荷”：

湖波上，憔悴的圆叶
摇曳着秋天
绿色中带三分惨淡

穿过密叶，竟然
钻出最后一朵粉红
凄然一笑，向我
又向夕照的残晖
投下一瓣飘零
湖水一阵心惊
顿时波光乱颤

千里涉江而来
寻找的难道便是这一朵

他又认为:“失约于十里荷花,未必便是错误”,于是有《喧哗与骚动——写在桂子香中》:

无穷的诱惑都在于秋风
轻描淡写的一笔
芳香的微粒子
竞相挣脱金色银色小小珠胎
挣脱万千桂树的绿叶扶疏

无人见到的钱塘大潮
无人觉察的热带风暴
每片叶都在喧哗
每根枝都在骚动
谁曾料到这些细碎的花瓣
竟有这么多心事急于倾吐
这世界仍有未被污染的馥郁
仍有亿万年不改初衷的执著

一座芬芳的大海
浮起满觉陇,浮起植物园
浮起秋天,浮起月色
一次一年一度的忘情喷发
如痴
如怒
失约于十里荷花
未必便是错误

三生石上旧精魂

这只是西湖下天竺法镜寺后一块普通的石头,却蕴藏着一个美丽动人的传说。

据苏轼《僧圆泽传》记:富家子弟李源,因为父亲在变乱中死去而体悟人生无常,发誓不做官、不娶妻、不吃肉食,把自己的家捐献出来改建惠林寺,并住在寺里修行。

寺里的主持圆泽禅师,很会经营寺产,而且很懂音乐,李源和他成了要好的朋友,常常坐着谈心,一谈就是一整天,没有人知道他们在谈什么。

有一天,他们相约共游四川的青城山和峨眉山,李源想走水路从湖北沿江而上,圆泽却主张由陆路取道长安斜谷入川。李源不同意。圆泽只好依他,感慨地说:“一个人的命运真是由不得自己呀!”

于是一起走水路,到了南浦,船靠在岸边,看到一位穿花缎衣裤的妇人正到河边取水,圆泽看着就流下泪来,对李源说:“我不愿意走水路就是怕见到她呀!”李源吃惊地问他原因,他说:“她姓王,我注定要做她的儿子,因为我不肯来,所以她怀孕三年了还生不下来,现在既然遇到了，就不能再逃避了。请你用符咒帮我速去投生，三天以后洗澡的时候，请你来王家看我，我以一笑作为证明。十三年后的中秋夜，你去杭州的天竺寺外，我一定来和你见面。”

李源一方面悲痛后悔，一方面为他洗澡更衣，到黄昏的时候，圆泽死了，河边看见的妇人也随之生产了。

三天以后李源去看婴儿，婴儿见到李源果真微笑，李源便把一切告诉了王氏，王家便拿钱把圆泽埋葬在山下。李源再也无心去游山，就回到惠林寺，寺里的徒弟才说出圆泽早就写好了遗书。

十三年后，李源从洛阳到杭州西湖天竺寺，去赴圆泽的约会，到寺外忽然听到葛洪川畔传来牧童拍着牛角的歌声：

> 三生石上旧精魂，赏月吟风莫要论。
> 惭愧情人远相访，此身虽异性常存。

李源听了，知道是旧人，忍不住问道：

“泽公，你还好吗？”

三生石

牧童说:“李公真守信约,可惜我的俗缘未了,不能和你再亲近,我们只有努力修行不堕落,将来还有会面的日子。”随即又唱了一首歌:

身前身后事茫茫,欲话因缘恐断肠。
吴越山川寻已遍,却寻烟棹上瞿塘。

牧童掉头而去,从此不知道他往哪里去了。

再过三年,大臣李德裕启奏皇上,推荐李源是忠臣的儿子又很孝顺,请给予官职。于是皇帝封李源为谏议大夫,但这时的李源早已彻悟,看破了世情,不肯就职,后来在寺里死去,活到八十岁。

法镜寺后的那块石头,据说就是他们隔世相会的地方。我和爱侣曾专门拜访,在那里缘订三生。

此石可以和女娲补天所剩下的那一块顽石相媲美,后来发展成中国人对前生与后世的信念,不但许多朋友以三生石作为肝胆相照的依据,更多的情侣则在三生石上写下他们的誓言。

我们常说“七世夫妻”,常说“不是冤家不聚头”,常说“十年修得同船渡,百年修得共枕眠”,未必就是无妄之谈。

如今世风日下,为利之心胜,轻诺少信,无所不至。间有忠厚君子,非被目为痴,即目为懦,并群起而讥笑之,必欲使人机巧变诈而后已。甚至五尺之童,口齿之俐,心计之工,有长老所不能及者。在此滔滔浊世,如有三五知交,有手足亲情,更得一位红颜知音,相伴白头,便是三生有幸了。

西湖烟水我为乡

李流芳(1579—1629),字茂宰,一字长蘅,号檀园,明苏州府嘉定县南翔镇(今属上海)人,祖籍徽州府歙县(今属安徽)。流芳善诗文,工书画,精通印刻,有《檀园集》十二卷及若干书画、印刻作品传世。其课徒山水画稿收入《芥子园画传》。

生于晚明的李流芳性耽山水、乐游成癖,尤其倾心于杭州西湖的美景。尝自谓:

钱塘襟江带湖,山水映发,昏旦百变,出郭数武,耳目豁然,扁舟草履,随地得胜。天下佳山水,可居、可游、可以饮食寝兴其中、而朝夕不厌者,无过西湖矣。余二十年来,无岁不至湖上,或一岁再至,朝花夕月,烟林雨嶂,徘徊吟赏,餍足而后归。

《檀园集》中可以确考的流芳游历西湖的最早时间当在万历二十七年(1599)。是年,二十五岁的李流芳与弱冠之交昆山人王志坚一同畅游紫阳洞等西湖胜迹。《檀园集》卷十一《紫阳洞》:“南山自南高峰逦迤而至城中之吴山,石皆奇秀一色, ……而紫阳精巧,俯仰位置,一一如人意中,尤奇也。余己亥岁与淑士同游,后数至湖上,以畏入城市,多放浪两山间,独与紫阳隔阔。”

由此文可见,他初次游览西湖的时间比此次更早。随着游历次数的增多,流芳在六桥三竺间逐渐结交了不少朋辈,其中有官宦文人、名士高隐、缁流黄冠,也有船工、女郎一类的小人物。

邹之峄(1574—1643),字孟阳,钱塘(今杭州)人。孟阳为江南名士,读书好修,不事生产,尚侠好客,散尽资财,贫困以终老。卒后,钱谦益为其撰墓志铭曰:“李长蘅苦爱武林山水,岁必一再游。其游也,以邹孟阳为湖山主人,花时月夜,晴雪烟雨,扁舟幅巾,茶垆笔床,未尝不与孟阳俱。长蘅高人朗士,秀出人表,歌诗图绘,与湖风山云互相映发。孟阳钩帘据几,隗俄其间。山僧舟子皆能指而识之。长蘅于画,矜慎自娱,不受促迫,顾独喜为孟阳画。《西湖江南卧游册》凡三十余帧,孟阳所至必携之以行,曰:‘长蘅与江南山水皆在吾箧笥中矣。’”董其昌则云:“李孝廉长蘅,清修素心人也。平生交有二孟阳:一为程孟阳,善画;一为邹孟阳,善鉴画,过于程。盖程以能画,故不受法缚。而邹孟阳居六桥、三竺湖山间,每长蘅游屐所至,比与之俱。乘颓然微醉,有意放笔时,辄以纸墨应。无论合作与否,收贮如头目脑髓。果有以十五城易者,知其必不为割好也。”长蘅亦云:“湖上友人邹孟阳爱画入骨,藏余画独多。”可见邹、李相交甚笃。邹孟阳嗜李流芳之画近乎痴,长蘅也十分乐意为其泼墨挥毫,两人因画得缘。《檀园集》中,流芳多次提及“小筑”。“小筑”即邹孟阳所构,在西湖南山路的雷峰塔之上,故又名南山小筑,中有清晖阁,乃闲雅文士聚会之所,流芳游览西湖时便经常寓居于此。

孟阳收藏流芳墨宝特多,流芳辞世后,孟阳每每披画念人,“泪渍纸上,又恐为好事借观如落,束薪手中,特诣吴门装潢之秘藏香龛,将六乙泥封口,惟恐穿厨飞出耳”。并挟流芳画册“游天台十三日,蹑屐奇险处大呼:‘李大安在?’松光云气间仿佛有长蘅应声而出,但为数万丈掷空瀑布召呼,五百毒龙横作博攫之状,一时截断两人,安能摄长蘅坐之笔端,泼天台数幅生绡也？”这样的死生之谊，令人动容。

钱谦益诗云：

李郎骑鲸去莫扳，画本散落流人寰。
邹生所藏尤神逸，参差画出江南山。

沈太洽（1573—1624），字愚公，晚而欲逃其名，乃更名逸，号雪樵，或曰云樵，钱塘人。十六岁时，弃儒从医。其术亦精，求医者满门。然愚公之意不在此，在乎山水之间。因隐栖于两堤南北山之间，以诗歌琴酒自娱，如是者三十年。愚公和乐易处，与人无忤，得钱即买书画尊彝奇玩，不治生产，好施于贫。与人交不设町畦，足不出三吴，而四方贤豪之士多识之，李流芳与其相交甚笃。生平多贵游，而在势利之外，人皆高之。李流芳《明高士沈愚公墓志铭》云：“愚公病瘵五年，余尝三至湖上，愚公犹力疾载酒，与余徘徊堤上，至月午而罢。今年过愚公，病已殆。诣榻前，握手言笑如常。出所画小像属题，琅然读之，中有漏字，摘以示余，其神简不乱如此。易箦前一日，呼其子文学君佺，与煮新茗，烧笋而食，曰：‘黄鹂已至乎？樱桃已绽乎？’已而奋然欲起，曰：‘不能至山中远阁，会须一登耳！’远阁，愚公所构以眺望者也。噫！亦暇矣。愚公有所幸，姬人常侍左右，弥留之际，辄麾之不使前，曰：‘吾身已外矣！安能复作呜呜儿女态耶？’临终念佛，拱手向西而逝。”

流芳与客杭人士也多有交往，如陈洪绶、冯梦祯等。其中有一才女林雪。林雪，字天素，莆田（今属福建）人，后寓西湖为妓，或称杭州人。能诗，有士女风；善作山水，笔姿秀逸，娟娟可爱。董其昌谓：“山居荏苒几三十年，而闻闺秀之能画史者一再出，又皆著于武林之西湖。初为林天素，继为杨云友。”李流芳《扇头见林天素诗画因次其韵》诗云：“沙边柳色已知秋，多少琳宫在上头。曾向金陵门外望，莫愁湖水不胜愁。”

谭元春结识李流芳的过程颇富传奇色彩。万历四十一年（1613），流芳尝与钟惺等人同游京郊韦氏园。正是在是年前后的京师交游中，钟惺尤觉流芳与远在家乡竟陵的谭元春（字友夏）容貌绝似，便去信告之。谭子对此表示极大的兴趣。数年之后，谭子“以己未（万历四十七年）九月九日至西湖，三旬有五日而后返”；李流芳则于是年“九月乃复来钱塘”。神交多时的谭、李终于在两山六桥初次会面，他们一见如故，相与赋诗言欢。李流芳作《西湖喜遇谭友夏赋赠》，诗云：

谁言谭郎貌似我，执手问人还似无。

寸心明白已如此，区区形似终模糊。
我昔知子因子诗，晓月残雪风鸣枝。
境清音寥意飘忽，《虎井》数篇犹可思。
吴江楚峤两辽阔，期子不来空岁月。
西湖烟水我为乡，岂知此中有谭郎？
十年相求始相得，停车下船各叹息。
欻然魂魄化为一，异者衣裳与巾舄。
城中兄弟情好偏，非我与子神不全。
两山红叶正相待，子诗我画交无嫌。
我家震泽梅花里，湖气花光三十里。
留子共度梅花时，且待春深上湘水。

流芳对谭子的才情、风情大加称颂，颇有相见恨晚之感。因觉欢会苦短，游兴难尽，遂劝元春暂缓归楚，待两山红叶看罢，再同赴太湖赏梅。谭子作《喜李长蘅至》答之：

……

君欲约看太湖梅，置君且在霜红里。
万叶一色红易终，我爱黄边绿边红。

诗中，谭子将两人未见时的期盼，既见而不敢信的惊喜，以及会面后的无尽欢愉一一道来。末四句，他实在无奈，婉辞了长蘅的盛情邀约，并慰其珍惜眼下的相聚时光，尽情赏玩西湖两岸的满山红叶。就这样，谭、李二人在湖光山色间泛舟偕游，

谭元春塑像

唱酬往还，共叙情谊，卒秋至冬。元春返楚前夕，流芳前往探视，两人僦舟为屋，共处一日，谭子因作《与李长蘅舟寓诗二首》，中有“屋居失湖情，僦舟以为屋；山气起我懒，星影止我宿”等句子。清人陈去病《五石脂》记：“自谓舟居听雨则静，雨色亦不俗而绿；绿则凉，凉则远。”正是懂得个中三昧。临别之际，元春又与流芳等西湖友人同过林天素，李流芳有诗为纪：

西湖别谭子，离绪不可理。
载酒觅一欢，美人在湖涘。
美人闺中秀，兴会托山水。
笔墨出生气，坐觉山水死。
清音到丝竹，所贵岂悦耳。
初为弹琵琶，四弦万绪起。
再为抚七弦，幽怀历妙指。
我携三弦客，嘈杂亦可喜。
新声世所尚，古调并乃鄙。
都生闲止人，琴理协静女。
竟弹毕清夜，月落灯未已。
百年寡此欢，终悲别谭子。

睽违在即，流芳不胜离思，乃携妓载酒，聊以解愁觅欢。才貌双全的林天素演奏琵琶、七弦。声声悦耳，美轮美奂，与谭子分别的伤悲却始终无法排遣。此番分别之后，两人再也无缘晤面。

诗中所说的“三弦客”，指江君长。西湖之行结束后，流芳于返程中行经苏州，夜泊阊门时，与君长对饮，听其吹箫、弹奏三弦。《檀园集》卷十二《题画册》云：

归而匆匆，治装北行，途中病还。数月以来，不见湖山，无从发画思。九月乃复来钱塘，买舟西湖，留连十日，饱看两山红叶而归，则此册又在几头矣。舟次吴江，风雨如晦，灯下饮数杯，辄画三纸。明日，抵葑门，晤淑士，小饮而别。泊金阊城下，与君长复命酒对饮。君长饮户太窄，不三酌已醉。雨过月出，天水如洗，徙倚船头，

寄情酒色

听君长吹箫、度曲、弹三弦，遂不能寐。篝灯试墨，又画得四纸。前后共十二帧，竟满册矣。

归楚后，谭元春尝作《自题湖霜草》，以志吴越之游：

予清缘既不如人，壮岁又将去已，若得一间草阁，临涧对松，半棹野航，藏身接友，老母肯俯从于外，子弟不相念于家，任野人之所之，朝在山而夕在水，度才力之所及，书一卷而诗一章，则西湖、二漾之间，足吾生济吾事矣。纵不能，亦必践李三长蘅之约，乐机忘返，往来小筑间，自勾萌以之于红落，自霜雪以之于炎亩，自喧杂以之于无人，静观一年之消息，默审百物之去来。其焉弘益，岂诗文而已耶？

李流芳又有《小筑看荷花偶成》：

白公堤畔烟湖空，四月未尽荷花红。
两湖荡桨无一朵，小筑已见千花丛。
昨日梅雨天多风，风翻雨打花龙钟。
今朝日出方照耀，半晴半阴态愈工。
君不见雷峰倚天似醉翁，雾树欲睡纷朦胧。
此花嫣然向我笑，怯怯新妆出镜中。
新妆美人正可喜，笑而不来情何已。
且拼一斗酬醉翁，此翁情淡如烟水。

此诗记小筑观荷，摹写风雨过后，荷花在阳光照耀下的娇媚之态。以美人喻花，以醉翁譬雷峰，神形兼备，情韵独至。诗人闲适自得、恬美惬意的小筑生活于此可见一斑。

张岱云："（流芳）一年强半寄迹西湖，凡见湖中朝暾夕照、云气变幻，尽收入笔端；题跋数语，澹远灵隽，字字皆香。"（《妙艺列传》，《石匮书后集》卷六十，中华书局1959年版，第339页）

单凭李流芳在西湖的交游，三生石的故事发生在杭州，也就不奇怪了。

行云流水一诗僧

苏曼殊诗画皆绝，风流倜傥，迷倒过不少女子，一旦对方向他表达刻骨铭心之爱时，他又退缩了，使得她们对他哀怨有加：

禅心一任娥眉妒，佛说原来怨是亲。
雨笠烟蓑归去也，与人无爱亦无嗔。

俞平伯极赏曼殊的《简（柬）法忍》：

来醉金茎露，胭脂画牡丹。

落花深一尺，不用带蒲团。

法忍指陈去病，字佩忍，南社诗人。金茎露：班固《西都赋》："抗仙掌以承露，擢双立之金茎。"张铣注："抗，举也。金茎，铜柱也。作仙人掌以举盘于其上。"李商隐《汉宫词》："侍臣最有相如渴，不赐金茎露一杯。"茎，读héng。曼殊此诗指酒。落花既深一尺，可作坐垫用。饮酒作画，沉醉花下，何须蒲团耳。

我则喜欢曼殊写于日本的《本事诗》：

春雨楼头尺八箫，何时归看浙江潮。
芒鞋破钵无人识，踏过樱花第几桥？

本诗是作于1909年的十首《本事诗》中第九首，又曾以本题单独发表过，是组诗中流传最广者。作者本为僧人，却又屡屡为恋情牵缠，但又止于心心相印，这种痴情之苦极特殊也极悱恻，诉之于诗自会使诗作别有情味。就本组诗来说，便含有一段恋情。作者的好友柳亚子即指出："《本事诗》十章及调筝人各首，已能证明其为百助眉史而作。"(《答马仲殊先生》)百助乃日本歌伎，也是曼殊所动情的几个女子中最令他伤魂的一个。本诗既有对痴情女子的感铭与眷恋，也有对自身命运的悬想与悲慨，感情激切繁复，情味深厚蕴藉。

"春雨楼头"句，写在东京时听百助奏尺八箫的情景。"春雨"，日本乐曲名；"尺八"，日本乐器名。作者自注："日本尺八与汉土洞箫少异，其曲有名《春雨》，殊凄惘。日僧有专吹尺八行乞者。"

"何时"句，写在异国对祖国的怀想。作者年前曾在杭州养病，因而思念祖国时自然想到杭州的钱塘江大潮，即"浙江潮"。其自注云："昨秋养病武林(按：杭州的别称)。"作者在养病期间，曾由杭州写信给友人刘三："前丹生兄来纸已涂就(按：指绘画，作者的墨色山水小品很有名)，乞公为题'楼观沧海日，归看浙江潮'数字致之。"可见其对浙江潮确有深情。

刘三字季平，号离垢，自署"江南刘三"。

"芒鞋"，僧鞋；"破钵"，僧人求布施的食器。"芒鞋"句，写作者对自己在异国漂泊日后生活情状的设想，可见首句对尺八的述写，并非出于偶然。其友人刘三曾记写下曼殊的一段轶事："前在东京，邂逅一吹箫行乞者，忽有所触，泪不可止，此事至今未忘。曼殊近住海滨演习箫，谓豫备将来乞食地步。"刘三还曾为此作诗相赠："东瀛吹箫乞者，笠子压到眉梢。记得临觞呜咽，忽忽三日魂消。”（引文和诗作均见马以君《燕子龛诗笺注》）可作此句脚注。

“踏过”句，紧承上句，悬想乞食情状。熊桐润《苏曼殊及其〈燕子龛诗〉》云：“我们把这首诗读了之后闭目凝思，仿佛真正见到一个芒鞋破钵的孤僧，手持寒锡，在那樱花路上踽踽独行的样子。”

曼殊另有《东居杂诗十九首》，似也为百助所作。其第十四首机杼与《本事诗》略同：

> 蝉翼轻纱束细腰，远山眉黛不能描。
> 谁知词客蓬山里，烟雨楼台梦六朝。

不能描：极言对方之美。蓬山借喻该女郎的住处。“烟雨楼台”句借指僧寺，化自杜牧的“南朝四百八十寺，多少楼台烟雨中”。

第十七首云：

> 谁怜一阕断肠词，摇落秋怀只自知。
> 况是异乡兼日暮，疏钟红叶坠相思。

《吴门依易生韵》则多写苏州：

> 江南花草尽愁根，惹得吴娃笑语频。
> 独有伤心驴背客，暮烟疏雨过阊门。

易生即沈一梅，别号易生，江苏南通人，曼殊好友。阊门：苏州城西北门。一二句意为：江南一带的花草，处处都会撩起人们缅怀历史的愁情。但年轻的姑娘们不懂，只知道游玩嬉戏。

> 碧海云峰百万重，中原何处托孤踪？
> 春泥细雨吴趋地，又听寒山夜半钟。
> （其二）

吴趋地：指吴地，古歌有《吴趋曲》。

> 白水青山未尽思，人间天上两霏微。
> 轻风细雨红泥寺，不见僧归见燕归。
> （其八）

霏微：模糊不清的样子。谓黄昏日暮，天地景色都变得模糊不清。红泥寺：寺墙通常都粉刷成泥红色，所以称红泥寺。

第十首梦到六朝古都南京：

> 水驿山城尽可哀，梦中衰草凤凰台。
> 春色总怜歌舞地，万花缭乱为谁开？

《有怀》也写南京：

> 玉砌孤行夜有声，美人泪眼尚分明。

莫愁此夕何限恨，指点荒烟说石城。

（其一）

生天成佛我何能，幽梦无凭恨不胜。
多谢刘三问消息，尚留微命作诗僧。

（其二）

“莫愁”指莫愁湖。看来曼殊对“江南佳丽地”真是一往情深了。

民国七年（1918），曼殊患肠胃病，医治无效，病逝于上海广慈医院，年仅三十五岁。以后，由南社社友柳亚子、陈去病等集资葬于杭州孤山山麓、西泠桥南堍，并建了曼殊塔。

黄裳1979年写的《苏曼殊及其他》中提到：

我早已知道，曼殊和陶成章、秋瑾、徐锡麟等人的墓，早在一九六四年顷就已迁往龙井附近的吉庆山（即鸡笼山）麓了。时间已经过去了十五年，中间还经过了“文化大革命”，这些迁到新址的旧墓情况怎样了呢？不知道，打听熟于杭州历史、掌故的朋友，也只是摇摇头，我也就不再追问。时令已经进入初夏，我也真的没有那样

苏曼殊之墓

好的兴致跑到山凹里去寻根究底。

西泠桥边的曼殊墓我是访过的，还曾站在那墓前的塔铭旁边照过一张相，这已经是三十多年前的事了。现在回忆当时对曼殊的印象和感情，是颇为复杂的。曼殊当然并非使我敬佩的英雄，也并非怎样使我爱重的文学家。他那著名的、成为鸳鸯蝴蝶派先河的小说《断鸿孤雁记》……就从来不曾读过。不过他那首“春雨楼头尺八箫……”确是背得烂熟的。他所译的拜伦的《哀希腊》以及师梨（雪莱）、彭斯等英国诗人的作品，那一小册印得非常精致的《文学因缘》，我也是知道的。他的畸零身世，他的许多小故事，例如在十分困窘的时候，忽然得到一笔钱，却立即全去买了巧克力、冰淇淋之类，而且统统吃下去了。好像他就是这样死掉的，就死在上海广慈医院（现在的瑞金医院）里。这一切当然都不能算做英雄的事迹，但也并不曾引起人们的反感，因为并没有谁号召大家向他学习，也去拼命地吃“朱古力”。总之，这都是个人的行为，即使有些古怪，也并不为社会带来什么特别的坏影响。基于以上的种种理由，应该说我对曼殊是怀有好感的，对他长眠在孤山西麓的一个角落里也没有什么意见。

在过去的时代里，许多人都有死后埋骨在西子湖畔的愿望。这当然是可以理解的。那时候，当然也不需要经过什么特别的手续，只要有钱，有些地位，就可以。因此西湖边上，在很长一段时期里几乎成为活人与死人一起“撑市面”的地方。十多年前在这里进行了一次大扫荡，那理由据说也就是这个，不过使用了极“左”的思想方法，“理论”也更为彻底。朋友告诉我，当时大声疾呼的是，西湖已经为古人、名人、死人、洋人、帝王将相、才子佳人所占领了，这可真已达到了极端严重、不可容忍的地步。为了彻底改变这种情况，就非来一次彻底的大扫除不可。今天我们所见的西湖，就是做过了大手术以后的样子。……

在柳亚子和儿子无忌所著的《苏曼殊年谱及其他》书前，印出了一页“曼殊上人墓”的画幅，还有一页墓地位置的草图。仅在孤山岳坟之间的角落里，就记录了林由、陈勤生、林和靖、冯小青、尹维峻女士（曼殊女友）、林寒碧（曼殊友）、苏小小、秋瑾、陶成章等人的墓。这是一九二七年的情形。

……

秋瑾的墓不见了，换上了一个新造的亭子，有些人是懂得那用意的，但多数人不懂。太阳晒得有些难受了，赶紧躲进亭内，抬头一望——“风雨亭”，还疑心自己是白日做梦了。

笔者由此想起徐自华的《光复后悼睿卿》:

秋雨秋风起战尘,胡尘吹尽扫妖氛。
剧怜革命成功日,立马吴山少此君。

本诗作于1912年秋。1907年,徐自华将秋瑾灵柩营葬于杭州西湖西泠桥畔;不久,由于清政府的干涉,秋瑾之兄秋誉章被迫将秋瑾灵柩移至湖南。辛亥革命胜利后,徐自华又将秋瑾灵柩迁回杭州,在原墓之西重筑新墓,原墓地则改建风雨亭以示纪念。此诗便作于重修秋瑾墓之后,感慨先贤未能眼见革命胜利。诗意明朗,却连用典故,写得深沉郁挚。

徐自华(1872—1935),晚号寄尘,浙江石门人,是秋瑾密友,曾将家产捐出帮助秋瑾购买武器,以策动武装起义。秋瑾就义后,不畏清廷迫害,与吴芝瑛共同将秋瑾灵柩葬于西湖西泠桥下,并撰写墓志铭。为纪念秋瑾,还发起成立"秋社",自任社长。

"光复",指辛亥革命成功,民国建立。"睿卿",秋瑾的字。

"秋雨秋风",喻指风雨如磐的危迫形势。秋瑾临刑时曾在供状上书写一句诗:"秋雨秋风愁煞人。"案:此诗句出自陶宗亮《沧江红雨楼诗集·秋暮遣怀》。徐自华筑"风雨楼",亦承此诗意。

"剧怜",特别让人叹息、伤感。"革命成功日",指推翻清廷、建立民国的愿望实现之际。

"立马吴山",意气风发地出现在杭州西湖。当年金海陵王完颜亮发兵进攻宋朝时,曾作诗自诩:"提兵百万西湖上,立马吴山第一峰。"吴山,在西湖东南面,春秋时为吴国南界;因山头立有伍子胥祠,又名胥山。"少此君",慨叹革命理想实现时,秋瑾却无法活着看到了。另秋瑾也有一首《登吴山》:

老树扶疏夕照红,石台高耸近天风。
茫茫灏气连江海,一半青山是越中。

心绪难平,遂想起严力发在《山花》2001年4期上的题名《还给我》的诗:

还给我
请还给我那扇没有装过锁的门
哪怕没有房间也请还给我
还给我
还给我我早晨叫醒我的那只雄鸡
哪怕被你吃掉了也请把骨头还给我
请还给我半山坡上的那曲牧歌
哪怕被你录在了磁带上

也请把笛子还给我
还给我
请还给我爱的空间
哪怕已经被你污染了
也请把环保的权利还给我
请还给我我与我兄弟姐妹的关系
哪怕只有半年也请还给我
请还给我整个地球
哪怕已经被你分割成
　　一千个国家
一亿个村庄
　　也请你还给我

天风海雨曲未终

黄裳1979年在《胥涛》一文中回忆：

近三十年前，我曾观赏过一次海宁潮。那回是盖叫天老先生忽然起了好兴致，包了一部大卡车，他的全家还加上我，一起从杭州金沙港动身到海宁去观潮。大家在堤岸高处的茶棚里吃茶，等候着潮水的来临。记得等了好久，都几乎有些绝望了，才在“来了，来了”的人声中，盼来了那潮头。先是一排排的潮水波段，缓缓地推进过来，在人们面前依次拥过去，同时还夹杂着轻轻的吼声，好看是好看的，但不免过于文雅，看了多少有些失望。正在这当口，第二次潮头又推近来了，这回是采取了与前次成九十度的方向，直向茶棚所在的堤岸拥来，拥到堤脚，看来已经消失了，却不知怎样一来，一声巨响，潮头凭空而上，跃上二三十丈高处，雪白的浪花挥洒时，一大片茶棚里正像落下了一阵疾雨。人们惊呼了，茶桌凳子都被打翻，我站在凳子高处，裤脚也全部打湿了。

就是这一次，给我留下了极深刻的白马素车，乘潮直上的印象。我深深体会到子胥的愤怒，尽管当然并未看见骑着白马、驾了素车的子胥的形象。正是人民的愤怒与同情，孕育了这个美丽、壮伟的神话。

沙白的长诗《浙江潮》，气势磅礴，浮想联翩。正回应了诗僧苏曼殊的“春雨楼头尺八箫，何时归看浙江潮”。

楼观沧海日
门对浙江潮
　　——宋之问《灵隐寺》

一

白天，苏堤上杨柳梢头的风
用柔软的手指掸掉一身征尘
夜晚，西湖上一轮团圆的月

海宁潮　宛若伍子胥的愤怒

用银色的秋水默默洗涤客心
今夜，定然有一枕好梦
盖一身三秋桂子袭人的芳馨

二

是哪儿来的不速之客
夜半更深偏偏前来叩门
一声轻一声重，一声重一声轻
执拗如巡查旅舍的民警
又似对床睡着个巨人
鼾声胜过千山万壑的雷鸣
落下又高起，一声声撕碎了
沉沉一梦和梦中的彩蝶纷纷

三

呵，听到了，听清了，那是你
踏过千山万水而来的杂沓的足音
由远而近，由远而近，由远而近
要来的终于如约来临
呵，听到了，听清了，那是你
沉沉地碾过海面的隆隆车轮
由低而高，由低而高，由低而高
固执地要把大地摇醒

四

天堂之夜竟也是这般地长吗
对于一颗无眠的心
是这偏安古都容易触惹愁怀
是这雪耻之乡让人思绪纷纷
是岳武穆呼人披衣凭栏
是辛稼轩唤人看剑挑灯
是鉴湖女侠埋骨西泠
使这十里湖滨偏多风声雨声
呵，小小的方寸也是大海吗

这儿也有，也有涛声呼应

五

铺地而来如十万铁马
无遮无拦可真是黑云压城
排空而至如十万大山
无阻无挡可真是日色为昏
是谁解开了禁锢的魔法
让十万猛狮忽地跃出丛林
谁的手无形中频频挥动
让十万苍龙，一齐跃出波心

六

从穷乡僻壤来的水滴
从黄土高原来的水滴
从深山老林来的水滴
带着多少愿望多少希冀
掺和着眼泪的水滴
掺和着汗珠的水滴
掺和着鲜血的水滴
蕴藏着无尽的能无尽的力

七

这些黄河的儿女
这些大江的儿女
这些飞瀑的子孙
这些山洪的子孙
汇流而成的浩浩大海
怎能平静如一面青铜的汉镜
只满足于蜃楼的奇观
海市上车水马龙不扬轻尘
沉醉于一篇翻来覆去的神话
万朵白莲上坐着观世音

八

真不敢相信，真不敢相信
这小小的圆圆的满月一轮
竟有如许法力，如许神通
它的无数纤指能拽起无数浪峰
可是透过碧落的小小窗口
吹来天外的风，传来天外的音讯

灵隐寺　西石塔

沉默的大海才这般地激动
亿万水滴突然间跳跃翻腾
于是，从杭州湾的喇叭口
闯进来白衣白甲的十万大军
于是，从小小斗室的窗门
涌进来铁马金戈的声声轰鸣

九

冲在最前的，跃得最高的
定然是伍子胥，那个涛神
是他那离开了躯体的头颅
飘摇着长了两千年的白发
历史虽然洗涤了他的沉冤
却斩不断那一缕故国之情
他向吴山问讯，他向越山问讯
他向这块大陆上的十亿子孙问讯
怎能不侧耳倾听呵，他的后代
怎能无动于衷呵，这颗无眠的心

十

好龙的叶公早已飘然而去
这片土地上可有吴越王的幽灵
就在这海边，就在这江岸
他发誓与海潮一赌输赢
三千弓弩手拈弓搭箭
十万弩箭射向波丛
据说他获得了最后的胜利
却留下千古难磨的笑柄
呵，明如白昼的月光下
倏地一闪的可是他的身影

十一

擂吧，你就举起一万双拳头
擂打涯岸，擂一个惊雷滚滚
甚至高举起伍子胥的白头
擂打大地，擂一个触目惊心
呼唤吧，你就用海口样的喉咙
唤开每一扇窗棂，每一个梦境
让长江听到，让黄河听到
让昆仑山听到，让祁连山听到
让渗过那么多血的陕北高原听到
让炮火耕翻过的淮海大地听到
让万里长城和它身边的美女庙听到
让茂陵听到，让昭陵听到
听到这一声，这一声询问：
这地球上最大的东亚板块
当真是一块劣地，一片薄土
只配写上两个愤懑的大字
——贫穷

十二

莫抱怨潮声打扰了清眠
莫抱怨潮声扯破了梦境
月色下江面宽了，海面阔了
平展展的沙滩上涛飞浪腾
所有睡在滩头的懒散的船
忽地一齐睁开惺忪的眼睛
满风的帆张起白色的翅膀
渔火以它的橘红与群星辉映
千帆竞张的海才是迷人的海

惊涛拍岸

撒开网去就会捞出一个黎明

十三

无眠的心田应着潮声
思想的帆也解缆远行
少年的梦想，青年的追求
壮年的天真，中年的虔诚
一齐站出来向老年的
满头华发提出责问
伸出手索讨昔日郑重的许诺
和无端虚掷、一去不返的青春
你见过那一双不肯缩回的手吗
竟像个理直气壮，不由分说的债权人
呵，一颗无眠的心

十四

噢，这不是小高炉的火光
和擂台夜战的灯光汇成的光潮
一个童话的年代已经结束
这不是红旗的汪洋
和红宝书的大海汇成的红潮
一个神话的时代已经结束
这是经过反思的勾践的
十万雪耻大军，一身缟素
每个水滴义无反顾等待一搏
每颗心的节律应和着鼙鼓

十五

我不是弄潮儿，不能驾一叶舟
站在浪峰最高处，昂首挺胸
我不是吃浪的渔民，不敢骑上浪背
向碧浪深处去猎取喷浪的长鲸
看这久束于绳索的僵木的手
看这侵凌于秋霜的斑白的双鬓
管城子有的只是率直的歌喉
即使喑哑也要歌颂，歌颂你的恢弘
笔杆子也许可以权充鼓槌
我将立足在吴山顶上为你擂鼓助阵

十六

当曙色涂上我小小的窗棂
我要急不可待地打开房门
奔上这天堂的最高的楼头
最高楼头的最高一层
看大潮呼唤出一轮喷薄
看波涛簇拥出鲜红的一轮

家在江南黄叶村

胡晓明一篇短文的标题是《进一步发现江南的时代》。他所拈出的诗，即东坡的《书李世南所画秋景》：

野水参差落涨痕，疏林欹倒出霜根。
扁舟一棹归何处？家在江南黄叶村。

李世南"所画秋景"指他的《秋景平远》图。元祐三年（1088）前后，东坡与李世南同在汴京。关于这首诗，胡晓明讲了一个故事。南宋时杭州城的庆春门内，有一个叫做听潮寺的寺庙，后来改名为归德院。为什么改名呢？因为那里靠近钱塘江，有一次宋高宗在寺庙里过夜，晚上听到潮声，就以为是金兵杀过来了。后来就改名为归德院。

寺里面有一块宋高宗的题诗石刻，原来高宗住在这里时也读到了这首诗，他喜欢，就题了来赐给大臣刘汉臣，人们刻石于此。后来毁于大火。

宋高宗喜欢此诗，而恐惧潮声，这表明，"江南黄叶村"的和平安宁与山明水秀，给了惊魂未定的皇帝一种温暖的感受。

其实，那梦中惊扰了宋高宗的金主完颜亮，跟高宗有共同的审美趣味。他也正是垂涎艳羡于江南那"三秋桂子，十里荷花"的甜美风物，才兴起投鞭渡江之意。整个宋代，是中国进一步发现江南的时代。美丽而温暖的江南，分明为来自北中国的统治者，打开了一个新鲜而魅力无穷的世界。

于是引得好多诗人画家，都向往着那扁舟一叶的宁静安适所在。所以，像这样的诗句："投老江南黄叶村，菊花时节雨昏昏"，"家在江南黄叶村，归来重葺柳边门"，在在都有情味。

胡晓明对这首诗的联想，则为东坡的《惠崇春江晚景》，同样也是题画诗。

竹外桃花三两枝，春江水暖鸭先知。
蒌蒿满地芦芽短，正是河豚欲上时。

这首诗一作《惠崇春江晓景》。写过"江南黄叶村"，又来写江南春景。诗人见到画面上满地的蒌蒿、新出的芦笋，不禁浮想联翩：河豚是食这两种植物而肥的，那么这种味道鲜美的鱼儿也快要溯江而上了吧？而这两种植物又是烹煮河豚的佐料。胡晓明由此评析：宋人葛立方《韵语阳秋》记："僧惠崇善为寒汀烟渚，潇洒虚旷之状，世谓'惠崇小景'，画家多喜之。"这就是说，原先的那个画题，大家都很流行，但是跟东坡的很不同。"潇洒虚旷"的画意，应该是宋以前所盛行的审美趣味。而东坡这里所歌唱的，已经脱离了"潇洒虚旷"，而是喜气热闹，充满了生机，景物清新鲜活。这是一种新的自然美的取向，是对世俗日常生活的充分肯定。

然而这种世俗日常生活，又与

《崇惠春江晓景》

品格、节操分不开。东坡另有《赠刘景文》:

荷尽已无擎雨盖,菊残犹有傲霜枝。
一年好景君须记,最是橙黄橘绿时。

胡晓明评:

苏轼诗,表面上是写风景,实际上是写人生。

《赠刘景文》写初冬时节,满目的枯荷败叶,与残留枝头的菊花,生命确实是到了该退出的时候,然而恰恰一年中最好的风景,不也正是在这样的时候么?你看,那精神饱满、生气充溢的橙黄橘绿,不正是最成熟、最充实的生命表现么?孟子说的,"充实之谓美",橙黄橘绿的时节,正是生命充实的美好时节。

屈原的《橘颂》:"青黄杂糅,文章烂兮",还是写橘子最美的经典。

韩愈有名句:"最是一年春好处,绝胜烟柳满皇都。"(《早春呈水部张十八员外》)很难说,东坡写这首诗时,心目中没有韩愈的名句在发生着强烈的影响力。但是,这正是苏东坡正是宋人异于唐人的地方。一般来说,唐代诗人是以青青草色、濛濛烟柳为美,很少有人会想到以橙黄橘绿、人书俱老为美(除了刘禹锡、李贺曾经歌咏秋天,但是不曾歌咏冬天)。

《颜氏家训》里说,做学问有"春华秋实"之分:"夫学者,犹种树也,春玩其华,秋登其实。讲论文章,春华也;修身利行,秋实也。"宋代文化,正是从讲论文章,转而为修身利行的时代。东坡这两句,是一个很好的象征。

现在,我每次在花市上看见一盆盆的金橘,就会想起东坡的橙黄橘绿。但是,我知道,世人所喜欢的,只是金橘的"金"与"吉",已与东坡的趣味相去甚远了。

笔者认为:橙橘并提,实则偏重于橘。橘是"经冬犹绿林"、"自有岁寒心"的"嘉树"。缪钺在《论宋诗》中指出宋人"变唐人之所已能,而发唐人之所未发",所以"宋诗虽殊于唐,而善学唐者莫过于宋",他还概括而明晰地指出两者的异同:

唐诗以韵胜,故浑雅,而贵蕴藉空灵;宋诗以意胜,故精能,而贵深折透辟。唐诗之美在情辞,故丰腴;宋诗之美在气骨,故瘦劲。唐诗如芍药海棠,秾华繁采;宋诗如寒梅秋菊,幽韵冷香。唐诗如啖荔枝,一颗入口,则甘芳盈颊;宋诗如食橄榄,初觉生涩,而回味隽永。譬诸修园林,唐诗如叠石凿池,筑亭辟馆;宋诗则如亭馆之中,饰以绮疏雕槛,水石之侧,植以异卉名葩。譬诸游山水，唐诗则如高峰远望，意气浩然；宋诗则如曲涧幽寻，情境冷峭。唐诗之弊为肤廓平滑，宋诗之弊为生涩枯淡。虽唐诗之中，亦有下开宋派者，宋诗之中，亦有酷肖唐人者；然论其大较，固如此矣。

胡晓明上面说："整个宋代，是中国进一步发现江南的时代。"试以诗证之。

诸多宋诗选本，往往以由南唐入仕北宋的郑文宝《绝句》发端：

亭亭画舸系寒潭，直到行人酒半酣。
不管烟波与风雨，载将离恨过江南。

程千帆评：

石遗老人陈衍《宋诗精华录》指出这篇诗在结构上是"首句一顿，下三句连作一气说，体格独别。唐人中惟太白'越王勾践破吴归'一首，前三句一气说，末句一扫而空之。此诗异曲同工，善于变化。"陈衍指出郑李两诗的联系和区别，无疑是对的。但唐人绝句除李白"越王勾践破吴归，战士还家尽锦衣。宫女如花满春殿，只今惟有鹧鸪飞。"这篇《越中怀古》外，其他如韩愈的《曲江寄白二十二舍人》"漠漠轻阴晚自开，青天白日映楼台。曲江水满花千树，有底忙时不肯来？"元稹《刘阮妻》："芙蓉脂肉绿云鬟，罨画楼台青黛山。千树桃花万年药，不知何事忆人间？"也都与李诗同格，可见此法仍非李诗所独具，但郑诗则反其道而行之，以首句启后三句，因此在表现方式上，也就有所发展。

其次，此诗末句不说画舸将怀着离恨的行客载过江南，而径直说"载将离恨过江南"，将离恨拟人化，变为一种可闻可见可触的事物，也是很独特，因而对后来影响很大。如周邦彦的《尉迟杯》词有云："无情画舸，都不管、烟波隔前浦。等行人乍拥重衾，载将离恨归去"，即完全是郑诗改写。与周词相比，李清照的词《武陵春》："闻说双溪春尚好，也拟泛轻舟。只恐双溪舴艋舟，载不动许多愁。"你说愁恨载得走，我却说载不动，旧曲翻新，就别有韵味了。

陈尧佐有《吴江》：

平波渺渺烟苍苍，菰浦才熟杨柳黄。
扁舟系岸不忍去，秋风斜日鲈鱼乡。

胡晓明评：

《晋书·张翰传》：翰见秋风起，因思吴中菰菜鲈鱼羹，旋辞官回家。

这是长久的贮存着中国士人乡关情结的一个精神原型、情感原型。此帧小诗，以极亲切的感受，重新抒写了中国士人心底的千年呼唤。《王直方诗话》记时人所谓“镇安百度，周知天下事，无如陈尧佐”，并称其为人“老于廊庙而酝藉不减”，是说他虽然做官仍不失童心。……《庄子》中有“不系舟”的意象：扁舟一叶，冷月一丸，心随流水，从容西东。追求心灵自由，向往了无牵挂的意趣，正是中国文人生命中永恒的冲动。此联正得其中妙理：扁舟系岸，似有所眷恋，而眷眷不忍去的，并非尘间名利，偏是一抹夕阳下温馨纯朴的家园！这是倦于远游的浪子回归家园的美好向往。

郭祥正《金陵》：

洗尽青春初变晴，晓光微散淡烟横。
谢家池上无多景，只有黄鹂一两声。

谢家池：一作“谢家庄”。当指东晋谢安在金陵的山庄故址。胡晓明评：

唐人刘禹锡《乌衣巷》云：“旧时王谢堂前燕，飞入寻常百姓家”，是一

渔船

种怀旧感伤之咏叹。功甫(郭祥正字功甫——引者)此诗,虽化用唐人诗意,却洗尽感伤与怀旧之情。宋代,中国渐入平民社会,那繁华浪漫,渐为平实真切之美所取代。于是,何等清新的一个早晨,藏着何等简单、宁静的一份心境。荆公晚年罢官居此地,所以酷赏此诗,要义在此。

赵抃清正廉洁,有“铁面御史”之称。他出行常携一琴、一鹤、一龟。从《和宿硖石寺下》的诗题可知,赵抃的诗友有《宿硖石寺下》的诗作。原唱者已不知为何人,但这不重要,因为和诗显然远远超出了原诗。诗写泊舟夜宿硖石寺下所得的印象,未曾入寺也未曾登塔,只就塔影钟声点染,已写得神韵悠然。硖石寺在今安徽凤台西南淮河边。

淮岸浮图半倚天,山僧应已离尘缘。

赵抃祠碑

松关暮锁无人迹,惟放钟声入画船。

寺中既有高僧,自应登门造访,然而“松关暮锁无人迹”,松影掩映中的古寺闭门落锁,在暮色四合中阒无人迹。主人也许出外云游了?也许在青灯古佛边参禅?但对于想要造访的诗人来说毕竟有些怏怏若失,“松关暮锁”四字透露了无限怅然之意。此一转折出人意外,却也在情理之中。诗人也许归舟安卧了,突然,寺院钟声破空传入画船,“惟放钟声入画船”这最后一笔又重新振起,钟声让不可相近的古寺山僧又入诗人的心扉,逗引起一片向往之忱。而读者也在钟声中悠然神往。

全诗由扬而抑,复又扬起,跌宕起伏。景物的动静处理颇可玩味,浮图倚天,静穆中显出动势,寺钟入船,动荡中又衬出幽静。陈衍《宋诗精华录》评:“令张继见之,前贤岂能不畏后生!”

刘敞有《微雨登城》:

雨映寒空半有无,重楼闲上倚城隅。
浅深山色高低树,一片江南水墨图。

当年李白曾有“淡扫明湖开玉镜,丹青画出是君山”之句。由唐及宋,从李思训的金碧山水到米友仁的泼墨云烟，色彩渐趋褪淡，水墨画的地位渐渐确立。刘敞能于米友仁出生之前，就已敏感到水墨的魅力，“这不能不说是一种天才的感觉。后来随着中国文化中心南移，从空气干燥、视觉明朗的华北平原，到江南湿润清秀、烟雨空灵的水乡泽国，‘水’与‘墨’的交响得到了充分的助力。”（胡晓明《万川之月》）诗友路鸿也有一首《淡墨江南》，清丽喜人：

看江南　胜品
碧螺春
越品越淡　淡成
半湖飒飒的苇声
越品越清　清成
潭中明月的静影

看江南　胜看
倪云林的画境　看久了
你就成画中
一疏柳一湖矶一板桥一茅亭
一汪清了又清的秋水
一抹淡了又淡的墨韵

淡墨江南
如月之曙
如气之秋
霜降后比花朝更精神

释仲殊《润州》：

北固楼前一笛风，断云飞出建康宫。
江南二月多芳草，春在濛濛细雨中。

建康：指南朝京都，在今南京市。建康宫即南朝故宫。胡晓明点评：

笛音随风，断云逸飞，极缥缈空灵，而北固楼、建康宫又是历史文化意味极厚重之所在。仲殊真是太懂得江南之美了，又妩媚又厚重，方能既灵动飞扬又酝藉甚富。

《风俗通》：“笛，涤也，所以涤邪秽，纳之雅正也。”笛音至清，最贴近中国音乐本质的美。仲殊这首绝句写尽早春二月一派清丽的生意，由烟雨晕出，由芳草写出，亦由悠扬笛声中跌宕而出。原来春色最难触捉，似实似虚，诗中意象亦正有清空杳渺的风致：一缕纤云，一门烟雨，一笛随风，一洲葱茏。却也如梦如幻而又历历如画，于是六朝古都的凝重，全化而为江南永远的清新明丽。宋人最懂得历史人文凝重肃然之美，然而又最懂得文化新新不已之美。

张耒《怀金陵》：

曾作金陵烂漫游，北归尘土变衣裘。

镇江北固山

芰荷声里孤舟雨，卧入江南第一州。

烂漫：无拘束的，自由自在的。陆机《为顾彦先赠妇》：“京洛多风尘，素（白）衣化为缁（黑）。”这句化用陆诗之意。三四句是回忆。芰（jì）：菱。程千帆评：

诗人在金陵无拘无束地浪游的时候，也许并没有觉得这个地方是多么可爱，可是一经北上，洁白的衫子被扑面的风尘染成黑色的了，这就使他不能不回忆起了青山似染江水如蓝的江南来。在风沙遍地的北方想念气宇明丽的南国时，诗人不由地将自己的回忆集中在一点上，即初到金陵时的光景。他是在一种极幽美好的景色中，安静而悠闲地到达金陵的，对金陵的第一次印象是极好的。因此才有后来的烂漫之游。这，就对金陵可怀之处作了丰富的暗示。也就是说，该写的都写了。不用写的，又何必再费笔墨呢？在这些地方，作者是应当信任读者，让他们去驰骋各自的想象的。

吴涛的《绝句》，又是一个"状难写之景如在目前"的佳例：

游子春衫已试单，桃花飞尽野梅酸。
怪来一夜蛙声歇，又作东风十日寒。

游子长年在外，对气候冷暖的变化最易感知。人已春衫试单，时为桃尽梅酸，典型的江南三四月的特征。虽然又来了一场"倒春寒"，但毕竟已是"东风"，大气候如此，春寒焉得长久？钱钟书评："这一首写春深夏盛、乍暖忽寒的情味，倒是极新颖的。"(《宋诗选注》) 作者未必有什么寓意，读者却可从小诗中联想到一些人生况味，从这点上说，吴诗又是"含不尽之意见于言外"的。

林稹的《冷泉亭》也是"含不尽之意见于言外"：

一泓清可沁诗脾，冷暖年来只自知。
流向西湖载歌舞，回头不是在山时。

立意上自然受杜甫"在山泉水清，出山泉水浊"的影响，但又是有感而发，冷暖自知。有对友人不守节操、自甘沉沦的惋叹；作者虽为北宋进士，又仿佛南宋士人林升的"诗兄"，启发林升写下了那首脍炙人口的《题临安邸》。

冷泉已成为千古士人在山出山、出世入世的一个难舍难分、长流不断的象征。

被誉为"南渡后词臣冠冕"的汪藻，当过翰林学士，后被夺职，自有仕宦失意的感慨。可贵的是，能从悲慨中解脱：

燕子年年入户飞，向人无是亦无非。
来春强健还相见，送汝将雏又一归！
(《漫兴》)

无情的燕子，尚且年年来归，生儿育女；人生更应该是"代代无穷已"的，强健其身，振作其心，送汝将雏，寄望未来。

有此等襟怀，方能写出可与苏轼《新城道中》相媲美的《春日》：

一春略无十日晴，处处浮云将雨行。
野田春水碧于镜，人影渡傍鸥不惊。
桃花嫣然出篱笑，似开未开最有情。
茅茨烟暝客衣湿，破梦午鸡啼一声。

苏轼原诗为：

东风知我欲山行，吹断檐间积雨声。

岭上晴云披絮帽，树头初日挂铜钲。
野桃含笑竹篱短，溪柳自摇沙水清。
西崦人家应最乐，煮芹烧笋饷春耕。

比较而言，苏诗更多一份“万物皆备于我”的自信，汪诗则是趁晴出游，偏于主观感受，且受黄庭坚影响，全篇多拗句，但依旧温润清丽。

辽阔无边的现存往往使人迷茫，而微小的事物却能集合想象之大，给人提供一个完整的宇宙。宋人诗多以小见大（如燕子，如午鸡），小扣大响，小中蕴涵着即将展开的未来。吴可的醉，也是《小醉》：

小醉初醒过竹村，数家残雪拥篱根。
风前有恨梅千点，溪上无人月一痕。

大有“众人皆醉我独醒”之兀傲，又难免孤寂，于末句可见。全诗让人堕迷于一种清冷的场景，一种微醉、浅醉、薄醉的氛围。

许安仁（字仲山）的《梦中作》，苍凉中又含圆满：

山色浓如滴，湖光平如席。
风月不相识，相逢便相得。

许顗《彦周诗话》载：“季父仲山，病中梦至一处泛舟，环水皆奇峰可爱，赋诗云：‘山色浓如滴……’即寤而言之，后数日卒。”

徐兴无说：“像许许多多传统士人一样，许安仁感悟的终极归宿仍是永恒而美丽的大自然。”这令人想起北宋袁陟的《临终作》，末句为：“山泉吾所爱，声到夜台无？”胡晓明因此评曰：“中国传统中的自挽诗，表达对生命存在的‘尽性尽命’的理解，因而呈露人格中最深的层面。此一帧小诗，当属于中国士大夫脱簪散发、眠云听泉的精神原型。……以最朴素的语言，对山泉澄鲜晶莹之美，作了最痴绝的想象。”

写过《风月堂诗话》的朱弁，出使金国，不肯屈降，被拘十六年。回国后本应迁官，又为秦桧所阻。《送春》作于金国：

风烟节物眼中稀，三月人犹恋褚衣。
结就客愁云片段，唤回乡梦雨霏微。
小桃山下花初见，弱柳沙头絮未飞。
把酒送春无别语，羡君才到便成归。

钱钟书指出：“……这首诗说塞北差不多没有春天，气候寒冷，没来得及容许花明柳媚；用意是把塞北春天的短暂来衬出自己在塞北拘留的长久。”（《宋诗选注》）

朱弁写春归，吕本中写人归。《海

江南水乡

陵病中》云：

> 病知前路资粮少，老觉平生事业非。
> 无数青山隔沧海，与谁同往却同归？

海陵，今江苏泰州。胡晓明由此生出一番感慨，写下《因同路而珍重》一文：

> 吕本中的临终诗。有无限的哀婉，无限的感慨，无限的流连。此诗写归乡的心情。“往”，表达生命的前行，生命的开展。“归”，在这里，是生命的终局。诗人面对无限的青山，却老病缠身，只能隔着渺茫的沧海，唱叹向往，而不能至。

如果单独看诗中的“资粮少”、“事业非”两句，就会觉得诗人绝望的不得了，回首平生，几乎一无是处。然而诗不可死于句下，如果是一个彻底绝望的人，那是不可能再有“无数青山”的美好想象，更不会有“与谁同往”的无限珍惜的。最后两句，表明诗人毕竟是诗人，唱叹有情，哀而不伤。

“与谁同往却同归”，一个“却”字，转折而意味深长。

我也对于与我同时代的人，常常有一份亲缘的感觉。人的世界恒河沙数，何其多矣。而我们，毕竟共有一个时代，共有一个天空，毕竟看到共同的图景，听到共同的声音，这是我们天生的因缘。与谁同往于无边的青山？诗人这一发问，有情有义。

然而，我们大家都是有限的生命，都逃不过生命的大限，因而，一旦我们开始感觉到生命的真正美好，开始理性地规划我们的人生时，我们都会发现，我们已经为时不多，要往回走了。一起往前走是我们的亲缘，一起回家也是我们的宿命，在无限的自然面前，我们有情生命，何等的渺小，然而我们因同路而珍重。

这两句诗，写出了面对美好，面对生命中同行的亲人，徒唤奈何的心情。

王安石之子王雱（pāng）的《绝句》，也写"病客"。

一双燕子语帘前，病客无憀尽日眠。
开遍杏花人不到，满庭春雨绿如烟。

无憀（liáo）：即无聊。表面看来"病客"对周围的一切似无兴趣。其实，正是他在细心地观察和领略着满院春光，唯其如此，他才听到了燕子的亲切对话，看到了杏花的遍院盛开，满怀幽趣地观赏"满庭春雨"、一阶碧草。

王雱还有另一首《绝句》：

霏微细雨不成泥，料峭轻寒透夹衣。
处处园林皆有主，欲寻何地看春归？

唐人送春诗，往往是"常恨春归无觅处"、"乱红吹尽放春归"。王雱这首小诗，不正面写送春，却翻进一层，说处处园林有主，残存的春光都被人占尽，自己想要送春，也找不到驻足放眼之地。此正是宋诗"发唐人之未发"之处。

陈与义的《清明》，同样写病中，同样写出了"生命的真正美好"：

卷地风抛市井声，病夫危坐了清明。
一帘晚日看收尽，杨柳微风百媚生。

胡晓明评：

小诗虽无深意，却曲折多姿，语句明畅，以白描之笔勾勒了清明时诗人内心的感情。户外美景如画，游人如云，热闹异常，诗人却足不出户、正襟危坐，冷峻与热闹构成对比。其实这冷静只是一种假象，诗人一直在隔帘观景。太阳西下，游人散尽，杨柳在落日的余晖中翩翩起舞，令人欢喜，而诗人对生活的爱也由此流露。

《早行》也是陈与义的佳作：

露侵驼褐晓寒轻，星斗阑干分外明。
寂寞小桥和梦过，稻田深处草虫鸣。

"驼褐"，是一种用兽毛（不一定是驼毛）制成的上衣，露水不易湿透；诗人穿上此衣，其上路之早可见。而"露侵驼褐"，以至于感到"晓寒"，其行之久，也不言而喻。

霍松林认为，第二句写星斗"分外明"，是为了写"暗"。黎明之前，由于地面的景物比以前"分外"暗，所以天上的星斗也就被反衬得"分外"明。第三句"寂寞小桥和梦过"，可以说"立片言以居要，乃一篇之警策"。以梦与"寂寞小桥"结合，意象丰满，令人玩索不尽。赶路而做梦，一般不可能是"徒步"。独自骑马，一般也不敢放心地做梦。明乎此，则"寂寞小桥"竟敢"和梦过"，其人在马上，而且有人为他牵马，不言可知。

过"小桥"还在做梦，说明主人公起得太"早"，觉未睡醒，一上马就迷糊过去了。及至感到有点儿"寒"，才耸耸肩，醒了过来，原来身上湿漉漉的；一摸，露水已侵透了"驼褐"。睁眼一看，"星斗阑干分外明"，离天亮还远呢！于是又合上惺忪睡眼，进入梦乡。既进入梦乡，又怎么知道在过桥呢？就因为他骑着马，马蹄踏在桥板上发出的响声惊动了他，意识到在过桥，于是略开睡跟，看见桥是个"小"桥，桥外是"稻"田，

刘国强《江南》

又朦朦胧胧，进入半睡眠状态。

比之温庭筠《商山早行》中的“鸡声茅店月，人迹板桥霜”，陈与义此诗正突出了宋人精微、尖新的特色。

陈焕是真正安贫乐道者，秩满即归隐乡间。他有一首别致的《梅花》：

云里溪桥独树春，客来惊起晓妆匀。
试从意外看风味，方信留侯似妇人。

太史公赞张良：“余以为其人计魁梧奇伟，至见其图，状貌如妇人好女。”言张良既具丈夫胸怀、英雄韬略，又有俊美温煦的外貌。更可贵的是，他辅佐刘邦取得天下后，封万户，为列侯，却摒弃人间富贵，从赤松子方外之游，有一种高蹈自守的襟怀。这种襟怀，与独处云里溪桥、自甘幽独的红梅，一脉相通。赖汉屏称此诗为“想落天外，异采惊人”之作；张仲谋从美学角度发挥：“宋人最爱刚柔相济、骨态兼具之审美境界。梅圣俞之‘老树着花’，欧阳修所谓‘妖韶老女自有余态’，苏轼之‘刚健杂流丽，端庄含婀娜’，皆于此近之。”

张伟的《马塍》，则留意于世俗的菜花：

水拍田塍路半斜，悄无人迹过农家。
春风自谓专桃李，也有工夫到菜花。

西湖马塍花市的繁盛，都在“春风自谓专桃李”中带过，一二四句，都注目于田野农舍。春风之无私、世态之炎凉，跃然而出。

李缯的《晓步》，则发人遐思：

晓步闲随蛱蝶行，村南村北雨新晴。
山花野草自幽意，布谷一声春水生。

布谷的叫声，不仅使春水沛然而涨，也唤醒了我们心中沉淀已久的田园记忆，一种名为“怀乡”的疾病油然而生，叫人的心尖带点湿湿的微疼。

胡铨弹劾秦桧被贬，陈刚中以启为贺，桧怒，谪知安远县（今属江西），卒于任。人称其“英杰伟人也”。刚中字彦柔，刚中寓柔，其《绝句》，似乎综合了陈焕的梅花、张伟的菜花，反映着催人向善的大同理想：

客舍休悲柳色新，东西南北一般春。
若知四海皆兄弟，何处相逢非故人。

宋人施德操评曰：“阳关词至此当止矣。”今人张仲谋纵观宋诗：“争强好胜，生新出奇，发前人之剩义，作翻案之新闻，是宋人惯用的伎俩，也是宋诗的一大特色。焚琴煮鹤、弄巧成拙、画蛇添足、欲深反浅，如此之类固不乏其例，而打通后壁，别辟新境，夺胎换骨，即旧生新者，亦为数甚伙。陈刚中此诗，当属于后者。”

当然，这也反映了宋代审美情趣的转移。正如《宣和画谱》所言：“（杜）甫作《茅屋为秋风所破歌》，虽衾破屋漏水所恤，而欲大庇天下寒士俱欢颜。（李）公麟作《阳关图》，以离别惨恨为人之常情，而设钓者于水滨，忘形块坐，哀乐不关其意。”

欧阳鈇屡试不第，笃意于诗，有《绝句》：

> 桑麻得雨更青葱，芍药留春结晚红。
> 怪得鸟声如许好，此身还在乱山中。

《娱书堂诗话》还举了他另外几首佳作，如“恋树残红湿不飞，杨花雪落水生衣。年来百念成灰冷，无语送春春自归”、“为怜桃杏亚枝斜，看到斜阳逐乱鸦。又是一春穷不死，天教留眼看莺花”。科场失意人，乃为恋花多情种。欧阳鈇此生未虚度也。

范成大《浙江小矶春日》：

> 客里无人共一杯，故园桃李为谁开？
> 春潮不管天涯恨，更卷西兴暮雨来。

西兴在浙江萧山县内钱塘江岸，也称西陵。矶：水边突出的岩石。首句实写，二句虚拟，想象家乡苏州桃李无人欣赏、寂寞开放的景象。三四句宕开笔锋，借景抒怀。钱江的春潮不能理会诗人无限的客恨，挟带着潇潇暮雨从西兴向小矶袭来。诗人为何要特别提及西兴呢？相传春秋时期，越国为吴国所败，越王勾践在入吴做囚徒前，曾在西兴与他的臣民痛哭饯别。诗人这里借古喻今，提醒世人勿忘靖康之耻、家国之恨。

杨万里有《八月十二日夜诚斋望月》：

> 才近中秋月已清，鸦青幕挂一团冰。
> 忽然觉得今宵月，元不粘天独自行。

诚斋：杨万里书斋名。胡晓明评：

> 古往今来咏月诗多矣，诚斋此诗结句“元不粘天独自行”却是一片奇想，于清远之中透出高洁明瑟的纯美，真宋人语。宋人讲求治心养气，于是宋诗往往深于情而不为情所累，寓意于物而不留意于物，诚斋此诗正是如此。有情气之灌注，又有理智之沉思，追求的是自然之理和人生哲理融为一体的理趣，这“元不粘天独自行”的一轮朗月，亦如诗人追求道德人格的独立和自由的心志，其妙处恰在于物我为一的证悟自得。

以豪放词名世的张孝祥，诗却清丽空灵。《题夏氏庄》云：

平湖漠漠雨霏霏，压水人家燕子飞。
欲向湖东问春色，杏花无数点春衣。

辛弃疾的《鹤鸣亭绝句》，依旧英雄本色：

饱饭闲游绕小溪，却将往事细寻思。
有时思到难思处，拍碎栏干人不知。

胡晓明评："饱饭闲游"是沉痛语，"拍碎栏干"是豪放语。鹤鸣亭：作者在江西铅山带湖别墅修建的小亭。

项安世的《雨夜》推己及友：

夜窗疏雨不堪听，独坐寒斋万感生。
今夜故人江上宿，如何禁得打篷声。

师事于朱熹的陈孔硕，人称北山先生，竟能奏出《绝句》这样的春歌：

腊雪逢春次第消，等闲着脚上溪桥。
柳条毕竟如儿女，一夜东风眼便娇。

虞似良的《横溪堂春晓》，礼赞的是人文化的春景：

一把青秧趁手青，轻烟漠漠雨冥冥。
东风染尽三千顷，白鹭飞来无处停。

宋诗中对自然生命的抉发歌吟，正见出诗人胸中的生机流荡、生趣粲然。正如美国"超验主义者"爱默生所言："自然是灵魂的对立面，它们彼此一部分一部分地对应，一个是印章，一个是印记。"

武衍《秋夕清泛》：

弄月吹箫过石湖，冷香摇荡碧芙蕖。
贪寻旧日鸥边宿，露湿船头数轴书。

鸥边宿：比喻隐居。《列子·黄帝》："海上之人有沤鸟者，每旦之海上，从沤鸟游，沤鸟之至者百住不止。"沤，即鸥。

胡晓明评：

"摇荡"二字真诗心画笔也。月影婆娑，箫音起伏，扁舟浮沉，花枝轻颤，其妙处尽在"摇荡"二字。明月清箫、小舟繁花，顿时有一动感生命流荡其间。

但若深味"贪寻旧日鸥边宿，露湿船头数轴书"二句，便有一个全新的想象空间：被露所湿的或许是陶渊明的诗卷，或许是王辋川的画册，或许，正是载有与沤鸟相戏传说的《列子》。于是那数轴古书，便不仅仅是隐士生活的点缀，而分明成为一种吸引，一种诱惑，一种可能的生命情态的展现，与满川风月一道，引诗人入悠远之境，指向灵魂的止泊、生命的安顿。

叶茵《山行》：

青山不识我姓字，我亦不识青山名。
飞来白鸟似相识，对我对山三两声。

胡晓明评：虽然不识，终是亲切。一个“亦”字，即见平等与不隔。

这是非常日常化的一幕：诗人行走在不知名的青山之中，忽有数声清啼，一鸟飞旋而来。宋人常能捕捉这吉光片羽，信手写来，饶有风致，其实这就是“诗心”。青山与我素不相识，白鸟与我似曾相识，然而都与我亲。本是因为诗人“看得眼前景物都是古茂和蔼，体量胸中意思全是恺悌慈祥”，才能见了青山欲通姓名，听了鸟啼犹觉相识，正如老杜诗云：“山鸟山花吾友于。”满心皆是欢喜和情意。

刘翰《种梅》：

凄凉池馆欲栖鸦，彩笔无心赋落霞。
惆怅后庭风味薄，自锄明月种梅花。

此诗作于宋亡之后。因情怀凄暗，所以无心在词藻上争一日之短长。“落霞”用王勃《滕王阁序》“落霞与

落霞与孤鹜齐飞

孤鹜齐飞”典故。“后庭”指《玉树后庭花》。刺陈之亡而归罪于《后庭》一曲，在诗词中常见。如刘禹锡“万户千门成野草，只缘一曲《后庭花》”、杜牧“商女不知亡国恨，隔江犹唱《后庭花》”等。“后庭风味”当是喻指宋末醉生梦死的社会风气。诗人视之为“薄”，但自己无力回天，又不愿屈节事元，所以只有在明月之下，锄草栽种心爱的梅花。后来萨都剌全句搬用：“今日归来如昨梦，自锄明月种梅花。”

姜夔《过德清》二首：

木末谁家缥缈亭，画堂临水更虚明。
经过此处无相识，塔下秋云为我生。

溪上佳人看客舟，舟中行客思悠悠。
烟波渐远桥东去，犹见阑干一点愁。

顾子京评：舟经德清，远处的一角危亭首先从树梢间隐约显露出来，“缥缈”是高远隐约的样子，亭而缥缈，又隐隐出于木末（树梢），使人产生漂浮无定之感；再经“谁家”这一问，更具有虚幻色彩。“画堂”是华丽的厅堂，但它“临水”，清冷明澈的秋水映出它的倒影，便见空明灵透。这样的景物只会给诗人增加惆怅与寂寞，于是产生了友情慰藉的需要。“经过此处无相识”，没有相识的人，友情只是空想，诗人是孤独的。“无相识”与首句“谁家”相印证，更见诗人的孤单。这时，“塔下秋云为我生”，只有秋云像是理解诗人的孤独，前来陪伴了。塔下秋云，没有绚丽的色调，只有清冷的气息，再加上“为我生”三字，更见四顾无人，诗人的心境越发显得落寞。

第二首开头，诗人把笔从自身宕开，以自己所见的“溪上佳人”为主人公，自己的“客舟”成为佳人的目中之物。佳人为什么“看客舟”？这从温庭筠之《忆江南》“梳洗罢，独倚望江楼”而“望尽千帆”与柳永《八声甘州》之“想佳人妆楼颙望，误几回、天际识归舟”可知，佳人是在盼望亲人乘舟归来。诗人由佳人之望归舟自然联想到妻子之望自己，所以次句转写自己。“舟中行客思悠悠”，行客、佳人并不相识，但行客的悠悠之思却是佳人之“看”所触发，所以思的内容如何，无需说明，已尽在不言中了。情既无须明言，下句便转入景物渲染，注情于景，“烟波渐远桥东去”，客舟随着烟波渐行渐远，穿桥而东去了，这是实写。同时，渐远的烟波也象征着行客思绪的绵缈不尽。诗人的构思是细密的，行客的思绪是佳人所触发，所以结尾一句又回到佳人身上，但不同于首句的直写，而是反过来从行客眼中落笔：“犹见阑干一点愁”。“阑干”同栏干，指佳人所在之处，“愁”是诗人内在之情。“犹见”二字，见佳人伫立之久；“一点”二字，既写船行的遥远，又表现愁思的凝重。两首绝句，第一首以写景为主，间以叙事，第二首以叙事为主，间以写景，但景与事都是为了写情。末句推出一个“愁”字，这“愁”正是贯串两首的内在感情线索。

笔者认为，杜牧《南陵道中》中“南陵水面漫悠悠，风紧云轻欲变秋。正是客心孤迥处，谁家红袖凭江楼”，当为白石第二首所本，但白石末句出以虚笔，尤为蕴藉空灵。

王安石也有一首《楼上》，别饶情趣：

荡漾舟中客，徘徊楼上人。
沧波浩无主，两桨邈难亲。

程千帆评析：“王安石诗中的舟中客和楼上人，则只是自己所见的客体。在他同情的笔调下，一对两心相悦的青年因江上风波而耽搁了约会的情事，就非常生动地体现了。”诗中并无遐想而只有同情，所以不同于杜牧之作。“唐崔颢的《长干曲》当为王安石这类绝句所从出。”

姜夔另有《平甫见招不欲往》：

老去无心听管弦，病来杯酒不相便。
人生难得秋前雨，乞我虚堂自在眠。

周瑞文油画《归舟》

平甫是贵公子、诗人的朋友张鉴。“秋前雨”指夏末的雨，可以去暑送爽。“虚堂”用《庄子》“虚室生白”的意思，形容空敞宁静的堂屋。纯是归绚烂于平淡的宋调。钱钟书谓吕希哲的绝句“老读文书兴易阑，须知养病不如闲。竹床瓦枕虚堂上，卧看江南雨后山”，与此诗异曲同工。两相比较，姜诗寄意更为深远。

曹豳(bīn)的《暮春》也是宋调：

门外无人问落花，绿阴冉冉遍天涯。
林莺啼到无声处，青草池塘独听蛙。

落花变成绿荫，蛙声取代莺啼，正是暮春意味。

杜耒《寒夜》：

寒夜客来茶当酒，竹炉汤沸火初红。
寻常一样窗前月，才有梅花便不同。

胡晓明评：

唐代人的世界是生命激情的世界，虽然也有“晚来天欲雪，能饮一杯无”，他们的相逢却是多在马上、客舍中或酒席旁，宋人则多在家里。宋代人的相聚，已经用茶来换过了酒，平和、温情，也长长久久。宋人喝茶有煎茶、点茶之分，此诗中提到的是煎茶。

为什么寻常一样的窗前月，才有了梅花，就很不一样？因为那窗、那月，还只是一光秃秃的自然，而梅花已经是人文，有书与画的气息，以及诗人的意趣，而不再是纯自然的意象。梅花不仅象征精神生活的意趣，也指朋友。心灵的朋友就是有品格的梅花。有了朋友就有了不寻常的月夜，犹如国画的山水花鸟边上，还有了一首美妙的小诗。诗歌写出有朋自远方来的心情，同时也写出了宋人读书与交友的生活小景，亲切而深情。

江湖派诗人敖陶孙的《西楼》，则是言愁的：

只有西楼日日登，阑干东角每深凭。
一层已是愁无奈，想见仙人十二层。

上得一楼，愁闷已难以排遣。李白诗中有“天上白玉京，十二楼五城”。本诗末句讲，想到昆仑山中高高的十二楼上，仙人们将更加难捱，暗示避世、出世，忧愁也难以平息。联想到敖陶孙倜傥不群，数忤权臣韩侂胄，遭通缉，变姓名亡命才得以免的经历，似乎有助于对此诗的理解。

同属江湖诗人的华岳，有《田家》：

鸡唱三声天欲明，安排饭碗与茶瓶。
良人犹恐催耕早，自扯蓬窗看晓星。

纯为农人代言。农妇生怕误了时间，良人（文夫）则因为昨天太累了，睡犹未足，还想拖一些时间起床。困苦中不乏人间情趣。

周弼的《夜深》是写读书人的：

虚堂人静不闻更，独坐书床对夜灯。
门外不知春雪霁，半峰残月一溪冰。

将枯燥的读书生涯，写得如此诗意盈溢。三四句更有顿悟的禅味，大概是书中某一难题疑问，豁然开朗了。

挑灯夜读

魏了翁《十二月九日雪融夜起达旦》也写雪夜观书：

远钟入枕雪初晴，衾铁棱棱梦不成。
起傍梅花读《周易》，一窗明月四檐声。

胡晓明评：

“远钟入枕”，诗人所居看来不是繁华地；“衾铁棱棱”，苦寒如老杜当年“布衾多年冷似铁”。可是诗人一点儿也没有怨艾自伤，他起傍梅花诵读《周易》，竟是一番自然适意的人生情趣，惟觉明月直入，雪融水滴。我们不由感叹宋人的养气功夫真是了得，竟能成就这样一种虚静高洁的心灵和淡泊雅逸的人格。直是“不以物喜，不以己悲”，全在心灵的证悟自得和生命的萧然安顿。那一卷易书或许正透露了一点儿消息：人能持养其气，转扞（hàn 旱）格为圆融，变渺小为博大，则可上下与天地同流，成其大矣。

俞桂的《过湖》，则于大自然中得诗：

舟移别岸水纹开，日暖风香正落梅。
山色蒙蒙横画轴，白鸥飞处带诗来。

湖水在大地上汪着，也在诗人的

心上汪着。全诗没有一件与生命脱辐的东西，诗意便自然来了。英国诗人济慈的碑铭上说，他的名字是写在水上的。看来无论中外，水都是灵感不可或缺的源泉。其实，梭罗的《瓦尔登湖》也是诗。

罗与之的《商歌》饶有古意：

东风满天地，贫家独无春。
负薪花下过，燕语似讥人。

春秋时宁戚有自鸣不平的《商歌》二首。“商”在五音中属秋音，可罗诗却是写春的。穷人为生计奔波，无暇观赏春景，竟遭燕讥。春天，对于贫家，无异于萧瑟的秋季。诗人肯定越过了某种界限，否则不能体验这种痛楚与心酸。

以上皆为江湖派诗作，但风格殊异。正可知该诗派能在诗史上占一席之地的原因。

徐元杰的《湖上》，童孺皆知。

花开红树乱莺啼，草长平湖白鹭飞。
风日晴和人意好，夕阳箫鼓几船归？

“花开红树”，大奇。为渲染热闹，加之斜照缘故，把春天的绿叶也写成“红树”。“草长平湖”，堤岸上的草长得高了，湖水就显得格外低平。末句是问句，言游船余兴未尽。

欧阳修曾赞赏唐人严维的“野堂春水漫，花坞夕阳迟”为“春物融洽，人情和畅”，梅尧臣也赞严维诗“天容时态，融和骀荡”，那已是北宋中期的事了。在他们看来，中唐严维写“夕阳”，也是迟迟而来，“天人之意，相与融怡”。徐元杰这首诗，则是对欧、梅的一种晚到的响应。当时临安的日常生活已经处于马背文明的恒久压力之下，所以刘东说，“假如一个社会共同体偏在边衅频仍的危急存亡之秋，居然还有心思去空前精巧化其生活艺术，使人‘直把杭州当汴州’，恐怕其失落就有点必然性了”（《蒙元入侵前夜的中国日常生活》译后絮语）。与严维诗中的“夕阳”不同，徐元杰的“夕阳”，是否潜意识里有“夕阳无限好，只是近黄昏”之感呢？

陈起则写夜西湖（《夜过西湖》）：

鹊巢犹挂三更月，渔板惊回一片鸥。
吟得诗成无笔写，蘸他春水画船头。

胡晓明评：

原来作诗亦可以不是为了流传的。蘸春水作诗，风过无痕，然而诗人的心灵永远卫护这一片诗情。写过、感动过，便已足够。

北宋郭熙在论山水之美时，指出有两种审美观照心理，一是可行可望，一是可居可游。陈起这首诗中的态度正是这样一种可居可游的愉悦会心。"目不知毫素，手不知笔墨"，只觉得佳句好意全在心中，然而亦不付之于笔墨文章，蘸水为诗，不斤斤于物态，不流连于暮思，这便是自适之适，圆融无碍、诗兴宛转，是一种"犁然有当于心"、"陶然有适于意"的欢悦体验。

雷震的《村晚》则描绘了一幅乡野晚归图：

草满池塘水满陂，山衔落日浸寒漪。
牧童归去横牛背，短笛无腔信口吹。

惟其无腔，故无机心，这支短笛在牧童（令人怀想起童年）手中，变成了一支魔笛，使人的尘心苏醒，产生了精神还乡的冲动、生命本体的沉醉。胡晓明评：

诗人此诗，原也是信手写来的。然而信口吹出的笛音弥漫在天地间便是动听的音乐，信手写来的清词丽句散落在天地间也便是好诗了。宋代诗人最多这样妙手偶得的好诗句。他们珍视人生点点滴滴的情趣，常怀一颗虚静观照的心灵，一山一水皆关情，宇宙的生命植入自我生命之中，常常就天机触发兴会神融了，于是不知有我亦不知有物，触目所及无非风景，款款行来全是图画，在灿烂的感性中天人谐和，物我交感，便是好诗。

周密的《夜归》也写乡村，萧条中透出一缕温馨：

夜深归客依筇行，冷磷依萤聚土塍。
村店月昏泥径滑，竹窗斜漏补衣灯。

末句"竹窗斜漏补衣灯"，全村都入睡了，惟独自己家还透出灯光，隐约可见灯下补衣的妻子的身影。这是没料到的，这意味着还有几步路就到了他所思念的温暖的家了。全诗至此戛然而止。但诗人那种百感交集、难于言表的复杂感情是不难体味到的。其中包括着因长途劳顿终于顺利到家的兴奋，有对辛勤操持的妻子的爱恋等等。"补衣灯"暗示灯下人，取神遗貌，含有不尽之意。

作为遗民诗人，郑协的《溪桥晚兴》同写暮景，自比雷震的《村晚》添了一抹哀伤的色调：

寂寞亭基野渡边，春流平岸草芊芊。

一川晚照人闲立，满袖杨花听杜鹃。

杜鹃声里，归思难禁。但何处寻觅地理上的故国、心灵上的故园？沐浴在旧梦的夕阳暮色、绵绵余晖之中，情何以堪？

罗公升的《戍妇》，也体现了宋诗翻新出奇的成功尝试：

夫戍关西妾在东，东西何处望相从。
只应两处秋宵梦，万一关头得暂逢。

多少深秋永夜，枕着长长的旅程、长长的孤独。一万次中的一次，两处寻寻觅觅的梦，竟然得以照面，得以“暂逢”！这种精诚，比一年一度的牛女相会，更为撼人心魄。是生命的颂歌、灵魂的庆典！秋宵也为此变得温暖，夜色也为此苍白惨淡……

胡仲参虽属江湖诗人，在遗民诗人之前。但我把他的《读秦记》作为收章之作：

万雉云边万马屯，筑来直欲障胡尘。
谁知斩木为干者，只是长城里面人。

城墙三丈长一丈高为一雉，万雉形容极高极长。此诗与唐人章碣的《焚书坑》有异曲同工之妙，纯以识见取胜，充满历史的强烈讽刺和巨大幽默。宋亡的根本原因，不正是内政不修、失去民心的结果吗？苏轼当年在《上神宗皇帝书》中说过：“人心之于主也，如木之有根，如灯之有膏，如鱼之有水，如农夫之有田，如商贾之有财。木无根则槁，灯无膏则灭，鱼无水则死，农夫无田则饥，商贾无财则贫，人主失人心则亡。”他的诤谏不幸而言中。法国汉学家谢和耐在《蒙元入侵前夜的中国日常生活》导言中，则以旁观者清的眼光写道：“有关十三世纪中国南方之安定繁荣的印象只不过是幻想。在此幻想背后的，却是国库之连年悲剧性的空虚、农村之贫困和不满，以及统治阶层内部的党争。这座大厦已是十分脆弱，只要蛮族用力推它一把，就会倒塌下来。”

但宋诗却是与世长存、历久弥新的。一部宋诗史，有力地驳斥了“宋人多数不懂诗是要用形象思维的，一反唐人规律，所以味同嚼蜡”的权威论断。而苏轼于宋诗功莫大焉。他不仅“独为大宗”，而且蔚为云雨，拂过、渗进每一位诗人的心田灵府。移用波德莱尔形容雨果的话：“如果没有他，我们的诗歌将是多么贫乏；他表达出来的多少神秘而深湛的感情仍将是一片沉寂；多少被他所启迪的智慧仍然晦涩不明，多少被他的光芒照亮的人将仍然默默无闻。我们不能不把他归入罕见的、天祐的盖世奇才的行列。”还可借用鲁迅的《无题》：

一枝清采妥湘灵，九畹贞风慰独醒。
无奈终输萧艾密，却成迁客播芳馨。

受过煦风时雨的滋润，宋代的诗歌，又像一位异域诗人所唱的那样：

如一棵树自由又独立，
但又如一片林友爱相邻。
……

菜花香过秀州城

鸳鸯湖在嘉兴郡南，湖多鸳鸯，故以名之，亦名南湖。（王象之《舆地纪胜》）

又说因分东西西湖，相连如交颈鸳鸯，故名。

南宋朱敦儒有一首《好事近》，是专写鸳鸯湖的，下片为：

晚来风定钓丝闲，上下是新月。
千里水天一色，看孤鸿明灭。

集中在一个“静”字：钓丝悠然下垂（“闲”），“上下是新月”，可见水也是静的，静得连波纹也没有，倒映着新月……而在这幅静景上，作者添上奇妙的一笔：一只飘渺的孤鸿，明灭于远空，它的动感不是来自位置的移动而是来自光线的变化；这小小一点，使词境画面更其灵妙。

元代萨都剌的《过嘉兴》，则写了嘉兴全貌：

三山云海几千里，十幅蒲帆挂烟水。
吴中过客莫思家，江南画船如屋里。
芦芽短短穿碧沙，船头鲤鱼吹浪花。
吴姬荡桨入城去，细雨小寒生绿纱。
我歌水调无人续，江上月凉吹紫竹。
春风一曲鹧鸪词，花落莺啼满城绿。

此诗当是作者经过嘉兴赴福建任职而作。李白诗云：“但是主人能醉客，不知何处是他乡。”此诗“江南画船如屋里”表达的，也是类似的感情。“芦芽”句令人想起苏东坡的“蒌蒿满地芦芽短，正是河豚欲上时”、王安石的“春风又绿江南岸”。风景画后，又续以“吴姬荡桨入城去”的风情来。“细雨小寒生绿纱”，雨是细的，寒是轻的，迷蒙江面蒙上了一层含情脉脉的绿纱。

末二句带有春光老去、年华流逝

鸳鸯湖

的淡淡感伤，鹧鸪鸟“行不得也哥哥”的叫声，仿佛在苦苦挽留行人呢。

明张岱《陶庵梦忆》中说：“嘉兴人开口烟雨楼，天下笑之。然烟雨楼故自佳。楼襟对莺泽湖（莺泽湖系作者笔误，此处指鸳鸯湖，即南湖——引者），涳涳蒙蒙，时带雨意，长芦高柳，能与湖为浅深。湖多精舫，美人航之，载书画茶酒，与客期于烟雨楼。客至，则载之去，舣舟于烟波缥缈。态度幽闲，茗炉相对，意之所安，经旬不返。……”

清项映薇《古禾杂议》中记：

三月间春光醉人，百花妖艳。倾城士女皆争觅胜地。茶禅寺看碧桃，碧光庵看菜花，烟雨楼看牡丹，处处游人蚁附。河中画船箫鼓，十番样景，衔尾不断。赶集人沿路结棚，泥孩儿、不倒翁、卧美人、象生花摆列精致，小肆香烛，招客者几至牵袂。

使鸳鸯湖出名的，自然是清人朱彝尊的《鸳鸯湖棹歌》一百首。那“菱花十里棹歌声”，引发了众多唱和。其十二云：

穆湖莲叶小于钱，卧柳虽多不碍船。
两岸新苗才过雨，夕阳沟水响溪田。

唐张籍有诗：“莲叶出水大于钱。”此处却说穆湖的小巧：谁在不经意间，撒向湖面千百枚小小青钱，正是夕阳下山时分，余晖映照湖上，浮光耀金，沟水如串串笑语，响彻田间。

朱彝尊表兄谭吉璁和棹歌云：

春来河蚬不论钱，竹扇茶炉载满船。
沽得梅花三白酒，轻衫醉卧紫荷田。

并注："紫荷花草生田中，花开如茵，可坐卧。游人藉此泥饮。"紫荷花草即紫云英。梅花三白酒为嘉兴土产。

《春渚纪闻》载："郡城四望无山。宋郑毅夫月波楼诗：'野色更无山隔断'是也。"又宋人陆蒙老有诗："清入阑干酒易醒，春风杨柳几沙汀。平波抵得潇湘阔，只欠峰头数点青。"正反映了杭嘉湖平原的特色。

其实，吴梅村的《鸳湖曲》更引人入胜，开头便气势不凡：

鸳鸯湖畔草粘天，二月春深好放船。
柳叶乱飘千尺雨，桃花斜带一溪烟。
……

还有一些可录的诗篇。

明人高承埏《鸳鸯湖》：

西湖秋水抱城斜，缥缈楼台带晚霞。
日暮鸳鸯看不见，数声风笛起芦花。

清人许瑶光有"南湖八景"诗。其《杉闸风帆》云：

苏州估客布帆轻，买醉枫桥趁晓晴。
一路东风吹酒醒，夕阳红泊秀州城。

五代时，吴越置秀州，治所即嘉兴。

秦瀛有《泊船烟雨楼》：

一帘秋水映禅灯，南浦微闻唱采菱。
携得都篮亲饷客，碧萝影里白头僧。

诗注云："寺僧赠菱。"

清人查慎行《晓过鸳湖》最有情韵：

晓风催我挂帆行，绿涨春芜岸欲平。
长水塘南三日雨，菜花香过秀州城。

长水塘在嘉兴南，由杭州、海宁一带山区发源，注入鸳湖。查慎行的家乡海宁离这里只有几十里地，诗人是来此游春的。首句"催我"一词，把晓风吹拂、牵袍扯袖的样子写得如在眼前。唐代李翰在《嘉兴屯田政绩记》中早就说过："嘉禾一穰，江淮为之康；嘉禾一歉，江南为之俭。"府志上也有"菱鱼丛铺，尺水皆腴"的赞词。一句"菜花香过秀州城"，便说明了一切。

这一年诗人已经六十四岁了，乡情使他陶醉，使他青春。也许正因为到了晚年，这种感情才格外醇厚。而对于长在杭州却在关外度过大半生、自称"北佬"的当代女作家张抗抗，更是情何以堪了："湿润的雪花里有一个不很奢侈的梦，只想享受一次江南金色的油菜花和天竺山里漫坡绚丽的映山红。”

人生只合住湖州

湖州古称吴兴。唐人杨汉公有《明月楼》:

吴兴城阙水云中,画舫青帘处处通。
溪上玉楼楼上月,清光合作水晶宫。

城西有西塞山,中唐张志和自称烟波钓徒,来往苕、霅间,有《渔父》词:

西塞山前白鹭飞,桃花流水鳜鱼肥。
青箬笠,绿蓑衣,斜风细雨不须归。

苕溪在州北,一名苕水,出东天目山,曰东苕,出西天目山,为西苕,至湖州合流,东北流入太湖。相传夹岸多苕花,秋时如雪,故名。“霅(zhà)溪在府治南,即诸水所汇也”(《湖州府志》),今已堙没。一说霅溪即东苕溪。

左健在《古诗鉴赏法》一书中,以散文诗一般的语言,诠释了这首诗:

春天来了,西塞山一片郁郁葱葱,数只白鹭在山前自由自在地翩翩回翔;清风吹过,桃花落英缤纷,漾漾碧水载着一层花瓣蜿蜒流去,那肥美的鳜鱼成群地追逐着、喋呷着片片桃花……张志和早年曾待诏翰林,后因事开罪唐肃宗而被贬斥,故而那西塞山、桃花水以外的地方,美丑颠倒,善恶不分,是一个扼杀人性的罗网,从这层意义上说,他也“不能归”。诗人永弃官场,以纯洁的大自然为归宿,作一个自由自在的“烟波钓徒”……

北宋张先有《题西溪无相院》:

积水涵虚上下清,几家门静岸痕平。
浮萍断处见山影,小艇归时闻草声。
入郭僧寻尘里去,过桥人似鉴中行。
已凭暂雨添秋色,莫放修芦碍月生。

西溪在湖州境内,流入太湖。颔联寓浮萍之动于山之静,又以草声之动衬境之静,情致高妙,体物精微。

颈联由红尘的情趣转入禅悟的观照,这也是宋人诗学的一大特色,自成一种清净平和的文化性格和自然适意的人生情趣。“莫放”句:意谓不要让芦苇恣意勃生,使人领略不到深潭月影。

胡晓明评:一座静谧的水村,一幅天光水色上下浑融的秋景,那西溪无相寺院就坐落在这里,山是从水中浮萍断梗处看到的山影，人是从远处小艇穿行水草声中感觉到的隐约人气，这寺院真是无执无相，空明绝尘。诗人又将小村寺院与城市繁喧划开一条界限，这时月亮出来了，秋意更深，芦苇更长更茂密了，那浓浓贮积着禅味的无相寺院就坐落在这里……

在《唐宋诗一百句》中，胡晓明再评：

为什么那个僧人的背影，竟是朝着城市的方向而去？

为什么城里来的人，又如此行走在明镜之中？

这首诗，包含着中国文化的一个秘密。

张先诗“入郭僧寻尘里去”，表明僧人入于城市红尘之中。宋代宗教很有人间味道，寺庙多修于城市之中，与唐代的深山修行不同。用“积水”、“门静”、“山影”、“鉴中”等，诗人将这一寺庙写得很“清”，同时又有人间味道，是宗教的世俗化，又是世俗的宗教化。其实“清”的美学，也是即人文即宗教，即世间而超世间。

张先有“张三影”的称号。他有

亚明《独钓寒江雪》

三句最有名的诗句，都有一个“影”字。除了这里的“浮萍”句，其他两句是：“云破月来花弄影”、“隔墙送过秋千影”。

“影”为什么美？佛家不是说，人生只是如电如露，只是梦幻泡影么？然而人生要义，即于无相无住中，把握本然。禅宗明此，更不立二元，转而注重现象与世间，即不舍弃梦与影，于梦影之世间求自我之证立与解脱。

“清”也是从世间物象中提纯的一种“影”之美。明明是梦，明明是幻，明明是混沌的世间，偏偏可以发现其中的“清”与“影”之美。所以，“清”也是一种生命升华的观照。

早在作杭州通判时，苏轼就到湖州“相度堤岸”，有“余杭自是山水窟，侧闻吴兴更清绝”之句。为什么说“更清绝”呢？

> 湖中橘林新著霜，溪上苕花正浮雪。
> 顾渚芽茶白于齿，梅溪木瓜红胜颊。
> 吴儿鲙缕薄欲飞，未去先说馋涎垂。
> ……

顾渚在今长兴县水乡顾渚村，石壁峭立，终年云雾缭绕，为“紫笋茶”产地。“顾渚茶”自唐起即为贡品，陆羽品为天下第二。

后来他真的来湖州当太守，得以从容其间。“吏民怜我懒，斗讼日已稀。能为无事炊，可作不夜归。”他“遍游诸寺”：

> 肩舆任所适，遇胜辄留连。
> 焚香引幽步，酌茗开净筵。
> 微雨止还作，小窗幽更妍。
> 盆山不见日，草木自苍然。
> 忽登最高塔，眼界穷大千。
> 下峰照城郭，震泽浮云天。
> 深沉既可喜，旷荡亦所便。

他泛舟清江：

> 袅袅风蒲乱，猗猗水荇长。
> 小舟浮鸭绿，大杓泻鹅黄。
> 得意诗酒杜，终身鱼稻乡。
> 乐哉无一事，何处不清凉？

在这“紫蟹鲈鱼贱如土”的桃源，他尽兴享受，颇似《世说新语·任诞》中的毕卓：“一手持蟹螯，一手持酒杯，拍浮酒池中，便足了一生。”

尽管如此，他还是勉力为政。他一生以祈雨为多，在湖州却有一次上卞山黄龙洞祈晴之举，因为“吴兴连月雨，釜甑生鱼蛙”。他从“桃源”中走出，决心“要与遗民度厄年”。但是“厄年”还未度过，苏轼就厄运临头了。这便是“乌台诗案”。据目击者说，苏轼被捕时，“郡人送者雨泣。顷刻之间，拉一太守如驱犬鸡”。用苏轼自己的话，则为“如捕寇贼”。也许一动为民造福之念，便触为己招祸之机。苏轼在湖州任上仅三个月，便“桃源惊梦”了。

对湖州的赞美仍在继续，最绝的是元人戴表元：

山从天目成群出，水傍太湖分港流。
行遍江南清丽地，人生只合住湖州。

1934年，芮麟曾游道场山碧浪湖：

碧浪湖如一个天真未凿的村姑，荆钗布裙，另具一种朴实的风韵。春波滟滟，风帆片片，益增她的妩媚。湖心的浮玉塔，恰如头上插着的翡翠簪子，映在太阳里，闪闪发光。对岸一带树林和山峰的倒影，尤为清绝！

他从杭州到湖州，还留下了“三百里间春如海”的佳句。

诗友李天靖有《射中一塘残荷》，可入《湖州艺文志》。诗下有小注：“2006年11月3日，游湖州射中村，与诗友路鸿、钱涛见一塘残荷，幻见两荷塘，触目惊心。作诗以记之。”

曾几何时
想见明眸皓齿——风荷举
一叶惊秋即老
开始打褶、爬上老年斑
皮肤焦黄
齿也脱落发也稀疏
眼枯落潭
皆蓬头垢面、胭脂尽失

一塘藻荇
翳了奁镜的豪华

月黑之夜
秋风仍拿着一把刀追杀不已
有仰天长啸者
有俯首耷拉者
折腰者、半跪者
也有偃伏恸哭者、气绝仆地者
只是不见一丝血

鬼影幢幢
似一场永不醒来的梦魇
藕白的手不把它
从胸衣上取走

这首诗让人联想太多。首先是南唐中主李璟的《摊破浣溪沙》：

菡萏香销翠叶残，西风愁起碧波间。还与韶光共憔悴，不堪看。

细雨梦回鸡塞远，小楼吹彻玉笙寒。多少泪珠何限恨，倚阑干。

菡萏，未全开之荷花。《释文》：“未花曰菡萏，已花曰芙蓉。”词人在“菡萏”之后，竟继以“香销”与“翠叶残”，使人为旺盛的生命遭到残杀而惊心，虽仅七字，却写得千回百转。下片“鸡塞”，即鸡鹿塞，在今陕西省横山县西，用以代指边远地区。如马祖常《次韵继学》诗：“鸡塞西宁外，龙沙北极边。”“梦回”，说明已在梦中到鸡塞作了一翻游历。纯系思妇之语。然而，就连相思之梦，也被雨声唤了回来。“吹彻”指从头到最后一遍，吹了整套曲调，其时间之长久，已在不言中。全诗有一种低回往复、沉郁悲凉的风格。上片只是下片的陪衬。

天靖这首，侧重在荷花本身，仿佛李璟词上片的现代铺衍。如果说“一一风荷举”尚是周邦彦词的借用，那么下面的“老年斑”、“皮肤焦黄”等，则全系现代汉语。

最妙的是，李璟“西风愁起碧波间”，“西风”固然是花叶凋零的主因，似乎同时还存有怜悯之心。而在天靖的诗里，“秋风”（西风）乃是月黑风高之夜，举刀一路追杀的江洋大盗，可偏偏又是杀人不见血、吃人不吐骨头的。试问，在这样肆虐的势力面前，有几朵

湖州

荷花，能做到“仰天长啸”？

幻泡缘影总成空

南浔是江南小镇中的异数。太湖石风火墙与罗马柱小洋楼形成了中西合璧的景观。名人荟萃，富可敌国，叱咤风云，终归绚烂于平淡，波澜不惊。

南浔属湖州，揽太湖、苕溪之秀，灵气所萃，一方清澈明亮的水土，孕育出一缕缕洁白细韧的蚕丝。阮仪三在《南浔》一书中介绍：

湖丝所以著名，是因为其丝质比其他地方所产的要好，而“湖丝惟七里尤佳”。明万历年间（1573—1619年），南浔镇郊七里村人率先改良蚕种，培育出优良品种莲花种，所缫之丝具有“细、圆、匀、坚、白、净、柔、韧”的特点。……高铨《吴兴蚕书》载：“丝由水煮。治水为先，有一字诀，曰：清，清则丝色洁白。”著名的七里丝就是依靠附近的洁净水源雪荡穿珠湾。“水甚清，取以缫丝，光泽可爱，所谓辑里湖丝，擅名江浙也。”（《研北居琐录》）“去镇四五里，水深而洌，乡人取以缫丝，清润异常。以汲得凤凰泉畔水，一堆白雪晃新丝。”（民国《双林镇志》）除了水质好外，还有缫丝的技术，“丝之高下，由于人手之优劣，同此蚕，同此斤两，一入良工之手，增多丝至数两，而匀称光洁，价高而售速”（同治《湖州府志》卷引）。“湖丝惟七里尤佳，较常价每两必多一份，苏人入手即识，只织帽缎，紫光可鉴。”（《涌幢小品》卷二）

这七里村附近所生产的丝都冠之“七里”之名，“七里丝”成了“湖丝”的代称。清雍正以后，“七里丝”讹化为“辑里丝”或“辑里湖丝”，不仅名扬江浙，蜚声京师，而且“衣被天下”，行销海外。

由于南浔丝多质好，苏州、杭州的丝商都到南浔来采购丝绸的原料。“每当新丝告成，商贾辐辏，而苏杭两织选皆至此收焉。”（同治《南浔镇志》）“织选”指明清两代中央政府设在苏州、杭州的织造府衙门。沈树本《城南棹歌》曰：“白丝缫就色鲜艳，卖于南浔贾客船，载去姑苏染朱碧，阿谁织作嫁衣穿。”南浔在明代出过几位宰相，他们相继向皇帝推荐了他们家乡的产品，“辑里丝”也被指定为皇帝龙袍的用料。

据《徐愚斋日记》载，英国女皇做生日，游人把辑里丝作为礼品贡献而获得奖励。清代后期至民国初期，

南浔古镇

辑里湖丝在国内、国际多次获奖，取得殊荣。如咸丰元年(1851年)，获英国伦敦首届世界博览会金牌、银牌大奖；宣统二年(1910年)，在南洋劝业会评比中分别获得头等、二等商勋和超等、优等奖；民国四年(1915年)，在巴拿马太平洋国际博览会上获金牌、银牌奖章等。……

据《皇朝经世文编》载，清中叶至民国间，辑里丝由南浔转销至上海出口，1844—1847年出口辑里丝达32 000包，占上海生丝出口总数的68%，1859—1864年从上海出口湖丝有386 598包。沈炳巽著《权斋老人笔记》说“其丝之行于两广外洋及江宁、苏、浙三织造，岁不下数百万”。

1842年，五口通商以后，洋商云集上海，湖丝成了大宗出口物品。当时湖州各地丝行几乎全为南浔人所包揽，上海91家丝行中，70%为南浔人所开，南浔镇上也就成为富商巨户的聚集地，因而多巨宅宏构、花园别墅，街市也一派繁盛奢华景象。

南浔最好的园林是小莲庄。

江南多雨，雨天的小莲庄最好。

小莲庄，是南浔四象八牛七十二黄金狗中的四象之首、靠丝业“不数年而业大起”的刘镛和他的儿子刘锦藻建的。它的中心是一个莲花池，池中之水来自鹧鸪溪。

小莲庄之名是慕元代画家湖州人赵孟頫所建的莲花庄而取的，小，是和赵孟頫的名气比，在前辈面前不称大，在名人面前要称小。虽然小莲庄要比莲花庄大。

小莲庄的构图与格调是江南园林异化的一个典范，以巨幅荷花水面为中心，创意颇绝，环池而立的建筑都是这水面的附庸。任何一间屋子，推窗即见荷池全景。

在青石板铺不到的空隙处，刘锦藻也让人用瓦，一朵一朵，在泥地里拼出许多莲花，静悄悄地在园子的各个角落，在山石旁，在亭子外开放。

“净香诗窟”是小莲庄的内涵，上个世纪中国文坛的名流如王国维、俞樾、吴昌硕、梁启超、蔡元培等都曾到此咏诗唱和。

廊墙壁上嵌有碑刻，系《梅花仙馆藏真》和《紫藤花馆藏帖》。刻石共四十五方，中有清代名人刘墉、袁枚、梁同书、阮元等的手迹。这个拓本曾流传日本，书道家熊阪秀亲见后感叹：

小莲庄的秀美

"满纸龙蛇，行霏烟雾，中华文物之盛，不大可见乎！"

踩着青石板再走，又有一座门楼，虽说园中有园，但这个门楼的意义显然不是为了园子的区别。这是一座纯西式的门楼，刘锦藻造这个大门似乎就是要一个标识。

两座门楼，是两代人的化身。前院那个大门是刘镛，里面这个门楼是刘锦藻。

前院要的是不引人注目，是一种有节奏感的掩藏；而里面才是标新立异，是一种忍不住的表达。……这是座用青砖造的门楼，青砖已不是那个青砖，安静的中国纯青，加上热烈的西洋甘红，青红相嵌，在小莲庄的江南园林里，一层层地楔入外国的时尚。

刘镛多次以祖父母、父母的名义为四川、安徽及浙江等地闹饥荒水灾出钱赈灾，最后由李鸿章奏请，皇上钦准建坊，并赐"乐善好施"牌。

刘镛坦言：

吾甚惧，夫多财之为患也，而施以襄之。襄而效，则损患而得福；不效，亦减怨。天地之道，复必有剥，吾知其终剥，而始留余地，使徐徐剥焉。

南浔藏书成风，多"诗（丝）书之家"。出生于此，精通中西的作家徐迟，是南浔文化的最后代表。一泓碧水、杨柳依依的鹧鸪溪，青苔洇阶、草色入帘，刘承干的嘉业藏书楼即建于此，与小莲庄为邻。刘承干是刘锦藻的嫡亲儿子，刘安澜是刘镛的长子，好读书，有悟性，但科场不顺，屡试屡败。光绪十一年（1885），刘安澜与其弟刘锦藻一起到杭州赶考乡试，时值农历七月，盛暑酷热，结果未及进入试场就因病亡故，年仅二十九岁。刘安澜当时已婚，娶的是镇上八牛之一邱仙槎的女儿，却没有孩子。刘安澜去世后，由刘镛做主将次子刘锦藻的长子三岁的刘承干过继给邱氏当儿子。刘承干就成了刘家门里的长房长孙。

刘承干不喜声色，惟耽藏书。辛亥革命爆发后，为避战乱，刘承干全家迁居上海。这时候的大上海，汇集了一大批惶惶不可终日的清朝遗老遗少们。他们失去了大清的供养，生活开始拮据起来，很愿意把手中的古籍卖给刘承干，因为他从来不讲价钱，一些算不上珍品的书，他也会照顾着如数买下，让那些窘迫而又爱颜面的老吏们很是受用。他们又介绍人卖给刘承干，遇到自己喜欢又买不起的书，就来告诉刘承干。

刘承干钱多，心地又好，仅仅六

年光景，他的藏书声势直逼当时清代四大藏书家（江苏常熟瞿氏铁琴铜剑楼、山东聊城杨氏海源阁、浙江钱塘丁氏八千卷楼、浙江湖州陆氏皕宋楼）之首的铁琴铜剑楼了。藏书楼造好后，他决定改变旧式藏书家那种秘不宣人的做法，曾对朋友说，天灾人祸不可避免，我若把善本孤本赶快刻印出来，流传到社会上，一本成了百本千本，再遇到天灾人祸就不怕失传了。

鲁迅在给友人杨霁云的信中说："非傻公子如此者，是不会刻的，所以他还不是毫无益处的人物。"郑振铎在鉴定完全部的明刊本后甚为满意："佳本缤纷，如在山阴道上，应接不暇，大可取也。"

从小莲庄通往嘉业堂的路上，有一片太湖石假山，山旁是从鹧鸪溪里流出来的一池湖水，长着一些睡莲的绿萍。池旁有小石桥。一棵百年紫藤紧紧吸在假山石上，五月时，紫藤花一撸一撸地挂下来，阳光在池中碎成一块块金片，整个园子里一片幽香。离开水池往西，绿阴路旁有块奇石，高一丈有余。叫"啸石"。

徐晓杭在《南浔》一书中，讲述了这块奇石的故事：

清朝乾隆年间，浙江巡抚阮元在杭州任职时，西湖淤塞，他发动民工，进行疏浚，并将湖中淤泥堆积在湖心亭西北面，筑成小岛，人们把它称为阮公墩。竣工之日，杭州百姓集聚湖边，鸣锣舞龙庆祝，杭州商会会长带人抬来一个红绸覆盖的重物送给阮元。

阮元一看，原来是一块奇隽的太湖石，中间还有一个小孔。商会会长命一年轻人上前吹孔，只听一声长啸，声似虎吼，众皆称奇。会长请阮元为石题名，阮元就提笔写下"啸石"二字。但阮元对大家要把这奇石送给他则坚决不肯收。

阮公一向清廉，已有口碑，见他坚持不受，商会会长只好把此石放在阮公墩上，供游人玩赏。

阮公墩在西湖中是最小的一个岛，但景色秀丽，许多官宦人家都想在上面造别墅，但惧于阮公的威望而不敢。

清同治年间，当时的兵部尚书彭玉麟和清代学者俞樾上岛来玩，彭玉麟看中了阮公墩，意欲致仕之后在此建造一座"闲放亭"。俞樾认为在此建屋有损阮公墩风貌，但彭不听，暗中派人上岛勘测，却发现土质松软，只有啸石附近土质坚固。

彭决定移走啸石。这时正好一个南浔人上岛来玩，这人名叫朱宏茂，是南浔镇上的早期四象之一，……其时正想在南浔造花园，在杭州参观，看到啸石，怦然心动，彭玉麟钱不要多，只有一个条件，偷偷把石运走，不能让人知道。朱于是在一个月夜运走了啸石，果然神不知鬼不觉。

彭玉麟后来还是因为土质原因不能在阮公墩上造屋，最后造在了三潭映月上，但那块石头已到南浔。朱家的述园造在南浔的东便民桥，小巧玲珑，更有啸石添彩，无人不赞。

三代以后，朱家渐渐败落，刘家也到了刘承干这一代，刘承干在造嘉业堂时，将此定义为前花园后书院形式，当时的南浔已有庞家的宜园、张家适园、自家小莲庄、陆家留园、陈家颖园、朱家述园等。刘承干要取各家所长，于是一家一家去参观。

看到啸石和阮元的题字后，刘承干走不动了。朱家第三代主人朱平斋吹了孔后，刘承干很想要这块石头。朱平斋这时已经生活穷困，立刻同意了刘的提议。两人最后以九百两银子成交。

啸石要搬离述园时，因为是放在粗木上滚动，到述园门口，门低石高，石出不去，刘承干就和朱平斋商量，移到门边围墙处，拆围墙，让石出去，围墙由刘承干修复。啸石立在花园里后，为了使整个园子协调，刘承干又买了许多太湖石，围小池一圈，与啸石呼应。

该书还透露：新中国成立后，刘承干在南浔及各地田产、沪上房产等均归公有，嘉业堂也捐给了国家。五十年代后，靠房产定息为生，沪寓藏书孑遗部分，陆续售出，以补家用。其时子女各自分居，初由一冯姓女子照料，后长期居住于姚姓过房女儿处（上海新闸路新乐村10号），暮年衰病，穷愁寂寥，仅二三友人，稍稍过从。留在寓中把玩的只有两本《嘉业藏书楼书目》、《嘉业堂藏书志》稿本，还有一段曾经有过的轰轰烈烈的似水年华，供他追忆。刘承干在《嘉业老人八十自叙》一文中回忆往事，百感萦怀："回首自少而壮而老，心事寒灰，一切如梦幻泡影。"

刘承干于1963年去世，活了八十二岁。

黄裳在《江村》一文中提到去小莲庄：

远远就可以望见一片森森的绿色。根据经验，这里至少生长着许多百年的老树，真是使人激动。在江南，其实不只是江南，林木是珍贵的事物，古树就尤其难得。我想，一处名胜，可以缺少任何装点，可就是缺不了古树。即使是几十百层的建筑、豪华富丽的庭院，只要拨出款子来，是可以克期起造的，但古树则不成，需要时间，而且要很长的时间。可惜的是这些年来，本来就稀缺的古树，又被糊里糊涂地砍伐了许多，这实在是不能容忍的愚蠢的行为。

桥头生遍红心草

据清人梁绍壬《两般秋雨庵随笔》说，历史上苏小小有两人，皆钱塘名妓，一为南齐人，众所熟知，一为宋人。前者墓在杭州西泠亭附近，今不存，但有慕才亭。后者墓在嘉兴。但偏偏唐代人徐凝，写过“天下三分明月夜，二分无赖是扬州”的徐凝，却有《寒食》诗：

嘉兴郭里逢寒食，落日家家拜扫归。
唯有县前苏小小，无人送与纸钱灰。

宋代王禹偁诗也说“县前苏小有荒坟”。

清人朱彝尊在“棹歌”中再次确认：

苏小墓前秋草平，苏小墓上秋瓜生。
同心绾结不知处，日暮野塘空水声。

这桩公案，扑朔迷离，至今也没有定论。让人吃惊的是，苏小小竟如此受历史青睐。我想起近人清波在《湖上探春记》文中的一段话：

孤亭照水，抔土埋香，……西湖上有许多赫赫大名人物的栗主坟墓，被人一占再占，一迁再迁，忽而发还，忽而充公……不知凡几。中间还要经多少的诉讼争执，人情关说，不如这苏小小一个妓女的孤坟，至今存在。她也没有什么后裔子孙，出头保管，可是阅尽兴亡，几经鼎革，竟推翻它不了，可想一个人的传与不传，起后人的爱惜与否，原不必靠着政治上的权威。靠着政治威权下的势力，难免要有失败的时候，所以大官之墓，不及妓女之坟！

朱彝尊还写过《梅花引·苏小小墓》一词，内有“溪流飞遍红襟鸟，桥头生遍红心草”这样美好的句子。红襟鸟是指一种燕子，腹部羽毛呈红色。《丹青总录》引《玄中记》：“胡燕斑胸声小，越燕红襟声大。”红心草即谷神子草。《博异记》载：王生梦游吴宫，传闻宫中葬西施，遂作挽歌，中有“满路红心草”之句。南社词人吴梅曾给哀悼秋瑾的《西泠悲秋图》作曲题辞，内有：“墓中人，血泪抛！满地红心草！杂花乱飘，你敢也侠气

苏小小之墓

英风在这遭!”自然更为感人了。

空见梅花似人影

从小便熟读了这首《约客》:

黄梅时节家家雨,青草池塘处处蛙。
有约不来过夜半,闲敲棋子落灯花。

寂而不枯。

这大约也是“四灵诗”的总体风格。

胡晓明评:

这首诗主旨乃是呈现了一种雨天的情趣,即那大自然中的静观的生机。其中也有理趣。即,功利的、有目的的等待,反而不期然而然地得到了非功利的、无目的的“闲趣”,正所谓失之东隅,收之桑榆。

赵师秀

方回说:“四灵诗,赵紫芝为之冠。”

贺裳说:“永嘉四灵,赵紫芝最为佼佼。”

紫芝是赵师秀的字,他又字灵秀,号天乐。“四灵”中,除翁卷(字续古、灵舒)是温州乐清人外,他与徐照(字道晖、灵晖,号山民)、徐玑(字致中、文渊,号灵渊)的籍贯,都为温州永嘉。

他系宋宗室,先世南渡时,徙居永嘉。他做过几任小官,对汴京的怀想,也只有偶发的几声喟叹:

“残风忽送吹营角,声引边愁不可听。”(《多景楼晚望》)

找得到的,还有一些断句:“北望徒太息,归欤寻故园”、“听说边头事,时贤策在和”……

对于薄宦,也不感到快乐。印象深的,有这样一首七律:

乌纱巾上是黄尘,落日荒原更恐人。
竹里怪禽啼似鬼,道傍枯木祭为神。
亦知远役能添老,无奈高眠不救贫。
此地到城惟十里,明朝难得自由身。

这是赴筠州(今江西高安)推官,

未至郡十里所作。明天上任，便失去“自由身”了，所以珍惜这“十里”，尽管途中气氛阴森。让人想起贾岛的“怪禽啼旷野，落日恐行人”。

还有送人诗“几于言事日，已作去朝心”，虽从唐人林宽“长因抗疏日，便作去朝心”借来，但也算表明一种处世态度吧。

他的诗，非但寂而不枯，甚至还有一股生机，令人赞叹。

尽管“病身飘零”，但“赁得民居”后却自得其乐，写出“笋从坏砌砖中出，山在邻家树上青”的名句。这方面例句不少：

“惟有爱花心未已，遍分黄菊插空瓶。”（《病起》）

“岩竹倒添秋水碧，渚莲平接夕阳红。”（《陈待制湖楼》）

“最怜隐者高眠地，日日春风是管弦。”（《孤山寒食》）

“羸病不能亲送别，梦魂先立渡头沙。”（《会宿再送子野》）

还可以举出一些，如：“池成逢夜雨，篱坏出秋山”、“野水多于地，春山半是云”、“菊开嫌径小，荷尽觉池宽”、“或行或坐水边亭，处处春风户不扃”……

天乐天乐，不愧天乐。

正因为“无欲自然心似水，有营何止事如毛”，所以才可以自诩“鸟飞竹叶霜初下，人立梅花月正高”（《呈蒋、薛二友》）。

杜耒问诗于他，他答：“但能饱吃梅花数斗，胸次玲珑，自能作诗。”（于是杜耒也留下了那首题为《寒夜》的名诗：“寒夜客来茶当酒，竹炉汤沸火初红。寻常一样窗前月，才有梅花便不同。”）

所以苏泂（名相苏颂之孙）

赵师秀《约客》：“黄梅时节家家雨，青草池塘处处蛙。”

才会推崇备至:“为爱君诗清入骨,每常吟便学推敲。明知箧笥篇篇有,百度逢来百度抄。”

“四灵”不是没有报国之志,只因生逢衰世,政治险恶,仕途艰狭,才喜爱晚唐的贾岛、姚合那种清苦诗风与狭小诗境。正如赵师秀的自白:“昔夸春径妍,今爱秋塘静。”

贾岛“尝为衲子,故枯寂气味,行之于诗句中”(胡仔语),师秀却少有此“枯寂气味”。

只是神使鬼差,赵与时在《宾退录》中载:“吾族子紫芝亦尝赋一绝云:‘数日秋风欺病夫,尽吹黄叶下庭芜。林疏放得遥山出,又被云遮一半无。’……迭而卒。”

这大概是他最萧瑟的一首诗了。

传闻归传闻,其实还是他自己清醒。尽管“一片叶初落,数联诗已清”,最终还是“病多妨野兴,贫甚损诗情”的。

友人薛师石,在他墓前留下了诗句:“空见梅花似人影。”

徐　玑

江湖漂泊,异乡异客,“永嘉四灵”与以后的“江湖诗派”,那种对友情的珍重,令七八百年以后的我,愀然动容。

徐玑曾写过一首《述梦寄赵紫芝》:

江水何滔滔,渡江相别离。揖子客舍前,对子衣披披。问子何所为?旅客未得归。执手一悲唤,惊觉妻与儿。起坐不得省,清风在帘帷。平明出南门,将以语所知。过子旧家处,寒花出疏篱。萧萧黄叶多,袅袅归步迟。子去不早还,何以慰我思?

思君情切,梦魂渡江而去,来到友人的客舍。两人互诉衷肠,言及伤心处,不觉“执手一悲唤,惊觉妻与儿”。再也难以入睡,索性平明来访友人旧居,面对疏篱寒花、萧萧黄叶,更增离别之痛。归步迟迟,只盼在外的师秀早日回来,以慰相思。

与师秀一样,他也只做过“微官”、“冷官”,也写过一首不错的七律:

星明残照数峰晴,夜静惟闻水有声。
六月行人须早起,一天凉露湿衣轻。
宦情每向途中薄,诗句多于马上成。
故里诸公应念我,稻花香里计归程。

他多次提到“客怀随地改,诗思出门多”的道理,并留下不少佳作。

“断崖横路水潺潺,行到山根又上山。眼看别峰云雾起,不知身也在云间。”(《过九岭》)

“戛戛秋蝉响似筝,听蝉闲傍柳边行。小溪清水平如镜,一叶飞来浪细生。”(《秋行》其一)

“红叶枯梨一两株，翛然秋思满山居。诗怀自叹多尘土，不似秋来木叶疏。”(《秋行》其二)

这样看来，“宦情薄”(诗怀清)才能“诗思多”，他那首七律的颈联，本应完整地解读。

于是在乡居，徐玑写下了压卷之作《新凉》：

水满田畴稻叶齐，日光穿树晓烟低。
黄莺也爱新凉好，飞过青山影里啼。

还有一些值得一提的佳句：
“雨来山渐远，潮去水还清。”
“晓晴千树绿，新雨半池浑。”
“红日千峰晓，清霜几树丹。”
“秋风分手地，霜叶满江城。”
“寒水终朝碧，霜天向晚红。”
“夜来天地洁，惟是月华明。”
“荷花晴带粉，蒲叶晓凝珠。”
“野花开别岸，春色在行舟。”
“湖上明月夜，风霜菊花时。”
“月生林欲晓，雨过夜如秋。”
“风急满江皆白浪，雨收何处不青山。”

南塘街　永嘉四灵中有多位称赞过南塘荷花

“清得门如水，贫惟带有金。”那屡屡被人引用的名联，也出自他的《见杨诚斋》。

还记得他写过一首题名《梅》的七律，后四句为：“幽深真似《离骚》句，枯健犹如贾岛诗。吟到月斜浑未已，萧萧鬓影有风吹。”

徐 照

怀念师秀的徐玑，却不幸比师秀早逝。师秀有《苦徐玑》五首，惋惜道：“……心夷语自秀，一洗世士陈。使其养以年，鲍谢安足邻！”而打开师秀的《清苑斋诗集》，第一首便是《哀山民》，这是痛彻心扉的哀恸：“哭君日无光，思君月照床。……忧心不能寐，无梦得相逢。……”

“四灵”之中，徐照最为他们的宗主、大儒叶适所嘉许。叶适写的《徐道晖墓志铭》，就不像赵师秀悼诗，而是理论的阐发：“有诗数百，斫思尤奇，皆横绝欻起，冰悬雪跨，使读者变踔憀栗，肯首吟叹不能已。然无异语，皆人所知也，人不能道尔。”

也许是绛云楼一场大火，使宋本《永嘉四灵诗》残缺不全，我们难以将他的作品，与叶适的评论印证。

只知道他终身布衣，“嗜苦茗甚于饴蜜，手烹口啜无时”（叶适语）。卷首《送徐玑》确实“斫思尤奇”：“一舸寒江上，梅花共别离。不来相送处，愁有独归时。……”

此处尚有一些佳句：

“流来天际水，截断世间尘。”（《题江心寺》）

“不念为生拙，偏思得句清。”（《归来》）

“千岭经雨后，一雁带秋来。”（《山中即事》）

“千年流不尽，六月地长寒。”（《石门瀑布》）

“四望空无地，孤舟若在天。”（《过鄱阳湖》）

“自怜为客久，谁忍送君行。”（《湘中别邓该》）

“吉人天不佑，直道世难行。”（《哭翁诚之》）

“吟诗能愈疾，得酒自忘贫。”（《赠朱道士》）

“高情天外远，暑气竹间无。”（《喜翁卷至》）

“孤坐形生影，穷吟谷应声。”（《林中奉酬翁卷》）

“愁心如屋漏，点点不移踪。”（《自君之出矣》）

“丈夫力耕长忍饥，老妇勤织长无衣。”（《促促词》）

再“有句无篇”地下去，还能找到一些断句：“去梦千峰远”、“枝脆经霜气”、“诗清不怨贫”、“贫惟诗送别”、“看山半是云”、“钟韵含霜气”、“身高去鸟平”、“巨浪贴天白”、“西风先向客衣飘”、“波水不摇楼影直”……

叶适推出了“四灵”，后来又悟到它的不足，用了“敛情约性，因狭出奇”作为总括。在“敛情约性”上，徐照的暮气是比较重的。

《芳兰轩诗集》卷末为《爱梅歌》，写得并不出色，且有残缺。但我们记住他在《题慧二梅图》中的好句：“东君只付一家春。”

翁卷

与徐照一样，他也是一介布衣。但有几首绝句，可以传世：

“一夜满林星月白，亦无云气亦无雷。平明忽见溪流急，知是他山落雨来。”(《山雨》)

“绿遍山原白满川，子规声里雨如烟。乡村四月闲人少，才了蚕桑又插田。”(《乡村四月》)

“一天秋色冷晴湾，无数峰峦远近间。闲上山来看野水，忽于水底见青山。”(《野望》)

眼界被困于“无数峰峦”之间，便想看一看“野水”，但又看见了“水底青山”，情绪也新鲜灵动起来。胡晓明评：此诗写出理趣，写人生其实有多样的变化，有“有意栽花花不发，无心插柳柳成荫”之意，既不必在变故之中走上极端，也不必在功利中固执结果。

“知分贫堪乐，无营梦亦清。”《野望》便是“无营梦亦清”的果实。

即便是摘句，他也高于二徐。

“秋来有新句，多半为黄花。”

“一片太湖水，远涵秋气空。”

“满寺是秋风，吹开黄菊丛。”

“石老苔为貌，松寒藓作衣。”

“树蝉经雨少，门柳望秋疏。”

“回首秋风路，闽山复几重。”

“花飞春已老，云散晚方晴。”

“夕阳波上寺，明月戍边楼。”

他的诗，比师秀略冷，但于“秋怀何处不凄清”中，“亦有新诗对雨成”(《秋怀》)。

自然，在《道上人房老梅》中，他也是“头白狂诗客，花时屡往回”的。

杨万里以空灵轻快的“晚唐异味”改变江西末流的僵化硬拙，自有其开辟草莱之功。“四灵”则紧随其后，主张“捐书以为诗”、忌用事而贵白描，重景联而轻意联，“然格有高下，技有工拙，趣有深浅，材有大小”，所以不一定真学到什么，贾岛、姚合等人才气虽不大，却以“苦吟”名家。走贾、姚之路，只要下功夫，“因狭出奇”，庶几终可“有获”。(见《徐斯远文集序》)

“四灵”的出现，也是对理学诗的反拨。刘克庄评斥说：“近世贵理学而贱诗，间有篇咏，率是语录讲义之押韵者耳”（《吴恕斋诗稿跋》）。针对“理学兴而诗律坏”，他以为“惟永嘉四灵复为言苦吟”（《林子㬙诗序》）。

清人顾嗣立作了较为公允的归结：“四灵以清苦为诗，一洗黄、陈之恶气象、狞面目。然间架太狭，学问太浅，更不如黄、陈之有力也。”（《寒厅诗话》）

忧时原是诗人职

《宋诗鉴赏辞典》里收了翁卷的《哭徐山民》，颔联为“分明上天意，磨折苦吟人”。阐述者李壮鹰有一段很有意思的话：“如果这个《哭徐山民》的题目，给后期的江湖派诗人刘克庄来写，他很有可能‘悲’入‘怨’，说不定要在诗中把引起这一悲剧的社会根子兜一兜。但‘四灵’是以‘泊然安贫贱’来自命的……他宁可把悲剧的缘由归结于杳冥的‘上天’，而不愿意去接触那个现实原因。”

的确，在四灵诗中，虽然“定将咏物意，移作爱民心”的内容有一定体现，翁卷本人就写过《东阳路旁蚕妇》：“两鬓樵风一面尘，采桑桑上露沾身。相逢却道空辛苦，抽得丝来还别人”，但从总的倾向看，是“有口不须谈世事，无机惟合卧山林”（翁卷《行药作》）的。

虽然清代学者全祖望认为：江湖派诗人“多四灵之徒也”，纪昀认为四灵“写景细琐，边幅太狭，遂为宋末江湖之滥觞”，其实情况要复杂得多。

比如刘克庄就提出：“忧时原是诗人职，莫怪吟中感慨多。”（《有感》）

原先对四灵大力推扬的叶适，也在《题刘潜夫（刘克庄字潜夫，号后村）南岳诗稿》中说：“今四灵丧其三灵……而潜夫思益新，句愈工，涉历老练，布置阔远，建大将旗鼓，非子孰当？”

刘克庄

开禧二年（1206），权臣韩侂胄北伐失利，史弥远等矫诏诛韩，函封其首，送往金廷乞和。嘉定元年（1208），即夏历戊辰年，和议告成。宋每年向金增纳白银三十万两、细绢三十万匹。刘克庄十分愤慨，写下了《戊辰即事》：

诗人安得有青衫？今岁和戎百万缣。
从此西湖休插柳，剩栽桑树养吴蚕。

另一首《军中乐》，在讽刺了将军“射麋捕鹿来行酒。更阑酒醒山月落，彩缣百段支女乐”后，发出了愤怒的控诉：“谁知营中血战人，无钱得合金疮药！”他的父亲刘弥正，与叶适一样，是开禧北伐的支持者。史弥远一掌权，刘克庄自然被视为异类，加之诗犯时忌，宝庆元年（1225），“江湖诗祸”一发生，他便首当其冲，因诗获罪。

刘克庄代表作《玉楼春·戏呈林节推》

史弥远“决事于房闼，操权于床笫”，执政择易制之人，台谏用慎默之士，对不同意见一概加以压制，形成了士大夫以言为讳、钳口成习的局面。皇子赵竑对史弥远擅权极为不满，写“弥远当决配八千里”。在宁宗驾崩后，史弥远再次矫诏，废赵竑为济王，立宁宗远亲赵昀为理宗，后来又逼死了赵竑。许多有正义感的朝臣反对，史弥远便想一一收拾。但魏了翁、真德秀等人为宿学鸿儒，士大夫谁都不愿出面。一个秩满待迁的知县梁成大出现了，“日坐茶肆中”，毁谤“真德秀乃真小人，魏了翁乃伪君子”。太学生们气不过，叫他“大字旁宜添一点”，改其名为“梁成犬”。史弥远却命梁为监察御史，与莫泽、李知孝控制言路，人称“三凶”。用专政的手段，使“名人贤士，排斥殆尽”。

书商陈起刊刻的《江湖集》，正巧在大规模的迫害声中问世，命运可想而知。言官从中摘出刘克庄的“不是朱三能跋扈，只缘郑五欠经纶”、“东风谬掌花权柄，却忌孤高不主张”，陈起（或说敖陶孙）的“秋雨梧桐皇子府，春风杨柳相公桥”，曾极的“九十日春晴景少，一千年事乱时多”，加以治罪，劈《江湖集》板，一时“诏禁士大夫作诗”。

“不是朱三”句，出于刘克庄的《黄巢战场》，“东风谬掌”句，出于刘克庄的《落梅》，皆被“指为谤讪”。“秋雨梧桐”句，被认为是同情皇子赵竑，讥讽史弥远；而“九十日春”句，“当国者见而恶之”。

这些诗，都写于早期，与史弥远废立之事无关。李知孝等大兴诗狱（规模远超北宋的“乌台诗案”），目的是借以打击朝野不驯服的士人。但江湖诗人普遍反感史弥远，又是事实。据《西江志》载：曾极“尝游金陵，题行宫龙屏，忤时相史弥远”。诗曰：“乘云游雾过江东，绘事当年笑叶公。可恨横空千丈势，剪裁今入小屏风。”

忧时必然忤世，刘克庄因《落梅》诗坐废十年。后来他写了《病后访梅》，自嘲道：

梦得因桃数左迁，长源为柳忤当权。
幸然不识桃与柳，却被梅花误十年。

二句原注：“邺侯（指李泌——笔者）咏柳云：‘青青东门柳，岁晏必憔悴’，杨国忠以为讥己。”

他的诗，转益多师，早学晚唐、四灵，《南岳稿》受叶适激赏，如“字瘦偏题石，诗寒半说云”、“山头云似雪，陌上树如人”、“漂泊何须远，离乡即旅人”等。而他又自称学诗“由放翁入”，这并非虚言，爱国精神贯串了他的一生，如晚年的《赠防江卒》六首等。还有一首《莺梭》：

掷柳迁乔太有情，交交时作弄机声。
洛阳三月花如锦，多少工夫织得成。

充满了故园之思、哀郢之痛。

《玉林诗话》载：“刘后村尝言古乐府惟李贺最工。”并举了刘克庄学李贺的三首例诗。现句摘如下：

“素娥刬袜跨玉兔，回望桂宫一点雾。……寻愁不见入香髓，露花点衣碧成水。”

“青桂寒烟湿不飞，玉龙呵暖红薇水。”

“月青露紫翠衾白，相思一夜贯地脉。”

另一首诗，又平淡有味：

稚子呼牛女拾薪，山妻自脍小溪鳞。
安知曝背庭中老，不是渊明行辈人。

他的缺点，是贪多求博。“老子胸中有残锦，问天乞与放翁年。”既批评江西诗派“资书以为诗失之腐”，也批评晚唐体“捐书以为诗失之偏”，自己却大掉书袋。

在六十岁至八十岁之间，他写成了《后村诗话》。郭绍虞先生在《宋诗话考》中将其与《沧浪诗话》并提：“沧浪之长在识，后村之长在学。重在识，故锋芒毕露而或失之偏；重在学，则不拘一格，而转若无所见其长。《后村诗话》之不及《沧浪诗话》者在此。然后网罗众作，见取材之博，平衡惬当，见学力之精……则又《后村诗话》之长，而为《沧浪诗话》所不能及者。”

《四库全书总目》言“克庄晚节颓唐，诗亦渐趋潦倒”，“晚节颓唐”大约指谀贾似道事。但《后村诗话》多少照亮了他的余年。

戴复古

刘克庄是江湖诗派的达者，戴复古却终身布衣，是更为典型的江湖诗人。他们漂泊江湖，干谒公卿，以资生计；多为布衣、清客，即便入仕，官也不大。他们是中国文学史上较早一支以写诗为职业的队伍。官与商、士与商的融合与渗透，使他们不愿走科举之路，又不愿枯守山林。“山林与朝市，何处着吾身？”（戴复古）、“山林与朝市，底处豁愁襟？”（罗与之）。南宋商品经济的发展，使他们产生强烈的物欲，但又没有包括劳动力在内的一般商品，惟一可行的便是“卖诗”。由对达官贵人经济的依附，往往转向对政治的依附。宋自逊上谒贾似道“获楮币二十万以造华居”的运气，必然产生极大的诱惑。所以江万里痛斥：“诗本高人逸士为之，使王公大人见为屈膝者，而近所见类猥甚……往往持以走谒门户，是反屈膝于王公大人。”江万里用的是葛立方《韵语阳秋》中张芸叟评梅尧臣诗事：“如深山道人，草衣捆屦，王公大人见之屈膝。”北宋到南宋，真是江河日下。张宏生在《江湖诗派研究》中精辟指出：当时樵隐、渔隐不见，只剩“吟隐”，即便对陆龟蒙的仰慕，也只是出于一种补偿心理。

在反江西崇晚唐上，江湖诗人与四灵相同，但堂庑较大，取材较广，并不赞同四灵的“捐书以为诗”。当然，这只是相对而言。总的讲，早期江西诗人的创新精神与自立气度已不复存在，杨（万里）、范（成大）、陆（游）的大家风范也难以重现。政治压迫（“江湖诗祸”）与社会黑暗，使他们中的不少人从忧时愤世到避祸全身，对现状有一定的冷漠感。

当然，情况也不尽如此。

戴复古虽然吟过“读书增意气，携刺减精神”，但依旧是一位热血男儿。请看：

有客游濠梁，频酌淮河水。
东南水多咸，不如此水美。
春风吹绿波，郁郁中原气。
莫向北岸汲，中有英雄泪。

又如《江阴浮远堂》：

横冈下瞰大江流，浮远堂前万里愁。
最苦无山遮望眼，淮南极目尽神州。

再如《盱眙北望》：

北望茫茫渺渺间，鸟飞不尽又飞还。
难禁满目中原泪，莫上都梁第一山！

他广游闽、越、江、淮，而且“登三山陆放翁之门，而诗益进”（楼钥《石屏诗集序》）。他也最推崇陆游：“茶山衣钵放翁诗，南渡百年无此奇。”这便孕育了上述诸诗。

与刘克庄一样，他也提倡：

陶写性情为我事，留连光景等儿嬉。
锦囊言语虽奇绝，不是人间有用诗。

飘零忧国杜陵老，感寓伤时陈子昂。
近日不闻秋鹤唳，乱蝉无数噪斜阳。

这都是有感而发的。周裕锴对此颇加赞许。在《宋代诗学通论》“从治世的药石到娱心的丝竹”一章中，周先生精当地指出：“当诗的‘有用’主要在于‘自适’、‘娱心’之时，离‘甜美’那一端也就不远了。……从崇尚‘有用’到倾心‘甜美’，从鄙薄晚唐到追慕晚唐，宋诗学仿佛完成了一次宿命的循环。每当‘斯道之不行’、诗的政治功能因文网森严而幻灭之时，便会有所谓‘形式主义’的派别出现，如‘乌台诗案’后的江西诗派，‘江湖诗祸’后的江湖诗派，便会有‘文章不犯世故锋’（晁补之语）或‘有口不须谈世事’（翁卷语）之类的言论出现。”

在江湖诗派中，戴复古最为关心民生疾苦，如《庚子荐饥》（其一）：

饿走抛家舍，纵横死路岐。
有天不雨粟，无地可埋尸。
劫数惨如此，吾曹忍见之。
官司行赈恤，不过是文移！

当时就有人说他：“长篇短篇，隐然有江湖廊庙之忧，虽诋时忌、忤达官，弗顾也。”

端平元年(1234),宋蒙联军攻克汴京,金国灭亡。戴复古却写下《闻时事》:“昨报西师奏凯还,近闻北顾一时宽。……事关气数君知否,麦到秋时天又寒。”提醒统治者警惕蒙古——更为凶猛的敌人。风透微寒,他提早打了一个冷噤,比朝野许多盲目乐观者更为清醒。

方回在《瀛奎律髓》中,批评江湖诗人“什百为群”,“往往雌黄士大夫,口吻可畏,至于望门倒屣。石屏为人则否,每于广座中,口不谈世事……”大概是指他为人厚道,出语谨慎的一面。当然,也无形中把他从“什百为群”的潮流中分离了出来。

他曾写过《春日》(其一):

野人何以得诗鸣,落魄骑驴走帝京。
白发半头惊岁月,虚名一日动公卿。
颇思湖上春风约,不奈楼头夜雨声。
柳外断云筛日影,试听幽鸟话新晴。

最终鄙弃了“干求要路,动获千万”的谒客之途,保持了自己的人格。

长年的漂泊,使他对家庭有一种感人的深情:

强言不思家,对人作意气。
惟有布被头,见我思家泪。(《怀家》)

醉来风帽半欹斜,风度他乡对菊花。
最苦酒徒星散后,见人儿女倍思家。
(《九日》)

《到南昌呈宋愿父伯仲》云:

一秋无便寄平安,新雁声声报早寒。
昨夜检衣开故箧,去年家信把来看。

这种生活,也使他格外珍惜友情,《湘中遇翁灵舒》云:

天台山与雁山邻,只隔中间一片云。
一片云边不相识,三千里外却逢君。

一居黄岩,近天台,一居永嘉,近雁荡,命运却让他与翁卷这位无缘识面的邻居,在“三千里外”的湖南相逢了。

在《论诗十绝》(其三)中,他宣称:

意运如神变化生,笔端有力任纵横。
须教自我胸中出,切忌随人脚后行。

除上引诸诗外,还有写于浙江临海县南的《巾子山翠微阁》:

双峰直上与天参,僧共白云栖一庵。
今古诗人吟不尽,好山无数在江南。

又如《钓台》:

万事无心一钓竿，三公不换此江山。
平生误识刘文叔，惹起虚名满世间。

再如《中秋》：

把酒冰壶接胜游，今年喜不负中秋。
故人心是中秋月，肯为狂夫照白头？

漂泊异乡的男儿深情

"梦中亦役役，人生良鲜欢"，他把人生的辛劳引入梦中，一种白昼不安的延续，一种灾难连绵不绝的睡眠，以见生命的大悲哀，机杼别出，手眼生新。阿根廷诗人博尔赫斯曾用相似的句子，表达过这种苦难的经历，虽然是现代人的："我们被赋予梦魇，几乎每夜，我们的使命就是将它们变成诗。"

另有不少警策：

"江湖好山色，都在夕阳时。"

"青山何处隐，白发也愁人。"

"黄花一杯酒，白发几重阳。"

"天地一大窑，阳炭烹六月。"

"春水渡旁渡，夕阳山外山。"

"风雨愁人夜，草茅忧国心。"

"醉里不知身是客，故人多处亦吾乡。"

"接物罕逢人可语，寻春多被雨相妨。"

"身在乱蛙声里睡，心从化蝶梦中归。"

"东园载酒西园醉，摘尽枇杷一树金。"

"湘江一点不容俗，岳麓四时皆是秋。"

"百鸟一双临水立，见人惊起入芦花。"

"又恐好枝为雪压，或生幽处被云遮。"

……

最后一联是咏梅的。作为一介布衣，处于险恶的政治环境，他的忧时之心最终只能陷于“不须谈世事，万虑满乾坤”、“相逢莫说伤心事，且把霜螯荐酒樽”、“七十老翁头雪白，落在江湖卖诗策”的精神困境。这是不是“好枝为雪压”呢？但在云遮雾罩的“幽处”，他的诗，依旧有暗香隐隐而来。

方岳

幼时最熟悉的是那首《春思》：

春风多可太忙生，长共花边柳外行。
与燕作泥蜂酿蜜，才吹小雨又须晴。

这大概是他的理想吧。而实际生活却“不如意事常八九，可与语人无二三”。

这部分得归咎于他志节磊落的个性。端平元年（1234），蒙古灭金侵宋，要挟割江为界，当时史嵩之为京湖制置史，力主和议，方岳代赵葵写信骂史，及史为相，岳便罢官，闲居四年。淳祐六年（1246），岳受知于宰相范钟，升宗学博士，次年做了赵葵督视江淮京湖军马行府的参议，因与同僚辩论不和，求去，赵葵不许；在赵葵外出巡边时，岳自己向朝廷求去，改知南康军（今江西星子县）。南康军当鄱阳湖要冲，湖广总领所的纲哨，把持水闸，敲诈民船，不缴万钱不得入闸停泊，造成许多覆舟的惨剧。方岳气愤不过，痛打了纲哨一顿，因此得罪了湖广总领贾似道，被劾，郡民洒泪相送，旗上大书“秋崖（方岳的号）秋壑（贾似道的号）两般秋”。调邵武军（今福建邵武县）后，又上疏揭发大豪廖复之、廖宗禹的罪恶，最后弃官抛印而走。程元凤当国，岳起知袁州（今江西宜春市）。后来丁大全为右相，因恨岳过去没有准许他求荐的要求，故意先降岳官，再嗾人弹劾，岳又罢官。

在《感怀》中，他也悟到了这一点：“老天无意独穷我，直道有时能误人。”

公正热心的春风，是吹不绿他的双鬓的：“衰白东风那解绿，底事苦向鬓边吹。”（《除夕》）

他的诗“不用古律，以意为之”，与他本人“盛气抗辩”的个性正相符合。但又“工于琢镂，清隽新秀，高逸绝尘。挹其风致，殆如云中白鹤，非尘网所能罗也”（《宋十五家诗选》）。他也自称：“断无尘土到灵台。”如《泊歙浦》：

此路难为别，丹枫似去年。
人行秋色里，雁落客愁边。

霜月欹寒渚，江声惊客船。
孤城吹角处，独立渺风烟。

如《入闽》：

山云底事夜来雨，藏却奇峰不与看。

方岳《芭蕉》二首

政说雨中看更好，划然卷起出晴峦。

又如《清明日舟次吴门》：

篷窗恰受夕阳明，杨柳梨花半月程。
老去不知寒食近，一篙烟水载春行。

《农谣》也很有名：

春雨初晴水拍堤，村南村北鹁鸪啼。
含风宿麦青相接，刺水柔秧绿未齐。

雨过一村桑柘烟，林梢日暮鸟声妍。
青裙老姥遥相语：今岁春寒蚕未眠。

最能代表他"清隽新秀，高逸绝尘"诗风的，莫过于《立秋》：

秋日寻诗独自行，藕花香冷水风清。
一凉转觉诗难作，付与梧桐夜雨声。

"不肯避人当道笋，相看如客对门山"（《独往》），实为精彩的自我写照。

虽然屡受挫折，性格也未尝稍改："宦情已矣随流水，老色苍然上面来。已惯山居无历日，不知人世有公台。"

叶绍翁

最为传诵的，当然是《游园不值》：

应怜屐齿印苍苔，小扣柴扉久不开。
春色满园关不住，一枝红杏出墙来。

有脱颖之态、冲决之意，张良臣的“一段好春藏不尽，粉墙斜露杏花梢”，则平弱多了。

在中国诗史上，他因了这首诗，也成了出墙的红杏。

其实，还有几首七绝，如《夜书所见》：

萧萧梧叶送寒声，江上秋风动客情。
知有儿童挑促织，夜深篱落一灯明。

牵动着“进无所依，退无所据”的千年中华游子之心。

还可以提到《田家》（其三）：

抱儿更送田头饭，画鬓浓调灶额烟。
争信春风红袖女，绿杨庭院正秋千。

钱钟书评曰：“参看白居易《代卖薪女赠诸妓》‘乱蓬为鬓布为裙，晓踏寒山自负薪；一种钱塘江上女，著红骑马是何人？’苏轼《於潜女》：‘青裙缟袂於潜女，两足如霜不穿履。……逢郎樵归相媚妩，不信姬姜有齐鲁。’叶绍翁写得比白深刻，比苏醒豁。”（《宋诗选注》）

叶绍翁

其他

纵观江湖派，视野不免局促，整体上缺乏超越感，但形象更直观，感觉更细腻，从而在常见的事物之中，进一步开掘出清新自然之美。

“忧时原是诗人职。”朱继芳吟过：“长淮万里秋风客，独上高楼望秋色。说与南人未必听，神州只在栏干北。”邓林吟过：“西湖多少闲春水，不洗中原二百州。”叶茵吟过：“有谷未为儿女计，半偿私债半官租。”但在时代的高压下，他们慢慢地走上不犯时忌，精求诗艺的道路。赵汝绩的“不随不激真吾事，乍佞乍贤皆世情”，颇能代表一部分人的心态。

一多亲情诗。如利登：“缓作行程早作归，倚门亲语苦相思。白头亲老今多病，不似当初别汝时。”宋伯仁：“未得还乡泪欲珠，一书封了又踌躇。家人会得征夫意，门外西风即是书。”

一多友情诗。如朱继芳：“相逢已恨十年迟，买酒吴山一夜诗。明日送春仍送客，柳花风扬鬓丝丝。”何应龙：“客怀处处不宜秋，秋到梧桐动客愁。想得故人无字到，雁声远过夕阳楼。”

至于风景诗，更是佳作叠出。

黄陵庙前湖水春，春烟愁杀渡湖人。
人随归应去无迹，水远山长歌又新。
——游子蒙《绝句》

梨花风起正清明，游子寻春半出城。
日暮笙歌收拾去，万株杨柳属流莺。
——吴惟信《苏堤清明即事》

秋入白苹风浪生，痴云未放楚天晴。
青山湖外知何处，中有斜阳一道明。
——严粲《秋入》

还有一些情趣诗，如高翥《秋日》：

庭草衔秋自短长，悲蛩传响答寒螿。
豆花似解通邻好，引蔓殷勤远过墙。

如施枢《夜泊黄湾》：

移近黄湾泊短篷，野云垂地一溪风。
渚香吹散荷花雨，几点流萤出苇丛。

在东南半壁的残山剩水中，江湖派诗人留下了他们的丹青岭树、水墨江天，间或还有西风蟋蟀、夕阳衰草、断雁孤鸿、寒云冷雨……甚至还能听到鱼唼蝉吟、看到鸥眠蝶倦……这正是山雨欲来的前兆。当蒙古铁蹄的风雨席卷江南，也叩响了宋末诗坛慷慨的别调和悲壮的余响。

满地斜阳是此心

谢枋得

他有一首《庆全庵桃花》:“寻得桃源好避秦,桃红又是一年春。花飞莫遣随流水,怕有渔郎来问津。”

“避秦”当然是“避元”。如此决绝,原因何在?

守信州(今江西上饶),元军破城,妻子、二子、一女、二婢及弟、侄等都被拘于建康,后除二子移狱广陵获释外,其余皆死在狱中。在此前后,另一弟谢禹被元人斩于九江,伯父徽明在当阳县战死,徽明二子“趋进抱父尸,亦死”。只有老母以年高免于一死。他变易姓名,“朝迁暮徙,崎岖山谷间”,最后在福建建阳隐居,以卖卜教书为生。

于是有了《武夷山中》一首:

十年无梦得还家,独立青峰野水涯。
天地寂寥山雨歇,几生修得到梅花?

决绝到连还家的梦都没有,自然是“怕有渔郎来问津”了。其时,各地抗元武装都被镇压,希望破灭,等待落空,不复当年的山雨欲来之盼、东山再起之志,所以才有“天地寂寥山雨歇”的感叹。但即便如此,国仇家恨,也必然使他以梅格自期,遗世独立,傲霜抗雪。

他的担心不是多余的。至元二十五年(1288),元世祖派陈钜夫到江南各地访求“贤才”,推荐宋遗臣三十人,谢枋得也名列其中。他以母丧未除,慷慨力辞:“宋室孤臣,只欠一死。”不久,投降了元人的原南宋宰相留梦炎(也做过他的老师)又来荐举,他写下义正辞严的《却聘书》,指斥“江南无人才,未有如今日之可耻”,表明“慷慨赴死易,从容就义难”,终不行。《四库全书总目》称:“却聘一书,流传不朽,虽乡塾童孺,皆能诵而习之。”

他还有一封著名的《与李养吾书》,提出:“大丈夫行事,论是非不论利害,论逆顺不论成败,论万世不论一生。”

后来,福建参知政事魏天祐为了邀功,强押他北行。从离开嘉兴起,他就开始绝食,二十多日不死。后来吃了一些蔬果,数月才抵达元都燕京。六十多岁的老人,疾病缠身。留梦炎派医生拿药混合一些米饭给他吃,他知道后,掷之于地,不食五日而死。是死在如今因李敖的一本书而炒得火热的法源寺。不过当时绝对是凄清的。

谢枋得《庆全庵桃花》 寻得桃源好避秦

在遗民诗人中，他的经历最似文天祥。“精神常与天往来，不知饥食为何物。”浩气系着天地万物的一枯一荣、一呼一吸，自然看轻了一身的病馁与死生。

他还有一首《蚕妇吟》：“子规啼彻四更时，起视蚕稠怕叶稀。不信楼头杨柳月，玉人歌舞未曾归。”又可看出他性格中温情的一面。也许，正是惨酷的现实，才使他情焚意断的。

林景熙

元世祖至元二十一年（1284），江南总摄番僧杨琏真伽发宋帝陵寝。这在中国历史上是罕见的野蛮残暴之事。南宋遗民无不痛心疾首。时为山阴王英孙馆客的林景熙，随馆主与谢翱、唐珏、郑宗仁等扮作乞丐，身背着竹篓，用银子买通监守西番僧，捡得高宗、孝宗的骸骨，埋于兰亭。葬后，于宋常朝殿掘得冬青一株，置于土堆上，以为标识。后又找到理宗的头骨，也葬在一起。

这大概是他一生中最为著名的事件了。他为之写了不少诗。其中《冬青花》云：

冬青花，花时一日肠九折。
隔江风雨晴影空，五月深山护微雪。
石根云气龙所藏，寻常蝼蚁不敢穴。
移来此种非人间，曾识万年觞底月。
蜀魂飞绕百鸟臣，夜半一声山竹裂。

又有《梦中作四首》，句云："亲拾寒琼出幽草，四山风雨鬼神惊"、"独有春风知此意，年年杜宇泣冬青"。

明人袁中郎专门为此写过一篇《六陵》：

六陵萧骚岑寂，春行如秋，昼行如夜，虽联鞭叠骑，常若有佽啼鬼哭之声。读唐义士诗，痛楚入骨，为之泣下。古来亡国败家虽多，未有若此之惨酷者也。

碑碣皆荒断不可读。山势回合，架数败宇其间，惟有老松横道，杜鹃花满山滴血而已。相与悲歌感慨，泣数行下。既而自笑，鬼若无知，则暴骨含珠，高碑废垅，等作一丘。鬼若有知，玉鱼金碗之恨，今已销歇。且禹陵之卷石，视六陵之荒址，其荣枯能有几也，游者乃乐彼而怆此。噫，亦惑矣！

[六陵萧骚冷寂，走在这里春天如同秋天，白天如同黑夜，虽然车骑相连，行人众多，但是仿佛常常能听到佽啼鬼哭的声音。我读唐珏义士的那首诗，每次都痛入骨髓，为之感动落泪。从古至今虽然有很多亡国败家之事，却没有哪个比这里悲痛残酷的。

碑碣都已经荒废断裂无法辨读，山势曲折，有几处破败的殿宇散架其中，周围只有老松横在道上，杜鹃花如滴血般漫山遍野而已。我们互相悲歌感慨，流下几行辛酸之泪。然后又不禁笑话自己，鬼如果无知的话，那么尸骨暴露还是含珠深藏，高碑耸立还是荒坟无人，都是一样的了。鬼如果有知的话，那么玉鱼金碗的遗恨，现在也已经销歇了。而且禹陵的卷石，与六陵的荒凉故址相比，它们的荣枯兴衰能有什么不同呢，而游人却如此的乐彼伤此，唉，也真的令人费解啊！]

六陵，是南宋皇帝陵墓，在浙江绍兴市东十八公里的宝山上，葬高宗、孝宗、光宗、宁宗、理宗、度宗。

林景熙一生最著名的一首诗，则为《山窗新糊，有故朝封事稿，阅之有感》：

偶伴孤云宿岭东，四山欲雪地炉红。
何人一纸防秋疏，却与山窗障北风。

元人章祖程认为："此诗工在'防秋疏'、'障北风'六字间，非情思精巧，道不到也。然感慨之意，又自见于

言外。”(《霁山集》注)

今人程千帆认为:“……诗人同时也告诉后人,即使是一张纸,也还在抵挡着北风,何况侵略者面对的是千百万人民呢?”(《宋诗精选》)

是不是写此诗时,想到了“千百万人民”,我们只能用接受美学来解释。但这种以纸抗风的精神,却令人感动。

他还有一首《送春》:

蜀魂处处诉绿阴,谁家门巷落花深。
游丝不系春晖住,愁绝天涯寸草心。

孟郊的游子心,在这里变成了赤子心、臣子心。是一个遗民回天无力的歌哭。

“万事已华发,百年多异乡。”亡国之恨难消,孤苦之怀难舒,《梦回》云:

梦回荒馆月笼秋,何处砧声唤客愁。
深夜无风莲叶响,水寒更有未眠鸥。

全诗旨趣,如八大山人之画,弥漫着一种浓得化不开的愁云惨雾。

谢翱

谢　翱

他也参与了归葬骸骨的义举,并有《冬青树引别玉潜》:“愿君此心无所移,此树终有开花时。”

但他对文天祥的感情似乎更深,曾率乡兵数百,投奔文天祥;后隐居南方,每逢文天祥祭日十二月初九,他都要设位向北哭拜,“以竹如意击石”,为之招魂,以至“竹石俱碎”(《登西台恸哭记》)。祭奠之日,富春江上,时有元兵巡艇往来。有人将他的这种悲壮，比作汉高祖时为田横自杀的五百门客。

《书文山卷后》云：

魂飞万里程，天地隔幽明。
死不从公死，生如无此生。
丹心浑未化，碧血已先成。
无处堪挥泪，吾今变姓名。

还有一首《秋夜词》：

愁生山外山，恨杀树边树。
隔断秋月明，不使共一处。

有人说是思念身陷北方的宋恭帝的，因为谢翱在南方。但可不可以理解为悲悼在大都就义的文丞相呢？既然文天祥在狱中，拒绝了被元人封为瀛国公的宋恭帝的劝降，作为文天祥的终身崇仰者，自然也会在潜意识里仿效。何况文天祥也写过“龙潜九地声元在，月暗千山魄再明”这样的诗句。

他还有一首《山中道士》：

山中道士服朝霞，二十修行别故家。
留客一杯清苦蜜，蜂房知是近梅花。

蜜非苦，实为心苦。与谢枋得一样，他也以梅花自况，志行高洁。

郑思肖

寒梅秋菊。这是他的《画菊》：

花开不并百花丛，独立疏篱趣未穷。
宁可枝头抱香死，何曾吹落北风中！

与林景熙诗中的“北风”一样，是双关语。菊花一般不会自行掉落，只有被风吹干。当然也有例外。如王安石诗：“黄昏风雨打园林，残菊飘零满地金。”东坡云：“秋花不似春花落，寄语诗人仔细看。”安石曰：“东坡不曾读《离骚》，《离骚》有云：‘朝饮木兰之坠露，夕餐秋菊之落英。’”（《藏海诗话》）即使不引《离骚》，王安石也没有错，风吹雨打，焉有花儿不凋零的道理。但“抱香死”是不错的，这里用得上陆游的“零落成泥碾作尘，只有香如故”（咏梅）。

但对郑思肖而言，花都是不落地的。他画的墨兰，根裸露在外，无土。有人问之，答曰：土地已无，根栽何处？那泣露啼烟，根苗无土的三两枝兰花，竟作成江南士人歌哭无端、颠倒梦魂的断肠之草。

这种决绝的心情，见于他的《德祐二年岁旦》（之二）：

有恨长不释，一语一酸辛。
此地暂胡马，终身只宋民。
读书成底事，报国是何人？
耻见干戈里，荒城梅又春。

还有一首《题伯牙绝弦图》：

终不求人更赏音，又当仰面看山林。
一双闲手无聊赖，满地斜阳是此心。

他身列其中的宋代遗民诗，确实是宋诗最后的一抹斜阳夕照。

真山民

无独有偶，他也有一首《晚步》：

未暝先啼草际蛩，石桥暗度晚花风。
归鸦不带残阳老，留得林梢一抹红。

仿佛归鸦也善解人意，给傍晚散步的诗人留下一抹残阳。“老”字用得生新。同写夕阳，心情似乎比郑思肖平缓一些。但也有激愤的，如：“归心千古终难白，啼血万山都是红”（《杜鹃花得红字》）。另一位诗人家铉翁，也写过《寄江南友人》：

曾向钱塘住，闻鹃忆蜀乡。
不知今夕梦，到蜀到钱塘？

杜鹃声声，仿佛是文山诗“化作

郑思肖《墨兰图》

啼鹃带血归”的回应。

萧立之

钱钟书认为:“这位有坚强的民族气节的诗人没有同时的谢翱、真山民等那些遗民来得著名,可是在艺术上超过了他们的造诣。”(《宋诗选注》)

在《送人之常德》中,他写道:“……忽逢桃花照溪源,请君停篙莫回船。编篷便结溪上宅,采桃为薪食桃实。山林黄尘三百尺,不用归来说消息!”桃源在宋代属常德府,故有此诗。钱钟书在注释中,特意发挥了一番:“意思说这个世界肮脏得很,你进了桃源洞就住下来,不要向我们报信,免得像《桃花源记》里的渔夫,出洞以后,再也找不到那片乐土。陶潜只说那渔夫‘停数日辞去’,唐代诗人像王维作《桃源行》,刘禹锡作《桃源行》,韩愈作《桃源图》,才引申说:‘尘心未尽思乡县’,‘翻然恐迷乡县处……尘心如垢洗不去’,‘人间有累不可住’;萧立之这里说‘不用归来说消息’,意思深远多了。”

与杜鹃一样,桃源也成为宋末元初遗民诗人爱用的题材。谢枋得不是写过“花飞莫遣随流水,怕有渔郎来问津”?

《第四桥》为各种版本所选:

自把孤樽擘蟹斗,荻花洲渚月平林。
一江秋色无人管,柔橹风前语夜深。

第四桥在松陵(今江苏吴江)。对于末句,钱钟书在注释中又作了发挥,仿佛一篇唐宋诗之别的短评:“唐人像刘禹锡《堤上行》只说:‘桨声咿轧满中流’,韦庄《雪夜泛舟游南溪》只说:‘棹声烟里独呕哑’。李白《淮阴书怀寄王宋城》:‘大舶夹双橹,中流鹅鹳鸣’,把鸟叫来比橹声,颇为真切。……宋代诗人的描写却更细腻,想象橹是在咿哑独唱或呢喃自语。例如:贺铸《生查子》:‘双橹本无情,鸦轧如人语’;洪咨夔的‘柁移船解语,帘舞酒求知’……吴元伦的‘橹鸣无调乐,帆饱有情风’……萧立之的朋友罗椅的‘明虹收雨,两桨能吴语’……萧立之这一句把当时的景色都衬出来,不仅是个巧妙的比喻。”倪其心、许逸民在《宋人绝句选》中评此句:“则是有心人听无情音,于无人处听有声,把苦闷当成有趣。”

还有一首《偶成》也流传甚广:

雨妒游人故作难,禁持闲了下湖船。
城中岂识农耕好,却恨悭晴放纸鸢。

另有《病起行散》:

分得红腰半日晴,苍苔蜡屐竹间亭。

平畴白水斜阳外，都在黄梅雨里青。

魏晋人服五石散后，出门散步以散发药性，谓之“行散”，这里泛指服药后外出散步。金性尧评道：“黄梅雨常常令人讨厌，可是一首小诗却使人们由可憎变为可爱：它不但让人间增添了青翠，还给人以滋润之感。”（《宋诗三百首》）

宋遗民诗的风格也是同中有异的，“啼血万山都是红”是一种，“满地斜阳是此心”又为一种，还有便是雨后的斜阳白水，一片青苍。诗人之间是如此，同一诗人的诗也可能是如此。

熏风如剪碎菰蒲

湘湖在萧山县西，周围八十里，分

桃源给了多少孤高士子以慰藉

上下二湖。郑逸梅有《萧山与湘湖》一文介绍：

人们辛勤工作之余，总想到山明水秀的杭州去疏散一下，那三竺六桥、九溪十涧，的确有魅人的力量，偶寄游踪，不觉流连忘返。可是和杭州一水之隔的萧山，有个湘湖，那风景胜迹，不在西湖之下，却湮没不彰，没有人注意到，这是不能不为之叫屈的。

右邻韩非木，他是萧山人，为我谈起湘湖的种种，的确是有实无名的风景地区。当夏间市上所售的杨梅，除吴中洞庭山所产者外，大都是萧山湘湖的东西。清代王端履的《湘湖竹枝词》，有那么的一首："棕笠芒鞋小暑初，熏风如剪碎菰蒲。少年邀吃杨梅去，行过头湖到二湖。"又西湖莼菜是名著全国的，实则托名西湖的莼菜，大都湘湖的产品。据说莼菜杂生苹藻间，不易辨认，但村人却能识得。春时采摘，沃入沸汤，才得柔滑可口，其烹煮是有些秘法的。王端履又有一首咏这件事："湖心三月水粼粼，湖面花开尽白苹。采得莼丝全不滑，秘传煮法要瞒人。"那儿的产物，和杨

湘湖　黄昏中感受湘湖的静谧

梅、莼菜同称美味的，尚有土步鱼，一名杜父鱼，三月桃花汛时，鱼味最为鲜隽。其他点缀品，湖上多鸟，有信天翁拍拍飞翔，成群结队，自远望去，没入烟水迷蒙中，构成一幅轻微澹逸的图画。又杜鹃花，俗称映山红，湖堤一带，到处都是，灿烂极了。

文中关于莼菜的介绍，可能得之于明人袁宏道：

莼采自西湖，浸湘湖一宿然后佳，若浸他湖便无味。浸处也无多地，方圆仅得数十丈许。其根如符（纸），其叶微类初出水荷钱，其枝丫如珊瑚，而细又如鹿角菜，其冻如冰，如白胶附枝叶间，清液泠泠欲滴。其味香粹滑柔，略如鱼髓蟹脂，而清轻远胜。半日而味变，一日而味尽，比之荔枝，尤觉娇脆矣。

张岱与袁宏道一样，也写到湘湖："湘湖如处子，眠娗（腼腆）羞涩，犹及见其未嫁时也。"

家在严陵滩上住

现代作家、富阳人郁达夫有一方闲章，上刻：家在富春江上。

钱塘江自萧山的闻堰至建德的梅城镇一段，称富春江，其中桐庐县附近，古又称桐江。南朝梁代文人吴均在《与宋元思书》中，描写的就是从富阳到桐庐的景色：

风烟俱净，天山共色，从流飘荡，任意东西。自富阳至桐庐，一百许里，奇山异水，天下独绝，水皆缥碧，千丈见底，游鱼细石，直视无碍。急湍甚箭，猛浪若奔。夹岸高山，皆生寒树，负势竞上，互相轩邈，争高直指，千百成峰。泉水激石，泠泠作响；好鸟相鸣，嘤嘤成韵。蝉则千转不穷，猿则百叫无绝。

黄裳在《富春》一文中说：

我们在坝上缓缓地走，山风忽忽地从耳边吹过，颇有寒意。向上游望去，正如吴均所说，"夹岸高山，皆生寒树。"这不是普通的山，它给人带来的是一种强烈的萧森之感。江身狭窄，夹峰高耸，即使是晴明的好天气，至少也要留下半江阴影，因此山色经常是墨绿的。山上生满了"寒树"，有一种注本说这是指"耐寒常绿的树"，我看也不一定。无论是怎样的树，长在这里的山上，就非是"寒树"不可。在这里"寒树"不是特定的种名，倒是切当地写出了诗人心头的感受……桐江两侧的群峰叠嶂，俨然是一架巨大厚实的绿丝绒屏风。梁代吴均称赞这里的风景“奇山异水，天下独绝”，不是没有根据的。它雄伟，又幽峭，更秀媚。这许多特色集中在一起，合成了一种终古如斯的静寂。

吴均的这段经典文字，着眼于奇山异水。可惜他没有描写富春江两岸或中流的众多沙洲。这些沙洲绿野平铺，江柳摇青，芦苇丛生，繁花如锦。古人有“十里桐洲九里花”之句，曾将春江沙洲想象成桃花源：“未必柳间无谢客，也应花里有秦人。”谢客指南朝宋代的山水诗人谢灵运，秦人即陶渊明《桃花源记》中所记的“先世避秦时乱，率妻子邑人来此绝境，不复出焉”的居人。郁达夫在《钓台的春昼》里，曾这样描写：“两岸全是青青的山，中间是一条清浅的水，有时候过一个沙洲，洲上的桃花菜花，还有许多不晓得名字的白色的花，正在喧闹着春暮，吸引着蜂蝶。”

春江流过的百里沙洲，不但美丽，而且富饶。江名富春，秦时古人大概有见于此吧。

富春江最有名的古迹，大约便是

富春江　江南小三峡

位于桐庐县七里泷上的严子陵钓台了。严子陵名严光，与汉光武帝刘秀是少年同学。刘秀即位当了皇帝，四处寻访他，后来有人报告见披羊皮裘者垂钓于此，光武帝才把他找到，三请到京城。晚上两人一起睡觉，以叙旧情。睡着后，严光把脚搁在刘秀的肚子上，第二天太史上奏说客星犯御座，光武一笑置之。虽然光武一再请他出山，以佐帝业，但他始终不为所动，还是回到富春江。两千年来，他那笑傲王侯的品性，打动了许多读书人。既然有这么一位有遇而不仕的榜样，那些怀才不遇的读书人，自然心气也舒坦了一些。唐人王贞白有诗："山色四时碧，溪光七里清。严陵爱此水，下视汉公卿。……"而那些事业有成的读书人，似乎也想借严光之名，或真或假地树自己之名。宋代名臣范仲淹自是真心的。他贬官睦州（辖桐庐、建德等），大概是有感于自己的遭遇，派人重建严子陵祠堂，并亲自作记云："云山苍苍，江水泱泱。先生之风，山高水长。"

与子陵钓台相邻，还有一座西台，即当年南宋爱国志士谢翱哭祭文天祥，写《登西台恸哭记》之所在。黄裳独具慧眼，在《钓台》一文中说，并立着的两座钓台，似乎向游人分别宣示两种截然不同的价值取向与人生意旨。一种是鸡鸣风雨之际，以极热的心肠，椎心刺骨，奔走呼号；另一种则是"苟全性命于乱世，不求闻达于诸侯"，一头扎进与世隔绝的空山……

七里泷的东西两台，在画山绣水之中，作乌黑色拔地而起，壁立千仞，明丽之中透出遒峭之气。

由钓台上行三十余里，即为桐君山，位于富春江、天目溪汇合之处。据县志所载："桐君山，县东二里，下瞰二江。相传山侧旧有桐树，枝柯荫蔽数亩，常有异人采药于此，结庐桐树下，或问其姓，则指桐以示之。因号为桐君，县并以名。"梁代陶弘景的《本草序》和明代李时珍的《本草纲目》，均对桐君其人有具体记载，至今桐君仍被尊为中华医药之祖。山上有桐君祠。清代查慎行诗云："何年栖隐此高山，寂寂孤桐照自闲。漫说狂奴垂钓处，尚留姓名在人间。"严光（刘秀曾称其为"狂奴"）虽隐居不仕，但仍留姓名。而悬壶济人的桐君，却指桐为姓，连姓名也不曾留下，品格似乎更高一筹。

其实对于严光，古人早有微词。明代王世贞就直指："渭水钓利，桐江钓名。"在他看来，姜子牙出仕是钓利，严子陵不仕是钓名。袁枚在《随园诗话》里也引了一首无名氏的诗:“一着羊裘便有心,虚名传颂到如今。当时若着蓑衣去,烟水茫茫何处寻。”

林锴却是调侃现代人的:“自古英雄贪饵多,先生矶头碧嵯峨。游人但借高风颂,谁肯江干买钓蓑?”

在《富春》一文中,黄裳又说:

至于严子陵为什么终于不肯留在光武帝身边作大官,许多论者都以通常的隐逸心理来解释,那恐怕是不大说得通的。黄山谷诗:“平生久要刘文叔,不肯为渠作三公。能令汉家重九鼎,桐江波上一丝风。”稍稍透露了一点消息。张岱在《史阙》里就说得更为清楚:

“光武,中兴令主也,而废郭后及太子疆,颇为后世口实。国朝方正学题《严陵图》有云:‘糟糠之妻尚如此,贫贱之交可知矣。羊裘老子早见机,故向桐江钓秋水。’宛转二十八字,可谓发千古之隐矣。”

这可能是比较接近事实的一种分析。方孝孺是明初人。他曾亲见洪武一朝许多残酷的政治迫害事件,他的能够看出或猜到严子陵的心事,不是偶然的。

望着修缮一新、庄重典雅的桐君祠,我不禁轻吟起明人陶安的诗:“风香药草春云暖,露冷桐花夜月明。”

郁达夫的故乡富阳,在水之北,朝南向阳,东晋定名时当为此意。这里出过三位诗人,唐代的施肩吾、罗隐和现代的郁达夫。达夫诗如其人,清新明秀,飘逸不群。其《自述诗》云:“家在严陵滩上住,秦时风物晋山川。碧桃三月花如锦,来往春江有钓船。”另有《题春江第一楼》:“风月三年别富春,东南车马苦沙尘。江山如此无人赏,如此江山忍付人。”表达了对民族命运的深忧。不仅是江南才子,而且是爱国志士。

“春江第一楼”在富阳鹳山之上。山不高,但林木苍翠,如一鹳飞来,鹄立江边。山上望江,正是“富春渡口闲舒目,落日孤舟浪拍天”(宋·范成大诗)的意境。当年我来到这里,却丝毫也“闲舒目”不起来,写下过“一派潮声,应在凭吊国魂”的诗句。因为“春江第一楼”之侧,正有纪念郁华(曼陀)、郁达夫兄弟的“双烈亭”。郁华在沦陷时期的上海孤岛,曾以法院刑庭庭长的身份,掩护与营救了不少爱国人士,终遭日伪特务暗杀。郁达夫也于抗日战争胜利前夕,被日军秘密枪杀于印尼的丹戎革岱,其时还不到五十岁。亭内现有1947年郭沫若撰文、马叙伦书写的《郁曼陀先生血衣冢志铭》碑,和茅盾书写的“双松挺秀”匾额。“双烈亭”不远处，为郁华奉养老母而建的松筠别墅。郁母于1937年12月，耻于当亡国奴，在此绝食而逝。真可谓一门忠烈！今松筠别墅已辟为纪念馆。

郁达夫在《钓台的春昼》中，曾记自己造访东西钓台的情况：“走上严先生祠堂去的时候，我心里真有点害怕，怕在这荒山里要遇见一个干枯苍老的同丝瓜筋似的严先生的鬼魂。”“……一上谢氏的西台，向西望去，则幽谷里的清景，却绝对的不像是在人间了。我虽则没有到过瑞士，但到了西台，朝西一看，立时就想起了曾在照片上看见过的威廉·退尔的祠堂。这四山的幽静，这江水的青蓝，简直同在画片上的珂罗版色彩，一色也没有两样；所不同的，就是在这儿的变化更多一点，周围的环境更芜杂不整齐一点而已，但这却是好处，这正是足以代表东方民族性的颓废荒凉的美。”

威廉·退尔是十三世纪的瑞士猎人，以神箭手著称，他不畏强暴，终于率众推翻了奥地利人的统治，使瑞士重获自由。德国的席勒曾以他的事迹写成名剧《威廉·退尔》。郁达夫由谢翱联想到威廉·退尔，决非闲笔。他还专就西台写过一首七绝：“三分天下二分亡，四海何人吊国殇。偶向西台台畔过，苔痕犹似泪淋浪。”

从桐君、谢翱至郁达夫一家，似有一股血脉相承，富春江靠了这股英气，才“急湍甚箭，猛浪若奔”，流荡得更加生动多姿吧。

风露皆非人间有

黄公望是“元代四大家”之一，字子久，号一峰，又号大痴或大痴道人。王原祁评他的画：“以平淡天真为主，有时而傅彩粲烂，高华流丽，俨如松雪，所以达浑厚之意、华滋之气也。段落高逸，模写潇洒，自有一种天机活泼隐现出没于其间。”沈颢《画尘》言其“层峦迭翠如歌行长篇，远山疏麓如五七言绝，愈简愈入深永”。《海虞画苑略》则记叙了他晚年在江苏虞山一带纵酒放浪的生活：

尝于月底棹孤舟，出西郭门，循山而行，山尽抵湖桥，以长绳系酒瓶于船尾，返舟行至齐女墓，牵绳取瓶，绳断则抚掌大笑，声振山谷，人望之以为神仙云。

《富春山居图》是黄公望古稀之年游居富春江的作品，高一尺余，长约二丈左右。所写峰峦坡石，似初秋景色，树木苍苍，疏密有致，其间有村落、亭台、渔舟、小桥……此图曾为沈周所藏，至万历为董其昌所得，后归吴之矩，之矩传给儿子问卿，问卿将死，欲烧此图为己殉葬，其侄吴子文不忍，“疾趋焚所”，起红炉而出之，但已烧去起首一段。从此图分两段，前一小段在浙江，后一段在台湾。

黄裳在《富春》一文中说：

只是在这一路水程中间，才能细细领会黄子久《富春山居图》的妙处，悟出这是一幅高度写实的作品。平沙远渚，到处都有“白沙翠竹江村”的小景。远山层叠如带，近处的山色是浓绿，远山是蟹青，更远些就变得更淡，简直只是一抹淡墨而已。江中有时也出现狭长的浅滩，上面有成行的幼树，在黄子久笔下，这只是秃笔一抹，但神似极了。

西湖的繁华、富春的清幽，周瘦鹃似乎更爱后者。“八·一三”事变后，他“在浙江南浔镇蛰伏了三个月，转往安徽黟县的南屏村，道出杭州，搭了江山船，经过了整整一条富春江，十足享受了绿水青山的幽趣，才弥补了我往年的缺憾；恍如身入黄子久富春长卷，……”并特地解释：“航行于富春江中的船，叫江山船，有二三丈长的，也有四五丈长的，船身用杉木造成，满涂着黄润润的

清朝画苑录《海虞画苑略》

桐油，一艘艘都是光焕如新。”

一船兀兀，从钱塘江摇到屯溪，前后足足有十三四天之久，而其中六七天，却在富春江至严江中度过，青山绿水间的无边好景，真个是够我们享受了。我们曾经迎朝旭，挹彩云，看晚霞，送夕阳，数繁星，延素月，沐山雨，栉江风。也曾听滩声，听瀑声，听渔唱声，听樵歌声，听画眉百啭声，听松风谡谡声。耳目的供养，尽善尽美，虽南面王不与易，真不啻神仙中人了。我为了贪看好景，不是靠窗而坐，就是坐在船头，不怕风雨的袭击，只怕有一寸一尺的好山水，轻轻溜走。但是每天天未破晓，船长就下令开行，在这晓色迷蒙中，却未免溜走了一些，这是我所引为莫大憾事的。幸而入夜以后，总得在什么山村或小镇的岸旁停泊过宿，其他的船只，都来聚在一起。短篷低烛之下，听着水声汩汩，人语喁喁，也自别有一种佳趣。

他还写道：“除了这江上明月，使人系恋以外，还有那白天的映日乌桕，也在我心版上刻下了一个深深的影子。因为我们过富春江时，正在十一月中旬深秋时节，两岸山野中的乌桕树，都已红酣如醉，掩映着绿水青山，分外娇艳。”并引了清代词人郭麐的《买陂塘》，词序云：

富阳道中，见乌柏新霜，青红相间；山水映发，帆樯洄沿，断岸野屋，皆入图绘，竟日赏玩不足，……

周先生还提到了画眉与鲥鱼。

画眉是一种黄黑色的鸣禽，白色的较少，它的眉好似画的一般，因此得名。据说产于四川；但是富春江上，也特别多。你的船一路在青山绿水间悠悠驶去，只听得夹岸柔美的鸟鸣声，作千百啭，悦耳动听，这就是画眉。所以昔人歌颂富春江的诗词中，往往有画眉点缀其间。我爱富春江，我也爱富春江的画眉。虽然瞧不见它的影儿，但听那宛转的鸣声，仿佛是含着水在舌尖上滚，又像百结连环似的，连绵不绝，觉得这种天籁，比了人为的音乐，曼妙得多了。

此外还有一件俊物，就是鲥鱼。富春江上父老相传，鲥鱼过了严子陵钓台之下，唇部微微起了红斑，好像点了一星胭脂似的。试想鳞白如银，加上了这嫣红的脂唇，真的成了一尾美人鱼了。

曹聚仁的《富春江上》，详谈了鲥鱼：

钱塘江的海潮泛滥，潮汐就到富阳城外为止，富阳以上，便是清冽的淡水。海中鲥鱼，上溯淡水区产子，直入七里泷；因此，富阳江的五月鲥鱼，自是珍品。鲥鱼离水即死，前人有人生五大恨事之语，其一便是吃不到活的鲥鱼，只有在富春江上，才买到鲜活的鲥鱼，我曾吃过好多回，亦一快事也……有一回，船过七里泷，看见江上渔舟正网得一尾鲥鱼；舟子替我们买了来，立刻动手剖洗，在锅上蒸起来，正是“一尺鲥鱼新出水，松枝炊火味无双”。舟子的蒸法是这样，洗干净了，用荷叶包着，摆上冬菇，隔水炖着；炖好了，用葱姜蘸着吃，其鲜美，非言语所能形容。

关于海潮至富阳而止，杨万里早就提到过，不过用的是艺术手法：“海潮也怯桐江净，不遣潮头过富春。”

郁达夫《两浙漫游后记》评说：

我在浙江，还想取富春江的山水为压卷。天台只有高山，没有大水；雁荡虽在海滨，然其奇在岩在石，那些黑白云母片麻岩的形状，实在奇不过，至于水，却也不见得丰富；大龙湫、西石梁、梅雨潭等瀑布，未始不是伟观，可是比起横流曲折的富春江来，趣味总觉得要差些，就是失在单调。

揽尽南天万叠青

天目幽邃奇古不可言。由庄至巅，可二十余里。凡山深僻者多荒凉，峭削者鲜迂曲，貌古则鲜妍不足，骨大则玲珑绝少，以至山高水乏，石峻毛枯，凡此皆山之病。天目盈山皆壑，飞流淙淙，若万匹缟，一绝也。石色苍润，石骨奥巧，石径曲折，石壁竦削，二绝也。虽幽谷悬岩，庵宇皆精，三绝也。余耳不喜雷，而天目雷声甚小，听之若婴儿声，四绝也。晓起看云，在绝壑下，白净如绵，奔腾如浪，尽大地作琉璃海，诸山尖出云上若萍，五绝也。然云变态最不常，其观奇甚，非山居久者不能悉其形状。山树大者几四十围，松形如盖，高不逾数尺，一株直万余钱，六绝也。头茶之香者远胜龙井，笋味类绍兴破塘，而清远过之，七绝也。余谓大江之南，修真栖隐之地，无逾此者，便有出缠结室之想矣。

[天目山幽邃奇古不可以言喻。从山庄到山顶，大约有二十多里。凡是深僻的山大多荒凉，峭削的山往往缺少迂回曲折的风致，古朴的山则不够鲜妍，骨大的山就很少能玲珑，以至山高却没有水，石峻却尽是枯草，

所有这些都是山的毛病。天目山到处都是沟壑，飞流淙淙，如同万丈素缟，这是一绝。石头颜色苍润，石骨奥巧，石径曲折，石壁峭立，这是二绝。虽然是幽谷悬崖，庙宇却很精洁，这是三绝。我向来不喜欢听雷声，而天目山的雷声非常小，听起来仿佛婴儿的哭声，这是四绝。早上起来看云，在深谷下，云像丝绵一样白净，如巨浪一样奔腾，整个大地都成了一个琉璃海，那些露出云上的山尖如同浮萍一样，这是五绝。然而云的形态变幻莫测，非常神奇而壮观，除非是长居山上的人都不能洞悉它的形状变化。有些大山树，大约四十围那么粗，松形像华盖，高不过几尺，一棵值万余钱，这是六绝。头遍茶水的香气，远远胜过龙井，竹笋的味道有点像绍兴破塘的笋的味道，但是清香淡远又超过它，这是七绝。我觉得大江南面，修身养性、隐居栖息的地方没有超过这里的，于是便有了超脱烦缠而在这里结庐而居的念头。]

这是袁中郎的游记。关于天目山的雷声，苏东坡也有一首七绝：

已外浮名更外身，区区雷电若为神。
山头只作婴儿看，无数人间失箸人。

天目山　大树华盖闻九州

外：鄙弃、疏斥。若为神：怎能说是神，即说不上有什么神威。箸（zhù）：筷子。本诗大意说：早已鄙弃虚名，要把身外之物（如富贵功名等）都置之度外。区区电闪雷鸣又有什么值得害怕的呢。我站在山头上，把霹雳的巨声，只当作婴儿的哭啼，可世上还有许多人听到雷声，就吓得掉了手中的筷子。

郁达夫《西游目录》，内中分《游西天目》、《游东天目》等章节：

在西天目这禅源寺里，花去了两夜和一天，总算也约略的把西天目的面貌看过了。但探胜穷幽，则完全还谈不上。不过袁中郎所说的飞泉、奇石、庵宇、云峰、大树、茶笋的天目六绝，我们也都已经尝到。只因雷雨不作，没有听到如婴啼似的雷声，却是一恨。

他对"倒挂莲花"一带的景致，似乎情有独钟：

岩鼻的一支，是从开山殿前稍下向南，凭空拖出约有一里地长的独立奇峰，即和尚们所说的"倒挂莲花"的那一块地方。所谓"倒挂莲花"者，系一簇百丈来高的岩石，凌空直立在那里，看起来像一朵莲花。这莲花的背后，更有一条绝壁，约有二百丈高，和莲花的一瓣相对峙，立在壁下向上看出去，只有一线二三尺宽的天，白茫茫的照在上面。莲花石旁，离开几尺的地方，又有一座石台，上面平坦，建有一个八角的亭子。在这亭子的路东，奇岩一簇，也像是向天的佛手，兀立在深谷的高头。上这佛手指头，去向南一展望，则几百里路内的溪谷、人家、小山、田地，都看得清清楚楚；一条一条的谷，一缕一缕的溪，一垄一坞的田，拿一个譬喻来说，极像是一把倒垂的扇子；扇骨就是由西天目分下去的余脉，扇骨中间的白纸，就是介在两脉之间的溪谷与乡村，还有画在这扇子上面的名画，便是一幅菜花黄桃花红李花白山色树木一抹青青的极细巧的工笔画！

还留下了一首七绝：

二月春寒雪满山，高峰遥望皖东关。
西来两宿禅源寺，为恋林间水一湾。

皖东关当指浙皖两省交界的昱岭关，出昱岭关便是徽州地界。

昨天自"倒挂莲花"看下来的扇中的一谷，就是这里的嘉德、前乡等地方，到了此地，我们的一批人马，已成了扇子画上的人物了。天目两山相距约三十余里，自西徂东，经六角岭（俗称）、门岭等险峻石山，然后到东天目西麓的新溪。

他谈到昭明禅院:

山房清洁高敞,红尘飞不到,云雾有时来,比之西天目,规模虽略小,然而因处地高,故而清静紧密,要胜一筹……

从仙缘石再上百余步,是大仙峰的绝顶了。东望钱唐,群山之下,有一线黄流,隐约返映在夕照之中。背后北面,是孝丰的境界,山色浓紫,山头时有人家似的白墙一串一串的在迷人眼目,却是未消尽的积雪。大仙峰顶,因为面南受阳光独多,所以雪早已融化了,且这一日风大,将蒸气吹散,故而也没有云雾。西望西天目山,只是黑沉沉的一片,远望过去,比大仙峰也并不低,因以知志书上所说的东天目比西天目高四百丈的话的不确。但上大仙峰来一看,群山的脉络,却看得很清,郭景纯所记的"天目山前两乳长,龙飞凤舞到钱唐,海门更点巽峰起,五百年间出帝王"的这首诗谜,也约略有点儿解得通了。

又留下一绝:

胡建东、吴宇鸿、应伟健三人富春江写生《临雪听江音,踏春写画意》。富春江的雪景

仙峰绝顶望钱唐，凤舞龙飞两乳长。
好是夕阳金粉里，众山浓紫大江黄。

天目山尚有一些可录的诗文。

唐僧灵一的《天目山》：

昨夜云生天井东，春山一雨一回风。
林花并逐溪流下，欲上龙池路不通。

元僧天如的《云外庵》：

衲被蒙头宿火红，雪窗愁听上方钟。
开窗忽怪山为海，万叠银涛露一峰。

明僧方岩的《登西天目》：

一里溪山一个亭，芒鞋踏断几层青。
泉源更在云深处，不到高头莫计程。

明人田艺蘅描写西天目的“仙锯石”：

其石高者一二十丈，大亦如此，片片如锯，略彝斧凿痕；厚者一二寸，或六七寸，或尺许，崭然玲珑；未破者，亦缕缕如绳墨所界，信鬼劈神裂，化工之妙有如此者。举酒数酌，海宇四空，已忘在人间世矣。远望白云一片，如车轮帷幕，倏然飞来，扑人襟袂。对面溟濛，如隔烟雾，少焉飞去，复为白云；张袖置之，纷纭如可把握，拂之，则空洞一无所得。如是数度，但惜不能笼系，使之凝结久往耳。

郁达夫文中提到西天目的禅源寺，在日本也很有名。水上勉的《天目山行》中谈到：“当年这座庄严的丛林曾扬名日本，有很多人怀着瞻仰异国名僧风采的愿望，千里迢迢渡海而来，最后甚至埋骨于这座名山。……当时在日本，这座名山无疑是那些追寻新教的僧侣所憧憬的目标，而被视为临济禅发祥之地。禅源这一寺名，确实也包含着这层意思。”

该文特别讲到，一位名叫觉心的日本僧侣，与一位善吹“尺八”、名为虚竹的中国人，在天目山萍水相逢，还带他回到日本，并推测：“虚竹受到觉心的启迪，悟出‘尺八’的旋律也能通达禅境，因此跟随觉心到日本去的唯一心愿就是要把‘尺八’妙艺传播到日本啊。”

觉心去世后，虚竹孤身携带“尺八”一管，浪迹四方。以后在京都创建明暗寺，成为日本普化宗的开山祖师。日本吹箫艺人必修的古典乐曲《虚灵曲》、《灵慕曲》即虚竹所制，至今盛名不衰。这就是流传于日本乐界的虚竹禅师的故事。

我立刻想起苏曼殊（仿佛是虚竹的转世灵童）写于日本的《本事诗》：

春雨楼头尺八箫，何时归看浙江潮。
芒鞋破钵无人识，踏过樱花第几桥？

立刻想起卞之琳的《尺八》：

像候鸟衔来了异方的种子，
三桅船载来了一枝尺八，
从夕阳里，从海西头。
长安丸载来的海西客
夜半听楼下醉汉的尺八，
想一个孤馆寄居的番客
听了雁声，动了乡愁，
得了慰藉于邻家的尺八，
次朝在长安市的繁华里
独访取一枝凄凉的竹管……
（为什么年红灯的万花间，
还飘着一缕凄凉的古香？）
归去也，归去也，归去也——
像候鸟衔来了异方的种子，
三桅船载来一枝尺八，
尺八乃成了三岛的花草。
（为什么年红灯的万花间，
还飘着一缕凄凉的古香？）
归去也，归去也，归去也——
海西人想带回失去的悲哀吗？

1935年春，诗人去日本小住，夜闻尺八有感。在散文《尺八夜》中，他“觉得单纯的尺八像一条钥匙，能为我，自然是无意的，开启一个忘却的故乡，……”《尺八》这首诗描写的是一个“海西客”（中国在日本海之西）乘长安丸东渡日本，夜里听到尺八的吹奏，在尺八声里既动了乡愁，又得了慰藉，第二天便去长安市上，“访取了一枝凄凉的竹管”，于是，“尺八仍成了三岛的花草”。这里是以当年“番客”的乡愁，来暗示自己此刻的心境。两次用了这样的句子：“为什么年红灯的万花间，还飘着一缕凄凉的古香？”每次还紧接着连用了“归去也，归去也，归去也——”这三重叠句的紧促的呼喊。此诗被王佐良评价为卞之琳创作成熟期的“最佳作”。

沙白在1944年又写下《尺八——仿卞之琳》：

缠绵的秋雨下个不停，
依楼窗我思念一支尺八。
一支尺八吹一缕缠绵乡愁，
踏着海浪走来一个天涯归客。
依船栏不吹《支那之夜》，
吹早已失传的《秦楼月》。
吹走一天秋雨淅沥风瑟瑟，
楼窗口斜挂半轮初八月。
归来也，归来也，归来也，
想归来也难认故园故国。
摘下长笛向远方试和一曲，
一声呜咴，小小竹管吹裂如劈。

想必沙白读过卞之琳那篇散文《尺八夜》中所引的周作人的话："我们在日本的感觉，一半是异域，一半是古昔，而这古昔乃是健全地活在异域的，所以不是梦幻似地虚假……"沙白在诗里强调的是："依船栏不吹《支那之夜》，吹早已失传的《秦楼月》。"以悲愤吹走缠绵，吹走萧瑟，直至吹裂了竹管。

芒鞋踏破陇头云

一

宋代僧人，往往是披着袈裟的诗人。而禅学南宗，又几乎影响了一代诗僧。

省澄的《示执坐禅者》云：

大道分明点绝尘，何须枯坐始相亲。
杖藜日涉溪山趣，便是烟霞物外人。

南宗提倡明心见性，自悟成佛，认为坐禅是节外生枝，大可不必。苏轼的好友参寥，便是云游四方的诗僧。在《送参寥师》中，苏轼写道："欲令诗语妙，无厌空且静。静故了群动，空故纳万境。"这大概是南宗的"净心"了，即排除一切外在干扰的空心澄虑的静观默照。同诗接下去又有"阅世走人间，观身卧云岭。咸酸杂众好，中有至味永"。苏轼早年便主张广览"山川之秀美，风俗之朴陋，贤人君子之遗迹"（《南行前集序》）；宋人也向来将诗视为造化的产物，元气的结晶，相信"江山为助笔纵横"（黄庭坚诗），"周游天下，……故挥毫之际，如有神助"（刘克庄语）；所谓"神助"，便是一种灵感状态，这大概便是南宗的顿悟了。所以南宗又名顿教。

其实，《景德传灯录》以更为简截的方式，传达了南宗的妙谛："青青翠竹，尽是法身；郁郁黄花，无非般若。"

宋代另一位诗僧守端，在《子规》一诗中，也生动地点出：

声声解道不如归，往往人心会者稀。
满目春山青水绿，更求何地可忘机。

宋代是佛学的成熟期。禅宗的明心见性被引入儒学而成理学，禅宗的活法、顿悟也被江西诗派引为学诗的秘诀。前者不是本文所述范围，后者可略谈几句。

当今日本学者铃木大拙指出："禅如果没有悟，就像太阳没有光和热一样，禅可以失去它所有的文献、所有的寺庙以及所有的行头，但是只要其中有悟，就会永远存在。"（《禅与生活》）

南宋严羽在《沧浪诗话》中也早

南宗提倡明心见性，自悟成佛

已指出：“禅道惟有妙悟，诗道亦在妙悟。”

在宋人眼中，悟的产生具有偶然性、神秘性和瞬时性的特点。如戴复古《论诗十绝》：

诗本无形在窈冥，网罗天地运吟情。
有时忽得惊人句，费尽心机做不成。

他们相信有一种名叫“诗”的东西，蕴于天地混茫之中，藏于寂寞杳冥之境。人们可以从两种途径于“无形”中获得，一是精思而致，一是无心而遇。总之，两者都离不开“悟”。

这令人想起法国诗人波德莱尔的《应和》：

自然是一庙堂，那里活的柱石
不时地传出模糊隐约的语音……
人穿过象征的林从那里经行，
树林望着他，投以熟稔的凝视。

正如悠长的回声遥遥地合并，
归入一个幽黑而渊深的和协——
广大有如光明，浩漫有如黑夜——
香味，颜色和声音都互相呼应。

有的香味新鲜如儿童的肌肤，
柔和有如洞箫，翠绿有如草场，
——别的香味呢，腐烂，轩昂而丰富。

具有着无极限的品物底扩张，
如琥珀香、麝香、安息香、篆烟香，
那样歌唱性灵和官感的欢狂。（戴望舒译）

二

守诠（当为惠诠）有一首《题梵天寺》的诗：

落日寒蝉鸣，独归林下寺。
柴扉夜未掩，片月随行屦。
惟闻犬吠声，又入青萝去。

苏轼则有《梵天寺见僧守诠小诗，清婉可爱，次韵》：

但闻烟外钟，不见烟中寺。

幽人行未归，草露湿芒屦。

惟应山头月，夜夜照来去。

《竹坡诗话》云东坡的和诗“虽欲回三峡倒流之澜，与溪壑争流，终不近也”。

东坡的诗境较为开阔，但“意”与“境”稍隔，更多的是一种旁观，难免只得幽绝之表。惠诠由“蝉鸣”深处归寺，继而与“片云”同入“松扉”，继而“更入青萝”，终于融入到那深不可测的杳然若无的青霭之中去了。这就不仅仅是“人”入幽绝，而且是“意”入幽绝，传出了“幽人”的风韵。但东坡多与僧人交往，则是主要的。苏辙曾言苏轼在杭州“三百六十寺，处处题清诗”。

苏轼《和子由渑池怀旧》诗意

在《书双竹湛师房》（其二）中，苏轼又有：

暮鼓朝钟自击撞，闭门孤枕对残釭。

白灰旋拨通红火，卧听萧萧雪打窗。

再如《蜀僧明操思归书龙丘子壁》：

久厌劳生能几日，莫将归思扰衰年。

片云会得无心否，南北东西只一天。

中国儒学交付给士人的使命太沉重了，好比吴刚月中斫桂，好比西绪福斯推石上山。屈子曾为之“虽九死其犹未悔”，杜甫也为之“肠内热”，但苏轼很早便领略了生存的飘浮无定和终归寂无的本质，亦即西方哲人所谓的“荒谬性”。“人生到处知何似，应似飞鸿踏雪泥。泥上偶然留指爪，鸿飞那复计东西。”汪师韩评曰：“轼是时年甫二十六，而诗格老成如是。”

全诗为：

人生到处知何似，应似飞鸿踏雪泥。
泥上偶然留指爪，鸿飞那复计东西！
老僧已死成新塔，坏壁无由见旧题。
往日崎岖还记否？路长人困蹇驴嘶。

胡晓明认为：

苏轼名篇《和子由渑池怀旧》最具宋诗特点：转向内心，化解悲哀，融三教慧命而为一。首联讲“空无”，以雪为喻，是佛教思想。领联是对仗极工稳的流水对，有递进关系，有歌唱感，极富于人生飘忽不居的唱叹深情！颈联更好：老僧——坏壁，新塔——旧题。整炼精美的工对形式中，是一种自然与历史流转的无情无义：一代又一代人过去，生命流逝，死亡是如浩荡而来的潮流，无法阻挡。人想在历史上留下的生命印记又是多么空幻可怜，人的想法与大自然的规律相比，是多么渺小、不足道！人的点滴努力，似乎永远也敌不过大自然的无边伟力。——这当然是人生的哲理和大的答案。然而是不是就这样算了、放弃了、死心了呢？恰是在这种悲哀的大背景中生长出了儒家的哲学，温暖而又有情——记忆是永不磨灭的，是对有情生命的肯定！在死亡背景的滔滔潮流之中，往日情义点点滴滴都是那样值得珍视。此诗是以佛道为背景，翻转过来写儒家的日用智慧。人生一定要有佛道体验，但也一定要懂得翻转上来。

传说黄庭坚早年曾写《牧童》诗：

骑牛远远过前村，吹笛风斜隔垄闻。
多少长安名利客，机关用尽不如君。

晁冲之退隐后，曾作《题超化寺壁》：

曲池风定碧澜平，小白鱼如镜里行。
水竹再来应识我，壁间不用更题名。

南宋李光，因忤秦桧而罢官，有《新年杂兴》：

负郭幽居一味清，残花寂寂水泠泠。
夜深宴坐无灯火，卷上疏帘月满庭。

林一龙有《十四夜观月张氏楼》：

只隔中秋一夕间，蟾光应未少清寒。
时人不会盈虚意。不到团圆不肯看。

汪若楫有《绝句》：

万木惊秋各自残，蛩声扶砌诉新寒。
西风不是吹黄落，要放青山与客看。

江湖诗派许棐有《枯荷》：

万柄绿荷衰飒尽，雨中无可盖眠鸥。
当时乍叠青钱满，肯信池塘有暮秋？
……

南宋龚相的《学诗诗》言："学诗浑似学参禅，悟了方知岁是年。点铁成金犹是妄，高山流水自依然。"吴可《学诗诗》也叹："学诗浑似学参禅，自古圆成有几联？春草池塘一句子，惊天动地至今传。"

"春草池塘一句子"，是指谢灵运的"池塘生春草，园柳变鸣禽"。梁宗岱在《诗与真》中，作了极好的阐发："这两句诗所写的是一个久蛰伏或卧病的诗

初春

人，一旦在薰风扇和，草木蔓发的时候登楼，发现原来冰冻着的池塘已萋然绿了，枯寂无声的柳树，因为枝条再荣，也招致了不少的禽鸟飞鸣其间。诗人惊喜之余，误以为遍郊野底春草竟绿到池上去了，绿荫中的嘤嘤和鸣也分辨不出是禽鸟底还是柳树本身底。”

三

但佛门释子，却有不少性情中人，写出的禅诗，决不逊于上述诸人，甚至更有一股饱满的元气生机，扑面而来。同安禅师所云“丈夫皆有冲天志，不向如来行处行”，尤体现了禅宗否定外在权威、突出本心地位的破关斩壁精神。

宋初九僧诗，尚偏于冷寂。佳联有惠崇的“照水千寻迥，栖烟一点明”，还有引起争议的“河分岗势断，春入烧痕青”，另有宇昭的“马放降来地，雕闲战后云”等。到了苏轼的友人道潜（字参寥），却石破天惊，颇留下一些佳什。最有名的当数《临平道中》：

风蒲猎猎弄轻柔，欲立蜻蜓不自由。
五月临平山下路，藕花无数满汀州。

还有《江上秋夜》：

雨暗苍江晚未晴，井梧翻叶动秋声。
楼头夜半风吹断，月在浮云浅处明。

朱淑真的“月在梧桐缺处明”似由此而来。

曲渚回塘孰与期，杖藜终日自忘机。
隔林仿佛闻机杼，知有人家住翠微。
（《东园》）

赤叶枫林落酒旗，白沙洲渚夕阳微。
数声柔橹苍茫外，何处江村人夜归。
（《秋江》）

据《冷斋夜话》载：“时（道潜）从东坡在黄州，士大夫以书诋东坡，曰：‘闻日与诗僧相从，岂非“隔林仿佛闻机杼”者乎？真东山胜游也。’坡以书示潜，谓前句笑曰：‘此吾师七字号也。’”东坡称道潜为“师”，不仅取禅师之“师”义，多少也有一点以人品诗品为“师”的意思罢。

胡晓明析《秋江》：“落酒旗”，酒店收下招揽客人的旗子，停止营业。日薄西山，仅一“微”字，赤叶枫林的张扬顿不刺目，诗境归于寂寂。“外”字神妙，如天外来客，却着一“归”字，方令人醒觉：原来那叶空灵的扁舟载回的夜归人，游心天外，而又回归人寰。并进而评道：

在神话世界里，太阳是有家园的，于是天涯浪客于黄昏时分倍增悲凉，因为落日催归，原是人心与时序的全面对应，原是生命节律与时间变化的相互感应，于是，“日暮乡关何处是”便成了落日意象的一种喟叹怅望，令人恍兮惚兮，意绪苍茫。道潜此诗却不涉情愁：酒旗已落，红尘中的纷扰亦被隔于水的另一边；夕阳暗淡，正见茫茫烟水淡淡云山；终于柔橹声动，远人回归，人类生命的苍然悲感在暮色中渐渐化解，只剩一片安详寂静，因为终于回归，终于安顿，终于止泊。

道潜还有一首带有绯闻的《口占绝句》：

寄语东山窈窕娘，好将幽梦恼襄王。
禅心已作沾泥絮，不逐春风上下狂。

不狂而狂，无一点“酸馅气”。虽然悟法相近，却不同于波德莱尔的“歌唱性灵和官感的欢狂”。但细品“沾泥絮”三字，总觉得其中有着“一抔净土掩风流”式的怅惘与幽怨，只不过这种如巫山魂梦般的情韵潜藏得极深，不易为人察觉罢了。

还有一位便是写过“蜜蜂两脾大如茧，应是前山花又开”的饶节。“大如茧”展示了一个花光浓烂的世界。饶节是陶醉于他的山居生活的：“禅堂茶罢卷残经，竹杖芒鞋信脚行。山尽路回人迹绝，竹鸡时作两三声。”即便是《晚起》，也写得那样生气盎然：

月落庵前梦未回，松间无限鸟声催。
莫言春色无人赏，野菜花开蝶亦来。

即便是老病，也写得那样别有情致：

长忆吟时对短檠，诗成重改又鸡鸣。
如今老矣无心力，口诵君诗绕竹行。

这是答吕本中寄诗的，本中“甚称之”。另有一首寄吕本中的诗，有佳句云：“文章不疗百年老，世事能排双颊红。”还有《咏梅》名句：“遂教天下无双色，来作人间第一春。”所以陆游评其诗“为近时僧中之冠”。

说到梅诗，南宋有一首别具一格的某尼《悟道诗》：

尽日寻春不见春，芒鞋踏破陇头云。
归来笑拈梅花嗅，春在枝头已十分。

灵动地阐明了“道不远人”，就在你身边、就在你心中的道理，只要此心一悟，便随处是春、随处是道，不必舍近求远。这便是刹那的禅机阐发。颇有辛弃疾“众里寻他千百度，蓦然回首，那人却在灯火阑珊处”之意。

胡晓明点评第二句：

曼殊名句“芒鞋破钵无人识，踏过樱花第几桥”似从此脱胎而来。然细细味之，曼殊就繁华多了，此句却是真学道人语。

点评第四句：

“一多互摄”乃佛法妙悟之处，青青翠竹，总是法身，郁郁黄花，无非般若，于是须弥无边的境界都可圆满具足于一个微小的芥子之中，于是一点艳红解寄无边春色，一片落叶涵容多少秋声，佛性禅意便在这一草一木之中。

另有一位名叫正觉的尼姑，有《绝句》云：

春朝湖上风兼雨，世事如花落又开。
退省闭门真乐处，闲云终日去还来。

世事如花落又开，比喻新奇，未经人道。闲云终日去还来，则闲云也成“忙云”了。

覃召文在《禅月诗魂》中也举了一个“忙云”的例子，即宋僧显万的《庵中自题》：“万松岭上一间屋，老僧半间云半间。三更云去作行雨，回头却羡老僧闲。”并探幽抉微地发挥说：“云烟是僧诗描写的重要对象之一。它若有若无，且高且逸。生灭藏伏于幽谷之中，似有‘定’性，流动变化于蓝天之上，如有‘慧’根。它纯洁素朴，轻妙灵动。虽非山水，但可显山水之精神。虽非林泉，但可衬林泉之幽深。”

正觉还有一首《雨霁》：

郭关《问道》 禅学

幽鸟枝头不住声，天开雨霁一窗晴。
西来妙意非文字，金屑休教落眼睛。

参禅者心心念念，左思右想，不得悟入，突然在某个契机触动下，“天开雨霁一窗晴”。“金屑”虽然可贵，掉进眼里总是异物，好比人为地割裂了禅机与意象，道理讲得再高明，也不能与心灵体验融合无间。“西来妙意”（佛教真谛）是不好用文字表述的，只有不断参省，触景而悟。

当然，禅意还是可以用文字表达的，所谓“金屑”，当指“语录讲义之押韵者”（刘克庄语）。于是我们才看到一系列好的禅诗：

轩前辘轳转冰盘，轩里诗成彻骨寒。
多少人来看明月，谁知倒被明月看。
——德聪《自题月轩》

何处深栖役梦频，青城抛却数溪云。
如今老大归难得，只写情怀远送君。
——重显《送俞居士归蜀》

小溪庄上掩柴扉，鸡犬无声月色微。
一只小舟临断岸，趁潮来此趁潮归。
——昙颖《小溪》

十里青山照眼，一篷疏雨催诗。
记取江边作别，烟村梅子黄时。
——惠琏《别赵莘老》

扁舟乘兴到山光，古寺临流胜气藏。
惭愧南风知我意，吹将草木作天香。
——昙秀《山光寺》

城中寸土如寸金，幽轩种竹只十个。
春风慎勿长儿孙，穿我阶前绿苔破。
——清顺《十竹轩》

道人笔下有春色，写出江南雪压枝。
千里持来烦驿使，暗香不减陇头时。
——善权《送墨梅与王性之》

滩声嘈嘈杂雨声，舍北舍南春水平。
拄杖穿花出门去，五湖风浪白鸥轻。
——法具《送僧》

窗中远看眉黛绿，尽是当年歌吹愁。
鸟语夕阳人不见，蔷薇花暗小江流。
——法具《东山》

草荒驿路欲迷人，未见梅花信息真。
忆着旧家烟雨外，犯寒斜放竹篱春。
——显万《郴阳道中》

萍粘古瓦水泓天，数叶田田贴小钱。
才大古来无用处，不须十丈藕如船。
——居简《盆荷》

过了梨花春亦归，小窗新绿正相宜。
白头更作西洲梦，细雨青灯话别离。
——蕴常《送空上人》

剩水残山惨淡间，白鸥无事小舟闲。
个中着我添图画，便是华亭落照湾。
——惠洪《舟行书所见》

面对风景如画的山水林泉，总忘不了"我"在这画中的存在，总要为这幅画涂上"我"的色彩，这是为成功的前例所鼓舞而作的努力。寒山寺的钟声，进入张继的诗以后，似乎只应也只能有带着霜韵的夜半清响，它已成了"张继的钟声"。同理，"五月临平山下路"的景色，仿佛只是道潜的专利。惠洪此诗，似乎还欠些火候，但诗中的"华亭"，暗含两个掌故，一是陆机华亭鹤唳的悲剧命运，二是船子和尚德诚华亭舟渡济人的隐逸事迹，包容了出世入世的丰富意蕴。

吴山古寺近溪边，高堂虚阁景象全。
林下寂寥炉火尽，未眠犹听夜行船。
——净端《山居》

好一个"未眠犹听夜行船"！生命的感通是封闭不住的，总是要求慰藉，求润泽，求契近，才不致过于枯寂。

山水林泉

沙尾鳞鳞水退潮，柳行出没见渔樵。
客船自载钟声去，落日残僧立寺桥。
——昙莹《姚江》

蜻蜓低傍豆花飞，络纬无声抱竹枝。
忆得西湖烟雨里，小园清晓独行时。
——道璨《题水墨草虫》

连天芳草雨漫漫，赢得鸥边野水宽。
花欲尽时风扑起，柳绵无力护春寒。
——葛天民《江上》

夜雨涨波高二尺，失却捣衣平正石。
天明水落石依然，老夫一夜空相忆。
——葛天民《绝句》

“痴语”后面，跳动着“老夫”（也即诗人）一颗活泼泼的童心。

满川梨雪照斜曛，野水交流路不分。
隔岸一声牛背笛，和风吹落渡头云。
——惠嵩《天台道中》

还有一首道济的名诗《偶题》：

几度西湖独上船，篙师识我不论钱。
一声啼鸟破幽寂，正是山横落照边。

“山横落照边”，这是一种极清幽、宁静、阔大、安详的境界，人与自然的谐和，便在这抬头远望的一瞬之间。

一默如雷。正如当代日本学者铃木大拙在《禅学讲座》中言：“不是沉入空无深渊的沉默，也不是那落入死亡之永恒冷漠的沉默。东方的沉默犹似台风眼，它是风暴的中心。没有它，台风的移动就不可能。”

禅门实际上是一种“人间宗教”，所以王安石女儿读到惠洪的“十分春瘦缘何事？一掬乡心未到家”时，戏谑地说：“此浪子和尚耳！”（见《能改斋漫录》）惠洪原诗为：“上元独宿寒岩寺，卧看青灯映薄纱。夜久雪猿啼岳顶，梦回清月上梅花。十分春瘦缘何事，一掬归心未到家。却忆少年行乐处，软红香雾喷东华。”

惠洪一生，曾发配崖州（海南），三年始归。这一首《上元诗》，似作于北归后又囚居并州（今山西太原）期间。“软红香雾喷东华”的京城灯会，与“夜久雪猿啼岳顶”的寒僻异乡，形成强烈的反差。就禅观而论，诗僧恪守道性也好，骀荡诗情也好，都只是“随流去”，听凭本性就是了。从追求生命自由的禅观而言，惠洪乡心萌发，思归心切，实在无可厚非。即便站在凡俗的立场，惠洪因囚居流放而渴求解脱，也应得到理解与同情。

惟有具备七情六欲的“浪子和尚”，才能撷取生活的花蕊，酿出活色生香的禅诗。

“蜜蜂两脾大如茧，应是前山花又开。”

苏轼的方外之友仲殊，喜食蜜，人称“蜜殊”。“蜜殊”才写得出《润州》这样入世的诗作：

北固楼前一笛风，断云飞出建章宫。
江南二月多芳草，春在蒙蒙细雨中。

入世的诗，除“喜作艳词”的仲殊型外，还有胸存泾渭型。正如晋江僧定诸在《咏鹦鹉》中所言：“不须一向随人语，须信人心有是非。”

回到东坡的好友道潜（参寥），曾有《绝句》：

高岩有鸟不知名，欸语春风入户庭。
百舌黄鹂方用事，汝音虽好复谁听？

黄鹂即黄莺，百舌是伯劳的一种，一名反舌，能反复其舌，随百鸟之音春啭夏止。这两种鸟儿因鸣声圆滑而常为人畜养，有它们把持歌坛，自不容珍鸟前来。诗刺在朝专权用事的新党。又据《风月堂诗话》：“东坡南迁，参寥居西湖智果院，交游无复曩时之感。作《湖上》绝句”：

去岁春风上苑行，烂窥红紫厌平生。
而今眼底无姚魏，浪蕊浮花懒问名。

城隈野水绿逶迤，袅袅轻舟掠岸过。
欲采芸兰无觅处，野花汀草占春多。

结果，道潜也与远谪惠州的苏轼一样，被勒令还俗，编管兖州（今属山东）。

还有一位蜀僧奉忠，也是为东坡鸣不平的。惠洪的《冷斋夜话》载：奉忠从眉山而来，欲渡海见东坡，病于南山寺。正逢迫害东坡的章惇遭贬，途经此寺，邀饮，奉忠欣然从之。章劝他吃蒸蛇，他也举箸，略无踌躇。章问：你是出家人，也吃蒸蛇吗？奉忠曰：“相公爱人以德，何必见诮？”说完便倚栏看云。章说：“‘夏云多奇峰’，真善比类。”奉忠答：“曾记《夏云》诗甚奇。”遂诵：

如峰如火复如绵，飞过微阴落槛前。
大地生灵干欲死，不成霖雨漫遮天。

机关算尽、人格丧尽的章惇，其羞惭可想而知。

南宋还有一位名叫本正的僧人，有《赋吴门上元》：

村翁看了上元归，正是西楼月落时。
夸道官街好灯火，不知浑尔点膏脂。

元肇的《无著禅师塔》也大有一股傲气：

一定空山五百年，不须惆怅启颓砖。

路旁多少麒麟冢，过眼无人赠纸钱。

它使我们想起孟姜女的哭长城，想起陈陶的《陇西行》，想起白骨与铜像等高的年代。

……

钱钟书在《谈艺录》中，引了法国白瑞蒙《诗醇》中的一段警言，似可为宋代禅诗作一总评：

“真诗人必不失僧侣心，真僧侣亦必有诗人心。”

相逢都是广寒人

记住葛长庚这个名字，一是因为他有白玉蟾这怪怪的别名，二是七绝《中秋月》：

千崖爽气已平分，万里青天辗玉轮。
起向钱塘江上望，相逢都是广寒人。

又找到一些他的诗，如《采莲舟》：

葭蒲满荡起晴烟，总属霜鸥雪鹭天。
一片紫菱分十字，中间放过采莲船。

如《仙机岩》：

织成霓裳御冷风，玉梭随手化成龙。
天孙归去星河畔，满洞白云机杼空。

还有一些好句：

“薄暮鸦翻千点墨，晴空雁草数行书。”

“石坛对坐话松风，鹤唳一声山月落。”

他是道士。中唐以降，充满理性精神的士大夫们目睹耳闻了各种炼丹服食的恶果，经历了五花八门的斋醮仪式，看到诸般符咒幻术的无效，开始向老庄复归，与禅宗合流，追求清净恬淡的精神境界与健康长寿的生理状态的合一，又保持和发展了道诗丰富的想象与奇诡的意象，出现了不少佳作，《中秋月》便是其中之一。

宋代道诗，始于陈抟的《归隐》：

十年踪迹走红尘，回首青山入梦频。
紫陌纵荣争及睡，朱门虽富不如贫。
愁闻剑戟扶危主，闷见笙歌聒醉人。
携取旧书归旧隐，野花啼鸟一般春。

宋太宗曾召见他，问以修炼之事、飞升之道，他回答：“陛下为天下君，当以苍生为念，岂宜留意于为金乎？”他的自白是：“世态从来薄，诗情自得真。”

魏野的《寻隐者不遇》艺术性则更高：

寻真误入蓬莱岛，香风不动松花老。
采芝何处未归来，白云满地无人扫。

有些作者本人是刚正的儒臣，却也写了一些道诗，如李纲写武夷山的《玉女峰》：

风舞芳林鬓脚垂，朝云暮雨湿仙衣。
不知当年缘何事，化石山头更不归。

三四句是明知故问，肯定了玉女追求人间幸福、世上知己的坚强性格。这首诗与他的《病牛》（“耕犁千亩实千箱，力尽筋疲谁复伤？但得众生皆得饱，不辞羸病卧残阳”）一样，都辐射出一代名相的人格魅力。

辛弃疾写武夷《幔亭峰》，则偏于赞美：

山上风吹笙鹤声，山前人望翠云屏。
蓬莱枉觅瑶池路，不道人间有幔亭。

即便是道流羽士本身的作品，尽管有些偏于清寂，对于红尘闹市中人，也不啻一帖解药。

《宋诗纪事》卷九十“道流”，可摘一些七绝：

道德經序
老子體自然而然生乎太無之先起乎無因經歷天地終始不可稱載終乎無終窮乎無窮極乎無極故無極也與大道而倫化爲天地而立根布炁於十方抱道德之至淳浩浩蕩蕩不可名也煥乎其有文章巍巍乎其有成功淵乎其不可量堂堂乎爲神明之宗三光恃以朗照天地禀以得生乾坤運以吐精

老子道經卷上
河上公章句第一
體道第一
道可道謂經術政教之道也非常道非自然長生之道也常道當以無爲養神無事安民含光藏暉滅迹匿端不可稱道名可名謂富貴尊榮高世之名也非常名非自然常在之名也常名愛如嬰兒之未言雞子之未分明珠在蚌中美玉處石間內雖昭昭外如愚頑無名天地之始無名者謂道道無形故不可名也始者道本也吐氣布化出於虛無爲天地本始也有名萬物之母

《道德经》 唐代尊崇道教

草铺横野六七里，笛弄晚风三四声。
归来饱饭黄昏后，不脱蓑衣卧月明。

汲汲光阴似水流，随时得过便须休。
儿孙自有儿孙计，莫与儿孙作马牛。

门外黄尘尺许深，痴儿抵死竞浮沉。
谁知一寸茅檐日，天付闲人值万金。

秧针刺水麦锋齐，漠漠平沙白鹭飞。
尽道春光已归去，清香犹有野蔷薇。

青荧寒焰弄微明，灯与幽人一样清。
案上《黄庭》浑懒看，时闻败叶打窗声。

还有一些佳联：

“石压笋斜出，岸悬花倒生。”

“溪雪载落梅，寒声激长松。”

“嗜茶和月煮，采药带云归。”

“溪云拂地送残雨，谷鸟向人啼落花。”

“百啭已休莺哺子，三眠初罢柳飞花。”

“照影自怜湖水碧，高吟赢得蜀山青。”

“无雪可欺松桧老，有天难管白云闲。”

“无恩可报空磨剑，有道欲传难得人。”

“伍员不死江潮壮，西子如生越水寒。”

“接死作生滋夜雨，变红为白借东风。”

徽宗朝道士刘卞功，甚至讲出这样愤世嫉俗的话：“常人以嗜欲杀身，以货财杀子孙，以政事杀民，以学术杀天下后世。吾无是四者，岂不快哉！”

有些人入道流，则为迫不得已。如木广漠，崇宁间廷试对策，力诋时政阙失，驳放后不仕，浪迹山林。他的《过东坡墓》，有“人间便觉无清气，海外何人识古风”之句。又如杨介如，开禧间游边塞，画策不售，遂隐黄冠。“酒量春吞海，诗肩夜耸山”可谓奇句。

总得舍弃一些什么，消解一些什么，才会有满庭清阴、满胸月明的境界，不疲于奔命，不心劳力竭。“有天难管白云闲。”有虚空，有余暇，才不致过于充塞、压抑、窒碍。不牵于物，不累于情，“随物宛转”、“与心徘徊”，生命的呼吸才自由畅快。

在诗性人生上，这些作者不愧为提取物体精华的炼金术士。

独立花荫看雁行

更欲樽前抵死留，为君徐唱木兰舟。

临行翻恨君恩杂，十二金钗泪总流。
（其三）

世上无情似有情，俱将苦泪点离樽。
人心真处君须会，认取侬家暗断魂。
（其四）

君住江滨起画楼，妾居海角送潮头。
潮中有妾相思泪，流到楼前更不流。
（其五）

妾愿为云逐画樯，君言十日看归航。
恐君回首高城隔，直倚江楼过夕阳。
（其八）

亚卿，姓葛，阳羡（今江苏宜兴）人，曾任海陵（今江苏泰州）尉，诗人的朋友。关于这组诗，胡仔《苕溪渔隐丛话》后集卷三十四记载说："余以《陵阳集》阅之，子苍（按即韩驹字）《十绝为葛亚卿作》，皆别离之词，必亚卿与妓别，子苍代赋此诗。其诗云：'妾愿为云逐画樯，君言十日看归航。'以此可知也。……徐师川跋云：'……十诗说尽人间事，付与风流葛稚川。'"这段话说明两点：其一，这组诗原来是十首（胡仔、徐师川都是诗人同时代人，后者还是他的朋友，故二人之说当可信），在流传过程中，不知何故失落了一首，于是连题目也由"十"而为"九"了；其次，这组别离之诗的女主人公是一位妓女，这除了胡仔举出的例句外，尚可从"君恩杂"、"十二金钗"等语中得到证明。这组以女主人公的代言体写成的绝句，可能是诗人听了葛亚卿讲述自己的爱情故事后，为他们二人而写的。

他又要离她而去了，她黯然销魂，情不能已。诗人写出了她的这种感情，代她向他倾诉了内心深处无限的爱恋之情。

其三、其四两首，诗人用对比的手法写出她对他的一往情深。其三这首，表现她的深情。十二金钗，原谓姬妾很多，这里指他情人众多。她先是极力挽留：他动身在即，离筵也已摆开，可是就在这举樽道别之际，她仍不死心，还想拼死（抵死）挽留住他，并且强忍悲痛，轻柔地为他唱起："洞庭波冷侵晓云，日日征帆送远人。几度木兰舟上望，不知元是此花身。"（李商隐《木兰花》诗）"……都门帐饮无绪，留恋处、兰舟催发……（柳永《雨霖铃》词）等感伤离别的歌曲，力图唤起他对以往离愁别恨的回忆。然而他还是坚决要走。她大失所望，便由爱转恨（翻恨）：恨他对爱情太不专一（恩杂），所爱既多，又轻别离，使得这些女子（包括她自己）总是在以泪洗面中打

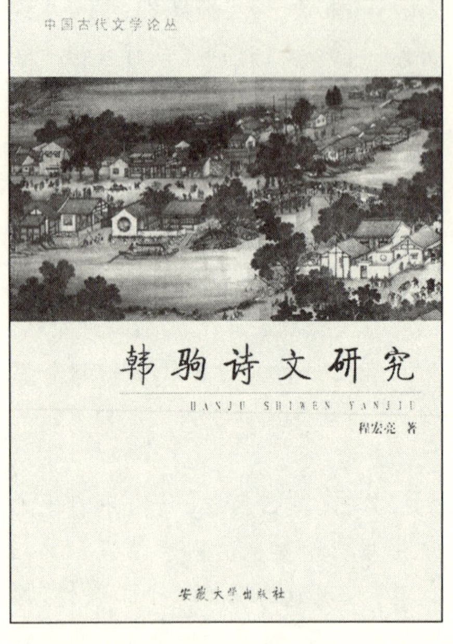

《韩驹诗文研究》书影

发光阴。这里的“恨”，含蕴着这位青楼女子既不能获得他专一的爱情、又要常常饱尝别离之痛的内心苦闷。但是挽留也好，恨也好，都表现了她对他的深情。

其四这首，以世人的无情衬托她的真情。本来，世上那些无情者，都会装得像个有情人，他们在这种离别的筵席上，也往往会掉下几滴眼泪。可是她不是这样的人，她对他说：你可千万不要误会了我，我今日当筵落泪，却是发自内心的一片真情，这“人心”之“真处”，你须要理会得，牢牢地记取啊，为了思念你，我总是暗暗地哀伤不已（因为我不是你的妻，故而连伤感也得避着些人）。侬家，是她的自称，犹言吾家。在对比之中，如泣如诉地道出了她对他的真情挚爱，并且展示出这位沦落风尘的不幸女子的内心活动：生怕刚才自己又爱又恨的态度会引起所爱之人的怀疑。

其五、其八两首，诗人以直抒胸臆的手法，写出了她对他的满怀痴情。

她见他执意要走，便在其五这首中痴情相告道：从此天涯海角，人各一方，你住在那江边耸起的画楼内，我居住在这江水入海处（海角）。从今后，我将日日伫立海边送潮头（海水涨潮，潮头便随江而上，故云）。你可要晓得，那滔滔的潮头之中，有我的相思泪，它流啊、流啊，一直流到你的楼前，就再也不流了。

其八这首写他终于要走了，她竟异想天开，说自己愿意变作一朵云，追着他的画船走。他终于被她的痴恋所感动，不由婉转相劝：“十日看归航。”她放他走了，然而正在“举手长劳劳，二情同依依”（《古诗为焦仲卿妻作》）时，她又突然向着他喊：“恐君回首高城隔，直倚江楼过夕阳。”“高城隔”，用的是唐人欧阳詹的典故。欧阳詹在太原恋一妓，临别赠诗，有“高城已不见，况复城中人”

之句。诗意是说，只怕你走后，回首望我，已被高城隔住，看不到了，而我仍会倚在江楼上盼望着你。情意极为凄婉。

男女爱情这个传统题材，在宋人笔下，多以当时的流行歌曲——词的形式来抒写，而在大量的五七言古今诗体中，以爱情为主题的诗，却很少，写得好的更为罕见。韩驹这组感情炽烈的爱情诗，淋漓尽致地表现了那位多情多义的妓女，对其友人葛亚卿不忍分别、又不得不分别的那种深情难舍的别离之情，写得缠绵悱恻，情真意挚，十分感人。这在宋人诗中显得极其难得。

以上为周慧珍的评述。胡晓明析其五云："就让全世界知道满江潮水都是我的相思清泪罢！然而亦收敛：各人得自己份中的眼泪，而今生今世，我的泪只为你流。情深如斯。"

韩驹代女子立言。《名媛诗归》所记事，则为女性自己心声："朱后，钦宗后，与徽宗郑太后俱陷于契丹，遣送燕京，番官泽利押送。发行时，与信安知县饮酒，强令唱歌陪饮，后以不能对。怒曰：四人性命在我掌中，安得如是。后不得已，不胜涕泣乃持杯作歌，歌毕上酒。泽利笑曰：词最好，可更唱劝知县。后再歌，悲哀不止。利拽后衣，后以死抗，不以所辱，卒于燕，年仅二十。"

《怨歌》二首为：

幼富贵兮，厌绮罗裳。
长入宫兮，奉尊王。
今委顿兮，流落异乡。
嗟造物兮，速死为强。

昔居天下兮，珠宫贝阙。
今日草芥兮，事何可说！
屈身辱志兮，恨何可雪？
誓速归泉下兮，此愁可绝！

孟元老《东京梦华录》书影

朱后是值得同情的，她以速死维护了女性的尊严。而徽钦二帝却苟活下来。金主封徽宗为昏德公，封钦宗为重昏侯。据署名耐庵所编《靖康稗史七种》之一《宋俘记》所载，父子二人在忍辱含垢的环境中，竞相生育。昏德公入金后生六子八女，重昏侯亦生二子，可谓乐不思蜀了。

宋代女性诗，除李清照、朱淑真外，尚有不少佳作。如毗陵女子的《题破钱》：

半轮残月掩尘埃，依稀犹有开元字。
想得清光未破时，买尽人间不平事。

俨然一篇七绝《钱神论》。

如杭妓胡楚《寄人》：

不见当年丁令威，年来处处是相思。
若将此恨同芳草，犹恐青青有尽时。

比朱淑真的“断肠芳草连天碧”更深一折。

如古田妓周氏《赠陈筑》：

梦和残月过楼西，月过楼西梦已迷。
唤起一声肠断处，落花枝上鹧鸪啼。

她们的身份，使诗少有遮掩，或直抒胸臆，或回肠九曲，皆感人肺腑。

闺媛中也有不少佳作，如詹光茂妻的《寄远》：

锦江江上探春回，销尽寒冰落尽梅。
争得儿夫似春色，一年一度一归来。

如钱氏《绝句》：

士悲秋色女怀春，此语由来未是真。
倘若有情相眷恋，四时天气总愁人。

如陈氏《题小雁屏》：

红蓼淡芦攲曲水，几双容与对西风。
扁舟阻向江乡去，却喜相逢一枕中。

如谢氏《送外》：

此去惟宜早早还，休教重起望夫山。
君看湘水祠前竹，不是男儿泪染斑。

如王氏（赵德麟妻）《绝句》：

白藕作花风已秋，不堪残睡更回头。
晚云带雨归飞急，去作西窗一夜愁。

何师韫《失假山偈》类似“梅花尼”的《悟道》诗：

片石亡来岁月深，昔日寻觅到而今。

元来只是家山里，枉费工夫别处寻。

谢蓬莱的《谢姊惠鞋》：

莲瓣娟娟远寄将，绣罗犹带指尖香。
弓弯著上无行处，独立花荫看雁行。

收到姐姐寄来的绣鞋，穿上了又舍不得走路，只好站在花荫里，仰看天上的雁行。云天渺远，只有靠雁字写下自己的浓浓亲情、长长思念。有洁癖，有慧心，又有一股飞扬的爽朗之气。

杨氏妇有《送夫从军》：

海坛门外浪滔天，妾上城楼君上船。
回首西风深巷底，梅花霜月夜如年。

还有一些不让须眉的佳句：

“树既摧为薪，花亦落为尘。”

“莫讶泪频滴，都缘心未灰。”

“自便牛背稳，却笑马蹄忙。”（咏牧童）

“田舍辘轳出短墙，村落秋千挂高树。”

“满目烟含芳草绿，倚阑露泣海棠红。”

……

在理学风霜的摧折下，这些女性诗的奇葩不仅怒绽了，且并非昙花一现，而是历经千年的仙花，至今晨露未晞，或尽态极妍，或温婉动人。

老树当风叶有声

绍兴原名会稽、山阴、越州，宋高宗南逃于此，取“绍祚中兴”意，改名绍兴。最早将山阴山水与杭州西湖比较的，可能是明人袁宏道：

余尝评西湖如宋人画，山阴山水如元人画。花鸟人物，细入毫发，浓淡远近，色色臻妙，此西湖之山水也。人或无目，树或无枝，山或无毛，水或无波，隐隐约约，远意若生，此山阴之山水也。……夫山阴显于六朝，至唐以后渐减；西湖显于唐，至近代益盛，然则山水亦有命运耶？

他在诗里也表达了同样的意思：

钱塘艳若花，山阴芊如草。
六朝以上人，不闻西湖好。
平生王献之，酷爱山阴道。
彼此俱清奇，输他得名早。

张岱又扯进一个萧山湘湖：

自马臻开鉴湖，而由汉及唐，得

名最早。后至北宋，西湖起而夺之，人皆奔走西湖，而鉴湖之淡远，自不及西湖之冶艳矣。至于湘湖则僻处萧然，舟车罕至，故韵士高人无有齿及之者。

马臻是东汉的会稽太守，被誉为鉴湖之父。

张岱族弟毅孺喻西湖为美人、湘湖为隐士、鉴湖为神仙。

今人王建新提出：

按风景的特质说，绍兴是淡扫蛾眉不施脂粉的村姑，虽不像西湖那样有着翠羽明珰的风度，却另有林下的自然韵致。可是尽有些地方不能用女性来比拟，只好说它具有男性的刚健气息。

游完东湖后，他的看法更确然了：

东湖的境界给我们的印象很奇，水清石瘦，树老竹幽，岑寂如太古，萧森如鸿蒙初辟，如果用风尘三侠中的人物来比西湖和东湖，则西湖如红拂而东湖便如虬髯客了。

罗大冈是绍兴人，他有一段议论：

我常听人们说："绍兴是出文人的。"这句话并不中肯。更精确地说：绍兴历来是出硬骨头文人的，这才是鉴湖的特点。略举数例，如毕生誓不做官的王冕、决不向权贵低头的徐渭、死不降清的朱之瑜等等。"鉴湖女侠"秋瑾之所以出现于鉴湖的山光水色之间，绝非偶然。

我还想起明人王思任。清兵南

张大千《山阴题壁图》

下，他拍案而起，怒斥降臣马士英。城陷后，闭门大书“不降”二字，还留下掷地有声的一句话，也即鲁迅爱引的：“会稽乃报仇雪耻之乡，非藏垢纳污之地。”

友人李元洛在《英雄与文人》中，有一番赤忱的感慨：

自百年前的谭嗣同与秋瑾之后，从民族的永恒的意义而言，本是英雄而又兼文人似乎已经成了绝响。而相对于“武人”，文人的气质本来就相对柔弱，何况他们手中大都没有紫电青霜与权柄重宝，而只有一支羊管或狼毫，而且拥挤于“学而优则仕”的单行道，政治上与经济上的依附状态，决定了他们的软弱性，所以许多人的作品就难免英雄气短而儿女情长，即使所谓的“文豪”与“文雄”，也只是指其作品的成就与影响，并非说他们有多少英雄之气。至于有的“臣妾式”御用文人，则只知颂圣而山呼万岁。时至上个世纪，前半叶尚有鲁迅的横眉冷对，面向刀丛，闻一多的慷慨陈辞，英勇赴死，但后半叶的文人呢？无可讳言，如梁漱溟的面折廷争，如马寅初的孤军奋战，如林昭的以死殉道，如某些人的仍在以笔为旗，倡导当下关怀与终极关怀的人文精神，英雄之气在当代文人中虽犹存一脉，但确实已经日形稀薄而难以寻觅了，文场上的污浊之气，近年来也和官场一样与日俱升。至于我，虽也是世上的凡夫，人间的俗子，儿女情长而英雄气短，但我愿在心中清扫出一角清静的天地，向古往今来文人中的英雄和英雄而为文者，奉上一炷敬仰与追慕的心香。

风日晴好过兰亭

兰亭在绍兴西南二十五里的兰渚山。《越绝书》记载，勾践最早在此种植兰花，汉代又设驿亭，故称兰亭。从娄宫镇到兰亭的石路，便是王子敬所谓“山川自相映发，使人应接不暇”的山阴道。王建新在《山阴道上归来》文中说：“山阴道上”这几个字的动人，好像“绍兴酒”一样的具有魔力。陈从周则把“山阴道上”作为一种象征：

……古人说山阴道上，亦就是山与水所构成的越中山水特色。越水弥漫，平静如镜，故有名镜湖，而小流萦回，自成村落，是处人家。柳下枕桥，晓露濛濛，莺啭林梢，无水不成景也。

民国王建新记叙：

舟掠亭山而过，周遭景物开朗，万叠云山，起伏天际，千顷翠畴，平铺眼底。那萦洄在陇畔的清溪和溪边笼着轻烟的春树，做了有力的点缀。岸上三五农人荷着农具，沐着晨曦，在青山影里，缓缓的踱着步儿前进，神态悠闲

崔子忠《兰亭修褉图》

自得，决不像二十世纪的劳人。

接着便是步行：

出娄宫镇，那条道就现在目前。沿路一面走一面左顾右盼。四面都有青翠的岚光，迷离的烟树。路旁右面是田亩，左面是溪流。修坦的石路，宛转有致，连沿路的石桥，驿亭，竹篱，茅舍，都位置得恰好引起诗情画趣。尤其是那曲曲折折的小溪，水色是那么样的莹洁，流声是那么样的琤琮，而且中途多急湍，漱石掠沙下注，有如泻玉。使人要对着它凝睇，要发生无限的流连。真的“应接不暇”呵！

转过山隈，见一簇游人策骑而来，随在后面赶脚的却是倩妆少女。这和嘉兴南湖的船娘，倒有异曲同工之妙。

出了竹树葱茏的深巷，见到一处小桥流水，觉得景色更幽。往前又是一处跨溪的小桥。桥外有楼台掩映在嫩绿阴中，兰亭到了。

兰亭的故址，据说在天章寺旁。现在这地方有人说就是考定的故址，在清同治八年修成，后来圮毁，又在中华民国八年重新修复的。可是在近旁我找不到天章寺。

入门处的高阁是文昌阁。阁后小山横展，竹木繁茂，见旁有三角形亭覆一碑题“鹅池”两巨字，相传是王右军的手迹。

山后有砥石砌庭，曲栏护径，旁有碎石范成的流觞曲水渠，宛委如折带。袁中郎曾骂过这种样子的曲水，说：“古流觞之地，当依山依涧，今竟于平地砌小渠为之，俗儒之不解事如此哉！”

这里提到天章寺。明人王思任《兰亭》诗，有“孤亭寂寂围春草，古寺深深带远溪”，“古寺”便指天章寺。

至于袁中郎的愤怒，南宋高翥的《兰亭》诗已表达了，不过语气委婉：“老来浑不爱春游，来对兰亭烂漫秋。亭下水非当日曲，山前竹似旧时修。……”

元人王冕的《过兰亭有感》，则抒发了对异族统治者的愤懑：“……古人不见天地老，千古溪山为谁好？空亭回首独凄凉，山月无痕修竹少。”

今人周旋在《东浙纪游》中说：“据一位绍兴的老先生告诉我，现在的兰亭是前清的地方官建造来供康熙皇帝游览的。光绪时代，又有一番的培修。所谓‘流觞曲水’，通是新造的。不过‘崇山峻岭，茂林修竹’，还可当之而无愧呢。”

晋穆帝永和九年（353）暮春三月，王羲之与谢安、孙绰、支遁等四十一人，会于景色秀丽的山阴兰亭，举行修禊（xì）之礼。修禊是古代临水祭神、游浴采兰、以除不祥的风俗。他们坐在曲水边，把酒杯放入水中，缓缓流淌。杯触岸停止时，坐在近处之人就取而饮之，名曰曲水流觞之饮。会上共作有三十七首诗，编为《兰亭集》，由王羲之写下传诵至今的《兰亭集序》，并被称为“天下第一行书”，王羲之也由此获得“书圣”之名。

王建新最后总结道：

这里背倚崇山，前临流水，四周虽没有长垣缭绕，而竹树参差，芳草盈庭，很足以掩蔽全局，并不觉得松散。经过近年的修葺，池馆的一栋一阶，皆极整饬，也毫没有荒榛断瓦的景象。

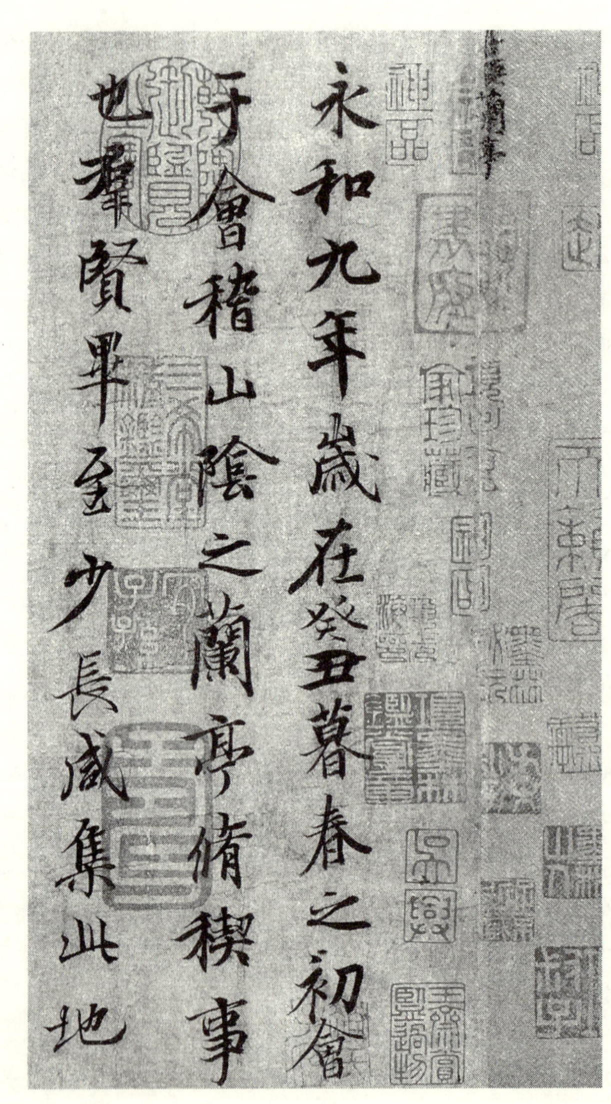

王羲之《兰亭集序》 神龙本部分

黄裳在《兰亭》一文中，特别谈到了流觞亭。大门上有竹刻对联：“竹阴满地清于水；兰气当风静若人。”

这一组建筑经过整修，焕然一新，但色泽雅淡，别有特色。它只用了灰、黑、赭诸色，绝不渗入青绿红紫。冰纹的木窗格，水磨对纹的砖墙，四面是石栏杆。这与苏杭园林风格完全不同，是典型的浙东风趣，看了真使人高兴。

秋光如镜照行人

曹聚仁在《鉴湖、绍兴老酒》一文中说：

到了绍兴，便喝上鉴湖水了。鉴湖，乃是萧山绍兴间的极大蓄水池，本来周围有百多里大，开辟于东汉年间。过去二千年间，四围土田逐渐被侵蚀，没有疏浚，面积缩小，到后来，只剩下十五里长的清水湖了。这便是绍兴老酒的摇篮。

鉴湖又名镜湖、南湖。也与山阴一样，往往是绍兴的代称。如杜甫《壮游》："越女天下白，鉴湖五月凉。"宋王十朋《鉴湖行》："鉴湖春色三百里，桃花水涨扁舟行。"元李孝光《鉴湖雨》："越国鉴湖三百曲，雨余曲曲添新绿。"明张岱《西湖梦寻》："鉴湖为名门闺淑，可钦而不可狎"、"鉴湖之淡远自不及西湖之冶艳"等。

贺知章在《采莲曲》中写到镜湖"莫言春度芳菲尽，别有中流采芰荷"，启发了宋人秦观带有哲思的名句"芳菲歇去何须恨，夏木阴阴正可人"。秦观的《游鉴湖》，也提到了芰荷：

画舫朱帘出缭墙，无风吹到芰荷乡。
水光入座杯盘莹，花气侵人笑语香。
翡翠侧身窥绿酒，蜻蜓偷眼避红妆。
葡萄力缓单衣怯，始信湖中五月凉。

翡翠：鸟名，也叫翠雀。葡萄：酒名。第七句言，由于凉气逼人，连葡萄的酒力也不起作用，单衣更感到寒意。

张孝祥则提到了采莲和贺家湖。其《鉴湖纳凉》二首云：

鉴湖周围三百里，极目平波清到底。
荷花岁久生满湖，人来采莲唱歌起。

贺家千顷水云乡，六月荷花风景凉。
短楫轻舟来往续，山横晓月正苍苍。

诗境开阔，笔力雄健。心中自有一个清凉世界在，暑何由生！

南宋魏杞有《卜算子·夜泛鉴湖》，其下片更非人间：

天地莹无尘，巾袂凉如水。白浪无声月自高，不是人间世。

清人朱彝尊的《忆王孙·夜泛鉴湖》,才真正写出了“鉴湖之淡远”:

天近新月两头纤,镜里晴山万点尖。小棹乌篷不用帘。夜厌厌,渐觉微风衣上添。

晚清李慈铭也有《鉴湖竹枝词》:

家家门巷正啼莺,取次轻阴间嫩晴。
满院杨花人不到,秋千撩乱作清明。

鉴湖也有“可钦而不可狎”的一面。明人祁彪佳筑室鉴湖,清皇室贝勒持印书亲往礼聘,祁不就,在湖滨别墅的池中袖石自沉。“东方渐明,柳陌浅水中,露角巾寸许,端坐辞世,犹怡然有笑容,年四十四。”秋瑾的自号“鉴湖女侠”,更为显例。

歌声尽在若耶西

若耶溪又名五云溪、越溪、浣纱溪。自从南朝梁·王籍写下《入若耶

绍兴鉴湖

溪》，有“蝉噪林逾静，鸟鸣山更幽”之句，若耶溪便声名鹊起，成了一条诗河。

李白有《越女词》：

若耶采莲女，见客棹歌回。
笑入荷花去，佯羞不出来。

镜湖水如月，耶溪女胜雪。
新妆荡新波，光景两奇绝。

孟浩然有《耶溪泛舟》：

落景余清辉，轻桡弄溪渚。
澄明爱水物，临泛何容与。
白首垂钓翁，新妆浣纱女。
相看似相识，脉脉不得语。

僧皎然有《若耶春兴》：

春生若耶水，雨后漫流通。
芳草行无尽，清源去不穷。
野烟迷极浦，斜日起微风。
数处乘流望，依稀似剡中。

朱庆余有《过耶溪》：

春溪缭绕出无穷，两岸桃花正好风。
恰是扁舟堪入处，鸳鸯飞起碧流中。

王安石写下《若耶溪归兴》：

若耶溪上踏莓苔，兴罢张帆载酒回。
汀草岸花浑不见，青山无数逐人来。

描写归程中船行之快，以至汀草岸花，应接不暇，只能注目青山。青山句更是拟人化的动态描写。令人想起他在金陵所作的《书湖阴先生壁》：“一水护田将绿绕，两山排闼送青来。”

陆游《春游绝句》有“三十六溪春水生”，并自注：“自秦望山而北，合三十六水为若耶溪。”

明·王翃《会稽竹枝词》：

秋风秋雨正凄凄，荷花荷叶香满溪。
越女荡舟愁日暮，歌声尽在若耶西。

若耶溪位于绍兴城南十余里，因溪水源出若耶山，故名。陆游所言的三十六水，自秦望山汇于禹陵，然后分两支，一支注入鉴湖，一支经三江而出海。

绍兴以“若耶”为名的溪流很多，城南平水江下游，是最具代表性的一段。徐蔚南曾描写：

若耶溪头有一带长堤，而堤的石板，宽阔而平稳。石堤两旁，碧水如镜。万静之中，我一人在堤上行时，倒影投入湖水，和鱼儿一块儿游戏。那时水上适有一只小小的划子载着五头白鹅，在落日柔光里缓缓地前去。那雪白的鹅身映着薄薄的斜阳，闪出一种珍奇的色彩，更令人感着微妙。如此美景，真的是“人在鉴中，舟行画图”了。

风流徒忆贺知章

鉴湖又名贺家湖，与唐代诗人贺知章（字季真）有关。贺知章于天宝三载（744）八十六岁回乡时，玄宗赐他“镜湖剡川一曲”，即一部分，又命太子李亨率满朝文武为其送行。原因可能是，贺知章是上疏请度为道士的，老子李耳与唐朝皇帝同宗，道教在唐朝是备受尊崇的。

金性尧在《贺知章还乡》一文中认为，贺知章现存诗二十首，“奉和御制”的作品占多，他的回乡，不在于得到“镜湖剡川一曲”（因为他当年便去世了），而在于写出了《回乡偶书》这样的好诗：

少小离家老大回，乡音无改鬓毛衰。
儿童相见不相识，笑问客从何处来。

离别家乡岁月多，近来人事半消磨。
惟有门前镜湖水，春风不改旧时波。

金性尧说：

……他在写这两首诗时，思绪何等灵活，审美水平又何等高超。总之，他又从皇家的清客回到诗人的位置上

绍兴东湖乌篷船风情

来了。贺知章如果没有留下这两首诗，历代诗坛上恐怕不会提到他，《唐诗三百首》也不会选他的诗，……“人间要好诗”，他应该感激玄宗能让他返乡，要是老死帝城，就没有机会看到乡童的笑容、镜湖的春波，……

金先生进而分析道：

黄发垂髫，更是鲜明的有趣对照。一个即将走到人生的尽头了，一个正在起步。故乡原是熟悉的地方，但从儿童的不相识中，他仿佛也感到陌生起来，他已经成为一个“客”了。从熟悉变成陌生，对颓龄的诗人等于是一个发现，又开始获得一种新的意义。……杜甫在《遣兴五首》之四中说：“贺公雅吴语”，也是贺诗中“乡音无改”的注脚。……杜甫又在《饮中八仙歌》中说：“知章骑马似乘船。”因为南方人习惯于乘船，所以他连骑马也像乘船一样，带些调侃意味，也说明他在长安时还保持着南方人的生活习惯，……他是饮中八仙之一，那末，不论在家里或上酒馆，都可以喝到绍酒了。但由于离乡过久，人事上已有很大变化，尤其是八六高龄的老人，这感觉自然更显著些。可是门前的镜湖之水，却还在春风中泛着波纹，这波纹却像他的故交一样。诗里没有流露出过多的感伤或激动情绪，而是不多不少，恰如其分地表达了一个老人的今昔之感。

由于灵感被激活，贺知章又写下了《采莲曲》：

稽山罢雾郁嵯峨，镜水无风也自波。
莫言春度芳菲尽，别有中流采芰荷。

简直是鹤发童心了！

金性尧文中有一自注：“他还有一首‘不知细叶谁裁出，二月春风似剪刀’的《咏柳》诗，也很能表现出他的想象力。”

舒婷评：

这可能是第一个把春风比作剪刀的诗人，……接下来，便是成千上万人的追随……再锐利的剪刀也会生锈的。

中国诗史上，贺知章更以“伯乐”知名。李白初到长安，两人一见面，贺知章就称李白为“谪仙人”，并邀李白上酒楼，恰好手头无钱沽酒，就解下随身佩带的用以显示官品级别的金龟，命人拿去换酒。后来又向玄宗延誉，所以李白引他为第一知己。贺知章去世时，音信阻隔，李白并不知情，他还特地去江东访问。此时离贺知章去世已一年多了，他由此写下《对酒忆贺监二首》。因为贺知章任过秘书外监，所以诗题称“贺监”。第一首说：

四明有狂客，风流贺季真。
长安一相见，呼我谪仙人。
昔好杯中物，今为松下尘。
金龟换酒处，却忆泪沾巾。

后来他又写过《重忆》：

欲向江东去，定将谁举杯？
稽山无贺老，却棹酒船回。

此诗与李白《哭宣城善酿纪叟》同一机杼：

纪叟黄泉里，还应酿老春。
夜台无李白，沽酒与何人？

老春：纪叟所酿酒名。夜台：坟墓。墓中没有日月，就像长夜。

南宋楼钥《题贺监像》诗云：

不有风流贺季真，更谁能识谪仙人？
金龟换酒今何在，相对画图如有神。

春波何处照惊鸿

红酥手，黄縢酒，满城春色宫墙柳。东风恶，欢情薄。一怀愁绪，几年离索。错，错，错。

春如旧，人空瘦。泪痕红浥鲛绡透。桃花落，闲池阁。山盟虽在，锦书难托。莫，莫，莫！

沈园之有名，得之于陆游这首《钗头凤》。

这首词的本事，流传很广。大意为：陆游与唐琬原是一对恩爱夫妻，“琴瑟甚和”，互为知音。但陆游的母亲却不喜欢这位儿媳，终致二人分离。唐琬改嫁同郡赵士程，陆游也另娶王氏。几年后的一个春日，陆游在绍兴城南的沈园，与偕夫而游的唐氏不期而遇，唐氏令仆人遣致酒肴，聊表对前夫的抚慰之情。陆游吞下了这杯苦酒，怅悒久之，乘醉于园壁上题写了这首词。

据说唐琬回去也答了一首《钗头凤》：

世情薄，人情恶，雨送黄昏花易落。晓风干，泪痕残。欲笺心事，独语斜栏。难，难，难！

人成各，今非昨，病魂常似秋千索。角声寒，夜阑珊。怕人寻问，咽泪装欢。瞒，瞒，瞒！

病魂飘荡无依，就像她曾经荡过的秋千。这位多情才女，不久便郁郁而逝，重演了一曲《孔雀东南飞》的旷世悲剧。所不同的是，陆游活了下来，因为他还有自己的事业。正如一位西方学人所说，爱情之于男性，不过是生活的一些阶段，于女性却是生命本身。当然，陆游一直在对唐氏的思念中生活。七十五岁时，在沈园见到旧词，又写下《沈园》诗二首：

城上斜阳画角哀，沈园非复旧池台。
伤心桥下春波绿，曾是惊鸿照影来。

梦断香销四十年，沈园柳老不吹绵。
此身行作稽山土，犹吊遗踪一泫然。

陆游渴望重温那温馨的旧梦，然而，“沈园非复旧池台”，已三易其主，初由沈氏，后归许氏，复又属汪氏，早已无复旧观。从沈园重逢到写《沈园》二首，实际是四十四年，“四十”举其整数。“沈园柳老不吹绵”，明写园内柳树因枯老而不再飞絮，暗喻自己已是衰然老翁，难有作为。对这两首断肠之作，石遗老人在《宋诗精华录》中说：“就百年论，谁愿有此事？就千秋论，不可无此诗。”

顾恺之《洛神赋图》 此画据曹植《洛神赋》作，为顾恺之传世精品

金性尧发挥说，沈园诗与绝笔《示儿》诗，“这也是诗人毕生两件最大的心事，两种难偿的遗憾，即使快到生命的尽头时，仍然念念不忘于地下的唐琬，念念不忘于沦敌的中原。即是说，凡是诗人认为应当忠实的，他就忠实始终，至死不变。‘尚余一恨无人会，不见蝉声满寺时。’这是他七十七岁时作的《禹寺》末两句，沈园即在禹迹寺之南。是的，这种隐恨确是无人理会，而且连当年的蝉声也听不见了”。又言：现在虽已整修，“其实只是故址，已非原貌。如蒋士铨的《沈氏园吊放翁》所说，‘无多亭榭频更主，半死梧桐尚感秋’。这时斜阳溶溶地洒遍园地，却已听不到城上的哀鸣的画角，也见不到那惊鸿照影的一泓春波。对的，‘沈园非复旧池台’了”。

知道快阁的就不太多了。快阁是陆游故居，在鉴湖三山。三山位于绍兴西九里，依次为石堰山、韩家山、行宫山，紧靠鉴湖，陆游住在三山西村，今属鉴湖乡塘湾村。他在这里生活了四十多年，留诗数千首。如：

小园烟草接邻家，桑柘阴阴一径斜。
卧读陶诗未终卷，又乘微雨去锄瓜。

村南村北鹁鸪声，水刺新秧漫漫平。
行遍天涯千万里，却从邻父学春耕。

月白庭空树影稀，鹊栖不稳绕枝飞。
老夫也学痴儿女，扑得流萤露湿衣。

王建新上世纪三十年代有《寻快阁》文：“出城沿溪西进，迤逦而北，约三里许到快阁。”快阁当时已成私人园宅。

快阁这片私人园第，池馆亭榭，布置得倒也参差有致，有些地方仿佛像苏

越剧范吕版《沈园绝唱》剧照　真情侣，心相映，不忘江湖

州的留园，惟失之于过隘，有的狭小得像舞台上的布景。可是其中一花一木一壁一石都带着很浓厚的古代文人气味，用它来纪念诗人，还不算离题太远。

园内最后的一部稍宽敞，有小池，苔钱点碧，绿阴满庭，名“飞跃处”。池前所种龙爪柏双株，很出色。

园外的景物，比园内要好得不成比例，其胜概全在靠近大门的地方那座小楼。此楼即是快阁，前临鉴湖，远吞会稽诸山，波光澄明，山容秀冶，渔村农舍，错落湖滨，短楫轻舟，往来水面，开阁延眺，可以心旷神怡。阁额是俞曲园氏题，旁衬以联，为“云兴山叠见；天阔日徐行”。阁内悬有陆放翁墨拓像，并有董其昌所题小额，写着“此处天教着放翁”。这是把陆游诗原句“闲处天教着放翁”换了头一个字，总算换得很聪明。

诗友季振邦有《沈园致陆游兼怀友人》，道前人之所未道，画出了陆游的灵魂：

不知第几代了
那些十分无助的柳树
还长满了青青涩涩的长短句
盈盈的一泓池水
正是当年遗留下来的那一方
总是下着雨的手帕
你金戈铁马过
日月之光与你无关
你细雨毛驴过
剑门也并非为你一人而开
封侯之路充其量不过一万里之遥
在一万零一里的路标处
你，终于幡然醒悟
应该去捡拾那一只
年轻时丢掉的钗头凤

悲伤的园林早已在等待
等待是一种时间的凌迟
但春色死后还有春色
等待死后却只有一堵白色的粉墙

一堵风雨难摧
而笔尖一触即伤的粉墙
至今，在文学史里
还有那一行行黑色的血迹

请记住
这种墙上的文字只宜用目光抚摩
如若出声吟咏
就会有悲凉的回声

劈开翠峡走云雷

从汉代起，这里就成为采石场。隋朝杨坚为扩建绍兴城，发动工匠进行大规模开采。千百年来，一代代工匠攀悬架上，胼手胝足，终于将这座山开凿成千奇百怪的悬崖峭壁和深邃广阔的沉潭湖泊。因湖在城东，取名东湖。

俞平伯曾记：

泊舟东湖，为陶氏私业。潭水深明浓碧。石壁则黑白绀紫，如屏如墙，有千岩万壑气象，高松生其巅，杂树出其罅。山下回廊闲馆，点缀不俗。绣球皎白，蔷薇娇红，与碧波互映。风尘俗士，乍睹名山，似置身蓬阆中矣？细雨飘洒，石肤弥润。雨乍止，挐舟行峭壁下。洞名仙桃，舟行其中，石骨棱厉，高耸逼侧，幽清深窈，不类人间。湖中大鱼潜伏，云有长逾丈者，天气郁蒸方出，虽未得观，而尺许银鳞荡跃水面，光如曳练，是日数见之。

三味书屋

王建新在《山阴道上归来》中所叙更详：

刚踏上万柳堤，那小稷山一带像插天翠屏般的削壁就蓦地横展在面前。壁面石骨崚嶒，边棱锋锐，瘦硬的线条，东斜西欹，前突后奔，上接青霄，下沉碧涧，呈象已极壮伟，衬上如珠帘层叠横比的斧痕和裂石而出的古藤薜荔，苍朱交映，更觉典丽。堤上横波亭有联云："崖壁千寻，此是大斧劈画法；渔舠一叶，如入小桃源图中。"这样形容可谓恰到好处。凡稍具国画常识的到此不能不联想到宋代马远、夏珪一般人所作的大斧劈皴法。

出横波亭过秦桥到对岸的香积亭，亭里也刻有一联："倒下苍藤成篆籀；劈开翠峡走云雷。"意境很佳。这些联语全出于陶浚宣（字心云）先生的自撰自书。先生所写的北魏，别具风格，他又是开辟东湖风景区的第一人，他的作品刻在这里实给名山生色。万柳堤上的观察祠，就是为纪念他而筑就的。

出香积亭转桂岭，湖石掩映，丛篁织绿，至一境豁然开朗，石坪广约数亩布岩脚，倚岩有祠名陶社，里面祀革命先烈陶公成章（字焕卿），孙中山先生曾亲自到此致祭。在这里近看奇岸耸峙，更觉雄伟。岩顶古松罗列，顶际有飞泉，排空拂岩而下，霏霏如零雨，触潭面造成圜纹，无数层轮外扩，圆线交织，有时可以听到巨鲤自湖中腾跃的声音。一声泼刺，碧波涌成乳花，浪纹全碎。小立石坪上，接此情景，不觉神飞。远望万柳堤东端，宾花邻鸟馆一带，花木扶疏，楼阁玲珑，前对翠屏，下临明漪，霞川桥横卧湖上，饮渌亭拱立桥旁。疑置身这时我于神话中所说的"方壶"、"圆峤"。

陈从周也多次提到东湖：

绍兴因为多水，且多石山，历代因开山而形成了许多石景，而石景又必须有水方成，最著名的当然首推东湖了。东湖可称为石景水盆景，嶙峋峻峭，深渊平波，"虽由人作，宛自天开"，奇险处往往令人叫绝，深佩越人之能因地制宜，因石成景，因水成趣也。……我最爱水边桥下的酒坛坛影，斑驳分明，整然有序，是最空灵的图案画。绍兴水乡之成，其与兰乡、醉乡、桥乡不可分割，故可谓四美具了。我曾经说过："水本无形，因岸成之"，那么如今在绍兴水乡景物的启发下，水真是千变万化，它的千变万化，不在本身，而在环境。

在《东湖雨后》一文中，他还谈到环境保护：

看山不能忽视水，水中的山是幻景，虚实相映，而断崖，水湾，小桥，岩洞，却是景之眉眼，变化亦最大。雨后的东湖，山色太华丽清新了，仿佛是一幅宋元青绿山水，山痕的斧劈皴，是南宋水墨山水难以下笔的。石色在雨后斑驳成多种色彩，苔痕滴翠，点缀着一些黄花，真是一尘不染。我怀疑，这种颜色，可能人间尚制造不出呢？林间的鸣禽，夹杂了许多新鸟的歌喉，并不是清一色的叫声，我希望听惯迪斯科曲的朋友，不妨在这种没有一点市气的环境中享受一下，可以多少脱离点凡尘。越水清，自古赞美。水清要有石，山水相接的静波，那才耐看了。石在水中忸怩作态，偶然来了几尾游鱼，又摇漾了寂静的止水，这中间可以悟彻人生，美并不是在灯红酒绿间。小径依稀，东湖没有大道，不见汽车扬尘，要信步闲行，初夏天气，清晨十分宜人，湖区多的是竹与芭蕉，万竿滴翠，蕉叶遮阳，淡装的东湖，比浓妆的西湖，在身份上也许较高一筹罢？……

"宛自天开"是我东湖题壁。东湖原是古代采石之地，可见古代人没有炸山，将石头粉身碎骨，而是很平整的一层一层取石。到后来因地制宜，略加整理，山容水貌便出来，古为今用，这对现在的开山，大有借鉴之处。要石而得景，这中间大有文章可做，东湖就是典范，为什么要石头而吞灭风景呢？值得深思，如今有多少山区人在做蠢事，最令人发指的就是要石头不要风景，干干净净全部肃清，愧对祖宗，贻骂子孙，更不能以东湖为先例，借此乱开山。

民国蒋维乔早已谈到绍兴人的匠心：

绍人开山采石，以材料筑宫室坟墓。其开采别具匠心，凿石所留，或削如壁，或锐如峰，或挺如柱，或裂如门。岁久风霜剥蚀，苔藓蔽之，藤萝绕之，蔚为奇观。

王建新则引友人曹吉人的话说：

凡开凿一山，预定计划。若应开凿，若应存留。向高山开凿而上者，即在岩壁上规定尺寸，用巨铁钉钉入石隙。悬绳缒下，连以木板。工人持椎凿坐于板上，凌空动荡，一荡即乘势一凿。循石理成方形，或长方形，然后用水灌入石隙，石即裂开。或横或直，成为板状，缒而下之。工人之能悬空开凿高山者，其技较优，工资亦巨。每日作工，只数小时耳。开凿一部分，存留一部分，正如庭园中之布置假山。岩壑峰峦洞穴，如随人意。参差错落，成为奇境。以视吾乡之用炸药轰山，使山容顿变丑恶者，其巧拙迥不侔矣。

黄裳在《东湖》一文中也谈到：

在进门处码头下船，缓缓撑出去，没好久就到了名为"仙桃洞"的地方。这是由二十几丈高的峭壁镶成的一处狭狭的水府，当门处还留下一条石壁，形成一宽一窄两个进口。船摇进洞，打一个转，从另一出口出来，船头船尾都会碰击或擦到两旁的石壁。洞里阴森幽暗，好像秘藏着几千万年的幽灵精怪。没有谁想学阮籍那样地长啸，怕真的会惊醒他们，船悄悄地进来又悄悄地出去了。水深处据说超过了五丈，黛绿色的潭水静静的，一点波纹都没有。好像古代的谁在这里贮藏下的陈酒，只要摇一只小船来，顺手舀起就能尽兴痛饮。洞的上端镌刻了石额和一副对联："洞五百尺不见底；桃三千年一开花。"

三千年才开一次花的仙桃长在哪里呢？没有说，想来应该就在这悬崖顶上。谁能攀上去，就不但能饮到醇酒，还能吃到仙桃，并获得长生。但这是困难的。那石壁是由笔直的大块极平整的平面组成，年深月久，一点斧凿痕都看不到了，但这确是用简单的工具开了出来的。几千年前的先民，没有先进的工具，只凭双手和简单的铁器，开采了大量的石料，留下了这惊心动魄的遗迹。面前这种奇瑰巨丽的景象，不能不引起人们深深的思索。愚公移山只不过一种寓言，而这却是真实。这里显示的是怎样惊人的创造力。这样的人民，真的觉醒了，会作出怎样惊天动地的事业，……

孤云秀作英雄骨

王建新《访柯岩》记：

……从车窗外望，不时见道旁堆积得如堡垒一般的酒瓮。不要看轻了呵，这是绍兴的富源之所在。绍酒，锡箔，刀笔吏，可以说是绍兴的三绝罢。

天色开霁，车抵柯桥。买棹游柯岩，柯岩距柯桥约二公里。往返船资仅三角。

柯桥虽是小镇，却很富庶。两岸廛舍鳞比，店招明艳，河面扁舟新洁；舟头彩绘鹢首，金碧交辉。居民经济充裕，可见一斑。

舟过柯亭，景物顿豁，小舟徜徉水云乡中，沿石堤划进。……

望了一望柯亭也没有停舟，走上岸去，转过溪湾就见柯岩的傲影，兀立半空。不大一会儿抵岸。

登岸入村。穿小巷，竹树蒙密中一境忽启，有石如朵云上腾，卓立草原上，高约六丈。这是久负盛名的云骨石。

再进见怪岩列峙，小潭澄澈漱岩足。一岩孤削高耸，形如铁旗倒挂，上镌径丈大字曰"柯岩"。岩下有梵宇，依岩为殿，藉石凿成佛像，据说高三四十丈，可惜因为那寺正在兴工修理，游人不得入内，致不能一窥全貌。另一岩好像从山顶裂到山根的一个大石罅。当门处很宽，入内愈趋狭，置身其中，如在重楼密锁之深巷。这块地方如果要在苏州一定叫"一线天"，如果要在南京栖霞山一定叫"天开岩"了，它却叫做"蚕花洞"，其名于义何取，莫明其妙。

转过山隈便到清水岩。清水岩

也名七星岩。……两崖夹峙，成一仄径。出径即见修竹拂檐，绿侵阶牖。一巨崖高约十余丈，斜出如鲸口怒张，左右有危崖夹辅，峭拔雄伟，远胜西湖石屋、烟霞诸洞。岩下辟一巨殿，供北斗像。……殿深处有一潭，清湛绝底。

云骨石凌空兀立水中，高三十米，底围四米，最薄处不足一米，上有光绪年间所刻“云骨”两个隶书大字，字比人高。有“天下第一石”之誉，也称“石魂”。

蒋维乔《会稽山水纪胜》仿佛填补王建新的缺憾：

登岸，循小径曲折而上，先至柯岩东之普照寺。寺后有山岩如圆柱，平地拔起。就势凿大佛，高可五丈余，庄严为金身，上建大雄宝殿。殿后凭山石，前为楼阁，高几与岩齐。殿左有屋三楹，颇整洁。其前空园，有石骨削立，下窄上阔，高出寺之正殿，上镌“云骨”二大字。正殿前有金刚殿，门左有钟楼。此寺依石佛而立，甚为奇特，俗呼石佛寺。循寺而西，即为柯岩。顶平下削，壁立千仞，上镌“柯岩”二大字。岩西有石窟，大可数楹，旧名烟霞洞，洞后石壁下有深潭，潭水清碧，广可五丈，……

满山松柏尽雷鸣

吼山有一副妙联：

山为人所残，残其所不得不残，复为山；

水为天所剩，剩其所不得不剩，还为水。

再看王建新笔下的吼山：

吼山原名狗山，因勾践曾畜狗猎南山白鹿献吴而得名。它同绍兴的距离约十三里。这一带有三处可观，第一是傅岩小筑，即烟萝洞，第二是云泉庵上的奇石，第三是畏庐里的狮子洞。

……

差不多三十几亩大的一个庭园居然四面都有苍崖翠壁；而这些岩石所呈的姿态不同，色泽也不同。至于它们所造的画面那是各有各的意味。南面冈陵起伏，楼台掩映，很像苏州的狮子林。这一带西端的小楼，下临碧黝黝的深潭，面对着卧云一般横冈。冈上满布着青苔和灿烂的奇花。这南面的横冈，更伸过长臂来把小楼拢住，看去有如一面石头城。小楼的上下各层，都有明窗净几，在那里听雨敲棋，既很相宜，就说是开窗延眺也是好的，因为从那里往外看，没有一面的景色不像名画。楼左一厅名桂厅，那里有婆娑的双桂倚檐下。东面是全园最出色的地方。那里的一洞天，远望如凌霄铁幔，走到里面看去知是岩穴，景象大异，穴的东面奇壁拔地而起，到二十几丈的高空，忽化为烟斜雾横的姿态，给这岩穴造成了一个高而锐的穹顶，好像摇摇欲坠，顶际西南一角有石柱破空飞来，如苍龙下攫一般插入石壤。从一洞天里望全园景色，飘渺玲珑如睹仙乡。那天的霏霏细雨，更给这仙乡笼罩上一层轻轻的纱。向南面的冈陵望去，那近东端的突兀巉岩绿意极浓。岩端筑了几椽小屋，屋上又有悬崖，下覆如檐。清泉拂岩下注，替小屋添了一面水晶帘栊。沿磴道走入岩上小屋，俯瞰小桃源洞，深陷约十余丈，空如覆瓮，其底削为广坪。行到这里，忽闻犬吠声，使人缅想到武陵渔人所遇的秦窟。北面除去那卧云般的横冈遮没了西段的半边天以外，东段的石壁，位在较远的地方，壁前草木蒙密，不见石骨。

这园的景色，虽不全出天然，可也不是勉强由人工堆成的。其泉石岩壑，花坛竹坞，处处清幽，而楼台位置，与均入妙。听说以前是陶心云氏别业，现归剡溪王晓籁氏。其所以取名傅岩小筑者，是思慕傅说之隐于傅岩的意思。……觅磴登山，磴尽处有庵三楹，据山半丹垣墨顶，与石骨青苍相映成趣。穿庵至云石墩下，危岩兀立如雷云腾起，高约十丈。顶平而足

隋代　展子虔《游春图》

敛。顶角两巨石互叠如大块积云，探首墩外，作扁髻形。其下有僧踞墩顶藉石为庐，四面均凌空削壁，隔绝人迹。云石墩对面有个很好的伴侣就是棋盘石。巨石柱排空耸立，高与云石墩相埒。上覆巨石一，如戴雨笠，面积庞大约数亩，非具有拔山的膂力，恐怕不能把它摆上去。气象很伟大。从那里再登山，满目全是怪岩，奇峭瑰丽，不可形容。

庵名云泉庵。棋盘石上面覆着的巨石，虽没有"数亩"，却让人有这样感觉的真实。蒋维乔谈到巨石的成因：

……至云石山，俗呼棋盘山。有大小石柱，四方峻削高可数十丈，亦工人采伐所留，亭亭如云，故名云石。二石距离数十武。大石之顶，有二石横盖之，小者则横盖一石。大云石下有庵，曰云泉庵，高踞石根，颇得地势。

王建新接着谈到狮子洞：

扁舟泛水门轻轻划过，就看到里面的别有世界。七分绿漪，三分灵岩，造成了这一个尘飞不到之境。

洞口刻"武陵源"三字，奇石玲珑峭拔，如云屯，如壁立，如峡峙，如岛悬，如象鼻探水，如鹏翼当风，参差错列于明波间。波面广约二三十亩。石脊岸畔，花木缤纷，凝红滴翠。论其气象，实袅娜刚健，兼而有之，恍见美人与英雄并辔。

畏庐主人姓沈，自题门额曰："余虽不敢如君子之畏天命，畏大人，畏圣人言，独畏尘嚣甚，因以畏名吾庐。"这里面前三"畏"是敬畏的畏，后一"畏"是畏惧的畏，两个不同的"畏"凑到一起，虽不免有借题发挥之嫌，可是这园子的境界，要说它是尘嚣不到呢，我却很相信。因为里面尽有满园佳色，外面可一丝儿也没泄漏春光。

袁宏道为我们复原了明代的吼山：

吼山石壁，悉由斧凿成，峭削百余仞，乍见亦可观。山下石骨为匠者搜去，积水为潭，望之洞黑如墨汁，深不可测。每相去数丈，留石柱一以支之。上宇下渊，门阂洞穴，窈窕纡回，雨后飞瀑缀帘而下。余等自外望，兴不可遏；呼小舟游其中，潭深无所用篙，每一转折，则震荡数四，舟人皆股栗。因停舟石壁下，观玩良久。陶氏有山房在此，颇称幽奇，然芜荒甚，轩前草深丈余矣。

清人查慎行也留下了不俗的《吼

山》诗：

天开地坼石峥嵘，一棹穿云入瓮城。
唤起清风答长啸，满山松柏尽雷鸣。

水乡最爱看乌篷

鞠孝铭在《会稽大禹陵》文中，这样介绍：

大者长达四五丈，而阔仅五六尺。小者长达丈余，而阔仅三四尺。大者可以载货四五百石，小者则可载人二三名。船身朱漆覆以黑色篾篷，即鲁迅（绍兴人）小说中所常提到的“乌篷船”是。

王建新在《游东湖》中也提到：

我们所坐的船，就是周作人先生在他的《泽泻集》里所介绍过的乌篷船。船身细长如蚱蜢，篷用箬制，外涂乌漆，形如覆瓦，其片片相衔之状，又像昆虫的环节。人坐在船底的席上可要当心！一则身子不得不

杭州西塘风景

“鞠躬如也”，二则，两手要学“扣舷而歌”的姿势，三则，两足不得随便摆动，因为“举足重轻”就会“影响大局”。周先生曾经说过：乌篷船有两种：大的叫“四明瓦”，小的叫“脚划”。我们所乘的正是后一种。“野航恰受两三人”这句诗恐怕就是为这种船写照的罢！这种船看起来，诗意当有诗意的，可惜从两晋以来，这船的制法到如今不曾改过。我想王子猷剡溪访戴，坐着它去，还可以胜任愉快，如果兰亭修禊诸君子坐着它去结队游春，那就至少要用到二十只在河面上非列成了太平洋舰队的样子不可了，岂不大杀风景？可是绍兴的船夫真有本领。那船夫坐在船尾上用脚拨桨的妙技，使人看了为之绝倒。

轻舟八尺，低篷三扇，船夫用脚摇桨，腋下另外再挟一桨，随随便便地敷在船后作舵来使用，双手是闲着的，可以抽烟，可以吃饭。

朱以撒谈了当代人的感觉：

原始的工作方法能给人带来舒适，这就是价值。我坐进手工摇橹的乌篷船里，听着欸乃之声，我喜欢它的慢，慢带来了悠悠的情调，慢使我的生命渐渐伸长起来。佩带柴油机的动力船风一样地突突突惊叫着犁过水面，生命在飞快中，过程未曾体验业已抵达。

又据国外关于“慢城”运动的报道：

1986年，意大利人卡罗·佩特里尼为了抗议在著名的西班牙广场纪念碑台阶旁建立快餐店而提出慢食运动（slow　food）。这一运动的响应者从“慢食”出发，创造了一个全新概念“慢城”运动（citta slow），即建立一种新的城市模式，号召人们以时速二十公里的速度驾驶汽车，提倡拆除不美观的广告牌和霓虹灯，让城市有更多的空间供人们散步，有更多的绿地供人们休闲娱乐。目前，意大利已有四十二座城市宣称是慢城，而全欧洲也有十几个城市加入，甚至在亚洲的日本和韩国也有慢城。

要成为慢城并不容易，城内不能停车，只有行人徒步区；不能卖快餐；也没有霓虹灯，且周日店面都不营业，一切似乎回到了欧洲中世纪。“慢城”反污染反噪音，支持都市绿化、可持续能源、小型农作有机经营。“慢城”也保留当地特色，例如恢复在意大利长期以来的午睡传统，支持以山城传统色料粉刷房屋，慢城的学校供应的都是当地有机食物。欧洲的慢城多半是小城市，人口只有几万人。著名意大利“慢城”奥维多的前市长斯蒂芬诺·希米奇是“慢城”运动的创始人，他说，慢是一种品味，慢城主义是提升生活质量的一种诉求。（《明镜》2007年10月8日）

吴梅村《圆圆曲》中有“乌桕红经十度霜”的诗句。罗大冈说：“不是当地人也许不能体会这句诗的美就在‘乌’与‘红’两种色调的鲜明对照。这儿说的就是桕树叶，深秋经过霜冻，都变成火红的了。为什么此树又称‘乌桕’呢？因为它的叶子可以制成乌黑色染料。”

春天的乌篷船，“翠碧丛中一点墨”；秋天的乌篷船，红叶丛中一点黑，又是另一种动人景色。荡漾在火焰中的乌篷船，是不是知道它身上发亮的乌黑色，就是这些红叶的前身，是春夏绿色的杰作呢？

孙伏园也写过一篇《红叶》：

绍兴是水乡，但与别处的水乡又不同。因为原来是鉴湖，以后长出水田来，所以几百里广袤以内，还留着大湖的痕迹。在这大湖中，船舶是可以行驶无阻的，几乎没有一定的河道，只要不弄错方向，舟行真是左右逢源。

在这样交叉的河道的两旁，我们鉴赏着绍兴的红叶。红叶是各地不同的，我与春苔、以刚两位谈论着：绍兴的是桕叶，红叶丛中夹着白色的桕实，有的叶只红半片，余下的半片还是黄绿，加上桕实的白色，是红绿白三色相映了；杭州的是枫叶，是全树通红的，并没有果实等等来冲淡它，除了最高处的经不起严寒变成了灰红色以外；北京人最讲究看红叶，这时我想起老友林宰平先生来了，我们的看红叶完全是他提起兴趣来的，也赖他的指示，知道北京人所谓看红叶完全是看的柿叶。柿叶虽然没有像绍兴桕树那般绿白的衬色，也没有像杭州枫叶那般满树的鲜红，但柿树也有它的特色，就是有与柿叶差不多颜色的柿子陪伴着，使鉴赏者的心中除了感到秋冬的肃杀以外，还感到下一代的柿树将更繁荣的希望。

落花细雨过清明

杜牧的仕宦生涯，大部分在江南度过，佳作迭出。他自称：

十年飘然绳检外，樽前自献自为酬。
秋山春雨闲吟处，倚遍江南寺寺楼。

《南陵道中》当作于他在宣州期间：

南陵水面漫悠悠，风紧云寒欲变秋。
正是客心孤迥处，谁家红袖凭江楼。

南陵即今安徽南陵县。刘拜山评："见红袖凭楼，联想家人忆远，拓开一层，烘染旅思，用笔极为灵秀。"

还有脍炙人口的《清明》，可能作于池州（今安徽贵池）任上：

清明时节雨纷纷，路上行人欲断魂。
借问酒家何处有，牧童遥指杏花村。

胡晓明评：

因为这一句"清明时节雨纷纷"，从此，清明就一定要有雨，有雨，才像是过清明节。

中国诗中的雨世界，发端于思乡、怀亲等基本的情感需求，到后来俨然成为无边丝雨织成的愁世界。唐人刘禹锡诗云："巫峡苍苍烟雨时，清猿啼在最高枝。个里愁人肠自断，由来不是此声悲。"（《竹枝词》）是说即使没有猿啼的悲音，这纷纷、飘飘的雨世界，本身就足以教人肠断了。杜牧的名篇《清明》中，"断魂"这个词儿，究竟是什么意思，恐怕真的说不清楚。但是这种体验却有普遍的性质：细雨纷纷，春衫尽湿，心头涌起莫名的忧伤，无端的感动。这时最需要有酒，或许不是消愁，是品味雨中愁情的美。

因而写雨中的风景，实际上是写人的心境；雨的迷蒙，表示着生命的某种缺憾，某种怅惘。刘长卿诗云："瓜步寒潮送客，杨花暮雨沾衣。故山南望何处，春水连天独归。"（《送陆沣还吴中》）"独归"的风景中，便是心灵跌入一种无限的渺茫。

会昌六年（846）九月，杜牧由池州刺史调任睦州，治所即今浙江建德，在睦州约两年。他曾赞美这里："有家皆掩映，无处不潺湲。好树鸣幽鸟，晴楼入野烟。"如果《清明》诗诞生在浙江，也是不奇怪的。

山阴有一座香炉峰，是会稽山的主峰之一。唐白居易诗中有"峰峭拂香炉"之句，南宋王十朋也有"香炉自烟"的形容。俞平伯曾记：

……至香炉峰绝顶，山径盘旋直上，侧首下望，山河襟带，城镇星罗。秦望、天柱诸山，宛如列黛。野花弥漫郊坰，如碎紫锦。

赵能谷曾谈到绍兴的清明：

香客上炉峰者，持斋备素蔬；村农祀南镇神，祭后则回船散胙；若趁香市，先事展谒祖茔者，必乌篷船，携盒载酒；多数游人，则就酒家食肆，以谋果腹；日影亭午，乃浅斟低酌，以遣游赏之兴；侍者杂陈早韭新笋烧鹅嗜蛋之属，继复烹鲜为馔，叠叠满篚。即为春笋鲈鱼，肥嫩鲜美，远胜鸡豚！此鱼自春徂夏，以至深秋，几无日无之，惟以杨柳初腰，菜畦散金，鱼始肥满，味特鲜美，故有菜花鲈鱼之称，为香市佳馔；远方游侣，必以一尝风味为快！鱼长不过四五寸，巨口细鳞，头扁体黝，绝似松江四腮鲈，味之肥嫩鲜美，亦无亚于西湖之宋嫂鲩鱼。余尝谓松江之鲈，亦鲈鱼之类，名之为鲈，亦不可解，细咀之微有泥气，鲈鱼则无此味。惜无古今骚人酒客，为之品题，写入诗歌，致让秋风莼鲈，千古

江南雨巷

传为美谈；惟越人作客远方，思故乡春游之乐，歌管酒旗，喧阗庙下，念此鱼脍，易起归思耳！烧鹅一味，亦称应时，绿草油油，鹅乃肥硕，尽去细毛肚什，炭火上熏之，时以麻油匀涂，以皮作紫褐色为止；油脂不漏而腴，略蘸酱醋，风味别具，最宜下酒，清明前后，酒肆多以供客；越人喜食鹅，鹅之品格在平时不及鸡凫，然用以为牲牷则尊。水乡村农，岁集会祀南镇神，必以鹅为祭品，白汤烧煮，长项大腹，屹然木盘中，置头顶上以往，晴日微骄，往返之顷，鹅皮干皱呈浅黄色，回至船中，自颈至肘，节节开解，坐船头大嚼，越人作戏言：曰“晒开鹅肉”……

柯灵笔下的绍兴清明，更有古韵：

故乡有句民谣：“正月灯，二月鹞，三月上坟船里看姣姣。”三月正是扫墓的季节，挑野菜的孩子，遇见城市人家来上坟的，算是春天的一件大乐事，大家高高兴兴，一哄而上，看那些打扮得花团锦簇的哥儿姐儿奶奶太太们，摆开祭祀三牲，在风灯里点起红烛，一个个在坟前欠身下拜。要遇见新郎新娘头年祭祖，阔人家还有乐队吹奏。祭扫完毕，上坟人家便照例把那些“上坟果”——发芽豆、烧饼、

张择端《清明上河图》局部

馒头、甘蔗、荸荠分给看热闹的孩子，算是结缘施福。

轻舟何处不通津

陈从周写过一篇《桥乡　醉乡》：

记得十几岁回老家绍兴，一大早从钱塘江边西兴乘船，越山之秀，越水之清，我初次陶醉在这明静的柔波里，在隐约的层翠中。水声橹声，摇漾轻奏着，穿过桥影，一个，两个，接连着沿途都是，有平桥、拱桥，还有绵延如带的纤桥。这些玲珑巧妙、轻盈枕水的绍兴桥，它们衬托在转眼移形的各式各样的自然背景下，点缀得太妩媚明净了。清晨景色仿佛是水墨淡描的，桥边人家炊烟初起，远山只露出了峰顶，腰间一缕素练的晓雾，其下紧接平畴。桥，远望如同云中洞，行近了，舟入环中，圆影乍碎。因为初阳刚刚上升，河面上的水气，随舟自升，渐渐由浓到淡，时合时开，由薄絮而幻成轻纱。桥洞下已现出深远明快的水乡景色，素底的浅画，已点染上浅绛匀绿，河的深广，山的远近，岸的宽窄，屋的多少，形成了多样的村居，粉墙竹影，水巷小桥，却构成了越中的特色。晌午，船快到柯桥了，

南怀瑾《论语别裁》书影

船头上隐隐望见柯岩，而这水乡繁荣的市镇亦在眼前了，船夫在叫了：“到哉，到哉，柯桥到哉，落船在后面。”船泊河桥之下，香喷的柯桥豆腐干，由村姑们挽着竹篮到船上来兜销了，我们用此佐以干菜汤下饭，虽然没有大鱼大肉，但吃得那么甘香。午后乘兴前进，船从水城门驶入市内。在我的脑海中，那点缀古藤野花的水城门与斑驳大善寺塔所相依而成的古城春色，再添上岸边花白色的酒坛在水中的倒影，既整齐又明快，逗人寻思，引我浮想，是桥乡，也是醉乡。在水乡、水巷中，如果没有这

许多玉带、垂虹，因隔成趣，形成千变万化的空间组合，是不可能负此嘉誉的。出了绍兴城，在舟中游览了东湖。东湖是一个水石大盆景，山岩固灵，而湖中桥横堤直，岸曲洞深，景幽波明，山影、桥影、桨影、人影，神光离合，实难形容。东湖之景，得桥始彰。舟前行两岸，新绿在目，而山映夕阳，天连芳草，越远越青，却越耐人寻味。晚晴不过暂时的依恋，转眼，已现朦胧的薄暮了，望中看到桥影中的灯火影，……

小舟咿呀，帆影随衣，远山隐约，浅黛如眉，尽入圆拱平梁之中，方圆构图，画与天工争巧。水上之景，赖桥以成，绍兴有近五千座的桥，恐穷尽天下画工，无以描其飘渺凌波之态，人但知山阴道上之美，而不知桥起化工之妙。

柯灵却讲了城郊的野渡：

渡头或在崖边山脚，或在平畴野岸，邻近很少人家，系舟处却总有一所古陋的小屋临流独立。——是“揉渡”那必系路亭，是“摇渡”那就许是船夫的住所。

午后昼静时光，溶溶的河流催眠似的低吟浅唱，远处间或有些鸡声虫声。山脚边忽传来一串俚歌，接着树林里闪出一个人影，也许带着包裹雨伞，挑一点竹笼担子，且行且唱，到路亭里把东西一放，就蹲在渡头，向水里捞起系在船上的“揉渡”绳子，一把一把将那魁星斗似的四方渡船，从对岸缓缓揉过，靠岸之后，从容取回物件，跳到船上，再拉着绳子连船带人拽向对岸。或者另一种“摆渡”所在，荒径之间，远远来了个外方行客，惯走江湖的人物，站在河边，扬起喉咙叫道：

“摆渡呀！”

四野悄然，把这声音衬出一点原始的寂寞。接着对岸不久就发出橹声，一只小船咿咿呀呀地摇过来了。

摇渡船的仿佛多是老人，白须白发在水上来去，看来极其潇洒，使人想到秋江的白鹭。他们是从年轻时就摆渡为生，还是老去的英雄，游遍江湖，破过运命的罗网，而终为时光所败北，遂不管晴雨风雪，终年来这河畔为世人渡引的呢？

存亡虽异路，贞白本相成

绍兴的“硬骨头文人”中，还有文武双全的祁彪佳。祁彪佳字虎子，天启二年（1622）进士。崇祯朝曾任苏松巡抚，后因得罪权臣，遭排斥居家八年。崇祯末年被重新起用。清兵南下，他力主抵抗。顺治二年(1645)，他不受清人礼聘，自沉在寓山花园的水池中。

寓山是山阴县梅市村的一座小山。祁彪佳降俸引退后，在这里修了一座花园别墅，与妻子商景兰等在此诗书唱和。清代袁枚曾说："前朝山阴祁忠愍公彪佳，少年美姿容，夫人亦有国色，一时称为'金童玉女'。"(《随园诗话》)

祁彪佳还是明末著名的藏书家。祁家的澹生堂是江南三大藏书楼之一。今人黄裳说："祁家是有名的藏书旧家。澹生堂的藏书，在明代的浙江是和会稽钮氏世学楼、四明范氏天一阁齐名的。祁彪佳生前又做了不少增益，(其子)祁理孙也是喜欢藏书的。祁家三世藏书的数量和范围，都是远远超过了其他的藏家的。"

祁彪佳大书"含笑入九泉，浩气留天地"自沉，留下《寓山注》等著作。其《柳陌》云：

出寓园，由南堤达豳(bīn)圃，其北堤则丰庄所从入也。介于两堤之间，有若列屏者，得张灵虚书曰"柳陌"。堤旁间植桃柳，每至春日，落英缤纷，微飔偶过，红雨满游人衣裾。予以为不若数株垂柳，绿影依依，许渔父停桡碧荫，听黄鹂弄舌，更不失彭泽家风耳。此主人不字桃而字柳意也。若夫一堤之外，荇藻交横，竟川含绿，涛云耸忽，烟雨霏微，拨棹临流，无不率尔休畅矣。

[离开寓园，由南堤可以到达豳

章学诚像　《澹生堂藏书目》和《庚申整书略例》创因、益、互、通四法，对目录学有首创意义，成为清代著名史学家、思想家、方志学家章学诚(1738——1801)目录学思想的重要源头之一

圃，那北堤就是从丰庄进入豳圃的路。夹在两条堤中间，有如排列着屏风似的，由张灵虚题名为“柳陌”。堤边间隔地种着桃树、柳树，每到春天，桃花飘落，凉风偶尔吹过，落花沾满了游人的衣襟。但我认为不如种几株倒挂杨柳，一片绿影温柔可爱，让渔翁停船在碧绿的树荫里，静听黄莺歌唱，更能保持陶渊明隐居的风致。这就是主人不拿“桃”取名，而叫做“柳”的原因呀。至于一条堤之外，那些藻、荇的水草在水面上漂浮，整条河绿莹莹的，水波云影，烟雨迷茫，乘着小舟游行，真可令人马上就感到轻松愉快。]

作者认为桃花虽好，还不如垂柳那样别有情味。古人从象征意义上，认为桃花是醉心世俗的，柳树则是不慕荣利的。陶渊明自号“五柳先生”，“此主人不字桃而字柳意也”。

《芙蓉渡》也表达了类似的意向：

自草阁达瓶隐，有曲廊，俯槛临流，见奇石兀起，石畔筼筜寒玉，瑟瑟秋声，小沼澄碧照人，如翠鸟穿弄枝叶上。吾园长于旷，短于幽，得此地一啸一咏，便可终日。廊及半，东面有小径，自此而台、而桥、而屿，红英浮漾，绿水斜通，都不是主人会心处。惟是冷香数朵，想象秋江寂寞时，与远峰寒潭，共作知己，遂以芙蓉字吾渡。

[从草阁到瓶隐，有一条曲折的走廊，靠着栏干俯视池水，只见奇特的石块耸起，石块边清瘦的竹子，在秋风中瑟瑟作响，小池中的水碧绿澄澈，可以照见人影，好像翠鸟在枝叶间跳跃戏耍。我这个园轩敞有余，幽僻不足，能在这里唱歌吟诗，便可盘桓终日。到了走廊的一半处，东面有一条小路，从这里走到台，走到桥，走到屿，红花漂浮水面，绿水流向远方，都不是主人神契意惬的地方。只有几朵孤冷的荷花，像在“寂寞秋江”的时节，便可与那遥远的山峰和清冷的潭水一起结为朋友。因此我就拿“芙蓉”作为我的渡名。]

此外如《水明廊》也写得晶莹剔透：

园以藏山，所贵者反在于水。自泛舟及园，以为水之事尽；迨循廊而西，曲沼澄泓，绕出青林之下。主与客似从琉璃国来，须眉若浣，衣袖皆湿。因忆杜老“残夜水明”句，以廊代楼，未识少陵首肯否？

[筑园的目的原是为了把山包藏起来，但是现在看重的反倒是水。自从坐船到了寓园，以为水的作用到此完结；哪知顺着走廊向西走去，却看到一湾清澈的绿水，从青翠的树林下

面绕过来。这时主人与客人都好像从水晶宫里回来，连眉毛胡须都经过洗涤，衣服袖子也都打湿。因此，我想到杜甫“残夜水明楼”的诗句，就把“楼”字换成“廊”字，只不知道少陵会同意吗？]

杜甫诗：“四更山吐月，残夜水明楼。”

还可举《踏香堤》收尾：

春来士女，联袂踏歌，屐痕轻印青苔，香汗微醺花气。以方西子六桥，则吾岂敢；惟是鉴湖一曲，差与分胜耳。

[春天来了，小伙子和姑娘们结伴在这里游玩，鞋印子留在青苔上面，香汗微微醺着花气。这种情景，如果拿它去与西湖六桥相比，这我哪里敢当；只是比比鉴湖一角，似乎也还可以配得上。]

《小斜川》末段：

川上多种老梅，素女淡妆，临波自照。从读易居相望，不止听隔壁落钗声矣。

[小斜川边种着不少老梅树，好比妆束淡雅的白衣女子，站在水边照影。从读易居望去，就比隔着板壁听落地钗声还要逗人情思呢。]

西湖美景

都写得摇曳多姿，富于远韵。

王维辋川别业中有“小斜川”。隔壁落钗声：佛法以隔壁闻钗声为破戒。苏辙《书〈传灯录〉后》解说为：“隔壁闻钗声而欲心动，安得不谓破戒？”

丈夫殉节后，商景兰寡居三十年。她的《悼亡》诗云：

公自垂千古，吾犹恋一生。
君臣原大节，儿女亦人情。
……
存亡虽异路，贞白本相成。

前苏联诗人叶赛宁自杀后，马雅可夫斯基立刻写了一首诗，大意是：死是容易的，但活下来把新生活建成，却要艰难得多。但不久，他也步了叶赛宁的后尘。因此，我对宋末元初、明末清初那些江南的遗民，无论是谢翱羽的西台之恸，郑思肖的墨兰之寄，还是顾炎武的家国巨痛，张宗子的蚌病成珠，无不抱着深深的敬意……清末谭嗣同的临刑诗“我自横刀向天笑，去留肝胆两昆仑”，正可用以解释商景兰的“存亡虽异路，贞白本相成”。

商景兰，字媚生，浙江会稽人，明吏部尚书商周祚之长女，幼承家学，能诗善画。丈夫死后，她作为祁氏家庭的家长，替代夫君主持家政，认为以诗书教子，抚育儿女成人，延续家庭香火是她最大的责任。此外，她还有一项令人称誉之举：主持祁氏家庭诗会。诗会还有家庭外部成员，如秀水（今嘉兴）黄媛介、女尼谷虚大师、宝姑娘、吴夫人、黄夫人和男性友人毛奇龄等。

明代社会风气，对“三从四德”已有所冲击。叶绍袁就提出：“丈夫有三不朽，立德立功立言，而妇人亦有三焉：德也，才与色也。”（《午梦堂集·序》）商景兰借女儿卞容之口表达自己的婚姻观：

谁谓秦晋欢，愁多掩明月。
虽然织素工，一寸肠一裂。
兔丝附高松，自不成琴瑟。
弹筝理怨思，调悲弦欲绝。
夜夜对孤灯，孤灯自明灭。

她主张平等的自主式婚姻，不赞成“秦晋式”的政治联姻，也不赞成“兔丝式”的依附婚姻。

张槎云是一位早夭的女诗人，有《琴楼遗稿》。商景兰借为此书作序，抒发了自己一生的感慨：“余七十二岁嫠妇也，濒死者数矣。己酉岁，中丞公殉节，余不敢从死，以儿女子皆幼也。辛丑岁，次儿以才受祸，破家亡身，余不即死者，恐以不孝名贻儿子也。未亡人不幸至此，且老，乌能文？又乌能以文人耶？但生平喜柔翰。”

自古才女多薄命。商景兰伤逝，也试图向诸女破解其中的奥秘：“此非汝辈所知者也。大抵士之穷，不穷于天而穷于工诗；女之夭，不夭于天而夭于多才，是盖有莫之为而为者。使槎云享富贵，寿耆颐，而无所称于后世，又何以为槎云者乎？”

商景兰有词《临江仙·坐河边新楼》：

水映玉楼楼上影，微风飘送蝉鸣。淡月流云小窗明。夜阑江上桨，远寺暮钟声。

人倚栏杆如画里，凉波渺渺堪惊。不知春色为谁增。湖光摇荡处，突兀众山横。

夫君殉节后，她的诗多了一份暮景暮情，如《寓园》：

旧苑荒凉地，重来倍有情。
满园梅绽白，两岸柳舒青。
芳草丛丛发，飞泉处处鸣。
晚鸦催日暮，还傍月光行。

明末清初的遗民诗人陈恭尹曾有一首《读秦记》：

谤声易弭怨难除，秦法虽严亦甚疏。
夜半桥边呼孺子，人间犹有未烧书。

《史记·留侯世家》记张良年轻时，在下邳（今江苏邳县）桥上遇见黄石公，老人说他“孺子可教”，塞给他一本“读之则为王者师”的书，即《太公兵法》。

无独有偶，宋末遗民诗人萧立之，也有一首《咏秦诗》：

燔经初意欲民愚，民果俱愚国未墟。
无奈有人愚不得，夜思黄石读兵书。

毫无疑问，这两首诗，都是针对新朝统治者的。

商景兰没有这样慷慨激昂，但她以一介女流，护持了祁家的命脉，承继了澹生堂藏书的香火。闺阁家风，传灯心事，泠泠弦歌，令人神往。

书在，火种是不会灭的。

水光摇日雪纷纷

五泄在诸暨，郁达夫《杭江小历纪程》中言：

所谓五泄者，就是五个瀑布的意思，土人呼瀑布为泄，所以有这一个名称。最下的第五泄，就在（五泄）

寺后西北的坐山脚下，离寺约有三百多步样子，高一二十丈，宽只一二丈，因为天晴得久了，泄身不广，看去也只是一个平常的瀑布而已。奇怪的是在这第五泄上面的第一、二、三、四各泄，一道溪泉，从北面西面直流下来，经过几折山岩，就各成了样子、水量、方向各不相同的五个瀑布。我们爬山过岭，走了半天，才看见了一、二、三的三个瀑布，第四泄却怎么也看不到。凡不容易见到的东西，总是好的，所以游客，各以见到了第四泄为夸，而徐霞客、王思任等做的游记，也写得它特别的好而不易攀登。总之，五泄原是奇妙，可是五泄的前后上下，一路上的山色溪光，我觉得更是可爱。至如西龙潭——我们所去的地方，即五泄所在之处，名东龙潭——的更幽更险，第一泄上刘龙子庙前的自成一区，北上山巅，站在响铁岭岭头眺望富阳紫阆的疏散高朗，那又是锦上之花、弦外之音了，尤其是寺前去西龙潭的这一条到浦江的路上的风光，真是画也画不出来，写也写不尽言的。

袁宏道《五泄》，也谈到途中美景：

……至青口，两山夹天如线，山石玲珑峭削，若叠若镂，数里一壁，潭水滑滑流壁下。一壁上有古木一株，土人云是沉香树，一年一花，猿猱所不到。其他非奇壁，则皆秾花异草，漫山而生，红白青绿，灿烂如锦。映山红有高七八尺者，与他山绝异。

与郁达夫不同，他看到了丰水期的五泄，却很聪明地虚写几笔：

飞瀑从岩巅挂下，雷奔海立，声闻数里，大若十围之玉，宇宙间一大奇观也。

郁达夫其实也多用虚笔，对瀑布本身不作渲染，转而写周围的山：

从夹岩西北进，两三里路中间，是五泄的本山了；一步一峰，一转一溪，山峰的尖削、奇特、深幽、灵巧，从我所经历过的山水比较起来，只有广东肇庆以西的诸峰岩，差能和它们比比，但秀丽怕还不及几分。

郁达夫虽然提到五泄寺，却只是一笔带过。黄裳1986年专门来游，已改成林场的寺院：

这是一座古寺，志书上说是唐代元和年间灵默禅师始建。不过大殿和山门都早已没有了，门外溪边还残留

诸暨五泄

着一些残断的石梁、石础，是当日山门的旧址。几株古树槎枒地分布在一片荒秽的蔓草中间。进门处壁上嵌着一方石额，上面刻着陈洪绶手书的“三摩地”三个大字，是光绪中重镌的，但无疑是老莲的真迹。陈章侯少年时曾读书于浣纱溪上白阳山麓的西竺庵，曾题“三摩地”于主人赵氏之室，见县志。……

进门后是一座小院，铺地方砖，杂植花木。一株玉兰正在盛放，花白如雪，缀满枝头，地上则是一片落英。这座禅房静室，可能是古寺仅存的遗迹了。屋内有一块刘石庵写的旧匾，“双龙湫室”四个大字。据说十年动乱中这块匾已经被打落在地，几年以后才从柴房中找出，幸而没有烧掉，不过已经缺了一只角，经过修补重新挂在这里的。这块匾虽然算不得什么了不得的名物，但在五十二年前郁达夫写下的《杭江小历纪程》里已经提到，应该算得上是见于著录的旧迹了。

在林场新建的一排房子里小坐，吃茶。

五泄就是五个瀑布。五泄在浙江的许多著名风景区中虽然算不上最大、最著名的，但在很古的时候起就已受到注意。生活在六世纪初期的郦道元在他的名著《水经注》里就已加以详细的著录了：

"江水之导源乌伤县，又东经诸暨县，与泄溪合。溪广数丈，中道有两高山夹溪，造云壁立，凡有三泄。泄悬三十余丈，广十丈。中二泄不可得至，登山远望，乃得见之。下泄悬百余丈，水势高急，声震水外。上泄悬二百余丈，望若云垂。此是瀑布，土人号为泄也。"（王国维《水经注校》卷四十）

可见在郦道元时，人们还只知道有三泄，后来在《舆地志》里，才出现了五泄溪的名字：

"五泄溪，在诸暨县西五十里。山峻而有五级，故以为名。下泄垂三十丈，广十丈。中三泄不可逾度，登他山望始见之。上泄垂百余丈，声如雷霆。"

离开五泄寺，右折，沿山脚走去。没有好久，就能隐隐听见闷雷似的吼声。一路上林木丛竹，漫山遍野，像张着一堂绝大绿色的舞台幕布，使人略略焦急，猜不透到底掩盖着怎样的奇妙光影。路转峰回，跨过又一条转折的山凹小径，这时大幕一下子拉开了，终于看到了第五泄。

重叠的山岩，嶙峋的石壁，上面生着灌木的短丛，像一位满脸皱纹的老人唇上的短髭，口角张处，一条雪白的水柱悬空而下，喷珠溅玉，是大口吞下一口酒的余沥吧。瀑布落在一片水潭里，变成了一道溪流，中间有一串排列整齐的大青石块，从上面可以走到对岸。那里有一道崭新的金属围栏，蜿蜒着穿山而去，看不到尽头。满山的绿，雨后空气里蕴含着太多的水分，这地方就像一块绿色的大海绵，随便碰一下就能溅出水来。

围了栏杆的小路是沿着山壁开出来的，走起来并不费力。不能不感到我们今天的好运气，从郦道元起，就少有人能完整地看到五泄，尤其是第四泄。他们只能站在另外的山头上遥望。我们缓缓地登山，每一步转折，都能看到崭新的光景，山石、树木、野花，随宜布置，处处都是美的，好像落入了奇妙的万花筒里。……

终于爬上了东龙潭顶，看到了难得一见的第四泄。涧水被束缚在仄仄的石槽中间，水花溅起，如雾如烟，在迎面而来的石壁上撞击，溅落，发出了巨大的响声，它是真的被激怒了。

第三泄和二泄其实只在一转折之间。水面铺开了，一个大的转折以后，在一片石涧上曲折泄下，形成了散落的态势，飞舞、捱挤、追逐，组成了一片喧笑，快乐地奔泻而下了。

山角一座竹楼的基脚已经树起，旁边是工人的工棚。这地方选得好，正是喝茶观瀑的好地方。五泄已经存在了多少万万年了，“逝者如斯夫”，从不停歇地流着流着，经过了多少曲折、束缚、弛放、磨炼，最后汇成了水库，给人们带来了光和热。坐在水阁上观瀑，是可以想得很多很多的。

还要爬好久呢？在就要到达顶峰之前，还是不能不闪过这样的念头。一泄到了，这是一条注入深潭的瀑布，从容，轻缓，显示了涧水入山以前的好性情。就在水流下注的地方，有两个水潭，是所谓大小脚桶潭。水深得很，应该就是长年累月的激流凿出来的吧。

又经过一段泥泞的山路，才是刘龙坪，这是万山背后一块小小的平地。我们走进一间小小的房子里吃茶。屋前有两棵树，遥望是一片寂静的山凹，听见了鸟声。

这座房子的原址是刘龙庙。刘龙子是个传说中的神话人物，是个吞了骊龙珠后化龙飞去的仙人，不过每年清明都要回来给母亲扫墓，来时必带来满天风雨。坐在小屋里啜着淡淡的山茶，听着这样荒唐而美丽的故事，不觉坐了许久。

从山背下山，满眼竹林，路边时时可见爆出的新笋，偶然可以从林木空隙处遥望远山，觉得这实在可以算得是一座伟大的盆景。又遥遥看到了郦道元所说的“登山远望，乃得见之”的“不可得至”的二泄，不能不佩服古地理学家认真踏勘然后下笔的求实精神。

回到五泄禅院午饭，饱吃了极鲜嫩的新笋和豆皮，喝了两瓶西施啤酒以后就又去游西龙潭。东、西龙潭之间夹着的就是那座峻削的山脊，山那面是五级悬崖飞瀑，这面则是曲折幽深的溪涧。山路依崖开辟，曲曲折折，路上有无数石板桥，随时可以过渡踏上对面的山沿小径。悬崖上有时可以看到怪柏中间盛放的白色山桃，还有南方少见的楠木林，挺拔的树干上下错杂散布在一片山坡上。涧底淙淙的水声并不喧闹，有时还是只能听到水声的伏流。迎面而来的处处峰峦，奇削、幽峭，几乎都有一个美丽的名字。在五泄寺里曾看到过一块新雕的徐渭“七十二峰深处”小小石碣，说的就是这一路上奇幻无尽的峰峦。这地方的格局有点像杭州的九溪，但曲折幽深的气势却要好得远，夹山的逼窄更增添了几许森肃。我们没有走到一线天、看见燕尾瀑就折回了。从主人的介绍中可以想见，那应该是和四川的剑门有些相近的地方，虽然五泄更突出的是江南山水的秀特而非蜀山蜀水的雄奇。

我们提前赶到了渡口，小艇刚在靠岸下客，驾驶员拿拖把冲洗完坐垫就跑开了，大概是等候随后赶来的游客。这时天上的细雨密起来了，张了伞坐在舱里，就这样一直等到艇子向一片迷濛的雨网中驶去。湖面上笼罩着一片冷雾，山峦的色调变得更暗，好像画家的墨笔在水盂里狠狠地蘸了一下就大胆地抹过去，很快变成了一片氤氲。

张了伞也遮不住横飘过来的雨脚，有点狼狈，可是我喜欢这雨，不怕它打湿了衣衫。这时，又有几只被惊起的水凫从面前划过，像箭似的一下子就钻入迷濛的雨障里去了。

来时，黄裳也写到了渡口的风景：

这里有一个水库。

我们从大坝底下往上走，爬了好久才到了坝顶。我们要在这里等到五泄去的渡船。渡船有好几只，都停在坝底的角落里，一只大的，三四只小的。也许时间还早，而且总共也只有我们几个游客，司机还不知躲在哪里，我们就站在坝顶看眼前的风景。天阴阴的，时或飘下点雨花，眼前是一片绿。两岸夹山是绿的，水也是绿的。放眼望去，前面不远处，水路就给迎面而来的山峦切断了。湖水里有山崖的倒影，很清晰地分出好几个层次，浅绿、蟹壳青、墨绿，再仔细看，整个的湖水都是墨绿的。这地方很像桐庐的七里泷，只是布局较小一点，比三峡自然更小。不过风格是相近的，都那么曲折、幽深、森严而肃穆。

年年青遍苎萝山

黄裳的《诸暨》，写于1986年4月21日。

久雨初晴，我们走出城关，沿了江边缓缓南去，公路上扬起了一阵阵的尘雾，没有多远，就能看见江上的浣纱大桥。再向前，遥遥望见公路边上有一座小小的亭子，那就是西施亭了。走近看时，并没有发现什么匾对，只是一座孤零零被挜挤得局促在江边的亭子。亭下就是临江的崖石，有两条逼窄的石径通往江畔，只容得一个人走过。石壁上有两个填了红的摩崖大字——“浣纱”。再下面的江水里横卧着的青石，自然就是当年西施浣纱的所在了。

这个地方小得很，连转身都困难。小亭子里已经有几个游人坐在那里，也挤不进去。好在站在这里也能眺望对江，望得见金鸡山下的村落，一色白墙黑瓦的民居，只是一侧新添了几幢新宿舍楼，却打破了整个布局的完整。从古代留下的地图上可以看出，苎萝山的石脉是一直蜿蜒到江边的，可是不知什么时候，也许比公路修成更早，就被拦腰截断了。今天的苎萝山已经被新建的厂房宿舍包围起来，简直就看不见山。山的前半掘起了一个大水池，开出的石料就用来叠起了山前的石壁，从下面只能望见山巅几棵孤零零的小树。

在山下、江边徘徊着的时候，不禁感到了无端的寂寞。

寂寞一是因为眼前的景色，二是想起自己四十年前买到过一部崇祯十年（1637）刻的八卷本《苎萝志》，“久已失去了”。“后来又得到康熙刻‘暨阳赵弘基家山汇评’的《苎萝集》残本上卷，现在倒还在手边。赵书只是崇祯本的翻版，不过少少变动了一下次序，多少添加了一点晚明的诗文，但在自序中却夸说如何辛苦搜集，正是过去刻书家常见的伎俩。书前有武宣序，说到苎萝，‘山不过一卷石之多，野蔓交加，只堪供樵苏、牧竖之往来……’可以知道很久以来这里就一直是一片荒凉萧寂了”。

接下来作者大发感慨：

翻看一下这样的地方名胜志，是颇有意思的，但也往往觉得无聊。我曾经说过，人们编这种书，就好像下帖子把古往今来的诗人墨客请来开座谈会，而这种座谈会却往往是乏味的。因为大家说的往往是一个模子倒出来的老话。这本《苎萝集》上卷，虽然收集了整整一册诗词，但还远远说不上完备。不过作为标本，也尽够了。这一大堆诗词的主题，可以借钟嵘的《诗品》序里的两句话来加以说明，“或士有解佩出朝，一去忘返，女有扬蛾入宠，再盼倾国。凡斯种种，感荡心灵。”西施被越王勾践选中，当做礼品献给吴王夫差，不论她是否意识到自己负有怎样的使命，也不论她曾在吴宫怎样“扬蛾入宠”，她的心情总是寂寞而凄苦的，她明白自己不过是一宗美好的货物。而越大夫文种所献的破吴九术（或云七术）中，“遗之好美，以荧其志”只不过是其中之一。后来人们出于种种动机夸张得过了分，甚到把西施装点成女间谍的鼻祖，就不免是神话或简直是昏话了。能指出这一点来的在整本《苎萝集》中好像只有王安石的一首《嘲吴王》：

谋臣本自系安危，贱妾何能作祸基。

但愿君王诛宰嚭，不愁宫里有西施。

王荆公到底是有眼光的，寥寥二十八字，就将喷在西施脸上“红颜祸水”的污蔑之词洗得干干净净了。

“沼吴”以后西施的命运，也是聚讼了几千年不能解决的难题。四十年前我在一篇小文中说过：

还有一说也近于情理。那是越王沼吴以后，想了一想，吴国全是这个女人弄糟了的，正是红颜祸水，留她不得，捉来淹死了吧！这一说的根据是《墨子》的“西施之沉，其美也”。

这是见于史籍关于西施的最早记载，比后来东汉人的许多说法都更为可信。不过人们是不满意的，他们同情这个美丽的女人，不愿她落入如此悲惨的结局，这样就创造了她和范大夫泛舟五湖的传说。这是合于传统喜剧结尾的公式的，但也隐隐包含着对勾践的抗议或嘲讽，这才是《浣纱记》的结尾远胜于一切“金榜乐，大团圆”的所在。

西施画像　浣纱石上留踪迹，越女英名传四方

西施身不由己地卷入了当时的政治斗争和诸侯矛盾之中，作了牺牲。唐人咏西施的诗不少。李白五古《西施》结云：“一破夫差国，千秋竟不还。”哀其破吴后被越后负石沉江，只是泛泛的同情。王维《西施咏》，也不过借“艳色天下重”，写世情冷暖，发个人感慨；这位曾经同情息夫人的大诗人，却没有赐给西施多少同情。到

了晚唐，皮日休《馆娃宫怀古》“越王大有堪羞处，只把西施赚得吴”，陆龟蒙《吴宫怀古》“吴王事事堪亡国，未必西施胜六宫”，一个讽刺越王勾践用美人计，不知羞耻；一个批评吴王夫差自取灭亡，即使没有西施，一样会亡国。千百年来，人们似乎把西施看作一件报仇复国的秘密武器，忘记了她是有血有肉，有丰富感情的女人。

直至清末民初，易顺鼎还把西施拿来作为“士不遇”的载体：

西施未嫁谁云冶？春风不到蓬门下；
若耶溪上浣纱人，诸暨村中卖薪者。
朝从波底羡鸳鸯，暮入云端栖凤凰；
一身偏受恩千百，万口争言艳寡双。
富贵居然一朝有，香名藉甚千秋后。
故国飞残茂苑花，行人忆杀苏台柳。
从来贫贱几人传，宝剑沉埋珠弃捐。
越溪尚有如花女，不遇吴王空自怜！

是明末清初的毛先舒的《吴宫词》，最早承认了这位少女的感情权利，宣告了人性的萌动与觉醒：

苏台月冷夜乌栖，饮罢吴王醉似泥。
别有深恩酬不得，向君歌舞背君啼。

李白有乐府诗《乌栖曲》，起二句云：“姑苏台上乌栖时，吴王宫里醉西施。”毛先舒这首《吴宫词》的开篇，稍稍更易李诗字句而别出新意。李诗写吴王夫差宠西施，陶醉于醇酒妇人之中，终致国破身亡，意在讽唐玄宗宠杨妃事，重点写吴王。毛诗的主人公是西施，写西施报吴振越的内心矛盾。作意不同，起笔的色彩氛围便大异其趣。读李诗前两句，仿佛见姑苏台中，暮色渐起，灯红酒热，一派温柔绮靡。毛诗用了“月冷”二字，便觉得欢宴已过，丝竹沉寂，唯有夜月凄迷，照在西施身旁沉醉如泥的吴王身上。这样的环境气氛，酝酿出西施许多心事。如此起笔，便为后两句——诗的主旋律的出现敷上了遥夜岑岑、幽思悄悄的神秘色彩，给主人公纷繁杂沓的心理活动作好了铺垫。

西施自越入吴，是奉有越国的特殊使命的。越人想用西施的美艳柔媚，迷惑夫差，乱其朝政。西施对这一特殊使命，起初她是乐于接受的。但一旦到了吴国，夫差对她百般爱幸，居姑苏之台，擅专房之宠，还为她建“馆娃宫”，作“响屧廊”，修“消夏湾”给她避暑，筑“鱼城”“鸭城”以满足她的口腹之好。几年的朝夕相处，宠爱不衰，西施感到吴王对于她的情意已超乎一般的淫乐之上，对此她不能毫不动心。眼前看着这位被她迷惑、愚弄得一醉如泥的吴王，她不能不感到几分怜惜，几分内疚。何况，当年越国破吴，杀伤吴王阖闾致死；现在夫差报父仇，破越国，却并未诛杀越王勾践。虽羁辱于石室，最终还是释放他回到越国。这位吴王夫差的为人，在愚昧荒淫中究竟还有几分宽厚。在这月冷乌栖的晚上，西施想到自己既不能负越国的重命，又难忘吴王的深恩，她的内心是十分矛盾痛苦的，因此，宴中“向君歌舞”，宴后则不能不“背君啼”。是毛先舒，第一个把西施当作普通、善良的少女来看待，承认她有被人爱也能爱人的权利，理解她承受的理性与感情矛盾冲突的痛苦；懂得爱火可以融化仇恨。又过了将近一百年，袁枚写的《西施》，承此一意而手法上更创新意：“妾自承恩人报怨，捧心常觉不分明。”我深深感激吴王对我的恩宠，我有自己的感情；你们越国君臣却只想利用我报覆国之仇，双方立场不一样，对吴王的心情也就不同。当我心痛发作的时候，连自己也弄不清楚究竟是疾病作祟还是感情上的矛盾害得我痛苦捧心。袁枚用“西子捧心”这一形容写西施的矛盾痛苦，比毛先舒“向君歌舞背君啼”更切合西施的典型形象。但，这种识见毕竟比毛先舒晚了一百年。

邓散木有《西子祠》：

浣江秀色照眉弯，石上纱痕人不还。
天似诗人好妆点，年年青遍苎萝山。

只留清气满乾坤

在《诸暨》一文中，除了西施外，黄裳还提到了当地的其他名人。

诸暨和绍兴是邻县。到枫桥去的那天，我们坐的车子就一直朝东向绍兴方向驶去。天色阴阴的，漫天遍野一片绿，远山淡淡的，大地上好像吸满了水雾。时而看到一片白墙黑瓦的房子，那就是一个村落了。浙东的民居都是这种格局，这种颜色。白墙上开了大大小小的窗子，好像一对对盯着公路上来往车辆的眼睛。偶尔可以看见一棵大树，是白果树吧，有时候是一对，那说明这里曾经有过一座庙宇，树照例种在山门前面。庙宇早就没有了，只剩下两棵树寂寞地站在那里。

“就在那面，那个山脚下，是杨铁崖的家。”

听了这样的介绍，我只能“唔唔”的应着，其实我也认不准这是哪个山村。只是想，杨维桢写的字叉手叉脚的，一派奇气，可是又那么美，在同时代的书法家里，他好像完全不理会有赵孟𫖯的存在，这就值得佩服。这是一个怪人，流传着许多狂怪的故事，但也有使人不敢佩服的，他“创造”了“鞋杯”行酒的方法。我想，这可能是从“曲水流觞”得到了启示的吧，那可是“雅”得有些“俗”起来了。

元末画梅花有名的王冕也住在这一带。提起王元章，人们总忘不了《儒林外史》里的描写，那个骑在牛背上读书的小孩仿佛真的从烟雨迷濛的田埂上走过来了。吴敬梓的描写是以宋濂、张辰两篇《王冕传》做蓝本的。宋传中说他“买白牛驾母车，自被古冠服随车后，乡里小儿竞遮道讪笑，冕亦笑”，就是被写入《儒林外史》的故事。又说他在北京对秘书卿泰不花说，“不满十年，此中狐兔游矣”，回到越中以后“复大言天下将乱。时海内无事，或斥冕为妄，冕曰：‘妄人非我，谁当为妄哉？’”都说明他已经清楚地感到了动荡时代的即将到来。不过不同的是宋濂说他希望能遇到明主，做一番事业，张辰则只是强调了他的归隐。至于王冕的结末，两传的说法也不相同。宋濂说朱元璋打下了婺州，“将攻越，物色得冕，置幕府，授以谘议参军。一夕，以病死”。张辰则说有一天闯进他家里来的是“外寇”，他和贼帅大争辩，“明日，君疾遂不起，数日以卒”。其实两篇传说的是同一件事情，只是宋濂站在官方的立场上，不能不说得好听一些罢了。朱元璋起事以后，在浙江一带罗致了一些人才，成为他的得力助手，但这些人的结局都不大好。朱元璋先后花了几十年，才一个个都收拾了，王冕不过是死得最早的一个。吴敬梓的小说拿他的故事作为楔子，看来也不是没有微意的。

从小就熟读王冕的《墨梅》：

我家洗砚池头树，朵朵花开淡墨痕。
不要人夸好颜色，只留清气满乾坤。

这首题在他为良佐所画《梅花图》上的七言绝句，是王冕画梅生涯和自我性情的写照。这位一生游戏梅花中的诗人、画家，青年时代曾专心研究孙吴兵法，学习击剑，有澄清天下之志，但屡试进士不第，使他看清了元朝的腐朽统治，遂放浪江海，绝意仕途。他隐居在山明水秀的诸暨九里山，躬耕读书，并植梅花千树，自号梅花屋主。“梅花解作忘机友，雪天月夜长相逢。”他生活在梅花中间，爱梅，画梅，“豪来写遍罗浮雪千树，脱巾大呼成花颠”（元末蒲庵禅师复见心《梅花歌》）。他一生最爱画不着色的淡墨梅花，画出来的梅花，朵朵朴素淡雅。

“我家洗砚池头树，朵朵花开淡墨痕。”读着这样的诗句，恍惚使人进入一种淡墨溢香的境界，这是画境，也是诗人的实际生活。相传会稽山下有王羲之的洗砚池，由于日日洗涤笔砚，把池水都染黑了。王冕颇以有这样一位同姓的前贤自豪，今天自己不也是过着“洗砚池头”的翰墨生涯么！“我家”二字，亲切之中自有一种洒脱自豪的韵味。“朵朵花开淡墨痕”，说自己与王羲之各有擅长，王羲之日日“洗砚池头”，为了练就一手好字，而自己“洗砚池头”，却是为了用墨笔描画梅花。自己苦苦练画，池水因洗砚而变黑，池边的梅树吸吮了池中的墨水，竟然“朵朵花开淡墨痕”了。

画梅花，为什么不用丹青彩笔涂抹，偏要用淡墨点染呢？诗人回答道：“不要人夸好颜色，只留清气满乾坤。”

黄裳在文中又提到了陈洪绶。

县里的同志告诉我，诸暨这个地方过去出过不少人物。当兵的特别多，其他方面也有不少出色的人才，不过地方上留不住他们。至今诸暨的高考升学率在全省还是最高的，征兵任务的完成也是头等的。这些信息很能帮助我们理解生长在这个地方的人民。文化水平不低，在过去叫做“文风盛”；好勇，也是越人的传统。两者结合起来形成一种特异的素质，倔强、独特，散发着特异的光彩，表现在文学艺术作品上，就出现了一种不可替代的色泽。就在这枫桥路上，既有元末的王冕，又有明末的陈洪绶，他们都是生活在天翻地覆的大时代里的大画家。

车子从兰亭折回，到了枫桥镇上，穿进一条乡间小路，雨后一片泥泞，车

王冕《梅花图》 北京故宫博物院藏

子歪歪扭扭地开进去，停在一块场地上。眼前是一片水塘，有两只白鹅在水面上游动，两旁都是菜畦，场地上满地稻草屑和泥浆。走进一条小巷，踏进边门，是一座空落落的大厅，三开间，五根带石础的柱子，屋角放着一架破旧的打稻机。这是陈家的祠堂，据说是老莲祖父陈性学的“光裕堂”。除了颜色久已剥落的梁间彩画，已经寻不见任何旧时痕迹。几个木匠借了这地方做家具，在埋头做活。好寂寞的一个地方。

陈老莲的“宝纶堂”就在前面，走过去看时，就连房子也没有了。墙边有一口井，据说还是当年的旧物。地上留下一些残零的石条，是过去的屋基。房子在很久以前就烧毁了，还是在太平天国以前的一次农民起义中给官军烧掉的。这些“故事”都是从一个五六十岁的老乡那里听来的，他姓陈，这村里的人家都姓陈，不过他好像并不知道陈老莲的名字。

陈老莲也画梅花，可是画法和乡先辈王冕不是一路。他画的是工笔，古拙瘦劲，完全洗净了没骨画法的甜熟，和他笔下的人物、山石一样，都带有浓重的图案意味。无论是《西厢记》里的双文还是《娇红记》里的娇娘，都美艳、典重，古朴类唐画。人物衣饰或花木山石衬景，落笔都极尽繁缛，但笔墨又非常简净，甚至是吝啬，屏除了一切多余的点染。这种风格在老莲的时代是一种创新，在以后则形成了一种流派。他的画风早在十九岁为来风季作绣像《楚辞》时就已经形成了，这一画稿一直到二十二年后才刻成。其中《屈子行吟》一图已经成为人们心目中典型的屈原遗像，一个清瘦的古衣冠人物，有着说不出的忧思迟缓地在泽畔“行吟”，这只能是“三闾大夫”。书前有老莲手书上板的一篇序文，一直是我爱读的文字，序的上半是：

丙辰，洪绶与来风季学骚于榕石居。高梧寒水，积雪霜风，拟李长吉体为长短歌行，烧灯相咏，风季辄取琴作激楚声。每相视，四目莹莹然，耳畔有寥天孤鹤之感。便戏为此图，两日便就。呜呼！时洪绶年十九，风季未四十，以为文章事业，前途于迈。岂知风季羁魂未招，洪绶破壁夜泣，天不可问，对此宁能作顾陆画师之赏哉！

读了这序文，使我们仿佛看见了画家自己，连同他的举止、神态和心境。写这篇序文时，洪绶四十一岁，看样子已经在饱经人世忧患之后进入了他的晚年。在晚明那个时代里，一个艺术家走的是怎样的道路，在这里反映得十分清晰。

他画《九歌》里的《国殇》，只画了一个手执弓刀、满怀激楚的寂寞的老兵，在他面前有一把丢弃了的斧，这是战友的遗物。寥寥数笔，就写尽了古战场的凄寂景色，抵得上一篇《吊古战场文》。

提起陈章侯，总是有着说不出的怀念与敬重。他是第一个为《楚辞》作插图的画家，稍后才是萧云从。晚明画家对楚骚的非凡兴趣，这事实本身就是值得思索的。陈老莲的画本由晚明刻工高手制成图像，成为那个时代最好的木刻。这些印本都已流传稀少了，得到郑西谛的介绍，才先后复印行世。我最早见到的就是这些复印本，因此对老莲留下了深刻的印象。见到他的书画真迹，还是后来的事。论影响，他的木刻插图恐怕更大于绘画。这次到诸暨，可以说多半是为老莲而来的。能到他出生的故里来看看，即使没有看到什么值得驻足流连的遗迹，也觉得满意了。

陈洪绶字章侯，号老莲。郑西谛即郑振铎先生。

清代朱彝尊写过一篇《陈洪绶》，提到他率真的一面：

尝留杭州，其友召之饮，期于西湖上。洪绶往，遇他舟，径登其席座上坐饮。主人徐察之，知为洪绶也，亟称其画。洪绶大骇曰："子与我不相识也！"拂袖去。

受人恭维而不自喜，反而吃惊于对方既不相识，何以如此？正见艺术家不谙世故的一派天真。

但我想，倘若对方是一位红粉佳人，陈洪绶大概不会"拂袖去"吧。据说清兵下浙东，在围城中搜得老莲，命老莲作画。刀刃相迫之下，老莲不握管。以美人诱之，老莲才动笔，画后又于当夜抱画逃走。所以全祖望评说："呜乎！老莲好色之徒，然其实有大节！"

张宗子《陶庵梦忆》中的《陈章侯》，还留下一段韵事：

陈洪绶《听琴品茗图》

崇祯十二年(1639)八月十三,作者陪自己的叔祖父南华老人在西湖泛舟饮酒。月亮升起之前就提早回家。陈章侯不痛快,对宗子说:“这样好的月色,难道蒙上被头睡觉吗?”于是宗子吩咐老仆人带上一小坛家酿好酒,叫了一条小划子重新去断桥那边。陈章侯自斟自酌,不觉大醉。船划到玉莲亭边,丁叔潜从北岸招呼大家,并拿出塘栖蜜橘,众人尽情而啖。

陈章侯正躺在船头上大叫大嚷,岸边上有位姑娘,叫童子隔水打招呼:“少爷们的船肯趁便带我们去第一桥吗?”宗子同意,她很高兴地走下船来,衣着薄绸,显得淡雅温柔,叫人看了惬意。又是陈章侯,倚着酒兴,挑逗说:“姑娘你豪爽得就像那张一妹,能够跟虬髯客一起喝酒吗?”那姑娘也略不谦让,欣然就饮。

“张一妹”就是红拂女,隋相杨素的家妓,她见李靖人才出众,便与之私奔。逃亡路上在客店遇到奇人虬髯客。

小划子到了第一桥,已是二更天了。那姑娘居然把一小坛酒喝光。问她地址,只是笑而不答。陈章侯本来想跟踪,但只见她走过岳王坟,再也没法赶了。真是去者飘然,留者怅然。

西湖三潭印月

后世的人，读过这段文字，不知会生出多少遐思。它正透出了江南文化的底蕴：柔情侠骨。

梦魂欲染山水绿

雪窦山在浙江奉化县溪口镇西北，有唐代所建雪窦寺。寺前有千丈岩。王安石观瀑诗云：

拔地万里青嶂立，悬空千丈素流分。
共看玉女机丝挂，映日还成五色文。

元初邓牧有《雪窦游志》：

……四山回环，遥望白蛇蜿蜒下赴大壑，盖涧水尔。桑畦麦陇，高下联络，田家隐翳竹树，樵童牧竖相征逐，真行画图中。

下面写到上山：

渐上，陟林麓，路益峻，则睨松林在足下。花粉逆风起为黄尘，留衣襟不去，他香无是清也。

越二岭，首有亭当道，髹书"雪窦山"字。山势奥处，仰见天宇，其狭若在陷阱。忽出林际，则廓然开朗，一瞬百里。

[从这里渐渐往山上走，攀越过山脚下的树林，山路开始越来越险峻。回头斜视，方才所过的松林，已经是在脚下了。这时，一片花粉迎风而起，像是弥漫的黄尘，落到衣襟上久久不掉，我嗅过的其他香气，没有比这再清馨的了。

翻越了两座山岭，首先遇有一亭当道，上面有红油漆写的大字：雪窦山。山势幽深的地方，须仰视才能看见天空，其深奥狭窄，像是落进陷阱。而突然转出林边，则眼前豁然空阔宽广，举目可望百里之外。]

有一大亭，上刻宋理宗御书"应梦名山"，原是皇帝梦游佳处。发出诏书让把梦中的天下名山都画出呈进，这座山也在其中。

左折松径，径达雪窦。自右折入，中道因桥为亭，曰锦镜。亭之下为园池，径余十丈，植海棠环之，花时影注水涘，烂然疑乎锦，故名。……

出寺右偏登千丈岩，流瀑自锦镜出，泻落绝壁下潭中，深不可计。临崖端，引手援树下顾，率目眩心悸。初若大练，触崖石，喷薄如急雪飞下，故其上为飞雪亭。

[从这往左拐，穿过松树林中的小径，就直达雪窦了。从右边转入，道中的桥上建筑着一个亭子，叫作"锦镜"。亭的下边是一圆形的水池，

直径有十丈多，周围都栽种着海棠，花开时节花影投在池水中，光彩灿烂看去像绣锦，亭子就因为这个得的名。……

出了山寺往右侧走，登上千丈岩，见一湍流的瀑布从“锦镜”涌出，泻落到绝壁下面的深潭中，而潭深则不可测量。走到悬崖的边缘上，牵手攀树往崖下俯视，顿觉眼花心跳。一条泉水，刚涌出时像是一条洁白的熟绢，而触落到崖石上，则喷薄如急雪从空中飞下，因此它上边的亭子才叫“飞雪亭”。]

邓牧从妙高台回首俯视，则群山环聚，已经看不见来时的路。

远者晴岚上浮，若处子光艳溢出眉宇，未必有意，自然动人。

[远方晴天下的山岚，轻轻地浮上天空，很像处女的光艳溢出眉间，未必是有什么情意，而她的倩影则自然动人。]

自爱名山入剡中

在浙江嵊县，曹娥江的上游，山水佳丽，古往今来，吸引了众多文人墨客。李白有诗：“此行不为鲈鱼鲙，自爱名山人剡中。”“我欲因之梦吴越，一夜飞渡镜湖月。湖月照我影，送我至剡溪。”明人陈仁锡则写有《剡溪记》，不乏生动的段落：

沿溪，山二十余，乍起乍伏。举头阙处，则有远岫补之。水六七折，溪田绕其中，溪声如近，见树根浮面，宛若舣舟其下。入画则摩诘，入诗则青莲。山不甚奇而峭，水不甚阔而秀，人家不多而山呼谷应。日之夕矣，牛羊下来，境亦不寥寂。

[沿着溪流，有山二十多座，山势蜿蜒，突然隆起又突然低伏下去。抬起头来眺望山岭断缺的地方，竟又有远处的峰峦把它补上。溪水拐了六七个弯儿，把一片农田环绕到中间。溪水流动的声音，好像就在近前；遥见树根浮动水面，犹如把靠岸的小船拴在树下。这景物，入画很像王摩诘的，而入诗则很像李青莲。山虽然不是很奇崛，但很峻峭；水虽然不是很宽阔，但很秀美；人家虽然不是很多，但生活和乐，山呼谷应。每当傍晚夕阳西下，牛羊从山上归来，这环境也不是那么沉闷寂寞的。]

冯家浦一带，尤难忘怀：

小浦藏舟，绿树为家，遥闻声而思。想天工造此溪山，神慵意懒，涂抹成峰峦，唾余是波浪。傍溪诸山，高者与屋平，低者人行反出其上。凌霄之

树，可伯叔行，初出之笋，可兄弟行。如老人不耐行走，持杖缓行，常匐伏，常趺坐，宜闲云数片，往来其间。亦宜远眺，山与云齐，江挟风涌，令人目不敢视。

[江汉里藏着小船，绿树林中住着人家，遥闻声音而引起思念。我想，天公创造这些溪山，一定又是精神怠惰疏懒的。他的随意涂抹，就成为这样些山峰，而描绘中的唾余，就成了这样些溪流波浪。远望沿溪蜿蜒的群山，高的与人家的屋舍相平，矮的好像人们行走在它的上面。接天的远树，像是一行叔伯；初出的竹笋，像是一列兄弟。又如老人不耐行走，拄着拐杖缓行，一会儿匍匐，一会儿双足交迭而坐。任风吹动的白云，闲适片片，往来其间。这里宜于眺望，远方的山巅与白云相接，而脚下的江水，仗着风势波涛汹涌，令人不敢俯身下看。]

作者还游了东山蔷薇洞，那是东晋谢安为避祸而挟妓游玩之所。李白有《忆东山》诗：

不向东山久，蔷薇几度花。
白云还自散，明月落谁家？

《梦游天姥吟留别》 李白诗意

剡溪之上的故事，最有名的，便是晋人王子猷“雪夜访戴”了。见《世说新语·任诞》：

王子猷居山阴，夜大雪，眠觉，开室，命酌酒，四望皎然。因起彷徨，咏左思《招隐诗》。忽忆戴安道。时戴在剡，即便夜乘小船就之。经宿方至，造门不前而返。人问其故，王曰：“吾本乘兴而行，兴尽而还，何必见戴？”

剡溪因了这则逸事，又有了“雪

明　周文靖《雪夜访戴图》　乘兴而来，尽兴而归　禅意

溪”的美名。

宗白华评：“这截然地寄兴趣于生活过程的本身价值而不拘泥于目的，显示了晋人唯美生活的典型。”

这大概便是“过程美学”吧。过程是非目的性的，生命在这里释放出自由的天性，人只为存在的欢愉而活着。而目的则使人的生命活动压缩到一个有限的空间，它舍去过程也便舍去了生命体验的丰富性。

胡晓明也借曾几的《书徐明叔访戴图》来说明这个道理，题目就叫《生命的手舞足蹈》：

小艇相从本不期，剡中雪月并明时。
不因兴尽回船去，那得山阴一段奇。

“王的率性，是魏晋风度的典型人格。以往对这个故事的解释都看重‘兴’，即一种自由无羁的生命灵机。但曾几更看重路上风景，从生命灵机之偶发，转而为平常人生的享受。这是世俗化的时代对于日常生命的看重，体现了宋代文化的轻灵。

“生命之兴发感动，自然是生命的手舞足蹈的美妙，然而胜固欣然，败亦可喜，而生命之兴尽意阑，有时也不失为生命之柳暗花明。

“曾几的诗，提出了一个很有意思的问题，就是要尊重自己的‘兴尽’，兴尽就是兴尽，不必将它美化为个性的任性自由。然而在兴尽的背面，也会有人生别样的风景。这样，就是一个真的懂得了尊严的人生。”

明代高启的《寻胡隐君》便是这种“过程美学”的形象体现：

渡水复渡水，看花还看花。
春风江上路，不觉到君家。

还有南宋叶绍翁的《游园不值》：

应怜屐齿印苍苔，小扣柴扉久不开。
春色满园关不住，一枝红杏出墙来。

钱钟书认为叶诗脱胎于陆游的《马上作》：“平桥小陌雨初收，淡日穿云翠霭浮；杨柳不遮春色断，一枝红杏出墙头。”不过叶诗第三句“写得比陆游的新警”。

“过程美学”最生动的，当属陆游作于山阴的《游山西村》：

山重水复疑无路，柳暗花明又一村。

春风开尽碧桃花

又五里，过青溪，从护国寺右转二里，为桃源，是刘、阮遇仙之地。昔刘、阮入山采药，逢双鬟于溪口，笑迎以入，留半载而去，而子孙已七世矣。后人追述其事，即山而凿石开道，环以桃花，谓涧为“鸣玉”，谓峰为“双女”，谓溪为“怅惘”。夫鸣玉者，佩环也；双女者，双鬟也；惘怅者，惜别也。无非为仙女仙郎写此风流胜事也。今其地壁坞深奥，隙崖曲折，若房若栊，葳蕤深锁，似人间非人间，独无胡麻流出耳。

[再走五里，过青溪，从护国寺右转二里，便是桃源，是刘晨、阮肇遇见仙女之地。相传东汉时刘、阮二人进入天台山采药，在溪口遇到二位美女，美女留刘、阮二人住在山上半年，待到刘、阮还乡，子孙已有七代。后人追念其事，在这里凿石开道，周围种上桃花，叫涧为“鸣玉”，叫山为“双女峰”，叫溪为“惘怅”。鸣玉即佩环，双女即双鬟，惘怅即惜别，都是为了给仙女仙郎的风流之事留下痕迹。现在这里山深沟低，山崖曲折，如房如窗，林木茂盛，人迹罕至，似人间又似仙境，只是不见胡麻饭而已。]

天台山在浙江天台县北。胡麻饭即芝麻饭，这是二仙女招待刘、阮的食物。此文为明人邹迪光而作。

赤城山为天台山南门，诗词中常用以咏修仙学道。晋·孙绰《游天台山赋》中有“赤城霞起而建标，瀑布飞流以界边”。孔灵符《会稽记》：

清　郎世宁《仙鄂长春图册》 桃花

> 离绍兴后，车路两旁的道路树颇整齐，秋柳萧条，摇曳着送车远去，倒很像是王实甫曲本里的妙句杂文。……右手是不断的越中诸山……左手是清绝的曹娥江水，风景明朗，人家也多富庶，真是江南的大佳丽地。
>
> ……
>
> 初入天台山境，只见清溪回绕，与世隔绝，自然也生了些邪念，但身入山中，前从远处看见的山峰反而不见了，所以就唱出了两句山歌："山到天台难识面，我非刘阮也牵情。"

"赤城，山名，色皆赤，状似云霞。"王勃《临高台》："赤城映朝日，绿树摇春风。"刘克庄《满江红》："织女机边云锦烂，天台赋里晴霞赤。"清人金人翮形容：山底大而上削，顶平如城堞，石层叠如墙，色红如旭日，如霞似锦，如桃花，如红毛，如红玛瑙，如红珊瑚，如人喝酒而红脸，如火焰山之火，如岭南春天的木棉花，如枫林，如红色庙宇；草树之间，又如海上红楼而被薜荔遮蔽。形形色色，远望更美。

郁达夫也曾游天台：

金鸡岭（也名金地岭）一带，给他留下了深刻的印象：

> 我们到了塔头村，看到了这高山上的大平原，以及东西南三面的平谷与远景，已经有点恋恋不舍去了；及到了更上一层的俗称"水磨坑"、"落水坑"上的高原地，更不觉绝叫了起来。山上复有山，上一层是一番新景象，一个和平的大村落，有流水，有人家，有稻田与菜圃；小孩们在看割稻，黄白犬在对我们投疑视的眼光，桃花源上更

有桃源，行行渐上，迭上三四条岭，仍不觉得是在山巅，这一点我觉得是天台山中最奇特的地方；将来若要辟天台为避暑区域，则地点在水磨坑、落水坑（陈田洋、寒风阙的外台）一带随处都是很适宜的。

《宋诗纪事》曾记赵葵《行营杂录》里一则佳话。“天台宋氏家本富，后贫，鬻庐于邻，价成作诗：‘自叹年来刺骨贫，吾庐今已属西邻。殷勤说与东园柳，他日相逢是路人。’富者见诗恻然，即以券还之，亦不索其直，乡人嘉其谊。”我每读于此，往往鼻酸眼热。古风已矣，何以再觅？

净洗一生烦恼热

五代僧贯休有“雁荡径行云漠漠，龙湫宴生雨蒙蒙”的诗句。清人袁枚《大龙湫》诗形容：“五丈以上尚是水，十丈以下全为烟。”最能抓住大龙湫特色的，可能是明人邹迪

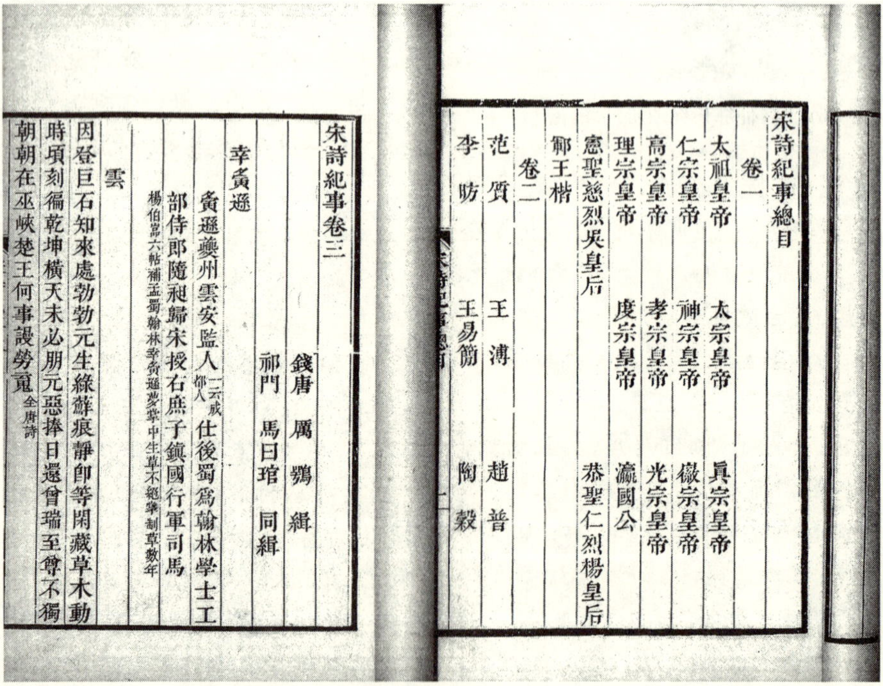
宋詩紀事總目
卷一
太祖皇帝 太宗皇帝 眞宗皇帝
仁宗皇帝 神宗皇帝 徽宗皇帝
高宗皇帝 孝宗皇帝 光宗皇帝
理宗皇帝 度宗皇帝 瀛國公
憲聖慈烈吳皇后 恭聖仁烈楊皇后
鄆王楷
卷二
范質 王溥 趙普
李昉 王易簡 陶穀

宋詩紀事卷三
錢唐 厲鶚 緝
祁門 馬曰琯 同緝
幸夤遜
夤遜夔州雲安監人一云成都人仕後蜀爲翰林學士工部侍郎隨昶歸宋授右庶子鎭國行軍司馬
楊伯嵒六帖補孟蜀翰林幸夤遜夢掌中生草不絕掌制草數年
雲
因登巨石知來處勃勃元生綠蘚痕靜即等閑藏草木動時頃刻徧乾坤橫天未必朋元惡捧日還曾瑞至尊不獨朝朝在巫峽楚王何事謾勞魂全唐詩

宋诗纪事

光。他说：

凡瀑皆倚壁而下，触石而注。而此瀑独无所倚负，无所触抵，从绝壁石凹中倾泻。故凡瀑皆冲激湍泫，而此瀑独委蛇缥缈，大有昵人媚人之意。

［大凡瀑布，多依山壁而落下，落到山石处，便流走。大龙湫瀑布与众不同，是悬空而下，无所倚靠，无所阻挡，从绝壁凹石中倾泻而出。所以别的瀑布都冲击奔腾，而大龙湫瀑布却曲折委婉，飘飘洒洒，好像有意展示娇美之态，以引起人们的注意。］

接下去又说到：此瀑有时候久停不下，一下而汹涌急流，直冲山下，好像飞电迅雷。有时候忽然四散，看不见流向何方，散而复聚，奔腾纷杂，一起冲来，像三十万披甲执戈的士兵，排山倒海而来。当它舒缓之时，瀑布声如琴如瑟，如笙如簧，如箸如龠。在水流盛大、横冲直撞之时，瀑布声却如滚石，如破竹，如击鼓，如敲钟，如打镛奏镈，交响合奏，惊心动魄。

还谈到五色瀑：大龙湫瀑布，曲折缓流的时日多，而雷霆万钧的机会很少。如果幸运见到瀑布如万马奔腾，则很可能见到四射之瀑如五彩长虹，炫耀夺目：白色的如白石英，青的如青莲花，绿的如绿玉，红的如红锦帛，紫的如紫磨金。有时，忽然出现人形，彩色衣裳，变幻万千，十分神奇。于物而言，有如帝青宝珠，如陶塑的释迦牟尼；于服饰如霓裳，如六铢衣；于人如洛水女神，如汉水女神，如藐姑射山上的女仙人。和尚说，这是五色瀑布，最难见到，即使是八十岁的老僧，也很少能见。难道是山灵显神，对我特别优待照顾？我们且惊且喜，忘乎所以，不知用大酒杯干了几次杯！

箸、龠（yuè）：古乐器。镛（yōng）、镈（bó）：大钟。紫磨金：上等的金。帝青珠：佛家所称的青色宝珠。六铢衣：佛教称忉利天衣重六铢，轻而薄，后代指仙衣、佛衣。

元人李孝光写的是《雁山观石梁记》：

时落日正射东南山，山气尽紫，鸟相呼如归人。入宿石梁，石梁拔起地上，如大梯倚屋檐端。檐下入空洞中，可容千人。地上石脚空嵌，类腐木根。檐端有小树，长尺许，倒挂绝壁上。叶着霜正红。始见谓踯躅花，绝可爱。梁下有寺，寺僧具煮茶醅酒，客至俱醉。月已没，白云西来如流水，风吹橡栗，坠瓦上，转射岩下小屋，从瓴中出，击地上积叶，铿镗宛转，殆非世

间金石音。

[当时夕阳正射在东南山上，山上云雾尽紫，百鸟争鸣，好像叫人回家。我们住在石梁，石梁拔地而起，好像高大的梯子，靠在屋檐边上。从檐下进入空洞之中，洞内可容纳上千人。地上石脚空嵌，像老树根。檐端有小树，一尺来长，倒挂在绝壁之上，叶如霜叶红。初见时，以为是杜鹃花，十分可爱。石梁下有寺，寺里的和尚为我们准备了茶、酒，客人都喝醉了。月已落山，白云东去如流水。风吹橡栗，橡栗落在瓦上，又掉入山下小屋上，再从小屋瓴中射出，急落于地上积叶中，声音忽而铿锵，忽而宛转，非人间的钟磬乐之声可比。]

今人王梦痕诗云：

游踪好在晚晴中，落照屏霞相映红。
归卧僧楼还一笑，四山谡谡响松风。

吴天五诗云：

入手筇枝觉有神，从今还我看山身。
溪边买酒云边去，醉踏灵峰得几人。

灵岩寺有江弢叔所撰妙联：

欲写龙湫难下笔；不游雁荡是虚生。

宋人楼钥《大龙湫》结句：

更期雨后再来看，净洗一生烦恼热。

雁荡奇秀在清秋

陈冰原有诗："雁山奇秀在清秋。"郁达夫正为我们留下一篇《雁荡山的秋月》。

约莫是午前的三四点钟，正梦见了许多岩壁，在四面移走拢来，几乎要把我的渺渺五尺之躯，压成粉碎的时候，忽而耳边一阵喇叭声，一阵嘈杂声起来了。先以为是山寺里起了火，急起披衣，踏上了西楼后面的露台去一看：既不见火，又不见人，周围上下，只是同海水似的月光，月光下又只是同神话中的巨人似的石壁，天色苍苍，只余一线，四围岑寂，远远地也听得见些断续的人声。奇异，神秘，幽寂，诡怪，当时的那一种感觉，我真不知道要用些什么字来才形容得出！起初我以为还在连续着做梦，这些月光，这些山影，仍旧是梦里的畸形；但摸摸石栏，看看那枝谁也要被它威胁压倒的天柱石峰与峰头的一片残月，觉得又太明晰，太正确，绝不像似梦里的神情。呆立了一会，对这雁荡山中的秋月顶礼了十来分钟，又是一阵喇叭声，一阵整队出发报名数的号令声传过来了。到此我才明白，原来我并不是在做梦，是那一批黄岩中学的学生要出发赶上大溪去坐轮船去了！这一批学生的叫唤，这一批青年的大胆行为，既救了我梦里的危急，又指示给我了这一幅清极奇极的雁山夜月的好画图，我的心里，竟莫名其妙的感激起来了，跑下楼去，就对他们的两位临走的教师热烈地热烈地握了一回手；送他们出了寺门以后，我并且还在月光下立着，目送他们一个个小影子渐渐地被月光岸壁吞没了下去。

雁荡山中的秋月！天柱峰头的月亮！我想就是今天明天，一处也不游，便尔回去，也尽可以交代得过去，说一声“不虚此行”了，另外还更希望什么呢。

这真是可遇而不可求的“金风玉露一相逢”！第二天跑了一天后，郁达夫建议大家也于凌晨三时起床。

然而胜地不常，盛筵难再，第二日早晨，虽则大家也忍着寒，抛着睡，于午前三点起了身，可是淡云蔽月，光线不明；我们真如在梦里似地走了七八里路，月亮才兹露面。而玩月光玩得不久，走到灵峰谷外朝阳洞下的时候，太阳却早已出了海，将月光的世界散文化了。

云满长空鹤一声

1933年，郁达夫从杭州出发，沿西南方向，畅游千里，写下《浙东景物纪略》。开篇一节，便是《方岩纪静》。方岩在永康县东北五十里。文中写道：

方岩附近的山，都是绝壁陡起，高二三百丈，面积周围三五里至六七里不等。而峰顶与峰脚，面积无大差异，形状或方或圆，绝似硕大的撑天圆柱。峰岩顶上，又都是平地，林木丛丛，簇生如发。峰的腰际，只是一层一层的沙石岩壁，可望而不可登。间有瀑布奔流，奇树突现，自朝至暮，因日光风雨之移易，形状景象，也千变万化，捉摸不定。山之伟观到此大约是可以说得已臻极顶了罢？

从前看中国画里的奇岩绝壁，皴法皱叠，苍劲雄伟到不可思议的地步，现在到了方岩，向各山略一举目，才知道南宗北派的画山点石，都还有未到之处。在学校里初学英文的时候，读到那一位美国清教作家何桑（今译霍桑——引者）的《大石面》一篇短篇，颇生异想，身到方岩，方知年幼时的少见多怪，像那篇小说里所写的大石面，在这附近不知有多多少少。我不曾到过埃及，不知沙漠中的Sphinx（即斯芬克斯——引者）比起这些岩面来，又该是谁兄谁弟。尤其是天造地设，清幽岑寂到令人毛发悚然的一区境界，是方岩北面相去约二三里的寿山下五峰书院所在的地方。

北面数峰，远近环拱，至西面而南偏，绝壁千丈，成了一个上突下缩的倒覆危墙。危墙腰下，离地约二三丈的地方，墙脚忽而不见，形成大洞，似巨怪之张口，口腔上下，都是石壁，五峰书院，丽泽祠，学易斋，就建筑在这巨口的上下腭之间，不施椽瓦，而风雨莫及，冬暖夏凉，而红尘不到。更奇峭者，就是这绝壁的忽而向东南的一折，递进而突起了固厚、瀑布、桃花、覆釜、鸡鸣的五个奇峰，峰峰都高大似方岩，而形状颜色，各不相同。立在五峰书院的楼上，只听得见四围瀑布的清音，仰视天小，鸟飞不渡，对视五峰，青紫无言，向东展望，略见白云远树，浮漾在楔形阔处的空中。一种幽静、清新、伟大的感觉，自然而然地

姜宝林《五峰书院胜境图》

袭向人来；朱晦翁、吕东莱、陈龙川诸道学先生的必择此地来讲学，以及一般宋儒的每喜利用山洞或风景幽丽的地方作讲堂，推其本意，大约总也在想借了自然的威力来压制人欲的缘故，不看金华的山水，这种宋儒的苦心是猜不出来的。

这里提到的朱、吕、陈三人，自然是朱熹、吕祖谦、陈亮。所谓“借了自然的威力来压制人欲”，于陈亮却有些不合。陈亮（1143—1194），原名汝能，后慕诸葛亮生平，改名亮，字同甫，号友川，婺州永康人，即“方岩北面相去约二三里的寿山”所属之地。寿山一名桃岩。南宋乾道八年（1172）陈亮借此设帐讲学，寿山石室由此声名鹊起，渐成气候。五峰书院尽管于明嘉靖十五年（1536）才正式建成，但其肇始之功非陈亮莫属。

《宋史·陈亮传》载：“为人才气超迈，喜谈兵，论议风生，下笔数千言立就。”他一生为中兴事业颠沛奔走，多次上书孝宗，慷慨陈词，进献收复北方之略。在《上孝宗皇帝第一书》中，还指斥：“始悟今世之儒士自以为得正心诚意之学者，皆风痹不知痛痒之人也。”孝宗想授他官职，“亮笑曰：‘吾欲为社稷开数百年之基，宁用以博一官乎？’亟渡江而归”（《宋史》本传）。

明代大儒方孝孺以节烈称世，对陈亮最是钦佩，曾言：“余始读同甫论史诸文，见其驰骋为可喜之谈，以为同甫特尚气狂生耳，未必足用也。及观其上孝宗四书，不觉慨然而叹，毛发森然上竖。呜呼，同甫岂狂者哉？盖俊杰丈夫也，宋之不兴，天实弃之。”

从嵚奇磊落而言，陈亮又绝类方岩。今五峰书院门前，有陈亮石雕像。

棋罢不知人换世

郁达夫《浙东景物纪略》中，有《烂柯纪梦》一节。开头便是：

晋王质，伐木至石室中，见童子四人弹琴而歌，质因倚柯听之。童子以一物如枣核与质，质含之便不复饥。俄顷，童子曰：“其归！”承声而去，斧柯摧然烂尽。既归，质去家已数十年，亲情凋落，无复向时比矣。

烂柯山又名石室山，在浙江衢州市南二十里。传王质入山伐薪，见二童对弈，棋局未终，斧柯已烂，故名。

郁达夫铜像

通灵秀，只觉得是身到了别一个天地；一个在城市里住久的俗人，忽入此境，那能够叫他不目瞪口呆，暗暗里要想到成仙成佛的事情上去呢？

明人张以宁的《仙人棋》，别出心裁：

人道仙家日月迟，仙家日月转堪悲。
怎将百岁人间事，只换山中一局棋。

这让我想起台湾作家张晓风写的《武陵人》。那位武陵渔人得遂其愿，享尽了桃花源的幸福，使他原籍武陵的痛苦更为凸现。于是，他便毅然返回了，因为："武陵不是天国，但在武陵的痛苦中，我会想起天国。但在这里，我只会遗忘，忘记了身家，忘记了天国，这里的幸福取消了我思索的权利。"

清人李渔则把此事当成环保的佳音：

云雾山中虎豹眼，千年松子大于拳。
自从柯烂无人伐，万丈奇杉欲上天。

郁达夫还有一段描写：

出衢州的南门的时候，眼面前只看得出一排隐隐的青山而已；南门外的桑麻野道，野道旁的池沼清溪，以及牛羊村集，草舍蔗田，风景虽则清丽，但也并不觉得特别的好。可是在仙寿亭前过渡的瞬间，一看那一条澄清澈底的同大江般的溪水，心里已经有点发痒似的想叫起来了，殊不知入山三里，在青葱环绕着的极深奥的区中，更来了这巨人撑足直立似的一个大洞；立在山下，远远望去，就可以从这巨人的胯下，看出后面的一湾碧绿的青天，云烟缥缈，山意悠闲，清

小溪泛尽却山行

南宋曾几有《三衢道中》:

梅子黄时日日晴,小溪泛尽却山行。
绿阴不减来时路,添得黄鹂四五声。

江南初夏,本应是梅雨季节,却天天响晴。作为行人,其欢欣可想而知。一个“泛”字,已不单是赶路,而有“游”的意思。坐船游够了河溪,又换换口味,上山步行。山里的景致似乎更美,在三四句中写到了。“来时路”表明,诗人在不久前,已循着与这次相反的方向,经过三衢道中(衢州有三衢山)一次,这次是沿原路回去。“绿阴不减来时路”,已顺手把“来时路”的景色点出,也暗示自已虽然走的是旧路,但兴致依然“不减”;非但“不减”,还“添得黄鹂四五声”,景色更美了,兴致更高了。

旧路增添了新的内容,似乎又不是旧路了。古希腊哲人赫拉克利特说:“人不能两次涉过同一条河流。”

江南梅雨

曾几的这首小诗，也无意中用形象阐明了这个道理。

唐人韦庄也有《衢州江上别李秀才》：

千山红树万山云，把酒相看日又曛。
一曲离歌两行泪，更知何处再逢君。

古代衢州下辖江山、龙游等县。陆游《过灵石三峰》云：

奇峰迎马骇衰翁，蜀岭吴山一洗空。
拔起青苍五千仞，劳渠蟠屈小诗中。

灵石三峰在江山江郎山。不说诗人骑马向前，而说奇峰迎马，诗人行迹半天下，巴蜀江南的名山都无法同灵石峰比拟。末句是说，你太雄伟奇特了，如今委屈你浓缩在我首小诗当中吧。

无独有偶，辛弃疾也有《江郎山和韵》：

三峰一一青如削，卓立千寻不可干。
正直相扶无倚傍，撑持天地与人看。

明人汤显祖有《凤凰山》七绝：

系舟犹在凤凰山，千里西江此日还。
今夜销魂在何处，玉岑东下一重湾。

凤凰山在龙游县北五里衢江边。玉岑即玉岑山，在县南十五里，自金华望之，正当其面，因名婺女照台山。

郁达夫游记说：

瀫水西溪和龙游江的上游诸水，盘旋会合在这凤凰山下，所以沿水岸再向北一二里路，到一突出的岩头上——大约是瀫波亭的旧址——去向南远望，就可以看得出衢州的千岩万壑和近乡的烟树溪流，这又是一幅王摩诘的山水横额。溪中岩石很多，突出在水底，了了可见，所以水上时有瀫纹，两岸的白沙青树，倒影水中，和瀫纹交互一织，又像是吴绫蜀锦上的纵横绣迹。

他还写下《凤凰山怀汤显祖》：

瀫水矶头半日游，乱山高下望衢州。
西江两岸沙如雪，词客曾经此系舟。

天风吹动碧霞裙

明初刘基写下有一首《过闽关》：

关头雾露白濛濛，关下斜阳照树红。
过了秋风浑未觉，满山粳稻入闽中。

这里的闽关即仙霞关，在浙江江

山县保安镇西南，为入闽咽喉之地。郁达夫曾以《仙霞纪险》为题写过：

仙霞岭的面貌，实在是雄奇伟大得很！老远看来，就是那么高那么大的这排百里来长的仙霞山脉，近来一看，更觉得是不见天日了。东西南的三面，弯里有弯，山上有山；奇峰怪石，老树长藤，不计其数；而最曲折不尽，令人方向都分辨不出来的，是新从关外二十八都筑起，沿龙溪、化龙溪两支深山中的大水而行的那条通江山的汽车公路。

五步一转弯，三步一上岭，一面是流泉涡旋的深坑万丈，一面又是鸟飞不到的绝壁千寻。转一个弯，变一番景色，上一条岭，辟一个天地，上上下下，去去回回，我们在仙霞山中，龙溪岸上，自北去南，因为要绕过仙霞关去，汽车足足走了有一个多钟头的山路。山的高，水的深，与夫弯的多，路的险，不折不扣的说将出来，比杭州的九溪十八涧，起码总要超过三百多倍。要看山水的曲折，要试车路的崎岖，要将性命和运命去拼拼，想尝一尝生死关头，千钧一发的冒险异味的人，仙霞岭不可不到，尤其是从仙霞关北麓绕路出关，上关南二十八都去的这一条新辟的汽车公路，不可不去一走。车到关南，行经小竿岭的那个隘口，近瞰二十八都谷底里的人家，远望浦城枫岭诸峰的青影的时候，我真感到了一种一则以喜一则以惧的说不出的心理；喜的是关后许多险隘，已经被我走过了，惧的是直望山脚的目的地二十八都，虽然是只离开了一程抛石的空间，但山坡陡削，直冲下去，总也还有二三千尺的高度。这时候回头来看看仙霞关，一条石级铺得像蛇腹似的囊时的鸟道，却早已高高隐没在云雾与树木的中间了。

仙霞岭过去便是武夷山。清人江湜写过《由江山至浦城，雪后渡越诸岭，……》的七绝：

连宵雨霰雪纷纷，今上篮舆盼夕曛。
万竹无声方受雪，乱山如梦不离云。

浦城属福建。此诗妙在末句，写南方竹山雪景，山色如青如白，若明若晦，透过飘雪望去，迷离杳溟，恍若梦境。此山之“乱”，乱到群山乱舞，围着云在乱舞，云成了静态，山倒成了动态。

半夜鲤鱼来上滩

兰溪，在县南七里，东北流入东阳江。（《元和郡县图志》）

对于兰溪的印象，最初得之于唐代戴叔伦的《兰溪棹歌》：

凉月如眉挂柳湾，越中山色镜中看。
兰溪三日桃花雨，半夜鲤鱼来上滩。

借鲤鱼上滩来表现雨后水涨，手法新巧。戴叔伦在德宗建中元年(780)五月至二年春曾任东阳令，所以才有如此体物入微的佳作，开东坡“蒌蒿满地芦芽短，正是河豚欲上时”的先声。

曹聚仁《万里行记》书影，1973年香港三育图书文具公司出版

中国起码有两处兰溪，另一处在蕲水(今湖北浠水县)。东坡曾作《浣溪沙》词，小序曰：“游蕲水清泉寺，寺临兰溪，溪水西流。”上片云：“山下兰芽短浸溪，松间沙路净无泥。萧萧暮雨子规啼。”更早则有杜牧的《兰溪》诗：

兰溪春尽碧泱泱，映水兰花雨发香。
楚国大夫憔悴日，应寻此路去潇湘。

今人曹聚仁所写，则是浙江兰溪：

兰溪，可算是钱塘江上流第一个商业市场，正如屯溪之于皖南。……兰溪倒是火腿的集散场，有如屯溪之有茶市。浙东，除宁波、绍兴两府属，都是贫苦的多，金华、兰溪比较还算富庶的，因此，生活享受，“小小兰溪自比苏州”，茶楼酒馆，声色之好，也跟苏州不相上下。民国初年，江上声伎江山船，连樯百余艘，笙歌沸天，通宵达旦，亦一销金窟也。

戴叔伦又有《苏溪亭》：

苏溪亭上草漫漫，谁倚东风十二阑？
燕子不归春事晚，一汀烟雨杏花寒。

苏溪亭在浙江义乌。此为怀人

诗，但十分隐曲，只凭一个“谁”字点出。其中“十二阑”暗用南朝乐府《西洲曲》：“鸿飞满西洲，望郎上青楼。楼高望不见，尽日阑干头。阑干十二曲，垂手明如玉。”

还有一首为《题稚川山水》：

松下茅亭五月凉，汀沙云树晚苍苍。
行人无限秋风思，隔水青山如故乡。

稚川是葛洪的字，葛洪是江苏句容人，而戴叔伦为金坛人，两地为邻县，所以诗中说“隔水青山似故乡”。

诗中还有一个问题，上面才说“五月凉”，下面又说“秋风”，似乎矛盾。刘逸生为我们解开了这个谜。原来诗中暗用了一个典故。晋代张翰因见秋风起，乃思吴中菰菜、莼羹、鲈鱼脍，说：“人生贵得适志，何能羁官数千里以要名爵乎？”“遂命驾而归”。所谓“行人无限秋风思”，指戴叔伦看到社会动荡，想学张翰回乡，诗里的“秋风”，不是实写，与“五月凉”并不矛盾。

千古风流八咏楼

国学大师马一浮写过一首《婺杭道中》：

越中到处好山光，况有樵风送晚凉。
行客闲如鸥鸟定，淡烟疏雨过钱塘。

诗题的“婺”便是指金华——古代的婺州。

八咏楼在金华南隅、婺江北岸，原名玄畅楼、元畅楼，后因南齐沈约登楼赋成《八咏》诗而改名八咏楼。

唐代严维有《送人入金华》：

明月双溪水，清风八咏楼。
昔年为客处，今日送君游。

李清照有《题八咏楼》：

千古风流八咏楼，江山留与后人愁。
水通南国三千里，气压江城十四州。

沈约当时任东阳（今金华）太守，陈祖美在《李清照新传》中，深入评析了这首诗。

……沈约所写《八咏》诗，多寓己外补不得之悲意，作为人文景观八咏楼的深层文化积淀，也就具有了浓重的愁绪。……次句“江山留与后人愁”紧承前句，意谓像八咏楼这样千古风流的东南名胜，留给后人的不但不再是逸兴壮采，甚至也不只是沈约似的个人忧愁，而是为大好河山可能落入敌手生发出来的家国之愁。……李清照之后，辛弃疾笔下的"遥岑远目，献愁供恨"，是词人登上建康赏心亭极目眺望远山而产生的愁恨，与清照由览观八咏楼所引发的"江山之愁"，几无二致。……奇怪的是，这首《题八咏楼》诗本来是不需要对仗的绝句，而其第三、四句"水通南国三千里，气压江城十四州"，倒成了再工稳不过的对句。原来它是与前人律诗中的对句有关："满堂花醉三千客，一剑霜寒十四州。"（贯休《献钱尚父》诗）清照取其"三千"、"十四"入己诗，不仅是为了增加诗的整饬美，主要是以"三千里"之遥和"十四州"之广，概言婺州（今浙江金华，八咏楼所在地）地位之重要。关于贯诗还有一段很有趣的故事：婺州兰溪人贯休是晚唐时期的诗僧。在钱镠称吴越王时，他投诗相贺。钱镠意欲称帝，要贯休改"十四州"为"四十州"，才能接见他。贯休则以"州亦难添，诗亦难改，余孤云野鹤，何天不可飞"作答，旋裹衣钵拂袖而去。后来贯休受到王建的礼遇，前蜀时被尊为"禅月大师"。……贯休宁可背井离乡远走蜀川，也不肯轻易把"十四州"改为"四十州"。他这样做，并不一定是出于对土地的爱惜，主要当是出于诗人的傲骨；但李清照对这类诗句的某种借取，则是为了讥讽不惜土地的南宋朝廷。

李清照像

李清照在金华,还留下了脍炙人口的《武陵春》词:

风住尘香花已尽,日晚倦梳头。物是人非事事休,欲语泪先流。

闻说双溪春尚好,也拟泛轻舟。只恐双溪舴艋舟,载不动、许多愁。

这“愁”,也应包括她诗中的家国之愁。双溪,在今金华,永康、东阳两港之水并入婺江,两溪交会处的一段名双溪,为著名风景区。本词下片先扬后抑,欲吐又咽,曲折多姿,词与诗的风格差异,在李清照作品中尤为明显。

且容残梦到江南

北宋关澥有《绝句》二首:

野艇归时蒲叶雨,缫车鸣处楝花风。
江南旧日经行地,尽在于今醉梦中。

寺官官小未朝参,红日半竿春睡酣。
为报邻鸡莫惊起,且容残梦到江南。

葛晓音评:

野渡口归来的小艇,蒲叶上沙沙的雨点,缫丝车旋转的呜呜声,谷雨节轻飏的楝花风。这些零散的印象和梦忆的片断,微漾着春的寂寞和春的骚动。……蒲叶一般指菖蒲,多年生草,长于水边,大蒲叶长三四尺,气味香烈。在野舟上领略蒲叶上的雨声,比起“画船听雨眠”来,又自有一种清新的野趣。春水的碧色、春蒲的香气、春雨的润泽也在悄默中沁透了心头。第二句以农家缫车的飞鸣和花信风的吹拂烘托出一片轻晕的醉意和春的风华。缫车即缫丝用的车,南方谷雨后收茧抽丝,缫车转动说明谷雨刚过。而楝花风则是谷雨节最后的花信风,徐锴《岁时记》说:“三月花开,名花信风。”《东皋杂录》说:“花信风,梅花风最先,楝花风最后。”楝是一种落叶亚乔木,高丈余,春月开花,色淡紫,果实椭圆如小铃,成熟后变成黄色,俗名金铃子。这一句从诸般春景中选出缫丝和楝花开放二事,既准确地扣住了谷雨节后的景物特征,又表现了江南蚕乡的独特风味。……正因为原本是切实的往事,今日看来就像一场人生的醉梦,那野渡的小艇和蒲叶上的雨声才带着几分凄清和寂寥,那缫车的鸣声和楝花的飘扬才含着些微醉意和迷惘。

关于第二首，葛晓音认为是在汴京所作。《宋诗纪事》小传载关澥为熙宁六年（1073）进士，曾作余杭令。前诗中所说江南昔日经行之处或即指余杭。从这首诗第一句可以看出，作者此时在京城做着一个小小的寺官，当时寺丞一类的职务，还没有每天早朝参见皇帝的资格，这就明白道出了他的官位卑微。下一句说每天日上半竿还未起床，加上春意困倦，睡得更酣，又顺理成章地点出其职务的清闲。

第三句“邻鸡”遥应“朝参”，因鸡鸣时百官上朝，韩愈《李花赠张十一署》说：“白花倒烛天夜明，群鸡惊鸣官吏起”可证。此处着一“邻”字，足见他自己连鸡都不养，因为不用上朝，也就没有报时之需。第四句说“残梦”，说明梦已被惊破，所以“莫惊起”实是已被惊起，……如将这首诗与上一首连起来看，便不难发现末句所说残梦，就是被惊破的昔日经行江南的醉梦。梦破之后，意犹未足，还想续做到江南的好梦。

吴激为米芾之婿，靖康末出使金国被留，仕为翰林待制，但心中沉痛，自然超过了关澥的轻愁。《题宗之家初序潇湘图》云：

江南春水碧如酒，客子往来船是家。
忽见画图疑是梦，而今鞍马老风沙。

宗之：金人杨伯渊的字。序：古代建筑中，隔开正堂东西夹室的墙。江南春水与北国风沙是对比。春水之醉人，着一“酒”字。江上航船与风沙中的鞍马劳顿又是对比。江上往来的客子，纵然栖身于飘泊的船上，毕竟是在家国的水域，则航船也带有家庭的温馨了。自己却寄身异域，备受

五代董源《潇湘图》

猜忌，多像一匹羸弱的老马，在风沙中挣扎。如此，方能理解“客子往来船是家”的深意。

虞集老家在临川崇仁（今属江西），在元朝当了大官，仕途较顺，却在大都（今北京）写下《听雨》：

屏风围坐鬓毵毵，绛蜡摇光照暮酣。
京国多年情尽改，忽听春雨忆江南。

毵（sān）毵：毛发细长状，此指稀疏。绛蜡：红烛。一二句写出华屋高堂、富贵气象。唐人杜审言诗云：“独有宦游人，偏惊物候新。”此诗“忽听”表示情感的波动。江南春色如何，作者没有说，让读者去浮想联翩，由此来反衬北地的恻恻春寒和作者孤寂愁苦的心情。虞集在《春江春雨图》中，也有“忆昔江湖听雨眠”的诗句。

明人戴冠《题姚少师画竹》：

北地风高卷塞云，惊沙吹起雁成群。
客边偶写龙孙谱，忘却江南有此君。

姚少师：姚广孝，长洲（今江苏苏州）人，年十四为僧，法号道衍，字志道，号逃虚老人，懒阁翁等。通阴阳术数之学，工诗善画，尤精墨竹。后从燕王朱棣到北平，助王起兵，朱棣称帝，录其功第一，永乐初，复其姓，赐名广孝，改字斯道，授太子少师。卒后，加赠少师。

原画自跋说：“永乐六年（1408）夏六月，因病不出，独坐寿椿堂，忽忆长洲旧家之竹，归心油然而生……”这时，他已是七十四岁高龄，还在京师任职，当他展笺挥毫的时候，面对北国奇寒和飞砂走石的恶劣自然环境，怎能不怀念江南山青水绿的旖旎风光？垂暮之年，体衰多病，想到身处危机四伏的政治环境，又怎能不眷恋故乡田园牧歌式的温馨生活？

戴冠却把这幅翠竹图贬为“龙孙谱”。据许观《东斋纪事·竹之异品》载：辰州（今湖南沅陵——引者）有一种小竹曰龙孙竹，生山谷间，高不盈尺，细仅如针。诗中分明是说，他画的竹那么矮小纤细，大概是忘了江南那修长挺拔、劲节临风的翠竹吧。

原画当然不是这样的。朱棣篡位，大开杀戒，姚广孝虽然劝过朱棣勿杀方孝孺，但没有用。他卖身投靠，出谋划策，为朱棣心腹之臣。据《明史》说，当他荣归故里时，连亲姐姐也骂他。曾经的好友指着他的鼻子骂：“和尚错了！”“忘却江南有此君”是说姚广孝丢了江南文士的气节，画的是龙孙小竹，充其量不过是

姚广孝像

道德侏儒。

洪亮吉是江苏阳湖(今武进)人,通经史,擅诗文,被贬新疆时,入乡随俗,襟怀豁朗,《伊犁纪事诗》云:

鹁鸪啼处却东风,宛与江南气候同。
杏子乍青桑葚紫,家家树上有黄童。

黄童即儿童,犹言黄口稚子,写其上树摘果。但这种诗意,无心中还是以家乡江南作比较的,恰如人们常说的“赛江南”、“似江南”等。

北方苦寒,那么南国呢?浙江海宁人查慎行游历广东时,有《舟中即目》:

屋角菜花黄映篱,桥边柳色绿摇丝。
分明寒食江南路,剩欠桃花三两枝。

“剩欠”既是作者对此处景色竟与江南何其相似的感慨,也隐含着作者对此处景色毕竟不似江南的遗憾。刘士林在《西洲在何处——江南文化的诗性叙事》一书中,曾有过分析,江南“与自然经济条件同等优越的南方地区相比,它又多出来一点仓廪充实以后的诗书氛围……在江南文化中,还有一种最大限度地超越了儒家实用理性,代表着生命最高理想的审美自由精神”。清人查慎行不可能明确意识到这点,只好用“剩欠桃花三两枝”来表达自己模糊的感受。

安徽桐城人刘大櫆《西山》:

西山过雨染朝岚,千尺平冈百顷潭。
啼鸟数声深树里,屏风十幅写江南。

幅:一幅为二尺二寸。北京西山景色毕竟比江南阔大得多,所以诗人要“屏风十幅写江南”,依旧对故乡一往情深。

广东南海人康有为竟然把江南当作家国的象征。其《闻意索三门湾，以兵轮三艘迫浙江有感》云：

凄凉白马市中箫，梦入西湖数六桥。
绝好江山谁看取？涛声怒断浙江潮。

此诗作于光绪二十五年(1899)，这年意大利驻华公使玛尔士诺向清政府提出租借三门湾的无理要求，并用武力相威胁。康有为此时虽在日本避难，仍关心国事，遂作此诗以抒感慨。

“凄凉白马市中箫”，引用春秋末期吴国大臣伍子胥的事典。伍子胥本楚国人，因父兄遇害，被迫逃亡吴国，曾在市中吹箫谋生。后得吴王夫差重用，灭掉楚国，鞭楚平王尸，为父兄报了仇。但在吴国与越国相争时，吴王听信谗言，赐伍子胥自尽，并用鸱夷(革囊)包上投入钱塘江中。后越国讨伐吴国时，“子胥乃与越军梦，令从东南入破吴。越王即移向三江口岸立坛，杀白马祭子胥，杯动酒尽，越乃开渠。子胥作涛，荡罗城东，开入灭吴。”后人遂常见伍子胥乘白马素车，立于潮头之上(详见《史记·吴太伯世家》及《史记正义》引《吴俗传》)。本句隐然用逃亡中的伍子胥与自身作比，表示自己虽远离故国，仍念念不忘复仇雪恨。“六桥”，杭州西湖苏堤上的六座桥，旧有“六桥烟柳”之称，为西湖胜景之一。因西湖亦属浙江，此处代指三门湾。

“浙江潮”，即钱塘江大潮，相传由伍子胥鼓荡而成。本联是说，如果任外人劫夺祖国土地，那就只能像伍子胥那样，让灵魂观赏故国江山了。同时，也有警告侵略者之意，犹言：你们休想觊觎我国的领土，那必将激起反抗的怒潮。

康有为像　满腔热血为中华

侠气仙心同一醉

戴表元入元后，长期不仕，有《感旧歌者》：

牡丹红豆艳春天，檀板朱丝锦色笺。
头白江南一尊酒，无人知是李龟年。

明代田汝成《西湖游览志余》评此诗"有故国之思焉"。明显借鉴了老杜的《江南逢李龟年》"正是江南好风景，落花时节又逢君"和刘子翚《汴京纪事》："辇毂繁华事可伤，师师垂老过湖湘。缕衣檀板无颜色，一曲当时动君王。"

黄庚《临平泊舟》：

客舟系缆柳阴旁，湖影侵篷夜气凉。
万顷波光摇月碎，一天风露藕花香。

北宋道潜的《临平道中》云："风蒲猎猎弄轻柔，欲立蜻蜓不自由。五月临平山下路，藕花无数满汀州。"此诗同样写临平、写藕花，但因是夜景，所以不像道潜那样着力捕捉眼前景物，而主要通过感觉和嗅觉，营造了一种清旷而又迷蒙的氛围，让人生出冲远飘举之心。临平有此两诗，在江南诗性地理上弥漫藕花之香。

仇远《题赵松雪迷禽竹石图》：

锦石倾欹玉树荒，雪儿无语恋斜阳。
百年花鸟春风梦，不是钱塘是汴梁。

赵孟頫号松雪道人。雪儿，本李密爱姬，善歌，此处以人比鸟。

赵孟頫的画中，善啼的"雪儿"竟然不语。"百年"一句，类似刘禹锡"旧时王谢堂前燕"，见证了两宋的兴亡。

刘因题的则是皇帝的横批（长条形横幅书画）。《宋理宗南楼风月横批》：

物理兴衰不可常，每从气韵见文章。
谁知万古中天月，只辨南楼一夜凉。

作者原注："理宗自题绝句其上，有'并作南楼一夜凉'之句；'才到中天万国明'，宋太祖《月》诗也。"按："并作南楼一夜凉"借北宋黄庭坚《鄂州南楼书事》中句。全诗为："四顾山光接水光，凭栏十里芰荷香。清风明月无人管，并作南楼一味凉。"

作者又有《书事》：

卧榻而今又属谁？江南回首见旌旗。

路人遥指降王道，好似周家七岁儿。

卧榻：宋太祖赵匡胤吞并南唐时说："卧榻之侧，岂容他人酣睡。"此处指江山社稷。降王：指南宋恭宗。元至元十三年（1276）春，元军逼近南宋京城临安，宋室投降，恭宗时年不足六岁，称"幼主"。周家七岁儿：指后周世宗柴荣之子宗训，即恭帝。赵匡胤发动"陈桥兵变"，夺取后周政权时，恭帝才七岁。

诗的劈头一句用诘问的方式，如奇峰突现，极为醒目。诗人借用的是当年赵匡胤的话，那时可以气吞万里，但转眼之间，赵姓江山便断送人手了，"又属谁"是较婉曲的说法。"江南"句便是回答，但见江南处处飘扬着元军的战旗，即是说南宋已被元兵占领。"江南回首"是"回首江南"的倒文，是说恭宗一行北行时回首。三、四句写在恭宗被俘北上的某一地方，路人在指指点点地讲述当日所目睹的这一事件，这使作者无限感慨，不由想起当年宋灭后周的一幕："好似周家七岁儿。"宋灭后周时，后周恭帝才七岁，而今元灭南宋，南宋恭宗还不足六岁，元兵统帅伯颜对求和的宋使者说："汝国得天下于小儿，亦失于小儿，其道如此，尚何多言"（见《宋史记事本末·元伯颜入临安》条）。这不是历史的报应吗？明人都穆《南濠诗话》引此诗，又引北客的一首咏史诗："忆昔陈桥兵变时，欺他寡妇与孤儿。谁知三百余年后，寡妇孤儿又被欺。"评论说："二诗皆为宋太祖作者，若出一机轴，而辞意严正，道人所不能道，可谓诗之斧钺矣。"

赵匡胤坐像　陈桥兵变演变成黄袍加身

揭傒斯有《题芦雁》：

寒就江南暖，饥就江南饱。
莫道江南恶，须道江南好。

《山居新话》说:“此诗大有寄托。”据《至正直记》,此诗“盖讥色目北人来江南者,贫可富,无可有,而犹毁辱骂南方不绝,自以为右族身贵,视南方为奴隶。然南人亦视北人加轻一等,所以往往有此诮”。这首诗揭露了元朝统治者的民族歧视政策,以及由此而产生的民族矛盾。元代人分四等,第二等为色目人,第四等为南人,而揭本人就属南人。本诗反映的便是这两个等级之间的矛盾。诗全用比兴手法,以雁的南来避寒、就食,得到温饱,以喻色目人受南人供养,从无到有,靠剥削、压迫南人而致富。却仍骂“江南恶”,可见其横蛮。本来“江南好”是诗词中的传统主题,他们毫无所知,只凭政治特权凌驾南人之上,作威作福,刻画出居于优越地位的色目人的可憎面目。诗人把他们比作芦雁,表现了南人对他们的蔑视。诗仅四句,而每句都有“江南”二字,却不嫌重复,反而使本诗带有歌谣风味。

李孝光《舟过吴江》:

十五女郎可怜生,牵挽百丈踏泥行。
洗脚上船歌《白苎》,春风吹过阖闾城。

可怜生,犹可爱。生,语气助词。白苎(zhù):即白纻,古乐府有《白纻歌》,原为吴地舞曲。阖闾城:指春秋时吴国都城吴县。

古诗中写纤夫不少,也有写船女驾舟的,但写女子牵舟则罕见。将船拉过急流后,她洗尽脚上的泥巴,上船便唱起了《白苎》歌。诗人就在春风一般的歌声中,不知不觉地过了吴县。

元末明初,袁凯有《扬州逢李十二衍》:

与子相逢俱少年,东吴城郭酒如川。
如今白发知多少,风雨扬州共被眠。

酒如川:夸饰饮酒之多。老杜《饮中八仙歌》:“饮如长鲸吸百川。”

明初“吴中四才子”中,高启才名最高,性格疏放。他的《秋望》,似已流露了对自己命运的预感:

露后芙蓉落远洲,雁行初过客登楼。
荒烟平楚苍茫处,极目江南总是秋。

他也有过舒心的时刻,如《暮春西园》:

绿池芳草满晴波,春色都从雨里过。
知是人家花落尽,菜畦今日蝶来多。

西园在诗人娄江(今江苏太仓)

寓所附近。风雨让人家枝头的花儿落尽，那些不甘寂寞的蜂蝶，只好改换门庭，殷勤拜访农家了。辛弃疾有“城中桃李愁风雨，春在溪头荠菜花”（《鹧鸪天》），高诗不说春在农家菜畦，而用追逐春光的蜂蝶借代，这就多了一层曲折。

高启隐居吴淞青丘，自号“青丘子”。明初被强征入京（南京），终因一首小诗，给他惹来杀身之祸。其《宫女图》云：

女奴扶醉踏苍苔，明月西园侍宴回。
小犬隔花空吠影，夜深宫禁有谁来？

此“西园”非彼“西园”，而是在“宫禁”之中。这位宫女，为了讨西园哪位皇妃的欢心，侍宴时多喝了几杯，由女婢搀扶着回来。小狗本是吠影，却使这位宫女产生了心灵的幻象。“有谁来”的疑问，正源于对爱情生活的期盼，或者可以说，是正常的性饥渴。

“君门一入无由出，惟有宫莺见得人。”（顾况《宫词》）《明史・高启传》言，“帝嗛（xián，怀恨）之，未发也……见其作《上梁文》，因发怒，腰斩于市”。朱元璋认为高启揭了他的隐私，就借高启代苏州知府魏观撰《上梁文》为由，把他杀害了。

明初高僧梵琦，应召入京，建法会于钟山，赐座第一。他有《晓过西湖》：

船上见月如可呼，爱之且复留斯须。
青山倒影水连郭，白藕作花香满湖。
仙林寺远钟已动，灵隐塔高灯欲无。
西风吹人不得寐，坐听鱼蟹翻菰蒲。

仙林寺：在杭州西泠桥西，为南宋绍兴年间宏济大师智卿创建，后废。灵隐塔：在灵隐寺天王殿前，为两座八角九层石塔，建于北宋。菰蒲：菰菜与蒲草。菰即茭白。首句写残月近船，如可召呼。二句写挽留明月，希望明月再留片刻。颈联讲，远处仙林寺的晨钟已经敲响，灵隐寺前高塔上的灯光隐隐约约的，将要熄灭。尾联写清风习习，景色迷人，哪还有睡意，索性坐在船头，静听那鱼蟹戏水、翻动菰叶蒲草的声响。足见这位高僧，也是性情中人。

唐寅《桃花庵歌》：

桃花坞里桃花庵，桃花庵里桃花仙。
桃花仙人种桃树，又摘桃花换酒钱。
酒醒只在花前坐，酒醉还来花下眠。
半醉半醒日复日，花落花开年复年。
但愿老死花酒间，不愿鞠躬车马前。
车尘马足富者趣，酒盏花枝贫者缘。

若将富贵比贫者，一在平地一在天。
若将贫贱比车马，他得驱驰我得闲。
别人笑我忒疯癫，我笑他人看不穿。
不见五陵豪杰墓，无花无酒锄作田。

骆玉明评：

唐寅在科举失败后，与家人失和，迁居于桃花坞。他的《姑苏八咏》中《桃花坞》一篇，是这样写的："花开烂漫满村坞，风烟酷似桃源古；千林映日莺乱啼，万树围春双燕舞……"桃花本自鲜丽，一枝两枝，掩映于山石林莽，已有一种媚趣；千树万树地开作一片，更是灿若云霞，令人如痴如狂，欲歌欲舞了。

但是，正因为桃花是如此鲜丽娇艳，容易逗引情绪跃动，所以它并不是高人雅士喜欢的花。他们讲究清高素洁，不同凡俗，而桃花却是太热闹、太俗气了。……

唐寅却特别喜欢桃花，甚至拿桃花作为自己的人生象征。他住在桃花坞，在这里所建的一所别业，叫做"桃花庵"，又自称"桃花仙人"。他常在这里召请朋友，开怀痛饮，醉后各自歪歪斜斜，颓然花树下。《桃花庵歌》便是这种生活的写照。

诗的后半部分所说的意思，在古诗里也见得多了。所谓"不愿鞠

明史卷一　本紀第一
總裁官總理事務　經筵講官少保兼太子太保保和殿大學士兼管吏部戶部尚書事加六級張廷玉等奉
敕修
太祖一
太祖開天行道肇紀立極大聖至神仁文義武俊德成功高皇帝諱元璋字國瑞姓朱氏先世家沛徙句容再徙泗州父世珍始徙濠州之鍾離生四子太祖其季也母陳氏方娠夢神授藥一丸置掌中有光吞之寤口餘香氣及產紅光滿室自是夜數有光起鄰里望見驚以

乾隆四年七月二十五日奉
旨開列在事諸臣職名
監理
議政大臣辦理理藩院尚書事務兼總管內務府和碩莊親王臣允祿
總裁
經筵日講官太保兼太子太保保和殿大學士兼管吏部尚書翰林院掌院學士事世襲三等伯臣張廷玉
原任太子太傅文華殿大學士兼吏部尚書加五級臣朱軾
原任經筵講官太子太傅文華殿大學士兼理戶部尚書事務加七級臣蔣廷錫
太子少保食尚書俸臣徐元夢
原任議政大臣戶部尚書管理三庫兼步軍統領教習庶吉士臣鄂爾奇

明史　清乾隆武英殿刻本

躬车马前”，无非是陶渊明“不愿为五斗米折腰”的另一种说法；结束两句，也就是李贺诗所说“酒不到刘伶墓上土”的意思。但这里仍然有些不同的。中国士大夫文化，历来把甘于贫贱、不慕荣华当作一种美德。因而论及贫贱之士，不管是真是假，大都首先从德行上加以肯定，认为这是一种高尚的表现，是为了追求更高的人生精神，才不肯混同于浊流。唐寅却并没有以高尚其志的隐者自居，他认为“贫贱”与“富贵”，只是各得其所；与其富贵而奔忙不暇，不如贫贱而悠闲，得赏花饮酒之趣。这是很实际的利益计较，是重视人生真正的快乐。在《把酒对月歌》中，这意思说得更明白：“我也不登天子船，我也不上长安眠。姑苏城外一茅屋，万树桃花月满天。”杜甫《饮中八仙歌》夸李白“长安市上酒家眠，天子呼来不上船”，唐寅在这里表示：桃花庵的生活美好无比，比做官还舒服，所以不用像李白那样，既要到长安去求官，又要做出一副傲世的派头。他也是傲视富贵，但跟前人以高洁之德为骄傲不同，他以平凡的生活、自由的乐趣傲对官僚阶级。

再看前半部分，日复一日，年复一年，流连醉酒于开开落落的桃树之下，其实也不全是写实，主要是借此表示对人间美好生活的占有。就像《默坐自省歌》所说的：“头插花枝手把杯，听罢歌童看舞女。食色性也古人言，今人乃以之为耻。”“食色性也”，语出《孟子》。孟子又说过：“饮食男女，人之大欲存焉。”在唐寅看来，爱好享受，爱好女色，本来是人的本性，用不着像假惺惺的伪道学那样，引以为耻。只要大节不亏，不要存“害人谋”、说“欺心语”，尽可快快乐乐地过日子。所以，他说的“贫贱”也只是相对于做官的“富贵”而言，并不是穷得清清光光。要不然，怎么个“听罢歌童看舞女”？至于钱的来处，诗中也说了：“又摘桃花换酒钱。”意思是画桃花卖钱。

由此可知，唐寅是个什么样的“桃花仙人”。他既不羡慕富贵，也不自命清高，他要的是自由自在、尽情享乐，饮食男女无所忌讳。这个是世俗的神仙，兰的幽雅、竹的清拔、莲的出俗、梅的高格，都配不上的，正好配个热热闹闹、红红艳艳的桃花，做个“桃花仙人”。

徐渭有题画诗《葡萄》：

半生落魄已成翁，独立书斋啸晚风。
笔底明珠无处卖，闲抛闲掷野藤中。

诗里以明珠比喻自己所画的葡萄。袁宏道尝评:“其胸中又有勃然不可磨灭之气,英雄失路,托足无门之悲,故其为诗……如寡妇之夜哭,羁人之寒起。”(《徐文长传》)

今人张贵全为此诗写《徐渭》:

我一年的工资
买不到你的一颗葡萄
你一点儿不知爱惜
土坷垃似的
闲掷闲抛

为一壶酒,发愁
为一箪食,发愁
五百年后的墨玉
五百年前
是河滩的石头

多年后,一位画坛巨匠
要做你门下走狗
世人才知道
你的一颗葡萄
是天上的一粒星宿

明末清初钱谦益《棹歌十首为豫章刘远公题〈扁舟江上图〉》(其六):

扁舟惯听浪淘声,昨日危沙今日平。

徐渭《墨葡萄》 以水墨写葡萄,随意涂抹点染,任乎性情

唯有江豚吹白浪，夜来还抱石头城。

豫章：江西南昌。危沙：高高的沙堆。唐人许浑《金陵怀古》云："石燕拂云晴亦雨，江豚吹浪夜还风。"无论江豚能否吹浪，两诗都表达了繁华易逝的沧桑之感。刘禹锡又有"潮打空城寂寞回"（《石头城》），用一"打"字，极为凄凉。钱诗这里却用一"抱"字，描写白浪与空城两情依依、如偎如抱，透露出诗人难以割舍的眷恋情怀。诗人为豫章刘远公题画，刘远公是故明天启年间相国文端公之孙，自然算得上晚明遗老。

钱谦益充过贰臣，受到时人的谴责与非议。但从他后来暗助郑成功抗清复明来看，这种怀旧之情应是自然流露。

这种怀旧之情也感染了稍后的王士祯。王士祯号阮亭，又号渔阳山人。其《秦淮杂诗》云：

年来肠断秣陵舟，梦绕秦淮水上楼。
十日雨丝风片里，浓春烟景似残秋。

"雨丝风片"出自汤显祖《牡丹亭》："雨丝风片，烟波画船。"诗人算不上明朝遗老，但由于家庭的濡染熏陶，第一次踏上南京的土地，就有"浓春似秋"的感觉。

王士祯没有钱谦益那样沉重的心理负担，诗创"神韵说"，如《真州绝句》（其四）：

江干多是钓人居，柳陌菱塘一带疏。
好是日斜风定后，半江红树卖鲈鱼。

诗人称渔家为"钓人"，仿佛他们不是为了生计而捕鱼，充满闲情雅致。末句"半江红树"写夕阳染红的枫树（或乌桕）倒映江中，对应"柳陌菱塘"的碧绿。"鲈鱼"又让人想起晋代张翰，在洛阳做官，因秋风起，思念家乡的菰菜、莼羹、鲈鱼脍，遂弃官回吴。白居易因有"秋风一箸鲈鱼脍，张翰摇头唤不回"的诗句。

《真州绝句》（其五）：

江乡春事最堪怜，寒食清明欲禁烟。
残月晓风仙掌路，何人为吊柳屯田？

邓小军评：

寒食、清明乃天下皆有之"春事"，不独为江乡所有，若江村"春事"仅此而已，又何得而曰江乡最堪怜？……

残月晓风，自是点化宋代词人柳永"今宵酒醒何处？杨柳岸晓风残月"之名句。然而此亦可说是实写，写自己披着残月，迎了晓风，行至仙掌路矣。……原来仙掌路是通至柳永墓

昆曲青春版《牡丹亭》宣传海报

之路。宋代叶梦得《避暑录话》卷下云：“（柳）永终屯田员外郎，死，旅殡润州（今江苏镇江市）僧寺。王和甫为守时，求其后不得，乃为出钱葬之。”渔洋一再自述作此诗之背景云：“仪真（即仪征）县西地名仙人掌，有柳耆卿墓。……真、润地相接，或即和甫所卜兆也。予真州诗云云。”“今仪真西地名仙人掌有柳墓，则是葬于真州，非润州也。余少在广陵（即扬州）有诗云。”（《带经堂诗话》）原来，诗人是来吊柳永之墓。返读前文，江乡春事最堪怜，寒食清明欲禁烟，自是特指江乡人吊柳永这一番春事了。结笔一句，乃将上文三句之种种含而不露之意蕴悬念，一笔挽合而道尽，然而仍有一份含而不露之意蕴与情韵在焉。

此一份含而不露之意蕴，何在？端在句首那“何人”二字。宋代陈元靓《岁时广记》引《古今词话》：“（柳耆卿）掩骸僧舍，京西妓者鸠钱葬于枣阳县（今属湖北）花山。……其后遇清明日，游人多狎饮坟墓之侧，谓之吊柳七。”（《古今小说》因之而有一篇《众名姬春风吊柳七》。）柳永墓究在何处，此姑可不论，唯吊柳永之风俗自古有之，则至为真实。宋人所传吊柳七虽有在枣阳之说，但渔洋既言江乡春事最堪怜，则真州亦有此风俗。何人为吊柳屯田？顺诗情以解，首先自是寒食清明时节的江乡父老人民，同时亦是残月晓风而至的诗人渔洋自己。然尚不止此。体味何人二字，则其深层之潜伏意蕴中，那吊柳七之众名姬——柳永曾为她们制作歌词，为她们倾诉渴望自由平等的心声，那出钱葬柳永之王和甫——他是一位爱才的好心人，亦在吊柳七之人众里。是古往今来，吊柳屯田之人多矣。人不分古今，不分男女，亦不分等级，凡爱慕柳永之才者，皆可为吊柳屯田矣。此一番意蕴，诗人并未点明，亦压根儿无须点明，因为上述传说，读诗人自知之。且只下何人二字，略加暗示、提撕，这才妙呢——不著一字，尽得风流。“何人为吊柳屯田”，最是情韵荡漾。

《瓜洲渡》（其二）：

扬子桥头鸡未鸣，瓜洲城外日东生。
风波不惮西津渡，一见金焦双眼明。

扬子桥在扬州市南。此诗每句都有地名，写出了渔洋从扬子桥经由瓜洲，至西津渡渡江而到京口的行程。时间上从“鸡未鸣”到“日东生”。出于对金、焦二山的喜爱，连江上的风波都不放在心上了。

纪昀《富春至严陵山水甚佳》（其二）：

浓似春云淡似烟，参差绿到大江边。
斜阳流水推篷坐，翠色随人欲上船。

王安石有“春风又绿江南岸”，朱彝尊有“五月新苗绿上衣”，沈德潜有“行人但觉须眉绿”；纪昀的“绿”是先写山林“参差绿到大江边”，又让倒影“翠色随人欲上船”，翻进一层，愈觉多情有味。

陈文述《夏日杂诗》：

水窗低傍画栏开，枕簟萧疏玉漏催。
一夜雨声凉到梦，万荷叶上送秋来。

首句有“近水楼台先得月”之意，二句却突然冒出“玉漏催”，分明听见一声又一声的玉漏，让人经受闷热之煎熬、长夜之难眠，尽管“水窗低傍”、“枕簟萧疏”等人为条件一应俱全。后二句风云突变，“一夜雨声凉到梦”，密密挨挨的荷叶，奏起天籁（比“留得残荷听雨声”更爽），伴诗人入睡，做起

经历过春天萌芽的破土，
幼叶成长中的扭曲和受伤，
这些枝条在烈日下也狂热过，
差点在雨夜中迷失方向。

现在，平易的天空没有浮云，
山川明净，视野格外宽远；
智慧、感情都成熟的季节啊，
河水也像是来自更深处的源泉。

吕国璋书法　《泊船瓜洲》

清凉的好梦。更开怀的是，雨声护送秋娘而来，酷热溽暑的季节终于过去了。此诗让人生出诸多联想。笔者首先想起的是“九叶派诗人”杜运燮写于1979年的《秋》：

连鸽哨也发出成熟的音调，
过去了，那阵雨喧闹的夏季。
不再想那严峻的闷热的考验，
危险游泳中的细节回忆。

紊乱的气流经过发酵，
在山谷里酿成透明的好酒；
吹来的是第几阵秋意？醉人的香味
已把秋花秋叶深深染透。

街树也用红颜色暗示点什么，
自行车的车轮闪射着朝气；
塔吊的长臂在高空指向远方，
秋阳在上面扫描丰收的信息。

客行舟楫如天上

孟浩然曾有《宿建德江》：

移舟泊烟渚，日暮客愁新。
野旷天低树，江清月近人。

建德江为新安江流经建德的一段。日暮孤舟，野旷只影，写客愁有增无已。“新”字用得好，因为是初来乍到的“客愁”，如用“客愁增”、“客愁多”，未免逊色。三四句脱胎于谢灵运的“野旷沙岸近，天高秋月明”，但更出神入化。只有在极为孤寂的时候，一个人才会那么聚精会神，去注意远方的天宇，发现它比树还低；只有在无人亲近的情况下，才会对月亮就在自己身边，如此敏感，如此亲切。

李白也有一首《清溪行》，写的是池州（今安徽贵池）：

清溪清我心，水色异诸水。
借问新安江，见底何如此？
人行明镜中，鸟度屏风里。
向晚猩猩啼，空悲远游子。

人在岸上行走，鸟在山中穿度，人和鸟都倒影在清溪之中，荡漾不已。一幅多么美丽、空灵的图画。“人行”一联，十个字兼写人与鸟、水光与山色，又以“行”“度”描画其动态，把如此丰富生动的意象都纳入一面明镜之中，不着痕迹，真有化工之妙。与其说是诗人发现了清溪，不如说诗人在清溪中照见了自己：“吾怜宛溪好，百尺照心明。”（《题宛溪馆》）

宋人胡仔在《苕溪渔隐丛话》中说：

《复斋漫录》云：山谷言“船如天上坐，人似镜中行”。又云：“船如天上坐，鱼如镜中悬。”沈云卿诗也。……予以云卿之诗，原于王逸少《镜湖》诗所谓“山阴路上行，如坐镜中游”之句。然李太白《入清溪山》亦云：“人行明镜中，鸟度屏风里。”虽有所袭，然语益工也。

刘士林在《西洲在何处》一书中，对王羲之的“山阴路上行，如坐镜中游”由衷赞叹：

心情的朗澄，使山川影映在光明净体中！……只有这样高洁爱赏自然的胸襟，才能够在中国山水画的演进中产生元人倪云林那样“洗尽尘滓，独存孤迥”、“潜移造化而与天游”、“乘

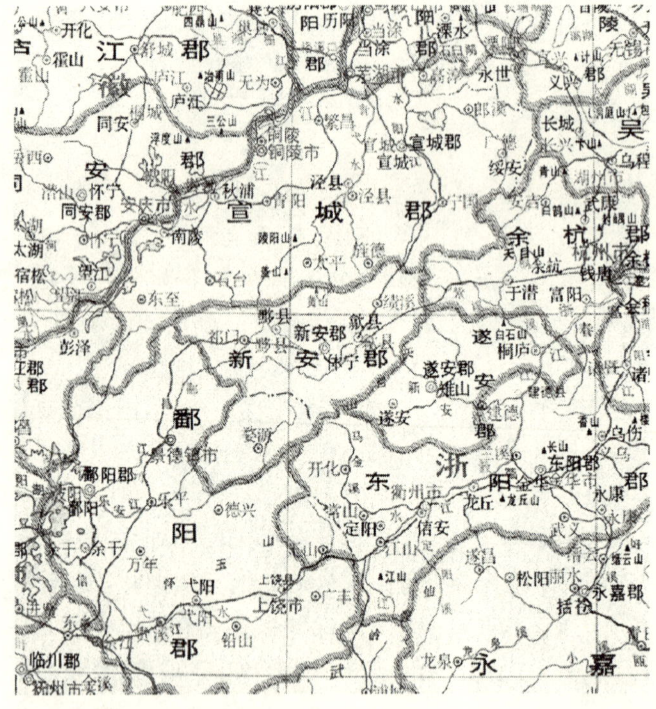

古新安郡地图

云御风，以游于尘壒之表”（皆恽南田评倪画语），创立一个玉洁冰清、宇宙般幽深的山水灵境。

明代松江女子陆娟有一首《代父送人之新安》，风致嫣然：

津亭杨柳碧毵毵，人立东风酒半酣。
万点落花舟一叶，载将春色过江南。

今人黄裳在《新安江之雾》中赞叹：

江水是绿的。这不是普通的绿，是泛出乳白色的晶莹的浅绿，绿得细嫩、柔和。在我的记忆里，也只有嘉陵江水可以相比。我总是不能忘记诗人的好句：“嘉陵水色女儿肤，比似春莼碧不殊。”是的，新安江水也正是如此。莼是产生在江南的一种水草，可以制羹，千百年来一直缠绕着诗人的梦，绾系着轻忽不断的乡愁。春天莼菜的绿色，恰是眼前新安江水的颜色。

新安除了清，还有险，明人胡应麟《自严滩至新安途中纪兴》有“一滩高一滩，滩尽到天都”之句。清代黄景仁也有《新安滩》：

一滩复一滩，一滩高十丈。
三百六十滩，新安在天上。

浙江自桐庐以上，一直到安徽

的新安（今歙县），均名新安县。这条江上下游地势高低相差极大，江中横着三百六十个滩。当时黄景仁从杭州坐船去新安，与陆娟送人诗所说的行程相反，是逆水行舟，所以才写成了这首节短韵长、充满生命张力的小诗。

曹聚仁《新安江之旅》说：

经建德（严州）沿徽江西北入皖南，这是一段艰难的水程。王渔洋诗所谓“一上复一上，新安在天上”是也。徽歙旧属新安州，故名新安江。建德以上，大小滩七十有二，而以煤滩、米滩为最著称；这两滩延绵五里许，小舟十数艘结伴上驶，扛抬以次进。关王庙到淳安，陆行不过五六里，舟行总得一二天。（建德、屯溪间不过百五十公里，上水船总得十五六天。）浙东严属各县，本来贫苦得很，居民以垦山种茶烧炭为生。一到皖南休宁、歙、祁门、绩溪，却又成为一个独立的经济地区，以茶叶为主要产品，集中在屯溪（休宁的大镇）。春夏间的茶市，那真是盛极一时。屯溪这个现代化的城市，几乎和沪、杭、苏、嘉并驾，那些大城市的物质享受，这儿都可以找得到的。皖南物产，如祁门红茶、徽墨、宣纸，都是驰名中外的。

瀑布倒泻天都峰

登黄山天下无山，观止矣。

——徐霞客

徐霞客二登黄山，写到山上的景观：

其松犹有曲挺纵横者，柏虽大干如臂，无不平贴石上，如苔藓然。山高风巨，雾气去来无定，下盼诸峰，时出为碧峤，时没为银海。再眺山下，则日光晶晶，别一区宇也。

[山峰上的松树还有曲折挺立的，枝杈纵横交错，而柏树的树干虽大如人臂，却没有不平贴在岩石上，像苔藓似的。山很高，风很大，云雾在山巅萦绕徘徊，下看诸峰，时而露出青碧的峰尖，时而淹没于白茫茫的雾海。再眺望山下，则是日光晶亮，别有一番天地。]

清人刘大櫆的《游黄山记》，是古人游记中较为生动的。写完云海的“一白无涯，渺极天际”，突然来了这么一段：

日光射之，如积雪之环周，而诸峰错出其间，仅见其顶如螺髻，乍隐乍现。其依冈而横者如岸，其冒树而拔者如樯，其因而时高时下如浪，人在峰巅，如乘槎而浮于海上。已而轻风骤卷，山气迸驳，石出山高，岛屿耸峙。向之所见，如幻如泡，一謦欬之间，不知其消归何有，此所谓铺海之云也。夫黄山者，仙灵之宅，云雾之都，举足而峦壑移焉，瞬目而阴晴异焉。

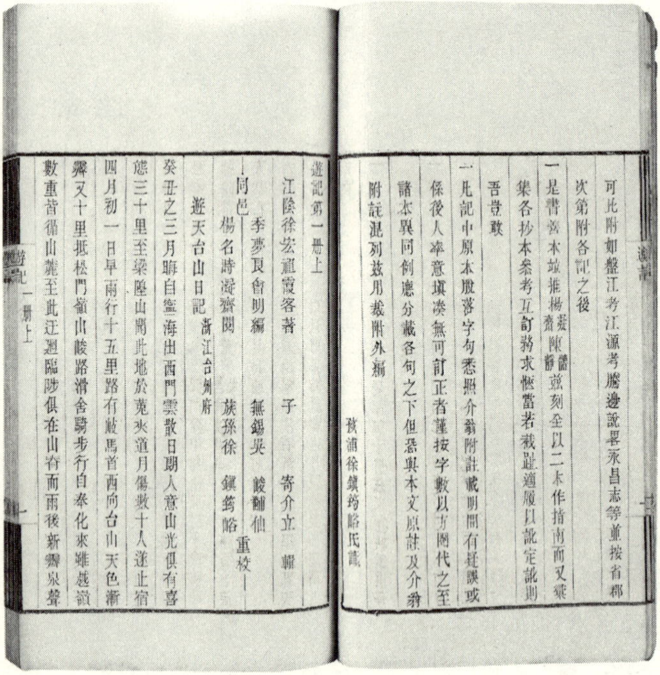
可比附如盤江考江源考騰越說畧永昌志等並按省郡
次第附各記之後
一是書舊本並推楊凝齋陳靜齋兩刻全以二本作指南而又彙
集各抄本參考互訂務求愜當者裁趾適履以訛定訛則
吾豈敢
一凡記中原本脫落字句悉照介翁附註載明間有疑誤或
係後人率意填湊無可訂正者謹按字數以方圈代之至
諸本異同例應分載各句之下但恐與本文原註及介翁
附註混列茲用裁附外編
孩浦徐鎮筠峪氏識

遊記第一冊上
江陰徐宏祖霞客著　子　寄介立　輯
同邑　李夢良會明編　無錫吳　駿翻仙
楊名時凝齋閱　族孫徐　鎮筠峪　重校
遊天台山日記　浙江台州府
癸丑之三月晦自寧海出西門雲散日朗人意山光俱有喜
態三十里至梁隍山聞此地於菟夾道月傷數十人遂止宿
四月初一日早雨行十五里路有岐馬首西向台山天色漸
霽又十里抵松門嶺山峻路滑舍騎步行自奉化來雖越嶺
數重皆循山麓至此迂迴臨陟俱在山脊而雨後新霽泉聲

《徐霞客游记》第一册上　图

欲观云海，于光明之顶为宜。其在文殊院者不知有后海；其在始信峰者，不知有前海。登光明之顶，则放乎四海而莫不来王也。

［阳光照射下，好像四周都是积雪。各个山峰错落其间，仅能看到它们的顶峰如螺形发髻，时隐时现，其中横附在山冈周围的如岸，高高冒起的如桅，因为有风而时高时低的如浪，人站在峰顶，有如乘着木筏浮游于海上。过了一会儿，一阵轻风骤然吹过，云气随之散乱，石头渐渐露出，山峰渐渐变高，如同一个个岛屿峙立。刚才所见到的云雾，如幻觉如泡影，言笑之间，不知跑到哪里去了，这就是所谓铺海云。黄山，是仙灵居住之地，云雾汇集之都，一抬脚的工夫山峦沟壑就换了模样，一眨眼的工夫，天空就阴晴不同。要想观云海，光明顶最为相宜。在文殊院只能看到前海，看不到后海；在始信峰只能看到后海，看不到前海。登上光明顶，则四海之内无不来称臣朝觐。］

明代无名氏有一首诗：

峰头一片云，出自藏云洞。
四海望甘霖，莫入襄王梦！

清人李雯有《一线天》：

云里石头开锦缝，从来不许嵌斜阳。
何人仰见通霄路，一尺青天万尺长。

一线天为登玉屏峰之要道，道在两峰之间，只容一人通过。此诗二句言从石缝中只能看见中午时分的太阳。三四句谓一线天如通天之路。

小心坡在天都峰去文殊院路上。坡长数十米，右临绝壁，左临深渊。今已筑有石级、栏杆。画家张大千1927年游时，只能扶筇而过：

压帽危岩势欲摧，扶筇一步一徘徊。
纵教折骨山中死，此地今生也再来。

吾友杨明有《黄山纪游》四绝，清妙峻发：

何人泼墨向天边，淡紫深青意渺然。
涧底夕阳明灭处，两三点雨湿炊烟。
（驱车入山）

奇峰涌出鬼神惊，曳杖拨云天上行。
终日看山犹怅惘，黄山意态画难成。
（登山）

四望白云横翠岚，排云亭缀白云端。
飞泉直下人间去，万壑松声添晚寒。
（排云亭）

飞瀑声喧三十里，丹崖云绕八千松。
别梦已知何处在，池渟翡翠玉为峰。
（下山过翡翠池）

今人罗长铭有一首七绝，气壮声宏：

独去深山绝壑中，参天四覆万年松。
往来龙虎皆元气，嘘是青云啸是风。

松风嘘出海潮声

新诗则有沙白的几首，均超越古人。如《无题》：

我不知道天空中
哪一片是带雨的云
我不知道哪个峰头
会触动我的诗情
虽然每座山
都脉脉含情地扑面相迎
每棵松都在路边
设一座迎客的凉亭……

如《莲花峰》:

天风太冷
总是欲开不开
千古不谢
开在时间之外
天河中也有采莲船吗
夜深逐月华而来

如《黄山松烟——写在墨厂》:

一缕缕黄山的松烟
凝结
凝结而成这四角方方的
一锭徽墨
想其中也有
排云亭前的云
莲花峰的雨滴……
黑中透亮,光明顶的阳光
不忘抹上淡淡的一笔
待明日,纸上还你
扇子松的傲骨
黑虎松的高直
玉屏峰上
迎客松寒烟凝碧
遍黄山山雨欲来时
墨云把所有山头压低

黄山奇松(陆儒 摄)

山雨过后，青天下
七十二峰黛色如铁

董培伦的《致迎客松》，也写得不同凡响：

站在玉屏峰下
为我撑一柄碧伞
雾的泪珠从你眼睫上滑落
是惊喜于我的到来吗

在我们合影之后
我一步一步回头下山
山风带着你的泣声追来
是忧伤于我的离去吗

待到下次重来时
我若步履维艰
只能望山兴叹
你能伸出手来吗

笔者1985年游黄山，得山灵之助，成诗数首，现选录如下：

黄山松

一

乳白的云幕，
衬出你的剪影，
像铁画一样
凝重、遒劲。

陡峭的石壁，
展开你的姿容，
像虬龙一样
矫健，威猛。

二

雨中遮蔽过帝皇，
泰山有“五大夫松”；
你生就一副傲骨，
至死不受册封！

但对普通的游人，
却是热情迎送；
还隔涧伸过长臂，
引他们登上始信峰。

三

石不盈寻之处，
雷不间隙之境，
或立，或卧，或偃，或仰，
鳞甲斑斑，翠叶茸茸。

既然是一颗种子，
就有权生存、繁荣，
但须记住自己的根
要像锥凿一般坚硬！

四

高山天风撼人，

黄山怪石

树冠平削如掌，
枝条一侧横生，
打破对称和平衡！

在适应环境之中，
孕育新奇，摒弃平庸；
画家沉思着面对
迷人的造化天工……

五

比起你的挺拔，
马尾松显得懒散；
比起你的洒脱，
罗汉松显得臃肿。

把你移入盆栽，
会变态成其它品种，
你不能离开——
嶙峋山石，高寒奇冷。

黄山云海

一

雨后蒸腾的水气，
汇成绵白的云海；
刚从峡谷中挣脱，
是那样汹涌澎湃！

金色的夕照给它
涂上斑斓的色彩，
浩荡的天风让它
变幻怪谲的形态。

迎着这一片壮丽，
我敞开全部胸怀，
啜饮无际的光明，
体味不尽的豪迈！

二

山上有“猴子观海”，
顽石也神迷不歇；
山上有“老僧望海”，
出家也凡念不绝。

那一座“仙女绣花”，
以奇景作为临帖；
那一管“梦笔生花”，
尽可以淋漓抒写……

庄严的寂静垂降，
色彩的狂飙暗灭；
云海还在我心中
鼓沸着青春热血。

黄山云海

石笋矼

千戟刺天而排，
万笋拔地而起。

阵阵晚风吹过，
似有金属撞击。

脚下微微震动，
传来拔节的声息。

大自然鬼斧神工，
让人惊叹不已。

充满精灵的世界，
又教心儿战栗。

我们高声谈笑，
空谷回荡着暖意。

归来在我的梦中，
你变得温柔迷离——

山骨结起蜃楼，
石棱幻成海市……

当代散文中，我喜欢黄秋耘的《黄山秋行》。文章的题目，与作者姓

黄山　蓬莱三岛

名有两字相同。

在黄山，石的奇和松的奇几乎是分不开的。例如“蓬莱三岛”是矗立在天都峰脚下的三座参差不齐的石峰，峰上容不下一尺深的泥土，却生长出好几棵生意盎然的松树来，随风摇曳，婀娜多姿，枝条掩映在浮云浓雾中间，真好像是可望而不可即的海上仙山。又如“梦笔生花”，位于千峰怀抱、白云缭绕的北海宾馆附近，它的形状好像一支粗大的画笔，峰顶尖锐，像笔峰，一棵松树从尖端的石罅中盘旋而出，茂密的松针好像笔锋的颖毛。对面还有一座笔架峰，如果把这支“笔”放倒下来，恰好落在笔架上，真是天生巧合的奇景。

1990年，黄山被联合国教科文组织列入“世界文化和自然双重遗产”名录。

忆到宣城总断魂

李白有《秋登宣城谢朓北楼》：

江城如画里，山晚望晴空。
两水夹明镜，双桥落彩虹。
人烟寒橘柚，秋色老梧桐。
谁念北楼上，临风怀谢公。

谢朓北楼在陵阳山顶，是南齐诗人谢朓任宣城太守时所建，又名谢公楼。宣城处于山环水抱之中，陵阳山三峰挺秀，句溪和宛溪的溪水，萦回映带，两溪在宣城东北相汇，绕城合流，所以说“夹”。“双桥”指横跨溪上的上下两桥，上桥为凤凰桥，下桥为济州桥。李白《望庐山瀑布》中有“飞流直下三千尺，疑是银河落九天”，这里同样用一个“落”字，把天上人间打通。前者以银河比拟瀑布的飞流，这里用彩虹写夕阳明灭中双桥的倒影。五六句意为：人烟稀少，使橘柚林笼罩了寒意；秋色深沉，让梧桐更显得苍老。“谁念”的“念”指别人，意思是自己“临风怀谢公”的心情无人理解。

如果这首诗还算含蓄的话，《宣城谢朓楼饯别校书叔云》则喷薄而出：

弃我去者昨日之日不可留，
乱我心者今日之日多烦忧。
长风万里送秋雁，对此可以酣高楼。
蓬莱文章建安骨，中间小谢又清发。
俱怀逸兴壮思飞，欲上青天揽明月。
抽刀断水水更流，举杯消愁愁更愁。
人生在世不称意，明朝散发弄扁舟。

这是李白在谢朓楼饯别秘书省校书郎李白的族叔李云所作。唐人多以

宣城敬亭山

蓬山、蓬阁指秘书省，“蓬莱文章”是赞美李云的文章。“建安骨”指建安苍劲的风骨。谢朓生在谢灵运之后，故称“小谢”。这里李白以谢朓自比，说自己的诗有谢朓的清发多奇。李白诗多言穷愁，然绝无蹇促寒苦之态。

《宣城见杜鹃花》:

蜀地曾闻子规鸟，宣城又见杜鹃花。
一叫一回肠一断，三春三月忆三巴。

三巴：巴郡(今重庆)、巴东(今奉节东北)、巴西(今阆中)的总称。三地均在四川省东部。

敬亭山，原名昭亭山，在安徽宣城县北，山上有敬亭，曾是李白所仰慕的南齐诗人谢朓的吟咏之处。敬亭山之所以出名，全得之于李白的《独坐敬亭山》:

众鸟高飞尽，孤云独去闲。
相看两不厌，只有敬亭山。

这是李白晚年归绚烂于平淡之作。“一朝谢病游江海，畴昔相知几人在？前门长揖后门关，今日结交明日改。”只有大自然才能给他恒久不变的慰藉。空中已看不见飞鸟的影子，仅有的一片彩云也渐渐消散，但诗人独坐没有归去，也不想归去。原来他发现，百看不厌的敬亭山也正对自己青眼相看，含情脉脉。三句中，“相”、“两”二字同义重复出现，强调诗人与敬亭山精神之契合，大有互相欣赏、互相崇拜（实则是自我欣赏、自我崇拜）的意味。与早期李白诗中的“问余何事栖碧山，笑而不答心自闲。桃花流水窅然去，别有天地非人间”相比，超逸固为一贯，心境已不复往昔之平和开朗，而趋于愤激孤傲。

中唐柳宗元《江雪》诗“千山鸟飞绝，万径人踪灭，孤舟蓑笠翁，独钓寒江雪”，宋辛弃疾《贺新郎》词“我见青山多妩媚，料青山、见我应如是”，均受本诗影响。柳孤峭，辛疏放。

明人王思任有《游敬亭山记》：

“天际识归舟，云中辨江树。”不道宣城，不知言者之赏心也。姑孰据江之上游，山魁而水怒。从青山讨宛，则曲曲镜湾，吐云蒸媚，山水秀而清矣。曾过响潭，鸟语入流，两壁互答。望敬亭绛雰浮峗，令我杳然生翼，而吏卒守之不得动。既束带竣谒事，乃以青鞋走眺之。一径千绕，绿霞翳染，不知几千万竹树，党结寒阴，使人骨面之血，皆为茜碧，而向上所谓鸟啼莺啭者，但有茫然，竟不知身在何处。厨人尾我，以一觞劳之留云阁上，至此而又知“众鸟高飞尽，孤云独去闲”造句之精也。眺乎，白乎，归来乎！吾与尔凌丹梯以接天语也。

［“天际识归舟，云中辨江树。”不经过宣城的人不知道诗人此时赏心悦目的雅兴。姑熟处于长江的上游，山高而水急。从青山探寻宛溪，沿途则蜿蜒曲折，水平如镜，吞云吐雾，妩媚娇艳，山清而水秀。曾经路过响潭，鸟儿的鸣叫溶入江流，两边的山崖荡起回声。只见敬亭山在紫红色山岚的掩映下时隐时现，使我如暗中生出了翅膀，可惜随行的官吏士卒守在身边，不能自由行动。在整理衣冠忙过官场应酬后，便换下官服，穿起布鞋登览。一条小径，千回百转，被碧绿的云霞遮蔽着，不知有几千万竹树，互相连结，形成寒冷的阴影，令人的脸上都呈现出醉酒之后的青绿色，而以往的所谓鸟啼莺啭，茫茫然竟不知声在哪里。厨师尾随在我的身后，在留云阁上用酒来犒劳我。游到这里又使我领会出“众鸟高

飞尽，孤云独去闲”造句的精美。谢朓啊，李白啊，你们回来吧！我来与你们乘上升仙的丹梯，以倾听天帝的声音。]

一幅汤鹏铁画屏

清人黄钺有《于湖竹枝词》。其一云：

升平桥畔状元坊，曾寓于湖张孝祥。
一自归来堂设后，顿叫风月属陶塘。

升平桥，作者自注：“即升仙桥，在城西，张（孝祥）中绍兴甲戌状元，故宅在焉。”归来堂：据记载，张孝祥旧居有“归去来堂”，在镜湖。作者自注：“陶塘在其坊（指状元坊）后半里，即‘归来’遗址。张旧有祠，久废。”陶塘：即镜湖。《芜湖县志》：“镜湖在赭山南，即陶塘。宋张孝祥捐田百亩，汇而成湖，环种杨柳芙蕖，为邑中风景最佳处。”

其四云：

濛濛湿翠滴檐楹，北寺轩因老桧名。
自摘青山诗句好，山光树色欠分明。

北寺：即赭山广济寺。北寺轩：即滴翠轩，旧名桧轩。作者自注：“赭山有滴翠轩，相传为涪翁（即黄庭坚——引者）读书处。”青山：《青山集》，郭祥正的诗集。

其六云：

短褐亲题篆籀工，严家山后翠重重。
画工欲辨萧真本，记取坟前几树松。

严家山在芜湖西。短褐：粗布短衣。籀（zhòu宙）：籀文，大篆。萧：萧云从，清初画家，字尺木，号无闷道人，晚号钟山老人。安徽芜湖人。能诗，尤善画。其画自成一体，世称“姑孰派”。诗作有《梅花堂遗稿》。作者自注：“萧尺木先生坟在严家山，碑甚古雅，坟上松酷似其画。”

其七云：

风卷松涛入梦醒，卧游曾对赭山亭。
分明天水明于练，一幅汤鹏铁画屏。

赭山亭，即一览亭，在赭山。清代书法家梁同书《铁画歌》序云：“汤鹏字天池，芜湖铁工也，能锻铁作画，兰竹草虫，无不入妙。尤工山水，大幅积岁月乃成，世罕得之，流传者径尺小景耳。……汤亡，其法不传，今间有效之者，已失其真矣。”

陆游《入蜀记》中，写他过芜湖

宣城谢朓楼

时，见到的种种趣事：

邑出绿毛龟，就船卖者，不可胜数。将午，解舟，过三山矶，矶上新作龙祠。有道人半醉立藓崖峭绝处，下观行舟，望之使人寒心，亦奇士也。江中江豚十数，出没，色或黑或黄。俄又有物长数尺，色正赤，类大蜈蚣，奋首逆水而上，激水高三二尺，殊可畏也。

[芜湖出产长绿毛的乌龟，靠近船边来卖的，多得无法计数。将近中午，解缆开船，经过三山矶，矶上新建有龙祠。有一个道士吃得半醉站立在长满苔藓的山崖极险的地方，往下观望江中航行的船只，看到他危险的处境令人胆寒，也是奇怪的人了。长江中有十多条江豚，时出时没，颜色有的黑有的黄。一会儿又有长达数尺的水生动物，颜色通红，仿佛大蜈蚣，昂着头逆水上游，激起的水花高有二三尺，很是令人惊异。]

老杜《次空灵岸》诗云："幸有舟楫迟，得尽所历妙。"意思是，幸亏船行缓慢，得以尽情欣赏经过之处的美妙。古人的从容心态，真值得我们这些浮躁的现代人学习。

菊花须插满头归

黄裳《好山好水》中，开头便提到安庆：

到安庆的第二天，朋友就陪我们去江边的迎江寺，攀上了江轮靠岸前在晓雾中看见过的振风塔，还看了山门外放着的两只大铁锚。据传说，这是用来锁住本地的“文风”的。真是有意思，难道“文风”这种虚无缥缈的东西真能用什么法宝锁得住么？这样的奇思妙想，看来只有读书人才会有，并非朴实农民的原意。我想实际的情形怕是这样，安庆这座狭而长的江城看起来正像一条船，迎江寺则恰是船头所在。那么用两只大铁锚锁住这“船”，使它不被江水冲走，正是一种合理的愿望。隐藏在传说后面的正是对洪水的恐惧，在人力还不能控制自然时出现的一种无可奈何的恐惧。

在安庆，可以数得出的名胜，今天好像也只剩下了这迎江寺，这是不能令人满足的。

其实，安庆西门外山上，还有大观亭。登亭远眺，可见天柱山、九华山等。清人姚鼐《大观亭》诗的尾联，就写到“落照横天鸿雁起，独凭长啸对冥冥”。北郊有菱湖。清人许惠《菱湖曲》云：

明月桥头鱼细喋，清风巷口燕低飞。
杨花点水化萍叶，绿满菱湖人未归。

柳宗元《杨白花》：“杨白花，风吹渡江水，坐令宫树无颜色，摇荡春光千万里。”

清代女诗人张莹有《夜泛菱湖》：

回望渺无际，连天水自明。
星随渔火尽，橹带雁声鸣。
夜色千林静，秋风一叶轻。
草虫喧两岸，久听不知名。

“星随”句是写湖面开阔，渔火仿佛与天边的星星消融在一起。“秋风”句的“一叶”指小舟。

安庆所辖的池州，胜迹更多。黄裳说：

池州这地方多的是水，整座城池都给湖泊包围着。一片江天秋色，真是旷朗极了。远山像画家随笔点染的丛丛青碧，近处湖面有些已界作了鱼塘。波平如镜，澄澈明净，隔了一条江，这边的山水田畴便自与北岸不同。

和池州有关系的有名诗人还有晚唐的杜牧，他在会昌四年（844）到这里来作刺史，整整住了两年。和他有关系的地方名迹是城外三里处的齐山。这是一片矮矮齐齐的小山，从黄山、九华归来的人眼里，甚至简直算不得是一座山。不过它却是很有名的，因为杜牧，还因为岳飞。

杜牧在池州（今安徽贵池），除留下脍炙人口的《清明》诗外，还有一首《九日齐山登高》：

江涵秋影雁初飞，与客携壶上翠微。
尘世难逢开口笑，菊花须插满头归。
但将酩酊酬佳节，不用登临叹落辉。
古往今来只如此，牛山何必独沾衣。

齐山在池州东南。“客”指张祜，写过“人生只合扬州死，禅智山光好墓田”和《题金陵渡》的张祜。据缪钺《杜牧年谱》称，张祜于会昌五年（845）“来池州，与杜牧唱和甚欢，九月九日，同游齐山，并赋诗”。

江南的山，到了秋天仍然是一片

安庆振风塔，又名万佛塔，耸立于长江之滨，位于迎江寺内，俗称“万里长江第一塔”

缥青色，这就是所谓翠微。杜甫《秋兴》：“日日江楼望翠微。”杜牧用一“涵”字来描写江水的澄清，仿佛整个秋色都涵溶其中。“尘世”句化自《庄子·盗跖》：“人上寿百岁，中寿八十，下寿六十，除病瘐死丧忧患，其中开口而笑者，一月之中不过四五日而已矣。”宋陈师道《绝句》正用杜牧诗意：“世事相违每如此，好怀百岁几回开。”古人有重阳节插菊之俗。“牛山”句：春秋时，齐景公登牛山（在齐国首都临淄南，今山东临淄县），北望齐国流涕说：“若何滂滂去此而死乎！”杜牧这里是说：国君也不过“只如此”，我们又何必“独沾衣”呢？

胡晓明评此诗颔联：

中国人的一个哲学，即是一方面承认尘世不完满，另一方面又肯定万物皆有光辉。陶渊明说：“即事多所欣。”陶的菊花精神，不仅是气节，而且是风韵。菊花正是最不幸的花，所谓生不逢时，好不容易开了，寒天却要来临。然而它爱自己，养护自己，把自己当作快乐的源泉。

黄裳说：

杜牧诗中的“翠微”不过是随笔点染风物，当时未必就已有一座翠微亭，这亭大约是后来为纪念他而兴建的。到了南宋，岳飞有《池州翠微亭》诗，可见此时已经有亭。

岳飞诗为：

经年尘土满征衣，特特寻芳上翠微。
好水好山看不足，马蹄催趁月明归。

特特，犹“得得”，马蹄声。温庭筠：“马声特特荆门道。”金性尧评此诗：“从马蹄声中来，又被马蹄声催着归去，亦分外与作者的戎马生活切合。以名将而好诗，犹足珍惜。”

明人袁永之《游九华山记》开头提及：

齐山卑而景最多，亭榭岩壑，窈窕上下，愈探愈奇。翠微堤两旁皆澄湖如镜，溪山映发。昔王子猷有言：使人“应接不暇”，奚独山阴道中哉？

［齐山低而景最多，亭榭岩壑，又深又远，分布在山上山下，令人越探越奇。翠微堤两旁都是平如镜面的清澄湖泊，山水互相映衬。过去王子猷说：“从山阴道上行，山川自相映发，使人应接不暇。”其实，应接不暇的，又岂止是山阴道中呢？］

文中王子猷应为其弟王子敬，见《世说新语·言语》。

清人姚鼐的《出池州》，也写了“好水好山”、“溪山映发”：

桃花雾绕碧溪头，春水才通杨叶洲。
四面青山花万点，缓风摇橹出池州。

黄裳感慨道：

贵池旧名“秋浦”，市中心的大路就取名“秋浦路”，不知怎的，看了这些地名，就足以使人沉醉了。

我常想，古代诗文中常常遇到这样的情形，通篇起关键作用的往往是几个地名、人名。好像这样一来，诗人就已指定了一处特定的舞台，制造出某种必然的、不可替代的气氛，使其他活动于诗篇中的感情因子都在规定情景中活动起来，极经济也极有力地取得了抒情的效果。可以举晚唐诗人韦庄的《台城》诗（一题《金陵图》）作例：

江雨霏霏江草齐，
六朝如梦鸟空啼。
无情最是台城柳，
依旧烟笼十里堤。

这首短诗中出现的客观描写对象是雨、草、鸟、柳，诗人刻画了它们的姿貌、动态，同时使用了两个主观的感叹词语，“无情”与“最是”。仅有这一切充其量也只能组成一首一般或平庸的哀伤的诗。韦庄只因在关键的地方嵌入了“六朝”、“台城”、“十里堤”，才一下子使短诗的内涵增加了汲引不尽的深度，仿佛一切都顿时活起来了。这是一种奇妙的现象，其中包含着民族感情、文化素养、中国气质……这些看来虚无飘渺但却实实在在的东西。试将这诗译成异国语言，它的感染力还能留下多少呢？即使加上必要的注释，怕也不能有多大帮助。

黄宾虹《秋浦游记》

说了这许多只是为了解释为什么说一看见“秋浦”、“秋江”字样就会产生沉醉感觉的原因。

秋浦是李白来往经过许多次的地方，在他的诗集里留下的秋浦诗就有二十首左右，他那有名的“白发三千丈”就是《秋浦歌》之一。李白从天宝三载（744）离开长安，就一直在吴越皖江一带浪游。已经过了五十岁的诗人，在政治上遭到打击，幻想破灭了，在他看来整个天地似乎都是灰色的，他说：“秋浦长似秋，萧条使人愁。”他还几乎在每篇秋浦诗中都提到了猿，“君莫向秋浦，猿声碎客心”，“秋浦猿夜愁，黄山堪白头”，“猿声催白发，长短尽成丝”。猿，从古以来也是一种只能给人带来哀愁的动物，“巴东三峡巫峡长，猿鸣三声泪沾裳”，就是《水经注》的作者从渔人口头采辑来的动人歌词。在古代，不只是某些特定地方名字，即使是自然界的动植物，也都饱含着感情的色彩，可以变成触发某种情绪的有效触媒。

秋浦江美景

骑鲸捉月去不返

一

采石，一名牛渚，与和州对岸，江面比瓜洲为狭。故韩擒虎平陈及本朝曹彬下南唐，皆自此渡。然微风辄浪作，不可行。刘宾客云："芦花晚风起，秋江鳞甲生。"王文公云："一风微吹万舟阻。"皆谓此矶也。

［采石，又名牛渚，与和州（今安徽和县）隔江相对，江面比瓜洲狭窄。因此，隋代韩擒虎平陈和我朝曹彬下南唐都从这里渡江。然而只要有一点儿微风就起浪，不能行船。刘禹锡诗说："芦花晚风起，秋江鳞甲生。"王安石说："一风微吹万船阻。"都是指采石矶。］

这是陆游在《入蜀记》中的记载。

采石矶与岳阳城陵矶、南京燕子矶，并称为江南三大名矶。采石矶又被誉为万里长江第一矶。传说李白在此捞月而逝，所以马鞍山采石公园有太白楼。黄裳记："一带朴素的白粉墙，当中是一座嵌在壁上、金碧锦彩、小巧精致的门楼，下面是一块蓝地填金的横额，写着'唐李公青莲祠'。"

楼附近有"蛾眉亭"，"因为这里和对岸的和州（今和县）有两座隔江对峙着的梁山，从江中远远望云，'色如横黛，修妩静好，宛宛不异蛾眉'（《太平府志》）。"

宋人沈括有《蛾眉亭》诗：

双峰秀出两眉弯，翠黛依然鉴影间。
终日含颦缘底事，只因长对望夫山。

据《太平寰宇记》：望夫山"在太平州当涂县北四十七里"。李白曾有《望夫山》诗，"江草不知愁，岩花但争发"为诗中佳联。

黄裳又记：

离开蛾眉亭更向右折，奇妙的江景在眼前出现了。长江就横在面前，脚下是陡峻的峭壁，一直插到江底。前面江面曲折处连接着另一块峭壁，正像一座蜿蜒曲折的屏风。这些危崖似乎都由整块的巨石削成，完全没有山水画里常见的那种皴擦的痕迹，只是偶然在石隙里有几株横生小树，在江风中顽强地摇曳着。过去看新安派画家的画，如渐江的作品，总觉得那些减笔勾勒的山峦妙极了，比起有些画家的重墨皴擦的效果不知道要好多少倍。渐江画的树也是干干瘦瘦的，却总是有力地挺立在那里。一直觉得他怪，是遗民兼和尚的个性流露，还怀疑他的技法可能是从倪迂那里来的。在采石矶头一站，就发现这些推测并不完全合乎实际。渐江写的正是皖中山水，他的艺术创造到底还是从现实中来的。

这时天色有些阴晦，风也大起来了。风执拗地不停拉扯着身上的衣衫，一阵阵虎虎的江声，是风声还是涛声，也许是两者的交织，听得人心里森然，觉得这里似乎是不能久驻的。

向上走是一块颇大的平台，周围是高耸入云的古树，台的正中是横江馆。这也是与李白有关的遗迹。李白有六首《横江词》，横江浦在对江北岸，是孙策曾经作战过的地方。《横江词》说："人道横江好，侬道横江恶。一风三日吹倒山，白浪高于瓦官阁。"又说："郎今欲渡缘何事，如此风波不可行。"在李白的心目中，这地方的一种不可代替的特点

采石矶　位于长江东岸，南接著名米乡芜湖，北连六朝古都南京，峭壁千寻，突兀江流，历史悠久，名胜众多，素有"千古一秀"之美誉

是浪和风。当然,像"牛渚西江月,秋天无片云"那样的时候也自然不是没有。

立在峭壁侧边,望着对江的遥峰远树,俯视这要算是附近长江最狭的江面时,觉得这实在是看月的好地方,而且最好是秋月。南宋词人姜尧章是曾经长久往来于金陵淮上的,他在牛渚写的一首绝句,忽地在记忆中跳出来了:

牛渚矶边渺渺秋,笛声吹月下中流。
西风不识张京兆,画得蛾眉如许愁。

秋月,横江,笛声。如果说是谢朓和李白发现了牛渚,那么在他们之后,有了姜夔的这一首绝句,也尽够了。

二

黄裳又讲到宋史:

自古以来,采石矶就是重要的津梁渡口,也是战略要地。韩擒虎、曹彬以后,又有虞允文。金完颜亮南侵,宋高宗赵构已经作好了逃往海上的准备,幸亏金国内部发生政变,宋中书舍人虞允文采石一战,挫败了金主亮渡江南下的图谋,迫使他不能不移军瓜洲,终于被乱箭射死。有一册《采石瓜洲毙亮记》的野史,就记载着那战役的始末。

清末张之洞正好有一首《读宋史》:

贺天健《采石矶帆影》

南人不相宋家传，自诩津桥警杜鹃。
辛苦李虞文陆辈，追随寒日到虞渊。

“南人不相”，南方人不能作宰相。“宋家传”，宋朝的传统政策。“津桥”，指天津桥，洛阳的名桥。“警杜鹃”，典出邵伯温《邵氏闻见录》，据说邵雍在天津桥上散步时听到杜鹃的啼鸣，预言不久朝廷将任用南方人为丞相，他将改变祖宗法度，引发天下大乱。这实际是保守派编造的故事，用来攻击王安石变法。“李虞文陆”，指南宋历史上几个为相的南方人，即李纲、虞允文、文天祥、陆秀夫。作者自注云：“李纲闽人，虞蜀人，文吉水人，陆楚州人，皆南人。”“寒日”，“落日”；“虞渊”，传说中日所入处，又名禺谷。《淮南子·天文训》：“日……至于虞渊，是为黄昏。”本句谓前面提到的“李虞文陆辈”，都是一心追随皇室的大忠臣。“到虞渊”喻指他们不论国势如何艰危都不变初衷。

三

太白楼有几副对联：

脱身依旧归仙去；撒手还将月放回。

楼压惊涛，万里江山供醉墨；
山临幽壑，四时风物助诗怀。

紫微九重，碧山万里；
流水今日，明月前身。

上联出李白语，下联出司空图《诗品》。

最妙的是：

狂到世人皆欲杀；醉来天子不能呼。

上联化用杜甫《不见》诗：“不见李生久，佯狂真可哀。世人皆欲杀，吾意独怜才。”下联化用杜甫《饮中八仙歌》：“李白一斗诗百篇，长安市上酒家眠，天子呼来不上船，自称臣是酒中仙。”

黄裳因此议论道：

李白在诗国里的地位，一千多年以来一直没有什么争议。人民是非常非常喜爱他的，这从全国有那许多纪念遗址就可以知道。为什么李白受到这样的崇敬呢？皮日休曾经指出过李白的两个特点——真与放，是有道理的。作为一个大诗人，李白没有说假话的习惯，无论什么时候、什么场合，人们总是可以清楚地看见他的内心世界。即使是他在吃酒、耍颠，甚至是暴露着自己的缺点的时候,人们也还是用理解、原谅的微笑看待他的坦直的自我表现。……

在唐代的选家编印的许多当代诗歌选本中,都收了李白的作品而常常忘记了杜甫。我想,作为全盛的开元、天宝时代的歌手,李白的成就是无敌的。他是那个年代没有争议的代表作者。从安史之乱开始,李白的时代就过去了,他失去了他创作上的凭依;同时现实的鞭子却惊醒了杜甫,使他开始唱出更为忧郁、沉重、愤激的歌声……

此文写于1979年12月8日,隔了一夜,黄裳补记:

写完上文忽然想到明末安徽著名诗人、画家萧云从。他在明清易代之际先后创作了《楚辞图》和《太平山水图画》,都是寄托故国之思的作品。画家把热爱祖国河山的炽热感情通过画笔传之缣素,付之雕镌,留下了两部重要的古板画。在《太平

采石矶太白楼

山水图画》中，他用四十三幅画精心描绘了故乡的山山水水，写当涂景物的就有十五幅。云从的画风与浙江截然不同，是继承了宋人画法更为写实的风格，看其中的一幅《采石图》，高处是满布古松的平台，其间有一座亭阁，大约就是当日的横江馆，平台侧边有一人临江趺坐，画面左方是远山、帆影、长江，和在芦苇丛中隐现的帆樯，危崖耸峙，下面有人在泛舟。采石矶的雄险壮丽，表现得极好。不过因为画面的限制，画家不得不把太白楼从山麓搬到山腰，使它处于群山环抱之中，距离现实就很远了。但到底留下了太白楼的原貌，那界画的工笔楼台，可以相信是当日实物的忠实记录。

全凭潭水想音容

李白早年有《黄鹤楼送孟浩然之广陵》：

故人西辞黄鹤楼，烟花三月下扬州。
孤帆远影碧空尽，惟见长江天际流。

虽然伫立江边，目尽孤帆，别意盎

济宁太白楼

然，但这次离别却跟一个繁华的时代、繁华的季节、繁华的地区有关。“西辞”与“下”一气承接，像是畅行无阻的预言、一路顺风的祝愿。所以可说是一次带着向往的分手、饱含诗意的分手，大有“目送飞鸿，手挥五弦”的高远气象。

经过“安史之乱”，经过大起大落的人世沧桑，当年的豪气大为收敛。试读《秋浦歌》：

白发三千丈，缘愁似箇长。
不知明镜里，何处得秋霜。

两鬓入秋浦，一朝飒已衰。
猿声催白发，长短尽成丝。

愁作秋浦客，强看秋浦花。
山川如剡县，风日似长沙。

秋浦在今安徽贵池。“似箇长”，似这般长。“箇”当指秋浦清溪江。李白曾有《清溪行》，写下过“人行明镜中，鸟度屏风里”。“山川”两句言，虽然秋浦风光与早年所游越中剡县相似，但心情却如远贬长沙的贾谊。

心情衰飒，转而由青年时的高远渐趋深沉：

李白乘舟将欲行，忽闻岸上踏歌声。
桃花潭水深千尺，不及汪伦送我情。

李白晚年的大部分时间，都在皖南度过，最后客死于当涂。宣城的敬亭山，由于他的咏唱，成为不朽的诗山。宣城的杜鹃花，使他时时想起家乡的子规鸟。城里纪叟的酒店，常让他微醺。《赠汪伦》也是两个乐天派，一对忘形交。汪伦知道李白的性格，所以是踏歌前来相送的。桃花潭在今安徽泾县西南，只是一个普通的碧潭。但它确实成为李白心灵的避风港，也成为历代文人神往的瑶池。当年我曾在潭边徘徊，情不能已，咏道：

人生贵在知音，
临歧何须伤情；
再饮一樽美酒，
挂帆好趁长风……

醉了千里江南，
漂了千年落红，
潭水至今生香，
为我洗涤心胸。

九华胜概重江南

九华山在青阳县西南十里，高数千丈，延袤百八十里。旧名九子山，李白以山有九峰如莲花，易今名，……

(《江南通志》)

刘禹锡《九华山》序云:“九华山在池州青阳县西南,九峰竞秀,神采奇异。昔予仰太华,以为此外无奇,爱女几、荆山,以为此外无秀。及今见九华,始悼(后悔)前言之容易(轻率)也。惜其地偏且远,不为世所称,故歌以大之。”太华即西岳华山。女几山在河南宜阳,荆山在湖北荆州。诗中“结根不得要路津,迥秀长在无人境”,实际上是自况。作者自参与“永贞革新”失败后,屡遭贬谪,诗句透露了孤芳自赏、不甘埋没的心态。

清人施闰章有一段描写:

天柱峰最高,俯视化城为一盂。绝壁矗立,乱山无数,所谓“九十九峰”者,迷离莫辨,如海潮涌起,作层波巨浪。青则结绿,紫则珊瑚,夕阳倒蒸,意眩目夺。

天柱峰为九华山东部第一峰。化城即化城寺,在九华山西南。结绿,一种美玉。曾有一副对联形容化城寺:“几多怪石全胜画;无数好山都上心。”

清人周天度写《九华日录》,所记甚详。其友人“颇以不得遍搜奇胜为

九华山地藏寺

憾”，一位在山上住了四十年的老僧劝了几句发人深省的话：

居士无庸也。山僧居此数十年，芒鞋所至，约略无几，然烟云供养，则熏习者深矣。大抵峰宜远观，云妙活看。必扪萝附壁，喘汗相属，而后谓穷幽极胜，及至其下，意则反减，则悔而怠矣。

[居士不必以此为憾。山僧住在这里几十年，芒鞋所到之处大约也没有多少，然而受山中烟云的供养、熏陶太深了。大抵说来峰宜远观，云妙活看。如果一定要扪萝附壁，气喘吁吁，然后才可谓穷幽极胜，等到下山时兴味反而大减，就会又后悔又疲倦了。]

宋末元初陈元有《九子峰》：

大小扶携作伴行，欢然恋恋意相倾。
谁知万古山头石，还有人间母子情。

九子峰又名九子岩，在天柱峰东侧。

即便看山，也能留下佳作，如北宋潘阆的《九华山》：

将齐华岳犹多六，并若巫山又欠三。
好是雨余江上望，白云堆里泼浓蓝。

西岳华山有莲花峰、仙人掌、落雁峰，称华岳三峰。巫山有神女峰等十二峰。诗中认为，看山的最好时间是“雨余”，最佳的角度是江上。

清人朱兰有《雪霁望九华》：

烟波江上望渔家，料得奇峰是九华。
一夜寒光逼银汉，青莲变作白莲花。

九华山素有“佛国仙城”之号，与五台、峨眉、普陀共称中国佛教四大名山。

如髻如簪缥缈间

新安多佳山，而齐云岩与黄山为最。岩周合百余里，高三百五十仞，视黄山仅百之一，而恢怪神诡足与争雄。

——明·李汎《游齐云山记》

公元1934年4月底，郁达夫又写下《游白岳齐云之记》。他首先解释道：“我们平常，总只说黄山，白岳，是皖南的名山。而休宁人，除读书识掌故者外，一般百姓，都不知白岳，只晓得齐云。实白岳齐云，是连在一起的许多山的两个名字。白岳山中的一处，名齐云岩，以后山上敕建道观，又适在这齐云岩下，明清五六百年下来，香火一直到现在未绝，一般老百姓的只知道有齐云，不知道有白岳，原因就在这里。”

山路两旁，桃花杂树很多，中途

的一簇古松尤奇而可爱；在寂静的正午太阳光下，一步一步的上去，过古松、望仙等亭，人为花气所醉，浑浑然似在做梦；只有微风所惹起的松涛，和采花的蜂蝶的鸣声，时要把午梦惊醒，此外则山静似太古，不识今是何世，也不晓得自己的身子，究竟到了什么地方。

到一支小岭脊的中和亭（或为真气亭）后梦就非醒不可，因从这亭子前向北一回望，来路曲折就在目下，稍远是菜花满地的平楚千顷，更远就是那条数溪汇聚的夹源夹溪了，水色蔚蓝，和四面的农村花树，成了一个最美也没有杂色对称。

……

齐云山正殿境内的山峰，总括一句，是奇特伟大。……《安徽通志》上所说的“层峦刺天，云烟万状”等语句，决不是文人的夸大之辞。去年我曾到过浙东的方岩，那时候见了寿山五峰的天然金字塔样的石岩，以为总是天下无双了，现在又到了这齐云的境内，才觉得方岩附近的石山，还没有这儿的一半高，而此处山势的错综复杂，更非五峰之罗列在一排者可比。

后来在《两浙漫游后记》中，郁达夫再一次提到：

金华的北山，永康的方岩，雄奇是雄奇的，伟大也相当的伟大，我想比起黄山白岳来，一定要差得多。黄山我未曾领略，便黄山的前卫白岳齐云，却匆匆看过了，只太素宫前的一角就觉得比方岩要复杂得多。

笔者游后，曾写《齐云山拾翠》：

一

小松鼠
一溜上了榉树
转眼不见
却在暗中窥视
用晶晶的眼珠

山道上它又出现
蹦跳着在前引路
心灵有一个默契
我们的步子
也变得弹性十足

二

痛苦的灵魂
寻求云气的罩护
冷却了
未吐的情愫
凝固了
未展的雄图

齐云山太素宫　原名佑圣真武祠

在这里化成
石镜　石鼓
石龙　石虎

三

穿越天门
进到神仙洞府
“香炉峰”烧炼金丹
“飞雨泉”滴下珍珠

琴蛙唱着经卷
咕——咕——咕
我却分明听见
自己的空腹

上长生楼饭店吧
不求长生之术
叫人亲切的
是炊烟一束

四

不见玉帝王母
不见青牛白鹿
涨满山谷的白云
幻着奇异的建筑

阴暗潮湿的洞中
也没有九尾妖狐
爬满崖壁的苍苔

写着难懂的天书

苍苔一般的符箓
白云一般的乐土
我们踏上归程
开始观赏树木

“望春花”翘首企盼
“夫妻树”临风低诉
三尖杉和木瓜，商议着
炼制名贵的药物

齐云山还是蓓蕾
正等待一个成熟
它的丰满的花果
决非旧貌的恢复

绿荫不减来路
添了几声鹧鸪
下山的太阳
坠着我们的脚步

那年从祁门上齐云山，路过一个小镇历口，至今印象深刻：

山区的水乡
晓雾轻笼的水乡
满耳潺湲
满面清凉

齐云山真仙洞府

河滩上
一片捣衣声响
棒槌系着
明代的遗腔（一）

林区的茶乡
五月采尽了春光
“祁门香”呵，长在
簪满野花的山冈

茶姑的气息
伴着地气酝酿
向世界打开
一坛古色古香（二）

浓岚横入半江青

小孤山在安徽宿松县境内，素有“长江孤岛”之称。张恨水回忆说：

……壁立江心，四无依傍。竹木相连，绕山环植。山上有小姑庙，楼阁随山层层而上，至其巅，则小塔如锥，立树丛中，愈增此山挺拔之势。

小孤山坐东而面西，西向山势平缓，东向山势陡立，故自上流来，则见之如翠螺浮水，层次可数，自下流来，则见之如石塔沉江，摇摇将没。此处北岸为洲，南岸为山，江流来自千里，至此劈分为二，遂北湍急而南萦回。长江民船至此，一上一下，别山而行。小孤山在水中，俨如通衢中指挥车辆来往之警察也。

苏东坡有《李思训画长江绝岛图》：

山苍苍，水茫茫，大孤小孤江中央。
崖崩路绝猿鸟去，惟有乔木参天长。
客从何处来，棹歌中流声抑扬。
沙平风软望不到，孤山久与船低昂。
峨峨两烟鬟，晓镜开新妆。
舟中贾客莫漫狂，小姑前年嫁彭郎。

李思训为唐代画“金碧山水”的高手。大孤山在鄱阳湖口，澎浪矶在江西彭泽，与小孤山相对。东坡利用谐音，读作“彭郎”，创作了这首优美风趣的诗篇。

最早写小孤山的，是唐代顾况：

古庙枫林江水边，寒鸦接饭雁横天。
大孤山远小孤出，月照洞庭归客船。

《柳亭诗话》云：“江湖行旅，崇祀水神，风樯雨楫之间，常有群乌飞绕，舟人抛食空中，竟接以去，谓之神鸦。”苍凉的秋景，寂寞的旅途，因了“大孤山”与“小孤山”的温馨的问候、不舍的依恋，而成了富有人情味的世界。

顾况还有一首《忆旧游》，也是写这一带风光的：

悠悠南国思，夜向江南泊。
楚客断肠时，月明枫子落。

南宋陆游的《入蜀记》，有对小孤山礼赞：

凡江中独山，如金山、焦山、落星之类，皆名天下。然峭拔秀丽，皆不可与小孤比。自数十里外望之，碧峰巉然孤起，上干云霄，已非他山可拟。愈近愈秀，冬夏晴雨，姿态万变，信造化之尤物也。……晚泊沙夹，距小孤一里。微雨，复以小艇游庙中，南望彭泽、都昌诸山，烟雨空濛，鸥鹭灭没，极登临之胜。

落星：山名，在江苏江宁县东北，北临长江。三国吴孙策，曾在山上建三层之楼。左思《吴都赋》：“飨戎旅于落星之楼。”

清人王士祯《渔洋诗话》记：“江行看晚霞，最是妙境。余尝阻风二日，看晚霞极妍尽态，顿忘留滞之苦。虽

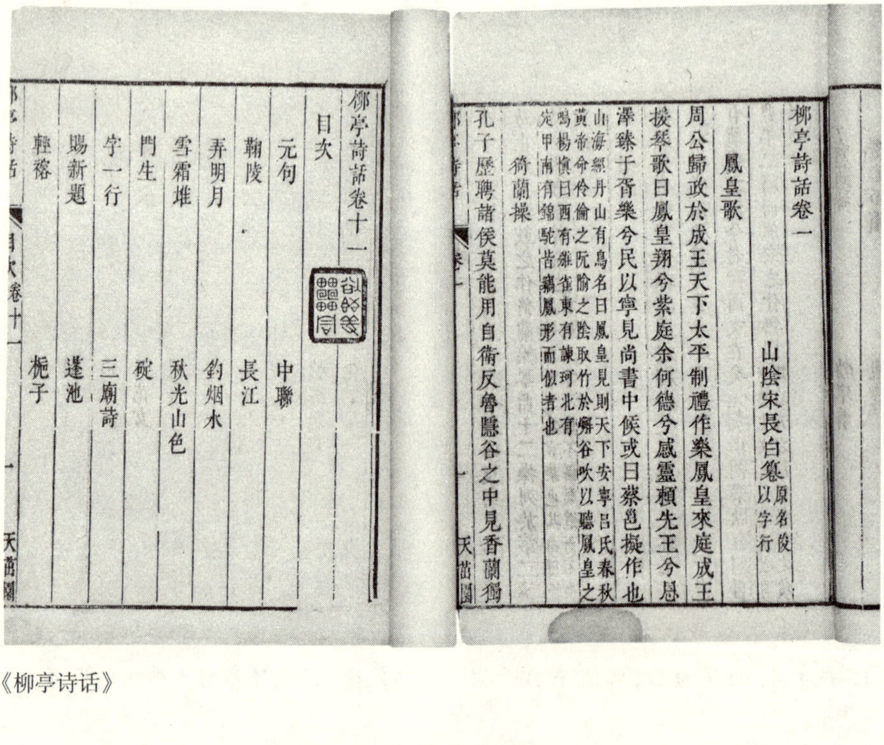
柳亭詩話卷十一
目次
元旬 中聯
鞠陵 長江
弄明月 釣烟水
雪霜堆 秋光山色
門生 硯
字一行 三廟詩
賜新題 蓬池
輕褡 梔子

柳亭詩話卷一
山陰宋長白纂 原名俊以字行
鳳皇歌
周公歸政於成王天下太平制禮作樂鳳皇來庭成王援琴歌曰鳳皇翔兮紫庭余何德兮感靈頳先王兮惠澤臻于胥樂兮民以寧見尚書中候或曰蔡邕擬作也山海經丹山有鳥名曰鳳皇見則天下安寧吕氏春秋黄帝命伶倫之阮隃之陰取竹於嶰谷吹以聽鳳皇之鳴楊慎曰西有鵕雀東有謙珂北有宛甲南有鵷鶵皆鷂鳳形而似者也
猗蘭操
孔子歷聘諸侯莫能用自衛反魯隱谷之中見香蘭獨

《柳亭诗话》

舟人告米尽，不恤（忧虑）也。”并作三绝句，其中第二首为：

白浪空江断去人，连朝风色起青苹。
小孤山外红霞影，定子当筵别是春。

定子当为扬州一妓女之名。杜牧诗：“檀槽一抹广陵春，定子初开睡脸新。却笑吃虚隋炀帝，破家亡国为何人？”说炀帝未见到定子这样的美色，枉自破家亡国。“吃虚”有“吃亏”意。渔洋此处是以定子的睡脸红润比喻晚霞。

张恨水的描写，不减古人：

……乘长江大舢板至此。时已疏星照水，晚霞横江，小孤山沉沉，隐隐在水天一色之间，缥缈如空中楼阁。山头凉月如丸，照见江流闪闪作光，如金蛇一道，自山底漾来，其景奇诡，非诸墨所可形容。

由于江潮冲积，小孤山已与北岸相连。但她依然是中国文学史上的仙山琼阁。

山上梳妆亭有清人赵文楷一联：

江光铺白开妆镜；峰影浮青上晓鬟。

依稀还记得赵文楷有“树杪微微少女风”的诗句，当时不禁拍案叫绝。后来在《三国志·魏·管辂传》中查到：“树上已有少女微风。”依旧拍案叫绝。

小孤山先月楼有无名氏联：

水清鱼读月；山静鸟谈天。

还有清人杜春华的小孤山联：

青山不墨千秋画；流水无弦万古诗。

天门淡扫双蛾眉

博望山在（当涂）县西三十五里，在历阳县（和州治所）南七十里，与和县对岸。江西岸曰梁山。两岸相望如门，俗谓之天门山。（《元和郡县图志》）

天门中断楚江开，碧水东流直北回。
两岸青山相对出，孤帆一片日边来。

这是李白的《望天门山》。安徽当涂县的东梁山（也称博望山）与和县的西梁山分处长江南北，对峙如门，所以又总称两山为天门山。安徽古代属楚国地域，因此诗人把流经这里的长江称作楚江。李白曾在《天门山铭》中写道：“梁山博望，关扃楚滨，夹踞洪流，实为吴津。两坐错落，如鲸张鳞。”

“天门中断楚江开”，这是天门山给楚江留出一条通道呢，还是巨流冲出了一个天门？李白在《横江词》中也写过：“浪打天门石壁开”，看来是后者，更显示了一种冲击的伟力。

“碧水东流直北回”，尽管有不可思议的伟力，但遇上天门这样的陡崖，东流的大江突遭阻遏，还是形成了巨大的回旋，向北奔流，呈现了波涛汹涌的奇观。

三四句运用了相对运动的原理。远山本是不动的，帆樯因其远，本来也是感觉不到的。但因为诗人行舟是顺流东下，那山似乎跃出相迎，那帆更似乎在辉光中溯浪前来晤面。

“日边”即天边，形容其远。从诗的格律讲，这里应用仄声。所以诗人用仄声的“日”代替了平声的“天”。有人把“日边”说成是用典，代指唐朝帝都长安，似乎求之过深。

清人施补华评这首诗是“走处仍留，急语仍缓”，颇为精到。近人俞陛云赞曰：“大江自岷山来，东趋荆楚，至天门稍折而北，山势中分，江流益纵，遥见一白帆痕，远在夕阳明处。此诗赋天门山，宛然楚江风景。《下江陵》（即《早发白帝城》），宛然蜀江风景，能手固无浅语也。”

此诗的昂扬格调，当为李白早年之作。诗人出蜀以来，在江夏一带，只是暂时的盘桓，吴越的丽都仙乡，方是主要目标。“此行不为鲈鱼鲙，自爱名山入剡中。”于是我们读到了《夜下征虏亭》：

船下广陵去，月明征虏亭。
山花如绣颊，江火似流萤。

征虏亭旧址在南京，为东晋征虏将军谢安所建。与《望天门山》的阳刚美不同，这首诗写了夜的静谧，充满了阴柔之美。

于是我们读到了《金陵酒肆留别》：

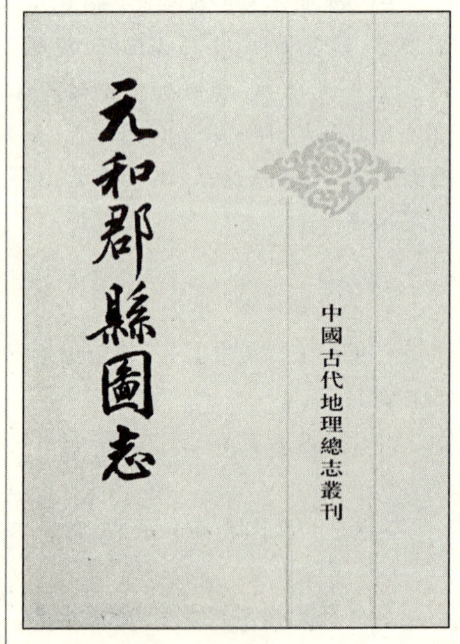

《元和郡县图志》封面

风吹柳花满店香，吴姬压酒劝客尝。
金陵子弟来相送，欲行不行各尽觞。
请君试问东流水，别意与之谁短长。

还读到了《越女词》：

耶溪采莲女，见客棹歌回。
笑入荷花去，佯羞不出来。（其三）

镜湖水如月，耶溪女胜雪。
新妆荡新波，光景两奇绝。（其五）

耶溪即若耶溪，在今浙江绍兴南，北流于镜湖。词共五首。其中第一首提及“长干吴儿女，眉目艳星月”，长干指长干里，在南京城南。第二首则写道“吴儿多白皙，好为荡舟剧。卖眼掷春心，折花调行客”。

赵昌平评析：

五诗给人的总体印象是一种新鲜感、惊喜感。这当然就是诗人当时的感觉。以吴越清澈无垢的水色波光为背景，吴越女儿的白皙天真，以一种光亮鲜活到玲珑剔透的印象冲击着诗人的视觉，于是整组诗歌都以白色意象组成而似乎散溢着一种朴拙的亮色调。笔者认为，李白诗歌中一以贯之的那种对明亮感觉的追求，与他初游东南时，吴越风光的这种熏染有关，……五诗风神摇曳而大胆泼辣，的确是越风。……越俗文明发展较吴中滞后，在男女关系上自古以来较吴地开放，周汉以降，吴一直为华夏正统，而越则为“百越文身”的蛮荒之地，与闽粤相等列。因此两地民歌清新自然虽同，而风调辞气不一。吴歌虽天真朴质但较雅驯，如同时代崔国辅《小长干曲》：“月暗送朝风，相寻路不通，菱歌唱不彻，知在此塘中。”若于本题五诗比较讽诵，其声调词气之含与露，隽与野，显然是不同的。……切莫以“好为荡舟剧”、“折花调行客”为放荡，为俚下；以“笑入荷花中，佯羞不出来”为矫作，为村俗。这不仅因为诗写的是越俗，更因为在组诗的总体气氛中可以品味到赤子之心的李白，恰恰因为赏其天真，故以村朴语写其村朴态，即所谓“一任真率，妙画入神”。

天门山如李白所言“夹踞洪流，实为吴津”，又像阿里巴巴的山洞，一经李白的咒语打开，吴越秀色，纷至沓来，江南新妆，光景奇绝。

于是我们读到杜荀鹤的《送人游吴》：

君到姑苏见，人家尽枕河。
古宫闲地少，水港小桥多。
夜市卖菱藕，春船载绮罗。

遥知未眠月，乡思在渔歌。

读到李觏的《忆钱塘江》：

昔年乘醉举归帆，隐隐前山日半衔。
好是满江涵返照，水仙齐着淡红衫。

读到吕祖谦的《春日》：

短短菰蒲绿未齐，汀洲水暖雁行低。
柳荫小艇无人管，自送流花下别溪。

读到释志南的《绝句》：

古木阴中系短篷，杖藜扶我过桥东。
沾衣欲湿杏花雨，吹面不寒杨柳风。

胡晓明评：“沾衣欲湿”、“吹面不寒”，又是何等温柔细腻的触觉！

读到吴惟信的《苏堤清明即事》：

梨花风起正清明，游子寻春半出城。
日暮笙歌收拾去，万株杨柳属流莺。

读到清人吴文溥的《春暮金陵寓舍抒怀》：

问讯青溪长板桥，到来花月旅魂消。
美人短命青山老，草草春风过六朝。

读到清人吴锡麟的《虎丘》：

虎气消沉鹤市荒，东风容易客回肠。
贞娘墓上年年柳，画了春愁画夕阳。

流贬塞外的清人陈之遴回忆：“江

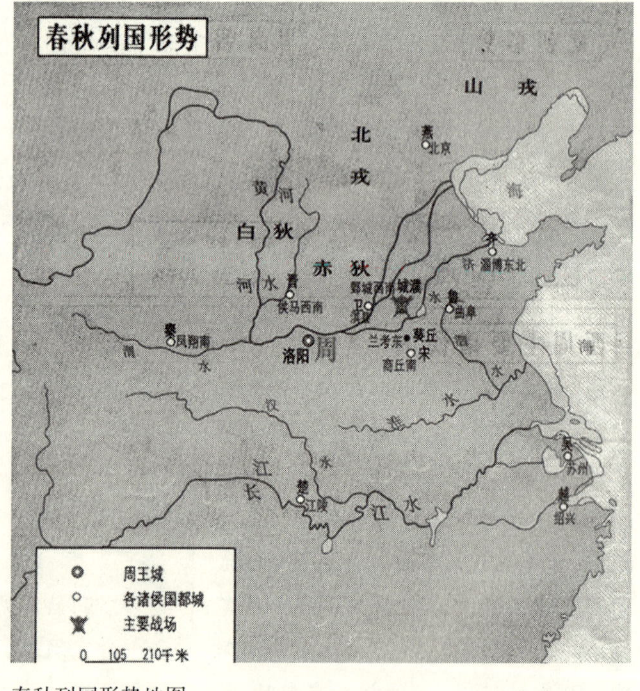

春秋列国形势地图

南花事灿如霞，满眼名花不当花。”宋人刘焘写宜兴《罨画溪》：

竹林流处杜鹃啼，两岸青青草色齐。
欲识人家真罨画，朱藤倒影入清溪。

清人路衡有《画溪花浪》二首：

红雨轻盈夹岸飞，春风无力绾芳菲。
兰桡拨处波心碎，满载花阴带月归。

满溪花雨扑山楼，浓泻春光醉碧流。
最是钓丝风定后，一痕红影上鱼钩。

最妙的是雪夜赏花。请看晚清易顺鼎《丙戌十二月二十四日雪中游邓尉》：

湖天光景入空蒙，海立云垂暝望中。
记取僧楼听雪夜，万山如墨一灯红。

本诗奇绝处，在于仅写宏观景象，如湖天、水面（海立）、暮云、僧楼、万山，只字不提梅花，而赏梅后的旷逸感受却令读者感同身受。宋人有晴梅不

太湖

如雪梅的说法，雪中赏梅确为文人雅韵，重在心灵体验而非感官享受。本诗突出刻画雪夜心境，格外耐人品味。另外，本诗冷与暖、静与喧的对比也很生动。

“湖”指太湖，“海立云垂”，指水天相连的壮阔景象。“暝望”，从夜色中望去。“听雪”，静听雪花落地，想象其落在梅树上的幽美。此意境当由“听雨”化出。陆游《临安春雨初霁》：“小楼一夜听春雨，深巷明朝卖杏花。”雪夜本已极静，又在“僧楼”之上，其清寂更达于极致。在这样的境界中遥赏邓尉之梅，该是怎样的心绪呢？

“万山”指僧楼对面默立的邓尉山。“一灯”指僧楼上与自身相伴的灯火。

模糊的远景，摇曳的近景；远景的冷寂，近景的温馨；墨色的凝重，红色的跳动；山体的庞大，灯火的微弱……这一切都令人心动，如同在绝望中见到希望，在死灰中发现生命。

生命漂泊的喟叹，终究转化成了安顿身心的欣慰。这就是江南。

跋语

世间何物是江南

日人大沼枕山有诗:“一种风流吾最爱,南朝人物晚唐诗。”我生长在江南,大学毕业分配至江西,也就是古代的江右之地。清人刘献廷曾比较过江南(实为吴越)、江西山水:“江西风土,与江南迥异。江南山水树木,虽美丽而富闺阁气,与吾辈性情不相浃洽,江西则皆森秀疏插,有超然远举之致。”(《广阳杂记》卷一)

但在1968年底,与我第一个照面的,却是鄱阳湖边的鲤鱼洲风雪。人们会问,冬之风雪,是自然之理,何惧之有?但这个听起来草丰水美的鱼米之乡,实际上是血吸虫猖獗之地。

当时这里也是北大、清华教员下放“锻炼”的基地。邓广铭、张岱年、王竹溪、王铁崖、厉以宁、罗荣渠、叶朗、乐黛云……数千中国最优秀的几代知识分子,在这个围湖造田的农场带着原罪感流放改造。场面壮观而荒谬。

伟人不是早就说过,“纸船明烛照天烧”吗?最高指示只是最高谎言!

黄裳先生在《富春》一文中感慨道:

那真是“史无前例”的十年,这“史”不能狭义地只理解作中国史,应该更确

江南水乡

切地说是人类史。煽起那许多群众陷入疯狂，在全国范围内无孔不入地进行了大破坏，对破坏的“成果”的评价是狂笑，这一切，难道是可以想象、容易忘记的么？

虽然后来离开农场，到过水电工地，又进入出版社。但第一次印象，刻骨铭心。而在后面的单位，也是苦多甜少，风波不断。江西“森秀疏插”之美，我罕能领略，更谈不上“超然远举之致”了。当然，我也有幸邂逅了一些饱学而又热肠的忘年之交，如汤匡时、陈俊山、朱焕添、潘清泉、傅修延、张国功、陈江、马策等。

是刘士林先生，用他的颇多创见、文词优美的江南理论，唤醒了蛰伏于我心中多年的江南情结，让我从精神上走进中国文人诗性—审美（刘士林语）的江南故乡，仿佛正应了一种灵魂深处的召唤，一种精神谱系上的自觉皈依。

刘士林《西洲在何处——江南文化的诗性叙事》中直截了当地指出：

我也就越来越倾向于这样一种新观念，即以礼乐政治为中心的“北国诗性文化”，只能看做一个自身特征尚不明晰的“初级阶段”或“早期状态”。而只有在经历了江南的“轴心期”这个脱胎换骨的历程之后，一种真正超功利或无现实利害的中国文化审美精神才真正被生产出来。如果说在北方文化圈中的诗性精神主要是一种诗性伦理品质，那么那种以诗性审美为根本内涵的中国诗性文化则只能是江南的特产。

我想，这主要应该与那夜半归客的身份有关，他一定不是衣锦还乡的达官贵人，也不可能是怀带着雄图大略的仁人志士，而只应该是那些在广漠大地上漂泊半生的还乡者，他们夜半归来终于在夜半钟声中抵达了人生最后停泊的码头。正是因为从这夜半钟声听到了命运的判词，所以许多中国诗人对这个诗学意象才沉迷不已。

我想，这话简直就是对我一己命运的卜词。

早年流连江南，晚岁重温旧梦。2011年9月，遵从母亲的临终嘱言，我终于回到了江南。这里等待我的，是新生活的开始。有温柔明慧的红颜知音，有患难与共的妹妹弟弟，有从小带大的娇憨女儿……“游人只合江南老”啊！

刘士林深情叙说：

江南的美，是一种烟雾缭绕的“雌性的丽辉”，一种可以吸附所有冲动与力量的山谷，一种可以溶解所有郁积与顽固的清溪，一阵可以表达所有疑问与痛苦的风声，一缕可以照亮所有深度与黑暗的光线……这就是古人讲的那种玄之又玄的万物之母与众妙之门。

忆郎郎不至，仰首望飞鸿。

鸿飞满西洲，望郎上青楼。

楼高望不见，尽日栏杆头。

栏杆十二曲，垂手明如玉（《西洲曲》）

可以说江南的全部美丽与精神气质，都在这种如泣如诉的浅斟低唱中玉体横陈。母性的力量是多么伟大，仅仅这一句“忆郎郎不至”，一下子就使全天下的游子发现了家山的方位；还有那一双栏杆上纤纤如玉的素手，我不知道有什么铁石心肠能够抗拒她爱的轻拂而不泣涕涟涟。尽管“君问归期未有期”，历史的道路与命运不能由个体来选择，但是只要心中有了爱，有了江南的爱，无论一个人走到天涯海角，也不会孤帆渔火对愁眠，甚至夜不能寐黯然神伤。这是我们民族生命深处的一种诗性记忆，也是在历史的铁与火中我们能够保存一点点人性灵明的根源。无数注定要离家出走的游子，正是靠着对这一点渔火的长相思，才能够在时宽时窄的生命河道上找到回家的路。历代诗人的江南情怀，实际上也都与她的原唱有关。《西洲曲》是中国诗性精神的一个基调，所有关于江南的诗文、绘画、音乐、传说，所有关于江南的人生、童年、爱情、梦幻，都可以从这里找出最初原因。

……

如果说《西洲曲》是中国第一纯诗，那么屈尊次席的就该是张若虚的《春江花月夜》：

春江潮水连海平，海上明月共潮生。

滟滟随波千万里，何处春江无月明。

江流宛转绕芳甸，月照花林皆似霰。

空里流霜不觉飞，汀上白沙看不见。……

全诗早为读者诸君熟稔。现以当代诗人沙白《活在唯一的一首诗中——读〈春江花月夜〉致张若虚》作结：

活在唯一的一首诗中

看春天去了又来
看花儿谢了又开
看月亮缺了又圆
看江流不断，流走唐宋元明清
半部中国历史

活在唯一的一首诗中

看无数诗篇刚写成便已死去
看无数诗人刚成名便已朽去
看无数等身著作一文不值
看无数“名著”味同嚼蜡
干瘪的语言如干瘪的木乃伊

活在唯一的一首诗中
夜夜
海上明月共潮生

吴冠中《江南屋》 黑瓦白墙 江南风格

修订后记

我们的江南文化研究和出版，始于2002年。当时我还在南京师范大学教书，洛秦也刚主持上海音乐学院出版社。大家在古都南京一见如故，遂决定携手阐释和传播江南文化，到今年正好是10周年的纪念。

10年来，工作一直没有停顿，大体分为三个阶段，略记如下：

在决定出版“江南话语”丛书后，我们首先于2003年8月推出了《江南的两张面孔》，当年的12月，又推出了《人文江南关键词》和《江南文化的诗性阐释》。这3种图文并茂、配有音乐碟片的小书，颇受读者青睐，先后几次重印。

2008年，在上海世博会来临之前，我们对全三册的《江南话语》丛书做了第一次大的修订，除了校订文字、重新设计版式、补充英文摘要，还增加了洪亮的《杭州的一泓碧影》和冯保善的《青峰遮不住的寂寞与徘徊》，使丛书规模从3种扩展到5种。

2012年开始，我们又酝酿做第二次大的修订，在原有5种的基础上，增加了《吴山越水海风里》、《世间何物是江南》、《诗性江南的道与怀》、《春花秋月何时了》和《桃花三月望江南》，内容更加丰富，也记录了我们的新思考和新关切。在此，我们希望她能一如既往地得到读者朋友的喜爱。

最令人高兴的是，历经10年时光的考验，我们两个团队没有任何抵牾，而是情好日密、信任如初。在当今时代，这是很不容易做到的。仔细分析，原因大致有二：一是我们最初的想法不是用它赚钱，而是做一点自己喜欢的书；二是更重要的，10年来我们一起努力坚持了这个在常人看来颇有些浪漫和不切实际的约定。

记得在少年时代，第一次读到古人“倾盖如故，白发如新”一语时，我就为这句话久久不能平静。现在看来，“倾盖如故”，我们在共同的书生事业里已经做到，放眼未来，“白发如新”也应该不是问题，因为我们在一起发现了江南的美，也都愿意做这种古典美的传播者和守护者。当然，我们也希望有更多的朋友参与这个过程，为中国文化的复兴和江南文化的现代转换贡献各自的力量和智慧。

刘士林

二〇一三年五月十七日于春江景庐薄阴细雨中

图书在版编目(CIP)数据

世间何物是江南 / 洪亮著. —上海: 上海音乐学院出版社, 2013.6

(中国风: 江南文化丛书)

ISBN 978-7-80692-881-3

Ⅰ. ①世… Ⅱ. ①洪… Ⅲ. ①散文集-中国-当代 ②杂文集-中国-当代 Ⅳ. ①I267

中国版本图书馆CIP数据核字(2013)第112477号

书　　名: 世间何物是江南
编　　者: 洪　亮
责任编辑: 夏　楠　鲍　晟
封面设计: 余美英
出版发行: 上海音乐学院出版社
地　　址: 上海市汾阳路20号
印　　刷: 上海天华印刷厂
开　　本: 787×1092　1/16
字　　数: 362千字
印　　张: 36.5
版　　次: 2013年6月第1版　2013年6月第1次印刷
书　　号: ISBN 978-7-80692-881-3/J.835
定　　价: 68.00元

本社图书可通过中国音乐学网站 http: // musicology. cn 购买